远东文学

2023 年卷（全三卷）

②

绥芬河市文联《远东文学》杂志社　编

九州出版社
JIUZHOUPRESS

《远东文学 2023 年卷》（全三卷）编委会

主　　编：牟永山

执行主编：杨　勇

编　　辑：舟自横　张伟东　陈　华

目　录

母亲与我 ·· 杨　拓（ 1 ）

归途，雪花飘落的方向 ······················· 舟自横（ 16 ）

如此饥饿 ··· 张伟东（ 26 ）

老院子里的旧时光 ······························· 陈　华（ 35 ）

母亲的那台缝纫机 (外一篇) ·············· 董茂生（ 42 ）

再见海参崴 (外一篇) ························· 于丽君（ 51 ）

我和父亲 (外一篇) ···························· 万柏春（ 64 ）

流水与相逢 (十六章) ························· 黄　彬（ 81 ）

女儿，感谢生命中有你 (外一篇) ········ 曲香泓（ 93 ）

山道弯弯 (外一篇) ···························· 齐锡武（ 99 ）

秋思 ··· 赵　威（107）

战场上的父亲 (外一篇) ······················ 张多奎（111）

风中飞扬的小辫子 (外一篇) ··············· 姚继丽（121）

怀念那顿稗米饭 (外一篇) ··················· 姚自强（130）

满归 (外一篇) ···································· 黄丽杰（134）

遇见 ··· 王晓梅（141）

粮本的情结 ·· 徐景财（146）

异乡的丑橘 (外一篇) ························· 张善华（150）

时间都去哪儿了 (外一篇) ··················· 时振明（158）

寻找英南（外三篇）……………赵　燕（169）

家的底色……………………张善梅（173）

我的内疚织成网………………金　鲲（186）

寻找儿时乳名…………………时俊玉（191）

一天秋…………………………王　涛（199）

母爱无疆………………………王玉萍（207）

儿时记忆………………………老　溪（210）

我的父亲母亲…………………司　兵（216）

冬天的梦和记忆………………韩　玮（225）

小城的静美时光………………张丽英（230）

包饺子…………………………时成成（240）

书虫人生………………………裴跃先（245）

"卢"式浪漫（外一篇）…………解敏慧（250）

我的老家………………………苑德祯（260）

父亲的襟怀……………………祁　林（265）

乡土风情………………………王广清（274）

怀想满洲里……………………刘　菲（281）

敬畏生命………………………张于莲（284）

纪念王金阁……………………于文浩（287）

融进生命………………………董淑省（292）

麦秋……………………………高春祥（294）

我家住在乌苏里大街…………王宪中（298）

人到中年………………………王秀丽（302）

岁月葱茏………………………李恩泰（304）

2

异乡芳邻 ························· 刘苓君（309）

还有什么比记忆更好 ··············· 桑庆云（313）

倾听保尔 ························· 陶一人（320）

母亲和米 ························· 王洪泰（323）

走向光明 ························· 祁智禹（326）

母亲与我

杨拓

一

母亲去世后，我们姐弟六个来到大哥家。大哥依旧住在我们小时候成长的村子里，母亲也在这里伴随我们生活多年。村子依旧，秋风依旧，只是当年熟悉的老人渐次离开，不仅仅是"儿童"，很多年轻人在我们眼里都是"相见不相识"了。在一张仅存十几代先人名字的家谱上，我把母亲的名字沉重地填了上去，泪就瞬间模糊了眼睛。看着这个家谱上的名字，不禁想起李白的诗句："古人今人如流水，共看明月皆如此。"我们早晚也都不过是历史长河中的一滴流水而已。

家谱上面密密麻麻排列了百余位先人的名字，右侧是一行行有名有姓的杨氏男性，一行就是一代人。而相对应的左侧女性则是这个氏那个氏的，连个完整的姓名都没有。母亲这一辈还好，女性也能有个完整的姓氏。母亲是这一辈中最后去世的，年寿九十岁，已是见过五世同堂的人，她最小的孩子——我，也年近半百了。母亲在世时常说的一句"人活七十有个家，八十有个妈"。人活到八十岁还能有个妈陪伴，实在是奢侈之事，已是四世同堂的大哥也不过七十多点。女作家张洁说："其实，一个人在五十四岁的时候成为孤儿，要比在四岁的时候成为孤儿苦多了……"一个人无论多大年龄，失去母亲都无疑是人生历程中最痛苦的事情之一。但一个遍阅人情世味五十四岁的人失去母亲的时候，的确要比一个蒙昧无知的四岁孩子要痛苦得多。

我作为家族里搞点文字的人，为母亲写一篇文章或者一首小诗，忽然觉得是我义不容辞的义务，不论这篇文章能够留传多久。否则，母亲历尽九十个春秋的一生就是后人在家谱上感觉到的冷冰冰的三个字而已，就像我看到家谱里这些先人的感受，而不是一位有血有肉在世上活生生存在过的一个人。上学的时候，老师常常会布置一篇《我的母亲》之类的作文，但对于陪伴了我们大半生的母亲，三两件事如何能说得清她的一生呢？

2018 年 8 月 23 日，下班路上忽然接到正在上海的二姐的电话，母病重，我的心立即揪起。想起两天前做了一个梦，冥冥中好像一直照护母亲的三姐告诉我们说，母亲不行了。放下二姐的电话，母亲立即像石头一样在心里沉重地浮了上来，浏览手机信息的情绪瞬间没有了，不禁有些心慌和紧张。回到家后立即着手做好回老家的准备，我还幻想着能够在母亲弥留之际赶回去，看到母亲最后一眼。但很遗憾，母亲在 24 日零时 10 分与世长辞，三哥在微信群里向家人宣告了这个沉痛的消息，眼前一黑，泪水霎时模糊了盯着微信的双眼。母亲追寻着父亲去了！一瞬间我们都成了没妈的"孩子"，成了这个世界上的孤儿。我在阳台上怅望着茫茫黑夜和点点繁星，心如刀绞，痛哭失声。世界上最疼爱我们的那个人去了！是的，这个世界上还能有谁像母亲一样无私地疼着我们，而不仅仅是爱。远在澳洲的二哥，上海的二姐以及苏州的孙辈儿们纷纷准备回东北老家。夜已很深，我却全无睡意，在床上翻来覆去用手机刷飞机和火车票，计算着到老家的时间。

早上，终于买到了三张北京直达齐齐哈尔的动车，我们一家急急忙忙赶赴北京站。经过一整天的奔波，我们到达讷河已是 25 日的零时，出站的时候，看到昏暗的路灯拉长的身影，想到母亲恰好是昨晚这个时辰去世的，一丝隐痛交织着苦涩萦绕在心里，仅仅一个昼夜，我和母亲已是阴阳两隔。

殡仪馆的灵堂里见到母亲苍白的遗容，泪水不断模糊我的视线，心里不时地闪念着，母亲，到底去了哪里呀！？这种幼稚的疑问似乎只有面对自己亲人的遗容才会产生。母亲出殡的前夜，我在宾馆里没有一丝睡意，拉开房间西向的窗帘，仰观西南天空上闪闪烁烁的星星，不知母亲变成了其中的哪一颗？高速路上闪烁的灯火，车站前偶尔奔来奔去的小车，听着一列火车拉响着熟悉的汽笛，停下又掠过。车站北面的暗处，就是我当年的家，爷爷、父亲都是在那个地方走的。脑海里蒙太奇电影似的闪现着母亲的音容笑貌，言谈举止。一幕幕往事跳跃的精灵一样此起彼伏地在我的思绪里飞来飞去。这一夜我就呆呆地看着那些星星渐行渐远，直到天明，直到楼底下的车辆越聚越多，那都是来为母亲送行的亲朋好友……

母亲的遗体被推进焚化炉里的一瞬，意味着与我们兄弟姊妹间痛苦的了断，也意味着她与人世间的最后永绝。外面大雨忽然倾盆如注，这是老天为我们含辛茹苦一生的母亲而垂泪吗？我们把她的遗物和花圈推进熊熊燃烧的火炉里，雨势渐渐小了起来，我看到焚化炉上的浓烟渐渐散去，母亲的一部分已化作祥云飞升，太阳在云层里忽隐忽现。经过几千度的高温，母亲已以另一种形式存在，她的骨灰在焚化炉上缓缓下落，下落的过程，我们看到一具完整的骨架推向我们面前。"真白呀！"不知哪位哥姐发出这样的一声惊叹！母亲的骨灰温润如玉，洁白而耀眼，每一块骨头都是那么坚硬，仿佛出窑的瓷器。在我有限的经历中，从来没有见过这样洁白的骨灰，母亲一定去天堂了，我的心里忽然一亮。

我们将母亲的遗骨直接下葬在讷谟尔河畔八撮房村的墓地里，母亲与分别了近三十年的父亲在尘土中汇合。事后，十岁的女儿在日记中写道："八月的墓园显得格外冷清，天下起了小雨，浇在地上，也浇在了我们的心上。大伯抱着奶奶的骨灰盒，对着黑土下走了几十年的爷爷说：'爸，妈来见你啦！'雨，好像更大了。"

八撮房村是爷爷和父亲二十世纪三四十年代筚路蓝缕从吉林来到黑龙江安营扎寨的地方，这个村子也是母亲七十多年前嫁入我们杨家的地方，而几公里之外的石唐村就是她的出生地，仿佛一个弧形的人生，生于斯长于斯又永恒于斯。风依旧在吹，而母亲已与大地融为了一体……

母亲已永远远去。母亲一生的著作就是她的七个儿女和七个儿女在她九十年的岁月里陆陆续续创造的子孙，母亲不会识文断字，像千千万万个母亲一样也就没有著书立说的可能。实际上用所有的词来形容母亲都是苍白的，伟大也好，恩重如山也罢，都不能妥帖地放到大地一样的母亲身上！母亲，那个人类通用的发音"妈妈"二字，胜于一切虚词！

二

母亲姓巨，巨大的巨，名曰洪霞。1928 年阴历二月十四日生于黑龙江省讷谟尔河畔的讷河县讷南镇五福村（旧称：石唐），也算是旧时代过来的人。巨氏是汉族里比较少见的姓氏，百家姓里根本沾不上边，据说千姓之内也排不上号。历史人物里，我仅仅知道五代时有个和董源齐名的山水画家巨然。但就是这样一个稀见之姓，怎么就流落在山高皇帝远的边塞黑龙江了呢？

母亲童年时受其祖父男尊女卑旧观念的影响，未能如愿上学读书，这似乎成了她老人家终生的遗憾。母亲说她小时候也是裹过几次小脚的，但总是被她叛逆地打开。主要还是母亲赶上了中国女性裹脚史的末班车。母亲是巨氏家族里"洪"字辈最小的女儿，上有两个哥哥三个姐姐。外公为人仗义疏财，家里有长工，是旧时代的大家长，也是村子里哪家有个红白喜事离不开的人物。

母亲在青少年时，她的大哥去世早，大嫂有病瘫痪在床，两个嗷嗷待哺的侄子的生活起居就落在了她的肩上。她的这两个侄子，也即我的两个表哥也在几年前谢世，走在了她的前面。母亲晚年患上了小脑萎缩症，我和哥哥们在春节或平时回去时，在她面前问，我们是谁呀？她更多的回答总是表哥的名字"巨景元"，令我们这几个儿子哭笑不得又无可奈何，可见她和侄子的情感之深。

母亲自二十世纪四十年代嫁入我们杨家始，就为这个家族起早贪黑劳动，默默奉献。母亲没少给我们讲述过，和父亲结婚时就一床被子，由于是借邻居家的，盖了三天后就被邻居要回去了。母亲三天回门在外祖父面前气得直哭，和外祖父说愿意去你去吧！外祖父只好把自家的被子和棉大衣送给了母亲。由于我们的奶奶去世早，母亲也得照顾叔叔和小姑，当然就更不用说一直活到近九十高龄的爷爷了。母亲在我们杨家生儿育女，勤俭持家，使杨氏这一股人丁兴旺，姊妹众多。母亲生过五男五女十个孩子，其中一男二女出生后即夭折。我们七个兄弟姊妹四男三女如今均安康健在，其中大哥已过古稀之年，最小的我也已年届半百。

母亲生我的时候正值二十世纪七十年代初，那时她已是年过四十岁的高龄产妇，因为高龄遇到了难产。危急时刻，医生问父亲，是保大人还是要孩子，父亲毫不犹豫地说，保大人，于是，我就被一种助产的抽子抽了出来。我出生的时候，距离头芯儿不远处抽出来一个小包，如果抽到头芯儿上，我也早就像前面那三个哥姐出生就夭折一样的结局了。我记事的时候，听父母讲我出生的过程，我一点也不感到怨恨，保大人是父亲伟大的英明决策，如果让六个兄弟姐妹过早地失去母亲，那是多大的罪尤，至于我在这个家族存不存在真是无关宏旨。

母亲说她每一次生产完孩子，无论春夏秋冬的季节还是刮风下雨的天气，三两天就要下床干着家务活。想想她这一生所遭受的艰难生活，能够活到九十岁出头，也是个奇迹了。早起晚睡的日子，母亲的勤劳让我们无言以对，母亲经常是做着针线活，就低头打盹一下，然后再继续，有时候坐在凳子上也会打个盹儿。

回想起小时候母亲哼着不成调的催眠曲，一边拍我入眠一边打着棉花片或者纳鞋底的情景，所有的故事仿佛都映现在眼前。我们刚入眠，母亲就马上把我们放到摇篮里，继续做她忙不完的活计，在摇篮嘎吱嘎吱的悠荡中，一股股微风轻轻掠过我们的颜面。当我们从熟睡中醒来，总是看到她忙不停地做针线活。那个时候，一家数口人的缝缝补补都要靠她一个人来做。我记事的时候，大哥已分家另过。那还有爷爷，她和爸爸我们姐弟一共九口人春夏秋冬的衣物被褥的浆洗、熏染，等等都需要她亲手来完成。做一个家庭主妇的艰辛，现在的人们真的无法想象。

"工匠精神"贴在母亲一代人的身上，一点也不为过。比如做一双布鞋，就需要很多工序。鞋底、鞋面、鞋帮子哪一个部分都要精工细作。母亲首先要将一些平日积攒的碎布角用糨糊一层一层贴在木板上，待干燥后形成很硬的袼褙。母亲将袼褙剪拼成鞋底子，然后再用麻绳密密麻麻有规律地排列纳起来。麻绳是把麻皮子用牛骨头做成的"拨拉锤"逆时针旋转着拧上劲儿的"经子"，再用两股合力在一起形成细麻绳。做好了鞋底，再把鞋面子鞋帮子按着边缘纳在一起，这一双鞋才算成功。可想而知，一家人的穿着要熬掉多少灯油，每一滴煤油的燃尽，都伴随着母亲辛劳的心血。屋里的还不算，屋外的鸡鸭鹅狗也需要她来一手饲养，为了我们能吃上猪肉，每年的春节母亲都会养好一头猪来杀，最苦恼的是如果杀出来一头有痘的猪，我们挑剔不吃，父母还要廉价处理掉，再去别人家买回好的猪肉给我们吃。

母亲的东北豆瓣酱做得很拿手，每当秋季过后，母亲都会计算着时间制作豆瓣酱。首先是用厨房的大锅烀，大约需要一天一夜，把黄豆烀成"红豆"，然后捣碎成豆泥，把豆泥塑成长方体的酱块子，把这些酱块子一一用纸包好，放上整整一个冬天，这叫"搁"。春节过后，万物复苏的农历二月才是下酱的时间，母亲会选择一个下酱的日子，把这些酱块子掰碎，放到缸里，加入适量的盐，然后需要每天早晚"打耙"，即把酱泥从下面反反复复翻到上面来，淘去发酵的沫子，直到一个月后才能吃。母亲的酱做得很有名，常常得到一些邻居的赞誉。自从我离开讷河，再也没有吃过这么可口的大酱，偶尔会想念一下母亲的大酱。我曾和哥姐们说，我们联合搞个做酱的企业，按照母亲的方法来操作，取名就叫"杨家酱"。这一切也不过在心里闪念了一下火花，说说而已了。

母亲不到五十岁就把牙渐渐拔掉了，家里活多，母亲那时为了节省时间。有一次，她在大队卫生所里一次就拔掉了四颗牙，结果流血不止，险些出了医疗事故。我曾扯着母亲的衣襟几次去县城陪她镶牙，使我对车水马龙的县城生活有了粗浅的印象。上小学时，我经常跟着母亲去房前屋后和生产队的田野里，春天去挖蒲公英、苦苦菜来养鹅鸭；秋天去采苋菜、灰菜等各种野菜来喂猪。野稗草成熟的时候，母亲就兜着围裙深一脚浅一脚地出没于庄稼地里，一头黑发忽隐忽现仿佛在谷浪里游泳，剪野稗草的籽粒回来喂养家禽。捡柴火、捡黄豆、捡苞谷、遛土豆，这些往事历历在目，而母亲就像法国画家米勒的油画《拾穗者》那个弯腰的女性形象在我心中永驻。

母亲没有上过学，没有能够识文断字，凭着母亲的能力和所处的时代，我总是想象，如果母亲读过书，也会是很不错的一位国家干部。中国男尊女卑重男轻女的思想无疑对她以及同时代千千万万个妇女是种命运的不公。据说在匈牙利，如果一个家庭有两个孩子而只有一份教育金，那么，首先要让女孩去上学。有思想品质的女性成为母亲后，对儿女人格的形成和社会的责任有重要影响。母亲是"人之初"的老师，民族与民族之间的较量就是母亲与母亲之间的较量。这个我信然。

母亲虽然没有读过书，但是我学的很多东北方言俚语都来自母亲潜移默化和日常的言说，母亲的人生观和教导我们的方式也多来自于这些片言只语中，譬如："钱不长花人常在""人穷不能志短""贪小便宜吃大亏"，等等。没有受到书本知识的熏染，母亲对一些动物的称呼就极其接地气。母亲管青蛙叫"癞蛤蟆",丹顶鹤叫"老呲儿喽",麻雀叫"家巧儿",瓢虫叫"花大姐",等等。

二十世纪八十年代初,家里买了12英寸的黑白电视机,母亲刚开始看着会说,你看这些"小人",人怎么都这样小呢?母亲从来没有动手打过我们,甚至也从来没有骂过我们。我的童年是在无拘无束中度过的。母亲不知从哪里学来的"无为而教"。母亲超强的记忆力体现在对几个子女生日的关注上和爱护上,不管是已分家另过的哥哥还是姐姐,每当到一个日子,母亲都会说,谁谁要过生日了。当然,爷爷的生日也不例外,一到爷爷的生日,早晨就会煮几个鸡蛋或者一碗面端过去。我常常会想念母亲当年为我们蒸的黏豆包蘸着甜菜熬的红糖稀,黑粉面子豆包。母亲反戴着棉帽子背柴火的形象。

二十世纪七十年代末,家里主要劳动力二哥参军的时候,我和三哥正在上小学,家里担水成了个大问题。那时的生产队是一趟街有一个大辘轳用木板围成八方形水井,井口很大,妇女和孩子根本摇不动一桶水上来,母亲经常是求着村民帮助把水打上来,然后她矮小的身体担回到三百米之外的家,我跟在后面,经常看到她犹如拉弓似的两手紧紧拽着扁担上的钩,水桶几乎拖地一路小跑回家蓄进水缸里。那时的水缸都是半个成人高的器物,每个家庭都有好几口。母亲经常后怕地讲,二哥小时候去水缸舀水喝,一不小心张进了水缸里,母亲听到了"咕咚"一声响,急忙放下针线活儿,看到二哥两只小脚朝上,母亲急中生智一把将二哥拽了上来,这一切都幸亏母亲腿脚的勤快。如果晚几分钟,后果不堪设想。

父母的观念是每个孩子都在他们身边围着最好,三姐去建三江打拼人生,二哥去沈阳服兵役,这些都成了父母日思夜想十分挂念的事情。那时正值对越战争,每当看到战争的影片和左邻右舍的闲聊,母亲都会十分惆怅,转身会去劳动来转移对远方哥姐的惦念。我上初中的最后一年,家里从乡下要搬到县城里。由于在县城铁路北的"日本屯"买了个廉价的房子,那时家里没有什么积蓄,日子一下子就紧巴了起来。爷爷、父亲、母亲三个六十以上的老人和还正在上学的我,三哥在乡直上班一时半会儿调不到县城里去,这两年的生活之艰难似乎是我人生最"黑暗"的时期,日子似乎又到了有上顿没下顿的时候,幸亏哥哥姐姐们的资助,才度过了这几年难挨的时刻。母亲多年来一直是家里起床最早的人,刚刚入学的几天里,我一直不适应县城的节奏。比如要早起,县城冬夏都是吃三顿饭的,中午有午休,放学也晚,而乡下的学校在冬季只吃两顿饭。六旬的母亲每天早晨都起来给我做饭,让我有点于心不忍。有一天,我让她六点叫我,谁知她五点就起床了,说是看错钟点了。我说早晨不吃饭了,她说,人老了,哪来那么多觉,还是坚持起来给我做饭。夏天还好,北方天寒地冻的冬天起来实在艰难,她还得生炉子做饭、喂鸡鸭等一系列的家务事。家里经济拮据,每逢秋天,母亲就带领着我们去铁路西站台为蔬菜公司装土豆袋子,装一个土豆袋子仅挣一毛钱。

这几年家里祖父、父亲相继去世……

父亲去世的时候,还有几天就要过年了。弥留之际的时候,我们七个兄妹全部在场。我们看到父亲快不行的时候,急忙去家里把母亲接到医院。我们看到母亲来到医院走到父亲身边,轻轻地抚摸了一下父亲的额头,什么也没有说。那时父亲已经不能说话,相濡以沫四十多年的两位老人就要分开了,父亲和母亲只是拉了拉手。母亲的冷静和刚强在这时得到了充分的体现。父亲去世后,我和母亲生活了一年多,家里在三年里走了两个人。三哥、三姐都分出另过,往日喧闹的家里突然冷清了很多。1992年8月18日,我跟着二哥离开讷河去了边境城市绥芬河打拼,也离开了朝夕相伴二十多年的母亲。

三

走出了讷河，我像一只出笼的鸟，毗邻俄罗斯的边境城市绥芬河给了我很多欣喜和生活的热情。在松嫩平原一马平川的土地上长大的我，突然感受绥芬河这样一个"环绥皆山"的山城，以及每天与熙来攘往的俄罗斯人接触洽谈生意，就有一种新鲜感。1993年的春节，是我第一次回家探望母亲，正月初六在三哥家，我们还给母亲过了一个六十六岁大寿的生日，除了七十三八十四岁，六十六岁也是人生的一个"坎"，有句话叫"六十六，不死也得掉块肉"。家乡有个风俗，就是六十六岁的时候要在自己的生日来临之前提前过，因此，大家都在正月初六就给老人过生日，名曰"抢六"。在讷河的哥哥姐姐们全部到齐，姐姐们也给母亲包了六十六个饺子，照了很多相，母亲笑靥如花，家人也都其乐融融，难得的高兴。

以绥芬河为根，我开始奔波于中俄边境的一些城市之间。漂泊之中，我的人生一时也理不出什么头绪，就没有更多的心情关注母亲。母亲有一次来绥芬河住了一些时日，忘记哪一年我从俄罗斯回到绥芬河，晚上休息的时候，母亲将她的被褥搬过来，要陪伴着我睡一夜，我回绝了母亲的好意。那时年轻气盛的我，体会不到母亲对我的爱。母亲回讷河的时候，大包小包里偷偷塞进去两个喝完的俄罗斯酒瓶子，被我发现后，我说千里迢迢拿这个干什么呀？和母亲闹得很不愉快。多年后，我懂得了顺从老人，不和老人较真就是最大的孝顺。

1998年全球发生的"亚洲金融危机"，使我在俄罗斯的生意受到很大冲击，心情沮丧到了极点。我搬出二哥家，想独立生活一段时间，遥想一下未来的打算。母亲这段时间和外甥杨浩来到了我的出租屋，看到我的窘迫，受到很大触动。实际上我当时并没有感到什么，只是外甥杨浩多年来总是提起，让我有了一丝记忆。在绥芬河熬了一年，2000年春节过后，我下定决心只身闯荡北京。

2000年3月8日，我提着一只皮箱，装了简单的几件衣物和二十几本书，其中选择了沈从文的作品和传记，我想以他为榜样开创出一番人生天地来，告别了在绥芬河八年的短暂生涯，诗友杨勇给我送到了牡丹江车站，我和杨勇握手告别，以一种"壮士一去不复返"的心理南下京城，以一个文学青年的身份开始北漂。几经辗转，我在中国最大的文学出版社——人民文学出版社的一个部门谋得了一份编辑的工作，虽然薪水不高，但毕竟在京城扎下了脚跟。

这一年的春节回讷河和母亲过年，我特意去前门的全聚德买回了一只烤鸭，家人把这只烤鸭蒸了以后，撕开了去吃，闹出了一个大笑话。母亲来北京一共有四次。在讷河、绥芬河和北京之间构成一个锐角三角形。

母亲第一次来北京，是在2001年的"十一"长假期间，我还蜗居于北京京郊一个不足二十平方米的民房里。三哥从讷河把母亲带到北京，二哥一家从绥芬河来到北京。我们在前门住了几宿宾馆，领着母亲去了天安门城楼、长城、北海、故宫和圆明园，北京的几个主要景点都逛了个遍。母亲还来到我的出租屋看了看。母亲这一年七十三四岁了，身体不错，走起路来脚步轻盈，我们都有些跟不上，走到哪里都不打怵。2003年在二哥的帮助下，我在北京通州区买了房子，然后就结婚了。结婚的时候也是选在"十一"长假时，我和爱人去了绥芬河，哥哥姐姐也都从讷河来到了绥芬河，一大家人相聚在一起，真是令人高兴的事。母亲把讷河铁路北的房子卖了的钱给我，我只是想到了她没有必要再住那个破房子，却没有想到给她安排好一个长居的住处。

母亲第二次来北京，是2004年和大姐一同来到我家的。这一次，我已住到了楼房里。母亲这次来北京时不知给我带点什么才好，做了一条补丁摞补丁的棉裤，"慈母手中线，游子身上衣"，我虽然一天也没有穿，这条棉裤十多年来依然放在床下舍不得丢掉，母亲还给我拿来一小袋她多年积攒的"钢镚"零钱，里面还掺杂了两个游戏币，母亲还给我拿来一个修鞋的工具——压刀子。母亲每天都和大姐楼上楼下走，我家楼上有个平台，平台上养了一些花草，母亲看到这些花花草草，总是一遍遍和我们念叨着，"如果你爸活着该有多好！""如果你爸活着该有多好！！"

2007年春节过后，阴历二月十四是母亲的生日，正值八十大寿，母亲的八十大寿是在黑龙江绥芬河举行的。我请了几天假，匆匆赶往绥芬河，失去母亲多年的单位女领导，羡慕地说我真幸福，还能给母亲过八十寿辰。家人也都从四面八方来给母亲祝寿。

这年夏天，我的女儿出生。女儿出生三四个月后，母亲第三次来到了北京，这次是二哥一家陪着母亲从牡丹江坐飞机来的，也是让母亲体验一下坐飞机的感受。母亲一直心理上盼望着家族里再有男孩添丁，结果又是一个女孩，母亲便说："闺女也好！"似乎在安慰着我们。在我家附近的运河公园里，母亲推着女儿的小车，脚步有些蹒跚，行动有些迟缓。我忽然感慨母亲的衰老，便写了一首短诗《耄耋之年的祖母望着满月的孙女》："一双青筋暴流的手搀扶着童车／自言自语，一声叹息向周围漫开／孩子，你一天比一天出息／我一天比一天糟糕。"

有一天，我们去上班，正值七八月的天气，北京的天气异常闷热。我们下班回来后，母亲说，今天把我热坏了，头昏脑涨的，我就一遍遍去洗手间洗脸。听她的讲述后，我不禁有些后怕和担心，母亲身边是需要有个长期在身边的人跟随了。父亲去世太早，留下另一个人有时是很孤单的，她又不识字，看不了书来打发孤寂的时间。为了缓解她的孤独和寂寞，我去花鸟市场买了两只澳洲鹦鹉，母亲看到后很是高兴，天天看着它们，定时换水喂食，回去的时候，二哥买了个大鸟笼子，陪伴着母亲一同回到绥芬河。二哥一家也从绥芬河迁到了北京，母亲从绥芬河又回到了讷河。

2010年夏天，我们全家回到了讷河，孩子尚小，母亲住在大姐家的民房里，院子里一片生机，倭瓜爬到了一人多高的架子上，全家依旧是照了很多相，每一次相聚都不容易。回北京的时候，二哥约定我们都去秦皇岛转转，让没有看过大海的母亲去看看大海。恰好，三哥家的女儿也高考完毕，也一同出去散散心。在蔚蓝的大海边，母亲在岸边，看着我们一会下海游泳一会上岸的，合不拢嘴微笑。母亲也是八十多年来第一次看到大海。我们也搀扶着母亲感受了一下海水的冲刷。玩了两天后，我们回到了北京。母亲见到小孙子，虽然很高兴，但并没有我们想象的那样心切。如果用十年为一个年龄段的话，一个年龄段会有一个年龄段的想法，母亲老了，以前她总是叨咕着，一家一个孩子太孤单，总是有种多子多福的心理。

记得有一天，我去理疗店做了一下按摩，后背上拔了一排排罐子印，我撸开衣服让母亲看了看后背，母亲一顿唏嘘，心疼不已，据说一夜没睡好觉，二哥后来埋怨我，不应该给她看。母亲这次在北京没待多长时间，大哥大嫂来北京把她接了回去。在北京站送母亲和哥嫂的时候，母亲说了几句很沉重让我不敢直面她的话，意思是年龄大了，以后不一定再能来北京了。母亲回去后，依旧在大姐家。过了不久，母亲就去了乡下，在侄子家待了一阵子，又回到大姐处。我们每当回去过春节，母亲就搬个凳子坐在两个卧室的门之间，陪伴着我们，亲昵不够，迟迟不肯去睡。母亲一直是不愿主动去床上躺着的人，她舍不得大好时光去躺着，便经常坐在凳子上打盹。

大约是2011年，我辞掉干了十一年的工作，赋闲在家，一直找不到合适的工作。这年清明节过后，听说母亲得了小脑萎缩症，在齐齐哈尔的三哥家治疗。我急急忙忙赶回齐齐哈尔，这一年母亲正好八十四岁，和二姐一同护理治疗了一周，母亲有了好转，醒来不是说，看到她妈就是看到她爹了，有时听得我们有些毛骨悚然。母亲还说，我还不想死，舍不得这些儿女。这一场病，母亲就永久失去了笑容。除了大哥一家之外，几个姊妹到齐，决定由三姐护理母亲。这一年春节，我还领着孩子回去过了个春节，外甥杨浩也领着女朋友来了，我们一起也是其乐融融，在天寒地冻的雪堆里点燃了一挂鞭炮。

后来，母亲从齐齐哈尔回到了讷河，有了三姐对母亲无微不至的照顾，有了大姐在身边依傍，有了二姐时不时地回去照看，我们的内心也都很安稳，虽然母亲的身体每况愈下，一年不如一年。随着年老和病情加重，母亲已不像以前那样关注我们了。大家回去与出走，母亲渐渐已无动于衷。我们春节匆匆忙忙回去也不过形式一样走个过场而已。

由于2014年的春节，我们一家和二姐的一家人是在海南省三亚过的，这年暑假，我们一家三口回了讷河，记得女儿按着鼻子问奶奶，我是谁呀？母亲说，你是小猪。母亲那时虽然话不多，和我们交流还是有一些障碍，但心里还是明白的。

2018年春节，我和女儿回去看到母亲消瘦得几乎皮包骨了，手掌上青筋暴露，似乎被薄薄的一层透明蝉翼似的皮肤覆盖着。身体也萎缩变形得厉害，有时明白一瞬糊涂一瞬的，我看着母亲心里犹如打翻了五味瓶，揪心地难受。三姐说，母亲今年不一定能够挺过去。我和母亲住了三个晚上，母亲已经是睡着什么姿势就是什么姿势，自己已经不能调整自己了，黑夜里听着母亲急促的呼吸声，有时一口痰在她的喉咙里呼哒着迟迟下不去……面对母亲的衰老，我们感到无能为力，也突然感到人生的悲凉。想到母亲说不上哪一天就要离我们而去，一种恐惧和沉重霎时袭来。母亲的小脑萎缩是因，但日复一日的衰老任谁都无可奈何，仿佛冬去春来的白雪，在煦暖的阳光下慢慢融化和塌缩下去，谁也无力阻挡和挽留。

我自1992年离开母亲到现在已有二十五六年了，二十多年里和母亲的长聚短聚加在一起也不足一年吧！母亲，请原谅你的儿子。我无法做到孔子说的："父母在，不远游！"

春节回京上班的日子到了，我看了看躺在床上的母亲，心想也许这是最后一眼，但心里希望不是，但还是是了……

三姐说，母亲去世的前几天，她给母亲换衣服的时候，抚弄了一下母亲干瘪的乳房。母亲略有知觉地说了一声："没汤了……"

"没汤了。"这是母亲留给我们和人世间的最后一句话。

作者简介

杨拓，男，出生于黑龙江讷河。16岁开始写诗。曾在《人民文学》《诗刊》《上海文学》《北方文学》《诗选刊》《诗林》以及港澳台和美国等数十家文学期刊上发表诗歌作品。诗歌入选多种诗选集。1995年与诗人杨勇创办民间诗刊《东北亚》。现居北京。

归途，雪花飘落的方向

舟自横

一

回到故乡的第二天清晨，就下了今年的第一场大雪。

一片片雪花，是上天馈赠的白羽毛，转眼间，进入冬季萧瑟而破败的逯家沟，瞬间便出落成一只白天鹅。雪花在飞翔，村庄在飞翔。

清冽的气息从天而降，内心被还原成苍茫的素洁，在视线和阳光被遮蔽的时刻，却闪着光。幽微而柔软。

在远离故乡的小城，曾写过一组《每一场大雪都来自于故乡》的组诗。如是，无论我身处何地，遇见的纷纷扬扬大雪，带来的仿佛都是故乡的影子。这是一种牵挂，也是从尘世里转身，找寻我散失的灵魂。因此，我相信，眼前的大雪既是对我的感召，更是对我身心的洗礼。

屋内蒸汽弥漫，表嫂在忙着做早餐，我和表哥在外面扫雪。

故乡人家大多用栽植的红柳做篱笆墙。多年过去，红柳也越来越高，现在已是银装素裹，高高的枝条被雪压得摇晃着，像迸溅出清脆音乐的玉笛。站在牛舍里的一头老牛，望着白茫茫的天地，似乎若有所思。

村路上，几乎看不到人影，更听不到孩子们的欢笑声。到处是寂静，还有寂静里深掩的凋敝和疼痛。表哥的小孙女，也就是他在外打工的老儿子家的孩子，欢快地屋里屋外跑来跑去，像一只翩飞的蝴蝶。看着她形单影只的样子，我忽然觉得她其实很落寞。这种落寞，

16

是我的童年对我的暗示。

小时候，看见下雪，我们二三十个小伙伴便迅速地集结到一起，堆雪人，打雪仗，欢天喜地。雪花是天地的精灵，孩子也是天地的精灵，当两者相遇，乡村的冬天便仿佛像白色的植物焕发出勃勃生机。现在想起，浅浅的童真仍然溢出内心。

童年的雪花，越飘越远。或许，它们被风吹落到我目不能及的某处，或许被我丢失到漂泊异乡的路上。它们和我一样，行走，挣扎，修补着身子里的裂纹，直至被岁月风干。

表哥没有戴帽子，头上热气蒸腾，雪花化了又落。我们拿着竹扫帚，在院子里认真地清扫着，刚刚清理干净的地方，不消片刻工夫，又落满了雪花。

表哥今年近70岁了，是退休教师，身体还算十分硬朗。可以说，我人生的轨迹都与他有关。他年轻时喜欢读书，并订阅和购买了很多文学刊物和书籍。在这一点上，他在农村显得与众不同。在他的影响下，我从童年开始，便对书香有着亲近感。他的一本本书籍，给了我遥望外面世界的梯子，并向梦想的道路和星光靠近。

他有五个儿子，四个在外地打工或者工作，只有二儿子在家种地。他和表嫂不但要照顾一个还在上小学的孙女，还要帮种地的儿子忙里忙外。

多年前，他一个在外有公职的儿子，就希望他们去那里生活，可表哥却舍不得离开这方水土。

抬起头，看见街路上挺入云天的杨树，在大雪里"白发须髯"，沉默，知足，像尘世的隐者，更像村庄朴素的亲人。其实，表哥也和它们一样，根系深扎进泥土，与故乡须臾不可分。

二

有些文字，写出来心会隐隐作痛，因此提起故乡，我一直闪烁其词，避让着"亲人"这个词。尽管如此，故乡依然不时地捂在我的心口上，给我温暖，并让我面对浮躁的人世保持着达观和清醒。

故乡，我最牵念的人是我的老叔。

在表哥家匆忙吃完早饭，便急着去老叔家。昨晚回到逯家沟，已经是晚上九点多了，因此没去惊扰他。

其实，在故乡，我的亲人所剩不多。父母早逝，两个姐姐和一个妹妹在外地打工，最亲近的是一个叔叔和一个舅舅，其余的都是表兄弟。在这些人里，我最惦记的是我的老叔。于我而言，他不仅仅是我血脉相连的亲人，从他身上更能折射出村邻的良善和劣性以及世风的浇漓。

他多少有些弱智，别说不认字，就是人民币一多就数不过来了。但他的个性人人皆知，比如他不会轻易去别人家吃一口饭，也不会给他人添任何麻烦。他七十多岁了，没有儿女，婶子前几年去世。早些年，村里就让他和婶子去敬老院，他说什么也不干，称去那里没有自由。好在，现在村里对他很照顾，每年土地承包出去的钱和"五保"钱，收入一万多。不过这么多钱，每年也不够他花的。事实上，我的纠结也正在于此。

老叔家与表哥家，南北间就隔着一条土路，有一二百米的样子。远远地，看见两间低矮的土坯房，在大雪的包裹下，像个若隐若现的大蘑菇。而房顶蹲伏的烟囱，恍若翘望的人。孤独而凄清。

他家的房子和乡亲们一样，都是菜园挨着庭院。菜园的南边，有个简陋的小木门，推开来悄无声息。菜园面积很大，据说他每年种植的土豆和玉米自己都吃不了。菜园里站立着一些向日葵和玉米干枯的秸秆，它们的果实奉献给了人世，叶子早就掉光了。看见庄稼，我就能够想象出夏日里，这里绿意丰沛，阳光明亮，雨露细润，以及植物间的私语。它们没有倒下，它们是土地精魂的遗骸。

走进菜园中央，便赶紧大声喊着老叔。我知道，他喜欢养狗，不止一两条，并且都很凶。对此，我没少说他，其实养一条陪伴他就可以了。他养狗很费钱，买时候花高价，平时喂的狗食也是非常人家可比。

没有听到狗叫，我老叔却忙着迎出来，让我进屋。

我问那些狗呢，他说给卖了。对此，我是不怎么相信的。我猜想可能是怕我看见，他就提前把狗放到别人家"寄养"几日。

屋子逼仄，有股发霉的味道，墙壁像几块漏风的厚铁，压得我心里难受。听表哥说，村子里明年准备给他盖个两间砖房，如此最好，我也可以出一部分钱，让他住得舒服一些。

他越来越老了，雪飘来飘去，终于停留到他的头上。他有点窘迫地站着，打开新买的冰箱，说吃的什么都有，什么都不缺，但不怎么想吃肉了。

去年他曾经得过一次病，多亏几个乡亲在医院照顾，尽管是村里拿的护理费。让人感动的事不少，让人纠结的事也挺多。我还听说过，有人看见一个叫王六的，同老婆孩子与我老叔这个连数字都不认识的人打麻将，那次我老叔输了不少钱。还有村邻向他借钱，几千几千的，至于还与不还，还多少，我至今也不得而知。每每听到这些，我胸有块垒，欲说难言。

我老叔共有六个侄子，我行四。我大伯父家和二伯父家的几个堂兄弟在几百公里之外的林甸县。我在 20 多岁的时候曾经去过那里。那时候，大伯父和大伯母还健在。除却那次我们见过一面外，现在仍然音讯不多。多年来，我老叔也很少去他们那里。亲人之间的来往，几近断绝。

我老叔小时候，我父亲对他最是疼爱，我的两个伯父搬到林甸后，他和我父亲留在了逯家沟。因为我的姥爷和姥姥一直居住在这里。

从我有记忆时候起，他就是生产队的羊倌。我父亲后来卧病在床，家里有重活的时候，我便替代他去放羊。他对我也最好。后来到外地工作后，我经常接到老家的电话，但对方不说话。但我知道是我老叔。他之所以不说话，一是想听听我的声音，二是怕我训他，三是怕我知道是他而感到麻烦。其实，对于这些我心知肚明。我就经常给他电话，但不知什么原因，他老是换电话号码。可能是有些村邻，手机不想用了，连手机和号码就卖给了他。

此时，看到白发苍苍的老叔，我不由自主地想起来我所有的亲人们。我们就像浮萍，随着滚滚红尘而四散去了。没有相互间的守望，有的只是专注于各自脚下的巴掌大的一方水土。

庙堂之高也罢，江湖之远也罢，每个家族都是一部大书。但我的家族，谱牒散轶，籍贯模糊，因此我一直就觉得自己恍恍惚惚迷失在风雪里，根系已经被深埋，姓氏的源头模糊不清。

三

雪后初霁，闪烁的阳光在皑皑的雪地上纵情飞舞，像亿万只蜜蜂嗡嗡作响。远处，大平原坦荡而苍茫，其中的沟沟坎坎如无数匹白色的骏马在驰骋。

下午两点左右，吃两顿饭的乡亲，开始做饭了。稀疏的炊烟在冬天里显得格外洁白，袅娜，丰满，像刚刚洗浴过的裸露少妇。雪落大地，而炊烟是村庄向上洒出的一束束雪影，攀爬，盛开如莲，为天空描摹出笑纹和俏丽的眉毛。我们的归宿是大地，炊烟的归宿是天空。

和老叔深一脚浅一脚地走在雪路上，不得不眯着眼睛，辨识着村庄的容颜。

我们村子名为逯家沟，是有来历的。村子历史不长，和黑龙江大多数村庄一样，历史也就七八十年左右。我姥爷17岁的时候，与3个本家从吉林到现在的黑龙江讷河县。因为都姓逯，落脚的地方就被命名为逯家沟。之所以被称为沟，是因为村子四周的土地有些渐渐隆起。我生于斯长于斯，并且看着长辈们相继在这里入土为安。

当初我离家的时候，逯家沟有190多口人，现在老老小小加到一起才30多，青壮年大都出去打工了。再者，孩子在外地上学的也不少。由于附近学校撤并，况且学校离村子甚远，有的家庭从孩子小学一年级开始，干脆就把土地承包出去，在县城购买或租住房子。男人打工，女人陪读。

如今，我对村子里每家的房舍以及它的主人的音容笑貌仍然记忆犹新。但现在的境况是，很多家的土坯房已经东倒西歪，破败不堪。一缕缕炊烟在消逝，一个个姓氏在散失。

二十多年过去了，除却因为年纪和疾病正常过世的十几人之外，村子里因家庭纠纷自杀的就有二三个。在外地早逝的也有四个，他们的年纪和我不相上下。这四人中，有三个是因为疾病，有一个是因为车祸。值得一提的是，我的童年小伙伴二歪因为婚外恋而杀人，被判处无期徒刑，现在还没有出狱。

不知不觉间，我家的老屋就在眼前。它后来的主人全家都出去打工了。

厚雪遮掩不了老屋的沧桑。门窗破损，墙体歪斜，屋檐敛目，屋顶的积雪好像随时都能把它压塌。它在汹涌的雪潮下，像只颠簸而破败的老船，摇晃着，挣扎着，却躲不过时光的漫卷与撕扯。

老屋才盖四十多年。我之所以叫它老屋，一是因为北方的民居寿命短，二是这所房子是我家自己盖的，三是我父亲是在这里去世的。

阳光刺眼。再次抬头看着老屋，好像看见了一个人影，背对着菜园，与老屋对视。他是我的父亲，是我记忆里的父亲。

老屋凝结了父亲的全部心血。

父母结婚后，买了一个破旧的房子暂时栖居。那些年，如果家里有一毛钱，也积攒下来，以备购买盖房子的木料。实在住不下去了，父亲决定盖房子。那年我6岁。

在我的老家，盖房子一般都是在六七月份。按理说，只要是材料齐备，盖房子并不是多大的难事。偏偏那年，遇上几十年少有的大旱，连县里的各个部门都组织职工，到农村帮助救灾。而盖房子在当时算是个大工程，恰恰遇上社员都要把主要精力用到抗旱上。生产队只是帮助我家把房架立起来了，大多活计还得靠自己干。

父亲有恐高症。砌墙的时候，我母亲和姐姐就把土坯放到筐子里，他在上面用绳子拽上去。他站在越砌越高的墙上，汗水不停地滴答。风吹过来，他的身子像单薄、摇摆的纸人。有一次，他差点掉下来。后来我成人后，才明白，在平原上，老屋的高度恐怕是恐高的父亲一生登临的最高度。这个高度，是他对家庭爱的累积。

住进新家的第二年，父亲因过度劳累而一直卧床不起，直至去世。白天时候，我去上学，母亲和姐姐也大多在外面忙碌，家里只剩下父亲一个人。老屋，看到了父亲满面的愁苦和浑浊的眼泪。

老屋也目睹了我家后来发生的一切。父亲早逝，老屋易主，母亲随我来到城市，却患心肌梗死而撒手人寰。老屋后来的主人，原来是生产队和村里的会计，很是张扬。他自己酒后就多次说过，他一跺脚逯家沟就得乱颤。没想到，他在知天命之年却漂泊到外地打工。

时间和时代的大背景，决定着我们所有人的命运。

走到老屋房西，忽然看到有几只麻雀从屋檐里飞进飞出。它们的身子是跳跃的音符，在雪影的映衬下闪着光，为乡村平添了韵律和生气。

然而，它们还记得它们主人的模样么？它们还记得乡亲们的谈笑声吗？或许，它们比我的父老乡亲还要孤单。

四

表哥的孙女来喊我们回去吃饭。老叔不肯去，看我近乎哀求的神情，他才勉强答应。

厨房里热气腾腾，一股农家菜香扑面而来。屋子里，坐着我老舅和表妹夫。

老舅也七十多岁了，一直独身。他原先是生产队的赤脚医生，据说中医还不错。他的近视眼镜，应该能够代表逯家沟的文化厚度。我小时候，他和我姥爷和姥姥在一起住，我是天天赖着他家不走。等到我上小学后，他的医药书我没少闲翻，特别是一些《说岳传》《隋唐演义》等评书演义类书籍更是让我爱不释手。人的命运有时候仿佛是天意。如果，没有我老舅和表哥，可能我最终不会走上舞文弄墨这条道路。

他一生好酒，并常常大醉。我老叔对他很有意见。去年我老叔住院期间，我老舅也被"公派"去照顾病号，然而我老舅却天天喝酒，气得我老叔看都不看他一眼。我老叔刚才还对我说，最可气的是，等他出院后，我老舅竟然把一个塑料盆拿走了。听到这些，我就忍俊不禁。

表妹夫比我小一岁，我们属于童年玩伴。他父亲与我父亲一生交好，我们两家处得很近。他的母亲我称作大姨的。他的父亲去世后，他母亲就到了居住在查哈阳农场的他的弟弟家。我回故乡的时候，曾经特意打车去看望远在一百多公里之外的她老人家。

互相问候是避免不了的。都说大雪来得及时，明年一定是个好年头。

屋子中央，炉火熊熊。炉子里飞出细碎的光，忽明忽暗，如落到墙上的蝴蝶在扇动着翅膀。对于这样的场景我是如此熟悉：我的父母和我们几个孩子围拢在火炉旁，笑意盈盈，满面红光。炉火的暖，是滚烫而软糯的暖，是低处的暖，来自于露珠升起，来自于溪水流淌，来自于小麦扬花和炊烟的腰肢，来自于大地深处。

南方的朋友以为，北方下雪是寒冷的标志。而我却一直认为，飘落的雪花，就是燃烧的火苗。因为每年的第一场雪后，每家每户就开始生炉子了。更为令人迷恋的是，下雪的时候，亲友们在火炉旁相聚，亲情和友情燃烧着，十分熨帖和惬意。所谓"晚来天欲雪，能饮一杯无"，大概就是这样的心境吧。

不一会儿，菜就端上来。冻白菜蘸大酱，酸菜炖大鹅，五花肉炖冻豆腐，土豆炖土鸡……这些令人日夜垂涎的家乡菜，让我大快朵颐。

美中不足的是，我最爱吃的冻豆腐，和我在自己家的冰箱里冻的没什么两样，毛孔不多。原因不言自明，那就是冻豆腐，只有借助雪才能堪称完美。下雪后，把切好的豆腐装袋，然后放到雪堆里，想吃就拿出一块。这样的冻豆腐，炖出后浑身是毛孔，吸足了汤汁。这样的毛孔里，隐藏着大自然的秘密。喝酒的时候，平时沉默寡言的表妹夫话语多了。他说他家小子订婚了，等结婚一共得花 30 万。我一听这个数字就大吃一惊。他说，这还是少的，多的都达到了 50 万了。女方不但要现金，还得要个城里的楼房。

"父母一生都在给孩子扛活。就是有出息上大学的，也是不少花。"表哥说。农村生活，比过去好多了，但彩礼也越来越重，大多家庭为了孩子得倾家荡产，老人还债一直到不能动弹为止。

我本想说些什么，但还是忍住。农村的一些风气，早已今不如昔，过去有大的农活邻里互助，现在必须花钱雇。世风的火焰正在把人心冶炼成铜板。那些淳朴、厚道、热情、善良，好像在渐行渐远，留给我们一个怀念和喟叹的背影。

我知道，我的叙述和思考是多么孱弱和无力，任何形容词都难以掩饰内心的焦急和凌乱。因为我深深知道，所谓新农村建设，如果仅仅是漂亮的房子和街路，仅仅是富足的生活，那么我们可能就会得不偿失和背离某种初衷。

"下雪了，该杀年猪了。"表嫂说，我们忙活一年，就是盼着孩子们春节都能够回家团聚。我想的却是，如果父母健在的话，年轻的外出打工者能在春节时候，回到故乡一次。然而，他们的子女，若干年后还会回到逯家沟吗？

我眼角有些湿润了。父母在，故乡就在；父母不在，我的故乡也在。这是我的宿命。仔细想想，我和雪花是多么相似。地气和蒸汽缭绕，上升，离开故土，但最终还是要回归于大地。雪的生成与回归，也是我的必经之路。一片片雪花飘落的方向，就是我的归途。我们都走在回程的路上，身子越来越低，直至渐渐融入苍茫的大地。

作者简介

舟自横，本名冯振友，黑龙江省讷河人，现居中俄边境小城。中国作家协会会员，黑龙江省作协诗歌委员会委员。编辑。在《诗刊》《儿童文学》《星星诗刊》《广州文艺》等国内外600多家报刊发表作品。

如此饥饿

张伟东

20 世纪 70 年代的饥荒，与"三年困难时期"比起来，算是小巫见大巫，也远没有刘震云先生的小说《温故一九四二》里描写的河南大饥荒那么惨烈。烙印最深的是 1976 年。这一年里，老百姓的日子过得苦不堪言。全国人均口粮在 300 斤以下，老百姓处于半饥饿状态。

故乡"三姓"的饥荒尤甚。东北民谚有云："风刮卜奎，火烧船厂，狗咬奉天，水淹三姓。"三姓三面环水，四面环山，中如釜底，地势低洼，历来易受水患。水患闹得最凶的时候，松花江、牡丹江、倭肯河同时泛滥，大水从四方汇集，咆哮猖獗，恰如沸汤。出现过"猪上树，狗上房，土鸡飞上老院墙"的奇观。严重的时候，洪水持续四十余天不退，农田全部绝产，瘟疫流行。时景大荒乱，百姓过贱年。吃草根啃树皮嚼皮带没至于，吞糠咽菜确实是家常便饭。

菜，一般是黄色或绿色的。所以，人们习惯了用"面有菜色"来形容一个人因饥饿而显得营养不良的样子。当时流行一句顺口溜儿："大脑袋，小细脖，光吃饭，不干活。"

我小时候就生得大脑袋，小细脖。不光脖细，两条小腿也细如柴棒，还要擎着一个永远都填不饱的蝈蝈肚子。都长到四五岁了，路还走不稳当呢，有点像老电影《烈火中永生》里的那个小萝卜头。我的童年，就是在这样的荒时暴月里跌跌撞撞着走过来的。

那时候，家里吃的糠主要是麸子面。菜挺多的，有婆婆丁、苣荬菜、小根蒜、刺老芽、柳蒿芽、苋菜、灰菜、芨芨菜、山芹菜、山白菜，山韭菜和山葱。每到青黄不接的时令，家里就吃这些东西糊口。上顿吃，下顿吃，天天吃，月月吃，吃到脸蛋子浮肿。后来，一看见山野菜，嘴里就泛酸水儿。瞅人儿时，感觉自己眼睛里放出来的光都是绿莹莹的。也不敢朝人伸舌头，因为舌苔也是绿的，如老屋檐上生的藓，更像好莱坞动画片里的怪物史莱克，真是有点吓人。山野菜吃到嘴里味道多是苦的。苦东西吃多了，才巴望尝点甜的。

有一回，我舅妈送过来一团糯米面和一碗红芸豆。我跟母亲说，我想吃甜豆沙馅儿的黏豆包。家里没有白糖，母亲就跑了一趟供销社，回来时手里攥着一个小纸包，打开了，里面是些白色的小颗粒。小孩子似乎天生对糖没有免疫力，我忍不住捏几粒放嘴里，吧嗒吧嗒，感觉味道不如白糖好。母亲说这是糖精，多吃不甜，反而会苦。

看见现在的孩子跑进冷饮店里吃奶昔，就使我怀念起小时候吃过的糖稀。

秋后，母亲领着我，手里拿着二齿钩子和柳条筐，去大地里遛甜菜疙瘩。遛来的甜菜大多有伤，母亲拿刀削干净一个，剁碎了，搅在麸子面里，上笼屉蒸熟了给我吃，头几口吃着甜，吃多了就闹心，感觉舌尖上麻麻的、涩涩的。我嫌不好吃。母亲说，那就熬糖稀吧。

母亲把洗净的甜菜疙瘩切成丝，放大铁锅里烀，把糖分全烀出来。然后拿一把大笊篱，将甜菜丝打捞出来，拿干净的纱布包紧了，用力挤，将含在里面的糖水挤回锅里再熬。熬时要注意火候，不能忽大忽小，隔两三分钟拿勺子顺时针搅搅。水分一点点地就蒸发掉了，余下琥珀色的糖液，文火再熬一熬，亮亮的糖液变成暗红色，糖稀也就熬成了。

糖稀含嘴里又软又滑。我喜欢拿两根筷子放到黏稠的糖稀里轻轻地缠绕，再一拉，就拔出丝来了。伸舌头舔着甜丝，惬意无穷呢。

倘若赶上好年成，我就催母亲贴玉米面饼子或者蒸黏豆包蘸着糖稀吃。只是这样享受的机会极少。遇上贱年，五谷歉收，多数人家还得吞糠咽菜。"糠菜半年粮"是我童年生活的真实写照。如今，有时候和朋友闲聊，跟他说我小时候吞过糠、咽过菜，吃过公社下放的救济粮。朋友就笑我，说我扯淡。他显然是不相信我这70后出生的人挨过饿。

记得有年夏天，几乎没怎么看见太阳。连降了几场暴雨之后，倭肯河就发了大水。母亲管发大水不叫发大水，而叫发了牤牛水。现在有好多人不知道什么是牤牛水。"牤牛"与满语"矛宁"谐音，是马的意思。形容来势凶猛。满族人管冲下来的山洪叫"牤牛水"。那真是山有多高，水就有多高，奔腾着，汹涌着，咆哮着，"哞哞"叫唤着。牤牛水以摧枯拉朽之势漫过了农田，庄稼绝产了。

一个灰蒙蒙的雨天里，大队部门口有好多人冒雨排成长龙，等着领人民公社用卡车发来的救济粮。情景有点像放映机里的老电影，宛若又回到了苦难的旧社会。我紧拉着母亲的衣服角，头上顶着一个大竹筐。母亲的腋窝里夹着一个面口袋，她步子迈得很大，风风火火走得疾。路面又湿又滑，我跟跄地随在她的后头。我已经走得很努力了，可还是拖了母亲的后腿。

我们远远地排在队伍的紧后头。看阵势，车上的粮食显然是不够分的。大队部里早早就安排了人手控制场面，没想到秩序还是大乱。吵吵嚷嚷，沸沸扬扬，就像煮开了锅。好像有人带头爬上车哄抢粮食了，接着听到有人挨了大嘴巴子的声音。粮食断流了，卡车开走了，人群也散了，母亲却没走。瞅四下里没人的时候，她才蹲下，将人家抢撒在地上的一把小米，连泥带水捧进口袋里。一点意外的收获，竟让母亲的心里好一阵悸动，悄声地跟我说，回去拿清水漂一下，够全家人喝上两顿粥呢。

一捧拾来的小米，也敷衍不了多久。一家人勒紧裤带过日子，饿得我前腔贴后腔，走路像踩着棉花一样，感觉天旋地转的。饥饿以残酷无情的方式赋予我幻想。有段时间里，看到什么东西，我都觉得是好吃的。正如卖火柴的小女孩饿得头晕眼花时，看到了喷香的烤鸭。饿着肚子的三毛看到一个大胖子，就想到了油汪汪的火腿。我把母亲放在灶台上的一小块猪胰子当成饼干给嚼了。事后不敢轻易张嘴说话，一说话嘴里就往出吐泡泡。现在想想，这个情景有点魔幻。后来我找母亲求证，母亲说，她是恍惚记得丢过一块猪胰子，害得她好长时间搓不干净衣服。

填不饱肚子的生活，却没挡住母亲生孩子。她又给我生下个妹子来。营养跟不上，奶断得早，只好喂妹子稀糊糊。很多时候，母亲随手划拉些能吃的东西填进嘴里嚼成糊糊，自己舍不得咽下，口对口喂进我妹子嗷嗷待哺的小嘴里。小丫头瘦得肋巴条打软肉皮里一根根凸出来，能看得一清二楚。她一直病恹恹的，哭泣时发出来的声音是幽幽咽咽的，像只小干巴猫发出的怜叫声。

闲暇时候，母亲往暖炕上一坐，将小丫头抱怀里轻轻地晃悠着。母亲低头摆弄着我妹子的小手，亲昵地数着斗。数罢了，母亲笑得眼角的鱼尾纹都舒展开了。母亲瞅瞅我说，看，你妹妹有十个斗呢！十个斗就是"满斗"。母亲便唤妹妹的乳名"满斗"。我凑近了，也伸出十个指头给母亲看。母亲数了一遍，就在我手心里啐了一口，说我是臭手，就一个斗。母亲说："一斗穷，二斗富，三斗四斗卖豆腐，五斗六斗开当铺，七斗八斗把官做，九斗十斗享清福！"

母亲说我一生都是穷苦命，不如我妹子满斗的命好。我说满斗的命不好，你看她蔫蔫巴巴的小样儿，脸儿煞白，八成是活不长。母亲紧着一通呸呸，骂我是乌鸦嘴。

没撑上几个月，家里就揭不开锅了。我三叔托人捎信来，说他们家里还有半袋麸子和一块豆饼，要是不嫌弃，就让我父亲过去扛回来。三叔家住保安屯，离我们村子有一百多里，全是难走的山路。母亲担心满斗等不到我父亲回来。满斗六个月大就出牙了。母亲跟我说，你妹妹出牙就能喝粥了，也要吃干饭了，我得出去想法子弄点粮食回来。

母亲出门时叮嘱我照看好妹妹。傍黑了，母亲还没回来。睡在小被子里的满斗微微动了两下。小丫头养成了一个坏毛病，习惯含着母亲的乳头睡觉。醒来了，就要嘬一阵儿。母亲胸前瘦得布袋似的两个乳房海绵一样，只要耐着性子嘬，多少还是能咂摸到一点奶味儿的。满斗醒了也不睁眼，吐着舌头找，结果什么也没有找到，就开始哼唧上了。担心她叼不着东西哭咧咧，我便把我的一根手指头伸进她嘴里，让她嘬。她眯缝着小眼睛嘬了两口就不嘬了。然后我就感觉自己的手指尖针扎似的疼。抽出来一瞧，出血了。

小丫头鬼精鬼精的，识破了我糊弄她的伎俩，也没吭声，狠狠地咬了我一口。气得我张牙舞爪，面露狰狞，伸双手想掐她脖子。这时候，母亲进屋了，我赶紧收回了动作。

母亲的腋窝下夹着一把稻穗。这是母亲掘了好几条田埂，挖了不知多少个老鼠洞才掏到的一丁点粮食。她把稻粒格外小心地撸到柜盖板上，找了个空酒瓶子在上面反复地碾压妥当了，再收进簸箕里吹去糠皮，就见到了一撮亮晶晶的白米。白米煮粥的味道可真香呀！馋得我直舔嘴唇。母亲偏心，说这点粥是熬给妹妹的，让我别惦记了。

半夜里，满斗莫名其妙发起了高烧。母亲伸手摸了摸她的前额，烫得不行。母亲又忙不迭地倒了一口烧酒，给满斗搓身子。搓完了也没退烧。小丫头的脸蛋儿变得越发红润起来了，脖子往下到胸脯都是红的。跟喝过了酒一样。接下来的情况更加糟糕，满斗的胸背、腋下开始出现了大小不等的出血点。往起一抱，身子骨跟面条一样软乎。吓得母亲慌了手脚，拿被子把小丫头裹巴严实了，急三火四地跑出去拍小大夫家的门。

小大夫是我们村儿里的赤脚医生，头疼感冒找他拿点药打个针还行，大病根本就看不了。小大夫十分谨慎地对我母亲说，你闺女的症状不太妙，得抓紧去公社卫生院里看看才行啊！母亲从小大夫家出来时，天都麻麻亮了。紧赶慢赶，好歹搭上了起早跑公社拉脚的一挂胶轮大车。

第二天下午，父亲和母亲都蔫蔫地回来了。发现母亲双眼红肿，我问她，满斗怎么没回来呢？母亲没回答我，伸手抽了我一个嘴巴子，然后她就一头扑倒在炕上，扯过被子蒙上头，哭得一塌糊涂。父亲看了看我，哽咽着说，满斗死了，再也回不来了。

母亲打我那一巴掌挺疼，可是我没哭。父亲说满斗再也回不来了，我就哭了。我啜泣着说，都是我不好，我不该说她八成活不长的话。父亲说这事不怪我，是母亲打田埂里掘来的一把稻穗沾过老鼠尿。满斗是染上了出血热。母亲以为是发高烧，耽误了治疗。小丫头还没学会叫我一声哥，就这样轻轻地走了。

满斗走了没多久，我也差一点死掉。我偷吃了父亲从三叔家里扛回来的豆饼。吃完豆饼，我感觉口渴，又咕咚咕咚喝了两葫芦瓢的凉水。我的肚皮像气儿吹着一样，眼瞅着就鼓起来了。还好母亲发现得早，找小大夫给我服了救命药，我的肚皮才没给胀破。事后，母亲问我，你还贪吃不了？我说贪。母亲气得够呛，满院子撵我，两只鞋底子都打飞了。可是我记吃不记打。我喜欢吃豆饼，是因为豆饼放嘴里细嚼，能品到油腥味儿，解馋。特别是把豆饼拿灶火烤软乎了，拿刀一切，散出来的热气扑鼻香。

饥馑之年，大概也只有春节的时候才能沾到一点荤腥。那年的腊月二十九，大清早的，父亲打外面扛回来一脚猪肉，当啷一声丢到案板上。母亲眼尖，瞄了一眼，就发现了蹊跷：肉里嵌着一层半透明的小水泡，奶白色，像脱净皮儿的高粱米粒儿。母亲断定这是块"米猪肉"（痘肉），心里立马就凉了半截，屋里屋外地嘟哝说，还是扔掉算了。父亲说痘肉也是肉，哪能随便扔呢？母亲说肉里的痘太多了，孩子没法吃。父亲说怎么就没法吃了？把肉切了放锅里使劲儿烀，把肉炼成"油梭子"（猪油渣）照样包饺子。

母亲没再吭气，把肉改成薄片推锅里，漫上水，架火就烧上了。

烀开了锅，一缕缕白气打锅沿边上呲出来，肉香味儿很快就飘满了一屋子。蛰伏在我身体里的馋虫闻到了肉香味儿，全都苏醒过来了，好像要爬到我的嗓子眼儿了。我问母亲，啥时候能吃呀？母亲说，要过一会儿才能吃呢。过一会儿我就再催一遍。母亲说再过一会儿吧。时间就在数不清的"过一会儿"当中越拉越长，我就眯瞪了。等我一觉醒来，揉开眼睛，发现屋子里面已经掌灯了。

一脚猪肉全烀烂在锅里了，化成荤油了。油梭子在锅里熬得金灿灿的，趁热乎夹一块放嘴里咬，吱吱地响，香了五脏六腑。有意思的是那些痘，被滚热的大油炸酥了，在锅里噼啪乱蹦，像极了熟鱼的眼。我嚷嚷着要吃锅底的痘。母亲直眉瞪眼，不准我吃。越不准我吃到嘴的东西，我就越觉着它好吃。母亲瞅父亲。父亲说瞅我干啥？孩子想吃就让他吃好了，油温那么高，炸了那么久，啥狗屁痘也活不成了！

母亲将铁笊篱伸油锅里一捞，沥出白花花的痘，扣了一个满碗给我。我顾不得烫，一把接一把抓起来就往嘴里送。嚼着酥，听着脆，品着香。我乐呵呵地说，这小豆豆可真香呀！母亲照我后脑勺上捆了一巴掌，呵斥我说，傻小子，哪来的小豆豆？你吃的是猪身上的痘痘，母亲唬我，说猪痘是小虫子的卵，我吃了它，它就粘在我肠子上了，往后天天吸我的血，吃我的肉，然后慢慢地就变成了大虫子，从我的嗓子眼里一条一条地往出爬。夜里，我经常打开灯，惊恐地张大嘴巴照镜子，结果就发现有一条大虫子，匍匐在我的喉咙口，探头探脑地想爬出来，啊呀一声尖叫，我就吓醒了。被窝里尿湿了一片。

满斗夭折了以后，父亲鼓捣母亲接着生。母亲不乐意，说咱这是越穷越生，越生越穷。父亲梗着脖子说，就因为穷，才要生孩子，财丁不能两旺，咱总得把住一样吧？穷有穷的养法，富有富的养法，人不养就让天养着。所以，母亲就接二连三地给我生了一个妹妹和两个弟弟。荒时暴月里，粮食不够吃。为了不让孩子饿着，母亲只好向街坊四邻乞哀告怜，借个一升半斗回来，能对付个两顿三顿。实在对付不下去了，母亲就带上我们去舅舅家里蹭饭。

舅舅家里有五个孩子。老大是小子，余下的四个都是丫头。舅舅当年是我们中心小学的校长，他岳父在供销社当主任。靠着当肥差的老丈人，舅舅家里多多少少也会沾点光，捞点油水什么的。都说是亲戚远来香。可是，我家离舅舅家近便，一个前屋，一个后院，中间就隔一条土道。蹭饭倒也十分方便。别人家的饭，隔三岔五蹭蹭还行。若是每天都去蹭，没时没晌地蹭，死皮赖脸地蹭，大嘴马哈地蹭，头也不抬、眼也不睁地蹭，就不招人待见了。

舅舅和舅妈倒是没当面说出令我母亲面红耳热的话来。然而，表哥表姐表妹们明里暗里指桑骂槐，已经开始对我们恶语相向了。

回来我就跟母亲讲，往后还是不要去舅舅家里蹭饭了吧？人家瞧不起咱，坐在舅舅家的饭桌前，我感觉有好多如锥子一样的目光在扎我，我都不好意思抬起头，稀里哗啦扒了几口饭，还没品出什么滋味，毛毛躁躁地放下碗，懵头懵脑地站起来，感觉大脑缺氧。我的肩膀撞了两下门框才走出舅舅家的屋。母亲拿眼睛瞪我说，脸皮儿薄怎么吃得了蹭饭？你是去你的亲舅舅家里吃饭，干吗非要吃得低眉顺眼的？咱家里是穷，可也不是低三下四的人家，谁家能没个马高凳短的时候呢？马粪蛋子也有发烧的一天，别把自个看扁了，再去你舅舅家里吃饭学着硬气点！

小小年纪，我就当了探子。如影视剧里的军统特务一样，学会了盯梢儿。但凡发现舅舅家屋顶上的烟囱冒白烟，我就颠颠着向母亲报告。母亲简直是女孔明，能掐会算，时间拿捏得恰到好处。母亲怀里一左一右抱着两个弟弟，我拉着妹妹，来它个出其不意，攻其不备，一鼓作气，闯进舅舅家里去，赶上舅妈把饭菜都做好了，正往饭桌上端。有道是兵贵神速，还没等表哥表姐表妹们上桌，母亲已经号令我们抢先一步安营扎寨，饭桌前各自占据进可攻退可守的有利地形。母亲教导我们说，能使筷子的就用筷子，能用勺子的就用勺子，筷子勺子都不会用的就下手抓。一通风卷残云过后，桌面上一片杯盘狼藉。我和我的妹妹弟弟，一个个吃得滚瓜溜圆，沟满壕平。低头扫一眼桌面上，碟碟碗碗盆盆罐罐全都空了。管它稀的干的，咸的淡的，生的烂的，所有汤汤水水，馍馍饭饭，全都装进我们的肚肚里，打着饱嗝儿，挥一挥手，吃不了的，全都带走。

迈出舅舅家门槛的时候，蓦然回首，我看到我的表哥表姐表妹在灯火阑珊处（昏暗的犄角旮旯）虎视眈眈地盯着我们掠夺后的背影，嘴里在嘟囔些什么。我侧耳聆听，终于是听明白了。原来是，我家借过舅舅家里钱，一直都没还上，我可爱漂亮的小表妹噘起红嘟嘟的小嘴，把我骂了个天花乱坠。我回头朝小表妹做了个鬼脸，笑着回了她几句。气得小表妹号啕大哭了一场。好在舅舅和舅妈都是温良之人，从来不与我这不懂事的外甥计较。抑或是他们心里想着那句老话儿：外甥是狗，吃完了就走。

回想当年，母亲带着我们闯进舅舅家里吃霸王餐的经历，让我想起冯小刚说过的一句话：一个人，不为五斗米折腰，一定是家里有五斗米，或者五石米。人有了底气，才能谈节操。

如今，母亲年纪大了，动辄跟外人唠叨早些年带着孩子们吃霸王餐的经历。我劝母亲说，家丑不可外扬，那些丢面子的事儿，您就别老往外抖搂了。母亲却不以为然，说怎么就丢面子了？我是去自己的亲哥哥家里吃饭，吃得理直气壮也不跌份儿。

作者简介

张伟东，作家、编剧，现居边城绥芬河。绥芬河市作家协会副主席。发表小说、散文、文艺评论近百万字。出版长篇小说《风眼》。荣获"中国当代小说奖"、首届"星火杯"影视纪实类特等奖、首届"大风·金果源诗歌奖"等奖项。

老院子里的旧时光

陈华

提起老院子我会说：我的憩园，那是个好地方。

尽管已经离开那里几十年，我觉得我的魂儿一直栖息在那里。不肯离开，我在它的怀抱里撒欢、淘气、迷茫。那是一段幸福日子。

老院子围墙边上长着蒲公英，刚嫩生生地冒出芽儿，还来不及顶出黄灿灿的花骨朵儿，鸡儿鸭儿就来了。三口两口，争着抢着，眨眼的工夫，就没了。没几天，又嫩生生地长出来，鸡儿鸭儿又来了……

小时候，它在我的眼里，一切都是崭新的，它那么漂亮。我每一次站在围墙边看我的家都要踮起脚尖儿仰起头。我家的新房子是多么高大、气派、恢宏。就像屋后的青山，我也要踮起脚尖儿仰起头，将稚嫩的眼神扔进云彩里才能看见。

后来提起它，我便像母亲一样，意味深长地叫它老院子了。老院子坐落在村边儿上，地处小村最高处。站在院子里可以俯瞰整个小村，尤其是那条贯穿了整个村子的小路，一直在视线里蜿蜒而去。小时候我常趴在墙头向外看，小路那头的黑影越来越近的时候我就蹦着高儿蹿出去了，从镇上开会归来的母亲手上，总有些意想不到的好吃的。

老院子由红砖砌成一米多高的墙围着。那是一堵漂亮的围墙，砖红得也鲜亮，像伸开的手臂，将我家的大房子紧紧地环绕着。院子里有煤棚、鸡架、狗窝。还有一个小园子，园子也是红砖砌墙，不同的是，红砖与红砖之间多了些镂空。

小园子里种着青翠碧绿的农家菜。豆角顺着砖墙爬出去，将几嘟噜果实晒在墙外边。黄瓜、茄子、辣椒都长得热闹。

昨日刚见花儿，今儿转身就能掐出一把。炊烟升起，铁锅上面飘着拧断肠子的香味儿，眨眼就上了饭桌。黄瓜架边上有个酱缸，上面盖着白纱布。姥姥不允许任何人碰，她说：酱缸有灵性，乱碰，味道就变了。

姥姥通常在有阳光的午后坐在那里搅酱。木头耙子在她手里有节奏地、缓缓地顺时针运行着，一圈一圈，黄灿灿的酱慢慢就着了色。小村经常有人端着瓷碗来我家讨酱吃。赶上姥姥不在家就靠在墙边等，多久都要等，是万万不敢自己舀一勺酱的。

酱缸边上是一棵李子树，干碗儿李子，掰开起沙，甜掉牙。母亲说：你姥姥是最喜欢这个院子的。搬来那年她就说，我再不离开这个院子，我要老死在这里了。

姥姥是老院子里的长者，在我的印象里她仿佛就是挂着一根拐棍，磕磕绊绊，摸索着走路的。姥姥一语成偈。她后来的岁月，全部留在了这个小院子里。

到这里，要说说这个老院子的来历了。从前，母亲还是女孩子的时候，她和姥姥住在城里。母亲十五岁那年，姥姥已经六十岁了。对，就是那年。家里来了一对老夫妻。母亲说，那两位老人一进家门就扯住母亲叫闺女，就哭。姥姥疯了一样地将来人赶出了家门。没多久，姥姥就带着母亲到了一个小镇，刚安顿好不久，那对老夫妻噩梦般地又出现在小镇上。后来，就来了这个小村。

姥爷活着的时候成分是地主，姥姥曾经是地主婆。我想作为地主婆的姥姥还是偷偷留下了一些金银细软的。不然孤儿寡母的哪有钱建一座大房子？姥姥就这样颠着小脚尖在村里忙乎起来，在姥姥的指点下，老院子就耸立在母亲年轻迷茫的目光里了。

一年半后，父亲进门。那一年，母亲十六岁。父亲二十二岁。两年后，母亲有了我。我是老院子里的第一位新成员。母亲说，随着我的呱呱坠地，姥姥紧绷的神经才算有了片刻放松。一辈子没开怀的姥姥见了我立马剥夺了母亲的所有权利，她将我抱到她的房间，理由是母亲睡觉不老实，压死了咋办？自此母亲只有喂奶的时候才能见到我。姥姥将她的小屋布置得密不透风，窗帘也经年遮着，她说：太亮会晃坏了孩子的眼睛。门把手也被她拴了红布条，要是有人敢在她门口咳嗽一声那就不得了了。她会惊恐地瞪人家一眼，然后飞奔到我身边看看吓到没有。我在她夸张的呵护中变得弱不禁风，三天一小病几天一大病，磕磕绊绊地成长起来。

四年后，弟弟来到老院子，七年后妹妹来到老院子。这一次母亲严肃地捍卫了做母亲的权利。而我，则在姥姥的呵护中一直到出嫁。小时候，我常在父亲盛怒的目光中倔强地瞪圆了眼睛，我从不怕父亲的巴掌，我知道姥姥在身后，我是安全的。父亲最多也就是扔下那句：都是你惯的！愤怒而无奈地转身。

阿黄一直是老院子里的一个重要成员。它与我同龄，是条长寿的狗，它活到二十岁。按照狗龄每季度长一岁计算，它活到八十岁。活到八十岁的阿黄没有寿终正寝。它被父亲母亲送到屠宰场，杀了。因为这件事，父亲母亲生平第一次吵了架，事儿是母亲挑起来的，她说：老陈，这件事这样做你觉得心里好受么？父亲瞬间崩溃：咋办？你让我做的你又怨我！横竖都是你的理！

记忆里，我从没见过父母吵架，但那次他们吵了很久，吵到最后他们直奔屠宰场。在大门口他们迎上了拎着狗皮的屠夫。

阿黄的皮被葬在离老院子不远的小山坡上。有一段日子我们找不到父亲就去小山坡，父亲一准坐在那里。我们姐弟三个也常去，坐在阿黄坟冢边哭，我们也会为了过去的一些事吵架。比如妹妹小，她总坚持说阿黄最爱吃李子。而我和弟弟却说，阿黄最爱吃骨头，哪有狗狗不爱吃骨头的？妹妹犟不过我们会哭，到最后，我们也会哭。那是我们家最贫瘠的一段日子。阿黄的尸体送给了一个干部，隔年，弟弟有了工作。

我八岁那年，老院子空前热闹起来。村里没有学校，像我一样到了上学的年龄的孩子不少。村长找了母亲。我记得那个晚上。姥姥将我们三个圈在李子树下讲故事。屋子里昏暗的煤油灯下，村长的大嗓门掷地有声：你能支持她教学？父亲的话也掷地有声：支持，教书育人，积德的好事。村长说：那就这么定了？父亲说：就这么定了！村长说：好，我明天开会。

隔日早上，父亲就忙碌起来。白花花的杨木板，木头墩子，洋钉子，斧头锤子。一整天的工夫，我家的三间房子就满了。母亲也背着重重的书本从镇上回来了。她买回来了墨汁，将一块白木板漆了。

又几日，村里的孩子们都来了。他们叽叽喳喳地堆满了我家的每一个角落。母亲只能从窗口爬进去，朗朗的读书声响起来了。有手巧的用红布做了国旗，父亲和村民将一根桦木杆立在老院子里。大门口有块牌子，上面是母亲用毛笔写的"红旗四队小学校"七个大字。白杨木板上的黑字在阳光下散发着油墨和鲜木板的混合气息。

姥姥经常坐在李子树下。她常有意无意地机械地搅动着酱缸，眼睛看着窗子，窗子里母亲的身影来来回回。此时的姥姥是安然快乐的，只要母亲在她眼前，无论做什么，哪怕将她挤出屋子只能坐在李子树下，她也是快乐的了。

一年半以后，村小学校建成。老院子才又宽敞起来。李子树也挂果了，白露霜一打，紫莹莹的李子上面就蒙了一层白霜，用手掰开，起沙、聚糖。

其实我见过那对老人。在村口的老井台边，趁着夜色。母亲哭得双肩不停地抖动。她苦苦地哀求着说不要再来打扰了，俺妈身体不好，经不起再搬家再折腾了。老人叹口气抹一把眼睛说：说好是寄养的，咋就抢了人家的女儿？老人最终互相搀扶着离去，背影寥落，影子在月亮地里蠕动着，母亲哽咽的声音也蠕动着：爹，娘，保重。看到这里起风了，我打了个喷嚏。母亲才发现身后原木篱笆影儿里的我。

阿黄是第一个离开老院子的。我是第二个。离开老院子的我有一段日子是窃喜的。外面的世界太精彩，太精致。我离开得迫不及待。那时候我不知道后来我会想念老院子，想得心疼。等我想念老院子的时候，我的女儿已经满地跑了。

那是个夏日，姥姥摇着蒲扇坐在李子树下，女儿趴在她的腿上。不时地抬头问：太姥姥，妖怪把仙女吃了么？姥姥笑：没有，仙女是好人，妖怪是坏人。好人最终都会战胜坏人，这就叫邪不压正。女儿带着满足的笑容伏在我的怀里睡去。姥姥将一句话仍在黑暗里：这世间有些事可以将就，有些事不能。我顿了顿：可是，我有孩子。

姥姥叹口气：孩子总会长大，而你的日子太长，有些东西日子越长越重，你会担不动。我也叹口气：姥姥，我有孩子。姥姥把蒲扇夹在腋下起身：这世上最苦的不是黄连，是娘心。娘心苦，比黄连苦三分啊！

夜风徐徐，姥姥的背影弯成天边的新月。七十多奔着八十去的老人了。那夜，我看老院子，发现它也老了。它像姥姥的脊背，在我的眼光中矮了下去。而我，在老院子里，顶着夜风站成一棵树的样子，女儿安然地在我的怀抱中睡着。

弟弟妹妹相继离开后，老院子就寂静了。两代三个老人，除了回忆就剩下回忆。母亲说：你姥姥越来越糊涂了，她常讲述你们姐弟三个小时候的趣事，只是张冠李戴了。

姥姥八十八岁，无疾而终。

我记得她最后的样子，眼神空前地清澈。张开嘴想说话却发不出声音，她看着母亲，焦急地一次又一次张开嘴，她咽下最后一口气，眼睛却大张着，眼神依然清澈。母亲哀戚戚地哭着：妈，我谁也不要，你就是我妈。你别惦记我了，我有丈夫有儿女，有人替着你疼我。姥姥眼睛闭上了。

后来我又回老院子。母亲也退休了，她也像姥姥一样，喜欢坐在李子树下摇蒲扇。我说：我帮你找。母亲摇摇头。我又说：姥姥走了这么多年了，你该认她们。母亲又摇摇头。我不解：落叶归根啊！母亲笑笑：根扎在心里。因为那里有个人，虽然我知道她不是娘，但是她拿我当命一样地疼爱着，珍惜着。我的心满满的，走不进别人了。你姥姥说娘心苦，比黄连苦三分。这话只说了一半，娘心也甜，比蜜甜。

老院子更矮了。房子也破旧了。

跟我走吧。离开这里，你的孩子都在城里，你在这里，我们的心就在这里，我们在城里你的心也在城里。距离会撕扯我们的心。母亲没否决，只是长长地叹了口气。母亲最终跟着我们进了城。

很多年后，因为亲戚家的事，我带着女儿回到了小村。那日，我对已经读大四的女儿说：我带你去个地方。女儿立马就说：老院子么？妈妈，是老院子么？

老院子的新主人进城打工去了，老院子空着，大门紧锁，我趴在门缝里向里看，看了很久很久。

女儿在身后问：妈妈，你看到了什么？我说：我看到了欢闹的鸡儿鸭儿，看到了硕果累累的李子树，看到了摇着蒲扇的姥姥，看到了年轻的父亲母亲，我还看到了我的童年，被你舅舅小姨追着，正在老院子里跑呢。

作者简介

陈国华，笔名陈华，1971 年 9 月 10 日出生。黑龙江省绥芬河市人，目前工作在浙江台州。1997 年开始在纯文学刊物发表小说、散文、随笔等三百多篇，出版散文集《爹娘的客》、小说集《赶花人》《逆流》获得奖励若干。2013年、2016年分别被保送黑龙江省萧红文学院研修班学习。2015年至今，担任黑龙江省绥芬河市作协副主席，2016年至今，担任黑龙江省《远东文学》小说编辑，2020年，加入中国作家协会。

母亲的那台缝纫机 <small>(外一篇)</small>

董茂生

　　从乡下搬进城里的楼房时，母亲把她带来的一台上海产的"蜜蜂"牌老式缝纫机摆在卧室南窗下正中的位置。这台缝纫机购买于1968年，在那个商品奇缺的年代，能够买到这样一台缝纫机，要感谢当时作为贫下中农工宣队员进驻建设供销社的李姨。

　　那年春天的一个傍晚，李姨到我家向母亲透露一个秘密，说供销社过几天要进两台缝纫机，一台当作样品摆放，另一台往外卖，谁想买必须有大队证明和供销社领导批条。当李姨听到母亲想买这台缝纫机时，感到很惊讶，她知道我们家的状况。那时我们家是全队最穷的，奶奶上了年纪；父亲患有严重的气管炎，平时走路都齁喽气喘；还有姐姐、我和弟弟三个孩子要养活；没有房子，全家六口人借住在田姓社员家的北炕上。

　　母亲当时不过是随便说说，也没想到李姨会有这么大本事，真的把买缝纫机的事给办成了。她把大队证明和供销社领导批条全拿到手，让母亲大后天一早带钱去。母亲听到这个消息，一下子惊呆了，虽说对购买缝纫机充满渴望，可上哪去张罗这笔钱呀？奶奶和父亲坚决反对购买缝纫机，家里没钱不说，小叔去世前看病，在信用社贷了60块钱还没还上呢。尽管这样，母亲还是决定要买下这台缝纫机，她软磨硬泡了半天，奶奶终于默许了。

　　这台缝纫机176.70元，这在当年是个不小的数目。母亲只有5块钱，父亲将仅有的 10 块钱偷偷塞给母亲。母亲知道二姨订婚时，婆家给了 200 块彩礼钱，二姨给山东的姥姥寄回 100 块，剩下 100 块存了起来。母亲找到二姨时，二姨丝毫没犹豫就把这 100 块和自己 5 块私房钱拿了出来。钱还不够，母亲听说老冯家女儿结婚，男方给了 500 块彩礼钱，能不能从他家借点？母亲怕自己借不来，就托要好的刘斌家帮着借，还真借到 15 块。母亲又在刘成家借了 15 块，并一再承诺年前卖了猪一定还上。

明天就要取缝纫机了，钱还没凑够，急得母亲嘴上起满了火燎泡。要知道，错过这机会，以后再买缝纫机就更难了。母亲想到不远处的夏家是铁路户，家里条件好，月月有工资。母亲哀求了半天，夏老太终于答应借给 30 块钱，但有个条件，让母亲在这月底前必须还上，说这钱下个月领粮用。母亲说，不用月底，28 号就把钱还给你。

就这样，母亲终于把钱凑够了。家里有了缝纫机，本是件高兴事，可母亲一点也轻松不下来。缝纫机不会用，又找不到师傅，还要惦记还夏家钱。

家里南北炕中间窄窄巴巴，没地方摆缝纫机，母亲就把缝纫机摆在炕上，坐着自己钉的板凳，摸索着练起来。邻居家的二婶，还有和母亲要好的那些小媳妇帮着一起琢磨。功夫不负有心人，经过努力，母亲终于学会了使用缝纫机。有了缝纫机，母亲的腰杆硬了不少，借钱也有底气了。她向常来家里的几个小媳妇借钱，她们见母亲买了缝纫机，就放心地把丈夫瞒着婆婆给的私房钱拿出来。母亲点着手指说，田财家 14 块；朱顺家 8 块；小顾家 6 块；老刘家 5 块，除了还夏家外，还剩下 3 块可以买些针头线脑。

冬天到了，家里养的猪要出栏。那时养猪要统一卖给供销社。这头猪能卖 70 多块，除了还冯家、刘成家和小媳妇们的 63 块，还能剩几块过个年。

父母和奶奶在邻居的帮助下把猪抬到供销社时，一下就傻了眼，只见信用社的刘主任早就等在那里，他们要扣下猪款还小叔治病时的贷款。奶奶和母亲一起大哭起来，旁人怎么也劝不住，哭得刘主任实在没办法，就答应贷款先收一半，给我们家留下 30 块钱。母亲把这 30 块钱还给了冯家和刘成家。四个小媳妇的钱怎么还的，母亲实在记不清了。二姨见母亲还钱困难，就跟我母亲说，我那份钱不要了，以后你管俺家几个孩子穿衣服就行了。二姨不会做衣服，以前孩子穿的衣服都是婆婆给做。就这样，二姨家孩子每年的衣服都由母亲包了，一直到大表姐结婚那年。

到现在，母亲还觉得亏欠二姨。母亲好说话，给左邻右居做衣服，从不收加工费，还要搭上功夫和针线钱，就连裁下的边角料都原封不动地交给人家。母亲白天到生产队干活，还要起早贪黑种小地，平时没时间，就晚上给人家做衣服。为了方便做活，母亲特意搬了家，借住到西屋只有一铺炕的刘家。

从我记事，每天晚上都能看到母亲坐在缝纫机前，借着昏暗的灯光，停电时就点一盏煤油灯，弓着腰踩着踏板，一件件地做着那些永远也做不完的活。早晨醒来，我第一眼看到的还是母亲坐在缝纫机前的身影，不知道母亲是一夜没睡，还是醒得比我们早。若是赶上过年，母亲更是忙活得厉害，为了给别人家赶制衣服，我们兄妹有时就要穿旧衣服过年。因为家境不宽裕，我们兄妹每年只做一件新衣服，平时换洗的都是母亲用旧衣服改制的，母亲把旧衣服的里子翻到外面，这样就显得半新半旧了。平时衣服破了，母亲就会用缝纫机将破洞补上，有时还会给姐姐衣服补丁上缝一朵花，给我缝一个小动物。在这缝缝补补的日子里，多亏有了这台缝纫机。究竟给多少人做过衣服，母亲也数不过来了，关键是她也不图人家的回报。让母亲感到欣慰的是，凡是来做衣服的都是高兴而来，满意而归。有的人家看到母亲做衣服很辛苦，又不收钱，实在过意不去，就把裁衣服剩下的布条给母亲几条。记得我上小学时还穿过一件用不同颜色布条拼凑起来的衣服，同伴们都说好看，现在看，该算作一件艺术品了。

还有的人家给我们家送点自家园子里产的小菜，或者给我们兄妹买几块糖什么的。也有的人家连个谢字都没有，就像理所当然似的，平时见到我们爱答不理的。不管人家怎么对待我们，母亲对他们的态度依旧，下次人家拿布料来，母亲还是认真地、准时地把衣服给做好。奶奶和父亲反对母亲给别人家做衣服，搭点功夫和针线不说，主要是缝纫机的"哒哒"声影响家人睡觉。气也生了，仗也打了，可母亲还是有求必应，不停地利用晚上给别人做活，从不影响白天干活。时间久了，奶奶和父亲也就适应了。

母亲没有学过裁剪，不会裁衣服，来找母亲做衣服的都拿整块布来。起初，母亲怎么比量都不敢下剪子，生怕给人家裁坏了。那年月买一块布料不容易，要凭票供应。经过反复琢磨，母亲想出一个办法，让她们把自己衣服拿来，大人的比着原样裁，小孩的照着衣服大出五指裁。母亲的原则是，做大了不要紧，别做小了，小孩长得快，来年还能穿。队里有一户人家，老娘们儿精神不好，先前生的几个孩子都夭折了，后来好不容易活下来两个，也是整天蓬头垢面的。母亲常常自己掏钱买布给那两个孩子做衣服，孩子的爸爸感动得非让他儿子认我母亲当干妈。

经过母亲的努力，三年后，我们家不仅还清了外债，还买上了房子，虽说是人家的旧房子，可对我们家来说就不一样了。看着这不太宽敞明亮的三间房，看着摆在屋里的那台缝纫机，母亲哭了，来东北扑腾10年了，如今，总算有一个真正属于自己的家了。

后来，老百姓的日子越过越好了，都开始买现成的衣服穿了，没人再找我母亲做衣服了，这台老式缝纫机就成了我们家里的摆设。我曾多次动过要将缝纫机处理掉的念头，可每次都遭到母亲的严词拒绝。母亲之所以不愿放弃这台缝纫机，原因是她已经把这台缝纫机当成了自己的孩子。或者说，在我母亲眼里，这台老式缝纫机就像是我们家里不可或缺的人口，不能抛弃。

如今，尽管这台缝纫机很少使用了，可母亲闲来无事时，还是喜欢隔三岔五地掀开机盖，把缝纫机头搬起来，检查一下有没有毛病，再踩着缝纫机的踏板蹬着转上几圈，就像担心家里哪个孩子生病了一样。母亲那年76岁了，这台缝纫机也陪伴着她度过50个年头了。这台缝纫机，曾经寄托着母亲对美好生活的梦想，见证着我们兄妹的成长历程，见证着母亲对我们付出的爱，见证着母亲内心的辛酸苦辣，见证着母亲的大度与无私。

露天电影

夏日的一个傍晚，我携着爱人到离家不远的沿河街散步，不知不觉地就逛到了位于沿河街中段的体育馆。这时，体育馆南侧的高音喇叭里传来的话语声引起了我的注意。我忽然间想起在文体中心工作的一位朋友说过，这几天要为市民放映露天电影。我穿过嘈乱的人群，来到了银幕前，饶有兴趣地看了起来。爱人是在城里长大的，她显然对露天电影不感兴趣，不停地催着我走，可我全然不顾。

这些年，随着电视和网络的普及，别说露天电影，就是普通的电影院也都淡出了人们的视野，唯有个人开办的高档影院还零星地存在着。在我居住的这座口岸城市有一家个人开办的高档影院，我应朋友相邀曾去过一次，票价高得惊人，远非平民百姓所消费起的。来这里消费的多数是热恋中的情人，在这里寻觅一个谈情说爱的去处，至于电影的内容对他们来说并不重要。尽管影院里有高档的装饰、舒适的座椅、冬暖夏凉的空调、世界一流的播放设备，可我一点也提不起对看电影的兴趣。我知道自己这么多年来，一直难以忘怀还是少年时代在家乡看过的露天电影。

今天，看到了久违的露天电影，这不能不让我想起小时候看露天电影时的情景，也在我尘封多年的思绪中扯出几缕时时忘记又时时想起的往事。

我的少年时代是在绥芬河西南山区一个叫建新的小村庄度过的。这里远离市区，交通不便，尤其是在那个封闭的时代，村子也就显得格外清静。村子里平时的文化生活除了听大队部的那个高音喇叭里播放的样板戏，就是每年有数的几次放映露天电影。

起初，农村各大队没有自己的放映机和放映员，放映露天电影是由市电影院的师傅携带放映机和影片到各村巡回放映的。我记得到我们村来得最多的是一个叫王建国的师傅，其他人基本上没有什么印象了。那时候，电影放映员在农村老百姓心目中的地位老高了，吃饭的伙食标准远远高于下乡干部。不管到了哪个村，都好吃好喝地招待，大队干部只要在家的，吃饭时一般都要前来作陪，唯恐慢待了师傅。每次到各村放映的顺序一般都是从近到远，每个村电影放映完后，第二天由村里派一辆马车或牛车将放映机、影片和放映员送到下一个村，一部电影放映一圈下来就要半个多月。

每次放映队一进我们村，村子里的大人小孩就奔走相告，根本用不着村里的高音喇叭通知，整个小山村就像过年一样热闹起来。各个生产队也都有一个不成文的规矩，就是要比往天早收工一小时，给人家留出回家做饭和吃饭的时间。我们这些小孩子哪还顾得上吃饭，随手捞起个大饼子什么的，一边啃着，一边扛着长条板凳去占地方。起初占地方，不管是谁摆几块石头也算数，可后来有几家的石头摆混了，挣地方干起了仗，有的还见了血。

后来，我们村里为了避免纠纷，也就有了一个约定俗成的习惯，看露天电影占地方只要是板凳放在那才算数。我每次都去得很早，选择了最佳位置后，就和小朋友们一起帮助师傅们挂银幕，支电影机架，拎影片，扯电线，总之，摸着什么干什么。记得每次放电影都是在供销社门前的那块又平又大的空旷场子上，那里坐个千百把人不成问题。也记不得什么时间，是谁在空旷场子的南侧竖起了两根高高的松木杆，在五六米高的地方横绑着一根木杆，三根松木杆圈起的地方悬挂放映队那块镶着一圈黑边的白色银幕正合适。

电影院里放电影，不管白天晚上只要挡上窗户就行，放映露天电影只有到了黑天才可以。大人们远比小孩子有抻头，天都擦黑了，才三三两两地从四周聚来。一时间，场子边便传来寻找自家领地的叫喊声。不管是大人还是小孩，都能从嘈杂声里寻到自家人的气息。天完全黑下来了，场子里的人都落了座，只见一片黑压压的人头和一个个萤火虫在老爷们的嘴前飞舞。场子的后边靠近电影机的地方，有不少没带板凳的人站在那里，时不时地看着师傅挂片，天黑掩盖住了他们脸上焦灼的神情。随着师傅得儿一声扳动，电影机放映了，一束愈进愈粗的白光像悟空的金箍棒一样冲向银幕，银幕霎时间吸引了大人们的眼球，动听悦耳的音乐声收走了孩子们的喧闹，只有到了换片的空当，他们才找到了自我。

有趣的是，一场露天电影放下来，总会出现一些不尽如人意的小插曲。看着看着，银幕上的画面跑了，不知是谁碰歪了电影机；听着听着，电影哑巴了，也不知是谁绊到了扯向音箱的电线。有时赶上下雨天，也绝不会耽误放映的，电影机那支个篷，看电影的人穿上雨衣或披上一块塑料布，一切就都解决了，电影光和幕布不怕雨浇，顶多就是影响点效果。要说最让我们恼火的当属停电，快的时候十分八分就来了，更多的时候是一两个小时都不来，也有的时候一宿都别指望了。那时候，不管是大人还是孩童都是极有耐性的，在长达一两个小时的等待中，虽然听到的尽是小孩的喧闹声和大人的呵斥声，可散去的人很少。实在等不到来电，放映员只好用商量的口气说，今天就散了吧，这时人们才恋恋不舍地离开，板凳是不带走的，一旦来了电，马上就又聚拢过来。

夏天，看露天电影怎么都行，可到了冬天就遭罪了。那时候冬天可比现在冷多了，在冰天雪地里一坐就是两三个小时，也真够人受的，可人们对电影的渴望远远胜过对自己身体的珍爱。好在每年冬天放映露天电影也就有数的几次，人们还可以靠跺脚和相互靠近取暖，因为看电影冻伤的还没听说过。

那个时候，实行的是计划经济，连影片到一个县、一个公社放映几天都是有严格限制的，一个村因为停电没放映或没放映完，是很少有机会等到第二天再放映的，失望的人们只好眼巴巴地看着放映员解下银幕，收拾物品，坐着老牛车慢悠悠地离开。自从有了没看完电影的经历，我们这些小伙伴有了教训，为把握起见，一听到放映队到了邻村，就早早地结伴往返十几里到邻村去看。谁知去了没几次，就被邻村那些和我们年龄相仿的半大小子们看到了门路。尽管我们从来都不惹是生非，可他们还是只允许我们在银幕的反面远远地看。后来，不知什么原因他们竟然合起伙来驱赶我们，有时用石头撇我们，把我们撵出很远。

大概是到了二十世纪七十年代末期，绥芬河市的每个村基本上都购买了7.35毫米的电影放映机（后来又更换为16毫米），有电影机的村也都配备了兼职的电影放映员。市电影院的放映队不用下来了，电影片还是靠流转，村里的放映后，第二天放映员用自行车把影片送到邻村，方便了不少。

印象最深的一次露天电影至今记忆犹新。那天影片流转到我们村，不知什么原因停了电，全村人眼巴巴地等了半宿。放映员想把影片多留一天，可不到中午，邻村的放映员就自己来取电影片了。看到全村人急得火烧火燎，我出主意说，不行咱也今天晚上放映，我骑自行车到邻村去取片，他们放映完一盘我去取一盘，不等你第一盘放完我差不多就把第二盘取回来了。就这样，我用半小时往返十多里山路去取一次电影片，一共跑了四个来回，不但电影没捞着看，衣服也都塌透了。这天晚上，放映员破天荒地到我家为我一个人又放了一场电影，这一天的情景一直氤氲在我的内心深处。也就是在这一年的冬天，我们村的放映员搬迁到外地去了，我被大队选为电影放映员。

后来，我们大队在看露天电影的空旷场子那里盖起来一个三四百平方米的俱乐部。从那以后，再放电影就在俱乐部里了，即便是在炎热的夏天也不放露天电影了。

搬迁到市里以后，也经常去电影院看电影，这两年也常去豪华影院，可总也找不到当年看露天电影的那种感觉和氛围。

昨天，一直到体育馆的露天电影放映完，我才意犹未尽地离开。电影里的一幕幕，又一次让我回想起多年前观看露天电影的情景，让我从内心感受到一种难以割舍的情愫。此时，浮现在我眼前更多的是一个骑着自行车穿梭在夜幕中的身影。

作者简介

董茂生，绥芬河人，1966 年出生，绥芬河市作家协会副主席，在国家和省市级报刊发表文学作品多篇，小说《都是麻将惹的祸》获《小说选刊》第二届全国小说笔会征文优秀奖，散文《人杰地灵凤凰城》获《散文选刊》2012 年全国散文优秀奖，散文《小学毕业照》获中国散文学会举办的全国散文作家论坛征文一等奖，作品入选《全国散文作家精品集》。

再见海参崴 (外一篇)

于丽君

　　最早在文学作品中与海参崴谋面，缘于作家余秋雨的《垂钓》，当时作者可能是带着妻子去散心的，所以才勾画出灰黑色的老人与海，这似乎与我脑洞中存有的海参崴画风相左，但也还没有盼望早些印证的打算。小小的女儿都去海参崴转过两趟，而我对海参崴就如黄生借书，在是在的，却不急着去，像是再等，是谁，还是什么，朦朦胧胧，很难说得清。

　　第一次是等来了她们，我的两位大学同学，其中一位还带着儿子。接到偶尔联系的两位室姐突然打来的电话，说要开始一次说走就走的旅行，目标精准定位海参崴。那是要来我这呀，毕业25年之后的第一次重逢，一定是要有仪式感的。惊喜之余，我便忙着筹备接待事宜。曾经同住一间寝室，自然不是外人，三个人就都安排在家里，我和先生精心设计三餐，既有自家亲情定制，也有绥芬河最具特色的俄式大餐。因为去海参崴不是每天发团，我先联系了旅行社，择日定好行程，就打理行装准备出发了。

　　盛夏七月，绥芬河最美的季节。早上，天空蓝得不忍用手拂拭，空气里满是甜丝丝的清凉，我们四人与旅行社同行的其他人，踏上了经铁路去往海参崴之行。火车还是绿皮车厢，但是里面很整洁。从绥芬河到海参崴的第一大站是格罗杰克沃，距离只有27公里，但火车总是开开停停，大家戏谑地说应该申请吉尼斯世界纪录："世界上最慢最贵的国际列车。"过了3个隧道，大概是1小时以后，车厢里突然来了一位穿着迷彩军装的俄罗斯女军人，要检查我们的护照，窗外不时有俄文标牌和俄罗斯警察闪过，表明我们已经进入俄罗斯境内了。

我的思绪也随着车轮滚滚前行，听母亲说自己的外祖父是闯关东的山东人，来到被称为五站的绥芬河后，外祖父就做了阜宁镇的私塾先生，这在绥芬河志上也有记载。外祖父辛勤地培育桃李，外祖母为了贴补家用，就把针头线脑藏在衣服里，装成孕妇的模样，腆着肚子，撑个小脚，步行去四站、三站换些盐回来，一天打一个来回。

祖母也曾经烧过酒，用酒去四站换盐，那时一直到一站海参崴都是中国的领土，眼前掠过的茂密丛林，曾经都属于中国。望着远处的山林，仿佛看到头上的太阳火辣辣地烤着，一位矮个小脚的妇人，双手捧着沉甸甸的肚子，不时还要回头张望，在林子里艰难地穿行……

我们从绥芬河出发2个多小时以后，终于到了格罗杰克沃站。绥芬河边检站手续简便、快捷，但俄方过关很需要耐着性子了。先是海关的护照检查，第二关是移民检查，第三关是安全检查，想着能看到金角湾、看到大海，还是暂且忍忍吧。

当换乘俄罗斯的大巴时，已是下午两点多了。从格罗杰克沃到海参崴还有280公里的路程要走。大巴驶过了一片广袤的原始森林，又进入了荒无人烟的大草原。整个滨海区大概有500万平方公里，有半个中国那么大，可人口不过800万。由于滨海区地广人稀，土地资源丰富，很多人在农村有庄园，在城里有工作，人们无不感慨，要是这片土地仍属于中国该多好呀！两个多小时的颠簸后，我们经过了一片军事演习区，路过乌苏里斯克。当看到建筑渐渐增多而且楼房越来越多，我们知道海参崴快到了。

近晚六点到海参崴后，导游嘱咐要保管好护照和移民卡，这两样东西可是我们在海参崴的护身符。进入城区，道路和房屋都有些破旧，但是很整洁，整个城市与绥芬河市一样，都是建在山坡上，我们坐在车上不断地前倾后倒。路边的商店规模都很小，但是门面装修还不错。路上跑的基本上都是日本、韩国二手车，很少有俄罗斯自己的车。导游小姐告诉我们：海参崴是远东最大的二手车交易市场，1千多美元就可以买到一辆便宜的日本二手车，贵的是1万美元左右。市区街道不宽，没有一个在红绿灯下指挥交通的警察，路上车水马龙，却井然有序，绝没有抢道、边开车边打电话或抽烟等行为；就是偶尔堵上几分钟，驾驶员也泰然自若，绝没有狂躁不安的喇叭声。在斑马线前面，我们见离车比较近了，习惯地让车开过去，驾驶员却将车停下来，示意我们先行，真想给这些开车族点个赞！

这个季节到海参崴旅游要提前预约，否则即使到了绥芬河，也要因为团内人满而等到下批发团。我们这个旅游团的游客分成两个地方住，一部分住在海边，我们是不幸的另一部分，被安排到位于工厂区的东方旅馆。周围是冒着大烟的旧工厂，根本看不到海的影子，早上起得再早，在附近也找不到可以散步的好去处。

第二天一早，就有大巴来接我们去景点。参观的第一个景点是海参崴 C-56 潜艇博物馆。在符拉迪沃斯托克的"太平洋舰队的战斗荣誉纪念碑"广场上，矗立着一艘真实的退役潜艇，它就是曾荣获红旗勋章和近卫军称号的"C-56"号潜艇。旁边是黑色大理石砌成的纪念碑，碑文记载着从1941年至1945年，苏联红军海军在卫国战争保卫重要港口战斗中牺牲将士的事迹和得到中国、朝鲜帮助的史实。碑前燃烧着"长明火"。

二战中，这艘 C-56 潜水艇的官兵英勇善战，共击沉敌舰 10 艘，重创 4 艘。为纪念英勇牺牲的潜艇官兵，战后 C-56 潜艇被分割成数段，用火车、汽车、起重机运送至此，组合焊接复原，建立了这个别致的实体博物馆。进入潜艇，舱内各种机械、设备、物件真实原样，艇舱两壁贴满照片、图片和文字材料。置身其中仿佛亲临硝烟弥漫的战场，强烈地感受到俄罗斯海军的辉煌。潜水艇博物馆的左侧，有一座俄式8层建筑，门前有两具大铁锚，门庭上方置放着一艘精美的战舰模型。这就是二战期间苏联太平洋舰队的总指挥部。如今，也仍然是俄罗斯太平洋舰队总部所在。

下午是自费游项目，坐船去游金角湾，看军舰、海鸥逐浪。海湾里这些有着赫赫战功的战舰，如今一年也出不了几次海了，大部分时间都在这个港口面无表情地冷眼观瞧这个世界，好像置身事外的旁观者。翌日上午参观火车站。据说这是世界上唯一把港口和火车站建在一起的车站，这是海参崴这片土地上最具俄罗斯建筑风格的一座建筑，让人能联想起17世纪俄罗斯建筑艺术的代表作品。它与俄罗斯远东大铁路建设同步，历史上，这个火车站建筑经过了几次改造，现在的火车站大楼是按照弗科诺瓦洛夫的方案于1912年建成的。它外观精美古朴，充满贵族气息。主入口采用三联拱门形式，屋内为冰刀状屋顶，有许多小帐篷顶点缀其中，给人以复杂多变的视觉美感。站台上有为纪念二战时期英勇的铁路工人设立的实物纪念碑——蒸汽火车头。

火车头由俄罗斯人设计，在美国制造，通过太平洋运抵这里。在二战期间，这台机车发挥了很大的作用。许多铁路工人在空袭中壮烈牺牲。这里有块碑石，上面雕刻的碑文是：献给1941—1945年卫国战争期间英勇的远东铁路工人们。站内还有一个标志物——9288碑，碑上的9288表明从海参崴火车站到莫斯科火车站的距离是9288公里，这个距离使得很多海参崴人到过我国的北京而没有到过他们的首都莫斯科。碑顶上有一个俄罗斯的国徽双头鹰，导游小伙说，其意义是以莫斯科为中心，监控欧亚。

车站对面是列宁广场，广场前面是列宁塑像。列宁同志站在那里左手拿着帽子放在大腿边上，右手平举指着远方。现在，距离这个方向大约100米处正好是一个大屏幕电视，导游小伙讲了一个海参崴人都知道的笑话：问："列宁同志在说什么呢？"答："快换台！"

游览完景点，导游又带领大家奔向购物商店，披肩、巧克力、糖果，同行的游客不停买买买，吃过晚饭回到旅馆时间已经不早，导游小伙叮嘱尽早休息。因为明天4点30分就要起程，我们又将回到中国。

归途之中，我对海参崴就像是早已惺惺相惜的朋友，见面无多时，还没谈尽兴，又将匆匆挥手道别；又像是好不容易获得一本好书，精彩的地方还没看完就被别人收回，心有怅惘。为了所有这些仓促相遇的人与风景，来自广袤大地的见与没见的雨、雪、雾，辽阔的海洋和无穷无尽的白桦林，只感觉我还会再次造访这块远东的土地。

再去海参崴，是随绥芬河女企业家代表团的一次出访。女企业家们远远地就看到造型恢宏大气的新公路口岸，走进刚投入使用还未满月的新公路口岸联检大厅，就被设施配备先进、功能完善的智能通关所吸引，有四处环顾的；有啧啧称赞的；还有赶紧拍图发微信朋友圈的。秘书长拿出条幅招呼大家在自己国家的大门口合影留念。通过两国检查后，大巴载着中国的美女企业家们踏上了愉快的异国之旅。随女企业家协会的美女精英们出国，待遇和第一次差别可是不知要甩过多少条街，坐的是知名女企业家赞助的专门出入国境的豪华大巴，出国有专人在海参崴安排吃住，大家如有需要，只要不是在两国的口岸特殊管理区，车可以随时停下购物、赏景。

进入俄罗斯国土，大巴一直穿行在丘陵和平原上。曾经迷人的异国风光，那冒着炊烟的静静的小木屋，那一片片挺直的白桦林……因为是初冬，山川和原野早已褪去夏秋的鲜亮。沿途很少看到房子和行人，映入眼帘的是大片大片未开垦过的土地，旱地上野草枯黄。俄罗斯远东闲置大片肥沃的土地，他们怎么不开垦呢？俄罗斯民族不也是自称勤劳勇敢的民族吗？我的疑惑很快就被解开。原来，苏联解体后，靠土地生存的很多农民不愿意种地，都纷纷进城务工或做生意去了，致使大片土地撂荒。少数种地的农民还实行土地轮作，今年种这片地，明年种那片地，反正都是地，想种哪里就种哪里。一些精明的俄罗斯人甚至把一些土地租给中国人耕种，像地主一样收租子。听到这里，我心里颇不是滋味。

山林附近，偶尔能看到墓碑，正值万圣节刚过完不久，墓地里摆放有假花，个别墓地还有几个饮料瓶躺在那里。庆祝万圣节的群体主要是俄罗斯的年轻人，他们举行主题派对，部分酒吧和俱乐部会布置南瓜灯和有万圣节特色的饰品来营造节日气氛。在主题派对上会演奏符合节日气氛的音乐，人们会打扮成幽灵、吸血鬼等形象，还会有评选最恐怖造型的比赛，一些地区还会举行万圣节游行。

万圣夜在每年的 10 月 31 日庆祝。人们通常认为，万圣节前夜是一年中亡灵可以回到人间的唯一的日子。这一天，人们都习惯买南瓜，把里面挖空，抠出两个眼睛和一个嘴巴来，做成鬼头，放在家里，庆祝万圣节。这一天会有小孩子挨家挨户敲门要糖，所以俄罗斯的家庭里都是预先准备好精美的小礼物和可口的糖果，等待小孩子们来敲门，然后道祝福。虽然大多数西方人都接受了万圣节，但是俄罗斯有的民众并不十分接受。传统的俄罗斯人过的是复活节，墓前供上绘有彩色图案的鸡蛋，据说这样可以祈求保佑逝者，此外还会供上甜乳渣饼、馅饼、果子羹等食品，还要在墓地周围种上花草。虔诚的东正教信徒则去墓地前先到教堂为逝者点上蜡烛，并为逝者的灵魂安息进行祷告，然后领取圣水洒到墓地前。

祭奠结束后，全家人会在墓前简单地聚餐，每个人都要饮上一杯伏特加酒，但饮酒时不能碰杯也不能说话。无论俄罗斯人过万圣节还是复活节，就像其他热闹的节日一样，是在欢喜中祝愿逝去的亲人升入天国，很喜庆。这点和中国的鬼节不同，中国的鬼节，天空都弥漫着忧伤，总是因亲朋的离去而感怀。这方面中西方文化虽然有差异，但都共有一个美好的愿望，就是祈愿故去的人能够生活在另一个快乐的天堂。

虽说俄方的高速公路不收费，相当于中国的国道，但中间没有隔离带，两边也没有护栏，大概还是俄罗斯人少车少的原因。夜幕降临后，有星星点点的灯光在起伏的草浪中闪烁，这样的景色叫人恍惚和迷离，让我想到了肖洛霍夫的《静静的顿河》。

快到海参崴时，天气暗了下来，但是道路逐渐好了起来，进入市区的路面好像是新修的，还是有点规模。晚上七八点钟终于到了我们下榻的酒店。我们住的是被称为海参崴最好的宾馆阿穆尔宾馆。它靠山临海，每个房间都有一个面对大海的阳台，由于宾馆建在海边的山崖上，虽然是二楼，但也能看得很远。站在阳台上眺望大海，海水呈深蓝色，洁净、壮美。

早晨，大海还未结冰，朝阳的映衬下一片粼光闪闪，这是阿穆尔湾。能看到远处的大货轮，也能望见海鸥在窗前楼下翱翔，再多的历史烟云也遮挡不住海参崴的魅力和美丽。海参崴三面环洋一面靠山，坐落在穆拉维约夫阿穆尔斯基半岛上。

海参崴是丘陵地，有三个海湾——阿穆尔湾、乌苏里湾、金角湾。金角湾的海水深达 4000 米，那里冬天是不冻的。城市迤逦于海湾沿岸，依山临海，人口 80 多万。宾馆下面是蓝湾、沙岬，还有海水浴场、跳水台、练车场以及游艇码头。

从窗口望去，山海相连，水色岚光，风景雄奇幽静，我们的车先盘上市内一座山城加油站，这里视野开阔，可以将三个海湾一览无余。右边是阿穆尔湾，远远眺望，有一段灰色粗线，在宁静的海面上轻轻浮动，这是海参崴最大的岛屿——俄罗斯岛，俄太平洋舰队就驻于该岛。中间是乌苏里湾。左边是金角湾，在灿烂的阳光下恰似一只金色的牛角。

市区沿海岸线绵延长达三十多公里，海岸线宽直陡峭水深，没费一斧一凿就拥有了太平洋中最大的天然良港。市属的二十多个大小岛屿，错落有致地分布在彼得大帝湾中，站在阿穆尔湾前的山顶眺望，海参崴就像是坐落在碧波万顷的太平洋上。怡人的温带海洋性气候，遍布各岛屿风光极佳的天然浴场，使这座离莫斯科9288公里的边远城市，成了闻名世界的旅游疗养胜地。

海参崴非常干净整洁沉静典雅，马路上见不到一根烟头，一张纸屑，一点垃圾。由此可见，海参崴是一座很有文化底蕴的城市，70万人口，有11所大学，其中9所是高等学府、11所中学、4座博物馆、3座剧院和1座音乐厅。俄罗斯人普遍受教育程度和文化修养较高，因而整体国民素质较高，在他们的言谈举止中透着一种让人心仪的气质、教养和内涵，真不知是这样的民族才孕育出了托尔斯泰们，还是托尔斯泰们以他们的巨大魅力，影响升华了这个民族的情操。

我们房间窗外就是大海。街道两旁，鳞次栉比的大多是二十世纪六十年代的俄式建筑，虽然只是五六层的楼房，却建得恢宏坚固美观。在市中心斯维尔特兰大街一带，也有很多风格迥异的十八十九世纪的欧洲各国建筑，显然是穆拉维约夫阿穆尔斯基们在"占领东方"后，雄心勃勃向西方学习的杰作。在今天的西欧差不多已被现代物质文明洗刷翻修一新后，在海参崴还保留着许多十八十九世纪的欧洲建筑和遗风。那些褐色的陈旧建筑，黑灰色的石板路，夜晚时分昏暗泛黄的街灯，街灯拐角处的一对对恋人，成为欧洲人寻找昔日风光的难得去处，也成了没有到过欧洲的中国人，在感受俄罗斯风光的同时也领略一下欧洲遗风的好去处。

绥芬河女企业家代表团，是俄罗斯滨海边疆区企业家年会唯一受到邀请的外国企业代表团，此行的服装大家还动一番心思，只有民族的才是世界的，女企业家们一致认为宴会要穿旗袍，因为还要参加正式会议，正装也是必需的，其他的服饰大家可以随意。当晚就有海参崴官员和商人参加的宴会，我国的女企业家们统一着旗袍参加晚宴，一亮相，俄罗斯朋友们就瞪大了双眼，竟然忘了打招呼，现场有短暂的几秒寂静，随即响起了热烈的掌声。为首的当地官员和企业家代表走上前来握手，互致问候。如果只有一两位中国女士穿旗袍，只会偶尔收获注目礼，当晚三十多位不仅是企业家的中国美女共同出场，事业的成功为这些女性增添了自信的光环，强大的气场不可同日而语，流动的风景自带光亮。

宾主落座，现场的热度不断飙升，翻译已经忙得"奋不顾身"，"麻婆豆腐""宫保鸡丁"热热闹闹从耳边飘过，因为有些企业家经常卖货给俄罗斯人，只会说一些商品单词，索性直接用肢体和表情共同诠释一种叫感情的信息。

代表团应邀出席了在海参崴举行的"2017滨海边疆区企业家年会""中俄女企业家对接交流会"等活动。滨海边疆区新任代理行政长官塔拉森科·安德烈·弗拉基米罗维奇为绥芬河女企业家的到来致欢迎词。

年会结束后，"中俄女企业家经贸交流会"上，两国代表在旅游、物流、房地产开发、绿色食品加工、电子商务、木材精深加工、信息与文化交流，酒店商贸等领域分别进行了推介和交流，还签订了合作协议。随后，全俄中小企业社会组织驻滨海边疆区分会主席维塔利·古梅纽克表示，这种活动非常有意义，中俄企业家之间近距离的接触会发生神奇的化学反应，产生无限的商机。

海参崴的最后一站是去第二孤儿院慰问，并到海鸥儿童中心参观，为那里的孩子们送去礼物与中国妈妈温暖的爱。滨海边疆区国际合作厅厅长斯塔里奇科夫、经济和企业发展厅副厅长安娜、旅游发展处处长娜杰什达专程接见了绥芬河代表团成员，并就中方企业关注的改善通关环境、加强中俄企业间发展合作进行了深入交流。

斯塔里奇科夫对绥芬河女企业家代表团的本次出访给予高度评价。他说，今天你们听到了俄罗斯企业发展最迫切的声音，我们也期待着与绥芬河企业最真诚的合作。女企业家具有坚韧的品质、务实的作风，在中俄贸易中发挥着越来越突出的作用。绥芬河是俄罗斯重要的口岸，欢迎更多的中国企业家来到符拉迪沃斯托克投资兴业。2018

年底俄罗斯联邦政府将完成对松树口岸的扩能改造，届时从绥芬河出境来俄罗斯将更加便捷。

17日下午，绥芬河女企业家协会与俄罗斯滨海边疆区女企业家协会，举行"中俄女企业家经贸交流会"。俄罗斯中小企业服务组织"俄罗斯支点"滨海边区分部主席古梅纽克·维塔利·瓦西里耶维奇，与绥芬河女企业家协会会长唐丽娜签订了中俄企业协会发展合作协议。他说：在国际性的企业家研讨会中，绥芬河女企业家协会为我们做出了榜样，俄罗斯的女企业家也要像绥芬河女企业家一样，有组织地积极参与到中俄两国合作中去，取得更好的成绩。

绥芬河市俄罗斯创业大街"娜丽娅"珠宝油画行不仅推广了中俄艺术品交流，还分享了与俄罗斯客商合作，享受绥芬河俄罗斯创业大街免三年房租等优惠政策，成为本次活动最受关注的焦点。绥芬河女企业家的推介，引起现场阵阵掌声。

俄罗斯女企业家表示，这次企业家推介的很多地方她们都曾经去过，没有想到都是绥芬河当地的女企业家的作为，表示非常敬佩。她们积极主动要求对接，寻求共同发展空间。俄罗斯企业的推介同样引起中国企业的关注。务实的合作需求、鲜活的商贸信息，让中俄女企业家们都感觉相见恨晚。人们总用美丽的女性、伟大的母亲来形容我们女人，女企业家是女性中的精英，她们是在用勤劳、智慧和真诚架起国际贸易的虹桥。国之交在于民相亲。中俄两国是最亲密的战略合作伙伴，绥芬河是毗邻俄罗斯最近的口岸城市，我们女企业家更应联起手来，做新时期女性更多更美好的事情。

中国女企业家走出国门代表国人展示国际形象，美是人类共同的追求，如果说这一次惊艳的旗袍集体亮相，在俄罗斯符拉迪沃斯托克掀起一股充满东方神韵的中国风，那么在17日的"俄罗斯滨海边疆区2017企业家年会"上，又被一抹绚丽的中国红点亮。绥芬河的女企业家统一佩戴红色礼巾参会，展示中国女人自信的形象。中国的妇女不再只是足不出户的贤妻良母，她们也有自己的事业和人生，在中华文明的价值谱系中，家国情怀是一抹最亮眼的底色，民强则国强，耳畔隐约有国歌在唱响。

大脚妗子

俗话说得好，长嫂如母，母亲有位如母的长嫂，而我跟母亲沾光儿，自然就收获如外祖母般的妗子。父母祖上都在山东，后闯关东而到东北，山东人叫妗子，其实就是舅妈。

妗子如果健在，也近百岁，当年随父母闯关东，到了黑龙江。大舅早听媒人说妗子是个俊人，娶亲时，果然是高挑的身材，裹在合体的旗袍里，肩若削成，腰如约素，脸若银盘，眼似水杏，真是美人胚子。只是大舅眼光拂到妗子脚面时，微微皱了眉头，怎生就这样一双大脚。原来妗子在家常随大人去地里干活，她嫌家里人给脚裹得难受，常偷偷把裹脚布打开，回家前再缠上。家里人一直纳闷，邻家女孩都缠成三寸金莲，这妮子怎就勒裹不出一双小脚，无奈，终以妗子的大脚告终。

自打记事起，母亲每带我去大妗子家，心情就像现在的孩子去迪士尼。尽管当时我家住东街（现老城区）老火车站上面，而大妗子家住西街（现阜宁镇）的村西头，大人步行都要一个半小时，于七八岁的孩子而言则是马拉松般的距离。每次去西街，我跟在大人身后几乎是小跑，但心里似装蜜一般。那年月孩子几乎不知零食是何物，妗子好像会变魔术，不是变出一把糖块，就是变出几块饼干。在家不常吃的白面馒头，妗子家几乎是顿顿吃。我常脑洞大开，幻想拥有她那些讲不完的故事。晚上躺在妗子家舒服的被窝里，读着书页泛黄的《西游记》，感觉天堂的日子也不过如此。

一进村西头的土路，远远就望见土色的坯房中顶着草帽的白色房子特别显眼，那便是大舅家了。走进院子，左边盛开扫帚梅和步登高，右边的香菜和菠菜比着往上蹿。进门是厨房，锅盖、锅台擦得锃亮，柴火摆放整整齐齐。东西各有一间大屋，窗台总有盛开的鲜花，门帘是妗子手绣的喜鹊报春。阳光照进屋内，家具反射着自然的光芒。从院子、外墙到屋内的陈设不见一丝灰尘，多一件少一件都缺少顺眼和美感。

一进腊月，妗子就开始了另一个忙季。求妗子做新衣新裤的、做虎头帽婚服的，针线活都推不开门。乡亲买块衣料不容易，遇到实在困难的，针线、里布妗子常自己搭上。妗子在乡亲心里的地位总随年龄增长，大伙有事常找她操心短长，街坊邻居有个大事小情总爱先找妗子商量。一次两个街坊为夹障子争吵，旁边邻居提议去找妗子给评理。俩人的争吵声先到了大门口，妗子从屋里循声出来，让他们讲了缘由后，笑着说："张大哥，春天雨水大时，是不是把顺水沟挖在常兄弟家院里了？"姓张的街坊看了一眼常街坊，张张嘴没吱声；妗子又对常街坊说："大兄弟，前些天你家的牛跑了，张大哥是不是也去帮你找了？"常街坊的脖子也不梗梗了。"邻里百家住一起哪有牙不碰舌头的，平时有事大家也都互相帮衬了，遇事多记别人的好，为那二尺、三尺的地儿闹个红脸儿，值当吗？"两个街坊再说话时声音也降了许多分贝，最后互相谦让着走了。

大舅一直在铁路上班，加上妗子勤于劳作，总能在集市上把自家东西换成钱物。村夜总是黑而漫长，当大舅把黑白电视第一个买回家时，村里人常去他们家看电视。新闻联播开始前，大舅屋里就挤满了人，夏天时汗味、脚味混合着，让人真不想带鼻子进屋。特别是演完两集电视剧，将近十点。可是再困，妗子硬撑到大家看完电视才休息，白天下地干一天活，第二天还要强打精神早起做饭、上地，妗子休息不好，眼睛常熬得通红。表哥表姐心疼妗子，埋怨她多管闲事，看电视不当吃不当喝，不看也不能怎么样，非得让人家来看，屋内弄得又脏又是味的，还影响人睡觉。妗子却说，都乡里乡亲的，农村也没什么稀罕事，好不容易赶上演电视剧，大伙儿看个热闹，将就几天就演完了。尤其是《霍元甲》《上海滩》热播的时候，村里人都挤来看电视，屋里地让大伙儿踩得又是泥又是草。每天固定的两集演完，男女老少忙不迭地回家，屋门一阵频繁的开关之后，严冬的寒冷也急急地冲进门，想找个暖和的屋子避避风，好不容易积聚的温暖不得不遭受围攻。直到村里人都陆续买了电视，有的甚至换了彩电，"观剧部队"才逐渐解散。最难得的是爱整洁的妗子总是对"观剧部队"笑脸相迎。

妗子一年四季总有做不完的事，就是冬天猫冬，也总是针线不离手，不是纳鞋底，就是绣鞋垫。直到重病入院，才不得不躺在床上，让子女伺候。她刚强了一辈子，从来都是为别人考虑多。能帮人时都会伸手拉一把。

妗子走时，乡亲们来送她，都可惜这个好人没了，生老病死不是我们能掌控，再明情达理、温柔贤淑的人终会离开这世界。妗子的影子早已刻印于心，上孝老人，照顾丈夫，下教子女，托起整个家。她总能把自己的生活打理得井井有条，享受当下的美好，这也是一种生活的目标。自己为人妻为人母后，妗子的为人处事常从记忆中走出，就像电影在眼前播放，于相似的事情上，一下就比较出长短和重量。"长大后我就成了你"，只愿长大的我们能受到更多有益的心灵滋养，而不仅仅只成为你。

作者简介

　　于丽君，女，绥芬河作家协会会员，作品以散文和散文诗居多，在当地报纸和《牡丹江晨报》上发表散文多篇，《清凉无价》获得"避暑胜地·东方夏都"征文一等奖。

我和父亲 (外一篇)

万柏春

用一个字来形容我对父亲的感觉就是"怕"。这种惯性仿佛已经刻在骨子里，占据了我半生的时光。我时常想如果不是有父女的缘分，我和父亲就像河流两岸的房屋，中间始终隔着流水，断不会有相交的点。

父亲是个口碑很好的人。在单位里他是多面手，能开车能修车懂经营，走南闯北跑营销，年年亏损的部门到他手里就变成年年盈利，是单位收入的一大部分。在我们生活的小村子里父亲更是一个受人尊敬的人，因为在家里排行最小，大家都叫他"小哥"。一提起"小哥"大家总会竖起大拇指，说他是个古道热肠、有孝心、有义气的人。不管谁家有个红白喜事他必定到场，总是忙里忙外地张罗着。我们那里管这种职业叫"代东"，替主家张罗所有的事情，尽量做得圆满些，主家才不会失了脸面。父亲做这些从不会收钱，该给的礼金却一分都不会少。会来事的主家就送一些好吃好喝的到家里给年迈的奶奶以示谢意。父亲做这些事从不求回报，他说这都是积阴德的事，也给自己积福。一句"人间正道是沧桑"经常挂在他的嘴边上。

父亲为人耿直，是个炮筒子脾气，典型的大男子主义，在家里从来都是说一不二，不许人违背。母亲性格柔弱，一生都对父亲言听计从，很少有自己的主张。偏偏我是个倔强又敏感、自尊心特强的小孩。听母亲说我小时候就很"特"，不许别人碰我的被褥、书本，不吃别人剩下的饭菜，不让人说。用父亲的话说就是"小脸子"。在他的权威面前，我像是天生来这个世界和他作对的。我总觉得父亲一心想要制服我，让我在他面前服服帖帖的。而我偏不，哪怕不说话，我也能用眼神让他感知到我的不满。

小时候的我心直口快，什么事都较真。父亲和我常常一副针尖对麦芒的样子，谁也不让谁，可生活中哪有那么多道理可讲。母亲因为生了三个女儿，觉得没有什么话语权。我常常想为她鸣不平，带来的却是更大的伤害。有一次我们玩扑克，爸爸开玩笑地说："来，咱们爷四个玩！"我一听明显是要占妈妈的便宜，张口就来："你咋不说咱们娘四个玩！"我只顾嘴快，哪里来得及细想话说出来是什么意思。却不承想这句话深深地触怒了父亲，他一巴掌打在我脸上，我好半天没有缓过劲，哭得上气不接下气，大家也就不欢而散了。过后母亲偷偷安慰我："以后你爸说啥就是啥，千万别顶嘴，省得挨打。"

父亲不是个有耐心的人，印象中都是他瞪大的眼珠子，超大的嗓门以及挥起的巴掌。有好多需要学习的东西都是在父亲粗暴的呵斥声中完成的。我是个左撇子，学习用筷子的时候，怎么都改不过来，在父亲一次次的呵斥声中，还是学会了用右手使筷子。但是用剪子的时候无论打骂也是不会用，也就不了了之了。学下跳棋的事更是让我无法忘记。跳棋在那个年代对孩子是有着无限吸引力的。当父亲将跳棋拿回家的时候，我还没太弄懂规则就着急地下起来。开始的几步走得还行，后面却频繁出错，怎么也学不会，父亲几次掀翻了棋盘，丝毫不在意我涨红的脸和含在眼眶里的泪。

最伤害我自尊心的事情是体力劳动。垒猪圈、打地面、盖棚子、搬砖、和水泥、推独轮车、上房盖瓦，这些活二妹干起来得心应手。体弱多病的我干一点就干不动了，想离开又觉得自己成了闲人，站在跟前左右为难。很多时候父亲都不耐烦地赶我："不干就躲远点，这里又不缺监工的！"每次离开我都感受到深深的无力与被嫌弃。家里修院墙去砖厂拉土，父亲找来姨夫帮忙。他俩边干边聊："这要是三个儿子就好了，自己都不用干了！"他们随口一说我却感觉心口像插了一根刺，久久不能平静，凭什么女孩就不如男孩，只是因为干不了体力活吗？

父亲其实很想要一个儿子的，可是接连生了三个女儿，这成了他心里最大的遗憾。父亲爱喝酒，年轻时一天三顿地喝。赶上心情不好喝多了就拍着炕头哭天抢地、一把鼻涕一把泪地说："我没儿子，我绝后了！"

这样的事时有发生，我们姐仨都是有多远躲多远，只有母亲小心翼翼地端茶送水照顾他。那时我们都还小，在父亲的威压下也只有忍耐与躲避，大气都不敢喘一下。

上了初中我的自我意识开始觉醒，对父亲的种种行为十分看不惯，尤其是他重男轻女的思想。凭什么儿子就比女儿强，我一定要让他看看，女儿比儿子要强得多。其实那时没什么可以倚仗的，只是学习还不错。父亲不怎么管我们的学习，只是在考完试后无论考得好坏都是要挨一顿训的。他会死抠一道我做错的题，直到我认错为止，虽然他也不会做。这就像一个死循环，无论如何都逃不过去。我不愿和父亲沟通，害怕那突然而来的蔑视与不信任。初二时老师要求父亲和家长们分享教育孩子的经验，发言稿却是我写的。

高中的那个阶段是我和父亲冲突最严重的时候。中考时我以六分之差与重点高中失之交臂。我拒绝了父亲花钱送我去重点高中的提议，坚持在一所普通高中读书。这是我维持自己脆弱自尊的一种方式。现在想来父亲那时也是失望的吧，可惜我从未给他表达失望的机会，总是能躲就躲。

大多数情况下我放晚自习到家的时候家里人都睡了。可是一旦父亲喝了酒就不一样了，那几年他没少闹腾。如果某天放晚自习我走到屋后的路上，看到家里所有房间的灯都亮着的时候，就知道父亲又喝多了。他故意在等我，而我宁愿在后墙根蹲着，也不愿回家，父亲也知道。当我硬着头皮走进屋的时候，父亲只穿着内衣手舞足蹈地大声说着："我知道你看不起我，可你知道我为你做了什么吗？你知道后面新盖的小房子上我铺了几块瓦吗？你上去数数！"我当时心中也有气，脱了鞋爬上院墙向后院走去。我也不明白自己当时为什么脱鞋，也许是抱着摔下来死了算了的想法。没等我爬上后院的小房，母亲哭着跑出来喊我："春呀，快下来，你爸说了放了6块瓦！"后面的细节我不记得了，这件事让我记恨了父亲很久。我们没有很好地沟通，我不想让父亲看到我面对人生失意的模样，但凡他表达点什么我都理解成对我的看不起。而父亲用最另类的方式表达他对我的关心，又是当时的我所不能理解的。

父亲在我面前始终是态度强硬的，而我也没服过软，我自己的路我自己走，我就要让父亲看看，女儿比儿子好。时光总是那么地慢又那么地快，到了高考发榜的时候，我没勇气去看，父亲查到了我的分数，很不堪，难得的是父亲并没有说什么。我努力想在父亲面前证明什么，却屡屡遭遇学业上的滑铁卢，也许是心理背负太多，欲速则不达吧。那天我没有吃饭，茫然无措地在江边来回逡巡着，看不到未来的希望，我知道将来所有的人生都在这一刻改写了。在桥头我迎面遇到了骑自行车下班的父亲，我们的目光交织在一起，但是谁也没有说话，就那样擦肩而过。很奇怪我觉得有一种坚固的东西在我们之间溶化了，好像终于可以在一个平面上平静地对话了。

我还是无法接受父亲的提议，花钱去复读或是找家里的亲戚去牡师院上大学。我无法放弃自己那易碎的自尊，也不愿父亲为了我去向任何人低声下气。我选择了一所分数很低的学校，当时并不知道那只是一所自学考试的辅导学校，刚刚成立两年。租来的校舍满院子的荒草半人多高，校长看起来像个骗子。可是学费交了又不能退，那是家里仅有的钱。有高中同学的家长来了，要回学费去了黑大办的班，有干部编制，但是需要再交一千元钱。我知道家里拿不出这笔钱，也无法开这个口。我留在了这所学校，开始了自己曲折起伏的人生。我咬着牙，无论多苦也不向家人说，拼尽全力拿到一纸文凭。

第一次看到父亲不愿示人柔软的一面，是在离别的车站。我拿着大包小裹的生活用品登上了列车，挥手和父亲告别，我们都红了眼圈，我的泪无声地流下来，父亲的泪在眼圈里转，却硬忍着不落下来。在列车启动的那一刻，父亲转身离开，我看到他抬起衣袖在脸上轻拂了一下。那幅画面定格在记忆里，我仿佛看到父亲被泪水打湿的衣袖。那一瞬间我猛然意识到，无论我潜意识里多么希望离开父亲远远的，无论我们之间分歧有多大，无论我们无意识中带给对方多大的伤害，我们都是最亲的人。

初次离开家有孤独也有隐隐的逃离束缚的感觉，可以随自己的心意做任何的选择了，却总觉得缺少点什么。出了学校我在哈尔滨打工几年，深感生活的不易，身上的傲气也磨得差不多了。我和父亲都对对方没有了过高的期待，彼此之间反而没有了几年前剑拔弩张的感觉。为了供我上学，家里开了个小商店，按月给我邮寄生活费。有一阵钱不够用了，家里将母亲的养老保险钱提前取了出来都没有告诉我。当我也经历生活的磨难时，才真正懂得父母的不容易。他们为了我倾尽自己的全力，便是对我最大的认同。哪个父母不是希望孩子过得好呢，只是有些人不善于表达罢了。我却毫不自知，像一只刺猬竖起所有的刺来保护，伤了别人也伤了自己。我释然了，不再苛求什么，却始终无法像妹妹一样和父亲那么亲近。

后来父亲慢慢变得平和了，也知道向我们敞开心扉，说出自己的感受。再倔强的人在生活面前又有什么不能妥协的呢？我们姐妹三人的婚姻只有二妹的还比较省心。三妹经历了三次婚姻，孩子是在姥姥家养大的。我在婆家过得也不顺。

因为生的是个女儿，婆婆十分不满，各种刁难。我既要适应农村的生活，又要带孩子，又要应付婆媳关系，还一直想着过自己想要的生活。有一天婆婆又找事，想过几天安生的日子都不行。我实在忍不了了，就到村部的小卖店给父亲打电话，要他到婆婆家接我。父亲没有来。他说一旦去接我了，可能我的婚姻也就破碎了。那几年是生活最艰难的时候，父亲的养老保险需要补交八千多元才能退休，而我们自顾不暇，拿不出那么多的钱。父亲只得出去打工给人看工地，11月份的天都要上冻了，仍要在未完工的空房子里待一整晚，前列腺落下了病根。我记得父亲那次带着哭腔对我说："春呀，不是爸不想干，实在是太冷了……"

　　这个在我面前强硬了半辈子、一点也不顾及别人感受的父亲，终于在女儿面前说出自己最真实的感受。我感觉很对不起父亲，不让他再去上班，想办法凑上了那笔钱。

　　许多年我只顾执拗地证明自己，很少去想这样做的原因。谁心底还没个念想没个遗憾。而我抓住父亲的这点遗憾，像被一根绳子拴住的一头羊，围着桩子转呀转，啃光了周围的草，宁愿饿死也不换个地方。我和父亲像南辕北辙的两趟车，一直错过。我不理解父亲，自然也感受不到他的关心。直到我两次生产都在鬼门关转了一圈，最后还抱着18个月的女儿回了娘家，父亲都没有说什么，默默地接纳了我们娘俩。那么好面子的一个人，忽然什么都不说地接受任何事，我才知道那个一直不能放下的人是我。

　　父亲变得愈发通情达理，不再要求我们按照他的意志做事，或是要求了我们没做到也不再大发脾气。之前他一直用你是家里的长女来要求我。即使妹妹们犯了错，第一个挨训的肯定也是我。要不就是你是家里的老大，有些事你必须出面才不会丢面子。而我偏不擅长这些场面上的事，都是妹妹们去做，父亲就会很不高兴。人多不方便说的时候，他就远远地用手指狠狠地指我两下，让我接收到他的不满。很多时候我都是勉为其难地去做，内心里觉得这个咋咋呼呼的老头真是在哪都不消停，麻烦一大堆。现在父亲不会这样做了，我也就落个清闲自在，心里舒服多了。

其实在我心底一直是惧怕父亲的，你要说具体怕什么吧好像也无从说起。怕挨说？怕挨打？怕他不高兴？心里就像悬着一根线，界限分明，无法亲近。父亲自己也知道，对妹妹们说你大姐最怕我。我就算是违背自己的心意，也努力满足父亲的要求，不想让他发脾气，也不想让他再闹腾什么。以至于我见到和父亲年龄差不多、给我威压感的男人都是能躲就躲，敬而远之。

二〇一九年母亲突然离世，这可能是她这辈子自作主张的最大的一件事了。自那之后我忽然感觉父亲苍老了许多，头发胡子白了许多，成了一个畏畏缩缩有些可怜的小老头。没有母亲在身边，很少听到他大声地喊或是发脾气，我们咋说咋是。一点也没有母亲担心的那样，到哪个姑娘家也待不了，没人能伺候得了。母亲走后我直接将父亲接到家里住，他乖得像个孩子，不再像以前一样事多了。以前父亲和母亲来家里小住，我每顿最少要炒四个菜，在父亲的观念里这是最基本的待客准则，做三个菜就是在骂人。现在他却总劝我少做些，做多了吃不了。他拒绝使用智能电话，对电子设备有些不太接受。家里的网络电视是我给他画上步骤图，学了几天才会独立操作。有一次父亲在楼下给我打电话："春呀，我怎么进不了楼了，按密码了门也不开。"我教他按家里的门铃，可是也没有响。我套上羽绒服赶紧下楼，看到他焦急地站在隔壁单元门前，像一个找不到家的小孩。我惊觉父亲这一代人转眼间就老了，老得一不小心就被时代的洪流抛下，再也追不上。

那是我许多年以来和父亲单独相处时间最久的一次。年轻时我们求学、工作、生活，日复一日地奔波，却是父母身边的过客，只在年节的时候才能聚上几日，还是来去匆匆的。和父亲待在一起我们很少有共同的话题，聊得最多的是父亲热衷的保健品知识或是妹妹们。父亲每天看新闻，我却对时政不甚关心，有时只是简单地复述一遍就算交流了。其实我那时的心理是最矛盾的，母亲刚走我不放心父亲一个人在家里，怕他思念母亲再出什么事。我看过他在母亲的熔炉前大声地哭泣，我却浑身抖得停不下来。那一刻我是心疼父亲的。可是谁也不能总是沉浸在悲伤里，生活总要继续。我们不太谈起母亲，怕勾起各自的伤心。可是看到他若无其事的样子，我心底的怨恨就涌上来。每到饭点，菜还没炒好，父亲就自顾自到酒箱里摸出一瓶酒打开，等菜端上桌就旁若无人地吃喝起来。每到这时我心里就会想：母亲没了你倒是过得自在。但凡你能脾气好点，对母亲多点耐心，或是顾及一下母亲的感受，母亲也不会那么早就离开我们。可是照顾好父亲是母亲的心愿，我在母亲的灵前许过愿的。我就是在这样矛盾的心理状态中，按照我认为的父亲的喜好来照顾他的衣食住行。

父亲还是愿意待在自己家里，只在冬天才到我家来。虽然是一个人生活，但是楼层低进出方便，院里住着很多亲戚，还有几个老麻友，不会太寂寞。有次亲友们聚在一起，二嫂调侃父亲："老叔，听说你和打麻将的老太太又吵架了？吵过她没有？"父亲没回答，我却在这场景中感知到父亲"老小孩"的可爱一面，也觉得自己生活得不接地气。父亲爱吃带馅的面食，每次妹妹们回去都蒸点包子或包点饺子，冻在冰箱里留着给父亲吃。可我每次回去他都不让我包，说我身体不好别累着了。有一次在家里待得久些，我们包了顿饺子，吃完剩下了十几个，父亲小心翼翼地把饺子摆在盘子里晾凉，装在保鲜袋里冻了起来。我忽然对他一个人的生活心酸起来，想念母亲还在的时光。每次我表达不放心，甚至觉得他再找个老伴我也能接受时，父亲总说："一个人挺好的，你二妹在跟前有啥可担心的！"

最触动我心的一件事发生在去年夏天。那天家里的煤气用光了，我和父亲去灌煤气，车将我们送到煤气站的门口就走了。还有一段距离才能到灌装的地方，父亲拎起煤气罐就走，我在后面紧追着："我拎吧！"父亲头也不回说："你能拎动吗？"去交钱的时候，父亲和我撕巴了半天说什么也不用我的钱。灌完煤气要下一个很高的台阶才能将煤气罐放到小推车上，父亲仍要自己拎，旁边一位大哥看到父亲岁数挺大了就赶紧过来帮忙，我忙不迭地对他道谢，心里不是滋味。

等待灌装的时候一直有燕子飞进飞出的，我走过去一看，廊顶与墙壁的夹角处有好多燕子的窝，每个窝里都能看到几只小燕子伸出的嫩黄的嘴，张得大大的等待父母喂食。老燕子就这么忙忙碌碌地来回穿梭着，将食物喂到孩子的嘴里。这场景让我想起父母的养育之恩，儿女做什么能报答这份恩情呢？我真心感觉自己没用，帮不上父母什么忙还总让他们操心。也如顿悟一般想起了父亲和姨夫当年的对话，从心底里接受了他们的观点，那就是一个简单的事实。

年龄大了，我理解了世故不再偏激，父亲放下了成见学会接受。我不再激烈地反对什么，父亲也不再要求我什么，我们终于接纳了彼此。我活成了父亲的样子，不服软不认输。而父亲也不再说没儿子不好，成为一个有些可爱的小老头。我不再惧怕父亲，父亲也不再担心老无所依，我们终于与岁月和解，与曾经的自己和解，与所有的一切和解。

回首方知身是客

意阑珊

死亡是不是所有生命最终的结局？生命消亡后是否所有的一切都归于混沌？

三岁时爷爷离我而去，我对他的印象仅限于那张黑白照片。然而他离去时的场景，却深深地印刻在我的脑海里，震惊多于悲伤。

那时的冬季寒冷而又漫长，爷爷在院子里滑倒了，头磕到屋檐下的大酱缸上，好大个洞不停地向外冒着鲜血。家里人七手八脚地将爷爷扶到炕上，试图用毛巾堵住那伤口，却并没有什么用，眨眼间那毛巾就被鲜血浸得通红通红的。我没有对葬礼的记忆，只记得家里来了好多好多的人。那时委实不懂死亡是什么，更多的是遗忘。我是在母亲的话语里感受到爷爷对我的疼爱。

对死亡最初的探究来源于和小伙伴们的一次争论。一次看完露天电影，我们对英雄的扮演者是真死还是假死产生了疑问。我想象中死亡的感觉就是两眼一闭，没有呼吸，没有思想，就像从来没有在这个世界上存在过一样。那种感觉一下子吓到了我，不敢再想下去。

还有一次，大人孩子们都往江北的葡萄园跑，我也不知道发生了什么事，就傻乎乎地跟着去了。没想到是有个人掉到大江里淹死了。那个人被破草席盖着，两只脚直直地指向天空，像是在无声地诘问。当时后悔也晚了，自那之后我便很少挤到人堆里看热闹，更是回避与死亡有关的东西。

我经历的最有戏剧性的死亡事件，贯穿了我整个的青春年华，以至于那些日子回想起来都是灰色调的。都说初恋时我们不懂爱情，可是这份严格来说连初恋都算不上的感情，却让我感受到生命的脆弱，还有那些自认为强硬却在命运面前不堪一击的尊严。

那个男孩从小失去母亲，因为是转学来的，同学们总是欺负他，他的眼神总是带着蔑视与不甘。老师想改变这种状态，就特意安排他在我的学习小组，因为我是班长总会起到带头作用。慢慢地我们熟识起来，家里人了解了他的身世也觉得可怜，偶尔也会留他在家里面吃顿饭。那时我总是劝他好好学习，将来才会有出息，可初二的时候他还是辍学了。后来他找到我送了本笔记本给我，希望我们一直会是好朋友，我想当然地就答应下来。再后来他约我去看电影，我才感知他对我的感情并不是朋友那么简单。在电影院门口我偷偷地将衣领上的

73

团徽摘下来放进兜里，生怕被别人看到。后来父亲也觉察到了什么，涕泪横流地劝我不要谈恋爱。我不忍心直接拒绝男孩，就承诺到大学时再恋爱。

高一那年男孩当兵要走了，让我去送他，死要面子的我却怎么都不肯去，我不想被别人说早恋。没想到三个月后却传来他离世的消息，说是训练时在单杠上掉下来摔死了。我无论如何不愿相信，也不知到哪里求证。我不停地自责，如果我不那么在乎别人的看法，如果我和他一直保持联系，是不是就能挽留一条生命？我的记忆一直迈不过那个大雪的冬天，之后的四年时间里我都没有谈恋爱，只为了信守那个承诺。

直到二十五年后的初中同学聚会，我才从同学那里得知他的死只是一场人为的意外，与我毫无干系。听到这个消息，我觉得命运跟我开了好大一个玩笑，女儿都和我当年一样大了我才知道事情的真相。

第一次直面死亡是奶奶去世。那时女儿十八个月，婚姻生活中种种猝不及防的变化让我焦头烂额，极少的睡眠使我一点耐性也没有。那晚奶奶不停地拽我的衣角叫我，一盆盆地喝凉水，而我一肚子不耐烦。丝毫感觉不到，那是我们彼此之间最后的交流。第二天奶奶就不行了，但却迟迟不肯咽气。她惦念着我那从小就没有母亲的表哥，直到表哥来了奶奶才撒手而去。众人都说奶奶没有白疼我，得了我的济。而我最愧疚的是自己的不耐烦，实在是那时的我也自顾不暇。为了挺直腰杆过自己想要的生活，不仰人鼻息，我抱着女儿回了娘家，才有机会在奶奶身边陪她最后一程。

那时还年轻，总觉着生活有无限的可能，可以凭自己的努力去实现。面对死亡虽觉遗憾却也认为是自然而然的事，时间久了不去怀想，也就被眼前的事冲淡了。

春去也

离别是思念的开端，思念是与时间交汇的断点，停滞在那里无限放大。

二〇一九是离别的一年。这一年死亡纷至沓来，连喘息的机会都没有，我无法挽留亦无法回头。那些决然的姿态，让我分不清哭泣后麻木的接受与无奈，是悲伤的终点抑或是起点。

正月十五那晚，三大爷去世了，葬礼简简单单，从各处赶回的亲人们见证了一条生命的消逝。没有太过悲痛，因为八十六岁去世就可以被称为"喜丧"了，都说离开就是享福了。三大爷那一辈的人对生活没有太高的要求，能吃饱穿暖就行，可摆脱贫穷与疾病，却用尽了他们一生的力气。那些流过的汗出过的力，在他漫长的人生路途中是一种虔诚的祈愿。我回母亲家的时候经常看到三大爷，坐在村口的大石上晒太阳，言语不多，面容慈祥，身材日渐佝偻。一位老人的离开在破败的村庄里掀不起任何波澜，转眼就被人们遗忘了，连成为谈资的机会都少得可怜，能走的都走了，谁来谈呢？

相隔不到二十天，姑姑也去世了。姑姑是突然陷入昏迷的，一句话也没留下。临终前我们去看她，她已没有意识也无法说话。姑姑这个人真正可以用"温良恭俭让"来形容。从没有听到她大声地说过谁，总是和风细雨温暖如春的样子，照顾这个想着那个。都说姑姑是个劳碌命，因为刚出生的时候她嘴里面就长了两颗牙齿。还真是应了这句话，姑姑一生伺候老人养育儿女照顾家庭，没有一天清闲的时候，生活正好的时候人却离开了。任凭我们如何哭泣如何伤心，都必须接受这个结果，说再多的假如又有什么用呢？

又过了一个月零四天，大娘也去世了。这位一生刚强的女人终于解脱了。大娘这人嘴一份，手一份，凡事不让人，但事情做得让人无可挑剔。那个年代物质条件不好，家家的日子过得都紧巴巴的。大爷和大娘就成了家里的顶梁柱，不仅要照顾老人养育孩子，还要照顾家里的弟弟妹妹们。

父亲他们哥四个姐妹两个，上学工作都没少让大爷大娘费心，出钱出力的。大爷大娘家五个孩子，再加上双方的老人，这么一大家子人，真不知她们是怎么煎熬过来的。日子好了，没那么重的负担了，大爷却患病瘫痪在床，大娘伺候了他九年，一生也算功德圆满了。

面对这一连串的死亡，本就脆弱的母亲有些承受不住了。她开始睡不好觉，对什么都不感兴趣，经常把死亡挂在嘴边上。动不动就提起没有她我们怎么过，父亲要怎么养老，上我们姐三个谁家好呢？我们带她去医院检查，身体没有什么大问题，还是血压血糖高的老毛病，开了相应的药物回家服用。后来母亲的注意力就开始转移到安全问题上，甚至连灯关没关都要回去反复看三四遍才行。

在平房的时候惦记着楼上，回到楼上的时候惦记着平房。七十多岁的人了，天天骑着自行车来回奔波。有时间我就蹲在母亲的膝前劝她，扳着手指数生活中她优于别人的地方，想让她乐观起来开心起来。经常是两只手手指数完了，母亲也笑了。可是说的时候还行，第二天她又开始重复相同的问题。我只有再陪她说一遍，耐心地告诉她这些事情都不用担心。可惜我在外地，不能天天陪在她身边，想接她来我家她又不来。

有一段时间，我天天给母亲打电话安慰她，可是母亲没有被治愈，我却住进了医院。很多时候我只能眼睁睁地看着母亲沉浸到自己的世界里面，离我越来越远，而我只能拉住她的手，让她慢些、再慢些。想到那必然的离开，我的心就止不住颤抖。

十一月十九日，母亲在那场大雪里静静地离开了，没有惊动任何人，她倒在生活了一辈子的老宅子里。我没有见上一面，没有说上一句话。

莫凭栏

没想到这个夏天是我和母亲在一起最后的亲密。那天我们一起回老宅子，母亲推着自行车和我走在那座已经限行的石桥上。我们边走边聊，桥北头那段坑洼与尘土并存的土路让我们变得灰头土脸，而我却只感到温馨。我拿出手机拍了一些照片做纪念，在心里默默回忆往昔那些鲜亮喧腾的日子。

那时这座桥还没有这么破败，我们也还青春。在每个放学的时间段里，桥上满是放学回家的活力飞扬的学生们。他们穿着新潮的服装，唱着来自港台的歌曲，把自行车蹬得飞快，比现在的学生快乐多了。遇见漂亮点的女孩子，他们会放肆地大声吹口哨，或是疯狂按着自行车铃。现在的桥上车少人也少了，大多数都是老年人骑的三轮车，车上驮着老伴，或是白头发的父母。他们和母亲亲切地打着招呼："姑娘回来了！"母亲就骄傲地答："这是我大姑娘！"

桥南头江水里的石板上依然聚集着几个妇女，有些年纪了，默默挥动着手中的棒槌洗着衣服。这要在以前走到桥中间就可以听到嬉笑怒骂声了。特别是炎热的夏天，男女老少都爱泡在大江里。洗澡的、洗衣服的、捞鱼摸虾的、啥样人都有，不过各自有各自的区域，一旦有哪个不识趣的过界了，就会招来泼辣的女人一阵笑骂，事也就过去了。这座桥还是当年日本人修建的，年头太久了，总有一天它会倒塌会消失，只有那滚滚江水，巍巍青山不分日月看着这人间百态。

隔壁的三大爷家是我们小时候的乐园。他家人多热闹，像个小型的娱乐中心，大人孩子都喜欢去。去晚了不但炕上没地方，地上也没地方了。冬闲的时候没什么事大家就聚到一起，打扑克、侃大山、撩闲、逗孩子。屋子里经常满满的人，一屋子欢声笑语，一屋子烟气缭绕、人声鼎沸。

临近正月十五秧歌会演的时候，三大爷家的院子又变成了彩排现场。我们村子最拿手的就是踩高跷，每天我都会看到他们在院子里踩着高跷不停地练习。他们每个人都有自己的行头和装扮，一旦装扮上就认不出谁是谁了。眼看着挺帅的小伙子描眉画眼之后就变成了白蛇，挺俊俏的姑娘画上妆背上剑就变成了武将。那时我还小就只有眼馋的份儿，可等我们长大了，秧歌会演没有了，高跷没有了，村子也没落了。那些热闹喧腾的日子只能在回忆里了。现在隔壁的院子里满是荒草，房子的墙壁用棍子支着，只有三哥一个人在这里生活了。

假期我带女儿回到那个她出生长大的小村庄。说心里话我已经许久不愿回去，因为那里有太多不好的回忆。在那里的日子总是充满了无助无望，满是怨恨与无奈。然而那毕竟是我生活过的地方，孩子成长的地方，是无法改变的事实。女儿在那里生活到五岁，可是对那里印象却淡漠得很。反而是我找到当年的朋友聊了好多好多，很多事都随着时间淡了。还有朋友记得当年我批评他们的话，说他们碌碌无为，没有志气不干正事。他们说没有想到我能走出去，不然也就只能在村里混个妇女主任当当。找不到当时说那些话的心情了，现在听来有点脸红的感觉。我以为女儿会抵触回到这里，她却没什么感觉。看来山水土地本无意，只是人的心意不同罢了。房屋破旧了，记忆还在；村庄衰败了，感情还在。只是离开了就再也不愿回到过去的生活。

也许是年龄大了，喜欢回忆，总想找到自己生活过的痕迹。有些记忆像是一份时间剪影，顽固地生长在我的脑子里。反倒是现在的生活变得模糊不清，那么多相似的昨天今天明天，记忆都失灵了，生命也变得轻薄。

身是客

只要是生命就免不了面对死亡，这是大自然铁一般的规律，没有人可以逃避或更改。生命对于谁都只有一次，可能每个人选择的生活方式不同。但有一点是相同的，人生没有重来的可能，我们都是单程客。

我一直以为我们能改变的是面对死亡时的姿态，是如履薄冰、沉重无比，还是笑看风雨、挥洒自如。如同袖底的风，划动过后一切都归于宁静。可是当自己切身体会到那种痛的时候，却无法自处。母亲的离去成了压死骆驼的最后一根稻草，我觉得生命从此有了一个无法填满的洞。我的喜怒哀乐，我的所有一切都敌不过那一伸手就再也碰触不到的温暖。人生从此没有来路，只剩归途。那些云淡风轻那些谈笑自如我真的做不来，就在写这些文字的时候，我的眼泪依旧不由自主地流下来了。

时间依旧不停流逝，生活依旧继续。某一天我无意中打开手机相册，发现了好久之前拍的《人间世》这本书的封面，那上面有一句话："人生三修炼：看得透想得开，拿得起放得下，立得正行得直。"说得多好啊！这是经过多少人世纷繁与变化才悟出的道理。人活一世草木一秋，总要经过繁荣与枯败，总有一些东西生带不来，死带不走。总要经过许多事情的积累，才会有顿悟的瞬间，这样想着也就有了几分豁达与明朗的态度。

回首看看那些经过的事，想想那些在生命中经过或共同生活过的人，终将消散，终将离开，无论曾多么执着。终有一天我也将悄无声息地离去。人的一生在时间的长河里如沧海一粟，渺小得看不到。每个人都有既定的生命轨迹，在时间交汇处相融，分开后各自相安无事。我们都是时间的过客，莫不如该经历时经历，该沉醉时沉醉，该放手时放手。

人的一生能真正留下什么吗？每个生命消散至无的时候，与之相关的一切也随风了无痕迹。文字能传承下来吗？思想能传承下来吗？浩瀚宇宙，漫漫人类历史，能流传下来的东西真是少之又少。也许我们经过毕生的努力也不能留下点什么，但努力过争取过无愧己心就好。

每朵努力绽放的花都是美的；每只展翅高飞的鸟都是灵动的；每

个努力活过的生命都是美好的！

作者简介

万柏春，女，70后，绥芬河市作家协会会员、萧红文学院第十九届中青年作家班学员。作品散见《北方文学》《岁月》《诗林》《北极光》等纯文学期刊。

流水与相逢（十六章）

黄彬

一

清风遇到明月，春天遇到梨花，每个人心中都有一片火红，留在飘满果香的梨花村。

无数行走，奋争的光亮，一片纯净的沸腾，让花朵在晨间醒来。

心意的流淌，一次又一次，点亮昨夜暗淡或明朗的星辰。心中的梨花村，开出眼睛里的喜悦，梦境里的陶醉。它敲响心情的边鼓，不时播放奔腾的感受。

生命的亮度往往就在一瞬，照亮了淳朴的熙攘。人们拥有了炊烟里的光泽、沧海里的灯火。

途中侧翼的光亮，在某一刻划开心灵的流水，划过别样的相逢，风在青草间陶醉。一片心情的村庄，正如牧童所指。

寂寂梨花散开，热切的枝节环绕，我们心中的热望，没有一刻停下，随便地闻一闻花朵的味道，就让风暴变得宁静。

每个人心中都有一个梨花村，在月光之弦上向人们如话家常。

二

阳光和风雨时时造访，在饱享它们之时，我顺便含蕴了自己的风骨。

都以为一棵树的努力就是高耸，可知灿烂中的前浪或后浪，都只是奔涌的一部分。在那时间的托词里，多少成群结队的日夜，拍打着浩荡和悠远。然后，在其中小小的间隙，我在抒怀中俯仰。

只有在更多的来去中，才能看清心灵的持有，光影和水珠，颜色和绽放，大地浑厚的噪音熔铸了人们的坚贞和热爱。

村庄的前宅后院，前赴后继的星星，和我们一起倾听梦境的声音。

站在大自然最纯粹的山脉里，你才能听懂众多生命的耳语，白天和夜晚都不宁静，有好多未及发出的呼喊，在陡峭里蔓延心声。

我和很多兄弟一起，沿着一只只酒杯的高度攀缘生命的亮度，狂歌飞溅，梦的歌声变浓，我们的身体变轻。

一片水域的浩瀚，造就一滴醇酒的悠长。

三

穿越了一片梦境中的竹林。只有月光才能懂得竹叶内在的浆液和流淌，水滴在枝叶上跳动，竹叶在轻柔的空气里与微风环绕。

举杯共赏，从前那些飘散的，现在几经离索仍然逡巡的，都化为杯中的释然。

天上人间，片刻是永恒，片刻也是可贵，拥有畅怀就拥有了生命的质地，我们将诗意的探访，过渡到心灵的曲径潺潺。

迎接欣喜和悦，把世界装入杯盏，拥光阴次第入怀。

过去和未来之间，有一枚竹叶的清幽，也有杯中明月。怀想细若流水，心情的两岸长满人生风景。

舒缓的感受绵绵延延，沿一脉小径，在梦的村庄里小憩，在醇香里惬意沉湎，将蜷缩的心流放。

芬芳浩荡，不知不觉深入植物的内心，深入大地的经脉，用一粒精锐的眸光迎来沉醉的磅礴。

水滴在竹叶上伸展腰肢，醇香浓厚。

四

岁岁和风吹开了广阔的土地和浑厚的光阴，融入了明朗或暗淡的色泽。人们以为的这样，往往就变成了那样。

故道里的尘土不知道去了何处，它与大地接壤的瞬间已经化身为无。

走过和路过都留在了汨罗江和现实的肿胀里，飞舞的形象在眼前狂奔，想要开合还是想要沦陷。

某一刻不知道意外是不是来过，轻抚心情的热浪，倔强地在暗淡的四壁支撑着信心，漂白大地上偶尔闪动的复眼。

卸载了周围的一切声源，还没感觉到安静，端午的变化带不回主语的流落，大地有只倾听的耳朵，看不出是不是抖动，看不见它的疼痛或喜感。

透过季风的飘忽，无数人向往的那种质地在消逝中被镶上了云朵。

竹马青红不动摇，寻觅和蹉跎从来就尘埃满心。

每一路夜色中的光

梦中有我，我中有梦，夜色正在击伤谁的睡眠，魑魅魍魉正在假寐，忽然间就变幻出各具特色的模样，在传言中演绎新的说唱。

曾经幻觉梦想登台，一些惬意的我们，呼吸四面来风，可是如今有新的演说将从前收入囊中，今天正在尖锐的呼吸中起伏，人们不得已把对生活和肉体的伤害称之为病毒。我们想尽各种办法将玄机侦破，付出了血肉的代价，献上了我们的姊妹兄弟。

大地上青草与我们一起倾听风雨，倾听柔软演绎出的坚强，倾听生命对生命的呼唤转换为不同的行动和指南，于是目光和目光交织，新途和旧路重逢，我们以探取未知的心情偿还夙愿。

每一缕夜色中的光都直达清晨来临之前的渴望，清清河边我们散落周围，若那繁星在黑夜之中闪烁重逢的自我。光明若来，我们可以走，光明若不来，星光可想一直灿烂。世间的友善让夜色醍醐灌顶，将拥有收入怀中，让梦连接星辰。英姿摇曳，纵横四海，任何病毒都无可侵吞。

别负了这浩荡时光

疫情来临，世人用铿锵的心意将它攒击。

一万种面目，流云下的一枚枝叶，浅草里的一声虫鸣，我们依赖的不是这些，谁人在想象的飞翔里将梦想罗织。

停止鼓噪的声音，一个人应该在一场心灵的浩劫之中变成另外一个自己。春天的脚步迎来一切又送走一切，它拥戴一切又放弃一切。我们常常只是在一根小草的绿意中寄托了自己的翱翔。

我们只懂它的绿色却不去看它的根系。歌喉婉转却也留不住浮云，心潮澎湃却也抵不过汛期未至前的大海，因为等得辛苦，期待中有点紧张，消失了舒缓，也未及狰狞，只在小小的缱绻之间顾盼，世界的缤纷飞舞鼓荡多少人的摇曳多姿。

和微风一起融入这浩荡光阴，不要分了彼此，不要纠缠意愿的蠕动，波澜警醒昨日，却不要负了今日这浩荡时光。

以钟情来回答流逝

吐旧纳新穿越了很多年的传承和变化，新生的气息在每一个早晨不断地萌芽，长成人们向往的模样。壮美于山河，奔腾于时光的流速之中，将现实中风风火火的日子不断地塑性和加密。生活的海洋比我们想象的，还要宽广和丰富。

在某一个时间的结点上诞生，在某一种应有的承担里启程，清晨在蕴含朝晖夕阴的露珠的翅膀上，比我们想象的更加充满生机。草木间的苏醒和透明，热爱里的纯粹和明亮，演绎出不一样的乾坤和质地。每一种卓绝都在不同的弯腰和站起中，产生前所未有的魅力。

心中有了坚持和热爱，我们会握紧一滴露珠的热情，不断地升腾，在平凡之中孕育出光彩，将平静升华为可爱。

以钟情来回答流逝，以力量的绵延来完成心愿的守恒。生命的质感，比我们想象的更加唯美。犹如我们在一粒种子上的期待，可以长成参天大树，可以在沃土上仰望繁星。

颂歌春天

春天的荡漾和花香的弥漫，红润的生长和成熟的延伸，这一切是什么时候到来的？

时间寒光一闪，很多事物就在它的怀中满面沧桑，世间万物的恰到好处，往往都是真实表达。遵循流逝细腻的指向，略过春夏温暖的指纹，风光秀水之上轻盈，灵与肉结缘后温暖。

一直寻找日暖情长的原因，却迎来漫天的铺展。

追在风尘之后，落进黄土招摇，所有的找寻都变成人们对茂盛的敬意。一半任意萧瑟，一半在现实里收割。多少人浓重的视线，投影到花香的光影之中。

坚持在每一个微小的细节里闪亮，顺应自己的心，照彻今天和明天的信步。

草木知春温暖漫步

匆匆行走有红有绿，几千年的文化滋养，在百折千回中绵延铺展。

天空中展开视野，以青山做优美的衬景，与山水相伴，人类的每个细胞都可以打开，尽情地碰撞和呼吸。

极尽生命和细微，极尽一切的能动，感受来自四面八方的辽阔。万物草木在做不可逆转的旅行，婉转低吟，舒展了一个无比优美的手势。温暖、亲切，一点点地走入人们的心怀。

世间变幻又深又浅，万水千山略过了苍茫的肩膀。禅意走在城市和乡村的细枝末节。在细腻的尘土里出没，在案头和唇齿间安歇，静水悠远绵长。

与自然风物呼应，草木知春温暖漫步，星星抚慰了夜空，荡漾在一种幽深的意境里。

时光太短

屋子里的家具正在失去从前的色泽，世界上的每一样事物从出现就开始走向终端，而这其中的辗转就是一生。

时光一点点地挨着我的肩膀，细数着每一分每一秒。我在它的指尖沦陷，努力挣扎。

剧烈的咳嗽，仿佛意外场景的顿挫，不必悲伤眼泪也能流出来的时候，才发现，世间任何的事情都能以你不必理解的方式前行。不辨黑白和晨昏，不理会闲言碎语，一直向前奔跑。

一些事物不断地将时间切割，失去的时候不能感到疼痛，却感觉得到自己与它们的分离。

少年时盼望长大，长大后才知逝去令人惋惜。多种璀璨总会被无情所伤，无欲无味，仿佛更切合起始和终结。

这一分钟结束，就可以另一分钟开始，一个人所度过的时光仿佛更属于自己。

时光正在呼唤我的另一个阶段，阳光散淡、生机勃勃的下午。

梦里繁花

甘草的气息在滞重的呼吸里攀缘，不安像剧烈的咳嗽有点眩晕，阳光灿烂让人恍惚世界从前的样子，绿肥红瘦恰似梦中的河流，在无法预见的地方奔腾。

靠近或者远离心脏，都不能让年龄停住了脚步。烈焰初晨的背后，闪烁捉摸不定的情绪。空气没有核心，却让人无比依赖。

一层白雪先于落叶之前到达冬天，极力渲染的明媚之中，是人难于揣测的变数。树下的高山没有想象中巍峨，山路变细，与多年前的感受完全不同。

不想挨冻，不想在枯燥的室内等待乏味的温度，这中间的流浪辛苦至极。

常想用词语炸开身体里的繁星，却一次又一次被喧嚣包围。只有在寂静之处，它们才会胆怯地探出头来，怀着喜极而泣的心情迎接它们，对话、畅谈，直至开满笑颜。

一只鸟的鸣叫，并不能唤来远景，却让视线盈满了阳光的飞翔，喂养身体的米粒，一定在不远的一方土地上成熟，经由黑色的质朴向我走来。

半生辛苦和半世沧桑没有什么必然的联系，谁说一只蚂蚁的穿梭不曾有旖旎的梦想。在我自己的存在之下，才有万里山河。

我想交付一个春天

不知道经历了最初的相遇、经历了短暂的了解，还会出现什么样的问题，这世界变数太多。在鲜花和小草也不愿意到达的地方，你能说春天这样的季节从来没有存在过吗？

这世界是你看到的样子，也不是你看到的样子，推开了虚掩的门，进去看一眼：谁会最先抵达理想的高度。

很想像一个大地上的农人，极尽躬耕的姿态，如在黑色的土地上撒播种子一样，解说我对这个世界的真实的认识。

我们都在自己的世界里逡巡，小心翼翼。

从无绝对的寂静和喧嚣，世界上只有相对的奔跑和停滞，我想要交付一个春天，是否随时都有向往的绿意。

擎着心灵的火把奔波，最后却想隐匿了心情的火光。

我在不辨方向的地方，始终如一。

万顷波涛

山川明媚从不渲染情绪的柔波，沧海桑田从不因世相而做了停留，没有任何一件事物因为搁浅而变得灿烂，寂静安然中流逝在进行着表达。

在从无觉察的时候，意想不到正在让一切改变了模样。

一枚花朵对果实的呼唤，一叶秋光对心扉的锤炼，在诗意和并不连贯的思索上启程。

倾尽语言与山河壮丽交谈或者握手言和。

某些时候，以为真实拥有，可能这时正在错过彼此，所以只能说尽力了，一切恰巧如此。寂静而无声往往在做真实的表达。

身影之后，尾随着一个我们无法放弃、不忍背离的世界。

风从空隙之中穿越过来，每一种流动都带着它自己的语言，温暖次第，并不只在春天，才充满活力。

我们看不到的那种境界常常不疾不徐，演绎着万顷波涛。

指纹和生机幸存，一些青瓷上飘动的思绪不能真的让你进入往昔，感受是一条看不见的线索，却让多少人坚贞地持有和寻觅。

天长山物语

在太阳的光芒中起程，沿着一枚花瓣上的露水欣赏沿途的风景，山川和悦、岁月静好，如人所愿，渺小与宏大点点滴滴。

沿着山峰顺路而下，我就看到了道路的和弦，一些宽阔的伸展，一些草木的掩映，一些隐没在树丛里的鸟儿的身影。

一种尽情的抒发，并不只是因为存在或失去，一种美好还可以因为喜欢和厌恶。在朝阳的引导下，在目光的清晰之中旖旎。

山林真切的内心、流水欣然的行程，在视线环抱之中，在远观和忘记中清风徐徐。天长山物语明净悠然，草木也可包含在世间万象中，收拢和流泻，喧闹或安歇。

一个人的心事准备在什么样的情况下伴奏，依偎在山川的怀抱，在枝叶间奔赴一棵树坚韧之后的深情。

贴紧自己的内心，在生命和呼吸之间，找到自然的种子，种下对真诚爱意、自然光彩的真切的呼唤。

一切的出发皆因太阳的光芒！

邀　请

如果带着心事和想念在这个世界上漂泊，每一段行程并无世人所言的纷扰，而是一粒种子的成长壮大，一枚果实由青涩到饱满。

邀请一种坚持住在我的心里，不仅是汹涌时的视线所及，一种声息的弥漫，经冬历夏，成为生命的铠甲。

比天空更为辽阔、比大海更为宽广，郑重敬畏往往风光无限。

在看不见的辽阔里奔腾弥漫，山河岁月、楼阁亭台，它们都是它们，它们都和我一起路过了今生。

畅所欲言，酒和诗的盛宴。精心诵读，不忍释卷，在潮汐的奔赴中一步步地演变，变成了另一种出发。

如果中的如果，行走之中的假如，坚持用心脏和纯净的脉搏，将昨天和奔赴收在无人能够抵达的地带。

希　望

真想将一切剪裁成我喜欢的样子，弯弯的河流之上有一种坚强的承载，梦的溪水源远流长，愿望和峥嵘一同在上面来去多次。

停留还是迟疑都让人感受收获和心得可以加倍，灿烂风华，其中有纯净和更好。

心情下的月亮，闪烁让我颤抖的光辉，来和去都是那么让人震撼。

笑容和体肤不管什么样的色泽，都不能阻挡意愿的发生。岁月的峥嵘正在梦境里次第开放，风雨雷霆要经得起推敲和研判。

心事不是一滴眼泪，也不是任性风波，它会在未来的日子里，历经春夏慢慢褪去光彩。

谁有此时此刻的心情，谁有此情此景的留恋，在各种路口张开胸怀。

用二十年的荒凉去积攒一个表情够不够，流逝将人性还原。生命的各种迹象，更像纸币上的气息，被各种面孔喜爱。

希望就是低空里奔跑的声影，将一切景象剪裁成我们更加需要的样子。

凋零不是秋天的本意

凋零不是秋天的本意，万象的奔涌之中，不知道哪一样才是让人爱戴的母体，阳光下的一棵树，孤零而俊俏，身姿挺拔，很想知道它更喜欢这样的孤傲还是曾经的丰茂。

周而复始，谁知道往事是不是想为今天做了铺垫。

大地的怀中，澄澈是为谁准备的明净的礼物，水的光影和流淌，连接遥远天际。

收获让秋天不那么心酸，反而有了一些缤纷的喜悦。

在山重水复的时候，物与心的光彩完成生根、发芽、结果的过程。

秋天的那棵树，浩瀚阳光中的一点虚实，在某一个充满幻想的清晨，它的四周闪耀冷峻的光芒。

愿望如果真有阶梯，它会在什么样的地点像秋天的这棵树脱去了美丽的外衣，一直向最终的目标做着探求。

光明浩荡

那年飞翔的枯叶，贴着地面表现了它的好恶，无人理会却倔强盘旋。

急于求成，宿命的姿态，接受风霜的洗礼。来和去，在他人的视线里从来就是那么简单。让人怎么可以在一片壮阔上关心季节。

今天和往日，哪一样更有生机，哪一样更是天上云朵的喜爱？谁有变幻的色泽，光彩顿生。

拥有万丈红尘中的曙光，拥有此岸到彼岸的距离，阴影、光明，在相互交替之中。

今天和明天，浩浩荡荡的光明，大地唯一不忍舍弃的兄弟。

拥抱雨的芳香

那天下午，雨是一个金色的帘子紧贴窗，在黑色的映衬里闪着暖暖的光芒，仿佛黑夜暧昧的肤泽，不停地在那里急速地绵延，不停地倾泻在悬念之中。

它为什么来得这么意外和突然，它的身影由急速变得缓慢，曲曲折折的水流，变得蜿蜒、变得疏淡。

特意想让我看一下金色的雨帘而来的急雨。在这样特定的情绪和心态下，让我呼应一下它特别新颖的面目。

从呐喊的歌唱里走出来，在此时的体育馆到处都是雨后的清新，那些花和草，那些甬道和台阶，那些刚刚还非常热闹的夏，就在雨的急切后散淡着梦境般的色彩。沐浴过雨的大地，倾尽它舒展的身躯。

只这么短短的时间，就把闷热去除！一些人伸开手臂，拥抱雨的芳香。

作者简介

黄彬，男，黑龙江省作家协会会员、中国散文诗学会会员，在《莽原》《散文》《散文选刊》《中外散文诗选刊》《海南日报》等报刊发表散文诗作品 200 余篇。

女儿，感谢生命中有你 (外一篇)

曲香泓

时光倏忽而过，女儿十三岁了。母亲节的晚上，她看见我进了卫生间，就端着一盆热水跟进来，"妈妈，老师说今天是母亲节，让我们为妈妈做一件事，我想给你洗洗脚。"我顺从地把脚伸进热水中，当她柔软的小手开始在我的脚上揉搓的刹那间，我有种异样的感觉。说心里话，这些年，我已经习惯了为她付出，并甘之如饴。当她突然照顾我时，我竟有些手足无措。临睡前，她又调皮地把一张亲手制作的贺卡送给我，祝我节日快乐。为了制造这份惊喜，她可是一早起来就偷偷地忙活呀。

仿佛时光倒流，我想起那年秋天，经历了整整一夜的折腾，我终于顺产下了七斤六两的女儿，她就像一个降临在人间的小天使，让我满怀欣喜、义无反顾地承担起了母亲的角色。第一眼看到躺在身边的女儿时，她那么小，那么弱，小脸通红，闭着双眼。就这一刻，我的眼睛仿佛被磁铁吸住一样再也离不开她，心里涌出一股强烈的感情。就这样，这个小生命的诞生打破了我平静的生活，也让我整个人都发生着改变。

为了她，我可以忍受乳头撕裂般的疼痛，每次哺乳感觉自己都像大义凛然的勇士。夜里，身体好像被安装了开关，只要她一醒，沉睡中的我立马醒来。这样的折腾，每宿都要三四次，我的睡眠也被撕扯得七零八落。那时，老公在外地工作，照顾女儿的责任基本由我一人承担，辛苦可想而知。只是，所有的辛苦最终都化解在了她的笑脸中。看见她笑了，我的心里像灌了蜜一样甜。而她无缘由的哭闹，我就会焦虑和紧张。

每天下班的路上，一想到即将见到她，我就情不自禁地加快脚步，恨不得立刻飞奔到她的身旁，在她红红的小脸上啃几口。逛街时，我最喜欢看童装，想象着那一件件漂亮的裙子穿在我的小公主身上，该是多么美丽哟。

一切都在悄无声息地改变着……我学着做各种菜肴，也最喜欢看着她大快朵颐的样子。三十岁前基本没怎么旅游的我开始每年制定出游计划，陪着她走进大自然，参观名胜古迹，兴致勃勃地与她一起开阔眼界。

不知道是不是因为我们血脉相连，才会息息相通。每每她的调皮、可爱、乖巧，都能让我心底溢出无比的幸福。就好像爱情总让一个大女人回归到小女人的情怀，母爱却能将一个小女人变成"女汉子"。是的，为了让她幸福。你似乎什么都可以去做，什么都能去做。这种动力让你变得坚强起来，甚至无坚不摧。

可母亲节这天，女儿笨拙地给我洗脚时，我突然感到，女儿长大了。她在学着回报母爱，她再也不是那个躺在我身边的弱小、无时不需要我保护的小家伙了，她开始有自己的想法，有时会与你抗争，甚至有时，你会因为她的不听话而失落。不知谁说过，世上的爱都是为了"在一起"，只有一种爱是为了"分离"，那就是母爱。难怪，世人要用一个节日来感恩母亲。

可在为爱付出的道路上，我分明收获了太多。女儿是我幸福的源泉，也成为我不断改变、成长的动力。是她的到来，让我体会到了孕育生命的幸福、快乐，那种互相依赖、心心相通的感情真的很美妙。

我也在努力做一个好母亲的责任中不断成长，并终于懂得了一个母亲对孩子最好的爱就是做自己，只有你的生命如花般绽放，你的精彩和丰富才会给她最好的滋养。我想起了纪伯伦《先知》中的这段话：……你是弓，儿女是从你那里射出的箭，弓箭手望着未来之路上的箭靶，它用尽力气将你拉开，使他的箭射得又快又远。怀着快乐的心情，在弓箭手的手中弯曲吧，因为他爱一路飞翔的箭，也爱无比稳定的弓。终究，她因你而来，不是为你而来。

唯愿这样老去

> 我来不及认真地年轻，待明白过来时，只能选择认真地老去。
>
> ——三毛

窗外，落叶纷飞，秋意渐浓。

进入生命的不惑之年，日子就像长了翅膀一样从身边飞过。似乎新年的爆竹声还在耳畔回响，一转头，秋的身影已来到近旁。

这天早晨，我在帮女儿整理衣服的时候，女儿突然惊叫着说："妈妈，你有白头发了！"说着，她用小手仔细地扒开我的长发，像寻宝似的将我头上的一根白发拔了下来。然后，她将这个"战利品"拿在手里，调皮地说："看吧，头上都有白发了，还不服老！"

看着这根不经意间冒出的白发，它在阳光的照耀下竟有些熠熠生辉，还有悄悄爬上眼角的皱纹，都是岁月留给自己的印痕吧。如果没有它们，我是不是可以在光阴荏苒中忘记了生命增长的年轮。可它们，就像岁月的一面镜子。回忆起我出生成长的年代。那是一个吃饭要饭票，穿衣要布票，物质还极匮乏的年代。那时，女人身上的衣服大多是蓝、灰的低调颜色。才三十出头的妈妈就梳着一头中年短发，身上永远是一件土气的灰布衫。

记得有句话说:"男人四十一枝花,女人四十豆腐渣。"在我眼里,那时的女人过了三十岁就已告别美丽,四十岁时用豆腐渣形容一点也不过分。不知道是不是她们在生活的磨砺中已将身上最美、最好的都贡献了出来,没有给自己留下什么。于是,岁月早早就将她们的美丽夺走。在周而复始的操劳中,她们才四十出头就好像迈入了暮年,身上的装扮也俨然如一个"大妈"。

岁月留给她们的只有沧桑和遗憾。也就从那时起,我对女人的四十岁有了恐惧。或许我恐惧的不仅是她们衰老的外表,还有毫无生机与希望的生活。时间一晃而过,当岁月的风霜开始悄悄地写在脸上,也悄悄地把我带到四十岁的门槛时,我发现,自己对四十岁的年龄竟没有了那么恐惧。

是的。一丝白发和眼角的皱纹,只是提醒着我身体在渐渐衰老,却未曾减少我对生活的热爱和对美的追求。没有了青春的肌肤,我依然会为了穿上漂亮的裙子而保持苗条的身材,因为年龄和阅历会化为一种叫作气质的东西提升着女人,让中年的我更增添了成熟的韵味。

生活像旋转的陀螺,为了不让日子在忙碌中变得庸常,我会为家庭努力营造温馨的气氛,为精心烹制的菜肴配上漂亮的餐具,为家里添置一件件别致的摆设。我研究烹饪烘焙技术,让"吃"变成一件愉悦心情的享受,因为世间唯有爱和美食不可辜负。

中年的我不再天真地幻想,但依然有着浪漫的情怀。喜欢用手机拍下夕阳染红的黄昏,喜欢在飘着细雨的清晨漫步,喜欢面对落日的大海遐想,喜欢放上一曲悠扬的乐曲,任思绪在美妙的旋律中翩翩起舞。

四十岁后,我对生活更多了一份热情,对自己的爱好更多了一份执着。小时候就喜欢画画的我,因为家庭条件未能系统地学习绘画。

现在，终于有机会坐进课堂重拾昔日的兴趣。利用闲暇时间，我开始兴致勃勃地学习国画，希望将来能够老有所乐。

我更珍惜时间，更爱学习，似乎想把以前荒废的时间补回来。阅读不仅充实着我的生活，也帮助我不断成长，让我有了反思和洞察生活的智慧。人到中年，我仍愿在文学的沃土上辛勤耕耘，把对生活的感悟和人生的思索化作文字，充实和丰富我的生活与追求。

四十岁的我，就这样乐此不疲地寻找着生活的乐趣，发现着人生的美丽风景。日子如流水般洗涤着中年的岁月，也让我明白了什么样的朋友可以交心，什么样的日子适合我，什么样的情感应该珍惜。

在生活中，终于学会不强求自己，不攀比别人，日子过得简单而充实。面对亲人，我学会了宽容和感恩。面对世事变迁，也有了一份随遇而安的心境。而面对婚姻也有了一份释然。

我和老公从相识、相爱到结婚十多年，感情也在柴米油盐的磕磕绊绊中归于平静。如今我们的女儿已经十多岁了，婚姻的小船也似乎进入开阔而平静的水域。可我深知，婚姻的河流经过奔腾而趋于平静，就像一架机器经过磨合逐渐光滑。虽然适应了正常的运转，但也更需要养护和修理。此时的我们更需为婚姻输送养料，精心呵护，让这艘小船载着我们温暖地抵达人生的彼岸。

孔子有云，"四十不惑"。人到了四十岁就不应该对外在的事物困惑。这份不惑是因为对自己和人生有了透彻地了解，对生活有了几分把握。当面对世间的风风雨雨时，就会少了困惑，多了从容。所以，中年应该是人生四季中最让人期待的季节，就好像明媚的秋天，没有了花朵的点缀，却迎来了果实的清香。

中年的女人，可以在历尽沧桑后真正地做回自己，活得美丽从容，多姿多彩。这样的人生，我们又有什么理由，不伸开双臂欣然迎接呢？跨过四十岁的门槛，青春的尾巴想抓也抓不住了，但我并不恐慌。岁月，只是成熟了我的理性而没有苍老了心灵。

秋光尚好，我唯愿这样老去。

作者简介

曲香泓，女，1976年出生，《今日绥芬河》报社编辑，绥芬河市作家协会副秘书长。

山道弯弯 (外一篇)

齐锡武

在二大娘八十岁那年的春节，我最想去拜年的亲属中就有我的二大娘。可是，东北的山村，被一场大雪覆盖后，通往她家的山道，蜿蜒绵长，积雪厚厚，使我想利用春节假期去给二大娘拜年的计划只能暂缓。之后，总有一种力量，神一般地驱使着我，要去见她，去见那小山村，感受那里弯弯的山道。

如今的二大娘还是我儿时的模样，只是不能独立走路了。她扶着炕沿儿，勉强地还可以挪动几下脚步，在自己的房间里上她的椅子似的漏斗"厕所"。一种熟悉的老年人居室的味道，隐约充斥着这样一个比较整洁的房间。我们一行"城里人"谁也没有说什么，又不能给她开窗户透透风，害怕老人家着凉。看到她还比较健谈的样子，我感到她的头脑还是清醒的，她的每一句话都能让我产生联想，她的每一个笨拙缓慢的肢体动作都能使我产生追忆。

牛 犊

在我读初中一年级的时候，学校组织过一次学年作文比赛，我的作文被老师选中。他告诉我回去后把作文用 16 开大作文本的格纸再抄写一遍，然后，在学校作文展览用。在这种情况下，老师的话就像圣旨一样，我在中午来不及吃饭，一字一句地把作文抄写到自己满意为止。这篇作文的题目就是《牛犊》。

作文中的人物原型就是我眼前的这位二大娘。

在人民公社时期，在生产队的牛栅栏里，也是大雪覆盖大地的清晨，二大娘发现牛栅栏里一头大黄牛生下一头小牛犊，尽管大黄牛不住地舔舐小牛犊身体上的胎衣，可是，在露天的，满地的积雪上，小牛犊还是站立不起来，继续下去，小牛犊就有冻死在那里的可能。当时我和二大娘从牛栅栏旁边经过，是二大娘发现了它，在几次帮助小牛犊站立无效的情况下，二大娘毫不犹豫地将小牛犊抱起，抱回到不远处自己的家中。她的衣服上沾满了黏黏糊糊的东西，她顾不上去整理，用自己家做饭用的铁锅煮熟了小米粥汤，然后调试着温度，给小牛犊灌到嘴里。两个多小时之后，小牛犊在二大娘家温暖的屋里慢慢地自己站立了起来。再之后，二大娘又把小牛犊抱回到牛栏里，让它吃上初奶，并将它留在它妈妈的身边。

这个事，二大娘说她还有记忆，只是没有我说得详细。她的子女们现在都不记得有这件事，而我的感觉则不同，因为它影响过我的大半生，直到现在，每每写成一篇文章，我都会感谢二大娘，是她的行为，感动了我，让我写成《牛犊》，受到老师的表扬，并在当时学校的走廊里挂在墙上展览。

我感觉到同学们对我羡慕的表情和赞美的话语，我的虚荣心得到极大的满足。也许就是从那次开始，我对语文课，特别是作文课情有独钟。我把我后期创作的文学作品能够发表和获奖，都归功于我的这篇《牛犊》，归功于我的二大娘。

远　山

东宁县大肚川镇的闹枝沟村是我童年时假期的快乐家园。那里是父亲的故乡，自然有着父亲的故事，其中与二大娘家的故事源远流长。二大爷长父亲一岁，可是他俩相得非常好，我从未怀疑过他俩是亲兄弟。长大后，我才不得不承认他们是叔伯兄弟的事实，因为在我儿时的记忆中，应该是只有亲兄弟才能对他们的子女这般好。

学校放假后，父亲让我去二大娘家，吃住自不必说，还要让二大娘领着我上山，跟她一起进到山里采集野生木耳。这种山产品在当时的情况下，干品一斤可以卖到八元钱，这就足够让我交上下学期的学杂费。

采集野生木耳，要在下雨之后，木耳才能在大山里倒伏的老柞木上生长出来。大山里杂草丛生，满是露水，由于路途遥远，中午饭要带在身上。那情况与现在的进山徒步走完全是两个概念。说句心里话，我是一百个不愿意去。

早饭后，我眼看着二大娘自己先用塑料布将自己的大腿到脚脖缠上，再捆上绳子，然后，再将外裤套在外面。接着，她又用同样的方法给我的腿上也捆上塑料布，这是在当时条件下二大娘从事此项工作所能做到的劳动保护。多年的经验告诉她，雨后进山，裤子很快将被露水打湿，如果没有较好的措施，人的身体肯定坚持不了多久就无法继续工作，而且还将落下风湿性关节炎等疾病。

我就是这样跟着二大娘进入大山中的。由于我的劳动热情不高，怠工情绪较大。我背的背包中，除了装有饮用水和午饭外，剩下的空间才是装木耳的地方。二大娘则不同，她背着农村那种常用的背筐，两只手忙碌着采摘木头上的木耳，回手就扔到身后的背筐里，随着采集到的木耳数量的增多，她身上的背筐也越来越重。我只是跟在她的后面不远的地方，手里拿着小木棍，边走边打落一下草丛或小灌木上的露水，然后才经过。心思根本就没有在寻找和采摘木耳上。

现在想想，如果当时有个镜子让我照一下，我的嘴肯定是噘得老高老高的。二大娘一边采摘着木耳，一边还要喊我几声。她是怕我走丢了。开始，我还答应着，后来我有些烦了，在二大娘喊我名字的时候，我故意不再出声，坐在灌木丛中不动，不出声，但是我能看见二大娘的身影。说实话，我也是真的害怕在这大山里走丢。

二大娘常年随着季节的不同，有着丰富的采集山产品的经验。可她在喊我名字后，没有回声，她就停下自己的事，开始回头找我，边走边喊："军哪，你在哪呀？""这熊孩子，怎么也不言语！"她在我附近走过，没有看见我，还是不住地呼唤，我还是不出声。

后来，我看见二大娘卸下身上的背筐，开始小跑似的找我了，我才在相对远一些的地方小声地答应一次。她听到我的声音，跑向我，不住地问："没有什么事吧？"她边看我，边摆弄着我的胳膊腿，看到我确实没有什么事，她抱怨道："这熊孩子，怎么也不言语！"

二大娘是河北省老家的人，一着急，口音带出了河北腔。我为我的恶作剧在心里发笑，又不好表露出来，只好编个话题说：我饿了。二大娘拿出她背筐里的餐兜，是用笼屉布包裹着的玉米面菜包，还有几个地瓜。我背包里的午饭也是一样的。我当时吃了几块地瓜，只是吃了很少的难咽的玉米面菜包。

傍晚回到家中时，二大娘的背筐里快满了，约有五十斤黑色的湿木耳，按着三十斤左右的湿木耳能晒出一斤干木耳的比例估算，二大娘劳动一天下来可以收入十三四块钱。当时每天要能收入十几块钱是足以支撑她养育五个儿女的生活和教育费用的。而我的小背包还没有装满。就是这样的结局，在我一周后准备返城的时候，我的所有的湿木耳晒出来的干品木耳还不足一斤。是二大娘从她家的仓库里的干木耳麻袋中，捧出来一捧，才为我的劳动成绩画上了句号。

二大娘在远山里的身影和她那一声声的呼唤，常常浮现在我的脑海里，让我反省，让我自责，让我找回劳动改变人生的观念。就是这样一位普普通通的农村妇女，在她老年时，她曾自豪地对我说："我有三个儿子，每一个儿子我都为他们置上一座房，娶上了媳妇。"

在我长大之后，我对二大娘的话语深信不疑，也感受到她是怎样的辛劳，以及在苦难面前的乐观和豁达。

父亲之歌

　　打我记事的时候起，父亲是一个开大货车的司机。在我记忆中，父亲第一次让我感到骄傲的事就是用他开的大货车把他们公司院内的一棵大杨树连根拔起。当时我和儿时的小伙伴在附近玩耍，看到一帮人指挥着一辆"大解放"货车把一棵大杨树拽倒，我和小伙伴们便站在一边看热闹，结果从驾驶室里走下来的司机居然是我的父亲。

　　我大声地对小伙伴们说："开车的人是我爸。"从那以后，我便与汽车结下了缘。我曾想，等我长大，也要像父亲一样，能开着汽车拽大树。

　　我没有记住父亲抱我，亲我的感受，只是知道家里人口多，父亲每天都特别地累。父亲当时月工资为48元，家里九口人，由于爷爷去世早，父亲是家中的老大，所以，家中除了我们兄妹四人（当时还没有小弟），还有奶奶，小姑姑和小叔叔。小叔叔只大哥哥一岁，大我三岁。我记得有一次我把小叔叔打了，妈妈居然骂了我，还要打我。我跑掉了，赌气不回家吃晚饭，害得妈妈找了我一个晚上。现在想想那时真是不懂事。

　　家里从来没有过想吃什么就能吃上什么的时候。当时的粮食是供应制的，每个月就是固定的那些。我家是月月的粮食不够吃。妈妈在贴玉米饼子的时候，总是同时蒸上一些地瓜，一来可以节省粮食；二来也算调整一下食物结构。每当妈妈做熟饭掀开锅盖的时候，我们哥仨，加上小叔叔，都站在锅台旁边等着，锅盖一拿开，我们便不顾浓浓的蒸气而直接伸手去拿锅里的地瓜吃，先捡红皮的地瓜，等妈妈把玉米饼子和地瓜拿到饭桌上时，红皮的地瓜没有了，只剩下几个歪歪巴巴的白皮地瓜了。这时，父亲乐呵呵地骂道："他妈的，狼一样。"

父亲从来没有因为孩子多，吃的多，生活困难而抱怨过我们。我家粮食不够吃，人口少的亲属家有时就把他们家粮食供应证上的粗粮让我家去买一些。父亲有时候开车经过农村时，也找朋友帮助买一些玉米，拉回家再加工成玉米面，补充粮食的短缺。

有一次，天刚蒙蒙亮，父亲就把我们兄妹几个喊起来，说是去院子里抖落黄豆秸。这是父亲昨天出车回来时，在农村生产队的场院里要一些引火用的豆秸，装完车后，父亲的一位当生产队长的朋友，就是帮助父亲买过玉米粒的那位朋友，顺便往车上扬了几锹黄豆就走了。谁都明白是什么意思，父亲也不好再说什么就开车回家了。卸完豆秸后，就需要我们再把豆秸里的黄豆抖搂出来。当时的餐桌上若有块大豆腐也算是好菜了。父亲只是说农村的人干活不细，才能在豆秸里抖落出黄豆来，而没有说这就是偷。

父亲平时只喝点酒，从来不吸烟，也没见过他参与赌博之事，也许是家境太贫穷的原因。他没有什么爱好，就是没完没了地干活儿。以前他没去过饭店吃饭，但他却让孩子们记住一个姓张的人，是他们公司的一个同事，说这个人曾拿父亲打过赌，对父亲的其他同事说："你们谁要能让老齐到饭店吃顿饭，那么这顿饭钱我出。"结果，真有几个人分别请父亲去饭店，父亲真的就没有去。后来，别人把这件事说给了父亲，父亲听后非常生气，他对我们说明此事时，我见他是强忍着泪水。

父亲说过："别人请咱上饭店吃饭，咱就得选时间请别人吃饭，可是咱家钱少，上饭店吃饭花掉了，家里人用什么买粮食吃饭？"

我始终记着父亲说的这个张姓的同事，但我并没有恨他，因为后来他家的境况并不比我家好。相反，这件事激发了我们兄弟几个的斗志，要争口气，不能总让别人瞧不起。

父亲的勤劳，是别人难以比的。以前家里的水都要到较远的地方去挑，我们小，挑不动，却愿意跟着父亲去挑水。别人家的爸爸挑一担水走了，我的父亲却是挑一担水的同时，还要用一只手再拎上一桶水，天天如此。他白天上班劳累一天，晚上在家里干活常常到深夜，没听他说过累。

他还领着我们把家中的菜园收拾得有条有理，很多蔬菜都能自给自足。还有果树，经过父亲的侍弄，到了秋天真是硕果累累。他修剪果树的口诀是"枝枝见光，里外通风"。以致到今天，我也对自己的菜园情有独钟。因为这不仅能解决一些食用，更重要的是让我产生对父亲的追忆。

有一年冬天，因为天气太冷，父亲说过要买两张大玻璃砖，镶在窗框上，相当于二层窗。那天我骑着自行车正下班往家走，有一辆小货车超过了我，我看见一个人的背影有些熟悉。那人坐在小货车箱上，没有戴手套的双手在寒风中把着很大的玻璃。我心想，这个人该有多冷啊！他不会是我爸吧？

当我到家的时候，我看到家中有两块正在返霜的大玻璃砖。再看父亲，他正坐在炕上搓着自己那紫红色的双手，乐呵呵地给妹妹、弟弟讲什么故事呢！我的眼泪一下子涌了出来，原来那个车上的人真的就是父亲。我走近父亲，双手捂着他那发紫的双手，半天说不出话来。

父亲问我："怎么啦，小二？"

我没有回答，始终也没让他知道我为什么掉泪，为什么去捂他的手。多少年以后，我看过一个电视节目，有两只大鹿和一只小鹿在草地上自由地走动。突然，一只老鹰冲下来，把小鹿抓了起来，向空中飞去，正待我焦急的时候，只见那只长着鹿角的大鹿一个高儿冲向空中，把小鹿撞了下来。老鹰飞走了。小鹿得救了。我把这一幕称之为"大公鹿精神"，同时也把这个精神默默地送给了父亲，也留给了自己。

父亲最后的日子里，他想要坐一坐好车，走一走国道。

他说："我开了一辈子车，没有开过好车。"

我们满足了他。

作者简介

　　齐锡武，男，1962 年 12 月出生，黑龙江东宁人。绥芬河市作家协会会员、萧红文学院绥芬河骨干作家班学员、绥芬河市警察协会秘书长。1999 年开始发表作品，有报告文学《边城疑案》在《蓝盾》杂志发表；散文《山道弯弯》在《北方文学》杂志发表。

秋　思

赵威

　　每天看着手机里推送的日渐走低的温度，脚上穿起的袜子，早晚窗口吹进来的凉风，就知道秋悄悄地来了。

　　八月中旬，刚上高一的儿子开学了，这几日起得早，准备早餐。五点多街上没有什么人，车偶尔驶过很快很响，天依然阴沉，开窗探出头去，潮湿里裹着凉意。受台风的影响，这是一个多雨的时节，整个八月，一场雨接着一场雨，每天，人、事、物还有空气都在雨水里冲刷着，太阳成了过客。

　　没有风，也没有到秋燥。窗前的那棵大柳树，被伐掉了靠近窗子的半部枝杈，向路的一边依然高高大大斜向天空。她那么安静，站过夜的黑，似乎在静候跳过楼顶的第一缕阳光，驱散一身凉意。昨夜淋了一夜的小雨，柳树像刚出浴的人湿答答的，柳叶依然绿，只是没有了盛夏里那么高涨那么逼人的油亮。垂着，想着心事似的出神。在秋风来之前，她可能不把任何事放在心上，生长的时节能拘于什么呢？

　　校车开走了。街上也渐渐热闹起来，走路声，话语声，马达声，吆喝声，还有店铺开张的声音，声声把沉闷的空气穿透，把阴沉的天空叫醒。人文的声音不会因为季节的更替而懈怠，只是用改变和应对而积极地存在，并且已不局限于朝夕了。

　　望向街对面的楼房，目光寻找那间住了十三年的窗，距离不变，情感不宣，怅怅然然，每一望都是波澜不惊的样子。对于家的概念，我似乎是一个寡情的人，从没有过多的热烈和期望，对于人，总是抱着融则合、厌则分的态度，从不强求，从不苟且。租住在现在的房子，简单还有些灰暗，想想，好像从没因为简陋或者变故而沮丧过，自诩随遇而安的心境绝对强大。就像那棵柳树，每一个春夏都会再长大，每一个金秋都会镀一回金色一样地自信、自在而自然；就像那间房子，该来时来了，该去时去了，都是因果；就像我的一颗心，知道如何安置，放哪里最好，便怡然自得了。

因着昨夜看过的书里，倏地想起"黯然心伤"这个词来，想起那个常常黯然心伤的主人公来，心里生出一点怜悯而后添了厌烦。这四个字似乎从没在我心上走过，即便是离散，即便是劳累，即便是拮据。过生活，我自己的生活，好像是给别人的生活打工似的不计利益，从没设身处地地懊恼过自己的生活现状。有时也会试想一下自己是个没良心的人，有时也会猜度一下自己是来人世渡劫的，转念便肯定一个答案：哪个人活着不是在渡劫呢？于是，便安安心心地过活了。

住在这儿快三年整了。那个雪后的冬日，搬着属于自己的一切，带着儿子，求个日子里的安宁。儿子的心里也是畅快的——放学后、夜的睡梦里是安静的。三年里儿子长大了，有时在他身上会看到曾十分厌恶的影子，也会愤愤地责备一句"遗传的恶果"，儿子是不爱听的，说他不会有。我也不计较，但还是有担心，会把唠叨、讲理、教育当作头等大事。不然呢？有些东西终是摆脱不了的，恰如春天的种子和秋天的果实。

心底总会有柔软的地方，生出些怜悯，不是对过去，不是对自己，而是对身边晃来晃去的小身影，但有一天忽然发现小身影已经高过我一头的时候，那若有若无的怜悯已无影无踪，一个高大的身躯立在我眼前，那就是坚强、安慰和希望！

对于我自己，在这处简陋里，曾尝试着勾起过往，生出哀怨、悲愤，却没有得逞。我清楚地知道，与其计较得失、怨恨对错相欠，莫不如归退，静如处子，护得身心周全；在这处简陋里，度过三个春夏冬、两个秋，看着一窗的生发到凋落、繁盛到肃穆，每个季节都有着渺小和伟大，轮回里的沧桑和鼎盛。把年轮一匝一匝地刻在身心上，由怜悯之悲生发的豁然练达，胜春似秋。

人在宇宙里是渺小的，在四季里是顺应的，在生活中又都在极力扮演着不同的角色，可圈可点地树立着自我。然而，在匆匆里又有几时几刻能真正抚摸自己的灵魂呢？茶酒须品，饭菜得尝。日复一日，是否已赶在秋风前的雨季里把自己里里外外甚至灵魂洗刷得无缚无累、无怨无悔了呢？我不止一次地问过自己。

三年来，眼前的一树绿，我总是对它期盼着，可它总是在期盼里像蹒跚学步的孩子，得等！更像青衣的咿呀唱腔，有板有眼急不得，得等，等着山野里的枝叶已经仰起脸庞，它才羞羞地努出芽苞，等秋的丛林已斑驳叠色，它还懒懒地倚着不愿更衣。看着它的懒它的迟，我也不骄不躁了，静候不是蹉跎，是一场无声的修炼。

四季里，看惯了春夏的绿，冬里的黑白，总会贪恋秋的色彩。北方的秋是极致的，单用一个五彩斑斓是形容不及的。那斑斓里的韵，是树的筋骨，山石的魂。每到这个季节，我的一颗素心就荡漾起来了，随着一阵秋风，随着漫山的油彩，随着一片飞舞的落叶……

从读过的秋里，涉及悲欢离合的，总是以秋论悲凉，似乎一片落叶的肃杀之气会殒了性命一样。叶落了总会有重生，何必想到终结？试看做一次完美谢幕，岂不更能诠释心愿？我是不愿在破败里徘徊的。生命里的亮点和命运的转折点总是需要一种充满色彩的希望做动力的。"霜叶红于二月花"，秋霜又何尝不是神来之笔，将一色的绿，装点成一片繁华锦绣。

看行人在未动声色的初秋里增添了衣衫，步履也清爽了许多，少了盛夏的慵懒。在这个北方小城夏天是短暂的，让人不免心生留恋，留恋热的温存，留恋不被包裹的自在和洒脱。然而季节的更替，让人们从短暂的随意里抖擞起来，也让这座城市的步调拒绝了平淡。留恋远不及期待。"未觉池塘春草梦,阶前梧叶已秋声",秋来得早,来得让人肃然起敬,来得有所期盼。

我期盼着,期盼着,秋日里的晴空丽日,秋色里的五光十色。秋风秋阳下,那一树一山的碧色,翻飞出几处彩蝶的翅膀,隔日,就会连成片:浅黄的、橙黄的、火红的,一簇簇一条条。仿佛天仙遗落了锦帕、围幔,铺满山岗;又似织女飞梭织遍群山锦绣。夏,脱去疲惫的绿衫,着起五彩盛装成为秋。东篱下的菊香,伴着悠然而见的定是清幽恬静里的一山绚丽。

再有一个月时间,五花山色就会渲染起来,远望绚丽夺目,近观叶色倾心。在这一片辉煌里,如何能深锁愁心?何苦要背负过往?秋,不只是草本植物成熟收获的季节,更是人生从料峭的年岁走过平庸奋发时节后,历经岁月涤荡、蜕变、升华了的昭告。

我不停地盼望着,盼望四季的更迭,四季的衍变,相思着秋日的热烈欢愉。秋实给半生的葱茏典庆加冕,秋色给一腔寂寥抚慰遐思。秋给这个世界想象不到的色彩。在八月的雨季,深思着秋。期盼着十月举国欢庆的节日,正是拥秋色入怀的好时期,天长山上,秋日胜春朝,国色天香。那时,定要揽一山秋色,装扮这简陋之所,填充这寡淡情愫。秋山染陋室同色,希冀与秋韵齐飞!

作者简介

赵威,女,70后,大学毕业。绥芬河市作家协会会员、萧红文学院绥芬河骨干作家班学员。在《远东文学》及网络平台发表散文、诗歌数十篇。诗歌《春息》获黑龙江省"抗疫"主题征文二等奖,小说《追逐》获黑龙江省"打赢脱贫攻坚战"主题征文二等奖。

战场上的父亲 (外一篇)

张多奎

我父亲曾经是一位参加过解放战争和抗美援朝的老兵。

父亲小的时候家里很穷，他九岁就出去打短工，一干就是九年。在这九年中，父亲受了很多苦。每当提及苦难的童年时，他的心情都无比沉痛。十八岁那年，他报名参加了当时的望奎县莲花乡区中队。半年后，莲花区中队集体补充到了望奎县大队。参加了几次小型的战役，让父亲得到了锻炼。

第二年，望奎县大队集体整编到第四野战军。由于父亲作战勇敢，再加上头脑灵活，没过几个月就当上了一名轻机枪射手。在一次追击敌人的战斗中，父亲肩上扛着一挺加拿大生产的轻机枪连续跑了四十里路。据父亲讲，当时就是凭着一股顽强的毅力，到了战场进入了掩体，架好轻机枪，拉开拉板，连续追击奔跑的疲劳却涌上来，他瞬间失去了意识，什么都不知道了。

父亲被战地救护人员背下了战场，用担架抬到草河口，连夜用马车送到战地医院，被军医确诊为咽喉部肿大和胸膜粘连，需要立即手术。然而，父亲一心想回到战场杀敌，坚决不同意做手术。

一天，主治大夫领着护士来到病房，说要给父亲检查牙齿有没有破损，父亲同意了。按照大夫的要求他坐在病房椅子上。护士拿出诊疗仪器放到他嘴里不停地捻动着。不一会儿，父亲的嘴被仪器支得大张着。父亲当时心想：不好，这是要做什么呢？另一名护士立即拿出长条布，把父亲结结实实地绑在椅子背上，一点儿也动不了，只能任其摆布了。这时大夫和护士都在抿嘴笑。经过消毒后，主治医生拿起槽型长手术刀直接刺进父亲左侧喉部，将咽喉肿大部分全部摘除掉。由于当时的医疗条件有限，父亲落下了胸膜粘连的病根儿，自那以后他只能用一侧肺叶呼吸。

在父亲看来，比起那些在战场上牺牲的战友们，他这点儿小伤根本不算什么。伤愈归队后，他由战士提升为班长，转年又被提升为排长。在一次大的战役中，父亲所在部队与兄弟部队紧密配合，经过激烈的战斗，摧毁了敌军作战指挥部，全歼了守城之敌。

战役刚刚结束，上级命令父亲带领全排战士在出城的路口上设卡把守和检查，以防残敌化妆溜出城去。不一会儿，远处来了一辆牛车，车上躺着的人用被子盖得严严实实的，另一个人牵着牛在地下走。到了近前，凭着军人的敏感，父亲发现牵牛的人眼神有些不对劲，总是在有意地躲避着什么，立即要求停下车来检查。牵牛人有些支支吾吾地说："牛车上拉的是病人，长了满身的大疮。"

父亲自然是不会轻信，他走过去一把掀开被子，看到车上躺着的人，脸上好像用锅底灰抹过，十分可疑。父亲伸手解开他的衣服，一贴一贴地揭下这个人身上的膏药，根本没有看到身上长的疮。父亲立即命令一班长带领全班战士把这两个可疑人押往师指挥部。经过审讯得知，牛车上躺着装病的人，原来是敌守城最高指挥官范某某，那个在地上牵牛的是他的卫兵。事后，部队给父亲记了二等功。可父亲却说，荣誉应该归功于全排的战士们。

小时候，有一年年三十晚上，我们一家人围坐在铺有炕席的土炕上听父亲讲他过去的战斗经历。那是一九四八年，父亲所在部队向吉林方向急行军。由于白天飞机轰炸，部队行军只能在夜间进行。当时他们部队上的战士包括干部，几乎都没有什么文化，有的甚至连自己的名字都不会写。上级要求他们白天抽时间学习文化知识，团里给连队派来了文化教员杨景超同志。他是投诚到解放军部队来的。

　　能够学习文化了，父亲感到很高兴。他经常找杨教员请教文化知识。在父亲的带动下，全排战士都在努力地学习文化知识。二排长曹大振对杨教员特反感，每次上文化课他都借口上厕所溜之大吉了。时间长了，干部战士都知道曹排长一学习就请假上厕所，就送他一个外号，叫他"上厕所排长"。他却不以为然，还振振有词地卖谝："咋的？你学习文化是排长，我不学习文化也是排长，照样带兵打仗！"可是，后来发生的一件事儿真让曹排长打脸不轻。一天夜里，二排长曹大振带领全排战士去执行任务时，在辽河西岸与敌人接上火，战斗打得十分激烈。敌人的部队人数超过二排上百倍。整个二排被密集的炮火压制在了桥上，人数全部暴露了出来。一串串的炮弹射向桥面，情况万分危机。曹排长立即决定往外送信求援。通讯员递上纸和笔，曹排长接过来却犯难了。该怎么写呢？具体内容都该写些什么呢？情急之下，只见曹排长把纸垫在膝盖上，然后用铅笔在纸上面画着什么。画好了折几下交给通讯员，用两挺轻机枪开道，通讯员硬是从机枪溜子的底下冲出了包围圈，把信送到了就近的山炮营王营长手里。王营长安排通讯员去吃饭，然后他把送过来的信展开，反过来掉过去地看，可就是看不明白。他操着一口江苏口音自言自语地念叨："曹大振这小子平日里一贯不学习文化，也会写信了？这咋看不明白上面写的纱（啥）玩意？中间一个大仁（人），四周还画了一圈儿小仁（人）儿，这是让仁（人）给包了畏（围）了？"

　　王营长立即让战士把去吃饭的通讯员叫过来问明情况，然后立即向团里汇报。上级命令就近的父亲所在连立即跑步急行军，火速前往增援曹大振的二排。父亲带着一排作为连里的先头部队最先到达战场，发现二排被敌人密集的火力压制在桥上。父亲发现附近有炮弹射出，而此时敌人做梦也不会想到我军的增援部队会来得这么及时。父亲立即命令战士们准备好瓜型手雷，摸到敌人炮兵阵地后面，一声令下，一排排的手雷飞向敌方炮兵阵地，仅用了几分钟时间，敌人的炮就完全哑火了，这大大地缓解了对桥上二排的压力。

接下来父亲又做出了一个更大胆的决定：那就是"擒贼先擒王"。他利用在敌人背后的有利条件，派战士侦察到了敌人的指挥部，然后悄没声地包抄过去，充分利用巷战和夜战的绝对优势，随着一排排手雷的爆炸声过后，再次打了敌人一个措手不及。敌人指挥部瘫痪了，战事出现了转机。此时我军骑兵也赶来增援，同样抄了敌人的后路，把敌人的包围圈分割成数段，然后各个击破。

随着增援大部队的到来，曹大振的二排在内，外围又来了这么多的增援部队，形成内外夹攻之势，敌人最终彻底被消灭干净了。应该说，在这次战役中，父亲带领全排战士起到了关键性作用。在战后的总结会上，团长告诉战士们，曹大振所带的二排遇到的是敌人一个加强营的兵力，幸亏增援及时，全歼了敌人。还把曹大振画的那封大人和小人的信给全团的干部战士们展览了一番，曹大振感到无地自容，真真正正体会到了学习文化的必要性和重要性，再也不歧视文化教员杨景超了。之后，曹大振也开始虚心学习文化了。

一九五〇年六月，父亲带着全排战士被调到辽东军区警卫团后方勤务处组建大车队，部队驻地在安东 (今丹东)。十月份，朝鲜战争爆发，父亲就带着全排战士，用十几辆马车往返于安东到朝鲜新义州之间，负责运送军用物资。当时美国佬的飞机经常轰炸我方的运输车队。

一次车队正在行进中，空中传来了飞机的"嗡嗡"声，父亲立即指挥战士把马车赶到道路两侧便于隐蔽。炸弹崩碎的石头和树木几乎堵塞了前进的道路，等美国佬的飞机轰炸结束时，我父亲却不见了。战士们焦急地四处寻找了半天，最后在一堆碎石头中看到了一只胳膊和脑袋，父亲的整个身体都被炸开的碎石掩埋住了。战士们马上动手扒开碎石头，将他们的排长（我父亲）救了出来。虽然当时疼痛难忍，父亲再次凭借着顽强的毅力，带领战士们清理好道路，坚持完成了任务。

父亲是个顶天立地的英雄，可惜他已经离开我们有些年头了，我特别怀念我的父亲。

登顶四平山

1

一九六三年八月节的前一天，学校放假过节了。我提前约好了孙老小子、满二、刘家宽、砟子、初大奎还有姜杰，八月节这天早上去我家门前的场院"藏猫猫"。

当时我只有九岁，心里搁不住事儿。晚上睡觉时总想着明天早上要和小伙伴们一起去玩。

第二天早上，我早早地就起来到锅台前拿起烧火棍在灶坑前烧火。心想：快些帮妈妈把饭做好，吃完饭好去场院看看他们几个人来没来。妈妈在锅里熬好了土豆炖豆角，拿过头一天发好的苞米面，一个一个地往锅里甩着，贴成大饼子。贴完盖上锅盖，我一个劲儿地烧火，好让饭快点熟。急急忙忙地吃过饭我赶紧就往场院跑。

到了一看，生产队的场院大门锁着。屯子里的早晨比较寂静，小伙伴们都没来，我心里就有些着急了。我爬到场院一人多高的墙头上，四处张望的时候，我一下子就愣住了。在屯子的东北方向出现了连绵不断、大大小小的山。我赶紧揉了揉眼睛，怕是自己看模糊了，也兴许是出现了幻觉。

我的家乡可是平原，怎么会突然出现这么多的山呢？

我马上跳下墙头，跑回家里，喊出爸爸、妈妈、姐姐、妹妹和左邻右舍，让大家都出来看看这些来历不明的大山。有人说：你看那两座山离得很近，好像是骆驼的驼峰。有人说：你再看那中间有一座大山，和别的山不一样，它咋那么高呢？

我仔细观看了那座大山，能有三座山那么宽，山顶上没有像馒头一样的山尖，确实很平很宽的。大家议论归议论，但都不知道这是咋回事儿。我问爸爸：这山是从哪来的呢？我爸爸说：这是山里蒸发出来的雾气升到了空中，这种现象叫"显山"。我当时年龄很小，心里很佩服爸爸，他居然知道这种自然现象叫"显山"。

不久，东方出现了一缕阳光，太阳升起来了。太阳光一照，那些山渐渐地模糊了，最后，那些神奇的山就彻底地消失了。大伙也就陆陆续续地散去了，只有我还站在原地，回想着那座最高的大山。

七年后的一次搬家，让我真正看到了那些群山，我在那座大山的脚下安家了。

2

一九七〇年秋季里的一天，大队广播喇叭里响起了大队会计刘祥的播音："社员们请注意啦！社员们请注意啦！现在播送地区下发的通知，绥化地区决定在绥棱山上的张家湾建新村，全县每个生产大队选出一户，重新组成一个新的生产大队，有愿意去的到大队报名参加评选，最后选出一户去建新村。"

我父亲几年前去张家湾那一带打过苦房草，回来就说那里的生活条件好，有的人家玻璃瓶上套好几块手表。父亲听到大队广播喇叭里通知，立即去大队里报名。有几位先报名的社员甚至拽着门不让后续报名的进屋。结果一统计，全大队四个生产小队竟有几十户报名的。这些户经过初评筛下去一批，复评又筛下去一批，竞争最激烈的就剩下两户，是大队长高兆禄家和我家。我父亲当时是四队队长，大队长和小队长的竞争相当激烈！最后决定用政治条件衡量：高兆禄是党员，儿子高元峰是共青团员。而我的父母都是党员，姐姐又是共青团员，我家最终胜出，成为去建新村的唯一一户人家。

时过不久，我父亲便整理好行装，带上换洗衣服和生活用品去县里报到了。他被任命为建新村的大队长。人员聚齐了统一坐汽车奔赴绥棱山上的张家湾建新村。

第二年的夏天，生产队用三挂马车把我们家搬到了建新村。当时那里条件很有限，没有学校读书。有很多像我一样的学生都留在了原地学校继续读书。我当时正读高中一年，住在莲花街里的小姨家。刚开始整天忙着学习还觉得没什么。可是时间一长，就越来越思念远方的亲人了。

夏季学校放农忙假，去生产队参加劳动的时候我根本无心铲地，光想着要回新家看看什么样子。当时如果请假，老师肯定不会批准。干脆，溜之大吉。

我早早起床打好背包，坐汽车去四方台换乘大火车到绥棱，再跟随别人步行六里路到绥棱林业局小火车站，排队到晚上才坐上去往张家湾的小火车。坐在小火车上我心想：新家是什么样呢？小火车很慢，第三天的半夜才到张家湾站。一下火车我就傻眼了。车站漆黑一片，就连候车室都没有灯，我一个人在小火车道旁孤单单地走来走去。这时候过来一位好心的叔叔，他把我领到了道班的值班室，什么也没吃，我坐在铺着草的木墩子上就睡着了。第二天早上睁开眼睛，我发现好心的叔叔已经走了。按照爸爸的叮嘱，我沿着小火车道走，遇到有公路穿过小火车道就沿着公路走。要见到新家了，我心里边兴奋，第一次走山路也没觉得害怕。

我正往前走着，突然听到有"啊！啊！"的叫声。抬头往天空一看，我一下子便愣住了！远处连绵不断的山脉似乎在哪儿见过，特别是中间那座又高、又宽、山顶又平的那座大山觉得很有印象。可一时我又想不起来是在哪里见过。我心里带着疑团继续往前走路，感觉越走离大山越近了。终于见到了一处新建的村落。看见过来一位叔叔，我急忙上前打听。那位叔叔看着我说："噢，你是张大队长的儿子，小伙子长得好帅呀！"

那位热心的叔叔直接把我送到了新家。在新家里吃过饭，我推门来到外面，望着远处大山思索着，突然我就想起来了，这不就是七年前在老家生产队场院墙上看到的那群山吗？

印象最深的就是中间的那一座大山，还真是巧了。我马上进屋去问我父亲，最大的那一座叫什么山。我父亲说："那座大山在伊春翠兰林业局和绥棱林业局的交界处。山顶上是平的，很长，宽却只有几米，好像还有四个角似的，人们都叫它四平山，离这儿很远的。"

受好奇心驱使，我央求父亲领我出去看看四平山。父亲笑着告诉我说："那山你看着挺近，其实很远呢。'望山跑死马'说的就是这个理儿。再说了，夏天还没到呢，还有'红眼哈塘'和'漂垡'，太危险了！只有等冬天上冻了，人们去山上拉烧火柴闯出的爬犁道接上之后才能去。"

听父亲这么一说，我当时觉得有点失望，心想：放寒假回来一定让爸爸带我去四平山上体验一次。

3

回到新家里，我每天一出门，就面对着四平山。我心里萌动着一种要征服大山的欲望。

一周后，正好有大队二十八马力的大轱辘农用拖拉机回老家拉货，顺便把我带回莲花村。学校里的农忙假已经结束了，同学们又重新回到班级里上课。由于当时回新家没有和老师请假，我被老师点名狠批了一番。校园生活就是上课、下课，偶尔也会有些课外活动。可我的心中一直想着要登上四平山，想找到一览众山小的感觉。

终于盼到学校里放寒假了，我打好背包急忙往家赶。我父亲看我执意要去登山，就让我母亲发面烙好了发面饼，带着路上吃。冬季的天短，起大早爸爸领着我走进了大森林里，沿着拉烧火柴的爬犁道奔着四平山的方向就去了。

我身上背着大斧，父亲背着弯把锯，手中拿着小斧，这些都是林区上山必备的工具。每走一段路，他都会用小斧在大树上敲几下，然后再砍个记号。中午，有些走累了，就着雪吃发面饼，大概是因为饿了的缘故吧！一口雪一口发面饼觉得还蛮香的。几乎不住脚地走了一整天，太阳快要落山时，我们走进了山边的一个林场。父亲带我直接走进了一户人家，主人正在劈柈子，抬头瞅瞅我们爷俩，马上放下手中的大斧，热情地招呼道："张大队长，这次怎么有空过来了？"

我父亲用手指着我说："这是我大儿子，在老家读高中，夏天回家就让我带他来登四平山。这你知道哇，夏天来你这里根本走不了，这次我带他来了。"

原来，我父亲在建新村期间，一次带领社员进山采伐盖房用的木料走迷路了，晚上走到了这个林场，当时他找到了这家，一盘问也姓张，用山里人的话讲是"一家子"。主人热情地招待了我父亲和社员们。第二天走时，我父亲留钱给他，人家说啥也不要。最后我父亲把钱硬塞到人家兜里了。

不一会儿，主人家饭做好了，有猪肉炖粉条，有木耳炒鸡蛋，还有炒土豆丝。我父亲和本家叔叔边喝酒边聊天。走了一天，真饿了，我一口气吃了三个馒头。睡觉前，我把鞋和鞋垫放在那家的火墙上，躺在山里人家的火炕上，不一会儿我就进入了梦乡。

第二天吃过早饭，父亲就带我去登四平山。林场距离大山不远，出了林场走不远就开始登山了。那年我十七岁，体质非常好，再加上受登顶欲望的驱使，我铆足了劲，开始顺着弯弯曲曲的登山道向山顶进发，把我父亲远远地甩在了身后面。登山开始觉得很轻松，越往高处越难登了。

登山的小道被人踩得溜光，几乎搭不住脚。而此时回头看山下的林场时，显得非常渺小。我靠在旁边的树上喘息一会儿继续登山。快要到山顶时，我只能用手抓住羊肠小道两侧的小树一步一步地艰难地往上攀登着。快要接近山顶时，每迈出一步，我都要喘息一会儿，然后再鼓起勇气继续攀登。我双手轮换，吃力地拽着两侧的小树往上攀，我终于登上了四平山的山顶！

站到了群山之巅，觉得整个山顶显得很平，看着只有几米宽。山顶上的风硬，我们爷俩赶紧把帽子扣系上。我站在山顶望着山下的皑皑白雪，领略着带有雪花的寒风，放开喉咙高声喊："四平山，我来啦！"

我想沿着山的长度从这边走到那边，父亲说："那不行，赶天黑之前必须下到山下，要不人能冻坏的。"

我只走了一段，就跟爸爸下山了。人们都说"上山容易下山难"，那次让我真正体会到了。我还是需要两只手轮换拽着小道两侧的小树，一步一步地往下滑，越往下还好了一些。

天黑之前，我和父亲又到了本家叔叔家里，由于登山太累的缘故，吃过饭后，我美美地睡了一觉。第二天，我和父亲告别了本家叔叔一家，走在回家的路上，我心里还觉得雄赳赳的。我为完成自己人生当中第一次登顶的壮举而感到无比自豪。

作者简介

张多奎，男，笔名阳光。绥芬河市作家协会理事、萧红文学院绥芬河骨干作家班学员。有文学作品在《散文选刊》《北方文学》《海外文摘》《远东文学》发表。

风中飞扬的小辫子 (外一篇)

姚继丽

周末一大早，先生开车载着我和路大哥，前往距小城十公里外的农家小舍去拍摄。

车子在"之"字形的小路上行驶着，路边一些叫不出名字的野花和小草在柔光透映下，水润润地闪着点点星光，纱幔一般。一缕阳光穿过浓雾撩开纱幔，睡梦中的小城渐渐苏醒过来了。

转眼间，车子已到目的地附近的庭院。一阵"汪、汪汪"声后，一条摇着尾巴的黄狗跑出来，眼神直视，围着我们转来转去，像是迎接久别的亲人回家。鸡、鸭、鹅、山羊，也许还有别的什么动物，它们仿佛嗅到了陌生人的气息，叫声从院子某个角落传来，真是热闹。

我们走进院子。杂乱无序的庭院里，鸡、鹅、狗等动物的家已占据大半；其余地方，废弃的塑料瓶，陈旧的硬纸壳，白色塑料桶堆成了小山，小山旁边还有一辆不常看到的双轮木制小推车，车里装满了各种各样的废弃物。沿着蛇形黄土小道，我小心翼翼地从中穿过，却还是一不留神被脚下几块碎板绊了个趔趄。

这屋舍犹如风烛残年的老人，气喘吁吁地歪斜在那里。窗户只有窗框，几块废旧的牛皮纸胡乱粘贴着。微风一吹，牛皮纸便如小旗般哗啦啦地飘扬起来。下面是裸露的碎旧砖头，房檐下一块四十五度角的糟烂方子悬坠于门的上方，遮挡了前面的视线。下面一些碎旧砖头垒起的台阶，踩上去有些摇晃。轻叩虚掩的门，透过门缝看到墙角边有被褥在床上蜷缩着，底色早已看不清。

一种异味扑面而来，充斥着我的鼻腔，我忍不住掩鼻打了几个喷嚏。正要离开时，从身后传来一阵轻微的有些胆怯的咳声。回头望去，是一个小女孩，她上穿褪色的灰白圆领上衣，下穿深蓝色过膝的背带短裤，带有一些灰土的小脚丫前面露出的三个脚趾头黑黢黢地挤在凉鞋的外面。一双大大的眸子，显得黑亮清澈，里面装满了惊奇、胆怯、渴望，或者还有什么其他内容。她耳边扎着两条小辫子，一条小辫子散着，走路时也像门口的牛皮纸一样飞扬着。

小女孩后面跟着一位老人，脸庞黢黑，两腮瘦若核桃，怀里抱着个一岁左右的娃，赤着脚丫。小女孩和老人略显警惕地打量着我们，当他们看到我身后的路大哥时，眼神慢慢变得温和起来。

原来之前路大哥来这里给小女孩拍过照片，而且还给她带过许多的糖果和一些画册。看到路大哥，小女孩放下咬着的食指，高兴地跑上前踮起脚尖，抬头眨着那双会说话的眼睛，调皮地道："叔叔好，这次给我带好吃的糖果了吗？"路大哥俯下身轻声在她耳边说："看，这是什么？"五颜六色的糖块像变魔术般出现在他宽大的手心里，小女孩惊喜地拿了一块放入嘴中，黑黑的眸子眯成一条缝，变成了弯弯的月牙儿。

路大哥向老人和小女孩儿介绍我："这是姚姨，我们一起来看望你们！"小女孩快速扫了我一眼，跑到老人身后，一只手拽着他的衣襟，又偷偷扬起睫毛看我。我上前轻轻地拉着她的手问："告诉阿姨，你叫什么名字？"她抬头用那双黑亮的眼睛看着我，随后又变成了弯弯的月牙儿，羞涩地说："我叫周星彤，今年七岁了。爷爷也叫我小辫子。"说话时，她左边露出一颗可爱的小虎牙。

我家先生、路大哥和老人在一直聊着什么话题，渐渐地大家熟络起来。小女孩拉着我的手朝后院走去，指着那片地对我说："这些都是爷爷种的。爷爷说等将来庄稼长熟了，就给我买好多好多糖果，还可以买漂亮的裙子……"

我望向那片园子，眼前一片黑土地上长着嫩绿色的庄稼，绿得丽透，有水珠在玉米上打着滚。庄稼前面是一条清澈的小河。小女孩说，她喜欢到那里找爷爷玩，更喜欢这条小河，在这里她可以把自己脏兮兮的小脚丫伸进河里，扑通扑通地拍打着水玩。我问："怎么没看到你妈妈呢？"过了一会儿，她说："很久没看见妈妈了。有了弟弟后，再也没见到妈妈。以前，妈妈每天早上都会给我梳两个高高的小辫子，再系上一条红色的绸带子。妈妈说小女孩扎上小辫子会更漂亮更可爱。我喜欢妈妈梳的小辫子，可是，现在我自己梳不好。有一次，爷爷拿着剪子想给我剪掉，急得我都快哭了，爷爷才放下剪刀。"

"爷爷告诉我，妈妈去了一个很远很美的地方，那地方的名字叫天堂！姚姨，你说天堂美吗？为什么妈妈到现在还不回来呢？"面对小女孩的提问，我内心柔软的角落为之一震，不知如何回答。望着她那双天真无邪黑亮亮的眸子，我知道她期待着我的答案，但我只能沉默。我蹲下来将她轻轻揽入怀中，眼眶的泪花不停地打着转。我知道她的渴盼，却又不忍直视她那稚嫩清澈月牙儿似的双眼。

从后院出来，小女孩在前面蹦蹦跳跳，突然转身对我说："姚姨，你裙子真漂亮！我们村有个叫玲玲的小女孩，她有一条上面带彩色亮片的粉色公主裙，穿上可漂亮了！"话语间小女孩流露着自豪，仿佛是她穿着公主裙一样。

我心里一紧，说："下次姚姨来也给你带一件公主裙，你穿上一定比玲玲还漂亮！"

她高兴地拍着手蹦跳地喊着："太好了！太好了！这回我也有公主裙了。谢谢姚姨！"

我说："那姚姨和叔叔先给你拍几张照片好吗？"

她月牙儿般的眼睛对我笑着说："好啊好啊，不过等我穿上公主裙，姚姨要再给我拍一张最最漂亮的。"

我伸出小手指，和她拉钩。

中午时分，我们准备返程。上车时，感觉背后有个瘦小的身影若隐若现地跟着，回头发现小星彤一直跟在我们身后。待车子启动，我摇下车窗回望，狭小的黄土路上，一个瘦小灰白的身影跟着我们的车在飞跑，她瘦小的身影和挥动的小手显得那样渺小，耳边那条小辫子，在空中画着半圆晃来晃去，直到她慢慢变成一个小点点……

回到车上，不知何故，与小女孩的这一次短暂相识、接触，对她的牵挂却直抵到我的内心。不自觉中，我已将她藏到深处。

一个月后的一个周末，我和先生再次驱车前往，带着给小星彤新买的粉色公主裙。一路上想象她穿上公主裙时快乐的模样，内心便充满了喜悦。

当我进了屋舍，看到灶台上的锅碗瓢盆落满了一层灰渍，我感到了一丝不安，我开始迫不及待地在院子和菜园附近搜寻小女孩的踪迹，可是沉寂的院落里没有她的气息，我的眼前不禁浮现出那一双明亮清透的眸子……

与路大哥取得联系，也不知小女孩的去向。是暂时出门，还是不辞而别，抑或是……等了很久仍没见回来，我顿时如鲠在喉，心乱如麻。我们回到车上，带着遗憾离开。回头望向那条熟悉又陌生的蛇形小路，隐约看到一个身穿粉色公主裙的小女孩，伴着爽朗的笑声，伸开双臂奔向我们，我正要上前拥抱她，"小辫子"却顽皮地一个转身不见了……

国庆节后，一次偶然机会，一位朋友让我去为他们社区申请低保的困难户拍几张照片。到了社区，看到一位脸庞黪黑、背有些驼的老人，身边还有一个一岁左右的小男孩。这张似曾相识的面孔引起了我的注意。朋友说："这位老人，外地的。一年前随儿子来到这里，儿媳现已不在了。他们原来住在一个偏远的破陋农舍里，靠捡破烂、养鸡鹅为生。小男孩是他的小孙子。还有一个七岁的小孙女，明年就上学了。社区已经为他们家申请了低保。现在，他们已经住上了政府安置的廉租房。"

我们说话间，那边的老人也似乎认出了我，我们快速上前跟他打招呼。老人说那次我和路大哥去他家看望后，他们就回了一次关外的老家。开了证明，回来后去了民政局。能再次寻找到他们，我十分惊喜，更为他们现在拥有的生活而欣慰。尤其是一直令我牵念笑起来眼睛像月牙儿似的小星彤。

我的眼前又浮现出那个瘦小灰白的身影，还有荡来荡去的小辫子。渐渐地，那个灰白的身影，换上了鲜艳的红白相间的校服，耳后那两条系着红绸子的小辫子，恍惚间变成了两只花蝴蝶，在风中飞舞着，在校园里飞舞着……

雪 忆

一束微光透过影影绰绰印有暗纹的窗幔，使暗淡的房间有了些许浅亮。

随着手机里那首清扬悠长的《荷塘月色》，把我从一枕香甜的睡梦中扰醒。我带着朦胧的睡意和慵懒，不情愿地开始起床。拉开窗帘的一瞬间，我被窗外海市蜃楼般若隐若现满目银白装扮的奇幻世界而倾醉。

昨晚午夜后的这场雪，看来未有片刻停歇，一直都在下着。大雪覆盖了一座座错落有致的建筑屋顶、山峦。烟雾、晨雾、雪雾交融于纷落的雪中。远望仿佛是一座座神秘氤氲的白宫。近观路两旁的垂柳，宛如披上圣洁礼服娇羞的新娘。泊在路两边的几辆车，感觉比平日高大了很多，它们浑身如同包裹上一层厚厚的纱。雪雾弥漫的天气，有两三个散步的行人，有一人牵着一只白绒绒雪球似的"吉娃娃"，若不是它发出"汪汪"的吠声，那双在雪地中撒欢蹦跳的小蹄子，还有那一双棕黑色闪亮的瞳孔，真是很难发现它的存在。

雪依旧纷纷攘攘地下着。初春的雪，好像少了往日寒冬里狂躁的脾气，一如娇柔的少女，变得温和起来。雪花的花瓣不大，有些黏稠，它不紧不慢，轻轻的，柔柔的，曼舞着细细的晶莹腰肢，又像细语着它们自己的心事，自由自在于空中散落。

九点以后，雪，稀稀疏疏地停了。我穿戴好防护服，挎上我的"快闪"宝贝，先生开车，我们向天长山水库出发。

三月的北方，一米暖阳不堪寂寞，偷偷地从茂盛冬青的山后露出久违的笑颜。空气格外清新，我摇下车窗，贪婪地嗅着天然的大氧吧，身心舒爽。透过路边一侧排列整齐、坚毅挺拔的苍柏青松，一柱柱光线倾斜折射，雪地上落下一片片斑驳，还有刺眼的苍白。阳光里盈满了初春的味道，泛起一丝清香。

由于雪大，车行驶得很慢，途中时而发出"咯咯"的声音，偶遇塑胶道上少见的几个晨练的行人，他们艰难地行走着，嘴边不时呼出若有若无的白雾，时而挥动一下手臂。我竖起拇指，对他们充满敬意地喊道："加油！真棒！"

随着咔嚓的几声响动，把他们收入我的视野中。行至十多分钟后，车至水库大坝。我急切下车来到坝上。眺望远方，湖面上隐隐约约看到如丝绸般涌动着一缕缕未散尽的晨雾。那雾后起伏的峰峦，如梦如幻。天空一览淡淡的蓝。湖面西侧一处角落，依旧有一条绳索拴在湖边的榆树下，只是冻得僵硬，不再摆动。顺着绳索下不远的一具陈旧的捕鱼船被冰雪冻固在湖里，显得孤寂阒静。少了夏季捕鱼、卖鱼曾有的嘈杂。

湖面中央有大人领着几个孩子在雪域上玩耍。打爬犁，抽冰尜。

孩子五颜六色的服饰，成为空旷冰雪中炫丽的点缀。给萧瑟静谧的冬季增添了几分灵动。有两个淘气的小家伙学着大人模样在用冰钎戳洞捉鱼。被雪覆盖的湖面冻得很瓷实，凭他们的小气力怎能戳得到鱼呢？凝视着这些天真可爱的孩子，我欣喜地连按快门。就在取景框对焦他们那一刻，恍然间我清晰地看到了时光的轨迹，如一帧帧浓缩的碎片，把我从童年那个寒冬的记忆里拾起。

北方的冬季，寒气袭人，冷得刺骨。风打在身上，如刀子般割得生疼。常常看到冰雪透亮的河面下放射状的条条裂痕。大人们一再叮嘱，告诫孩子们不要到河面上玩耍。于是，孩子们只能选择就家附近一个有陡坡的冰雪面上打爬犁，坐天然"滑梯"。爬犁，是北方孩子最喜欢的玩具。

即使酷寒的冬月，也能给孩子们带来无限乐趣。男孩子玩自制的单腿小滑板，享受箭一般的欢快；女孩子胆小，就只好坐着或趴在两条有钢筋的方形小爬犁上慢慢地滑下去。没有爬犁的就索性直接坐到雪地上，"嗖"地一下，未等滑到终点，原本几个紧挨着的小伙伴，就会被甩出滑道，或四仰八叉，或趴卧在雪上。他们起来拍拍身上的雪，顾不得疼，互相做个鬼脸，继续玩得不亦乐乎。

因为只有一条滑道，孩子多，小伙伴们就排着队。他们时常会因为轮不到自己玩，而在雪地上抱在一起，滚打起来，直到分出输赢再和好。浑身滚满雪球的棉袄，帽子上升腾着的股股热气，遇冷形成棱角有型晶莹的霜花，眼睫毛上凝满了厚厚的冰霜。昔日粉嘟嘟肉乎乎的小脸蛋，变成绛红色的苹果。身子在寒冬中瑟瑟发抖，灰白干裂上翘的唇角，始终微微上扬着。童趣的嬉闹声，笑喊声依旧回荡在阳光晕染暮色的午后。

常常忘记了回家的时间，还有可能屁股上挨妈妈的巴掌，而这一切跟玩比起来，孩子们都觉得微不足道了。只有当天色微微黑下来，孩子们才有些害怕，寻着那些泛黄的盏盏灯光，仿佛远远听到妈妈在门口呼喊着自己的乳名，他们便急匆匆地背起那些心爱的玩具，悻悻地回家。

晓丽，我们往前面的白桦林看看，那里的景致也一定很美。先生一句话，打断了沉醉在童年回忆中的我。我回头对他淡淡一笑，点头表示赞同。雪浴后清蓝洁净的苍穹，映衬着云雾萦绕的白桦林，让它显得高大而素丽，褪去了繁密厚重的枝丫，更彰显出生命的本色，淡雅而宁静。

前面一台白色的吉普停在路边，一位女士拿着手机拍着什么，我和先生也来到这里，驻足观赏。那位女士回头看着我说："这里景色太美了，一个静美的童话世界！在我们老家无缘看得到。""北方虽冷，风景却独好！这只是你欣赏到的一隅。多拍点风景照，带回给家人们欣赏。"我高兴地回她说。

我们置身这片被白雪洗礼后环抱的森林，畅快地呼吸，好一个清爽！笔直的白桦林，翠青的冬松，苍老的柞木，它们如银剑一般直入蓝色苍穹。坠落的清雪轻附于枯木的枝丫和树身上，如同肿胀的躯体。造型奇特。残剩的几个树墩，像极了一棵棵白色的蘑菇树，几枚卷曲斑驳的枯黄松树叶子，随风簌簌抖落，发出窸窸窣窣的声响。雪缠绵着冬青，那微露的一点针叶，更像是一枚墨绿的猫眼，与我调皮对视。调好对焦构图，将它们珍藏在我的镜头里。踏着初春恋雪的情致，意犹未尽，返回。

我坐车上观赏家乡如诗，如画，如醉心脾的这片银色世界，由此联想到韩愈《春雪》中赞美白雪化作春花的诗句：白雪却嫌春色晚，故穿庭树作飞花。

那束春花，美得素雅，美得静谧，美得凝心！

尤其冬末初春，更具有别样的意义和感悟。有冬季红梅的风骨，亦有春融樱花的怒放！雪，没有底色，却是至臻至美的生命原色。

初春的雪，像一位饱经风霜的老人，用他坚毅博爱的胸襟拥抱大地，予以滋养万物复苏。

作者简介

　　姚继丽，女，绥芬河市作家协会会员、萧红文学院绥芬河骨干作家班学员。有文学作品发表于《北方文学》《长江周刊》《绥芬河日报》等。

怀念那顿稗米饭 (外一篇)

姚自强

文学作品里素常被人瞧不起，乃至诅咒的稗子，却是我喜爱且要赞美的好东西。

近日，我带着剪刀和口袋，兴致勃勃地跑到野外收稗子穗儿。见到的人多感到好奇，瞪大眼睛问我，你这是做什么呀？我便笑笑说，拿回去吃。听我这么一说，他们就一脸诧异的表情，心里可能在想，稗子是牲畜吃的东西，人怎么能吃呢？

农民种地最讨厌的是杂草，尤其是稗子一类的杂草。在农村，种稗子是给牲畜做饲草。在文学作品里，往往把稗子和谷子作为对比，认为谷子长成了的时候总是低着头，代表诚实和谦逊。而稗子总是高高地挺立着，被看作浮华和骄傲的象征，于是被批判谩骂了不知多少年。

我十几岁的时候，正是计划经济年代，一家九口人，生活水平低，艰难度日。每年到了夏秋交际的时候，被称为青黄不接时节，就是前一年的粮食快吃没了，新一年的粮食还没有成熟，因此不少人家就常常得挨饿，闹饥荒。今天的孩子多不懂得挨饿的滋味，现在人由于过于饱足，或者叫营养过剩，吃得太多而得了病，被称为富贵病。而过去那个年代，由于吃不饱，营养不良而得了营养不足的病。

那年，秋季里的一天，妈妈端上桌的小米饭里不再是黄澄澄的小米，而是掺杂着黑乎乎的土珠子。这是我第一次见到这样的饭，吃了一口，好牙碜，嚼了几口，怎么也咽不下去，不吃吧，肚子又饿，眼里立时充满了伤心的泪。挨饿时，觉也睡不着！

妈妈端上来一盆白白的米饭，小小的饭粒儿，从来未曾见过，放在嘴里软软的，便狼吞虎咽地吃了起来，是如此香甜。妈妈告诉我，这是稗子米饭。在村里开拖拉机的爸爸从四队弄回来的。稗子是喂牛马的饲草，其种子也是给牲畜吃的，可由于缺粮，人们就将它磨成了米，还真的是从牲口嘴里夺下的口粮呀！

四十多年过去了，那顿难忘的稗子米饭，一直刻在我记忆的深处。每当我看见田里和旷野生长的稗子，非但不讨厌它们，反倒是感觉到十分地亲切，而且还总是惦记着哪天能再吃上一顿稗子米饭。

如今，社会生产力极大地提高了，田地的亩产量也极大地提升，孩子们再也不知道挨饿是怎么回事了，肆意挥霍浪费，反而成了一些人的坏习惯，这真是极大的犯罪。作家莫言曾警告人类，我们没有多少好日子，饥荒可能很快降临。

艰苦岁月里的一顿饱饭，让我一生不忘，也让我学会了珍惜。珍惜眼前的拥有，珍惜身边的朋友，也让我学会了节俭，不浪费一颗粮食。在外面聚餐时，吃不完的食物多打包分给大家。勤俭节约，永远是人类的美德。物质生活，求最低等的；精神生活，追求最高尚的。

那天，我把从野外收获来的几斤稗子，送到一家磨米作坊，磨成了稗子米，拿回家里做成了一顿白米饭，邀请老婆跟孩子一块端坐于桌前，每人一碗，一边品尝，一边讲述我当年那些难忘的往事。

老婆说她未曾吃过稗米饭，这还真是一顿忆苦思甜饭呀！可女儿却用异样的眼光看了看我们，打着手机游戏，对这顿稗子米饭丝毫不感兴趣。

山庄·山泉·山人

出城，南绥路西南山，有一处山坳，冬有白雪皑皑，夏有泉水淙淙，春有百鸟鸣唱，秋有五花秀色。此处，横卧着一座低矮的茅草房，几块荒芜的田地，一眼昼夜流淌的山泉，便是本山人所谓的"山庄"。

此处，曾是一处废弃的石场。前些年，一位王姓的兄长因动迁而退居山林，后出道行医，解人疾苦，救拔苍生。王兄夫妇在此耕耘，挥洒汗水，收获快乐，亦因客走他乡，独留我守候山庄，并赐嘉名曰"庄主"。庄主，自称山人，山庄所有活计，事必躬亲。

这里，有开垦的田地，有栽植的果树。布谷催春之时，便是我忙碌的开始。公退之暇，我来到山上耕耘。每至山间，吐故纳新，便有无穷之乐趣，开垦打垄，种下希望的种子，植下快乐的秧苗，种上香菜、菠菜、油菜、韭菜等，而后栽上辣椒、茄子、西红柿等秧苗，随时令过上农人的生活，间或经营出果树园、葡萄角、草莓坡，果实供山人享用，偶尔馈赠亲朋，与彼同乐。这里有鲜红的草莓，郁郁的小葱，有翠绿的黄瓜，有金黄的玉米，一应俱全。

每至山庄，心旷神怡。鸟雀为我吟唱，山泉为我弹奏，花儿为我绽放，蝴蝶围绕着我翩翩起舞，我仿佛山间的大王。渴了，掬一捧泉水，如此甘洌，或摘几颗鲜亮的草莓，那样香甜。间或，看蜗牛爬行，观昆虫之美，赏山间野花，识花鸟鱼虫。饿了，吃自带的食物，地里出产的青菜，喝着美酒，嗅着花香，听着鸟鸣，仰望白云蓝天，清风徐来，乐哉优哉，趣味无穷。

"采菊东篱下，悠然见南山"的陶公，亦不过如此，只是我还没有"不为五斗米折腰"的勇气，还要恪尽职守，日批键打，案牍劳形。山庄的日子，让我忘却了生活的烦恼与职场的钩心斗角，再不必为职务的高低、级别的上下，劳资的多寡而内怀不服，暗自神伤。王右军在兰亭序中说："修短随化，终期于尽"。有一天，我们都将归去来兮，一切化为乌有。矜夸的权谋、玩弄的心术、所谓政治，不过是粪土而已。思之，便心生坦荡，看世事淡然，还是做庄主快乐。

　　一个人的山庄，一个人的庄主，任我怎样规划，凭我如何耕耘，不管年景的丰歉，任人说三道四，无论他人短长，只是我一个人独守的心灵世界，山人何其乐哉！于是，我作歌曰：世间烦愁兮如形影，挥之不去兮退山林，躬耕垄亩兮乐无穷。职场争竞兮何所益，玩弄心术兮到几时？归我山庄兮饮山泉，食吾田产兮充吾饥，耕读之乐兮乐无极！

作者简介

　　姚自强，男，绥芬河市作家协会会员，《今日绥芬河》报社编辑、记者。主业从事新闻，业余时间坚持文学创作，偶有诗歌和散文作品见诸报端。

满 归 (外一篇)

黄丽杰

　　觉乐约我五一去满归，他说这个季节是最美的，大兴安岭森林里的植物、动物、飞禽和鱼类等等都开启了生发模式，人也随着森林复苏的节奏而变得越加阳光向上。光听他这么说，就足以把我的魂勾去了，无奈有千万只无形的手束缚着，我只好改约到秋天。

　　觉乐不明白，为什么我选择在秋天去满归，那个时候虽然景色也很美，但毕竟万物凋零，一个人在大山里，总是感到凄凉。我不知道该怎么跟他解释，对于一个身心俱寒的人来说，体外的温度还有什么可怕的吗？

　　最初听到"满归"这个名字，我以为是满载而归的意思，实则是"孟库伊河"河名的谐音，如果亲耳听到觉乐说的"满归"，他带有鄂温克族的口音里，就很容易听出"孟库依"的味道。满归镇就坐落在孟库伊河和激流河交汇冲积成的河谷平原盆地，它是自大兴安岭西坡漠河通往呼伦贝尔草原途中最重要的供给站，在漠河与根河之间三百多公里内差不多只剩这一个可以加油的地方，且只有92号和柴油。

　　从黑龙江219省道进入内蒙古204省道以后，大约四十公里处，就是觉乐的使鹿部落。

　　2021年的夏天，我独自一人驱车行驶在荒无人烟的大兴安岭森林里，百余公里看不到一户人家，却突然在路旁出现一个原始部落，好奇心驱使我停车看看，而这荒山野岭的原始部落却让我望而却步。这里面住的什么人？长什么样？我是否能听懂他们的语言？他们又会不会厌恶我的突然造访？我甚至联想到电影里人面獠牙的野人画面。最终好奇心战胜了一切恐惧，我决定倒车回去看看。往后的日子谁能确保还有多少机会重来，所以一定不能错过这次机会。

下了车，我先给部落大门拍个照。这个大门是由四五十平方米的地板和一大俩小三角形构成。六根黑色笔直的木头杆子俩俩一组穿过地板插在地里，两个白色的横杆撑着三块木匾，挂在三脚架的顶端。木匾从左到右依次写着"觉乐使鹿""敖鲁古雅""原始部落"，阴刻绿色行书，其中"觉乐使鹿"和"原始部落"这两块匾左上角和右下角都有与字体同色的装饰花纹。拍照片的时候，我是十分小心，非常忐忑的，我怕某个不经意间的动作恰好触犯了他们的禁忌，接着出现电影里那些可怕的吃人镜头。等到了满归镇有了网络才刷到很多途经这里的驴友、房车旅行者都曾来过这里。当然还有很多名家为这里留下笔墨。

看来，是我狭隘了。

我还记得，觉乐使鹿部落的大门是开放式的，由一条木栈道通向里面的小木屋，再往里隐约可以看到四五米高的锥形大帐篷，他平时就住在那里。小木屋也可以住人，但是他说他喜欢住帐篷，帐篷不容易钻进去蚊虫，小木屋通常用来陈设驯鹿制工艺品、鹿茸、鹿鞭和鹿皮。顺着木栈道走近小木屋时，被一张由两根木杆子挑着，一直向木栈道两旁伸展的大渔网拦住。觉乐用这张网限制驯鹿的活动范围，也当作院墙。在木栈道上留一个活口，摘下渔网就能进院了。

初见觉乐，他应声从里面的帐篷走出来，看起来像二三十岁的小伙子，实际年龄要大一些。没有看到獠牙狰面，却是一个言语温和，长相帅气的小伙子。他听懂我的语言，而我也可以用自己的语言跟他交流。他生长在森林里，却在城里接受教育，直到大学毕业后又在北京工作一段时间后才又重新选择回到森林里。所有这些信息都是在满归镇有了网络以后才知道的。这没有水电，没有网络，买他的东西只能付现金，当然这种情况下也有一个好处，那就是不用扫码、测温、戴口罩。

我拿着觉乐递给我的小桶装了些鲜苔藓，顺着他指的方向去林子里找鹿。走到木栈道尽头，我还没有看到驯鹿，但能听见驯鹿脖子上的铃铛声。潜意识提示我"小草微笑，请您绕道"，而行动却跟着意识踩着小草去找鹿。若是在城里，我能绕过耸立着的高楼找到我要寻找的目标，或者手机导航准确定位。而在林子里，两米以外的东西对我来说都是模糊的。所以当我突然看到驯鹿的时候，它们已经在抬头看我了。它们呆呆地看着我，正如我呆呆地看着它们。我不知道用什么样的语言唤它们过来吃我手里的苔藓，我正琢磨着怎么样才能让它们知道我手里有苔藓，它们已经开始朝我迈步了。我本能地后退了几步，尽量将装苔藓的小桶伸得远一点，免得被它们的鹿角碰到。这时又过来几只驯鹿，我被吓得扔下小桶就跑，躲到一棵树后悄悄地看着它们的大嘴将小桶拱翻，然后满意地吃起来。

第一次跟驯鹿近距离接触，竟然像猪八戒吃人参果，全不知滋味。只记得有一只毛茸茸的鹿角外皮正在脱落，半挂在鹿角上，像掉了门牙的孩子一样，丑得可爱。还亲眼看见另一只驯鹿正在完成一件大事，新鲜干爽的鹿粪就落在离我不到一米的地方。因为太过关注粪的形态和气味儿，竟然忘了我是怎么离开鹿群的。如果再有机会见到它们，我相信一定不再害怕，好好跟它们在一起。

觉乐告诉我，驯鹿的食量很大，这儿周围几公里内的苔藓用不了几天就被吃光了，所以它们需要去更远的地方找食物。这样一来，他就得去山里找鹿，一方面把可能被套子套住的鹿救出来，另一方面，给它们带去它们需要的食盐和其他食物。到了冬天，雪不厚的情况下，驯鹿可以自己找到食物，但如果遇到暴雪，它们就得靠觉乐给它们准备的豆饼生存。为了防止火灾，保证驯鹿有足够的食物来源，所有生活在森林里的鄂温克人在一年之内往往要吃四个月的冷食。我在网络视频看到一位敖鲁古雅女酋长就在这片森林里过了八十多年。鄂温克人与驯鹿之间的关系相互依赖，又相互妥协。动物的朋友并非只有同类，人类也是如此。

看过驯鹿以后，我正想多了解一些觉乐的生活，比如，他的家人，他的收入和他的理想等等。在粗略地了解他的鹿产品虽然价高，但收入远没有喂养它们的花销大，他的妈妈得了脑血栓，他再也吃不到妈妈亲手做的美食……

这时，有一只驯鹿摇着脖子上的铃铛，踩着木栈道，"叮叮当当""咯噔咯噔"地来凑热闹，觉乐佯装吓唬它们的姿势把它们赶回去。刚要继续聊天，发现另一只鹿正悄悄扒开装苔藓的袋子偷吃，觉乐一边嗔怪着一边捧住它的嘴巴，随后像亲吻一个婴儿一样"啵"地亲了一口，又拍拍它的头。那驯鹿马上意识到自己的错误，蹦跳着跑开了。我开始羡慕起这些鹿来，如果我的父母在我小时候也能这样关心我，那现在的我会不会少了很多抑郁，多一点点幸福感？

觉乐说，前面不远就是满归，那时候我并不知道"满归"一名的来历，所以听了几遍才弄清楚是路标上的"满归"。他告诉我，过了满归十多公里处发生了泥石流，这几天正在抢修道路，每天只有早上六点和晚上六点各开通一个小时，其余时间都处在封路状态。他听说我要往根河去，就建议我在满归休整一晚，明天赶早上放行，估计下午能到根河。否则一个女生开夜车是很不安全的。他还给我讲了泥石流发生当天的一些故事，有一大巴车的游客，大都是老年旅行团，第二天脸色都不好看。还有一个小车司机，说自己简直就是从鬼门关闯过来的。这些人在经历一场生死博弈之后，对一切身外之物都看淡了，没有一个人在乎是否跟陌生人挤在同一间客房；是否能洗上热水澡；是否能吃上可口的饭菜，一切只因为他们都还活着。我虽然嘴上应着会在满归留宿，但心里却有着两种打算，直到进了满归镇，看到交通指示牌才确信他说的一切都是真实的，才决定在他朋友的酒店住下。我又一次感到自己的狭隘和多疑，在这片纯净的森林里显得那样另类。

第二天早上，不到五点我就出发了。十多公里的路程用了一个小时，到了封路路口，铲车已经用石块封住了半条路，我犹豫了一下决定闯过去。每当听到石头剐蹭车底盘发出刺耳的声音时，我的心也随之有被划一刀的感觉。而这样的路相比后面二百公里还算好的。

接下来的路况更是让人惊心动魄。小雨还在淅沥沥地下着，车轮和底盘不断发出刺耳的声音，然而却没有别的路可选，到了下午三四点钟才走出这条魔鬼般的省道。这期间不断有对向来车询问我路况，我总是说，还有很远这样的路。期间遇见几辆爆胎和托底的车，就是越野吉普超车的时候也难免听到保险杠与水坑的撞击声。相比之下，我的轿车只坏了一块前护板，已经算幸运的了。在这种情况下，钱能解决的问题，那都不叫事儿。

但是我并没有因为这条路而后悔，路虽然增加了前行的难度，同时也延长了森林里一切生物的寿命，这片纯净的森林也不会受到更多尾气的污染和随意的踩踏。我托酒店老板把我的电话号码留给觉乐，他每次到满归镇上来采购物资的时候一定会到这来，他让我实实在在接触到鄂温克族，而不是计划生育条例别嘴的文字，他让我的心灵归于沉静，让一切邪恶和杂念都趋向纯洁与美好。

我希望以后还能有机会再来一次满归，与他的驯鹿多待一段时间，希望他能在森林里等我！

仙鹤草

大地让我在很小的时候就知道它，活了半辈子才真正认识它。而它低调地夹在杂草中，年复一年地发着芽、开着花，翛然地活着。

到了秋天，钻山林、趟草甸子，最忌讳穿带毛的衣服和裤子，稍有不慎就会沾了一身的毛刺，其中就有一种倒锥形的刺，便是仙鹤草的种子。只要被它搭上便车，就随着人或者动物行走天下，找到自己喜欢的地方落地生根，它的子子辈辈就这样轻而易举地遍布世界。谁也不会知道这种草的力量究竟有多大。

正值不惑之年，虽比不上年轻力壮，却也不至于糟烂到古稀的程度，当一个小小的水泡一点点侵犯我的身体，什么药膏都对付不了它的时候，母亲抱着试试看的心态，把一种专门给家畜治烂蹄子的草给我用上了。好歹我也算个人，怎么给我用畜类的药？等我好了，能不能像一匹率宾小马吧嗒吧嗒跑起来？我是不抱什么希望的，毕竟我比畜生高级。可是眼看那水泡一圈一圈扩大，我又住在离城里很远的农村，就算进了城也不愿意去可能存在新冠病毒的地方，所以，在生命面前，我还是选择做一回畜生吧。

没想到这仙草还真管用，三五天的时间就把水泡控制住了，半年内再也没有复发，只是留下了一块很难看的印记。这要是在北京找专家医治的话，应该不会这样，最起码他们不会让这种小东西有蔓延的机会。而在这场病毒大灾难的面前，能安全地活着是件多么不易的事啊！

当人们都被限制在小区里，每户只能按照约定条件出门购买生活必需品的时候，我却可以随意地行走在山间小路上，去寻找给畜生治病的草药。我跟我的狗一同呼吸着大自然的空气，安全的、新鲜的空气，突然感到我们之间最大的差别就是用几条腿走路。我用两条腿站着，它用四条腿，它自由地穿梭在山里纵横交错的灌木丛当中，而我不是陷进雪窠就是被树枝刮到，这个时候我多希望自己可以成为一只狗。

不久后，我的眼前豁然开朗，来到一片松林，再往前走就出了山林，原来我的狗已经在前面替我探好了路，不知不觉就把我引出了困境。如此，我还不如一条狗！

2020 这个值得纪念的夏天，我有幸认识了仙鹤草从开花到结果的生长过程。我常常去春天采草的地方溜达，想看看枯黄的草根下能长出什么样的叶子，但我被山坡上一片绿葱葱的草给打败了，我并不具备把它从众多杂草中分辨出来的慧眼，我母亲也不能，我只好等到它长大一点，有了枯草的整体模样再来寻它。当我发现这棵帮了我大忙的仙草竟然是我这么熟悉的普通的草的那一刻，我找到了知音一般欣喜若狂，却为它如此静默寡言而感到悲愤，它不该只在全世界留下子子辈辈的种子，它该彰显自己的能力和水平，让它的种族精神文化在世界发扬光大。

如果草可以说话，我愿意陪它聊上三天三夜，耐心地倾听它的声音，我会用人类的智慧告诉它怎么样一步步强大自己的种族，怎么样从众多杂草中脱颖而出。唉，毕竟是杂草，听不懂这高级的声音，注定要生生世世混迹于杂草丛中了，这是它的宿命。

我终于找到了中医专家，获得制作药膏的方法。我从仙鹤草中提取精华，制成绿色和紫色的药膏，在我身上的痘和小伤口上做实验，实验成功后又推荐给了我身边的朋友。这棵草曾在我最窘迫的时候给予我莫大的帮助，而我唯一能回报它的，按照世人能够接受的形象改变它，让人们重新认识我的这位不会说话的朋友。

作者简介

黄丽杰，女，绥芬河市作家协会副秘书长。绥芬河市作家协会会员、萧红文学院绥芬河骨干作家班学员。有文学作品在《北方文学》《黑龙江日报》《远东文学》发表。散文《有你的日子就有阳光》获省级文学大赛优秀奖。

遇 见

王晓梅

一

暖暖的咖啡，氤氲着琐碎的时光，在冬日的寒冷中让人心生感动。暖的是不一样的人间烟火，是你的味道。

你的味道，是清淡，又回味。朴实无华地沁入身心，让我沉醉人间有味的清欢。

冬日的萧瑟冰寒，总是抵不过那一米阳光的温存，我的微笑，也终究抵不过你的一杯咖啡的香气。我的故事里，除了酒，还有咖啡……

张爱玲说：于千万人之中遇见你所要遇见的人，于千万年之中，时间的无涯的荒野里，没有早一步，也没有晚一步，刚巧赶上了，那也没有别的话可说，唯有轻轻地问一声："噢，你也在这里吗？"

人生，最美的遇见，不一定是最美的时节。

少年时的遇见是初春的吐绿新芽，娇羞闪烁，遇而不知。青年时的遇见是夏日的繁花绽放，花团锦簇，遇而不见。中年时的遇见是初秋的层林尽染，斑斓厚重，遇而回眸。老年的遇见是冬日里的雪花飘落，洋洋洒洒，附着天地，素雅淡明，遇而则安。

董卿曾说："世间一切，都是遇见。冷遇见暖，就有了雨；冬遇见春，有了岁月；天遇见地，有了永恒；人遇见人，有了生命。"

最美的遇见，还是在中年，不是清茶，不是烈酒，而是咖啡。浓浅相宜，苦涩香甜，和着午后阳光，悠长着岁月静好，亦可无语相视，亦可海阔天空。

中年的遇见，是你我隔山隔水的回眸里，写满了秋日里的诗情画意。尽管错过了春日的一抹新绿，尽管擦肩了锦簇花团，但看惯了春华之后，才更加懂得秋实，不是吗？

白落梅说：以红尘为道场，以世味为菩提，生一炉缘分的火，煮一壶云水禅心，茶香萦绕的相遇，熏染了无数重逢。遇见了，便是隔世千百次的回眸，今生又怎能辜负？！

春有百花秋有月，夏有凉风冬有雪，走过四季，我们不知错过多少值得拥有的。幸好，这一季，我们遇见便没错过；幸好，当五彩缤纷悬挂枝头时，我们没有摇曳秋风，让落叶归根；我们没有呼唤寒霜，让满树苍凉。

相思成伴月成影，我去经年鬓已霜。我在入淮清洛的源头里温一壶老酒，静听关东野客的故事；我在秋水共长天中泡一壶清茶，细品冯唐不三的漫谈；我更想煮一壶咖啡，与三毛流浪在荷西的相思情海中。所有的遇见，是我与你的擦肩而过，是我与你的红尘相守，更是我与你前世的约定，灯火阑珊处的梦中百度千寻。今生的遇见，便是人生最好的风景。

遇见了，就回眸相望，人群中多看你一眼，于江湖岁月里静老安然……

二

我带着北方的风和雨，向着梦里江南寻路，我那干涩的皱纹里啊，写满了对你深深的思念和无限的向往。

君不见黄河之水天上流，我未见江南青色烟雨醉红尘，那楼台亭阁含羞在山水之间。晓镜梳妆，倩影娇柔，那玉树庭花兀自临风，与雾霭尘烟共舞霓裳羽衣；那一叶轻舟，轻扣静水流门，那静卧水中的石桥，守望着前尘旧梦。

一山烟雨，我在等你。渔歌唱晚时华灯初放。我带着北方的酒，你带着江南的水，温一壶夜色陈酿，高歌畅饮。醉卧红尘往事，酣梦江南水乡。

三

你说冰融化了，我说雨还没下呢。从冬数到夏，那是前世的轮回，还是今生的约见？！

没有了风的雨，雨会寂寞吗？没有云的天，天会高吗？没有水的土地，土地会长出皱纹吗？

夜好黑，黑得我只看到你的眼眸。那一闪一闪的，是天上的星星坠入人间的精灵，变成了萤火虫，映红了为你开放的这朵花。

佛说，因你的贪嗔痴慢疑，才度出悲智力行愿。冯唐说，遇见坏人把坏人害了，遇见好人把好人害了，出生是死亡率百分之百的事情……于是我就变成了一棵树，种子在与风聊天时，忘记了我的嘱托，把我变成了一朵冰凌花，为表达歉意，雨又给我配了一朵。于是在破冰时节我们依偎了一世，又续了来世的风雨同舟……

四

隔着屏幕，隔着一程山水，我的这场雪遇到你的那场雨，不知是结成了冰花还是化成了溪流。一次不急不缓的邂逅，一场梨花微雨的魅惑，邂逅了风雨，埋葬了梨花，种下了一季风花雪月。

沉寂的灵魂经过黑夜的浸透，在午后的摇椅里渐渐地升腾着，惯性的思维精算着时空密码，索引着独自行走的流程。行囊越来越重，脚步在各自的站台上徘徊。脚间的距离，在指间的距离里幻想着咫尺和天涯。

时光温润了岁月，走得很慢很暖。岁月却渐渐地老去，我想挽起时光的手，在装满岁月的故事里陪着你，时光不老，我们不散……

五

没有预言，这一走，就穿越了百年。

云雨的交集隔空了一世，我用记忆编织起的五彩线啊，成为你长河中的一抹风痕。

还记得那年那月，在拥挤不堪的能被人群涌上去的列车上，我以盛大的青春典礼奔赴你的约会。是你迷人的面纱，丰满的历史，让我的青春弹奏了一曲华美的乐章！

还记得初见时你的样子，是泥泞的雨中蜿蜒的路，是飘舞的雪花海狮的帽子，是口岸广场自己青春的影子，是冬日苍茫夏日暮霭的远山，是中俄混杂的人群和川流不息的车轮。

我的这一场奔赴渐渐地融入了你博大的胸怀，27年的光阴岁月，在你百年的长河中就像一叶轻舟，怎能承载你悠长而厚重的过往……

我没有目睹过女神嘎丽娅的回眸浅笑，但我看见天长山上她踏过的绝代风华；我没有穿梭过中俄茶马古道的人头楼，但我分明闻见了百年氤氲的茶香；我没有亲历过散发着巴洛克式古风的大白楼的繁华，但我见证了它穿越历史浮尘后的流光溢彩，唯美厚重；我没有走过中东铁路夹杂着伤痛、耻辱、交集、撕裂的漫漫长路，但我听见了三轨并驾的火车轰鸣声冲破尘烟的一路高歌！

百年的穿越啊，我们幸运地在这里等你！你的缕缕春风，化干了百年冰封的界碑。我哪里去寻你承载风烟的足迹？那缥缈那迷蒙又与谁人相知！

跨越了百年，我只在历史里期盼着未来，这一等就是百年……

我曾经步量过你的承诺，却无力承载你的轻重。遥望的距离在咫尺也在天涯，山里的翘首在山外的回望。

百年的穿越啊，在利剑的穿透下明媚了一方蓝天。我欣喜的百年预约如期而至，这怎能相负怎能停步？时光清浅，足迹深深，穿越红尘往事，我们幸福地在这里等你！

作者简介

　　王晓梅，女，70后，教育工作者。爱好写作，摄影。作品多次在《远东文学》上发表，小小说《君为谁狂》和诗歌《百年穿越，我们在等你》在省级征文比赛中获奖。

粮本的情结

徐景财

　　近日翻些老物件，棕红色的小本本跳入我的眼帘，呀，粮本。霎时间，往事一幕幕浮现眼前，勾起了我的无限感慨和遐思。

　　粮本，即"城镇居民粮油供应证"。据考证，在 1954 年前后，政府在粮油供应方面推行重大举措，每家每户都拿到一本粮油本。同时粮票、油票、煤票、豆票、布票、肉票等各种日用生活票据出现了。它们与钱币具有同样大的购买力，甚至比钱更实用。它是改革开放前，即计划经济年代非农业人口的粮油供给的凭证，也是农业人口和非农业人口的分水岭，更是那个时代的产物和一个时代的烙印。

　　我是农村出生的孩子，对粮本的印象还是六七岁的时候。那个时代，农村还是集体计划经济，就是人们熟悉的大锅饭时代，大人们每天集体出工，跟着打头的在生产队的地里种庄稼，秋收后，年底按人口分得几斗粮食，往往还没到下年度就吃光了。就是这个时候，听大人们说，城里人家都有个小红本（粮本），可以每月去粮店购买定额的米面油，不愁吃喝。

　　朦胧的记忆中，城里人都有城里户口，吃供应粮，羡慕不已。我经常跟在大人的屁股后，缠着他们问那些可笑且幼稚的问题，譬如问，我咋能变成城里的孩子？我啥时候也能吃上供应粮呀？其实，大人们也不知所以然，经常嘲讽我，快滚一边去，该干吗干吗，还得外加一脚。

　　那时，天真幼稚的农村娃，心里面多出个梦想。朦胧中的我想要跳出农门。大人们都说我是精神病，异想天开。因为那个时代，还没有高考，上大学都是推荐的工农兵大学生。我暗下决心，心里面铆着劲，加倍学习。机会真的来了，1978年国家恢复了高考，说考上了就可以拥有粮本，当时正读初二的我，在班主任马老师的鼓励下，报考了小中专。尽管通过了初考，在统考中以三分之差落榜，梦想就破灭了。

当时，国家实行了改革开放，恢复了高考制度，农村娃只要努力学习，就有机会读大学，才可能拥有那个小红本。1983年我以455分的成绩，考取了齐齐哈尔市的一所大学。大学报到的时候，我的户口从农村落到了大城市。读大学，是集体户口，还不能拥有真正意义上的小红本。

大学毕业后，分配到齐齐哈尔市的一家国营大厂工作，由于是住集体宿舍，吃食堂，依然是集体户口，仍然没见到小红本的模样。转年，组织上将我的爱人从老家调来我的单位工作。那个时代，调转工作时，除了要有调令、工资关系证明，还要有档案、党团组织关系，更同时要有户口迁移证明、粮食关系证明。

我心想，这回我该拥有那个心仪已久的小红本了吧？可是，我们还没有自己的住房，仍然住单身宿舍，吃单位食堂，是集体户口，还不能单独立户，小红本可望而不可即啊。1991年单位给我分配了住房，可以单独立户了。我终于拿到手了属于我自己的城市户口本。当时我把红色的粮本贴在胸口捂了一个晚上，兴奋得一夜没睡。

早早地同单位告了假，拎着用白花旗布缝制的面口袋，一路打听着第一个来到了粮店，可是等了很久也不见粮店开板，也没人来，好生奇怪。打听路人才知道，那天粮店休息。当时的齐齐哈尔是老工业基地，国营大厂比比皆是，工厂职工较多。齐齐哈尔市不是集中休周末，而是互相间串休，以缓解社会压力，那个粮店恰巧是周四串休。尽管很失落，但心中还是蛮兴奋和幸福的，毕竟是拥有自己真真正正的第一本小红本。从六七岁的时候向往，已经盼了二十年啦。

那时，粮食定量供应，而且是当月没来得及买，就作废了，往往是吃的上顿接不上下顿，挨着饿。去粮店买粮可是个苦差事，要起很早去排队，由于粮店屋子狭窄，大队伍要排在屋外，无论冬夏，还是刮风下雨，都是长长的蛇阵，甚是壮观。尤其是，每个月哪一天供应什么品种的粮是有限制的，往往就几天。这更苦了上班族，要小心翼翼，甚至低三下四同小班长提前请假。排到自己了，先开票、交钱，再去打粮的人那里称重量。最糟糕的是好不容易排到自己了，想买的品种没有了，常常拎着空空的面袋子，拖着疲惫的腿，失望地回家了。

还得计划着下次请假，记得天不亮就来排队吧。

现在，我手里有两本这样的小红本。但不是想象中的小红本，是棕红色的。一本是横开本，1990年10月版本，另一本是竖开本，1995年5月版本。手掌般大小，封面的最上方印有"齐齐哈尔市"，第二行印的是"城镇居民粮油供应证"，最下一行印的是"齐齐哈尔市粮食局"。翻开第一页是粮本的发行单位名称"齐齐哈尔市富拉尔基区重型粮店"，粮本持有人姓名徐景财以及粮本编号"粮证编号01—253561"和粮本发放时间1991年1月1日。

即使有了粮本，也不是随便就能买到粮食的，那时候吃粮都是定量供应。我和我爱人每人每月就15千克，我儿子刚出生几个月是每月6千克，粮本上写得清清楚楚。而且粗细粮有比例。细粮很少，粗粮为主。标粉、大米、小米、玉米面、红面、议价粮分得很细。粮本的功能除了买粮外，还是每月到粮店领粮票的凭证。

粮店工作人员会根据粮本上人口的记载发给粮票，粮票又分省粮票、全国粮票。有粮本和粮票才能买到粮食。那时的粮本和城镇户口本一样重要，是城镇市民的标志。市民如若到另一个城市工作或生活，在迁移户口的同时，还要迁移一种特殊关系叫"粮食关系"。没有"粮食关系"等同没有饭吃。

20 世纪 80 年代，中国粮食生产和供应情况开始回暖。到 90 年代，国家取消了粮食定量供应，实行粮食开放政策，粮油本的作用也逐渐消失，并成为历史的见证物。大约在 1993 年以后，粮本不再通行。我留存的 1995 年 5 月版本的粮本是粮价放开以前的最后一个粮本，从记载的内容看，最后一笔购粮记录是 1996 年 8 月 21 日。之后再无购粮记载，应该是粮食放开购买了。

2000 年，我举家迁到绥芬河生活，在迁移户口的时候，就不需要同时迁粮食关系了，当时还是考虑稳妥，从齐齐哈尔市把粮食关系也一并迁过来了，到绥芬河市后，已无处接收并不需落下了。

曾几何时，粮本如同身份证一样，是一种身份的象征。实行了 40 多年的城镇居民购粮的粮本和粮票退出了历史舞台，粮本和粮票也摇身一变，成了珍贵的收藏品。现在，国家政策好了，国家富裕了，也取消了城市户口和农村户口的区别。

尽管粮本才真真正正与我相伴 6 年时光，却是我一生为之奋斗的源泉，与我有割舍不断的情结。我将一直珍藏着，并讲给我的孩子们听。

作者简介

徐景财，男，1964 年出生，大学文化。绥芬河市作家协会会员、萧红文学院绥芬河骨干作家班学员、第五届黑龙江省道德模范、航帆文学社秘书长。有文学作品在《黑龙江日报》《黑龙江作家》《远东文学》《今日绥芬河》《北方诗刊》《绥化晚报》上发表。散文《粮本的情结》获黑龙江省建国 70 周年"我和我的祖国"主题征文一等奖。

异乡的丑橘（外一篇）

张善华

因为突如其来的一次疫情，过年的时候，我去异乡集中隔离。在异乡，我邂逅了一个丑橘。我们永远不会知道，意外和明天哪个先来，这句话曾经看过不知道多少次，每次我都不以为然。偏偏生活就是这样猝不及防，让我真正体会到了这句话。去年夏天，因为考研，孩子暑假回来只待了短短几天就走了。临走时孩子说："妈，我放寒假再回来陪你，一个多月呢。"我没去车站送他，送别孩子，也许是所有母亲都不愿面对的，我也一样。我从没送过他，只是悄悄地站在窗前看着他离开，就足够难受了。孩子走的那天，确定他在路上了，我给他发了一个微信，说儿子保重，等你回来。他只回复了一个表情，是一个动漫小孩的脸上，先是流出两滴泪，接着就是泪如泉涌……

五个半月的时间，从花红柳绿直到白雪皑皑，我终于等到孩子放寒假了。日子越临近，我就越像一只欢快的大袋鼠。返程的机票、动车票都买好了，一切准备就绪。可是在要回来的前一天，天津就暴发了疫情。学校迅速开展全员核酸检测，孩子结果是阴性，学校同意他离开。这时候，我有些隐隐地担心，不想让他回来了，可孩子已经归心似箭。

机票因为疫情退了，孩子改坐火车。经过一夜的颠簸终于到了哈尔滨，他没出站台，接着又坐上回家的动车。他爸爸赶到车站去接他，当地的防疫指挥部又通知要统一送回家居家隔离。孩子已经回来了，又不能像一件货物再退回去。等了很久，孩子被送回家，又等了很久，有人上门给贴上了封条。爱人去单位住，我和孩子一起居家，母子久别重逢，吃完晚饭就开始热聊起来。

没过一会儿，有关人员就开始一拨接着一拨地给孩子打电话，快半夜的时候又通知做好准备，告诉大约凌晨三四点去宾馆集中隔离。我颤抖着双手给儿子收拾东西，等着转运车来拉孩子。果然凌晨三点多，电话通知孩子火速下楼，来不及告别，孩子就走了，在那样寒冷的夜晚。

孩子去集中隔离后，日子在我的期盼中一天天过去。很快孩子就要回家了，他要回来的前一天，我去理发。我平时都不去那理发，可我常去的那家店因为临近年关太忙，我约了两天也没有约上，只好去了另一家，果然不需要等。孩子结束集中隔离回家了，当晚给他炖鸡吃，他爸爸下班顺便去一家菜店买了一块姜作为炖鸡的佐料。

孩子回来的第二天是小年，上午有个朋友给我发微信，说我居住的这个城市已经有几例确诊病例了，还有一些无症状感染者。我难以置信，以为是朋友开玩笑，结果很快就看到了官方通报，果然是真的。当晚，小年夜，我们就响应号召去做核酸。

冬天，小城的夜晚格外的冷，有些孩子被冻哭了，哭声一阵阵传来，我也感觉全身都冻透了，可做核酸的队伍还是前不见头后不见尾。在我面前，有个七八岁的孩子几次挣脱了家人，跑着要回家，几次都被家人追回来。第二天又被通知做核酸，接下来天天做。没过几天，搞流调的打电话问我爱人，是不是在孩子回家的那天去菜店了，原来那家菜店的收银员是确诊病例。因为爱人买一块姜时，在那里停留了两分钟，于是他离开家去隔离。临行前，我又一次给他收拾东西。我以为这个年只有我和孩子过了，没想到爱人走的当天晚上，搞流调的又给我打电话，问我是不是在哪天去理发了。

无形中我仿佛看到自己在筛糠，我知道我也中了，一夜无眠。第二天，搞流调的又一次给我打电话，那时候我才知道，我去理发那天，一个次密接就坐在我旁边。太平盛世，原来危险也如暗流般涌动。那一天我也在惶恐中度过，又是一夜无眠。

接下来就是除夕，家里没有一点过年的样子，邻居家的欢声笑语却一阵阵传来。快中午时社区给我打电话，让我收拾好东西，准备随时去集中隔离。午饭我没吃，给孩子对付了点，平时就不求岁月静好，可和孩子在一起吃顿除夕饭都不可能。煎熬到晚上，孩子态度坚决地让我吃点饺子，说妈咱吃了饺子就是过年了。饺子本来是想让他午夜吃的，如果我走了，就让他自己煮了吃。今年过年的饺子还是政府送的爱心餐。除夕的夜晚，我没敢进卧室睡，就在沙发上等了一夜，没有接到让我出发的通知。凌晨时分，我站在窗前看到对面楼里一家阳台上有彩灯闪烁，顿时眼睛就模糊了。初一快中午，响起了敲门声，是给我送隔离服的人来了。无须演练，一切都得心应手。

只一会儿的工夫，那个像地下党和我接头的人走了，他临走时叮嘱我把隔离服穿上。有一些看似很难的事，原来都可以无师自通。很快我就把隔离服穿在了身上，也很快就热得出汗了，因为套在里面的是鸭绒袄和棉裤。孩子看到我难受的样子，立即给我打开了窗。过了四五个小时，终于有些坚持不下去了，就把隔离服脱了下来。给孩子又简单地做了一顿晚饭，其实是剩饭剩菜热了一下。孩子又劝我吃饭，我一口也吃不下去了。

上帝只告诉我们要有悲悯之心，面对这样的突发事件，却没说解决的办法。我连水也不敢喝，因为有个朋友也去集中隔离了，她说快八个小时才安顿下来，为了途中不去厕所也没有喝水，只好在渴的时候喝上一口。

晚上七点多，令人惊心动魄的电话响了，对方催我下楼。等我气喘吁吁地赶到时，几分钟的时间又打了三个催我的电话。果然像朋友说的，车上没有暖气，一小会儿的工夫，隔离面罩上就是模糊一片。司机不知道在骂谁，在那样的夜晚离开家去异乡，又没人告诉去异乡的哪里。

出城时又换了车，我坐在前面，期间需要检查时，司机把车停下来。这时他发现我在他身后，尽管他的防护做得也保质保量，他还是坚决敲着防护区上的东西让我离开。我只好去了车后面，也只有后面有地方了。

换乘的那辆车依然没有暖气，于是我就轮换着两只脚给自己取暖。车窗外是一片苍茫的世界，在那样寂静的夜晚，我竟然不知道车要把我带到哪里去。到了地方才知道，原来是邻市，车程并不远，安顿下来却是凌晨一点多了。那个时刻，准备睡觉了，意外地看见隔离宾馆的对面燃放起烟花。看着绚烂的烟花，我突然很想家。

原来人类的悲欢真的并不相通，或许是因为世间太过喧闹，所以听不见暗夜里呜咽的声音。无论走到哪里，哪怕是天涯海角，孩子永远都会是妈妈的牵挂，而家中的孩子从来没有做过一次饭，可他为了让我们放心，第二天中午，也就是大年初二，他破天荒给自己做了两个菜。我和他爸爸在不同的隔离点看到他给我们晒的菜，都有了些许安慰。他爸爸说，孩子长大了。让我觉得温暖的是来自朋友们的关心，平时都是各忙各的，在我遇到事的时候，他们就像雨后春笋般冒了出来。爱人在我集中隔离的城市工作过，很快他昔日的同事就送来了各种水果，居然还有一个丑橘。

丑橘不丑，而且还很可爱。看着可爱的丑橘，对那几天所有的责难，全都付之一笑了。旅人赶路，让扎人的荆棘在原地枯萎。

异乡的丑橘，让我难忘。

我的主治医

写下这个题目，觉得自己很大牌，还我的主治医。可是的确，他就是我的主治医。

时间追溯到 2000 年，其实，那并不是我愿意提起的往事。2000年的春节，举国上下都沉浸在节日的气氛中，而我在那一天，出了一场车祸。不是我危言耸听，那天的我命悬一线。

本市的医院拒绝接收，当晚，转到邻市的一家医院时，我的主治医那晚值班，我们就这样认识了。

确切地说，只是他认识了我，我那时处于昏迷状态，还不能认识他。躺在救护车上，去邻市的途中，我还一次又一次地说着，我要回家。家人安慰着我，说快要到家了，其实那时候，家离我越来越远，我却一点都不知道。主治医先给我缝合被玻璃碎片划伤的耳朵。不能打麻药，我疼痛难忍，于是态度便十分恶劣，他却一声不吭。这是我清醒后才知道的，就和他道歉，他只是淡淡地说了一句："没有关系。"

他好像也不愿废话，每次去病房交代一些注意事项，然后就转身离开。直到一周后，我完全清醒了，也具备了做手术的条件，他才给我做了骨折手术。在住院期间，我知道了，他最擅长的是脑科手术。只是那时候，医院把骨外和脑外都兼并在一起，统称为外科。他那时是部队一家医院的外二科副主任，对任何病人，他都没有一点架子。

手术后十多天，可以拆线出院了。本来实习医生可以搞定的事，他还是不放心。在我要出院的头一天晚上，他从家里匆匆赶到医院给我拆线。因为伤口没有完全愈合，看到我怕疼的样子，他紧张得脸上都流下了汗水。千真万确，他可是久经战场的老将。听说有的医院遇到脑科方面的疑难杂症，常会请他过去帮忙。做脑科手术，对他来说，如同庖丁解牛一样游刃有余。

拆完线后的晚上，我把东西都收拾好，等着天亮办完手续就可以回家了。我住进医院没几天，居然有一个晚上梦游出门摔伤的人也和我住一个病房。她伤得并不重，还能自由地行走，她就日夜在走廊和病房穿梭。在我要出院的前几天，一个老人晚上去邻居家打麻将，把腿摔骨折了。因为伤得重，老人那几天都疼得彻夜难眠地叫唤着，让我无法休息。煎熬了一段时间，终于可以出院了。回到家没过多久，谁也没料想到，伤口却开始发炎，我又住进了那家医院。

主治医还是我的主治医。发炎的伤口总是不愈合，我的情绪就越来越低落。有时候，主治医带着医生和护士来查房，我表现得很不耐烦，他会赶紧离开。他从来没有告诉我，为了不影响我休息，他尽量不安排患者到我所在的病房。他也从来没有告诉我，每天给我用的消毒纱布，都是在消毒室专门为我准备出来的。时隔两年再去那里取钢板的时候，他还在那家医院。虽然我们两年没见，但是一点都不觉得陌生，他还会开一些玩笑。那时住院的条件有所改善，我没有提出来，他就悄悄地把我安排在病房的一个单间。他还是没说，他是为了照顾我才这么做的，一切都像季节的交替那样平常。

一晃我们就是多年没见。有时，我也会有到那家医院看望他的想法，但是都没去实现。直到十年后，偏头疼这种病也找上了我。我的头也开始疼，去扎针、理疗都没有什么效果。无计可施的时候，竟然在邻市的报纸上看到了他的照片和报道。那时候他已经退出现役，转到地方一家医院发挥他的专长，当了那家医院的脑科主任。尽管做了一个晚上的手术，可他还是满脸倦意地见了我。把我带去的核磁片，仔细地看了又看。我们在医院的电梯前告别，把我送走，他又匆匆地去开会了。在给我看病的期间，不止一次他被催促去开会。从邻市回来后，我按照他说的去做，果然没花一分钱，我的偏头疼就好了。那时候我们没有微信，他用短信告诉我，心境安稳，快乐常在，比什么药都灵。

这些年，我们时常会联系，都是我给他添麻烦。父母在世的时候，身体总会出现一些状况，我就会咨询或求助他。他总是不厌其烦地告诉我，有时刚出手术室，还要回复我的信息。可以想到他拖着疲惫的身躯，在医院的走廊里给我发信息的情景。有时要发许多字告诉我，母亲吃什么，才有助消化这样琐碎的事。可他从来都没和我表示过，有一点的不耐烦。他其实是个很严肃的人，不苟言笑的那种，可这样的人居然也喜欢音乐家雅尼的音乐。有一次，我给他发雅尼的新作。他随后在朋友圈发了，只发表了一句言论：雅尼，只需听一首就够了。

生活不只是音乐，还会有许多猝不及防的事情发生，又有谁的人生不是负重前行呢？母亲离世后，父亲就更成了我的牵挂。家门前的杨柳，屋檐下的燕子，还有等我的父亲，都曾经是我心中最美的图画。只是曾经了，如今父亲也不在了。

去年，在父亲生病住院期间，我的主治医给我发了这样一条微信："如有医疗上的问题，我可以帮你。"那个时候，因为父亲生病，是我常常凌晨三点醒来的时候。也是凌晨醒来的科比，为篮球而战。那时候，我为父亲而战。我的主治医，他的话，给了那时无助的我好多慰藉和温暖。

就算失去至亲，人生只剩下归途，也要打起精神继续赶路，不是吗？父亲去世没多久就要过年了，我想借着过年的机会，给我的主治医邮些当地的特产。可他说什么都不肯要，而且不要的理由似乎很充分，他只是不想要罢了。这让我想起我的一个朋友和我说的一件事。有一次，朋友的孩子生病了，她在国外急着要赶回来。孩子同学的家长制止了她，而且立即驱车带着她的孩子去医院看病。看完病后，这个家长没有把孩子送回学校，他们的孩子都住校，却把朋友的孩子带回了家里，精心地照料，直到孩子病好后才给送回学校。朋友很感动，再三致谢，那个家长却觉得不值一提。有句话说："人间不值得。"而在我看来，是人间不值得难过。我们在这个世上，会遇到许多为我们点灯的人，照亮我们前行的路，他们却不求任何回报。

我的主治医就是为我点灯的人。他不只是我的主治医，他更是我的良师益友。因为一场车祸，让我们相识，应了一句话："失之东隅，收之桑榆。"

作者简介

张善华，女，绥芬河市作家协会会员、黑龙江文学院第二十二届中青年作家班学员。

时间都去哪儿了（外一篇）

时振明

　　不知为什么，我的心时常走在回家的路上。离家越远，回家的愿望就越强烈。那一次离家太久了，心又移向梦中老家。我永远忘不了离家的那一幕，父亲和母亲送我第一次远行。

　　那天下午，火车停在村口火车道上，车站太小，没站台。当背着行囊努力攀上车蹬那一刻，我就像挥动着翅膀的小鸟，飞离故乡，奔向远方。登上绿皮火车，回头看到父母站在原地，目光随着车厢移动，久久不愿离去。也就是在那一瞬间，我心头一热，眼里有一种酸酸的东西涌出来，视线便模糊了。父母的身影越来越远，一闪一闪，被列车落在后面，再也瞅不见了，我心中有一种说不出来的痛。

　　不知过了几站地，我的心情才渐渐平复下来。透过车窗，葱绿的群山、树木，还有路边的电线杆一闪一闪地向后移去。我知道，家离我越来越远了。从此，我迈出了人生第一步。

　　我在外面奔波了一阵子，终于找到了一份工作。我一边努力工作，一边刻苦学习。

　　我在一个车间上班。车床飞转的时候，我手里还拿着书本在学习，引得车间同事们笑说：哎，车床翻了。我看了一下，车床没有翻，还在飞速地旋转着。我对他们笑了一下，算是回应了。后来，我在全厂公开竞聘中获头筹，考上了单位的电视台记者，写的稿子，也陆续在报纸上发表出来。

那天，我坐了一上午绿皮火车，中午时分就到了老家站。下了火车，父亲和母亲正等在火车站迎接我。见到父母那一刻，我内心有说不出的激动。我看到父亲身着粗布蓝大褂，磨破的地方，母亲给缝上补丁。显然，父亲是刚从田地里赶回来，脸颊上还挂着汗珠呢，身上还有土，手上老茧成花。

回到家里，父亲倒上一杯热茶，端给我说：喝杯热茶吧！热茶好，暖身子，消炎去火。我接过热茶，一小口一小口慢慢地呷着，一股暖流涌上心头。我赶紧打开背包，拿出一张报纸，对父亲说：爸，我写的文章发表了，给您看看。父亲接过那张报纸，翻过来调过去地找，我拿手指给他说：爸，我的文章在这呢。他看到了我的名字，又端详了一下报头和文章的标题，兴奋地说：这张报纸先放起来，等我有时间细看。说完，父亲精心地把那张报纸折好，收进一个大信封里，宝贝似的藏起来了。

父亲陪我说话的间隙，母亲已经把饭菜都做好了，有小鸡炖蘑菇，还有鱼。母亲专门给父亲烫了小烧。父亲先给我倒上一杯酒。父亲能喝一两酒，我平时很少沾酒，在外面应酬，顶多也就能喝一瓶啤酒。那天回到家里，我很想陪父亲好好喝点。母亲从不让父亲喝凉酒，总是先把酒倒进白瓷缸里，然后放炉子上或锅里弄温热了再端上来。天长日久，那个温酒用的白瓷缸，先是变成了灰瓷缸，后来又渐变成了黑瓷缸，现在几乎辨不出什么颜色了，缸子还摔掉了几块瓷，如今都变成老古董了。父亲端起那杯酒，看着我说：看到你写的文章，说明你在外面工作挺好的，我们当老人的也就放心了。原来还打算让你接我的班，那时候你也不肯……

父亲说着，呷了一口酒，脸上红扑扑的，眼睛里有小星星在闪。父亲是一名老铁路工人，快到退休的年龄了。按理说，他还能干上几年，为了让我有一个接班指标，就提前报病退了。在由谁来接父亲班的问题上，当初全家人聚一起，好一番讨论，最后父亲决定由我去接他的班。母亲当时没有发表意见。我姐姐在旁边说，爸爸怎么决定我们就怎么听。父亲让我表态，我说我不喜欢铁路工作，不想接班，还是把班留给姐姐吧。姐姐毕业在家，待业好多年了。

听我这么一说，父亲眼泪就下来了，哽咽着说：你爸爸没有能耐，就是一个普通工人，也没有门路，只能安排你接班。你接了这个班，就算捧上一个铁饭碗了，将来娶媳妇也容易些。你要是不接我的班，没有个工作，谁能跟你呀？我坚持说：我得好好学习，将来考上一所好大学，工作自然就有着落了。你的班，还是让姐姐接吧。父亲说：那你将来要是考不上大学，找不到工作，到时候你可不要埋怨我们当父母的没有章程呀。我说：不埋怨，永远不埋怨。看我态度那么坚决，父亲竟然哭了。在我的印象中，家里生活那么苦、那么难，父亲从来没有掉过一滴眼泪。为了让我能接班，拥有一份稳定的工作，他流下了眼泪。

现在想想，我能理解父亲为何流泪，他是怕我在外头闯不出什么名堂来，将来岁数大了，没有一份稳定的工作，会后悔当初没有接他的班。如今，通过不懈努力，我从车间工人走向了宣传岗位，成为一名电视台记者，还能在报纸上发表文章，看到我在外面有了出息，父亲高兴得合不拢嘴。我端起酒杯，和父亲痛痛快快地喝上一顿。喝到酣处，我心潮翻涌，就回想起自己坎坷的求学之路。

想当初，我上学的时候，成绩一直很好，在班级里名列前茅。中考考师范学校，我考了全县第二名。我以为那一次，我手拿把掐能成为一名教师了。我想象自己站在了三尺讲台上，手拿粉笔，在黑板上写着字，台下是一双双明亮的眼睛，我向求知若渴的孩子们讲述着我的人生梦。想不到事与愿违，那份录取通知书，我迟迟没有等来。到邮局问，也没有音信，母亲急了，从没出过远门的她，领着我跑县教育局和市教育局的招生办等部门询问。为了给我找回名额，母亲两条腿都跑瘦了。为了我，母亲吃了多少次闭门羹，说了多少的好话，就差给人跪下了。我不忍心看到母亲为我这样受委屈。我说：妈，咱不找了，不就一个中师的指标吗？算什么呢，我回学校重读，凭实力再考，我这回要考一个比师范更好的学校。

然而，我最终没能走进师范学校的大门。我遭受了有生以来最为沉重的一次打击，我对未来失去了信心，觉得命运对我太不公了。不是我不努力，也不是我不优秀，一肚子的委屈，我不知道该对谁说，我迷惘了好一阵子。那段日子里，母亲的精神状态也不好，变得就像鲁迅《祝福》中的祥林嫂一样，不管见了认识的还是不认识的，都会跟人家说起我的事，一边说还一边流眼泪。我也从来没有这么沮丧和愤怒过，恨得我牙根直痒痒，没想到我寒窗苦读，熬过无数个日日夜夜，最后光明的前途，竟莫名其妙地被一个我素不相识的人给顶替了，这样的暗箱操作，到底谁是幕后黑手？

那个夏天，母亲说她要办一件"大事"，打发我到二十里之外的农村人家去买二斤上好的木耳回来。我从未出过远门，不太想去，因为要走好远的山路。可是母亲的话难以违抗，我只好硬着头皮去了。

一路翻山越岭、跋山涉水，终于找到了卖木耳的人家。我跟那家人强调，我母亲说的，要买好木耳，送人用。那家的男主人转身拎来半麻袋木耳，先让我看了一下，说这就是最好的木耳了。接着，那家的男主人和女主人把麻袋颠来倒去地折腾了好一会儿。当时我还有点纳闷，他们这是在干吗？我心眼实诚，想他们一定是在给我挑选最好的木耳呢。二斤木耳就收你五十二块钱吧，女主人说，如果不是看在熟人的面子上，肯定不会这么便宜的，怎么也得收你六十块。我手里的钱刚好是五十二块，我痛快地把钱付了，拎起二斤木耳就走了。

回到家，一进门我就大声说：妈，木耳买回来了。母亲直接把木耳接过去，我就进了里屋，准备换下湿衣服。我还没来得及换下衣服呢，母亲就走进屋里来问：买木耳的时候你在场吗？我说：在啊！母亲又问：给你木耳的时候，你看了吗？我说：没有看，我也不会看木耳啊。母亲听了，过来狠狠打了我一巴掌，把我打得丈二的和尚摸不着头脑，脸一下子热起来。母亲看着我说：你买的木耳全都是碎渣子，里边还有沙子，怎么送人，连自己都没法吃！

我一听，肺子都快气炸了。我把头一挺，朝母亲大声喊：把木耳给我，我去退掉，把钱要回来！看到我十分地激动，母亲缓和了语气说：退什么退，都已经买到手了，谁还能愿意给你退？

可我觉得自己特别委屈，我当时不过是一个十几岁的孩子，我从来没有单独做过事情，任何一项独立的事情，我都没有完成过。我走了那么远的路，已经尽力了，木耳买回来，落下埋怨不算，还挨了打。我恨死了卖木耳的那家人。这种恨，在我心中藏了很多年。

多年以后，时间磨平了我心中的恨。过去的事就翻篇儿了，再计较也没有意义了，我已经恨不起来了，或者说他们不值得我恨了。后来，我就爱上了写作。写作让我重新认识了世界和人性。我明白了，这世上有很多的不公平，如果用公平去衡量这个社会，那么公平就太少太少了。人生不都是阳光，也有黑暗；人生不都是平坦，也有坎坷……后来，在父亲的劝说下，母亲又花钱重新买了二斤好木耳。为了我的前程，她要去给别人送礼。可当母亲手里提拎着礼物出门时，又有些犯难了。她不知道这礼该往哪里送，该送给谁。我那个师范指标，最终也没能找回来，不知让何方神圣给顶替了，这真是我人生的一大劫难呀。

那天回家，在饭桌上，看着父亲和母亲的脸上堆满了沧桑的皱纹。他们的一头青丝，也在不知不觉中变成了白发，着实令我感叹岁月不饶人啊！我孤身在外奔波，并没感受到光阴流逝得这样快。我以为日子，是一天一天过的，人，也是慢慢变老的，而事实上并非如此，就像村上春树说的那样："我一直以为人是慢慢变老的，其实不是，人是一瞬间变老的。"当发现父母双亲真是老了，我的泪水就忍不住无声地流下来了。对于我来说，父母就是为我遮风挡雨的人，只要父母尚在，我便可以一直安心地做个孩子。

饭后，父亲倚着炕砖，蹲在屋地一角，点着了一支老旱烟，默默地吸着，冒出来的烟圈儿旋转着、升腾着、弥漫了半个屋子。父亲吸得有些用力，突然剧烈地咳嗽起来，我心立刻有一种痛。我终于理解了父亲，也感受到了他的孤独和无助，还有为了我这辈子能端上一个铁饭碗的一片苦心。父亲是偏向我的，这我心里非常清楚，我是他的儿子，他老早就想让我选择接他的班，可我没有顺他的意，当初一定让他很无奈，也很伤心。

如今，父亲已经退休20年了，我想把父亲接到城里来安度晚年，可他不肯离开自己的那片土地。不过，每到冬天，父亲都会到我所在的城市来猫冬。春天一到，他就在城里待不住了，又会像候鸟一样，说什么也要跑回到乡下的老家，回到他的那片菜园子里去忙活，为我们这些住在城里的儿女种土豆、种豆角、种黄瓜、种白菜……

每到了收获的季节，父亲和母亲就会不辞辛苦，把一筐筐和一袋袋的新鲜蔬菜，送到离家一公里之外的高速公路的车站上，等着过往的车辆给我们捎点菜进城，惦记着让我们能吃上新鲜的绿色蔬菜。

每次回到乡下，我小住几日，傍临走，父母都依依不舍地送我走过那段崎岖的小路。他们身上背着袋子，肩上挑着担子，手里还拎着袋子，里面装得满满当当的，都是给我带上的蔬菜。走在那条两里远的羊肠小路上，他们的身子趔趄着，汗珠一滴一滴从他们布满皱纹的脸上滚落下来。直到把我送上了汽车，汽车开了，他们仍站在路边上，向着车开走的方向慢慢地挥着干枯的手臂，我忍不住回头望了一眼，看到白发苍苍的他们，纸片儿样的身影在风中轻轻摇摆，我的泪水便夺眶而出。

汽车渐行渐远了，父母的身影在我的视线里也越缩越小了，缩成为两个小黑点，直到看不见……

以前我总以为，变老是件多么遥远的事，如今，我猛然间意识到，原来变老，真的就是一瞬间的事。我的父母老了，我再也不是小孩子了。时间就像水一样，悄无声息地溜走了。有一首歌，在我的耳边时常响起：……时间都去哪儿了 / 还没好好感受年轻就老了 / 生儿养女一辈子 / 满脑子都是孩子哭了笑了 / 时间都去哪儿了 / 还没好好看看你眼睛就花了 / 柴米油盐半辈子 / 转眼就只剩下满脸的皱纹了……

父亲从乡下来

每年这个时候，父亲都会像候鸟一样从乡下来到城里猫冬。

我们都非常高兴，准备和父亲欢欢喜喜过一个鼠年的春节。可是没有想到突然而至的疫情，让我们措手不及，又是封路又是封城，所有的活动都得取消，我们只能宅在家里，连一个城市的亲人也不能相见，一种看不见的阴云，一下子压在了我的心头。不知道这样的日子会持续多久，不知道下一步生活该怎么继续。

每次回家，父亲见到我，先是认认真真地打量我一番，然后就好像好久没有见到我似的，宽慰我说："没事的，一切都会很快过去的，不用害怕。"父亲说，这段时间不能出门，那就待在家里，学习吧。尽管父亲已经是八十岁的老人了，可是他仍然酷爱学习。我也常常被他的学习精神感染着。要是我有父亲那股子学习的劲头，肯定学什么都会有所成就。我在心里默默地敬佩着我的父亲。

父亲每天早早就起床，起来以后，他先用拖布把地都仔细地拖一遍，让地板变得光洁如初，一尘不染。吃过早饭以后，他就开始学习，端端正正地坐在桌子旁，摆好了书本，就开始写字了。父亲用的钢笔，是家里的老钢笔，有五十年的历史了，都成了老物件儿了，他仍然像宝贝一样舍不得扔掉，说用习惯了。父亲的话，让我突然就回想起，我们曾让父亲搬到城里和我们一起住的时候，因为我们几个儿女都已经进城里工作了，并且也都在城里安了家。我们就跟父亲商量，动员他进城来和我们一起住。可是父亲不答应，他说在城里住楼不习惯。不像在乡村，生活那么随便。住在乡下，还有老邻旧居可以说说话，还可以侍弄点菜园子啥的。

其实父亲舍不得离开乡下的原因，主要是惦记家里的那片菜园子。父亲种菜园子，目的就是供我们几个在城里吃菜。父亲种的蔬菜，上的全都是农家肥，是绿色的蔬菜。父亲说吃他种的绿色蔬菜对身体有好处。无论我们怎么劝父亲，他也不会改变主意。没有招了，我们就和父亲约定，等到冬天了，就要他到城里来住上一段日子。父亲勉强答应了。

这一次父亲进城，没想到会赶上疫情。父亲就只能待在屋里了，连楼都不能下了。通知要求，每家每户只能三天安排一个人出门，采购一次生活必需品。我们一家人采购的担子就落在了我的肩上。每次出门，我要记得拿着手机和身份证，还有小区管理卡。出门采购的时候，每次我都是小心翼翼的，要把口罩捂严实了，只露出两只眼睛来，全身都得防护好了。在小区卡口，要经过层层盘问、扫码、签字，之后才能出去。到了超市再扫码，再测体温，可以说是寸步都有人盘问，都有人管你。

那一刻，我心里在想，中国 14 亿人口，960 万平方公里，每家每户都能管控得这么严实，滴水不漏，真是不容易啊！要是没有中国政府，要是没有科技进步，想做到这一点，真的是太难了。想到这里，我心中不由得生出来一丝暖意，觉得有那么多人都在保护着自己，守卫着社区、车站、公路等卡口，生活在这样的国家，真是一种幸福啊！虽然扫码测体温麻烦一点，但是一想到只有这样才能控制疫情，才能切断传染源，才能保证平安，这点小麻烦都不算事儿了。

多么盼望疫情能早日过去啊！每个人都能平安度过这个困难的时

期，那该多好。跟父亲在一起宅家的日子里，疫情就成了头等的话题。父亲总是会说那句话："没事的，一切都会过去，一切都会好起来的。"

父亲每天的生活有条不紊，按部就班地吃饭、写字、背诵古诗，做他自己喜欢做的事情。虽然他退休在家里已经多年了，但是他的生活和学习都是很有规律的。即便是疫情肆虐，在父亲面前都是小事儿。

每天晚上，父亲有收看全省新闻联播和全国新闻联播的习惯，这种习惯他从来没有改变，他时刻关心着国家的大事，比如前一阵国家领导人访问哪个国家了；抗疫的工作进展到什么程度了，哪里发生了哪些大事等等，父亲都知道。有时候我们回到家，父亲就会给我们讲电视播送的各种消息。在父亲的口里，一切都会好起来，任何困难都不可怕。父亲说，有党中央的正确领导，我们中国人就能战胜任何困难！他这样说也是为了让儿女们能够安心地生活和工作。父亲是一个豁达、乐观、感恩、自信的人。父爱让我在困难和迷茫中看到了希望。

父亲跟我们讲，以前也是闹疫情的时候，人们得了病，没有钱治，就只能在家里躺着等死。我的爷爷，还有我的姑姑都是在那个特殊年代里，因为患了疫病没有条件医治而离开了人世的。

父亲语重心长地跟我说，你看现在的日子多好，老百姓生了病，有最好的大夫，用最好的药去医治，把多少病人都从鬼门关上抢救过来了。父亲还说，这次的疫情很快就能控制住，我们该怎么样生活还是怎么生活，不能乱，要响应国家的号召，不让出门就不出门，让待在家里就老实地待着，国家怎么要求就怎么做，这都是有科学根据的。

吃饭的时候，父亲让母亲给倒上一杯酒。父亲端起酒杯说，这是防疫酒，专家说了，适当地喝一点酒，是可以防疫的。听了父亲的话，我也主动倒了一杯酒，喝上一口，心里立刻热乎乎的，感觉自己浑身都充满了力量。除了喝酒，父亲还喜欢喝茶。每次我回到家里，父亲做的第一件事，就是给我倒上一杯冒着热气的茶水。父亲对我说，喝茶对身体好，喝吧。离家在外，我很少喝茶，也没有养成喝茶的习惯。每次回到家里，看见父亲沏了热茶，还亲手端到我面前，茶水还没喝到嘴里，我这心里就暖得不行不行的了。

父亲学习写字，还背诵古诗，我们家人都知道，这已经成为我们家的传统，这个活动发起人是父亲，我们都很佩服。我们怕父亲只顾读书学习，不能下楼锻炼身体，那样是不行的。于是我们便打电话，告诉他不下楼也行，要求他每天在屋里走上十圈二十圈的，走到出汗为止，父亲答应了。可是我们还是放心不下，怎么办？后来我想出一个办法，每次父亲锻炼身体的时候，让他把手机打开和我们视频，这样我们就能监督他锻炼的情况。这个要求，父亲也欣然同意了。

每次锻炼身体的时候，在视频里我们都会看到父亲蹒跚着脚步，从这个屋走到那个屋子，来回不停地走，父亲刚走几圈就说，出汗了，要休息。我们说不行，还要继续走，父亲便坚持走下去。父亲很听我们的话，就好像我们小时候听父亲的话一样。父亲走了十五六圈以后，找个椅子坐下说，这回出汗了，真是走不动。我们说可以了，浑身出了汗，说明达到了锻炼的效果。

疫情期间，虽然我们不能出家门去看望父亲，只能通过手机跟父亲视频。每天我们都会视频半个小时左右，和父亲聊一聊。父亲告诉我们一定要做好防护，没事儿就待在家里，不要出去走动。

病毒是人传人的。父亲知道得可真多。在视频里我们和父亲说点家常话，那一刻觉得非常的温暖和亲切，虽然不能面对面，但是隔着屏幕也没有任何间隔和距离，好像一家人平时坐在一起聊天一样，真的是觉得就在眼前，伸手可及。只要是声音能抵达，图像能抵达，我们的心就相连在一起。原来，亲情是这般的令人温暖。

作者简介

　　时振明，黑龙江省作家协会会员、萧红文学院绥芬河骨干作家班学员。在《北方文学》等纯文学期刊发表文学作品若干。曾荣获中国当代散文实力奖、优秀作家奖、黑龙江省改革开放三十年征文优秀奖、黑龙江省庆祝中华人民共和国成立70周年"我和我的祖国"主题征文三等奖。

寻找英南 （外三篇）

赵燕

对不起，英南！

英南是我在海南上小学时的同学。那是二十世纪七十年代初。记忆中，英南长得不好看。

她家境贫寒，身下好像还有两三个弟弟妹妹，而母亲早逝，她们姐弟跟着在县里陶瓷厂上班的父亲生活。我去英南家里玩，看到她的家里没有什么家具，黑乎乎的屋里有几个陶瓷厂烧坏的大水缸，里面装着一家人的衣服和杂物。尽管那个年代中国大多数人家都在贫困线上挣扎，可是英南家的穷苦状态，还是让年仅十一二岁的我，记忆深刻。

一次，英南送给我一个陶罐，她应该认为我是她为数不多的朋友吧。英南学习很好，与人为善，可是同学不知是因为嫌她长得丑还是嫌她家里穷，便集体孤立她。在一次同学们说她背后话时，我不知道自己哪根神经搭错了，竟也无中生有地说起英南的坏话来。我说，英南送我陶罐，就是想拉拢我！这话事后应该传到了英南的耳朵里了，但英南什么也没说，只是不再走近我了。

现在回想，当时我只是个十一二岁的孩子，即便说出了如此不知好歹的话，也情有可原。可是，半个世纪过去了，如今更是天各一方，可我却时时想起这段往事，心里也隐隐作痛。我想有机会再去海南时，我要去寻找英南，跟她说：对不起，英南！

永远失去的不倒翁

不倒翁是二十世纪六十年代的一种儿童玩具。

1966 年夏天，外祖母带着我从海南岛回到黑龙江。4 岁的我，开始了长达 7 年远离父母兄妹的童年生活。整个童年，只有外祖母花 9 分钱买的一个不倒翁陪伴过我。7 年后见到妈妈时，她说她曾从海南岛给我邮寄过一个洋娃娃，可我孤独的童年里，从来没与什么洋娃娃谋过面，我的饱含着母爱的洋娃娃，不知被哪个长辈中途截留了……

我只是天天抱着那个花花绿绿的塑料不倒翁，爱不释手。外祖母家和另外一李姓人家合住一栋三间房，两家同走一个房门，共用一间厨房，外祖母住东屋，李家住西屋。那天，我和外祖母从外面回家，一进屋，发现我心爱的不倒翁已被剪成碎片，惨死在炕上。我失声痛哭。几经追查，对门李家已出嫁生子的大女儿声称"对此事负责"，承认是她那个七八岁讨人嫌的儿子，从窗户爬进屋干的这起坏事。李家大女儿安慰我说，她会买一个新的不倒翁赔给我。

从此后，我天天盼望着她再回娘家。一看到她携夫带子回来了，我就去西屋地下站着，一声不吭地看李家十余口人在炕上围坐一桌吃饭，她们还挺有礼貌地跟我这个五六岁的小女孩打招呼说："燕儿来了？"之后，便又热火朝天地埋头继续吃她们的大餐，却只字不提不倒翁赔偿事宜，于是我的童年便在一次次期盼，一次次站等，一次次失望中度过。一直到我们几年后搬家离开。她们食言而肥，粗鲁地从一个儿童受伤的心灵上踩踏而过。

大哥你好吗？

因为远离父母兄长的护佑，在东北，我被邻居家的大大小小的孩子欺负是常事。

外祖母家西屋的李家，孩子众多，七八个孩子中，只有一个小女儿比我小点，贫穷的家庭，失教的孩子，常把欺负弱小当成乐事，但李家有个患过小儿麻痹的哥哥除外。

那个跛腿的哥哥，当时也就十几岁，他看见自己的姐妹欺负我时，同样是弱者的他敢怒不敢言。等没人的时候，他会陪我玩翻线绳游戏什么的。一次，我看见他家的姐妹不知从哪弄来的菇娘，把里面的籽挤出来后，放在嘴里咬出声音，觉得很好玩。直到现在，我看见菇娘灯笼一样挂在秧上，还是有种特别亲切的感觉。那次，哥哥答应帮我也弄一个来玩，可是他却没能力兑现诺言。我不知道是不是恶魔附体了，竟然恼羞成怒，和哥哥翻了脸。就在他生气转身出门之际，他的那一条还没迈过门槛的有残疾的腿，被我故意用门板夹了一下，应该不会很疼，但我看到他哭了，非常伤心的样子。这一幕画面，印刻在我心里几十年了也无法抹去。

选择独行

我一直觉得自己是个早熟的孩子，包括记忆的早熟。4 岁多一点我就离开了海南，可我能记住许多 4 岁前在海南的生活片段。其中有个阿姨对我的伤害让我记了几十年。

母亲当时在商店工作。那天，那个阿姨找我母亲借商店的三轮自行车用。我当时跟在母亲身边，看到阿姨骑上三轮车，车上还有和我同龄的她的孩子，我也想坐车去玩。阿姨爽快答应。但母亲一定没想到，离开她视线后，我还没爬上车呢，这个阿姨载着她儿子，飞快地骑走了。母子俩一边看着我吃力地追赶着她们，一边咯咯地笑个不停，我生气而执着地奔跑着，气喘吁吁地追赶着，直到我摔了跤，把不到 4 岁的膝盖磕出了血，这个阿姨才停止了对我的戏耍。我不明白，这个阿姨明明是有求于母亲，母亲善意地帮助了她，她为何要阳奉阴违去伤害母亲的孩子？

有人说，人之初，性本善，也有人说，人之初，性本恶。11岁，我重返海南，回到父亲工作的武装部大院，大院里整齐划一的房子，配套齐全的生活设施，在当时县城低矮简陋的民居中，很有些鹤立鸡群的傲娇。大院里的孩子们，也自然地把所谓高人一等的优越感，浸透到平日的言行中。

当时普通居民的生活用水，都是用井水，只有我们的大院里用的是自来水。天旱时，大院外有衣着简陋的居民过来挑水，便会常常遭到院里孩子的阻挠。在一次有我参与的类似恶作剧中，看到那个挑水的中年男人，眼里泛起屈辱无助的目光，我的心在那一刻被深深地刺痛了。从此我不再参与小伙伴们的闹剧，拒绝和她们一起再去院外老百姓饮用的浅水井里游泳，也不再成群结队去欺负霸凌弱小的同学了。

我越来越离群索居，上学的路上不再是前呼后拥，往往是一人一影，踽踽独行在南国的骄阳中。武装部弹药库的院子里，有十几棵高过屋顶的番石榴树，一放学，我就独自一人挂在树丫上，渴望的目光似在找寻甜美的果实，但摘下的番石榴似乎并未成熟，品尝到的往往就只有苦涩，一如我孤独的少年时光。

作者简介

赵燕，1962年出生，曾任高中语文教师，日报社记者、编辑，现已退休。

家的底色

　　春天趟着河水，拂着嫩柳，来到我和母亲门前的时候，母亲过了街头小贩的手，拎回了双鞋来给我穿。小贩的脸膛红光光的，像一颗挂过糖浆的冰糖葫芦，杨梅的。春天唱着软软的歌走来的那一刻，这颗挂浆的杨梅便晃过我和母亲的窗口，托在手里，身后是一大包袱各色各样的鞋，还有尾巴一样长长的"卖鞋来"的声调。调子暖暖的，像冬天临睡前的被窝。

　　跑进春阳暖暖懒懒的梦乡里，扬起扑扑的生活的气息。一脚蹬的、简简洁洁的鞋子，由红、蓝、白、黑四种颜色叠织成的小碎格子，明快、朴素、温馨，走在春阳暖暖的眼神里，让人不由得想起家的底色。

　　现在我和母亲的这个家，一切都是临时拼凑起来的。因为我分分秒秒有着嫁人的嫌疑，还有外出闯荡的残梦呢。梦是永远不灭的火，火一日不灭，就折磨着我，也折磨着母亲；母亲的回乡歌，自嫁给父亲那日起，真真假假唱了四十年了，黑头发唱成了白头发，张家的老老少少在桩桩件件的磨难中伤透了她的心。

　　人生春梦一场，到头来不过竹篮打水。我端详着母亲，就像端详着《我弥留之际》中的那个一脸菜色、瘦成一束干柴的艾迪本德仑，临终前明白了，一切都是假的，是一推就倒的墙，除了娘家的血亲关系，所以她执意死后让她的丈夫把她送到娘家的墓地埋葬，为了完成她的凤愿，也为了兑现诺言，她的丈夫和儿女在涨水的日子雄赳赳、各怀鬼胎地出发了，由此上演了一出啼笑皆非的闹剧，然而于艾迪本德仑而言，她总算是到家了，她的灵魂在天国想必安详而又宁静。

现在看着母亲的脸，那张老唱片一样的脸，我惶惶地明白，像一个偷人家东西如今被人偷的贼，该母亲报复我的时候了，让我尝尝被人不管不顾、抛弃的滋味了。母亲归乡的日子已是紧在眉睫了，像小时候掏屋檐下的鸟窝，战战兢兢登上梯子的最末一级，"魔手"伸向"猎物"的时刻，四十年的辛苦路啊！

我写字用的书桌，桌腿是一个未着漆的烂木箱子，倒立过来，它和母亲的牙齿一样走过了酸甜苦辣咸的岁月，如今每个关节都松动了，衰朽了。每日我坐在那张美其名曰书桌前，编织真真假假的故事的当儿，双脚绝对静若处子，有过动若脱兔的惨痛经历，那日写至忘形处，脚不由得舞之蹈之，可好，随着一阵呜呜呀呀的啼哭声，醒悟过来，木箱子老翁的身板已如脱落的牙齿，珠玑四溅。桌面上的笔墨纸书登时人仰马翻，声名狼藉。看着眼前自造的惨象，我悲从喜来，悲惊参半，号啕大哭，顷刻间，百年人生况味已尽尝遍。

我用了足足两天时间费尽九牛二虎的力气，才使它走进往昔的岁月，当然依旧是风烛残年了，一切都已太晚，已无从补救。桌面倒是原装的，只是一直摸不着它的来历，我该是漫不经心地问过母亲的，我扔在脑后了，或者我干脆没听。行路中的人，是没有真的家的，也没有什么东西真的属于你，自然也没有什么让自己舍下力气记住。

不过我没事时每每喜欢调侃它的模样，它的面积，是过去那种外表呆板、直线条却绝对耐用的黑伞，拆了把，圆展展的铺开，死黑黑的，像包公的脸，也取了包公相貌的愚鲁。它和木箱子的姻缘是月老牵错的红线，生是破坏了毕达哥拉斯的和谐美。像生得细脚伶仃，却结着一个威武脑袋的畸形人。又如一颗孱弱的植物奇迹般地结了一个硕大的果实。我苟碌其上，如履薄冰，如临深渊，一不留神，就人仰马翻，血流成河，万劫不复。母亲用木板搭成的装什物的棚子，我从不冒险进去取东西，随时有轰然倒塌的可能，如警匪片中的惊险刺激的场面。

春天刚走来的时节，母亲在春风纤纤素手的抚摸下，温温韧韧地夹起了障子，岁月洗不去她老人家劳动人民的本色，我隔过窗子，也和她一样看见了菜园瓜果满地，飘香徐徐的美梦。然而恐惧和无奈，像童年商店橱窗里的奶油蛋糕，强烈地诱惑着我，像创伤的阴影粘粘地攫住了我。

春天的阳光不复是单纯温和的了，绵里藏着针。每每风过，我便凭立窗前，直呆呆望着窗外妓女一样招摇的障子，走进童年观露天电影的境界，等待着惊心动魄、高潮鼎沸的一幕。母亲走过来，笑话我是个大呆子。我说呆什么呆，有好戏谁不看，障子狂吻大地的一幕，够精彩的。遗憾总也没有硬一点儿的风来。

现在的家一切都是不牢固的，一触即溃。不管真的假的，长久的、暂时的，终归是家。没事人儿的，看着它被强大的外力吹碎已是心酸，不久的一天，还要亲手拆毁这不牢固的，自己的心手搭建的一切，不知道那个时刻能不能经受得住。我想，真的家应该是坚不可摧的，刀枪不入的，永恒不变的，我想起我从前的家了。

第一个家在我现在居所的东面，一座小山包的下面。这是我出生的地方。这两天因为写这篇文章，满脑子都是老屋的事情，其实所写的都是不必去想它，永远在那里的，可以说是下意识的一部分背景。房东头的磨坊，圆圆的石磨吱扭吱扭转着，踩着不紧不慢、匀称有致的节奏，好像有个人在暗地里打着拍子指挥，前段时间读苇岸的散文《大地上的事情》，里面有这样的句子：硕大的落日让人想起乡村院落的磨盘。读着感到温暖而亲近。白底飞溅着密密黑点子的石磨。一圈一圈豆沫由粗到细逐渐漏下来，急了的时候，就像来到了花果山瀑布。高高彪悍的大白马，眼缠着重重黑布，让人想起电影里土匪绑架的肉票，嘴上套着网眼的铁兜嘴，防偷嘴。磨坊里永远阴暗潮湿，总让我想起关押小萝卜头和他妈妈的牢房，我刚刚学了《小萝卜头》的课文。偏它是夜黑上厕所的必经之路，很受了些恐怖的折磨，然而它是温馨的，让人松快的，像读一首朗朗上口的诗经民歌。

春天母亲在磨坊一角支上大黑鏊子烙煎饼，左邻右舍都来帮忙，一人牵来一个孩子，重重雾气里，穿行着语动话喧，长大了读王维的《山居秋暝》，读到"竹喧归浣女，莲动下渔舟"两句，总要想到这个场面，尽管是不甚贴切的，可我无法纠正这种悦耳的感觉。我和那帮孩子咯咯笑着疯在院子里，惊飞了群鸡。我为首，黏在鏊边吵要糖油煎饼——煎饼快摊好的当儿，依次抹上油，撒上白糖。院子里排成一排，比谁吃得快，不睬母亲射过来的愤怒的眼光，隔着耸动的人头。

只有一件事是不愉快的，晌午头母亲在磨坊的柴堆上换衣服，一个女人在场。我一下子血直往上涌，像那个女人夺去了我最珍爱的宝贝，偷窥了我一人的重大唯一的秘密，我朝着她哇啦哇啦大哭着骂出声来，声嘶力竭嚷着："滚开滚开，不准看！"几近背过气去。这是我生命里首次触发血液和生命的神秘，至今它依旧强烈地震撼着我。后来这个女人竟然成了我的后母，其实我们的仇视和对立从生命诞生那日起便摆在那里了，磨坊一幕是一个绕不开的彰显的契机吗？我和母亲还有这个令我终生痛苦的女人都是父亲生命里的女性，我由一个混沌蒙昧的少女长成一个年轻的女人，我和父亲早已形同陌路，其实我一直未能走出父亲留给我的心灵的阴影。这些，父亲和母亲是不知道的，一切的人是不知道的。

后园里一棵一棵的果树。两棵沙果树，赫赫的，一棵小苹果树，我们管它叫大秋，顾名思义是深秋了方成熟。沙果脆而甜，咬在牙齿间爽爽的，大秋面而甜，有深秋的清凉。盛夏午后我穿着白地小红月牙的连衣纱裙，坐在沙果树下的小板凳上，看一本《当代女作家作品精选》，一遍一遍地读其中的《重温草莓》，迟子建的。婆娑的树影筛到书页上，书页上的字像被负责任的先生浓圈密点了一般。

最初东南角是有一棵梨树的，一年到头懒惰着不怎么结果，且结的又苦又涩，占着很大一块地方。于人无益的，占一点儿也是浪费吧？也要想办法根除掉。人是很自私且残忍的。终于被父亲拦腰锯断，树骸挂在障子上，日渐风干，像一只自己杜撰童话故事里的妖怪的枯手。后来又有一棵从东障子根冒出来的樱桃树加入了树家族的行列。后园更加拥挤热闹了。这棵樱桃树的来历当时有一个可信且美丽的猜测：我或姐姐拔葱或蒜——这个活向来是我和姐姐的，吃着樱桃（别人家送来的），随口吐出的核，第二年春天发出嫩绿的小芽，这小生命一年一年长着。出生的位置特殊，是要被迫歪着长的，坡度如竭力探进窗口来的前半身。

　　凡是生命，都有随遇而安的禀赋。我们意识到它的存在时，它已长成一个最能张扬生命的存在吧？开满一树粉粉的花。我和姐姐分别为一种神秘的兴奋驱使着，没有争执谁是真正的播种者，关键是我和姐姐都有着丰富的文学细胞，天生喜欢没有答案的谜，且这个谜是美丽的，且和自己有关。多愿走进美丽的谜里去呀！自己也成为一个美丽的谜。我眼睁睁看着它粉粉的花瓣一片一片云一样落着，把我的心带进绝望的境地里去。

　　柿子在成熟的季节依旧青青的，一点儿红的意思都没有，看样子还要青下去，永远的青下去了。是不是生来就是青色的品牌呢？不过为什么西邻的却早早红了呢？如一盏盏高高悬挂的红灯笼，一想起张艺谋的电影，就想起了它，如此粗俗的夸耀，从没见过如此粗俗的夸耀的场面。只是一障之隔，莫非真是童话里的巫师跑来施了法术吗？狠狠地带秧扯下一个青的颓唐的柿子——连秧也是不可救药的青色，这世界真要这样毫无指望的青下去吗？嘴扩成一个整圆，"喀哧"，竭尽所能啃下去，马上哇哇地恨恨地吐出来，手中的那一半掷到地上拿脚去碾。

　　宛若志人小说《忿狷》中那个叫王蓝的人，性急吃鸡蛋："以箸刺之不得，便大怒，举以掷地。鸡子于地圆转未止，仍下地以屐齿碾之。又不得。瞋甚，复于地取内口中，啮破即吐出"的情态了。

我们彻底地绝望了，悲哀地承认我们的家族是不产柿子的家族，还有别的解释吗？一障之隔，一样多的粪肥！我私下里另有一个自己的想法：司瓜果的神偏心眼，是男神，总该有的吧？玉皇大帝这个高冠蟒袍加身的老头子，降服孙猴于五行山下的如来佛也要归他管的，他不会让人间乱了秩序，土地有土地神，瓜果也要有瓜果神。西邻多是水灵灵的女儿家，我家中四个虎背熊腰的哥哥，我的念头不大是儿童的念头了。

好在还有办法补救。嗅在白露为霜前，把打算还要一路青下去的柿子摘下来，包在厚厚的棉絮里，埋进炕琴的衣堆里，被垛里，过不了两天就打开看一看。这往红色去的道路太漫长了，小小年纪怎么熬过这无止境期待的时光，初次约略的红意怎样令人狂喜！深秋的窗台上，一个一个往红色的道路上艰涩挣扎着的半红不白的柿子。

长大后我做了老师，面对犯了错误但自尊要强的小学生，只见红一块白一块的脸，不见眼泪掉下来。便又看见了这些深秋窗台上的柿子们。对于眼前这个倔强的活柿子生出深深的爱怜，心软下来，放他走了。中午的阳光照到磨白的办公桌上。怎样如水的岁月呀！

行动是地下的，藏柿子的地方也是绝对保密，不单是怕姊妹间彼此的偷窃，有过此类事件的发生，一次我一个即将走完红色长征，父亲拳头般大的柿子不翼而飞，我哭得死去活来，母亲怎么哄也哄不住。结果是不了了之的，我也做过此类扒手的，这样的案件是不属于父母制定的家庭法律范畴的，父母是精明的，纷繁的大家庭里磨难出的精明。还被一种奇异的心理驱使着，像夜半在园里挖坑埋宝的人，那是一笔只归自己所有的丰厚财产，且捧个明晃晃的大红柿子突然亮相在众目睽睽下，那该是生命一件多么辉煌的事。

人生的全部快乐便在那猝不及防的当儿吧？生命又怎么能少了戏

剧性呢？怎么忍受平淡无奇？往往这是个守不住的秘密，彼此藏匿的地点早已心照不宣。索性都亮出来吧，面红耳赤谁的柿子红。这是快乐的，况且是一波三折的快乐，愈值得珍惜。它有着自己的深意。

前段时间我去四哥家看见了那个藏柿子的炕琴。在炕琴门里那一面，有一支铅笔画的俗里俗气的六瓣花，旁边竖写着两行铅笔字：

永久的回忆
一九八七年八月七日

我认出那是我的手迹，亲切地来回摸娑着，眼泪簌簌而下。像摸娑着我的童年的头。最早的家里是没有炕琴的，是一个被褥架子，四根方木支着一排木板，上面放被褥和零碎的什物，下面就成了炕上一所小房子，我们兄妹晚上睡觉争逐的领地。我恃仗老小漫无节制地耍赖撒泼，随心所欲做领地的藩主。在这方领地上我活活压死过一只小猫。预先想起这件事时我是不愿意写在这里的，毕竟是不愉快的记忆，依旧清晰着血腥的恐怖，然而似乎三躲两躲又无法绕开它，就写在这里了。一掀褥子，早晨醒来到处找猫找不见。身子成了一张扁扁的肉饼，龇牙瞪目，冤魂不散的模样。你怎么也不能将它和那只明眸皓齿、玲珑秀巧的小尤物联系在一起，你觉得这过于荒诞。我的反应是头皮发麻，肠胃上反，忍不住剧烈呕吐起来。头天晚上我们争搂它睡，我抢到了手，我知道他们一定恶毒的咒骂我，现在酿成这样的惨剧，他们咯咯着母鸡样幸灾乐祸的笑声，像钉子划过玻璃一样令人不能忍受。

那个时刻我需要的是他们当中的谁搂住我的肩，柔声着说不要怕。可是情况恰好相反。于我这个可爱的世界一下子变陌生了，我恐惧且惶惑起来。可过后我还是暂时忘记了，这个家是美丽的，除了这件事他们也还是爱我的。我一个人在家里，玩着玩着抱着被褥架子睡着了，父亲回来，看见这一幕流下了眼泪，怕吓着我轻唤着我的名字，轻解下我到炕上。我朦胧着记下了这一切。父亲后来不断地向我提起这件事，和哥哥们也提。他说看见我那样子很可怜。说着这些时他眼睛湿湿的，我也跟着湿。少女时代一个人回忆起来还咳呛下泪。

近几年不知为什么，心逐渐硬了起来。母亲这时是在这个家里的，我们的家完整而又温暖，像那眼厚墩墩的火炉。还不懂得碎裂是怎么一回事。父爱单一纯粹，不像后来，兼着内疚补偿的意味，有些可哀的病态。

可惜母亲在这个家里时我太小了，于母亲，于这眼火炉的家几乎没有完整的记忆。前些年我保存着一张我小时候和母亲的合影。唯一童年的合影。后来这幅照片奇异的不知所终，成为我一生的伤痛。背景是那座小山包，据说它是一条龙变的，背景的绝大部分取了唯一的一棵树，说是龙角。母亲选择它做背景，大约是想沾些龙的祥气吧？母亲坐着，板整的齐耳短发，我站在她旁边，圆胖脸，两根小辫儿像要飞起来，脸上飘着小辫儿一样伊气的快乐。这该是我那段岁月的最好写照吧？不过也有烦恼的事，晚上大队放电影，我早早跑去占地方。

白炽刺眼的灯光，嗡嗡闹着的人群，不知谁，清清楚楚告诉我，母亲给姐姐买了一条喇叭裤。我疯了似的穿过黑暗和看电影的幢幢人影往家跑，脚用力过猛震得生生疼。黄黄的灯光下，锅边的水壶呼呼冒着白白的雾气，姐姐拿着一条红格喇叭裤正往身上套。背对着我，也能看见她脸上趾高气扬的怪笑，母亲在旁边笑眯眯帮着她。一切都再清晰不过了。我疯了似的跑过去就夺，哭喊着"偏向！"母亲一把推开我骂着："你怎么这么不要脸，这是你姐挖猪菜挣的。攀吃攀穿，没出息的货！"我不管，我就要。当然是拗不过的，眼睁睁看着它簇新新喜洋洋套在了姐姐身上。

母亲领我回老家。我的结巴就是跟一个叫小刀的男孩学的，这是关于母亲老家最活生生的纪念。长长的不见头的小巷，两旁斑斑凸凸的石头墙。带回一只透明的玻璃小鸟，黑黑眼，红红嘴，花花绿绿的翅膀，如此不惜笔墨的油彩。真是我的心肝宝贝。不幸用铁锹撮土时，从兜里滑出来，掉在铁锹上碰断了翅膀，我感觉心被狠狠扎了一下，很久一段日子这种感觉也没有消失，几年前初恋碎灭，那一刻就有类似这种心疼的感觉。

家里这时发生了可怕的变化。父亲有了外遇。我和父亲在被窝里，红底开着一大朵一大朵白牡丹的布棉被，在母亲手里魔术般缩小一半再缩小一半，一些花不见了，在的也残缺不全，像被凄风苦雨打残了般。饭在地上的桌上。初夏的窗台上，挂着花糖纸帘子，满炕密条的阳光。那女人骂上门来。父亲围被趴在那里，露出光光的脊梁，吧嗒吧嗒闷头抽着烟，像个活死人，母亲低声下气哀求着。没有人注意我，我偷偷趿上鞋，由于恐惧和慌乱，走出大门口才发现，我趿的是父亲的鞋子。鞋一次一次脱落，我满脸淌着泪，一次一次重新挂上脚，去学校找大哥。隔过门上的玻璃，我看见大哥在讲台上神采飞扬讲着什么，高高的，比父亲还高。我感到安慰了。因为大哥的干预，那女人才灰溜溜走掉。

满地高及天棚顶的黄烟，弥漫着满屋浓重辛辣的烟味，乍一进屋，熏得人直打喷嚏，有种咳呛下泪的感觉。父亲端着满满一舀水，喝一口，鼓出俩圆圆腮帮子，"噗"地喷到一张张的黄烟上，发出嗤嗤的下渗声。二哥站在父亲背后，扬起巴掌朝父亲脸上打去，水舀咣啷啷甩到地上，水花四溅。吓得我赶紧把脸埋进深深的被垛里，捂紧耳朵。至今我不能触碰绵软的东西。哥哥们明显站在母亲这一边，父亲成了孤家寡人。

父亲那个时期完全脱离了正常生活轨道，破罐子破摔。在我们眼前拎根绳子晃来晃去，天黑钻进棚子久久地不出来。单纯怯懦的母亲怕他寻死，哀求大哥二哥去找。哥哥们早已厌倦了父亲这套把戏。吼着："让他死！就怕他不死！死了家里少个老祸害！"我想起父亲种种好处，偷偷跑进棚子去找父亲。凭借烟头不定的亮光和粗重的呼吸寻找父亲坐的位置，跌跌绊绊走过去，拉住父亲的手说：爸爸，咱们回屋吧。父亲竟然抽泣起来，说，还是老姑娘疼我。

母亲终于离家出走了。那个秋天院子里的倭瓜成山的堆着，在白雪覆盖下，矮下去，矮下去，最后烂掉了，烂成一堆黑黑的泥。这时更多我和三哥在家里。三哥站在大门口柴车旁怒气冲霄喊我，我跑出去，还是晚了，迎面一只卷着尘土的脚飞来，我的脸实实在在擦触着暖乎乎的毛，心里一个声音清晰告诉我，我是在牛肚子下面，那是牛腿。不敢哭，哭会招来更多的厄运。

天黑下来了，西邻从障缝间递过来一碗糖蒜，温柔的呼唤勾下了我的眼泪，我端着碗站在鹅棚旁的黑暗里无声地哭着，大颗大颗的热泪吧嗒吧嗒地落在前襟上。鹅在棚里温柔地叫着，好像善解人意的大婶在说：不哭了不哭了。从没见过如此懂事的大白鹅。前几年看池莉的小说《你是一条河》，里面关于姊妹间残忍厮打的描写使我落下泪来，那简直是我童年生活的再现，我喜欢上池莉的小说就是从那时开始的。

我开始学着做家务。蒸馒头，包饺子，无师自通，爬到高高的桌上一个一个擦茶杯，擦到雪亮。有人来赶上，夸我能干。那时期我成为同龄孩子的典范。

传来母亲住在小城爷爷家的消息。翻过一座山，走过一段平路，再越过一个高岗，就是一片累累的房屋了。爷爷家就在这片房屋里。满园的樱桃花粉粉的，有蜜蜂落在上面，像一个个圆嘟嘟的小球。浅浅地笑着。从此我对粉色充满感激，在我的印象里，它是世界上最温暖的颜色。这座山上阡陌纵横着许多歧路，走了几次，再走，仍如哪本古书里讲到的迷魂阵，让人摸不着头绪。东面是中苏边境地线，那是个红眉毛绿眼睛的鬼蜮的世界，落在他们手心里结果是不能想象的，脱不了剜眼挖心的结局。我和姐姐偷着走山路看母亲，一路上心像高高悬起的米袋，竟然走对了。

怕耽误功课，住一宿就要赶紧回来的，母亲送我和姐姐上车，我哭着不肯走，说："妈，你把我送上车我再下来。"还是走了。母亲给我和姐姐做了许多漂亮的衣服，找人捎回来。父亲是要连捎衣服的人都要骂的，不可理喻将那些新衣服夺去烧掉。有一件粉绸上衣，镶着纤巧的黄牙子，前胸一边一朵小嫩黄花，我发魔的喜欢，但要瞒过父亲的眼。我想了个好办法，在学校里穿，放学放进桌膛里。同学们都知道了这件事，不知谁告诉了老师，他是后母的儿子，他故意将它拿到讲台上高举着展览，同学们跟着起哄。不配碰着却偏偏碰着我衣服的粗兮兮的大黑手，长满恶心的猪毛。我静静地坐在那里，对这双手和世界上的一切充满鄙夷。

终于寒假我去爷爷家和母亲住了一假期。开学回来母亲给我穿戴得整整齐齐，衬衣衬裤，袜子，自母亲走后我就不再和这些东西沾边了。那晚正巧赶上放电影，见到父亲已经很晚了，我没有选择地在炕头一件一件脱着这些东西，父亲竟没有发火。他在这样想吗？回来了就还是我的，几件臭衣服算得了什么呢？父亲不想太伤我，他认为那是愚蠢的，他要做的是把我的心从母亲那里拉过来。他知道这样才是硬道理。

父亲那时是爱我的，虽然他有些顾不上我，但我明白，他爱我。早春的阳光里他用篦子一下一下给我刮虱子。成堆的圆滚滚的虱子在炕上爬着，我忙不迭拿指甲追着碾。父亲说，看你喂的这一口口小肥猪，埋汰死了。我咯咯笑。他把我的心从母亲那里拉过去他是做到了，那些年在我心里他的位置是明显高于母亲的，但不知为什么我的语言、态度却是明显倾向母亲的。比如父亲问我：如果离婚你跟谁？我会毫不犹豫地说，跟我妈。有时他喝多了，会直言不讳地和我们说起那个女人，我每每气涌如山地咒骂起来，有一回他解下裤腰带狠狠抽了我。虽然我和母亲疏远了，我还是要跟母亲。这是因为在我心里父亲做的是不好的事吗？是邪恶的一边。而我跟母亲是要站在正义的一边？

　　父亲和母亲终于离婚了。我在离家十几里的乡级中学读书，寄住在乡长家里。早晨上学路上在中学教书的四哥骑着车子从后面追过来，对着他红红的眼圈，我听到了这个石破天惊的消息。我判给了父亲。木头做成了船停在了那里，一切已是铁定的事实，我也绝望地哭起来，母亲虽离家多年，但总觉得还有回来的可能，拖一天有一天的希望，我们那个厚实的大家庭还可以维持下去。现在一切都完了，不放开嗓子哭还等什么呢？

　　一年后那个女人进门了，给我买了好多新衣服，我的心竟被笼络了，接纳了她。然而毕竟她是母亲和我们这个家的仇人，而且是天生爱计较的女人，我们很容易便为一点儿小事吵翻了，接下去的岁月不断升级，烽烟四起。好在我住在学校里，很少回家，日子竟也对付着混过去了。高考前夕我自作主张放弃高考，回到家里，我有着自己的一套关于未来的计划，我要按照自己的设计走下去。父亲是不满意的，后来我才知道他在我身上寄予了多高的希望，他希望我做个大学生，完成他一个愿望。我的一意孤行、幼稚无知严重挫伤了他。春节过后我们终于彻底吵了一架，我收拾走了全部东西，发誓再也不回这个伤心欲绝的家。这是我老屋的结束。

　　后来我辗转在一些乡村教书。母亲这时结束了多年的漂泊生涯和搬到城里的大哥同住，大哥特意为她在房西头接了两间屋，我寒暑假就和母亲同住。这时候我依然不知道一个家该是一副什么样子，我二十一岁了，可我不知道家是什么样子。大哥做一个新大门，我和侄儿打下手。两根大门柱脚，大哥比了又比，瞄了又瞄，额上泌出细如露珠的汗。干干净净的院子，板板整整的柴垛，晾衣绳上嫂子挂出的花花绿绿的衣裳，飘着清凉的皂香。我的心涌起温馨的感觉，我告诉自己："这就是家。"虽然它不是我的，可我住在这里，也算是我的家了。这是我长这么大第一次触摸家的感觉，所以至今还记得。我一直不明白，是残缺的家让我踏上流浪之途？还是漂泊的天性造就了残缺的家？

今年春节，因为大哥修改房子，我和母亲暂时搬到乡下，拼凑起这个临时的家。

夏末一个黄昏，写至高潮处突然发现墨水告罄了，急匆匆去买。不知那天秋风早早装进夏的背篓里，夜幕拉下来了，大街上如落幕人去的空寂的剧场。我被凄紧的风裹挟着，摇荡在这空寂的剧场里，像浮在鸣声溅溅的河面上。就这样被不由自主推着裹着，飘乎乎，腋下生了翅膀般要离开地面。我急得要哭了，想起了"人生无根蒂，宛若陌上尘"的句子，我和母亲都是无根的人，随便一阵风就不知把我们刮到什么地方去。站在满堂的灯光里，看着母亲的笑脸，我感到踏实了。

这灯光和这笑脸是我在这世上唯一抓得住的东西呀！

那晚我做了个梦，梦见我和母亲永远地住在了这里，顽强地把这个家维持了下去。醒来说给母亲听，母亲笑笑直说我傻。我不再说了，我去想那些乱飞的尘沙。它们，又飞到哪里去了？又飞到哪里去了？

作者简介

张善梅，女，绥芬河建新村人。著有短中长篇小说若干。电视剧电影若干。现居北京，为职业编剧。

我的内疚织成网

金鲲

天上飘着的云有没有眼睛？有吧！云看到花朵风吹日晒的时候，常常会心疼，飘落到地上的雨滴，就是云的眼泪。

十八岁那年，我离家去外地上学，远离父母的我好像变成了天上飘着的云。

远在外地的我，常常思念父母的家，爸爸是家里的树，妈妈是家里的花，弟弟妹妹是家里的小鸟。小鸟的翅膀还没长硬，只能站在大树的肩膀上唱歌、吵闹，吸吮着花的芬芳撒娇地笑。

每当我思念妈妈的时候，脑海里常常弹出"眉似远山不描而黛，唇若涂砂不点而朱"的诗句。因为妈妈美得就像一朵花。和她共事的张阿姨说她的脸长得就是好看，破麻袋片子披在她身上都挡不住她的美丽。她的学生说："我们老师没有太多的衣服换着穿，但是我们老师漂亮的脸穿什么衣服都好看，别的老师漂亮的只是衣服，我们老师漂亮的永远是脸。"

二十世纪七十年代的孩子不会说"天生丽质"这个词语。我家邻居说我妈妈长得像电影明星秦怡，他们喜欢来我家要妈妈的照片，把我妈妈的照片放在自家相框里最显眼的位置，因为那个年代，每家墙上的相框里装着许多黑白照片，朋友、邻里之间最好的关系就是你的照片在我家的相框里。

小时候可能是看惯了妈妈的脸，没有觉得妈妈长得有多漂亮。记得在我上小学二年级的时候，有个同学趴在我耳边悄悄地告诉我："你

186

不是你妈亲生的，我在邻居家看见了一张你亲妈的照片，你妈长得可美了。放学以后，我领你去看看。"听了她的话，我一节课都没上好，迫不及待地等着放学后去看我亲妈的照片。

在她的邻居家，我看到了亲妈的照片，那是一张妈妈和爸爸的合照，和我平常看到的黑白照片不一样，它是上了颜色的。妈妈梳着长长的辫子，额前的刘海遮着一张圆润的脸，浓黑弯曲的眉毛下闪着水波一样的眼神，微启笑容中闪露出珍珠般的牙齿，照片中的妈妈还戴着一串珍珠项链。

我回到家里，放下书包，拉着做饭的妈妈跑到灯下仔细端详，看着看着，我笑了，因为照片中的妈妈嘴角下长着一颗美人痣，活生生的妈妈也有一颗美人痣。只是有了四个孩子的妈妈，在学校是四十多个孩子的班主任，每天忙着教学、忙着批改作业，还忙着家访，她的脸已经变得瘦削，但笑容里依然荡漾着美丽。

爸爸在年轻的时候，曾经给妈妈写情书说她像盛开的牡丹。牡丹花有多美，一定像歌唱家蒋大为唱的那样："啊！牡丹，百花丛中最鲜艳。啊！牡丹，众香国里最壮观，有人说你娇媚，娇媚的生命哪有这样丰满……"

牡丹花开，群芳皆惊。妈妈的美丽，是我心中的骄傲，无论远在他乡求学、工作、成家、生子，每次回家，我总是让爱摄影的爸爸为我和妈妈拍照，厚厚的相册里记载着我和妈妈的时光，也记载着妈妈的美丽。

二〇〇五年的春天，一切都是欣欣然的样子，新绿、嫩绿、鲜绿、翠绿，在潮水一样涌来的绿色里，一股寒流击中了妈妈。

远在外地的我，接到妈妈的电话，她在电话里告诉我她的身体不舒服，右耳突然听不到声音，需要我陪同她去哈尔滨看病。我放下手里的工作，连夜坐车回到她的身边，第二天带着她走进了医院。做完了脑部核磁医学检查，医生喊我进去，告诉我妈妈脑部听神经部位有肿物，需要再来一遍核磁加强检查。听了医生的话，我的心缩了一下，脑袋嗡的一声，眼泪哗地涌了出来。此时，妈妈从检查室走出来，我转身抹了一下眼泪，笑着迎向她，告诉她核磁仪器出现故障，需要重新再来一次检查，妈妈用疑惑的眼神看了看我，很听话地又进去做了一次检查。

当日下午，我找到给妈妈看病的医生，他告诉我妈妈耳朵失聪是脑部听神经部位出现了肿瘤，医学术语是听神经瘤，影像显示已经有鸡蛋黄那么大了，需要开颅手术取出，手术的结果是能保证病人生命的延续，但手术后遗症是会破坏面部神经，病人会出现面瘫，直白地讲就是变得嘴歪眼斜。

这样的一个消息，在我听来就是晴天霹雳，但当时的我异常冷静，打电话告诉爸爸准备好现金，妈妈已经办理了住院手续，手术定在第三天的上午。当日傍晚的时候，爸爸坐着火车带着现金赶了过来。我看到爸爸的时候，根本顾不上掉眼泪，带着他去见了妈妈的主治医生。医生把手术最好的结果和最坏的结果给我们讲了一遍，爸爸的脸色变得有些凝重，我的心变得有些沉重。走出医生办公室，我坚持给妈妈做手术的信念很坚定，甚至对着医院的墙壁默默祈祷，希望妈妈逃过此劫难，让生命的花朵延续十年，我就心满意足了。

我和爸爸走进妈妈的病房，爸爸故作轻松地对妈妈说："我刚才去见了主刀的医生，他是这个医院的技术权威，你的手术没问题。"我看见妈妈的脸上有了笑容，她闪着水一样波纹的眼睛里荡漾着喜悦，她微微翘起的嘴角好像美丽的月牙，这个唯美的画面成了我脑海里永恒的瞬间。那一夜，妈妈睡得很香甜，而我和爸爸却一夜难眠。

第二天，弟弟、妹妹都赶了过来。妈妈开始做手术前的准备，因为是头部手术，头发需要全部刮掉。给她刮头发的护士走了过来，妈妈长长睫毛下的两颗眸子像荷叶上跳动的露珠，漂亮的眼睛里藏着惊恐。当妈妈的第一缕头发被剃头刀连根刮下来的时候，一颗晶莹的泪珠滑落到地上……

在我和弟弟妹妹的眼里，妈妈的身体素质和同龄人相比应该是头牌，已经六十岁的她，常常在乒乓球台前挥着球拍左推右挡接着飞过来的银色小球，她展示着自己灵活的身姿，好像在追赶着飞舞的蝴蝶。这次突然的病情，让家里人的心情陡然降到了冰点。当妈妈从手术室里被推出来的时候，我看到昏迷中的妈妈嘴角还很端正，我悬着的心放下了。下午，我在护士的带领下去重症监护室看望妈妈，妈妈已经醒了，我握着她的手，看到她的嘴角已经歪斜了，我的眼泪控制不住地流成了河……

医生告诉我们，妈妈的手术很成功，肿瘤已经取出。那一刻，我没有欣喜，妈妈的面瘫成了我心中的结。妈妈自己也过不去面瘫这一关。她的脸因为手术不可避免地伤到面部神经，嘴角向面部的左侧歪斜，右眼已经不能自如眨眼，睡觉时需要用手轻轻合上眼皮，还露着一条微小的缝隙。手术后的妈妈，好像患上了自闭症，原来的亲朋好友她都不见，有时在屋子里听到敲门声，就好像没听见一样，自己愣愣地一个人发呆。

半年后的一天，妈妈的同事王阿姨来了，她很执着地敲着我家的门，并且站在门外，一边敲一边劝着我妈。一个小时过去了，妈妈终于打开门，把王阿姨让进屋。

王阿姨是个性格开朗的人，她进屋对妈妈没有嘘寒问暖，却是一顿劈头盖脸地教训，她还撩起自己的衣服让妈妈看她乳腺癌手术的疤痕，说着说着，王阿姨和妈妈一起大哭起来，她们的哭声里释放着对生命的热爱。也许是王阿姨的话起了作用，妈妈开始在自家的小院走两步，但走出小院的大门，妈妈还是没有勇气。

妈妈容貌的改变成了我心中挥之不去的隐痛。我后悔当时给她做手术的决定；我后悔没有带她去北京看更好的医生；我后悔面对妈妈的病情，如果选择不开刀，妈妈的美丽就会一直还在。落寂、惆怅、心疼，我的心被一层层包裹着，深深的自责永久地横在心头。

"眉眼含羞合，单唇逐笑开。"这样的时光已经远离了妈妈。妈妈每次笑的时候，担心面部错位让自己的笑变得不雅观，总是捂着自己的嘴，小心翼翼地笑。

过了一年的时光，妈妈终于战胜了自己敏感的心，她踏出家门看望朋友、上街购物，有时还去早市。此时的她，给自己准备了很多口罩，她还是不想让别人看到她的面容。现在，因为疫情需要，每个人都戴着口罩，这让妈妈把戴口罩不看作是自己出格的表现了，也放下了自己的心理负担。

算起来，妈妈做脑部听神经瘤手术已经过去了整整十六年，超出了我当时祈祷只要妈妈多活十年的奢望，感谢上苍对妈妈的厚爱。

妈妈被一场疾病夺去了美丽的容貌，这是她的心痛，更是我的心病，如果我不坚持手术，是不是就不会毁了妈妈的美丽呢？我的内疚已织成一张无形的网，弥漫着感伤与无奈……

作者简介

金鲲，绥芬河市作家协会会员。擅长散文。作品散见《中国铁路文艺》《远东文学》《人民铁道报》《黑龙江日报》《哈尔滨铁道报》及新华网、人民网等。

寻找儿时乳名

时俊玉

记忆这东西有时不经意就会来到面前，来到心中，很多年后的今天，我突然记起了自己的乳名。父母给我起的那乳名，让我暗暗在心里蒙羞了很多年，也伤痛了很多年。

我的乳名叫代小，叫起来总觉得怪怪的，哪像人家女孩儿的名字，叫花呀，梅呀，我非常憋屈，感觉父母不喜欢我，才给我起了个这么奇葩的乳名，像影子跟着我，甩也甩不掉。我跟父母抱怨过很多次，能换个名字吗？父母不知道当时的我是多么在乎名字，就说这名字多好啊！响亮。我听后彻底绝望了。每当听到有人叫我这个乳名，我的心都在呜咽、都在抗争，感觉别人是在有意开我的玩笑，让我当众出丑，我讨厌有人提起它，更在乎人多的地方听到有人喊我的乳名。我恨不得把自己的乳名给深深地挖了个坑埋了，给弄丢了，给扔进泥潭，扔进对父母抱怨的时空里，让它在我的记忆中抹去，从我身边熟悉的邻居、伙伴、同学的记忆里根除。

那时候，我家住的平房子里有一铺大炕。早晨天刚有一点微明，还有几颗星星挂在天空上，屋子里黑幽幽的，窗户上还挡着小花窗帘，我把被子往头上拽了拽，蜷缩着身子继续睡。母亲像往常一样蹑手蹑脚，穿好衣服坐炕沿上，穿上鞋，轻轻推门走进厨房。父亲也悄悄起床跟着走出了门，听母亲说，给你做一碗鸡蛋水，喝了，你好上地干活。父亲说，嗯。母亲把大锅下的柴火点着了，跟父亲说，你把院子外边的玉米秸秆抱来一大抱。父亲答应着走出去，又传来母亲刷锅淘水声，不一会儿父亲抱来了玉米秸秆往地上一放。母亲说，你先坐在这里，帮我烧烧火，我热一下水，你好洗脸。父亲总是听母亲的吩咐，锅里的水吱吱地响了一阵就开了。母亲把热水舀到脸盆儿里，又舀半瓢凉水，父亲就去洗脸了。母亲在小筐里头拿出两个鸡蛋，在锅沿上碰了一下，鸡蛋裂了纹，扒开蛋壳，鸡蛋滑溜进锅里，鸡蛋卧好了盛到碗里热腾腾的，叫父亲赶紧趁热吃了。吃了热乎乎的鸡蛋水，父亲上棚子，拿一把镐头和一把耙子，还有一个大筐，上房后的地里干活去了。临走，母亲说，快到点时，我喊你回来吃饭。嗯嗯，父亲应着。

父亲上地了，母亲轻推门进屋看了一眼，我们几个孩子都在那呼呼大睡。她悄声拿了样东西，又出屋了，母亲上院里给小鸡准备食物去了，她从袋子里取出些玉米皮子放盆里，又切了些前天挖的婆婆丁，还有她用大锅烀的秋天放菜窖里的小土豆。她把这些小土豆捏碎了，放在鸡盆里，又清理了鸡窝边木槽子上面粘的鸡毛和碎柴，才把鸡食又倒进了地下的木槽子里。母亲看看天还早，没有放鸡。进棚子里把十多个下蛋筐通通看了一遍，没有草的再放点儿草，让鸡舒服些，下鸡蛋的窝都是旧土篮子，筐把摘掉，就剩土篮子头了，放上一些父亲秋天割的乌拉草，软软的暄暄的，把引蛋放到筐的中央，这时，有的引蛋都在筐边沿快掉下来了。

引蛋是什么？就是引导母鸡快点下蛋的那个"鸡蛋"，一般都是做个假鸡蛋。做假鸡蛋的时候，把两个真鸡蛋砸出小孔，把里面的蛋清和蛋黄一点点倒出来，把两个蛋壳装上少许细沙后扣在一起放在蛋筐里。下蛋筐在棚子进门左侧排一溜。母亲整理好这些，把棚门关上。

太阳已经爬出了山头，红光洒了一地。母亲来到鸡窝前，打开鸡窝门，呼地一下子，窝里的鸡就连跑带飞地蹿出来。最后出来的是大红公鸡，扇动翅膀，欢蹦乱跳，锯牙似的深红色的鸡冠子支棱着，眼睛骨碌着直奔母鸡冲去。母鸡吓得东躲西藏，公鸡咯咯叫个不停，羽毛金丝金鳞，像绸缎，漂亮的长尾羽翎弯弯着，随着抖动的翅膀，鸡毛飞上飞下落在院子的各个角落。再看白色芦花鸡和黑色芦花鸡，正嘴对着嘴，鸡脖子上的羽毛都立起着，怒目圆睁，张弓拔剑，一触即发。其他的鸡吃饱喝足了，有的下蛋去了，有的在棚子边慢腾四稳走着，有的刨石头子吃，有的进菜园子里啄虫，反正菜园子里还没有种上菜，木头障子都倒了，让鸡刨去吧！

母亲这时拿了一把锹和盛鸡粪的破盆，清理鸡粪时，还能掏出个软皮鸡蛋。看到软皮鸡蛋，母亲就会心痛，这说明有只鸡头一天叫人给打受伤了，鸡蛋还没有形成硬壳，就下出来了。母亲就会找这只鸡，就好像一个大夫正在寻找一个病人。鸡窝不大，就在住的房子的右下角，借墙根垒的，能装二十多只鸡。清理完鸡粪，母亲端来一盆儿柴火灰，是早晨从炉子和大锅底坑里掏出来的，一部分灰倒进了厕所里，另一部分铺鸡窝，这样鸡窝就干爽了，晚上鸡回窝里会很舒适的，能多下蛋，母亲就开心了，因为这是我们家有名的小"金库"。

棚子里还有很多东西，有一大堆煤在里头，却从来没见母亲烧过。每年快到冬天，火车运煤时会掉下一些煤块儿来，我们几个孩子拿着父亲编的小筐，放学后中午或者晚上就会沿着火车道一面走，一面眼睛睁得大大的到处寻找煤块儿，要是两个孩子，就一边火车道儿一个。母亲嘱咐好多遍，听着点儿车，有车就赶紧离开，别光顾着捡煤忘了躲火车，我们说知道了。

我们这个小站不大，十户人家，家家父母的岁数也差不了几岁，孩子最多的一家是李大娘家，有八个孩子，名字起得非常瓷实，叫金子，银子，钢蛋，铁蛋，铜蛋。光听名字就能看出这家一堆小子，孩子岁数也都差不多大，捡煤这项任务都由孩子担，只不过有的认真，有的贪玩。我们家是勤快的，捡得最多，这些煤一块儿一块儿捡回来，就像捡了一大堆宝贝一样高兴，几年光景下来，就攒了一大堆。

小站四周被铁道包围着，房屋距离火车道不到 50 米远吧！火车从小站的两头开来，一面是从绥芬河开往牡丹江方面的，每天下午1点10分左右从绥芬河站始发，黑色的大火车头，红红的大车轱辘，拉着十几个绿色车厢，沿线的旅客都可以乘坐这趟客车去牡丹江各站，到我们家站3点半。4点至5点多钟，有一列货车也是从绥芬河站始发，这列货车拉的全是黑煤、大木头、油罐，听说是从俄罗斯进口的，一趟货车十几节车皮，有时甚至上百节，两个火车头或者三个火车头拽着走，从细鳞河站开始就是上坡道了，火车声音特别大，咣当咣当，像喘着粗气的老黄牛，声音传得很远很远，坐在炕上就听见远处火车开到了什么地方。

火车头冒着滚滚黑烟，像是一条巨龙翻腾在天空中，散开后变成大片大片的乌云随着车头在山坳里飘动。转过山头就能看见火车了，从听到声音到开进小站，大约半个小时，冬天时间还会长一些。站在家门口的石头台阶上眺望，火车道南的铁轨半个圆，有时好奇，数一数这列车有几节车是拉木头的、拉煤的、拉油罐的。车开得很慢很慢，像老人背着一捆烧柴，弓着腰夕阳下爬坡，很是吃力的样子。

一直看到火车身子转过山头，尾巴还甩在前面的拐弯处。要是火车拉的货少，跑得就快，一眨眼还没看够就不见影了。从牡丹江开往绥芬河方向的车经过磨刀石、下城子、马桥河、太岭，再从我家门前小站路过，车速快，因为都是空车。从太岭开始就是下坡道了，车上完水后，启动几分钟就到我家小站了，时间长了就有经验了，竖起耳朵凭声音就能判断车到什么地方了。

我们站的孩子上学，都要坐火车到邻站的乡镇中学。每个星期一的早晨，都要起早赶坐火车上学，条件很苦。夏天还好，到了冬天，赶上下大雪，凌晨4点多钟，母亲就把我们都叫醒了。起床推开外屋门，看到一片白茫茫的世界，天空还星疏月朗，远处山影影绰绰，雪地上泛着青光。

北方的冬天极寒，吐口唾液还没有落地就冻成了冰坨。不管你穿得多厚，围巾帽子捂得再严实，赶上刮风天，也会让你哭天抹泪的。母亲一面做饭，一面去屋外听车到什么地方了。车没有固定的时间点，外地上学都带一个星期的口粮，有大包小包，菜饭。火车就一个车尾厢能装人，剩下的都是大高空车皮、油罐，还有拉木材的平板车。因为这趟车去绥芬河是空车，到绥芬河装上煤炭和木材油罐往牡丹江这边运。原来这个小站不停车，是铁路领导申请，才在各个领工区站早上停车，拉铁路家属孩子上学。

　　上学撵车的过程有哭有笑，听到车在上一站发车，心里就开始发慌，快跳到嗓子眼了，恨不得长两条飞毛腿，插上翅膀追上火车。我们来到铁路旁的人行道上，十几个孩子冻得瑟瑟发抖，十几个家长在身后远处瞄着。火车头从防空洞拐弯处一露头，我们就准备起跑，当车头呼啸着从身边开过，带起的风和雪冰壳子打在脸上，睁不开眼睛。风速瞬间能把帽子掀掉，是朝前跑还是向后跑还拿不定，这得看车身长还是短。紧张的气氛让人窒息，车头都过了小站，还看不见车尾。这次车拉的车厢很长，我们就开始没命地向后跑。车渐渐停了，车尾还在远处，加速冲刺，好不容易抓住铁把手上了车，车就渐渐启动了，眨眼就快起来。一次奔跑，一次考验，心还在怦怦跳得厉害。总算赶上火车了，上学不能迟到了。挤进车厢，学生站得满满的，这个车尾厢就一个单人座位，靠在车窗边的座位是列车长坐的，再就是进门的左右两侧有两个长条椅子能挤四五个人，还有一个铁炉子在中间烧着煤，红红的铁盖和炉体散发着热量，四周围着铁栅栏，学生都围在一圈儿，身体向外倾斜着。

　　从拉面河站就上学生，到太岭站上学生，到我们站再上学生，实在挤不进去了，就站在车尾的过道上，手死死抓住车外的铁栏杆。听见车开动带起的风呼呼作响，精神高度紧张，隆隆的车轨声音伴随着轨道两侧的大山和树木向后飞逝又很兴奋。有时车短，就向车头方向跑，有经验的老司机就会让我们少跑不少路。把车尾厢停在离学生近点的地方，没有经验的司机把车开得很快，不知道想什么呢。随便把车停在他想停的地方，忽远忽近，更可恨的是夏天的时候，看着我们跑来跑去还在那笑，真想骂他一句，停车就不能有点数吗？

有一次，我看到车尾实在太远了，赶不上了，就掉头向车头跑去，还好司机让我上去了，车头里有很多仪器，一边一个司机在窗户边坐着，头伸向窗外看向前方，一个大锅炉，手紧紧地把着司机告诉的扶手，看着烧锅炉的师傅脚踩了一下地面机关，锅炉的门向两侧打开，炉里的红色煤炭还有火苗烤得我脸发烫。师傅拿着锹把黑煤往锅炉里扔，用脖子上的围巾擦脸，脸都擦成黑色的了。车晃得厉害，到拐弯时特别摆动，真像一条真龙，至今我都没忘记，想起来就有点感慨！就因为上学赶车难，很多孩子没上完初中就辍学了。我的父母没有上过学，斗大的字不识一筐，但对文化知识的重视程度从没有改变，无论面对多大的困难，他们也要咬紧牙关供我们读书，不让任何一个孩子辍学，直到坚持每个孩子读完高中，考上大学。

那年高考，我没考上大学，后来在母亲的哀求下，父亲咬紧牙关允许我复读了一年，结果我没用心，白白复读一年又没考上，辜负了父母对我的希望。要是早知现在，当初努力一把，完成父母的心愿就好了。在撵车的那些年里，我锻炼得腿能跑，每年学校过"六一"我都报长跑比赛项目。那年月，火车是通向外界的唯一交通工具，乡亲都记住了火车的时间点，还记住了火车冒出长长的黑烟，这是我们最熟悉的火车线路图，火车承载着我们成长的时光走远了。

棚子的上端还吊了两个筐，一个装的是上年五月节剩的粽叶和蒲绳，另一个筐里有干辣椒、干豆角、土豆干，装得很满。还有两个筐吊在棚梁上，装的是萝卜缨子和芥菜缨子，棚子的边缘上还塞着玉米叶子，一小把一小把捋得很板正，夹在棚子的缝隙中，这都是母亲秋天时储备过冬用的。母亲用这些玉米叶子做成很多双鞋垫，每个孩子分两双。再用这些干菜缨子泡上两碗黄豆磨成豆浆，做成小豆腐。母亲会叫着我的乳名，让我给邻居家的婶婶大娘一家送一碗小豆腐，邻居们会叫着我的乳名，开心地说声谢谢。我当时听不见他们叫我名字，只看见他们微笑着说话，我也笑着点头。

棚子的右侧还放着一排农具，有镐头、锄头、镰刀等工具，父亲对待它们像宝贝似的。还有一大捆艾草编的大辫子绳吊在梁柁上，那是用母亲端午节前在地头道边割的艾草编的。每年她都割几大筐艾草回来，晒在家里的柴垛和门前的台阶上，晚上收起来，早上出太阳后晒出去，直到把叶子晒蔫了，杆儿不脆了，柔软了，这样就容易编出艾草辫子。母亲说，这艾草要晒得恰到好处，不能把叶晒掉了，如果晒掉了叶，编出来的艾草绳发硬，点火时不爱冒烟，熏蚊子的效果不好。带叶子编出来的艾草绳柔软，不起火苗，就像抽烟似的，点着后把火苗吹灭，它就自己燃烧了，冒出来的烟特别浓，味好、效果也好。

夏天父亲早起上地，天刚蒙蒙亮，那时的雾还未消，露水大，地里的蚊子特别多，咬得人满头起大包，又痛又痒。这时，父亲就把母亲编的艾草绳拿出来，在头顶上围一圈儿，伸出来一截用火点燃，没一会儿，艾草冒出来的烟就把蚊子都赶跑了。那是母亲发明的独门暗器，后来母亲把这一经验分享给了邻居，我很少看到别人使用，可能是他们起得早，我没有机会看到吧。

太阳升高了，雾也散了。那边父亲在地里忙碌，这边母亲把早饭做好了。母亲站家门前最高的台阶上，望向父亲地里干活的方向，高声喊，吃饭啦！哎，父亲响亮地应一声。这时候，我们这些孩子还在睡懒觉呢。母亲使劲开屋门大声喊，几点啦还不起，代弟、代小、代兄……这些孩子的乳名，在母亲嘴里像崩豆似的就炸开了锅。知道啦，别再喊啦，我们说。知道还不起来，快点儿，你爸快回来吃饭了，你们吃完饭上学。母亲是个急脾气，叫第一声时很轻，叫第二声时，声音就有点儿上扬了，第三声就变腔了，会很严厉地呵斥，再不听，就去拎耳朵了，我可体验过多少回了。

时光过得真快啊！过去的事情，仿佛就发生在昨天，一点一滴堆满了我的记忆。孩子的乳名，它代表着父母的期望和对生活的热爱。父母给我起这样一个乳名，当初也是煞费苦心的。记得小时候，我看过一部叫《甜蜜的事业》的电影，电影里那家孩子的名字，大的叫招弟，二的叫代弟，三的叫领弟。偏偏这家人生的都是姑娘，就盼个儿子，所以给女儿起的名字后边都带一个"弟"字。我想我的父母，大概是看过这部电影，盼儿心切，便给我起了"代小"这个乳名的吧。现在想想，我当时是多么幼稚呀，不懂父母的心思，觉得"代小"这个乳名不好听，心生怨恨，想想真是又可气又好笑。

如今，几十年过去了，我的乳名没人记得了，就连我自己都快忘记了，找不到了，真是可笑又悲凉。就这样，时间永恒，日月不居，家人也不再唤我们的乳名了，取而代之的是老大、老二、老三。

我多希望他们能再喊我的乳名呀！让我的乳名再现一次生命力，从记忆中活过来。妈妈喊着我的乳名，你这个死丫头，回家吃饭啦。爸爸喊着我的乳名，你怎么还不去上学？时光回溯到儿时，我倔强地嘴里咕哝着说，别喊了，难听难听，难听死了！而现在回想起来，他们喊我乳名的声音，听着是多么熟悉、多么亲切、多么幸福呀！

代小，快回家吃饭啦，代小，你作业做完了没有？代小，背你妹妹玩去，哎！母亲，我听见了……

作者简介

时俊玉，女，绥芬河市作家协会会员、萧红文学院绥芬河骨干作家班学员。作品《防空洞》获黑龙江省建国 70 周年"我和我的祖国"主题征文三等奖。

一天秋

王涛

一

我从熟睡中忽然醒了,是厨房传来的"叮当"声惊醒了我,那时我正做着华胥梦,梦境使我留恋,飘飘然,云山雾罩,亦是亦非。现实的不足,统统在梦中得到了充实。处于半眠半醒状态,正在感受回笼觉余香,努力再续前缘之时,忽又传来一声"叮当",我就完全清醒了。醒来浑然不解身外梦,客在他乡的惆怅,心中只是懊恼,嘴里磨不开说。究竟做了些什么梦,已经回想不出。

"唉唉,干吗起这早?觉都睡不好。"片刻的静寂,厨房里没有回答,跟着是趿拉鞋磨蹭地面声,蹀躞的脚步由近渐远,是开门的声音。我猜想这是侄女出屋泼脏水去了。

"唉唉,若是住在城里楼上,定然不会有这种麻烦,也不受这番搅扰,可这偏是乡下。秋收季节,农民怎能安心睡到天大亮?耽误睡觉,也不能耽误干活。"通向厨房的走廊传来咳嗽声,炊具碰撞声亦愈烈。我知道方才我说的话等于没说,自觉无意义,也只好放弃。

我的宿处是侄女家厨房对称的"老少间"———一个不很小的单间,屋里存放一些杂物。火炕烧得通热,隔着褥子还热得辗转反侧。小屋与厨房一扇门距离,不隔音,稍微有点动静,听得真切,况且笨手笨脚不加小心。几天繁劳实在疲乏,又择席睡不踏实,起夜也不及自己楼上方便。脸上消瘦出黑眼圈来……

打春起,侄女身体欠佳,疑是害了不好的,看医生检查,大医院去了没遭数，花了十余万元钱却无结果。杭好杭歹，兀自不安心调养，尤其是秋忙，脚打后脑勺，还是忙不迭，极头麻化找帮手。夜儿个的夜儿个我就过来帮闲。侄女家供两个读书的孩子，女儿读大学，小儿上小学，一年要老些学费，苦了自己，也不能苦了孩子。用钱堆，也要将孩子堆出去。生活永无止境，也怀希望。

"唉唉，果真好模好样的，这样劳累，已然花甲的年纪，我才不屑一顾呢！消消闲闲躲在城里，饮茶赏花品诗，岂不快哉！"不期然而然，耳闻目睹侄女的身体状况，带病劳作情形，也就断了躲活偷闲的念想。

不要小眼浮皮儿只看农民的日子如何好过一点，那是实打实的土里刨金，谁也不会屙金尿银，都是辛苦劳作，这般的劳作是受生活的挤压。

我费劲儿坐起身，睡意未央，强打精神头儿，伸歇伸歇慵懒僵硬的胳膊，向屋棚打了个哈欠。

睁眼巡视屋后场地，却也宁静，似乎都在沉睡中。偶然从透明的玻璃窗外传来窸窸窣窣动静，并不十分响，夜空也不黑暗。乌蓝的穹隆浮游着小朵云，薄如舒展的纸；而聚厚的形状各异，无秩序并列，似腾飞的山，又如流泻的川谷，阴沉沉露黑露白。星星的微光在后面忽隐忽现，忽明忽暗地眨闪。西方天空一片月牙嵌在云隙间，直竖的灯杆顶头悬吊一盏彻夜不熄的电灯，冷清地照着霜花；长长的灯影延伸到虚空，大卯星落了，太阳还没有升起，旷野愈加深邃辽阔了……

拂晓刮起阵阵凉风，掀动苫布边角，呼啦呼啦地响。树头不停摇晃，吹着哨音，枯叶簌簌坠落；鼠类从不懒惰地趁着黯黑掩护行窃，在狗的眼皮儿前窸窣；狗被一根铁链固定在一度的范围，睚眦必报地狂吠；栏棚里反刍的牛在倒嚼；窝里鸡也不安地喧噪，雄鸡"喔喔"啼鸣，恪守不变的规律。

我蹩出廊檐，海涛眼不再惺忪了。早起的侄女婿房前屋后打趸摸儿，拾掇碍事的物件，为今日拉庄稼腾地方，阔场面，打基础。

天色愈来愈亮，存在物逐渐清晰可辨。侄女婿穿着没颜落色的黄棉袄，手里握着二齿杈子在挑豆秸，麻花了的袖口沾着碎屑，稍长的头发奓翅着戗风而立，口罩遮住了半边脸，孜孜汲汲挥舞手里的杈子，灰尘扑面。他扭了扭头，冲着清理牛圈粪的我寒暄，眉眼间露出灿烂的笑容。

侄女提溜一桶饲料走来，打开鸡、鸭、鹅架门儿，家禽们各自争先恐后跑出，白鹅扑扇着翅膀，大红眼边儿的鸳鸯鸭，面对面喑哑地相互点头儿，鸡也赶来凑热闹，鸽着槽里糠秕谷屑，苞米蹅儿，剁碎的菜叶儿，鸡爪儿探进槽里，不识闲儿乱翻腾，泼泼洒洒。

侄女扬手掏了掏，不温不火儿詈言咒骂道："攘业玩意儿，不够操心的！"

回身扶正一个歪斜的槽头，拥起拱倒的铁桶，去给牛饮水，添草料了……

看侄女干活的虎实劲头，行走如飞的模样，谁会相信她是个病人？但凡一近灰尘，闻到烟味，哮喘却十分骇人。我又有烟瘾，吸烟时只好躲避她，怕因此而引发侄女咳嗽。这会儿，她从草棚背了一大包豆角皮儿，路过豆秸垛前，一阵风刮来，卷来一团浮尘，从她头顶飘过，她便丢下草包儿，捂着嘴弓弯腰一声紧迫一声不住声地咳。咳喘罢，憋红的脸渐渐缓和了，说话的声音也高调了，瞅什么都觉得各扭儿，不顺她的眼，指指点点，排揎一通：犁杖怎么不放在牛栏西边？铡草机也不用，就不能挪挪窝？豆垛底也不铺上苫布，掉的豆粒儿怎么收？草木狼藉的也不清理清理？一团糟，真不知道你这一大早都干什么了，竟做猫盖屎的事儿……

侄女婿只是不作声，回头一笑，仍旧干他的活。侄女发几句牢骚，心情开朗地与路人搭讪。

侄女家养了大小十六头女牛、牛犊；还有一大帮鸡鸭鹅，这些张嘴讨食的东西，每日必得喂饱喝足水才不闹腾。

佺女家耕种了十几垧山坡地，一片一片，零零碎碎，用不了机械收割。单靠自家人手也忙不过来，只好花钱雇些人。大片黄豆地前几日以每垧一千三百元承包给一伙割地的，快手每天每人能割三四亩地。小片地嫌恶零碎，怕耽搁事不给割，只好留给自家割。

扒苞米也是一垧地两千元钱承包给打工人。用机器收怕糟蹋，一年辛苦，就是为了收成。

头天找妥了人手，一大早就在门口等待，抢的是时间，佺女婿也没顾得啖饭，先送一帮人去了地里。

佺女在卧室为上学的小儿子打理应用物品，我独自坐在厨房圆面桌前，细嚼慢咽桌上的饭菜。

佺女准备了一些好嚼裹儿，若是晌午回不来，就在地里打尖。

日头冒红时，佺女婿风尘仆仆赶回来，胡乱扒拉几口饭，搛了几口菜，又去给四轮车加水添油。佺女佺女婿各开一台四轮车。我们一同向村外驶去……

二

这个山村我生活了有些年头，认识村里大多数人，见面打个招手，点点头，唠上几句。车刚开出村子不远辖，向一小坡路上行驶，迎面山冈上扭搭着一凸着的大屁股，大腿根耷拉着摇摆不定奶胖儿的女牛，慢腾腾地从车旁走过。佺女婿回头看一眼，说："这是李四家的牛，要产犊了。"……

我熟悉村周围环境。哪地方有山泉，哪座山有山葡萄、五味子，哪个山沟里有山核桃、榛子，哪个地边有沙吉果，哪山顶有枸枣子，哪山坡有山梨、山里红；猫爪儿菜，蕨菜，薇菜，柳蒿芽儿，山芹菜……我都了然于胸，我尚认识许多草药：黄芪、苍术、升麻、白鲜、威灵仙、芍药、苦参、穿地龙……道旁的车轱辘菜、蒲公英、牛莠、苍耳，地里的鬼针、刺儿菜、兰花菜、苣荬菜……每当车拐过一座山角，我就想起以往在山里刨草药根儿，采蘑菇的情景，仿佛看到一帮人架架格格似鸟儿欢跃的劳动场面……坡上的春草鲜嫩，杏花儿如火如荼。

描着摸儿的我还能找到侄女家地的方向，所处的位置却也叫不准了。侄女婿说上"火烧崴子"，我就知道在村的东北方向；说上"万家沟"，我脑中就画出了地图……

车向东南方开，我知道是去"狍子胜"那块地。路边大多数庄稼尚未收割，成熟的庄稼色彩到色彩，火一样烧到秋的边缘。

没来得及收回去的白菜着了霜冻，仍然碧翠；萝卜头儿打绺的绿缨，露出红润的半面；野外浪浮花陪着霜儿，小红长白，别样般的美；便是不很落叶的松树也显得十分醒目；金黄与翠绿分明，尚未尽展秋的凋零。

望眼是一片斑斓风景。

转眼间，我仨便来到无限风光的山中，在这景色如画的梯形地里收割黄豆。收获季节，拿什么能比丰收的心情更怡悦呢？

掉净叶子的黄豆直竖竖地高过了腰，其间花花搭搭被野猪日塌了，炸开的豆角皮儿白花花的，垄沟里黄灿灿的豆粒，瞅见直教人心疼。旁边一大片青稞苞米一早就割回做了青储；剩下的也留做牛饲料放倒了。错怪它招来了野猪。

约莫一个时辰，割完了剩下的二亩半地。

侄女用手机特意为我拍几张照，我的影像就巧妙地融合在这自然风景里了。

放好镰刀，绰起杈子，装载两大车毛豆，紧赶慢赶行驶在蜿蜒起伏的山道上……

三

回到家中，已经过了晌午歪。后院里的牛"哞哞"叫，鹅也"嘎嘎"闹。

我与侄女婿去脱粒，忙上忙下，打不开点儿，侄女要插手，遭到了一致拒绝，她又去提水饮牛，给牛添草料……

今年庄稼长势好于往年，黄豆秧高，挑杈子很吃累。我挑了一气儿，浑身出汗，侄女婿换我去挑豆秸，冒烟咕咚，呛人又迷眼，不好受。

脱下的黄豆粒抬到了前院窗檐下，那场儿摞高一排黄豆袋子。

午饭是在地里打尖的。回来也没空做，喝几口热水润润喉，赶紧开车就近拉回一趟黄豆，怕耽误时间，先卸到脱黄豆的机器旁。开车去三道崴子地里拉苞米。

早起雇来十个人扒苞米，快一小天了，打手机问过，一块地扒完了。得赶紧拉回家来，若是持毛扯絮地下大雪，扒完的苞米捂到地里，可费了劲儿。

日短心长，怕天黑也不成。不知不觉，日头掉进了山窝。

一抹云霞红上了山眉。绕林的鸦雀消失在苍茫的余晖里。

群山委蛇，狭窄山道，间或出现蠕蠕而动的车辆，影子里传出声音，淹没在马达声声里。

我在车顶苞米堆上委个窝儿，缱绻在里面，任车体上下颠簸，左右摇摆。仰望浮云，与星星凝目，与冷风抚摸，与草树对语。感受大自然神奇的美丽。春夏秋冬，生老病死……惬意的追忆……

四

两台大马力的四轮车开回了家，停在院前苞米栈子旁，我与侄女婿卸载完，又去后院脱白日里拉回来的黄豆。

佺女也没住脚地忙活。喂牛，饮牛，喂鸡鸭鹅狗……

过日子，总有没完没了的活，谁家不是如此呢？晚饭是丰盛的，虽然吃不到传说中的上八珍（醍醐、龙胆、凤髓、豹胎、鸮炙、猩唇、熊掌、鲤尾），但是乡间食杂店能买到的，秋忙时候都能豁出吃喝。

我进屋时，厨房桌面上摆得盘满碟满。猪头肉必不可少，火腿肠，花生米，一尾胖头鱼；两碟小咸菜：酸黄瓜、辣白菜，还有牛腩炖萝卜……

佺女还在灶前忙，拾弄鸡腿胫，准备爆炒鸡胗。

我存宿的灶台冒着蒸蒸热气儿，灶坑架着柴样，火苗舔着锅底，"噼啪噼啪"响，水滚沸。

我却没了食欲。打场脱粒这活累不说，埋汰！暴土扬尘的，呛人！搞得从头到脚都沾灰尘。即使戴个口罩，鼻孔也是黑的，咽喉刺痒难受，咯一口一团黑……

一坐在桌前，只想喝水。家长里短地唠，少不了的妈妈论儿。佺女问我想不想信佛？相不相信神佛？我说我不迷信，从来就没有什么神仙佛祖，要创造幸福，还是相信自己，依靠自己。什么青龙白虎，朱雀玄武……佺女抢过话头说："我信！托佛的福，我病若好了，我杀一个还愿猪！"……

饭桌上的猪肘子，烧鸡……原是供奉佛的，从佛龛上请下的。

待到吃完饭，我想看看手机里的微信，快手之类，佺女婿出外缝白日里脱粒的袋口，我没有动窝。两杯茶工夫，佺女婿唤我出去搭把手，把黄豆袋子摞高。我磨磨蹭蹭出了屋……

过一会儿，又跟他一块儿给出生不久的牛犊灌药打针……

明天还早！

五

不辍劳作，却也困倦了，而且又乏力；手机、电视懒得看，合眼便蒙眬了……

作者简介

王涛，绥芬河市作家协会会员，航帆文学社成员。在《北方文学》《远东文学》上发表过文学作品。

母爱无疆

王玉萍

谈及母亲，我们做儿女的，心海里总是会泛起温暖与感动的波澜。

我的母亲，一生勤劳，每天总是天不亮就起床，做饭、洗衣服、打扫屋里屋外的卫生，下到地里干农活，一天到晚不停地忙碌着。母亲是矮个子女人，个头大概还不到一米六，每天却像个男人一样操劳。

她相夫教子，勤俭持家，似乎从不知累。孩提时的我，觉得母亲的身板会永远这样结实下去，也永远不会生病。

时光荏苒，岁月如梭。如今的母亲，双鬓已变得花白了，脸上也爬满了细密的皱纹，曾经那么硬朗的腰板，不知什么时候，说弯就弯下去了，没一点征兆。身体也大不如早些年前那样结实了，母亲有腰腿疼的病，病患让她坐立难安，耳朵的听力也越来越不好，背了许多。

母亲一生节俭，穿戴一贯简朴。逢年过节，儿女们给她添几件好衣服，也经常会招来她的一番责备，说买这么贵的衣裳给她穿，都糟践了。可是，转回身，她又会在外人面前夸自己的儿女们对她有多么多么的孝顺。

新衣服，母亲平时舍不得穿，逢有赴席、走亲戚，或节日才拿出来穿一次，事毕叠好了，板板正正地压回箱子底去。母亲的一日三餐更是简单。早上多是喝粥就口咸菜。平时她最喜欢吃的菜就是萝卜和白菜。她从不浪费一粒粮食，一家人的剩饭，全由母亲来打扫干净。我们有时候把不太新鲜的蔬菜这边丢掉，那边母亲就赶紧拾掇回来，挑挑拣拣，还能对付再吃上一顿，边吃边数落我们一个个的都不会过日子。

儿女们成家立业之后，都分出去单过。每次回来，就远远地望见母亲孤单地等候在院门外。等我们走近了，她就迎上来握住我们的手，问冷问热，渴不渴，饿不饿，在外面工作难不难，问了一通，就忙不迭地去外屋烧水，张罗着做饭。

母亲喜欢看着我们吃她做的饭菜。吃过饭后，她连碗都不舍得让我们涮。她总是面带慈祥的笑容，总说她没什么事儿，闲着也是闲着，干这点小活儿累不坏人。

她这分明是溺爱。看到儿女们回来了，即使什么忙都不帮她，她也开心。

特别是每年过春节的时候，我们一回来，母亲的脸上就乐开了花。母亲已过了花甲之年，还惦记给儿女们张罗一桌丰盛的年夜饭。看着我们吃她亲手做的饭菜，她便会露出会心的笑。

我知道，那是母亲开心的笑，那是母亲幸福的笑，那是母亲知足的笑。

母亲老了，每晚睡觉都打呼噜。可是，儿女们回来的这几个晚上，却没有听到她的鼾声。闲聊时，母亲总会说，自己很好，就是晚上睡不着，我知道她一定是又为了哪个孩子而彻夜不眠了。

在那个沐浴春风的四月，我感受到了五月扑来的母爱的芳香。虽然不能长久待在母亲的身边，但是我能真切感受到母亲那牵挂的目光。我在心里对自己说：这辈子，我要好好地过，幸福地活，只是为了，不再让母亲掰给我的那份心因为担忧而疼痛。

母亲的心，从来就不是完整的一块，她有几个孩子，那颗心就要被掰成几瓣。等儿女们生了孩子，那些属于儿女的瓣又要裂开，再分出几瓣来，给隔辈的孙子和孙女。那些瓣总是不均等的，哪个孩子过得不好，哪个孩子遇了挫折，哪个遭了灾或是哪个落了难，母亲都会倾尽心血使尽力量，把儿女拉出困境，帮他们抚平苦痛。

作者简介

　　王玉萍，女，1981 年出生，人民教师，绥芬河市作家协会会员。

儿时记忆

老溪

塔　糖

小时候因为生活条件不好，卫生条件更差，人们除了吃不饱，还要受着各种疾病的困扰。那时我们家的日子还算过得去，不觉得挨饿，但疾病却是摆脱不了的。而最常犯的一种病就是肚子疼。虽然有病，人却抗造，很少因为头疼脑热去看医生的。当然我们根本也不把肚子疼之类当作一回事。

肚子疼的时候，大人为我治疗的办法就是在热炕上趴一会儿。一说肚子疼，大人就说："上炕上趴趴。"也奇怪，在热炕上趴一会儿，疼痛还真能缓解。

为什么会肚子疼呢？大人们似乎只有一个解释，就是肚子里有虫子。怎么治肚子里的虫子，我们什么办法也没有。至于预防，大人的办法就是不让我们吃脏的东西。但这根本就不可能做到。因为那时人们并不在乎东西脏不脏，通常都是拿起来就吃。我们学的拍手歌也说："你拍九，我拍九，饭前便后要洗手"，可是没有人能真正遵守这样的规矩。为什么在热炕上趴一会儿就能缓解，我们也不懂。对于肚子里有虫子，我们似乎也不害怕。只要肚子不疼，我们就该干什么干什么。

刚上小学没有几天时间，老师就让我们做一件事：早晨起来大便后，用火柴盒装一点自己的粪便带到学校。第二天上学的时候，几乎每个同学都拿着一个写着自己名字的火柴盒。大家互相挤眉弄眼，装模作样地手掩口鼻，躲避臭味儿，好像很羞涩很文明的样子。其实一点点粪便，装在火柴盒里，又经过了一段时间，根本就闻不到气味了。我们把火柴盒都给了老师。

我还记得，那天早晨在老师的讲台上，放了一堆火柴盒。

几天以后，老师给我们每个人发了一小包塔糖，也就几颗吧。塔糖的样子就像现在的冰激凌上面尖的那一部分，像个小宝塔。回家后，我就按照老师说的方法吃了。微微有点药味儿，而更多的是甜味儿，很好吃。

吃完塔糖的第二天早晨，我在粪坑边大便，便下了一大堆蛔虫。那蛔虫都是很细很长的，绞成团裹在粪便里，还蠕动着，样子很吓人。但我当时似乎并没感到害怕，倒觉得很有趣，既痛快又过瘾的那种感觉，身上也轻松了许多。这之后有一段时间，我的肚子就没疼过。后来也有肚子疼的时候，但不知道是不是因为蛔虫。

在我们小的时候，对有甜味儿的东西的向往是非常强烈的。所以我很想再吃塔糖，但是老师不发了。留在记忆里的，只有这一次吃塔糖的经历。现在想来，那塔糖应该就是一种杀蛔虫的药。国家关心儿童的健康，知道我们肚子里有虫子，就给我们这样的药吃，而且确实有效果。又因为是给孩子吃，就做成很可爱的形状；为了好吃，里面还加了很多糖。

要说国家对孩子的关心，我体验到的还有种牛痘。记得是在学校里做的。医生让我们撸起衣服袖子，露出上臂。医生用一个很小的刀子，蘸了一点药水，在我的胳膊外侧轻轻划了一下。只是微微觉得有点疼，什么事都不耽误。后来在胳膊上划刀的地方就长出了一个枣核大小模样的疤痕。长大以后我们才知道种牛痘是怎么回事。这是一项预防天花的手段，发明者还得了诺贝尔奖。

我们还见过一尊雕像的照片，是一个外国医生俯下身子为一个孩子种牛痘。现在的孩子不吃塔糖了，但牛痘还是种的。小时候，我确实见过许多脸上有麻子的大人。也许是因为年纪小，对长相不太在意，所以感觉长麻子的人并不特别难看，而且别的方面都很正常。如今人们的寿命延长了，已经进入老龄化时代。这和生活好了有关之外，我认为还有对疾病的预防和治疗。从孩子开始，要打多种疫苗，过去多发的常见病得到了控制。至于怪病增多，人们谈论健康的话题增多，也有人们格外重视生命的原因在内。过去各种各样的怪病何尝少呢？只是人们不太注意，条件又不允许，顾不上去管就是了。至于一些因为生活习惯、工作环境而增多的所谓"现代病"，则另当别论。

听收音机

小时候，可以算作文化生活的，除了看电影，看"画本"，还有一个比较多的内容是听广播。

关于电影，我曾专门写了一篇《儿时影事》，用以记述，这里想写一点关于听广播的往事。小时候我住在一个小镇上，算是农村吧。我家的条件比周围的邻居稍好一点，家里有一台电子管收音机。晚上写完作业，得到奶奶的同意，可以打开收音机听。这听收音机就是我唯一可以了解一点外面世界的渠道，也可以算得上是我小时候最能得到心灵洗礼的一项活动。当时没有什么优越感，但现在想来，和邻居小伙伴们相比，那真是一项偏得，一种福气。

我当时无法理解收音机的工作原理：这么一个小匣子，里面怎么会有人说话唱歌呢？而且话说得那样好听，即使是预报节目播送新闻，也是那样好听，尤其是女声。我常在心里想：说话这样好听的人，长得一定好看，她什么时候能出来让我看看呢？我甚至在收音机的前面后面转着看，希望能看到这个说话好听长得好看的人。在孩子的懵懂时期，这几乎成了我的痴恋。

我还跟着收音机学过几首歌。有一首歌的歌词还能记得一段："有这么一个星期天儿，我家的门口一拐弯儿，来了一位老奶奶在路边儿。走一步，挪一点儿，走了半天也没走多远儿，原来她是串亲戚呀，找不到家门在哪一块儿"。这首歌唱的应该是当时农村的变化，我听不懂，也记不住别的词了，只记得每唱这首歌时，我就不自觉地想：怎样才能帮助这位老奶奶找到她的亲戚家呢？还有一首歌是"求大同，存小异"，那是根据当时的形势写的歌，我也听不懂。但结合一些传闻，一些身边发生的事情，我似乎有一种预感：要出什么乱子了。

我最喜欢听的，当然是小喇叭节目。一听到"小喇叭开始广播了，哒滴哒，哒滴哒，滴哒"，我就心花怒放了。

小喇叭里的节目，给我印象最深的，就是孙敬修老爷爷的故事。孙爷爷用缓缓的温和的浑厚的声音说道："小朋友们，我给你们讲一个志愿军的故事好吗？"我的心就一下子被抓住了。听着孙爷爷的讲述，我的眼前就出现了一个美军基地，停着许多汽车，志愿军战士端着冲锋枪，在汽车中穿行，一会儿用汽车隐蔽身体，一会儿又向前迅速跑动，一会儿用冲锋枪扫射敌人，一会儿又把手榴弹扔进敌人的群里。那场景在我的脑海里非常清晰，真的就像在眼前一样，就像看电影一样。

再就是，我从收音机里听到了"工人纠察队""造反派""走资派""传单""大字报"这些词汇，使我很及时地感受到了当时社会的风云变幻。在我还不明白事的年纪，比邻居家的孩子多听到了许多不能明白的事。我趴在收音机前，全神贯注地听歌听新闻听故事。尤其是听故事，每次我的心都会被紧紧抓住，脑海里就会出现故事的场景，生动、清晰。

当时我并不知道这就是想象，也不知道这样能培养人的想象力。反正一听别人讲故事，脑海里就会有形象，场景、人物活动显现，过程都非常清晰。我曾看过一些故事书，比如像《七侠五义》《小五义》等，那故事的场景也会在脑海中出现，甚至人物长得什么样，都非常清楚。我把从书上看来的故事讲给小伙伴们听，他们也都听得津津有味。

所以每想起小时候听收音机时的感受，我就对如今日益发展的先进教育和教学手段产生疑虑。现在提倡用形象化的手段演示各种教学内容，非常直观。懂是极容易懂了，但学生的想象力却退化了。如果让专家来说，退化的还不仅仅是想象力。

我怀念儿时听收音机的往事和感受，我觉得人类应该在自由王国里给自己留一点自由的空间。

偷　瓜

如今的西瓜、香瓜之类，一上市的时候，动辄就是几元钱一斤。虽然也吃得起，但却并不怎么想吃。这就使我经常想起儿时吃的瓜。那时的瓜在最火爆的时候也就几分钱一斤，有时就干脆几角钱几元钱地"估堆"。不过虽然便宜，作为孩子的我却仍然买不起，要想吃瓜，只有动心眼。

小时候，我家住在一个镇子上，当时的行政级别是公社，行业以农业为主，算是农村吧。公社下辖很多生产队，生产队又分大队和小队。开春的时候，每个生产队都要划出一块地，用来种香瓜和西瓜，一可以给社员增加一点夏季水果，二可以给队里增加一点收入，三可以用来和别的行业和单位搞关系。

瓜地从秧苗发芽开始，就有专门的人昼夜守护，负责侍弄瓜苗，掐尖打叉；等瓜秧坐了果，就看瓜。不过那时好像没有人偷瓜。如果是走路的人，经过瓜地，看瓜的人会请你吃瓜，并不收钱。我的记忆是，只要你把瓜瓢和瓜籽甩进地边的桶里就行了，是为明年做种子用的。

也是因为瓜多，莽莽一地的香瓜和西瓜，你能吃几个？如果你夸一句"瓜真甜"，那看瓜的人就会非常满足。不过因为瓜地一般都离镇子较远，我们似乎没有专门去寻找的心气，即使是在很馋很想吃瓜的时候，也鼓不起去寻找瓜地的勇气。

等瓜熟了，生产队会用马车拉着西瓜和香瓜到街上卖，这时候我们就不能不动心了。可是没有钱，怎么办呢？我们有一个办法，就是两三个小朋友一伙，在车上偷瓜，主要是偷西瓜。卖瓜的大车一到街上，周围就围满了人。车上卖瓜看瓜的人有好几个，忙活着给买瓜的人挑瓜、称瓜、收钱，也注意着有没有人偷瓜。这时候，如果你挤进去，拿一个瓜转身向外走，不称不交钱，是逃不过看瓜人的眼睛的。

我们的办法是：一个人挤进去，另外一个或两个人在外面等着。挤进去的人假装挑瓜，翻弄敲打了一通，拿起一个瓜，递给后面的人，说："你看看这个瓜怎么样？"然后回过头来继续翻弄敲打，好像并不走，还要挑瓜买瓜的样子。等看准一个时机，没有人注意你，便悄悄地抽身出来。因为这时你手里没有瓜，所以看瓜的人并不管你。

从瓜车上下来后，在外围接应的小伙伴早抱着瓜走远了。于是我们找到一个僻静处，把瓜砸开，尽情享用。其实我们并不会挑瓜，所以常常偷出半生不熟的瓜。但不管生熟，我们都要大吃一顿。

这样的事做了几次也记不清了，一次也没有失败过。这是西瓜，至于香瓜，做起来比较难，所以吃得少。我的记忆里，是香瓜比西瓜好吃。但不管西瓜还是香瓜，都是很甜的，比现在的各种瓜强多了。

这样的事，现在想起来，都是错的，不应该。那时也知道不对，但因为小时候嘴馋，没有办法。谁让大人们不给我们钱买瓜呢？

作者简介

老溪，男，本名李殿平，教师。在《杂文选刊》《杂文月刊》《中国教师报》《中国青年报》《中国税务报》《心理与健康》《黑龙江日报》《哈尔滨日报》《牡丹江日报》等报刊发表散文、随笔、诗歌、杂文等百余篇。

我的父亲母亲

司兵

　　这世上最快的东西，莫过于那时光了吧。

　　那时光是最细的沙，不知不觉中便在指头缝儿间溜走了，任你怎么抓都抓不住它。于是，不经意间，我也变成一个垂垂老矣的花甲之人了。

　　人老了，就容易沉浸在对往事的回忆之中。那些陈年的人和事，就跟放电影似的，一幕接一幕地在脑子里过。回忆真是一件美好的事情，它让我重拾了亲情的温暖。大抵是因了日有所思，夜有所梦的缘故吧，我父母双亲的音容笑貌，最近时常在我的梦境中浮现。

　　我父亲叫司金山，生于一九二五年，属牛，祖籍山东省阳信县小桑墅乡干锅村，故于一九九三年十一月。年轻时候的父亲是大高个儿，能有一米八，生得五官周正，相貌英俊。他平时话不多，做事认真，脑子好使。他早年在铁道兵部队服过役。抗美援朝结束，他从朝鲜回国，就随部队去了福建省的三明市，和战友们共同修建从鹰潭到厦门的一条铁路。一九五六年，他随王震的部队集体转业，到北大荒八五三农场二分场，在商店当主任。

　　二十世纪五六十年代，我们国家正处于经济困难时期，老百姓的生活都比较艰苦，我们家庭也不例外。当时只有我父亲一个人上班，一大家子人，全靠他一个人的工资糊口活命。我们家一共是姊妹四个，我排行老三，身上有两个姐姐，身下一个妹妹。我是家里唯一的男孩，父母都偏疼我。我大姐十四岁的时候就弃学上班，做了一名学徒工，帮衬我父亲挣钱养家，供我们姊妹几个上学。没两年，"文化大革命"就开始了，运动一起来，我们家的日子更是雪上加霜了。

记得有一天，外面下着鹅毛大雪，我父亲在院子里正劈柴火呢，突然就有两三个戴红袖标的人，风风火火地闯到我们家里来，进屋也不由分说，就开始翻箱倒柜。最后，他们把我父亲压箱底的一套军服，武装带、大檐帽、肩章，还有我父亲在抗美援朝时获得的纪念章和好几枚军功章都一并抄走了。他们把我父亲也带走了，将他关进一间洗澡堂子里进行隔离审查。起初是我母亲去送饭。冬天里，路面上覆盖了一层冰雪。我母亲是小脚，担心她走路滑倒，我就替她去给父亲送饭。看守的人很严厉，送过来的饭菜要检查，换洗的衣物也要检查。我父亲和那些被关起来的人，脖子上要挂十几斤重的大牌子，白天上街游街。那个大牌子是用细铁丝绑着的，游一天街下来，细铁丝都深深地勒进软肉里面去了。游街的过程当中，我父亲经常遭到围观群众的殴打。到了晚上，也不让他消停，逼着他写交代材料。那些跟我父亲一样的人，有的受不了折磨，就跳井自杀了。而我父亲凭借坚毅和忍耐，默默地等待将来能有一天平反昭雪。

后来，他们把我父亲送到二队改造。那年春天，大地里的积雪还没有完全化净，我去二队给我父亲送生活物品。我脚下蹚着化开的雪水，从地号里穿插过去，见到我父亲时，我心里当时是酸酸的。见我平平安安的，父亲心里多了一丝宽心和安慰。在我的记忆中，从小到大，父亲都没有动手打过我一次。这并不是说我不调皮、不做错事，而是因为父亲的脾气好。现在想想，小时候我也十分地淘气，也曾经做过不少坏事。譬如偷机车上的滚珠，去别人家的天棚上掏麻雀等等。父亲知情后，也没有动手打我。

二十世纪七十年代以后，父亲结束了劳动改造，被组织上分配到二分场一队当副连长，主管后勤工作。一九七五年七月，我高中刚毕业，就参加了一六七修沙石路，三班倒，一干就是一晚上。初次尝试体力活儿，让我有些吃不消，感觉很累很累。那年十月一日，在我们分场，就是那个曾经关押我父亲的洗澡堂子里召开了分配大会。我被分配到二分场七队。那天我父亲过来接一队的学生，我跟他打个照面，我告诉他，我被分配到七队了，离家还不算太远，有四五公里路程。记得当时，父亲的眼神给了我莫大的鼓励，我决心一定要努力把工作干好。

我被分到七连，在那儿做过农工、机务工，后来又被调到连队小学，教全校的体育课和美术课。有一次，我休星期天，回家正赶上父亲要出门去打鱼，我母亲让我跟他一块去打鱼。那天傍晚时分，我随同父亲一块往哈马通河走去。夕阳的余晖，照着田野里的小道，感觉很美很美。我们到了河边的时候，已经是眼擦黑了。九月底的河水，已经结了冰碴儿。父亲没打几网，网就被树枝挂住了，必须要下河去摘挂子。我说我下河吧，父亲说水太凉了。我坚持要下水，父亲说我正是长身体的时候，以后生活的路还长着呢，不能把身体冻坏了。他坚决不同意我下水，这就是父爱如山吧。

几年后，国家落实政策，我父亲又被调回分场商店当主任。于是，我们一家人也都随之搬到了分场的场部。那会儿，我的父母也都是近六十岁的老人了。当时的日常生活用水，还是吃那种摇把式的深井水。冬天时，冒白气的井口就不断地挂冰，那冰越挂越厚，井口就变得越来越小了，勉强可以放进一个水桶。摇辘轳把汲水是件十分危险的事儿。父母年岁大了，数九寒天的，他们还要亲自出门挑水回来吃。当时，我们姊妹几个都在连队，距离分场有二十多公里的路程，只有星期天才能回去一趟，父母借不上儿女的力。后来，父亲多次找分场领导说明情况，领导总算同意把我调回分场工作，好方便照顾老人。可是没想到，管文教的吴干事从中作梗，给我调回分场造成了不小的阻碍。万事不求人的父亲，在我工作调动的事情上，费了不少心思。总算是把我从连队调回到分场，那是我人生的一个转折点。

二十世纪八十年代，我的主要工作就是信使，每天骑着一辆自行车，风里来雨里去，马不停蹄地四处奔波。有一天早上，我急性阑尾炎发作了，被人送进了八五三农场医院。医生确诊完马上要动手术。我父亲得到消息，及时赶到医院来陪护，搀扶我走动和上卫生间，那会儿，我内心里感到无比地温暖和踏实，这就是父爱的力量吧。

一九八四年春天里，我受支局领导的指派，去雁窝岛邮电所工作。也就是在那里，我有缘结识了我的爱人梁文玲。我跟梁文玲相处了没多久，她家里人知情后不大同意。我父亲为我的婚姻大事，亲自跑到梁家去了。当着梁家人的面，他好话说了三千六，终于替我说成了这门婚事。

一九九三年，应该说是我人生当中又一次大的转折。当时农场经济开始下滑，有些单位和部门陆续地停产停业，我爱人的国营商店也黄了，她只能回家里待着。而我当时每月的工资只有四十多块钱，要养三口之家都有些吃力。经再三考虑，那次在卫生院接我父亲回家的路上，我跟他表露出我想离开农场的心迹。我父亲一听，坚决不同意，他说："你不要考虑我和你妈，我们身体还行，生活还能自理，你千万别因为我们误了自己的前程……"

后来，我与在绥芬河工作的一个同学取得书信联系。我在书信当中流露出，想换个地方工作。结果还不到一个月，我这边就收到了一份调令。那年的三月十三号，我被顺利地调到绥芬河市邮电局办公室工作。同年九月底，我把家也搬到了绥芬河。初来乍到，当时也很是艰难，绥芬河是边境口岸，外地过来淘金的人特别多，租房的价格高，而且也很难租得到。就在我为没有个落脚地犯愁的时刻，单位里的一位同事爽快地答应，把他家东山脚下闲置的一所平房租给我。当时的时令已临近冬天了。那个同事特别体谅我的难处，告诉我说："你不用交租金，帮助看房就行了。"搬进去住了还不到一个月，同事就张罗着要卖房子，我们一家三口刚刚安顿下来，又开始像下雨前的蚂蚁一样，折腾着，四处找房子。

十一月里，一天傍晚，我突然接到了陈姨的一个电话，她在电话里说我父亲病危了，催我速回。次日下午，我就匆匆地奔了下城子，去赶晚上九点的火车。坐火车咣当了一宿。第二天早上，到迎春下了火车，我倒客车赶到了 853 医院。父亲见我的头一句话就问："念念（我儿子的乳名）回来了吗？"我答："没有回来。"

我到了没一会儿工夫，我大姐从河北任丘也赶到了医院，还没说上几句话，我父亲就把最后一口气咽了。当时我感觉到特别地内疚，有点揪心地难受。因为我父亲已经很长时间没有见到自己的孙子了。他可能就是因为思念孙子心切，才导致病情加重了。我当时很后悔，很自责，都是自己考虑得不够周全，急着往医院这边赶，没有想着把念念也一块带过来。临了，也没让我父亲和自己的孙子见上最后一面……

我母亲叫黄振英，生于一九二四年，属鼠，祖籍山东省惠民县何方乡杀猪徐村，故于一九八九年七月。母亲大抵是一九四几年（具体年份不详）的时候嫁给我父亲的。她个头也不矮，能在一米六五以上。我母亲小脚，圆脸，生得清秀，是那种小家碧玉型的女人，可惜打小没进过学堂，一辈子不识字。虽然她没有文化，但是性情温婉，贤良淑德，过日子干净利索，是个能吃苦耐劳的女人。

小时候，我们姊妹几个虽然穿着带补丁的衣服，但是母亲总是把我们的衣服洗得干净整洁。较之于父亲，母亲对我们的情感更加地细腻，体贴入微。我们都是母亲的掌上明珠，真的是捧在手上怕飞了，含在嘴里怕化了。

记得小时候，有一次我在外面玩耍，没想到在井边睡着了。有个阿姨看到之后就跑到我家报信儿。我母亲听说了，就火急火燎地跑出来找我。她远远地看到我躺在井边上，就放慢了脚步，悄悄地走过来。她是害怕惊醒了我，弄不好我就会滚进水井里去了。后来提及这件事儿，母亲说当时看到我躺在井沿上睡着了，吓得她出了一身的冷汗，想想都感觉到后怕。

我七八岁那年，组织上给得到平反的父亲补开了一笔工资。我母亲担心形势又有变化，就带上我和我二姐回了山东老家。那个年代，山东老家那边的生活也不好过，家家户户的主食都是地瓜干。我二姐实在咽不下去，过不了这样的日子，没有办法，我姨夫只好把我二姐又送回东北去了，留下我陪母亲。老家的生活尽管艰苦，母亲还是变着法地省下点白面或者是玉米面，给我开小灶。那会儿我太小，不懂事，吃得心安理得，并不晓得那是母爱。

我念初高中的时期，正是长身体的时候。俗话讲，半大小子，吃死老子。我能吃，也能干活。家里的重体力活，也自然就落在我身上了。那时候，家家户户都是烧木头取暖、做饭。所以，冬天出门上山拉柴火，就是我的活了。起初用小木爬犁往回搂，后来就用小架子车往回拉。每次上山，我都找那些半干的木头，一装就是一大爬犁或是一大车。冬天的日头短，等我拉着柴火下山的时候，天就黑下来了。母亲担心我，每次就站在要进场部的小滨桥上等着我。

有一年，十一放假，我想找个伙伴进山里采山货。我的那些同学和朋友，有对象的在忙着谈对象，成了家的又都在忙自己家里的事。找不到搭伴的，我就自己上山采蘑菇。一个人进山多少还是有些打怵的。我壮着胆子在大山里转来转去。山里格外地寂静，转到太阳快要落山的时候，我就开始往回走了。快到家时，影影绰绰地，我就发现小滨桥上站着一个黑影儿。我走近了才看清楚，那个黑影儿就是我的母亲。她站在小滨桥上望了好半天了，见不到我的影儿，她心里焦急。只有亲眼见我安全到家，母亲那颗悬吊着的心才会放下来。

一九七五年十月份，我高中一毕业，就被分配到离家十多公里外的二分场七队。由于在机务上三班倒，觉总是不够睡，更没有时间回家。好长时间见不着我的面，母亲在家里就着急上火了。那天，她走了十多公里的路，嘎悠着一双小脚，特意跑到七队来看我一眼。见了我一面，她心里就踏实了。母亲给我带来了换洗衣物，放下东西，她就匆匆地往回赶。常言道，儿行千里母担忧，母行千里儿不愁。我与母亲几天不见面，母亲就担忧得不行不行的了。

一九八几年的时候，我已经在滨桥邮电所上班了。那段日子里，我点儿背，遇着大事儿，总是不顺，又赶上我大姐在北京 301 医院做手术。我母亲就让我陪她去北京一趟，看看我大姐。在北京的日子里，我每天去医院给我大姐送饭时，都会路过北京外国语学院，看到那些大学生无忧无虑的，有的在操场上打篮球，有的在参加其他的体育活动。他们一个个欢声笑语，活力四射，朝气蓬勃的。我想，有一天，当他们迈出大学的校门，都会有一个锦绣的前程，未来可期。看着那些大学生，我的自卑感和无力感油然而生。我知道，我这辈子都被隔在大学围墙的外面了。出来见见世面，本来是好事，可世面见得多了，也会让人的欲望膨胀起来。就像一首歌里唱的那样：外面的世界很精彩，外面的世界很无奈……

那一次北京之行，本来我母亲就是想带我出来散散心的，想让我开阔一下眼界。从北京回来，除了做好本职工作以外，我每天挤时间看书学习。我一边学习文化课，一边还练字画画。

时间过得真快，一晃就到了一九八五年的春天。有一天，我突然接到宝清县邮电局让我去佳木斯学习的通知。去了以后才知道，是给名额参加在职上学复习考试。这是我人生道路上难得的一次机会，我必须抓住它。我暗下决心，一定要好好复习，争取考出一个好成绩。还好，我最后如愿以偿地考取了黑龙江省邮电学校，圆了我走进有围墙的学校里学习的梦。我真得感谢我母亲，是她带我去了一趟北京，让我开阔了眼界，见了世面。北京之行，虽然让我受到了一点刺激，但是还好，我是一个轻易不服输的人，我把巨大的压力，最后转变成了强大的动力，也算有所成就了。

有时候，我会想起自己在七连工作的一些事儿。一个傍晚，宁波青年副指导员汤伟英敲我们宿舍的门，她说找我有点事。当时我很是惊讶。她通知我说，经连队领导研究决定，让我到连队小学校报到当老师，负责教孩子们体育课和美术课。当时我真不敢相信这会是真的。那个晚上，把我兴奋得难以入眠。第二天一早，我就跑回家里，把这个喜讯告诉了我的父亲母亲。他们也很为我高兴。从此，我再也不用三班倒打夜班了，这让我精神上得以放松。

在生活条件十分拮据的日子里，我母亲省吃俭用，口挪肚攒，给我买了一块上海牌手表。一块正牌手表，在那个年代里，算得上是一件十足的奢侈品。我知道这块手表来之不易，戴在手腕上的时候，它是沉甸甸的，而我的心里却是酸酸的。

记得有一年春节后，下了一场特别大的雪。那会儿还没有专门用来推雪的机器，是用推土机推雪。那些雪堆高得都看不见人。那天，原先在六队的时候，与我们家做邻居的倪阿姨捎信过来，说她要搬家了，趁还没走，希望我母亲能回去一趟，聚一聚，要不然哪天真的搬家走了，两下就很难再见面了。于是，我母亲就带着我，从一队往六队赶。一路上全是化开的冰和雪，我母亲摔了好几跤。我说路太滑了，要不咱们就回去吧？母亲不同意半路返回。我跟在她身后，坚持走了三个多小时，才到倪阿姨家。母亲那种锲而不舍的精神，影响了我的一生。在未来的生活和工作当中，不管遇到什么挫折，我都能坚强地面对，从不逃避。

一九八九年七月里的一天上午，我母亲推着我一岁多的儿子念念，在大路上玩得挺好的。没想到中午时，我母亲去院子里上厕所，起身时血压突然间就升高了，导致脑出血。当时人们都在午休，后屋的街坊蔡云秀路过时，看到此情景，立即跑到我家，把这一不幸的消息告诉了我。等我赶到现场时，我母亲已经不能说话了。我立马找来了医生。医生看后，让立即送往总场医院。母亲被送进了医院，也没能抢救过来。次日便辞世了。永远地离开了我们。

母亲去世后，我内心很是伤感，总感觉她并没有走，而是出门了，过些时间她就会回来的。这种感觉一直持续有半年多。

母亲在世时，我工作或生活上遇到了烦心事儿，总是先跟母亲说说。她这突然一走，让我很难适应，忽然感觉我的生活被一只无形的手一下就给掏空了。生活中，有那么多事情，我都无能为力，比如生老病死，比如时光流逝……

作者简介

司兵，男，1958年生人，书法家、摄影师。热爱文学，有散文作品在《远东文学》发表。

冬天的梦和记忆

韩玮

一

雪，没有任何征兆地从阴霾的天空飘落下来。

窗外，天地一色。

拉开窗。冬日里萧瑟的一切，已然笼罩在一望无际的晶莹里，丰盈而素洁。翩翩飞舞的雪宛若精灵般，穿透风，穿越空气，轻盈地在空中曼舞。稍不留神，便会与我温暖的肌肤碰触在窗开启、风来袭的刹那里。

我总是能在有雪飘落的日子里，聆听到雪的声音。就像我端着相机，从取景框中端详一朵怒放的花，一株拔节的草时，我总是能听到，它们在成长的过程中自然而然地迸发出的声音。

那是一种带着些许欢愉，些许神秘的声音。唯用心，才能感知。因而，那一刻，心，便素盈盈地净，连按动快门的勇气都舍不得给。

梭罗在《瓦尔登湖》中对丛林中植物生长的声音细腻的描述，一直深嵌在我的脑海里。我时常把那些声音，同三十多年前十四岁的我站在神仙洞对漫山遍野怒放的达子香倾诉时得到的回应相混淆……在那个多愁善感的年龄，看花开花落的过程会流泪。

花开花落的过程和爱的过程又有什么分别？萌动，绽开，枯萎，凋落。每一个细节都是那样的深刻，唯有下意识地去遗忘，才能短暂地忘记一段过往。哪怕丝毫的暗示，都会让刚刚归于沉寂的前尘往事，迅速地洇开、漫延。

往事，没有任何征兆地在心的深处袭入。那熟稔的转瞬即逝的曼妙，犹似纷飞的雪，于至高处飘然而下时舞动着的轨迹。恣意，没有束缚。

渐渐随模糊的记忆怆然坠入光阴深处。在这个飘雪的日子，眼前的银装素裹宛若一场虚设，有谁愿意倾情一段无法驻留的光阴？有谁能在流逝的岁月深处静止？

雪，占据了心中的每一个角落。眼前的一切，用不了多久就会被遗忘吧。时间久了一切都可以遗忘。忘爱，忘情，忘思，忘念，忘一切该忘和不该忘的。忘，是什么？大彻？还是大悟？修得几世，才能看透或看破。一切，不过如此。

雪，不知什么时候停了下来。天空和远远近近的景色，被风吹起的薄薄雪霰弥漫着，透着朦胧的美。有风袭来，我打了一个寒噤，随手关上窗，把雪后刺骨的寒隔置在窗外，温暖瞬时漾满全身。

我用手拭去玻璃上的雾气，看着窗外的世界。

目光与炫目的雪交汇那一刻，恍若置身于梦幻和现实之间，已辨别不清身在何处？心，在何处？

冰雪积月霜华璀璨，描述的正是眼前冰封雪覆的景象吧。

我眼中，一处处玉树琼花，是上苍给予大自然的恩赐。瑞雪兆丰年？今年？何年？窗内的我。窗外的雪。定格成一处无人欣赏的风景……

六瓣的雪，仿佛致命的诱惑，让我原本颓靡的心萌生喜悦。我再次打开窗，伸出手，摊开掌心。我试图用掌心托住一片让我的心徒生喜悦的晶莹。有雪，悄然飘落。轻轻地，稳稳地坠入掌心。

没容我看清楚，那片雪便无情地在我的掌心中融尽。只留下丝丝凉意和那微小的水珠，昭示着它曾经来过。

美好的时光，美好的记忆，在脑海中一点一点地消逝。最终的结果，会不会如雪融于掌心般，只留下隐约可见的痕迹……

如果能淡定从容地去面对一切，以默然的姿态看世态炎凉，是非恩怨，悲欢离合，死生契阔，心，便会了无牵挂吧。忘却或记起是刻意的，用不用乞求原谅？没有人，给出答案。

二

晌午，我来到人工湖畔。路上的雪如音符般在脚下"咯吱"作响。远眺，山端巍峨庄严的庙宇错落相依。红墙，画檐，琉璃瓦，在枯树、荒草和山坡上厚厚覆着的积雪的衬托下，平添了几许深幽神秘的气氛。

没有晨钟暮鼓的附和，凛冽的风和雀跃于枝丫间的几只麻雀啁啾的鸣叫，把冬日的北山浓缩成一幅水墨丹青，如梦似幻。

雪后的阳光如针，吝惜地刺透云层，白皑皑的雪地上便迸射出一片光亮，七彩斑斓，有几分炫目。田埂旁，一丛丛毫无生机的枯黄野草，似乎忘记了它们在料峭的寒冬已完全失却了生命的颜色，依然那么张扬，那么热烈地在风中摆动着，撒欢儿般。或许，这是它们期待春天的一种表达方式吧。

踩着没过脚踝的积雪，沿渐渐盘绕的山路而行。驻足回望，两行脚印深深凹在雪上，明晰，且安静。如同潜隐于心的过往，拓上无法磨灭的印痕，一不留神，甚或一个转身，便会在心头满溢……追忆，重拾，或回望，其实只是一种惯性。

习惯到一经念起，就想捂住脸，流泪。继续前行，已至山顶，脚下的山路逶迤延向远方。

放眼望去，白茫茫的雪野上，一片茂密的白桦林映入眼帘，不禁想起："春天的白桦是清新迷人的。夏天的白桦是温婉和悦的。秋天的白桦是高贵浪漫的。冬天的白桦是挺拔俊逸的。"这首诗句，顿时让人心生欢喜。于是，放慢脚步，寻一根静静竖立在雪地里的树桩，轻拂去上面的积雪，坐下。周遭一片静寂，一切，那么美好。空气，阳光，白桦林和雪。嗯，连呼出去的呵气看上去都那么美好……

打破眼前这份美好的，是一片枯叶。它舒展着黄褐色的身躯，像一个舞者，翩跹着，在我的眼前悠然飘落。不知道，是怎样的一种因缘。让我在这个极其平常的午后，在这人迹罕至的山间小路上同一片会舞蹈的树叶相遇。它那美丽的，划着 S 型弧线的最后一舞，是一场决绝的表演吗？

我，是唯一的观众。没有掌声。

也许，用不了多少时日我便会忘记这个极其平常的午后。也许，不会。

黄昏降临前，又开始飘雪了。于是，我沿着大光明寺西侧的小路向山下走去……

在覆着厚厚积雪的路上，我趔趄着挪动脚步。

空中纷纷飘落的雪花，一层叠着一层坠下，积成地上厚厚的，密实的雪。天空舞动的雪，和落地后静止的雪如浑然天成的道具，衬托着彳亍的我。路边的梧桐树干枯的枝蔓于风中轻轻地摇落一身残雪。横，以翘首的姿势；竖，以安逸的状态。熟悉的街头、巷口，留下几行深深浅浅的足印，延伸至遥远。

我知道，用不了多久，这些刚刚留下的清晰痕迹就会被飘落的雪花填满，然后，被风抚平。然后，会有人再次走过，留下些足印。然后，再一次被雪花填满，被风抚平。

我走过的四十多年人生旅程，留下多少岁月的痕迹？又有多少遗留的痕迹被填满，被抚平？每个人都有自己的故事，每个人都会在人生的履历中留下印痕。无一幸免。这些痕迹掺杂着错合的忧伤，有一些，会随着岁月的流逝渐渐磨灭，遗忘，永不记起。有一些，会被新的记忆填满，抚平。就像刚刚留在雪地上那些深深浅浅的足迹……剩下的，还有些什么？

我就这样安然且充满情怀地，走在绥芬河这座小城的苍茫里。感受风，感受雪。直至，一切归于沉寂。

作者简介

韩玮，女，喜欢写作、旅游与摄影。视文字为镜像，视镜像为生命的长途。发表文学作品若干。

小城的静美时光

张丽英

一

每天呼吸着小城甘甜清新的空气，时间让我享受到这座城市的蓝色部分，身体和灵魂在一天天地发生着变化，这变化是呼吸通透而与小城日复一日地走向彼此，身体里住着小城特有的风味。

小城在长白山之北，长白山有着静美肃穆的内心，许多游客不远万里去追随它冷艳绝美的气质。小城就在长白山的北端，一年四季，秉承长白山血液之骨气，被绵延起伏的长白山余脉围绕。住在大山里的小城人，过着半城半乡的日子，城里约有七万常住人口。

我目睹过小城奋斗的身姿，所以，我懂得小城变化的语言，那种感觉，就像两个相爱的人产生的信赖，你做的事情，都是真实的。我由此躺在了爱人的怀抱，在小城之北的地久山脚下，过着宁静安全的日子。

小城是一座英雄城市，工作之余，我一个人打开胸襟，常常迎着晨光，走向原高级中学校园身后的"革命烈士纪念碑"，一步一步深呼吸，沿着向上的台阶行走，两侧草木之香萦绕，光从东方照过来。这无数个宁静的清晨，是无数个英雄的生命之光。通向纪念碑的台阶共18层，每一层11阶，这条路，洒满了清晨的光阴，也承载一段浴血奋战的抗日战争历史。18米高的碑身，稳坐于坚实碑基之上，四周结实的水泥基围保护，表达着小城人对英雄的敬意。

这是一座很特别的城市，站在高山之上，远处大海的风迎面而来。海洋季风性气候，凉爽温润，夏季许多的地方炎日灼灼，热浪席卷，小城常常阴云多雨，一阵凉雨忽从一块云朵倾洒而下，天降甘霖，一阵穿堂风穿身而过，顿觉身心清爽愉悦。站在窗前，看雨飞起落下，鸟在雨后交流心得，柳树摇曳多姿，我享受小城夏天凉爽的呼吸。

　　我也常常踩着黄昏的光，一个人，或者有时约上一个人，她是我办公室的同事，我们沿着黄河路一路向南，左拐至乌苏里大街，一路向东，凉风习习，来自隐于左手边高山之上的大光明寺和右手边的日月湖。到了晚上七点，水幕电影跳跃起伏的光，薄如轻纱的水幕，还有悠扬的乐曲声，同绘小城之北晶莹璀璨的夏夜之梦。

　　最近几年，空气质量达到最佳。没有任何工厂排污污染，天空常常蓝似倒悬的明镜，云朵有时像洁白的水莲花，彩虹亦常常在一场雨后横贯天空，这里的一切都格外神奇，仿佛天地留给人间的一片净土。

　　这片净土在长白山山脉之北，绥芬河从其蜿蜒而出，流经黑龙江省牡丹江市绥芬河市、东宁市的辖区内流入俄罗斯境内，在海参崴汇入日本东海，它的重要支流瑚布图河即"无沙"的河，河里游动着滩头鱼。这条河与黑龙江、松花江、乌苏里江等同是黑龙江重要水系。有了这条河，小城就有了静美的时光。

二

　　后来，我从小城之北搬到小城之南，我的行走改变了方向。这一次，我要沿着山城路一路向北，经过迎新街、文化街、通亚街、新兴街，脚步经过绿草茵茵、光影交错的小城日月湖，一路走向天长山路。走上天长山路，心中就走上了朝圣的路。那是一条无比宽阔也无比坦荡的路。路的入口处有一个灰色的天然木桩，木桩对着乌苏里大街正方向处有"白桦林湿地"五个白色大字，再往前走一小段，左手边是一个"小裁缝公园"。在绥芬河，在小城，这样园林式的小公园，小巧宁静，花红柳绿，百草茂盛，无不生幽，它们和小广场一样随处可见。小城人热爱生活，也热爱幽静。

往前走，右手边红彤彤，一方石墩上写有"红路广场"四个红色大字，广场在住宅小区中心，中心依地一面五星红旗，分南北两面介绍绥芬河作为红色之路发生在抗日战争年代的红色故事和国内国际重要领导人经过这里的往事，它的背面写着"红路廉洁文化"六个金黄大字。之后就开始走上了长长的红绿辉映的塑胶人行道。红色在左，绿色在右。

沿途一条大路阔开两边，左边是高高的椴树林和杉松林。盛夏七月，天长山林涛绿海，在阳光里，在一阵风中，在雨中，每一株每一棵，绿色如同泼下的蜡染，蓬蓬勃勃的天长山，如同大地的雄狮，雄壮匍匐，但也宁静致远，力量来自长白山火山喷发的岩浆岩，来自地球的心海。

大路的右手边，一条河流挽着我的衣袖，穿过高低丛生的小树，从西向东淙淙，时而蝴蝶从眼前翩翩飞过，它们是白色、黄色、绿色，在路边紫色的豌豆花、粉白相间的石竹花、金黄色的萱草花之间嬉戏，闪光，舞动着夏天天长山的裙摆。就在昨天，我在爱情谷东侧黄土路上临近水泵房的路边看到了一只蓝色的蝴蝶。走过一个转弯，放眼望去，天长山路腾跃而起，直向天边，左边松柏参天，右边山峦起伏，一片安宁静谧的享受忽从天上来，脚步瞬间变得开阔。

这大片的茂密青葱的山，并不巍峨险峻，亦无奇山异水。丰腴茂密的森林，郁郁葱葱，隐藏着大山的厚重和神秘。

三

在这幽静的山谷中，有爱情谷，亦有一大湖，爱情谷在大桥东。大湖在大桥西，小城里的人没有给它起一个名字，就像孩子出生，父母没有给孩子起乳名一样，依据职能称为天长山水库，水库于1976年动工，1988年建成，历时12载。

年轻时去过兴凯湖，兴凯湖波涛涌动，岸边沙滩无垠，望去有大海的气魄，兴凯湖被称为"北大荒的海"，是天然地质构造湖。天长山湖为人工湖，当走过那打开胸襟的漫漫长路，当欣赏过路边盘在一棵云杉上的青蛇午睡的姿态，当与路边的萱草花互通心灵后，当欣喜飞舞的蝴蝶从左边森林飞出穿过大路飞向右边的矮丛后，我已走到了大桥。一片明亮亮的光被青山围绕。当手扶桥栏站在桥台上，我看到大片碎银样的光闪烁晶莹，在水上奔跑，撒欢，嬉笑。

　　放眼望去，一片蔚蓝，水是蓝色的，这让这片水格外清澈，在湖里可以看到蓝天白云的倒影，无论什么时候站在这里看这片水，都格外宁静，明澈，它环绕着青山，依偎着青山。山因为水青葱连绵，水因为山而有了灵魂。湖形随天长山体弯动，山在哪里，水到哪里。安安静静地过日子，不惊不扰是她最美的心性。腰身柔美，闪着星星一样的光，水纹细腻，一波拥抱一波，在蓝天白云间萦绕，蓝天在水底，云在水波上，一切那样的明澈。

　　站在湖边，多站一会儿，等到震撼消失，就分不清楚我是湖里的云，还是云是爱湖的我。当蓝天云朵倒映在湖中，湖水显得更加干净透明，仿佛能洗净人的双眼和心灵，令人感觉眼睛明亮，呼吸通透。顺着大桥向北，一路凉爽的风吹动衣摆，惬意来自向北的天长山。天长山草木繁茂，夏季郁郁葱葱，林中时时随风飘来草木之香，清凉怡人。

　　每一年的春天，这里的迎春花开得东面半面山粉红鲜艳。沿湖行走，走到北边，北边没有湖堤，是一片土石岸，岸上湖边常有人钓鱼。或一家老少几口人，有小女孩，小男孩，有年轻夫妇，有一位长辈；或只有一人孤钓。钓鱼是一件快乐的事，完全沉浸在这一片水中，在寂静中等待鱼儿咬钩，心境完全超脱时，会看到鱼儿游来游去，正如庄子所说，是我成了鱼，还是鱼成了我？

　　当被纯净的环境同化，就会看到真实的自己。如果你当时心绪不宁，根本不会被打动，或者正被一种欲望困扰，你都将看不到水和蓝天白云融在湖面的纯净。也许鱼来过，咻一咻，又去玩了。

午后远望，大湖与垂钓构成了原始的静谧。湖岸弯弯，弯向山脉。沿湖行走，就走到了掩映在丛林中的天长山宾馆，在远处看到的白褐色的俄罗斯风情房屋就是天长山宾馆的八号宾馆。冬天大雪覆盖山林，宾馆就是大雪中人们温暖的家。八个宾馆错落有致，分别坐落在东西南北中各个方向，每一个宾馆造型各异。曾因为陪同同学进去看过，里面大气、舒适。床很大，窗子很大，被子也很大，覆盖在大床上。屋里的柜子、椅子，茶具都是木质的。也许是就地取材，木制宾馆内外散发着幽幽木香，伴着幽幽山林和明镜般的湖水，听着飞鸟的鸣叫，静听一曲《莫斯科郊外的晚上》，不觉已进入人间仙境。炎炎夏日，来这里享受一夜的清凉，足矣。

等到东方的光唤醒天长山的沉睡，我们也按捺不住脚步，走出宾馆，嗅一嗅晨光的气息，看到草木上缀着的晶莹露珠，一只睡醒的蜻蜓正在展翅。

离开宾馆向西而行，一路大湖水悠悠，它是大地的眸子，眸光流转，白云悠悠，天是一块蓝得透明的玉石沉入湖底。走过一段黄土路，走下一个坡，来到了白桦林。

四

在绥芬河天长山湖畔之西北，有一大片的白桦林。入口处的"白桦林湿地"，就是这片林地，它隐藏在深处，无论从北口进入，还是从南口进入，它都在丛林深处。

在进入这片白桦林湿地栈桥之前的路上，如果从北口进入，沿途会偶尔有一两棵白桦树，我站在路边和白桦树对视良久。"木秀于林"，白桦树高耸洁白，直冲云霄，仿佛与蓝天竞高低，在郁郁葱葱的山林中拔地而起，气压群芳。眼前的白桦有的独株，有的并蒂而生，然后各自冲向天空。白桦树着一袭洁白的衣袍，稀疏的枝叶在天空舒展着自由。白桦树的皮洁白细腻，像温润的白玉。白桦树洁白的腰身，直通天宇，是绿树丛林中的白金。

走过一段黄土路，当时正值中午，路上只我一个人，两边的树林仿佛产生威胁，内心忐忑，我还能听到从大水南侧喊音桥那边传来一个男子的回音，声音像是喊号子，"呦，呦呦呦"，听起来有些悲伤。

"白桦林湿地公园"，是小城人的心灵家园。那清新的夏季晨光里，那炎热的暑天里，那下着雨的夏天里，那飘着雪的冬天里，那无数个黄昏的光辉里，都会有小城人慢慢地行走在通往这片白桦林的红绿塑胶人行路上。我和他们一样，会把快乐和不快乐都一并分享给长白山之北的大山。那些在尘世喊不出的声音，排遣不掉的纷纷扰扰，都可因为来到了这里而逐渐清零，走着走着就走成了风景。身在尘世，心在山林，这里可以承纳失业、失恋、失败的所有痛苦，慢慢地身体里有了草木芳香和山林的坦荡，有了无垠的青山，我们就会和世俗抗衡了。

所以，来这里走一走吧，来这里跳舞，听音乐，冲着大山，把压下去的声音喊出来，在寂静空灵中听自己的回音。据说，有一个女孩失恋了，她每一天都要来这里走路，沿着天长山路，沿着栈桥，沿着白桦林湿地。后来，她走出了自己，变得成熟开朗，遇到了新生活。

我一个人在中午火热的光中，走进了白桦林湿地，为什么，不清楚，也许冥冥之中，我们总是被自己的灵魂召唤。从北向进入天长山栈道，就进入了大片的白桦林湿地，湿地在栈道之北。

这是一片沼泽地，地面长满一簇簇的马蹄草，羊胡子草，茂密厚实，女儿说过"草是大地的被子，可以保温"。还有一些沼泽黄花零星地开着，还有一些小紫花，它们都开得安逸、自在。在这大片的沼泽地，许多花儿享受着清凉与阳光的舒适。放眼望，这里有一大片洁白的白桦林，洁白在阳光里流淌，绿叶在光中婆娑。一株一株，直冲向蓝天。每一株树，都结结实实地扎根沼泽地，直立挺拔，俊秀清纯。它们用自己盛夏的绿叶编织天空的色彩，与洁白相呼应，阳光穿过绿叶的缝隙，像人的眸子般闪烁。绿色的草地之上，绿色的天空之下，白桦树就像洁白细腻的美人，在无垠的森林中亮着，白着，深情着，纯洁着，婀娜着，柔弱着，坚强着。

风过万丛林，婀娜各生姿。风中的白桦林，粗壮的白桦树气宇轩昂，气冲云霄，顶天立地，凛然不可侵犯。中粗的白桦树，如少妇一样健康，充满活力，妩媚动人，她们的腰身洁白如奶酪，温润如凝脂，洁白的树呵，像刚刚出浴的美人，像纯洁流芳的白莲，像整装待发的海军。那纤细娇羞的白桦，如少女一样纤细着，柔弱着，她们和整片林子一同高高地举起绿色，举起和平。

白桦树不止长得美丽，而且充满了气节，不择环境，不惧严寒，不怕风雨，出于沼泽而坚韧，经历风霜而柔美，静美时吐露清新，风动时千娇百媚。我家乡的白桦树，一片片流淌着洁白的光阴，像克莱德曼的钢琴曲《爱的纪念》，美好的童年，闪光的青春，和恋人甜美地相依相偎，都是这般纯洁，令人欣喜愉悦。

我现在看到的是夏季的白桦林，站在栈桥，也可以欣赏她的秋天，冬天，和来年的春天。我和白桦林许愿：相信我，我会追随你的四季。白桦树洁白的身上有许多黑色孔，看上去像动物或人的眼睛，所以被称为树眼，它们是白桦树的呼吸道。白桦树洁白的皮肤里裹藏着青白的汁液，被誉为天然饮料，含有丰富的氨基酸，具有美颜、抗癌、预防高血压等作用，白桦茸可抑制胆囊息肉癌变。桦木是绝好的家具材料，桦树皮可做燃料或桦树皮船。白桦树有自己的灵魂，纯洁和奉献成就了它们的生命。

五

第一次这样以一种纯粹的心态和一路的风景相互认识，因为，这一天我不再警觉。命运安排我们任何人的生存，都有深刻的原因，就像我们一家三口人一同出行，这是一件很难实现的事，因为，我们必须在同一地点，同时也愿意为这一次一同出游放弃自己的事，心甘情愿地愿意一同出行。女儿和老公围绕在我的身前身后，他们两个人是我人生的屏障，虽然平日我为他们奔波忙碌。一起走，就会看到三处风景。

乘坐风景大巴到了大湖桥东南凉亭处下车，然后坐在凉亭椅子上乘阴凉，躲避下午2点多的太阳光和热。凉亭里开起了小商店，有钓鱼竿、烤肠，各种冰点、饮料，有挖沙子的小铲子、野餐垫，还有其他各种食品。有人买烤肠，有小孩子急着吃冰点，有人买了野餐垫走了。坐在那里看着这一切，就会完全地跟着这一切进入到他人的生活，就忘了什么，融入真的会产生快乐感。女儿坐在左边，老公坐在右边，我们聊起了天，东一句，西一句，没有主题，没有问题，忘了说些什么，但当时聊天的快乐被留在了回忆里，那种我们仨的感觉让我产生了安全感，安全感对任何人都很重要，有些幸福哪怕只有一秒，我认真的孤独源于生活的琐碎；恋爱之所以快乐，因为真正的恋爱没有生活，小城的天长山为我提供惬意的时光。

到了三点多，太阳挪动了方向，地面开始有了阴影，我们出发了。走白桦林湿地南边入口，先经过这个环山闪烁的大湖。第一次注意到湖边的沙地。真的不能嘲笑它，和黄海的金沙滩无法相比，因为这片水不是黄海，但城市里的人可以在这样晴朗闷热的八月，花上一元的车票钱，来到这里，黄海是小城人的远方。

沿岸有人躺在沙滩垫上，举着手机，一个人享受着一棵树下的阴凉；有四五个大人围坐在沙滩垫上，吃着零食，喝着什么，他们带的孩子在玩沙子。这些孩子大多七八岁，他们把沙子用小铲子堆到水边，再把大湖湖岸的衣角铲出一个小缺口，然后水流到他们挖好的小池子里，沙滩让他们挖成了沙丘，可他们有了自己的新湖。没有人知道小孩为什么这么喜欢水，他们见到水会忘了所有。有一个女孩儿趴到了水里，像一朵娇媚的粉色莲花在水中绽放，可我认为大湖的水并不纯净，女孩儿的身体比任何纯净的事物都纯洁，孩子可以不懂，但大人要明白。

我们沿着湖一直向西行走，湖水由蓝色转为混黄色，也许这就是它的本色，它在大地上，蓝色是天空的色彩。我曾经见到过它是蓝色，很蓝，很清，蓝天和白云都清晰地倒映在湖水中。走到尽头发现，我们只贪图脚踩在沙子上的感觉，而走错了路，前面没有出口，都是这泛着粼粼波光的水。可老公说：你看黑天鹅。我和女儿随着声音看到了从对面游过来三只黑天鹅，它们滑着湖水，向我们游来，根本不听管理员"回去，回去"的命令，它们自顾沿着水滑行。三只黑天鹅，形体硕大，在水上一边滑着，一边鸣叫着，叫声独特，那声音仿佛经过了千万次过滤后的净水，水在空谷中一块玉石上流淌，悠扬清脆。两只黑天鹅结伴在前，一只黑天鹅在后。前面两只一前一后的天鹅，像一对和睦热恋的夫妻，前面的天鹅叫一声，然后一回头，再叫一声，再一回头。在它身后略大一些的天鹅会将长长美美的脖颈伸长，伸直，然后又打了一个弯，一个倒 U 型的弯，一条柔美的弧线。天鹅的内心到底有着怎样的节奏呢？

我们仨走回原路，老公和女儿蹲在路旁唠嗑，我一个人走上了一座断桥，桥左手边有一片高高的冲天草，开着黄色的小花，花连成一片，增加了水的气势。桥的尽头立在水中央，那个喊泉已经被游人喊掉了泉口，我一直想来喊泉喊一喊，等到来时，就不喊了，站在桥头，迎着流动的湖水，听着呼呼的风声，仿佛置身于大船之上，迎风而立，一份豪迈之情拥抱了我。

后来，我们去了自驾游基地。可惜因为疫情原因，这里暂时关门。但我们仨在一起，就没有失落感。我们就这样自由自在地走着，偶尔遇到行人，会看看他们在做什么，有时也会打个招呼，笑一笑。

这世界，能有一个地方接纳你的自由，这个地方就是天堂。

　　走着走着，又走到了白桦林湿地。八月末，这里的一切在接受季节的交替。桦树叶已飘零，一片飞向了湿草地，一片随风而逝，离开了树，它就要去追随风，风带它去流浪；就像现在，我们三个人，在一起行走。更多的叶子落在了栈桥上，它们依然发着光，依然暖着。

作者简介

　　张丽英，女，1991年毕业于哈尔滨师范大学中文系。黑龙江省作协会员、绥芬河市作协会员、萧红文学院绥芬河骨干作家班学员。作品散见《北方文学》《散文选刊》《散文诗》《岁月》《远东文学》等纯文学期刊。出版有散文集《时间的故事》，与他人合著文集《岁月深处》。

包饺子

由于疫情隔离得太久，我的心情时好时坏，使我不得不再一次思考生死的问题，还有生命存在的意义。坏的时候，世界只剩下了混乱的秩序；好的时候，一切都有了答案。尽管不一定乐观，但每经过一次痛苦的洗礼，我对人生就会多一层认知。当我想明白了，便开始重新投入到生存技能的训练当中，这算是疫情给我带来的一些好处。

最近，我开始钻研面食，实在不该说是钻研，应该说是弥补。如果不是这次疫情，我大概永远也学不会发面、剁馅、擀饺子皮、包饺子。我第一次大胆决定要独立包饺子的样子是那么果断，就好像一位明知道前方困难重重，依然决定喊出进攻的英雄。即便过了一个月，回想起来，也依然佩服自己当时的勇敢。我一面回忆着家人是怎么包的，一面去搜罗网上的教程，时不时发个视频问问家人们具体的步骤。我耳边冷不丁冒出来二姨曾说过的话："包饺子是最省事的了。"开始我想不明白，花了三个小时才包出来五个饺子也叫省事么？就咱这水平，再慢，三个小时也能做出三菜一汤吧。如果不是疫情，只需要花二十块钱就可以收获这份果实，十块钱就能买份需要五个小时才能做出来的凉皮，我这不是在赤裸裸地浪费时间吗？

那天很不顺利，因为包的是韭菜鸡蛋馅的饺子，从和面到包饺子耗费了我所有的精力，包完之后我决定睡一会再煮。睡醒之后，发现底部的饺子皮和案板已经粘连在一起，难舍难分，最多两三个没破。看着我破碎了的心血，说不后悔是假的，但无暇后悔，灵机一动，便给它们做了一个个补丁。或许补过之后，饺子皮会变得更筋道，外甥女一定爱吃这盘饺子，因为她最爱吃饺子皮，从今天开始，我就是创新饺子第一人。

期间我放进锅里开始煮，家人们关心我的成果，发来了视频，顺便告诉我不能打补丁，不然日子会过得越来越穷。我看着那些补丁在韭菜鸡蛋汤里变成了散落的面片，没关系，我告诉自己，至少总结到了经验。

第二次，我想要让包饺子的过程变得更愉快，开始寻找伙伴，约定一起包。到了约定的日子，调完馅打开视频，和朋友边聊天边包饺子，不知不觉饺子馅就光了，我才明白，包饺子的乐趣在于家人们通过一个共同的活动来交流信息，不像喝酒那么自在，而是平和地有节制地交流。在我的印象里，从来没人在包饺子的时候争吵，这种快乐超过了揉面的麻烦，也超过烦琐的步骤，加上不需要像炒菜那样考虑要搭配哪些菜，所以她们认为包饺子简单。

但这不能使我爱上制作的过程，我意识到，如果总抱着这种麻烦的心态永远也包不出好饺子。其实它也没那么难，至少包的那个过程有点意思，不管怎么说我会包了，这手艺不会在我的手里失传，以后我的孩子也能吃到妈妈的味道。我需要不断练习，或者可以尝试包子、馅饼。从第一次包得奇形怪状，慢慢找到感觉，或者后期修正，逐渐变得有模有样。我更喜欢包包子，只要把它包起来就行，不一定要像饺子一样有肚儿，也不用怕露馅儿，修正起来也方便，几个人为的褶子也基本看不出来，也不一定要把皮擀得溜圆，最重要的是省事。顺便我也学会了正经地擀皮，让擀面杖有规律地做起圆周运动。

值得高兴的是，每次包包子或者饺子，我的脑子从来没有停止过思考：怎么能包得更饱满？哪些步骤可以省略，哪些又是必要的，如果将来有孩子来问我怎么包，该如何用最简单的话教他，为什么同样的步骤，这一锅是发面的，上一锅却是灌汤包？如果我的皮肤像这团面一样干净细腻该有多好！我该如何预判面粉和馅的比例？如何均匀地分剂子。我在一步一步思考前人的经验，直到一个声音问我："你知道你按了多少个剂子，包了多少个饺子吗？"这是小时候我按剂子的时候大姨问我的话。

关于大姨，我的印象很少，她在我高二生日的前一天半夜去世了。我妈说大姨是姊妹中最聪明的，她没上过一年级，跳级上了二年级就考了全班第一。我能感觉到，她将那些敏锐的触角遗传给了哥哥。虽然说我读的书比他多，但我哥总会发现一些我注意不到的规律，问些我回答不出来的问题。我现在还记得她的单眼皮，塌塌的鼻梁，重重的法令纹，经常向下撇的、抿着的嘴角边还有个大瘊子。

为什么大姨会问我那句话，当时我看着姥姥，大姨和我妈包饺子，我在炫耀自己能同时按两个剂子。我打断她们的聊天，在她们面前狂秀自己的技术，一只手按下去，两个小圆饼就出现了，表面光滑平整。这时候，大姨问我："时成成，你记得你按了多少个剂子吗？"我从没听过这样的问题，吃惊地摇摇头，开始数，19个，大姨扬着眉毛告诉我，"好，你要一直记得你按了多少个剂子，要做到心里有数。"这有什么难的，我开始心里默数，但那个过程是很长的。可真到数的时候也发现并不简单，只要一听她们聊天，或者换了个位置我就忘记了。她们迅速地把擀好的饺子皮堆在一起，好像故意和我作对，让我没法细数，好在大姨没再问我。我不肯放弃，吃饭的时候我也数着自己吃了几个饺子，那天的电视我没有仔细看，那天的饺子味我也没尝，我心里只记着数字，结果姐姐给加了个菜，说："你尝尝这个。"我就又忘了。

我想不明白，为什么要问这样的问题，所有的饺子都是我按的剂子，问了又有什么意义？她想问的是一共包了多少个饺子吗？假设我多数了一个或者少数了几个又有什么区别？或者为了锻炼我一心二用，一边听故事一边记数字？难道我记得包了几个饺子就是心里有数了？

她记得自己包了多少个饺子吗？我想不明白。

二年级下学期我转学到了姥姥家的小县城，我经常放学了就和姐姐跟着妈妈和大姨趁着好天气一起去菜地。她们摘菜，我俩抓虫子。县城的地形像个小盆地，夏天更长些，更暖和也更晴朗，早早地树叶就像面团一样迅速"膨胀"起来。有时候我们拿个小马扎坐在树下透过叶子的间隙看向天空，云是细碎的，有的像鸡蛋碎又小又不断开，有的像鱼鳞缓缓游过。我俩认为神仙就住在天宫里，天宫那么多人，肯定踩在一块结实的大云彩里，于是猜哪块云彩上住的是大神仙；下过雨，我们就摘几片大叶子作皮，和泥巴作馅，左手一托，右手一盖，另一人用长草系在一起，包几个大粽子；有时候我俩拿着西瓜或者煮好的玉米，等到大人累了，我们就拿过去一起吃。大人们把西瓜皮啃得溜白，我们俩总得留点淡红色的底，吃到那儿已经完全没滋味了，还互相较劲，看谁吃得更干净。

大人们一人一个玉米，我俩一人半个。她们吃得很快，像松鼠一样嗑得干干净净，我吃得却像狗啃的一般，脸上手上衣服上到处都是小的玉米碎，玉米棒上也是。我俩来到附近的大水池旁，比看谁扔得远。有一次，姐姐还带上了新买的复读机，银色的"步步高"上面打开放磁带，下面六个银色的椭圆按钮，有变速，有复读，有对比，还有一个按键叫"高保真"。我俩正研究那新奇的玩意儿怎么录音，结果一不小心录下了大姨长长的屁声，我们回放着那条录音："先按这个键……""不对是第二个……""……噗……"姐姐还调皮地按上了变速，1.5倍速一遍接着一遍放，我们在菜地里笑得前仰后合。

所以一到夏天，当我看到蓝天白云，当我想吃西瓜的时候，就会想起那个晴天，想到那片菜地，想到那个屁声，有时也会想到大姨的那句话。今天我好像想明白了，或许大姨是想告诉我，你要记得自己按了多少个剂子，一共包多少个饺子，几个人吃？你一顿吃几个饺子？如果有10个人，你要按多少个剂子？你要心里有安排。你在写作业的时候也要心里有数，做了多少道题，学的是些什么知识？工作的时候，你做了多少，还有多少大概的进度？无论外界发生什么，你要记得你现在做的事，无论有哪些诱惑，你都要记得你手里的那份工作。

但我不确定，这是不是她说的心里有数。或许过几天，我就会又明白她想说的没这么简单，毕竟这天才的谜语，我还需要时间才能想明白。或许等我能再看见她的时候问问她，或许她也不记得了。

作者简介

时成成，绥芬河市作家协会会员。硕士研究生学历，现任高校教师。作品在《远东文学》《牡丹江晨报》《牡丹江电视报》《今日绥芬河》发表。曾获全国学生作文大赛二等奖，全国演讲比赛三等奖。

书虫人生

我小时候，有关于四大名著、历史故事、诗词歌赋等好多文学方面知识的启蒙，都是来源于"小人书"。"小人书"又叫"连环画"。在二十世纪七十年代，小人书是我童年记忆里不可或缺的精神食粮，更是我拉拢玩伴、化解与玩伴之间矛盾、消除与玩伴之间隔阂立竿见影的有效法宝。

打小我就是一个书虫。记得当时，我邻居家的夫妻二人都是教师，他们家里收藏了好多的小人书，吸引了好多孩子往他们的家里跑。而我是近水楼台先得月，课余时间自然而然就成了老师家里的常客。当时最热门的小人书有很多，诸如《刘文学勇斗歹徒》《无私无畏的张高谦》《草原英雄小姐妹》等等，书中描绘的故事都充满了英雄理想主义色彩。

有一天，我在他家意外发现了一本成人的故事书，书名叫《战斗堡垒》，这本书一下子就吸引了我。虽然我当时识字不多，看个葫芦半片，但还是坚持把一整本书翻阅了一遍。那是我在那个特殊年代里，看的第一本课外读物，还是成人的书。从此，我就对读书产生了浓厚的兴趣。

后来，随着年龄的增长和学习任务的增加，我去老师家里的时间越来越少了。于是，我就想到出去借书拿回家里看。

有一年夏天，是一个下午，放学后我没有直接回家，而是去了一个同学的家里。我和那个同学我们两家是邻居。在我同学家里，他突然就拿出一本新书来朝我炫耀，说那本书是他的姨夫去外地出差买回来的，他姨夫自己还没来得及看，就被他借过来了。我拿过书来简单地翻了翻，是一本关于战争的书。男孩子，天生都喜欢看打仗的书。我被书中的情节吸引了，就忘记了写老师留的家庭作业。

我正看得入迷的时候，我的同学就不让我接着往下看了，他想把书要回去。因为这本书他还没有看完呢。我不舍得把书给他，跟他商量了半天，他才同意把书借给我，但前提条件是，以后什么事情我都得听他的，无论是在学校里，还是在校园外边，我站队必须要主动自觉地站在他这边，永远和他一伙儿。用现在社会上的话说，从今往后，我就成了给他跟班的小弟了。

为了能看那本书，他提出的一切条件我都答应了。不过，他提出的另一个条件有些苛刻，只给了我一天看书时间，也就是说，到明天下午放学的时候，我就必须得把这本书还给他。我拿起那本书，连跑带颠地回到自己家里，作业都顾不上写，甩掉书包就沉浸在书海里面去了。

至今我还记得，当时我看的那本书的书名叫《桥隆飙》，作者是曲波。故事讲的是新中国成立之前，在盘古镇有一股土匪，头目是一个叫桥隆飙的人。这个人是穷苦出身，没有什么文化，粗犷豪放、疾恶如仇，经常做一些劫富济贫的事儿。后来，共产党决定收编改造他们，便派了两个人，以当地普通百姓的身份，潜入这伙儿人的内部，展开了改造和收编他们的工作，大致就是这么一个故事。

我当时被这本书里的情节吸引了，书中描写的人物形象，深深地印入我的脑子里。如书里边桥隆飙讲那句很有意思的话：人多了乱，龙多了旱，儿媳妇多了婆婆做饭，如此等等。

那咱，我小学还没毕业，那本书里仍然有好多字我都认不下来，只能照句子的意思捋下来。

为了看那本书，我真是废寝忘食了，我娘叫我吃饭，我都没听见，为此挨了骂。到了晚上，我也不睡觉，还趴在被窝里偷着看书，看到了半夜，也不肯把书放下，结果被我娘发现了，我就把书藏了起来。我娘以为我看的是教科书，在努力用功学习，就也没往深里管我。于是，不知不觉，我就看到了天亮。

早上，我娘起来做饭，开门看到我还在读书，便惊讶地叫，我的娘啊，你竟然看了一宿的书，看你今天还怎么去上学！

那天，整个上午的四节课，我基本上都是在打瞌睡。可是，那本书太厚了，我来不及看完，就得给同学还回去了。最后，我干脆将心一横，下午的课也不上了。为了看书，我第一次学会了逃课。

那个年代的孩子，没有现在的孩子活得那么累，作业想写就写，不写顶多也就是挨老师一顿训，即使被罚站或是屁股上挨一通板子，我们也是嘻嘻哈哈地不是很在乎，不像如今的孩子这般脆弱，动不动就寻死觅活，做出一些寻短的事情来。那咱，家家孩子随便生，哪家都有五六个孩子，十个八个也不稀奇，而且个个生得皮实。

那个年代，虽然物质上匮乏，但精神上很充实，学习不是我们童年的负担，我们可以自由自在地活着。最有意思的是，班上的孩子太多，哪个班都有五六十个学生，偶尔有三两个逃课的，老师也注意不到。

我家当时生活在林区，厂区里堆着一垛一垛的原木。我们那个地方的人，管这种木头堆叫楞垛。最高的楞垛能有十多米，垛与垛之前的距离差不多是三四米，阳光照不进去，下面非常地凉爽。

吃过午饭，我跟我娘撒了个小谎，说是出去找小伙伴一起上学。出了家门，我就直接跑进厂区里，找个楞垛空儿一钻，在那里待着比较凉爽，实在是静心读书的好地方。我埋头用去整整一个下午的时间，总算是把厚厚的一本书读完了。我按时把书还了回去，可心思还沉浸在书的情节里头呢。

这个点儿，学校里早放学了，我便跑到小伙伴们经常聚集玩耍的地方，开始口若悬河地把书里写的故事讲给他们听。可能是太兴奋了吧，讲的时候，我手舞足蹈、唾沫星子乱飞。尽管我讲得葫芦半片的，可是小伙伴们依然听得入了迷。

后来，我简直成了说书人，不管自己看了什么有意思的书，都绘声绘色地讲给小伙伴儿们听。有好长一段日子里，就因为我读的书多，我成了故事家，不管走到哪里，只要一开讲，大伙儿都像追星族一样追着我、捧着我。

再大一大，我就不再看小人书了，开始看一些文学小说。古典文学、现代文学我都看，各种当下流行的类型小说也喜欢看。那时候，自己没有钱买书，都是想办法借书，看完想着给人家还回去。有道是，好借好还，再借不难。

改革开放初期，首先刮来的是港台之风。开始兴起琼瑶热、梁羽生热，后来又兴起金庸热和古龙热。这些人的书我都没少看。特别是武侠小说，简直是我们那一代人挥之不去的记忆。因为看武侠小说，我都快走火入魔了。我相信了天下武功，唯快不破；我相信了蹬萍渡水，摘叶飞花；我相信了驭气飞剑；我相信了金钟罩、铁布衫。甚至误以为古龙、金庸、梁羽生他们一定是武功盖世的奇人。说不定某一天，我也会偶遇一位童颜鹤发、白须飘飘的老者，说我骨骼清奇，天生就是练武功的料，然后再传给我一本奇书，成就我的绝世武功。之后，我便可以铁肩担道义，仗剑走江湖了。

随着年龄的增长，我开始有了独立思考的能力，也知道了过去看的那些书当中描写的桥段，距离现实太遥远了，无非是一些超现实主义的天马行空的臆想之作。虽然我是一个书虫，但是走向社会以后，生活和工作的压力消磨掉了我读书的欲望。我看到身边的人们，几乎都在为金钱奔波，很少有静心读书的。生活节奏越来越快，火车在提速，飞机在提速……什么什么都在提速，人们一头扎进饭锅里，只管狼吞虎咽，没有时间反刍。每个人每天都像在挤地铁，根本没有时间回眸，被人流加持裹挟着朝前走。全民阅读变成了一个假命题，读书变成了一件奢侈的事儿。

有一天，我的一位同事打外面拿回来两本书。我已经有些日子没读书了。看到书，我眼睛顿时就亮了。同事拿的是新书，我随手拿起来一本，一边翻阅一边问他从哪里买的书。同事说不是花钱买的，是从图书馆借的，办一张读者证就行了。

同事的话，将我读书的欲望又重新勾起来。转身我就跑去了图书馆，扑进书海里的那种兴奋，真如饥饿的人扑在了面包上一样。现在有好多人，他们的眼球每天被电视、电影、游戏，还有什么快手、抖音吸引着。然而，我始终认为，好多根据小说改编的电影和电视剧，怎么看都不如原著小说里描写的那么充分和细腻。我觉得，读书更能发挥我自由想象的空间。

如今，过了知天命之年，我仍对读书情有独钟。书虫人生，让我在浮躁的社会里，比周围人多了几分淡泊和从容。

作者简介

裴跃先，笔名山槐，男，1965年生人。绥芬河市作家协会会员、萧红文学院绥芬河骨干作家班学员。

"卢"式浪漫（外一篇）

解敏慧

如果你是女孩，是想嫁给一个浪漫的还是踏实的男孩？如果你有女儿，希望她嫁给谁？如果你是男孩，希望自己是浪漫的还是踏实的？如果你有一个儿子呢，希望他怎样？你是男孩女孩？成为谁又嫁给了谁呢？我是一个踏实又期待浪漫的女孩，后来嫁给了一个踏实又不懂浪漫的男孩。男孩姓卢，如果一定要说他的行为也沾一点浪漫的边，那我就称它为"卢"式浪漫吧。

2015年七夕，我的男朋友小卢约我去体育场散步，我本来没多想什么，绕场走了两圈后，小卢带我走到车旁边笑着对我说，请打开后备厢。就在这一瞬间，我展开了头脑风暴。毕竟对于一个在偶像剧中泡大又处于热恋期的女孩来说，这种场景太熟悉不过了。我掩饰不住笑意地幻想着后备厢中一定是送我的七夕礼物，可能是一个扎着红色蝴蝶结的小白熊，小熊旁边有一束不大却包装精美的鲜花，白色、粉色的玫瑰错落有致、星星点点的满天星镶嵌其中，小熊和鲜花的周围堆满了气球、飘带、彩灯呀之类的装饰。同时也幻想着当我打开后备厢的一瞬间，小卢深情地对我说："宝贝，七夕快乐！"然而，小卢的声音打断了我的思路，他说，快打开呀。我一边满心欢喜地期待着，一边讨厌自己太过聪明，因猜到了小卢的精心准备而失去了打开后备厢的惊喜。于是我一边笑着撒娇，假装抱怨他在体育场这种公共场合做这种事我难为情，一边亲手打开了后备厢……那一瞬间，是有一点吃惊。

后备厢里"错落有致"地摆放了三个未拆封的快递箱。我转头看向小卢给他传递了一个 What 的眼神，但小卢应该是领会成 What's this? 他迅速地在后备厢里翻出了提前准备好的剪刀递给我说，拆吧！我一边剪胶带一边在整理这当头一棒的思绪，"在这个阳光明媚、微风和煦、牛郎织女一年才能相聚一次的日子里，我却在体育场当着一众路过的陌生人，对着后备厢拆快递。小卢是想向路人证明自己女朋友有多会拆快递吗？难道牛郎见织女的时候都不提前准备充分吗？"

第一个箱子打开了，是毛绒熊，但不是扎着蝴蝶结的小白熊，是一个黑白相间的大熊猫。第二个箱子拆好了，是花，但不是玫瑰鲜花，是一束"永不凋零"的七彩肥皂花。第三个箱子里是一个粉色方形镶嵌白色爱心的抱枕。为了不让小卢失落，也为了维系我们之间的情感，我表示收到这些礼物很开心，但也疑惑他选这几样礼物的原因。小卢诚实地说，抱枕是因为他觉得颜色很漂亮，而且是在我们确定关系的"小恩爱"聊天软件上买的，有纪念意义。肥皂花是因为鲜花太容易掉落，而这个可以"永恒"。大熊猫是因为可爱，但主要是因为便宜就顺便买了。我默默地在心底安慰了自己的小失落，并劝告自己小卢是个实在人，我要守护他的初心。但后来我还是忍不住，吐槽了他为什么让我自己拆快递！女孩明明是只喜欢拆自己买的快递，或者喜欢拆礼物盒子，或者拆异地男友邮寄的快递，哪有喜欢在幻想浪漫场景的时候当着自己男朋友的面，亲自拆快递的！尽管我认为是在克制又委婉地表达我的想法，但在接下来的日子里，别说精美的礼物，我甚至再也没收到过快递。

有一次我和小卢闹别扭，我本是打算再也不见他的。夏季的晚上 7 点多，小区院子里还有很多人纳凉，他打电话我不接，发微信我不回，我独自一人在卧室里郁闷而伤心地做好了决绝的准备。就在我心如刀割的时候，又收到了小卢的微信"我在你家楼下，出去走走吧。"

我趴在窗户上看，果然车在楼下，明晃晃的车灯亮得那么刺眼。父母都在客厅看电视，我一方面担心父母知道，为这件事情替我担忧，另一方面又想，人家就在楼下等你，就算从此不再联系了也要礼貌体面地把事情说清楚。所以，我还是下了楼，好像见面了也没说什么惊天动地的话，就是一起散散步谈谈心就回家了。随着时间的推移，我们都记不住当初是怎么和好的，可能就是一见面彼此就原谅了。但小卢能专门来楼下找我的这件事，让我还是有些欣慰的，一直记在心里。于是有一次我问他，那次为什么专程来楼下等我，就不担心我不下楼而白来吗？就那么害怕失去我吗？小卢说，我没想那些呀，反正就是一脚油的事，就去了。小卢如此坦率而诚实，我……真的是，哑口无言……

当然，尽管不浪漫，但小卢终究是用真诚拿下了我的心。2015年末，我和小卢举行了婚礼，开启了两个人的新生活。婚后的第一天早上，我睡眼惺忪地躺在床上，睁开迷蒙的双眼，却发现身边没有人，慌乱间转过身，看到厨房里有一个身影，原来小卢在准备早餐。结婚的时候我们两个虽然都年近30，却没有一个会做饭的，看到他在厨房笨手笨脚的背影，就是那一刻，一股莫名的感动涌上心头，让我觉得嫁对人了，至今想来都觉得是最靠谱的浪漫。这一次，为了不破坏我心中的浪漫，我没有问他为什么起床做早餐，只是自己脑补了一下，他将侧脸温柔地贴在我的耳边轻声说：宝宝，不仅要留住你的心，还要留住你的胃呀！

这里值得补充的是，婚后的第一个月，小卢弄坏了两个锅。现在，我每天临近下班时候给小卢发得最多的微信就是：饿了。小卢给我回复最多的也是：吃啥？当然偶尔也会夹杂着其他不和谐的声音，比如"也没干啥，天天饿""一天三顿，一顿不落下""一天就知道吃"……

我平时有两个东西离不开，但又总是随便放，最后哪个也找不到。一个是眼镜，另一个就是手机。有一次在婆婆家，吃过晚饭我和公公婆婆在客厅聊天，小卢在上网。当我们想起身回家的时候，我再次上演了找手机的戏码。就在我四处乱翻的时刻，一个手机铃声响了。"原来你是我最想留住的幸运……"我问，谁的手机响了？小卢说，你的。我顺着铃声找到了手机，确实是我的，我疑惑地问，这不是我的铃声呀，小卢看向我坏坏地一笑，原来是他给我换了铃声，我心花怒放，也对他甜甜地一笑。因为，我坚定地认为铃声响的那一刻，是爱情，没错了。

现在我和小卢结婚已经6年，就在前些天，我再次下载了小恩爱软件，并把软件主页截图发给小卢，截图的背景图片是我们的结婚照片，前置文字显示"我们已相爱2491天"，小卢发给我一个"龇牙"笑脸的表情＋文字"小幸运啊"，我回复文字"小恩爱"＋"擦汗"斜眼的表情。

小卢是金牛座，有些顽固，禀性难移。但我还是想慢慢地引导这头牛开窍，事实证明这头牛终究是赶得动的，尽管慢，但也在进步。2021年七夕的早上，我和晴儿睡醒后，发现小卢不在家，我打电话询问小卢去哪了，他说去早市买菜，马上回来了。随着开门的声音，晴儿噔噔噔地跑去迎接回家的爸爸，就听见晴儿喊着：哇，好漂亮呀！我走出卧室，原来是小卢带回了玫瑰花束的惊喜。11支鲜红色的玫瑰错落有致，星星点点的满天星镶嵌其中，甚至还有几支绿植作为陪衬。

原来在我多次普及我们办公室的花有多美多香后，小卢终于认为在七夕节应该有所行动。于是在我和晴儿还没睡醒时，就出门准备了七夕礼物，当然务实的小卢还特意买了我想吃好久都没买到的蛋堡。晴儿问我，为什么爸爸送花，我说因为今天是七夕节，我和爸爸是爱人所以爸爸送我玫瑰花。晴儿对我说，妈妈因为你俩是爱人所以我给你的玫瑰上贴个爱心。她还专门画了一幅画作为七夕节礼物送给我俩。

为了回应这份"卢"式浪漫，我对小卢和小晴儿说：我们一家人，不只七夕，相伴朝夕。现在我还想附上一首顾城的诗，这曾是我青春年少、憧憬婚姻时最喜欢的诗。

门 前

我多么希望，有一个门口

早晨，阳光照在草上

我们站着

扶着自己的门扇

门很低，但太阳是明亮的

草在结它的种子

风在摇它的叶子

我们站着，不说话

就十分美好

有门，不用开开

是我们的，就十分美好

早晨，黑夜还要流浪

我们把六弦琴交给他

我们不走了，我们需要

土地，需要永不毁灭的土地

我们要乘着它

度过一生

土地是粗糙的，有时狭隘

然而，它有历史

有一份天空，一份月亮

一份露水和早晨

我们爱土地

我们站着，用木鞋挖着

泥土，门也晒热了

我们轻轻靠着

十分美好

墙后的草

不会再长大了

它只用指尖，触了触阳光

我的公公婆婆

我的公公在家排行老二，和婆婆常被称为二哥二嫂，和电视剧《我的二哥二嫂》中的二哥二嫂一样，总是对自己要求更高并甘愿为家人辛勤操劳。每当听见家人们称呼公婆二哥二嫂时，声音的背后我感受到的更多是信任、依赖和安心。

结婚六年一直没有思考过我和公婆的关系，在家隔离的第一天，当周围的世界都安静了，让我沉浸下来不禁把这些事都串联了起来。

婆婆的情商

刚结婚的时候和老公因为新生活到一起彼此有很多不习惯，所以总会吵架。婆婆总是批评老公但也不忘跟我说，她和公公也吵架，但总是吵架时先让着公公，等两个人都冷静了再细细给他捋，找他算账。

起初我认为这是她护着自己的儿子，后来一边思考她说的话，也看了好多有关婚姻的文章，我赞同了这种观点，确实家中情商高的人应该懂得处理夫妻间的矛盾。身为女主人应该为家庭提供正向的情绪价值，绝不能被情绪牵着鼻子走。谁叫我老公不具备这种能力呢？我就能者多劳吧。

公公的"唠叨"

公公是 A 型血，是个凡事要求完美，同时对自己严格要求的人。所以在日常生活中，面对我们的小毛病，总是习惯性地教育我们。老公是习以为常了，作为从小比父母还爱讲道理的我自然是不爱听，所以我和公公经常辩论，因为我坚持真理越辩越明。父母总是劝我，公公是长辈，不要总是反驳。但我从小太有主见了，不习惯处处被教育，于是随着和公公的熟络就开始习惯性反驳。其实每次公公的话我还是能听进去的，虽然当时反驳，事后也会认真反复思考。当我思考后认为他说的对的时候也会按照他的想法做。

当然，每当我认同他的理论后，我会将我的实践的成果第一时间反馈给他。而这时候公公总是微微一笑，不再多说。公公是在得意吗？是不是能冲淡之前和他理论时激起的他的情绪呢？

戒　烟

晴儿一周岁时，公公为了庆祝他孙女人生中的第一个生日，想为晴儿准备一个特别的礼物——送健康，于是公公决定戒烟。

当初怀孕时因为新房有装修味道，我和老公住在公婆家。为了不让公公抽烟，我把偷偷去阳台抽烟的公公锁在了阳台上，这事公公还在家庭聚会上跟爸爸告状，爸爸语重心长地劝说我，就算公公在房间里抽烟了也不能把他锁在阳台，那是老人。好吧，也许公公年轻，我当时没想那是长辈，我潜意识里认为那是一个可以开玩笑也可以帮助他改掉坏习惯的成年人。

当然被关阳台绝不是公公戒烟的内因，最本质的原因还是我宣布：谁抽烟，孩子出生就不让谁抱。我也确实是为了晴儿的健康着想。在她出生后，凭借我对烟绝对敏锐的鼻子，不放过十二小时内任何一点的烟味，我帮晴儿拒绝了来自爷爷的二手烟、三手烟。

果然，啥也不及隔辈亲，为了亲亲抱抱大孙女，公公在晴儿一周岁时下了决心，完成了总说戒却从未成功的戒烟革命。

陪　伴

二〇二〇年，我经历了一次整日以泪洗面的打击。因为疫情没有在怀孕后及时去医院检查，因为备孕时我和老公已经做了孕检并显示一切正常，因为当初怀晴儿的时候并没有什么不妥，因为身边的人也都顺利地生了二胎，因为晴儿那么期待，因为我早已做好了迎接的准备，有那么多因为，我从未想过会是这样的……可命运就是喜欢捉弄人，明明就都按计划进行，但就是没有留住，我做了流产。

流产前我的精神是难以想象的煎熬，从不相信到想努力弥补，从期望、失望到绝望，我不知道该怎么办了。公公婆婆得知消息后第一时间赶到我家，我想坚强地和他们说说具体情况，我明明就一贯坚强，但一张嘴我就说不下去了，眼泪再次决堤。

现在我已记不清公公婆婆当时是怎样安慰我的了，但我还能深深地感受到那份在我无助绝望时给予我的温暖陪伴。

溺　爱

据我观察，前段时间公公的工作不太忙，但一闲下来他就会胡思乱想不快乐，为了让他的精神世界更加充实，也为了解决我和老公午餐总吃外卖的问题，我建议公公做午餐。我和婆婆深深地掌握了让公公坚持下去的方法，就是每天午餐都光盘并不停地夸赞厨师。公公明知道自己有被套路的成分在，却依然开心地做着午餐，一是因为做完后他自身产生的成就感，二是确实越做越好吃了。都说众口难调，但夸着夸着，我们四个人的口味都被公公统一了。是我的年龄也大了吗？越来越喜欢家的味道。

每天中午，我们习惯性地享受美食。有一天饭后，公公突然说：我得反思了，你们天天中午回家吃现成的，这是不是一种对你俩的溺爱？

这个问题我确实没想过，问得我措手不及，等我再想想好好回答。

疫　情

二〇二一年十月末，我有幸参加了全省的业务培训。刚得知培训通知的时候，婆婆说你别去了，理由竟然是早上没人给晴儿梳小辫，我立即补充，那我辞职让妈这个事业型女强人养我吧！

毕竟婆婆平均一周出差一次。尽管不喜欢我出差，但出发前，公公依然提前做好了可口的午饭，婆婆特意强调出差第二天是我的生日，在外地过生日就等培训完回家补顿好吃的。带着家人们满满的爱意，我完成了短暂而充实的培训，可刚返回绥芬河，哈尔滨就出现了疫情。我变成了黄码，被要求居家隔离，社区给了两个小时的准备时间。

得知消息，我抓紧准备好老公和晴儿的换洗衣服后给老妈打了电话。老妈说：没事，晴儿就住在我这，放心吧，照顾好自己。

怕有遗忘，我又给婆婆打了电话。婆婆说：我家有地方住，没事的，多准备点吃的，想吃啥三天给你送。我说我怕黑，不敢自己睡。公公在手机那头喊：都贴上封条了，小偷也进不去，鬼都给封外面了。报备完，我静静地坐在寂静的屋子里，内心平静了一些，现在我好像确实不那么害怕了。

关于疫情还有一件事，二〇二〇年初，疫情在全国蔓延，为了守护城市居民的安全，全市机关干部都下沉社区值守小区。起初值守的条件并不好，春寒料峭，同事们二十四小时在寒风和飘雪中坚守岗位。当时老公有自己的卡口要值守，爸爸在外地回不来，而我又刚做了流产手术。为了养护我的身体，为了体谅我不想拖累同事站岗的心情，公公挺身而出，每天替我去卡口值班。有一次领导去卡口，看见了为我站岗的公公，感慨地说：这哪是老公公，这是亲爹！

长　辈

　　父母是朴实严肃的人。在父母面前，可能是因为有姐姐，从小我习惯了做乖乖女，习惯了不做父母批评姐姐做的事情，习惯了伪装，习惯了只展现自己好的一面，只是偶尔表现一点小机灵，耍点小无赖逗父母开心，有什么心事也不愿对他们说，主要是不想让他们为我操心。但婚后我认识了公婆，让我解锁了另一种和长辈的相处模式，在公婆真诚的关爱面前，我没有了防线，畅快自由地做自己。我不知道对待长辈是否应该是固有的相处模式，也不知道我和公婆的关系中是否让他们承担了更多爱的责任。我只知道，在未来的日子里我应该更努力地让他们感受到我的爱就对了。

　　婆婆说一九八八年公历九月二十三日是公公婆婆最初认识的日子，而我出生于一九八八年农历九月二十三。莫非公公婆婆生老公就是为了将来娶我吗？也许这就是命中注定的缘分吧！

作者简介

　　解敏慧，女，85 后，绥芬河市作家协会会员。喜欢散文写作，偶有作品发表。希望通过文字记录生活，播种快乐，传递温暖。

我的老家

苑德祯

　　我的老家在辽宁朝阳一个偏僻的小山村，因为全村只有三户外姓人家，其余全姓苑，所以叫"苑家沟"。苑家沟周围全是荒山野岭，村民们日子过得很穷。民国末期，兵荒马乱，民不聊生，有一年又闹上了饥荒。血气方刚的父亲实在受不了这种苦日子，听说黑龙江好混，便挑着担子一路向东北闯去。

　　经历了千辛万苦，走了一个多月，到了一个叫"九江泡"的小站落下了脚，在这里认识了一位姓苑的一家子。经他介绍，我父亲当上了一名铁路工人。

　　随着岁月蹉跎，工作调动频繁，父亲有多少年未回老家了。一天，父亲请好了假决定回老家看看。那时我十六岁，刚好放暑假，母亲让他把我带上，因为我还从来没回过老家。就这样，我随父亲踏上了回老家之旅。

　　那时坐的是绿皮火车，慢条斯理地坐了三天三夜，才到了一个叫北票的火车站下了车。然后徒步走了两个小时到了缸窑岭，在我大姨家吃了中午饭。饭后，我们又接着走，没有交通工具只好以步代车。一路上除了山坡就是庄稼地，地里干活的农民见到我们都停下了手里活，不断地打量着我们。特别是父亲穿着铁路制服、戴着大檐帽，更引起了人们的好奇。听说老家那边偏僻得很，住在山沟里的老人们，一辈子都没见过火车。

　　我们从中午一直走到了太阳落山，我被父亲甩得老远。到了一座山坡上，父亲对我说，他小时候曾经在这里放过羊，坡下面就是苑家沟了。苑家沟住着百十户人家，两山夹一沟，我们家的老宅子就坐落在山坡上，紧挨着坡下有一条乱石沟。父亲说，只要一下暴雨，从乱石沟里就能见到汹涌的山水从这里奔流而下。

老宅子正房住着奶奶和二大爷一家，偏房住着大娘一个人。大爷早就不在了，有一年村里闹瘟疫，整家整家死人，大爷帮着往外埋人，后来自己也被传染上了，就死掉了。

村里没有电，当我们走进昏暗的二大爷家里时，发现奶奶躺在炕头，父亲俯下身子对奶奶说道："您三儿子回来了！"

父亲连喊两声，奶奶没有反应，只是昏睡。奶奶已经一百多岁了，可是一旦有人问她高寿，她总是说九十九岁，就是不肯说自己一百多岁了。而如今奶奶老得都糊涂了，就像屋里的那盏煤油灯，生命的热能快要燃尽了……这是我第一次见到了奶奶，也是最后一次见到了奶奶，后来我们走了不久，奶奶就去世了。

二大爷高个儿，身体偏瘦却很结实，早年做过木匠活儿，后来跑过小买卖。跑买卖挣到了钱。听父亲说，二大爷手里有两个小元宝，保存了好多年。但在以前，民不聊生，盗匪横行，做生意也担风险。一次，二大爷在集市上卖完货，带着钱褡子往回赶，半路上从远处隐约看到两个人影。二大爷忙将钱褡子藏到了附近的草丛里。果不其然，遇到的是劫匪，他们把二大爷全身搜个遍也没搜出钱来。自那以后，二大爷买了一把土造的手枪带在身上，以防不测。

我们在二大爷家里住了一个星期，乡亲好友们这个请那个让往家里拉吃饭。一个穷山沟能吃个啥？除了多炒几个普通菜就是吃那黄灿灿的黏米面食，那黏米真黏，真的很好吃。平时是吃不到的，唯有年节或来了客人才会拿出来吃。大姑领着我表姐表弟也来看我们，晚上大家坐在院子里娱乐起来。小表弟会吹笛子，大家让我唱支歌，我唱了一首当时流行的"语录歌"……看得出来，尽管那个年代老家人物质上匮乏，但精神面貌还是乐观的。

大姑住了两天要走，我去送她，二大爷给牵来一只小毛驴，让大姑骑着，我牵着，一路往家赶。大姑家的村名叫"八家子"，足有十五里路。路两边长着茂盛的灌木丛，各种叶子油绿发亮，有些花朵探头晃脑地摇曳在中间，偶有蜂蝶飞舞在上面……山区里的景色真美！把大姑送到家后，我踩着一块垫脚石骑上了小毛驴的背，优哉游哉地往回赶。没想到走错了路，走进了王家营子村，原以为老马识途，毛驴也该会识途呢，可这毛驴却和我一样忘了回家的路。

苑家沟山坡上栽满了苹果树、枣树、梨树，这时的树上果实未熟，正青涩着。小伙伴们带我去村边的小河里戏水。那水很浅，清澈见底。到了晚饭后，三三两两的村民坐在街边老榆树下谈天说地，古朴的民风，偏远的村落，在夕阳余晖里像一幅美丽的油画。

父亲的假期快到了，我还没有玩够呢，爸爸就要带着我走。我们先去姥姥家告别，姥姥家在五里之外的陈家仗子村。母亲姓陈，这里一定是陈氏家族的最早居住地。村落在一个漫坡上，姥姥家里有表哥表妹，表哥后来去我们龙爪的家给队里放过牛，再后来听说因失恋而精神失常了。姥爷去世的早，生前是村里的老中医。有一年来我们海林的家，还带着碾成面儿的各种中草药。有邻居来看病，姥爷就用小耳勺从小布口袋里挖出各种药面儿，放在一张张正方形的白纸上，然后包好送给患者。姥爷长得红光满面，他不喜欢我，喜欢我四弟，四弟勤快，会来事儿，常给他倒痰盂。但我仍很怀念姥爷。

小时候，母亲常在油灯下给我们讲她老家的神鬼故事，这些故事就来源于这个叫陈家仗子的小山村。其中有一个故事挺离奇。母亲讲，陈家有一位亲属，有一天夜里被小鬼抓走了，抓去了阴曹地府，结果阎王一查生死簿子，就说小鬼抓错人了，这个人还未到寿呢，该抓的是他家的邻居。于是小鬼又把他送回来了，然后又去抓他那个该死的邻居。这时天正放亮，被放回来的陈家亲属一觉醒来，只听邻家传来痛哭声，原来邻家刚刚死了人……母亲说，邻家那个人被小鬼抓走了……母亲又说，这是真事儿。但我认为这纯属巧合。

在姥姥家住了一宿，父亲就要先去八家子看大姑去，让我在姥姥家等他。可我非要跟着他去，表哥表妹们就把我的鞋藏起来不让我走。我倒不是怕小鬼来抓我，我就想跟着父亲去看大姑一眼。

父亲从小生活在这里，对这里的山山水水、一草一木，都是那么地熟悉，那么地亲切。特别对这里的父老乡亲、家里的至亲，都饱含着深情大爱，难舍难离。父亲从小就有闯劲，闯到了黑龙江，落脚在铁路部门，一干就是一辈子，成了建国前就参加工作的老铁路人。父亲入党提干，曾经当过海林车站二等站的站长。当时很气派，在当地很有名望。有一次，《林海雪原》的作者曲波来海林做报告，父亲还和他合了影。父亲虽然文化不高，但他勤奋好学，常伏在饭桌上整理材料，字写得也漂亮，一行行字体微微地朝一个方向斜着，看着工整有序。

父亲不但工作出色，而且把家也操持得井井有条。父亲仅靠那点微薄的工资养活了我们八口之家。他不但吃苦耐劳，而且心灵手巧。种地、盖房子，编筐、制作家什工具。在龙爪居住时，把小院收拾得干干净净。园子里种了各种蔬菜，还有果树，院子周围栽的矮榆树墙修剪得整整齐齐……

如果父亲没有闯出来，我们都会在老家面朝黄土背朝天，还在地垄沟里刨食吃，过着日出而作，日落而息的农村生活。我们非常感谢父母的养育之恩，如今我们个个也都有了出息，都有一份称心的工作，都有一个温馨的家庭。

我和父亲就要从老家走了，尽管老家仍然很穷，但这里的可亲的人们，这里的一片热土，仍让我们父子眷恋不舍，这里毕竟是父母从小生长的地方。

二大爷的大儿子苑德宽正好要去羊山公社送公粮，我们就坐他赶的马车，踏上了回家的路。望着渐行渐远的苑家沟，我心里感慨万千，尽管我没在这里生活过，可我还是很热爱老家，在这里住了一周还没有住够。我喜欢老家的果林，喜欢老家绿油油的灌木丛，喜欢老家清澈的河水，喜欢老家老榆树下的街道，还有刚认识的那些小伙伴们。

苑家沟，我那神圣的老家，我那炊烟袅袅的二大爷家，何时我还会再来看你？再来寻根问祖？一晃五十多年过去了，老家还是那个样子吗？二大爷的老宅子还在吗？街上的那棵老榆树还很茂盛吗？我的表哥表姐和小伙伴们又在哪里？

如今，父母早已过世，我们也老了，但再回老家看看的心愿却始终萦绕在心里，我一定要在有生之年，再回老家看看！

作者简介

苑德祯，男，笔名秋枫。绥芬河市作家协会会员、萧红文学院绥芬河骨干作家班学员。

父亲的襟怀

祁林

　　父亲离开我们已经一年了，但在我的心里却时时想念和再现着他老人家的身姿和音容笑貌，那些逝去的岁月让我永远不能释怀。

　　父亲只读过四年抗战小学。十六岁，在国难当头之际，他未敢告诉年迈的母亲，毅然决然地参加了八路军。

　　父亲从家里偷偷跑出来参加八路军时，脚上只穿着一双奶奶做的布鞋。十六岁的人正是长身体的时候，脚上的鞋不到两个月鞋尖就露出了脚趾。当时部队条件极差，几乎什么给养都没有。

　　晚饭都是走到哪吃到哪，吃了上顿没下顿。每天吃一顿饭是经常有的事。部队的装备只能从敌人手里夺。

　　一九四二年，也就是父亲参军的第二年的五月一日，父亲部队所在的晋中地区，遭受了抗战以来日寇对我抗日军民发动空前残酷、空前野蛮的"铁壁合围"式的大扫荡。史称"五一"大扫荡。

　　敌人纠集了五万多日伪军，在空军配合下，出动坦克、九百辆汽车由驻华北驻屯司令冈村宁次亲自指挥。敌军凭借着军事上的机动优势采取多路密集的"拉网式""梳篦式"清剿。虽然我军进行了数百次大小战斗的顽强抵抗，终因敌我力量对比悬殊，丧失了四十四个县八百多万人口的根据地。晋中十万抗日武装队伍除两万及时撤退到外线，内线作战的八路军整编部队，县大队，区小队、民兵，八万人百分之八十阵亡、被俘。

　　听父亲讲，晋中军区司令员吕正操的警卫营三百多人，几乎每个人都是一支步枪或冲锋枪、一支盒子炮，装备精良，但是到敌人扫荡结束时，全营只有两个人活着。

父亲所在部队在赵县与敌人不期而遇，战斗非常激烈。开战不久，团参谋长负伤，从前线撤下。父亲当时是部队卫生员，接到命令和卫生班副班长带参谋长和另外十一名伤员撤到"后方"医治。然而敌人来势凶猛，部队边打边撤。"后方"很快被敌人占领。这时副班长和另外一名轻伤员主动向敌人叛变，致使父亲和其他十多名伤员全部被俘。在叛徒的指认下参谋长惨遭敌人杀害。

父亲他们被集中到离他们不远的俘虏"营地"。被俘的人很多，敌人对每一个战俘进行询问，而后很快就把没有负伤的人员全部押送到东北采矿。叛变的大部分编入皇协军。负伤人员和我父亲暂时被关押在一个农家大院里。

父亲时年不满十七岁，个儿头有，但孩子般的娃娃脸一看便知是小孩。两只露着脚趾的破布鞋，一身叫花子般又脏又破的衣着，又没武器，所以父亲从被俘一直到一个月后的逃离，几乎连询问他的人都没有。

父亲曾亲眼见到日寇进村后烧、杀、抢、掠的罪恶行径，因此起初还有些惧怕，但过了几天后，发现鬼子的军事行动很多，战事很紧，而看管他们的也只有一个日本兵。给战俘送水送饭还常常喊着父亲帮着提桶、拿筐。时间一长父亲的活动空间越来越大。只有翻译告诉他不许逃跑。父亲虽然点头答应着，但内心一直在寻找机会逃脱魔掌。

父亲利用提水送饭的机会，找到了一块铁皮和一个没有锄板的锄头钩。父亲动员了几个伤势较轻的伤员，选择了一块不易被发现的背阴墙，在鬼子疏于看管时段挖墙洞。晋中地区的农家围墙基本上都是用土坯夯的土墙，土黄色的墙面和院子地面上下一个颜色，挖下的墙土撒到地上看不出差别。只要不把墙面穿透，缺块儿少块儿远处很难看得出来，何况选择的又是一个死角，敌人很难发现。经过几天的努力，挖出了一个一米多直径的斜面墙洞，剩余的墙面只要用脚用力一端就会漏开。父亲他们在寻找逃跑的时机。

父亲在鬼子营房外闲转时，听到屋里传来日本翻译给赵县伪县长打电话："探报今早7点有好几百八路军进驻赵县西南王里村休整，佐藤大佐命令薛团长全体出发，后天晚上8点在赵县西黄市村集结，配合皇军全歼这股八路。"

父亲听到后心急如焚，怎么办能把伤员们带走，怎么办能把情况报告给部队。父亲清楚地知道，他一个人逃走并不难，乘敌人不备时，一头钻到庄稼地里然后逃走敌人是很难发现的，但是这些伤员就一个也走不成了。他不能丢下这些伤员自己逃走。获取敌人的情报对谁都不能说，形势复杂，一旦有人叛变后果就是一个都活不成。父亲当时苦思冥想了很长时间，竟也没有想出一个好办法。

这个夏日的一个暴雨之夜，父亲望着漆黑的天空心想，这真是老天赐予的好时机。他找到那位年龄较大性情沉稳的老兵老程，悄悄地说出了自己的想法。

老程两眼紧紧地盯着父亲轻声说，我都想了很长时间了，一块走谁也走不了，你现在赶紧带着石头、柱子、秃子他们三个伤得轻的走，剩下的谁也走不了。父亲说那哪行，我们都是八路军，我就是护理你们伤员的，把你们放在这我能走吗？老程说我原本想你能走，有机会赶紧走，能走一个就走一个，比都在这里等死强得多。今天真是个机会，你能带上他们几个就已经挺好了。不要再等鬼子发现了，那我们连明天都活不到。

父亲坚持不肯走。老程毕竟年龄大有经验，就哄着父亲说，你带着他们赶紧找到部队，这里的情况你又熟悉了，让咱们队伍打回来我们不就全都有救了？父亲一听高兴地说："你怎么不早说，那我们不就早离开这了吗？"老程望着父亲苦笑了一下，就催着父亲他们赶紧走。留下的伤员没有一个说话的，只是瞪着呆滞的眼睛目送着他们。

父亲临出门时老程叮咛，出去往北走，部队撤退就是往北走的，记着出去就一刻也不要停，一直找到队伍。父亲说记住了，回头又看了一眼那些横七竖八躺在地上的伤员。

父亲他们一行四人逃出来后，雨还在不停地下着。第二天，在赵县藁城朱家村见到了自己人。政委认识父亲，但刚一见面把政委吓了一跳。父亲满头满脸满身的泥土，头发乱乱地打着绺子，一搓一堆土。脚上的泥土盖着双脚，两脚的拇指清晰可见，比叫花子还叫花子。政委张着嘴还没说出话的时候父亲就急切地说，快去救伤员老程他们。

父亲道出如何营救老程和他们十几个重伤员以及敌人明天晚上突击南王里村的情报。政委说道：我会尽快联系友邻部队，制定方案营救。其实政委心里十分清楚敌人扫荡的战略意图，别说他们现有的200人，就是再联系上三五百人的友邻，这个时候与敌接触就是鸡蛋碰石头有去无回。政委又找来侦察员李望，说最晚天黑前赶到南王里村，通知那里的部队马上撤离，敌人将要在明天一早围剿他们。

第二天部队还没起床，有人高喊着父亲的名字，找到父亲住的屋子，一个年龄四十来岁的部队首长握着父亲的手，使劲地摇：谢谢你啊，小鬼，多亏了你的情报，部队刚刚撤出来侦察员就发现大批敌人，向南王里村周边集结。要是没有你的情报，我们这四百来人就全报销了。

父亲他们逃离韩村后，鬼子就是问问他们是什么时间逃跑的，然后还是和往常一样，一个日本兵站岗，一日两餐，一个窝窝头，一碗菜汤。但是南王里村扑空后，鬼子突然将老程他们十多个重伤员全部枪杀。

父亲去世前曾几次跟我提及此事，他说他好多年都在想，他和几个轻伤员逃跑的计划和行动，鬼子肯定是知道的，却装作不知道的样子。就是想让我们回去报信，把那些重伤员当作诱饵，让八路军进入他们设下的陷阱，一举歼灭。鬼子就是鬼子，他们不仅残忍狠毒，而且极其狡诈阴险，父亲在很年轻的时候就经历了如此苦难和艰辛而又惊心动魄的际遇。精神上受到了极大的冲击，意志上得到锤炼，从那时起，父亲就更加坚定对善德道义追求和屈辱取胜的执着，对民族自由解放的渴望。

再后来的历次战斗，大小战役，各个时期的战争，都表现出了大无畏的英雄主义精神，取得了许多值得称颂的不俗功绩。但是历史有时却会给人带来许多不可思议的困顿和能够承受或不能承受的都得接受的无奈。

1951 年 4 月 6 日，中朝军队发起了对美国为首的 16 国组成的联合军第五次战役，由于战役准备仓促，后勤保障不力，战役打得十分艰难，部队伤亡严重，父亲当时任 19 兵团 63 军 187 师疗养院院长。即战地医院院长。

战役打响，父亲就带领部分医护队员直奔一线战地救护。战地救护运送伤员后方医治，工作不分昼夜，先后抢救伤员两千多人，有些伤员伤势过重，在抢救中不幸牺牲，一百多人的医护人员，有时连一个安葬牺牲烈士的人都抽不出来，这时，父亲就主动担起这份工作。

据父亲自己讲，在铁元一带无名高地，他亲手安葬了 13 名烈士，为了永远地记住他们，不仅在高地做了明显的记号，父亲还在自己的笔记本上画图标记，前两年志愿军遗骸挖掘回迁国内安葬，在中央电视台播出后，父亲不止一次地要我把他存放的藏书和历史文献档案、笔记本彻底翻腾几遍。他清楚地记得，这个图标是画在 32 开深紫色本，皮上面有祖国慰问团字样的本子里，因为没有找到便问母亲看到过没有。见父亲没在身旁母亲就小声跟我说："还找什么？'文化大革命'造反派抄家，看到本子里的标记还说是给美帝国主义送情报的，早就让他们抄走了。"我说："你怎么不早说，害得我折腾了好几遍。"母亲说，你爸年龄大了，不愿意在他面前提起那些伤心的往事。

1953 年初，志愿军总部召开志愿军有功人员的颁奖表彰大会，军政治部通知父亲在五次战役中后勤保障有力，成绩突出，记大功一次，并通知参加志愿军全军表彰大会。父亲按照规定时间启程参会，但没想到，走到半路被师政治部派人给截住，说通知错发了。可父亲返回部队时，便知道了真相。事迹材料到志司政治部政审档案时，发现父亲曾被俘而没有政治结论的历史问题，便坚决撤回了他们自己下过的通知命令。

从朝鲜回国后不久，部队就开始肃清反革命的"肃反运动"，父亲被隔离审查，交代自己的历史问题。父亲无数次地重复着自己的历史经历，组织上不厌其烦地反复推敲论证，并派调查人员反复调查核实，但最后的结论是历史问题存在，事实尚待核准。其实就是给出一个模棱两可的说法，说你有问题就有问题，说你没问题就没问题。但是为了证明肃反的成果，将父亲从团职降为营职。

史无前例的"无产阶级文化大革命"，如春雷浩雨从天而降。记得我小学三年级时，那时已经可以阅读《十万个为什么》一类的儿童读物，父亲单位有个图书馆，放学后和吃完晚饭后，我都可以跑到那里和大人们一起读书。

记得有一天晚上，我正聚精会神地读《小朋友》，一个科长悄悄走到我的身后，小声地说：孩子，这里从明天开始就锁门了，不能再来看书了。我惊讶地问为什么？叔叔说"文化大革命"开始了，这里的书就不允许再读了。我正想什么"文化大革命"，怎么不让看书了，那让我们看什么呢？这时我就看到其他在这里读书的人，都把书合上放在书架上离开了。这里只剩我一个人，只好不情愿地把没看完的书合上放到书架上，怏怏地回家去了。

一天早晨，我起来背着书包上学去，一出大院，一眼看到父亲单位的围院栅栏上用很大的纸，一张纸一个字写着打倒叛徒，特务，走资本主义道路的当权派，后面是父亲的名字。我十分惊讶，这是怎么了，为什么？

"文化大革命"终于结束了,又经历了十年的煎熬,父亲到了退休的年龄。父亲所在单位选拔接班人,省厅干部处专门派人听取父亲的意见。父亲话很少,而又从来不愿表现自己,好事和荣誉都从不伸手,就连涨工资都不争不要。那些年涨工资好多年才会遇到一次,而且名额极少,对于父亲的原则而言,就是退避三舍。"文革"前父亲月薪就是一百二十元,20 世纪 80 年代作为年轻人的我都开 78 元,父亲工资还是 120 元。

　　后来随着国家的政策调整,父亲的工资才提高起来。对于待遇的问题,我曾与父亲交流过,我曾不止一次地问过父亲,你的资历和你的贡献,与你的政治待遇,和你的工资待遇不相匹配,你知道吗?他就笑着对我说:我现在的条件我很满足,我们那时不能和现在的领导干部比,现在的条件好,工资高,只能说社会进步,我不应该和他们比,但也不能不说现在社会太进步,有钱了不该去祸害,要把好日子平静地过,经济发展再快也有放缓的时候。天天过年的日子绝不是好日子。遇到问题就会全线崩溃。遇到什么困难也会大起大落。重要的是国家永远要科技发展,国防强大。

　　2008 年 7 月,父亲在军队医学院带过的学生,夫妻相伴或独自一人,从奥地利,澳大利亚,加拿大,广州,石家庄,天津,北京,沈阳等地在哈尔滨汇聚,一行 19 人专程来到绥芬河看望父亲。他们不带子女不带医护。有部队医院或地方医院退下来的院长,主任,教授,有地方行政单位,重要岗位退下来的领导,也有部队退休的将军,专程来看望父亲。记得是潘淑敏、汤维芳阿姨先到屋里拜见父亲,然后请父亲坐在客厅的沙发上,他们又退出门外,十几个 70 多岁的老人,恭敬有序地站在楼道里,一次一个进到客厅里向父亲行礼。有的则是拜礼。

　　当我看到他们以虔诚恭敬的举动向父亲行此大礼时,我的眼睛湿润了。我没法去判定这是一种什么样的情感和尊重。相隔几十年的师生，有的可能连名字都叫不出了。他们却千里万里无怨无悔，诚心实意地来看望他们五十年前的老师。

让人感到惊喜的是，他们难以割舍的师生之情。我曾问过潘淑敏，汤维芳阿姨他们这一代人的师生情感怎么会这么深厚又长远。他们告诉我一代人有一代人的经历，一代人有一代人成长经历的情感，我们都是贫苦农村的苦孩子，童年和少年那是用语言难以表述的。你们这一代人和你们的后人，永远也体会不到生活的艰辛与苦难，我们生存在生命的边缘，社会最底层，最渴望得到美好生活的时候，祁队长把我们这些只有初中文化甚至初中还没有读完的苦孩子应征入伍。到医学院学习。我们基础太差，就只能拼命地学习，因为强度太大，大家都有些熬不住了的时候，是祁队长对大家说，没有知识不学习，就是生活在人间地狱，要想改变自己的命运，就必须学习，你们的人生出路只有学习再学习，希望你们未来每个人都是有作为的人，成为大医生，大教授，对部队和国家有贡献的人，光宗耀祖，幸福快乐的人。他还对我们讲，"学习就是苦差，但是谁不学习都不行，我只读过四年书，吃的苦，受的累要比你们多得多，你们都是初中生，基础比我高得多，你们还有什么苦。我希望你们都比我强。"并且每天都来督促大家，只要我们有一点进步，他比我们还高兴。三年的学院生活就是在祁队长的关怀和关注下，让我们走向了成熟。我们这些人能有今天的成就和享受生活就是祁队长给的，没有祁队长就不会有我们的今天。看望他老人家那是我们的天职。其实我们早就该来，但事多缠身，又文齐武不齐，本来这次还有几个人要一起来，结果让事情绊住脚了没来成。我们商量好了，隔三年哪怕只剩两个人，我们也要过来看望我们的恩人，但没想到的是，这竟是他们师生最后的诀别。

父亲的一生胸怀坦荡，无私无畏，为人诚恳。我觉得对父亲的为人他的学生们挽词说得更加贴切。"祁队长是英勇作战的先锋，建设祖国的楷模。高风亮节的旗帜，热情待人的长者。"

作者简介

祁林，男，1957 年 8 月 15 日生于天津市。绥芬河市作家协会会员。热爱文学，擅长散文和古诗词。

乡土风情

王广清

　　我的故乡，是一个名不见经传的小山村。村子不大，一条长街，一趟长房，几十户人家。街是寂寥的，房是低矮的，人是土里刨食的。不过，故乡的生活气息十分浓郁：房子四周尽是葱郁的庄稼地，地紧连着山，山上树木繁茂，牛撒欢儿地在街上跑，鸭鹅在障子边大摇大摆，鸡抖动着翅膀在犄角旮旯刨食儿，偶尔有狗从各家的大门里蹿出来，一会儿便打闹着滚成一团。

　　偶有卖瓜果零食的货郎走街串巷，吆喝声吸引大人跟孩子们围前围后。趁货郎一不留神，有机灵的孩子伸出小黑手，猛不丁抓一把就跑了。吃完又来摸，家长问过价，称几斤，孩子乐得屁颠屁颠地跑回去拿来盆或筐，装下瓜果。孩子边走边吃，家长愠怒，一把抢过来说："贪嘴，不洗洗就吃，能馋死你！"孩子嬉皮笑脸，一溜风跑了。看见摸果的孩子，货郎也嗔怒："手这么溜，想吃让大人来买。"孩子回嘴："先尝后买，知道好歹。"货郎感觉又好气又好笑。

　　村里哪家姑娘出嫁，哪家小伙娶亲，也都在乡人心里放着呢。不管平时有多大的隔阂，喜日子一到，都伸个帮手，院子里支锅、摆凳、打杂，忙得不亦乐乎；哪家死了人，便找个好风水的地儿，大家帮着抬出埋了便罢；谁家孩子考了学，要贺喜，无论兜里钱多少，也得随个份子的。

　　家家户户最头疼的问题是吃水。村西有一口井，不太深，不是地下水，秋冬没水，春天雪化了流进井里，夏天下雨后才有水。村民用扁担水桶往家挑，也只能饮牲畜，或洗洗涮涮。做饭喝的水有牛车送，两头健硕的牤牛拉着，水箱是拿过去装汽油的两个大油桶焊在一起，一次灌满得二十四担水。每天上午送水，水车一到，赶车人喊："接水啦！"家家门口便探出个脑袋来，瞅一眼水车到谁家门口了，而后"吱吱嘎嘎"地拎着水桶出来，在长街上排开了长蛇阵，手里还拿着水票。水车一到，大伙便拥上来抢水管。这时候，赶水车的人便喊："抢什么抢，一家两桶！"大伙就像没听见，水管子从这手传到那手，桶一满，平日里羸弱的妇女也来了激劲，拎两桶水一溜跑，倒了水一阵风又跑回来抢，又抢两桶，只一会儿，水管就不流了。没抢到水的人便骂开了："谁把俺那份水抢了？也不怕泡水缸里淹死！"那人气得直跺脚，有人摇摇头回家去了。赶水车的人也跟着叹息："喝点水跟喝油似的，这差事不好干！"下地的人家接不上水，用水时只好东家西家地借，嘴里念叨着："赶明儿个，家里留个人。"为了水，邻里间也骂仗，也翻脸，也可能会大干一场，风波平息了，各插各的门。

到了开学的日子，小孩子们一下子都走光了，小村安静了，大人们也寂寞和孤独，家家渐渐和好了，茶余饭后又开始坐在一起唠家常：哪家孩子将来有出息了，哪家小子或姑娘该找对象了，也聊孩子的爷爷、奶奶、姥爷、姥姥……农闲了，串门成了风俗，从早唠到晚，有扯不完的话。小山村又恢复了往日的和谐。

秋后，打完场，粮食入了仓，冬天也便快来了，村民也开始"猫冬"。男人们聚一起喝个小酒，天南地北侃侃，女人们洗洗被褥，浆布料，给孩子做个手工棉袄。睁开眼就不闲着，天一黑早早钻了被窝，哄孩子睡觉。有的人家，孩子在外地上学，老两口着魔似的想孩子，惦念孩子在外头能不能吃饱，能不能穿暖。孩子一回家，调着味让孩子吃，孩子一走，大包小包装的都是好嚼裹儿，恨不得拉链都胀坏，孩子就急了："妈，你这是干啥，我在那吃得好着呢。"当妈的便说："学习累脑子，多吃点好的补补。"家里没有的东西，家长借也给孩子带上，临走，叮嘱孩子好好读书。在风中，孩子走出老远，家长还站在门口流泪。

长房的十几户人家，在风雨中飘摇，别看人家不多，他们来自四面八方，口音也是五花八门，汇聚到这里无非是讨生活，风土人情不同，经历的磨难不同，融入小山村，也奏出了不同的音律。

这个小山村，当初是一个青年点，是为解决山下林区子女待业安置而建的一个点，招来男女小青年三十多号人。房子是大长房，共有两幢，男青年较多，住1号大一点的房，女青年较少，住2号小一点的房。东头还有一个独房，红砖红瓦铁皮大门，那是农机和农具专用房，再往东有几间低矮的破草房，用一排排障子围着，是青年点的羊圈。

我家搬来时，青年点已经黄了，仅留下来的三四个小青年，也搬到了一里外检查站红房区。一年后，小青年走光了，农机具也拉走了，农机具库房也被后来的住户，东家一片瓦，西家一块砖扒得只剩房渣，还有那羊圈也空空如也。小山村的大长房，也没闲置下来，陆陆续续迁来了外地人，在辛劳中摇曳着岁月，演绎着小山村的生活。

春天播完麦，家家开始了劳作，山村周围的田地承包给了个人，麦苗翠绿时，一帮鸡觅食到田里，刨开了土，啄食没出芽的麦粒，麦地刨得一个坑连一个坑。麦地的主人，李天良的婆娘，天天扯着高八度的大嗓门，抻着脖子，跳着脚骂。她骂得不堪入耳，随风传到了房子里，传到了一家家耳朵里，平日寂静的街上站满了人。邻居们议论纷纷，愤愤不平，家家户户的鸡都是散养的，谁又知道是谁家鸡刨的呢？转天，家家把鸡圈上，鸭鹅也关在院子里，一切都恢复了平静。

村西头孙乐死了。他才三十多岁，矮墩墩的壮汉，老婆给他生了三个孩子，多嘴的村妇，聚在一起喋喋不休：孙乐烧荒火上了山，山上有狐狸窝，准是冲撞了狐仙，狐仙报复他，不然他咋喝药了呢？也有同情的妇女说：一个大老爷们儿，撇下媳妇和不懂事的孩子，这日子咋过哟！也有嚼舌的说：小华她妈命硬，是个克夫的命……众说纷纭，传得让人毛骨悚然。

孙乐出殡那天，他唯一的亲人哥哥赶过来了，哭得死去活来。他俩从小失去父母，兄弟俩相依为命，后来哥哥成了家，嫂子待他很好。孙乐大了，独自落脚在小山村，娶妻生子，日子有点紧巴，可也还说得过去。埋孙乐时，全村的老少爷们儿出动，一个个眼里噙满了泪水。山脚下那一抔黄土，成了他最后的归宿，青山肃穆，绿草敬立。

这事过去了许久，小山村也便平淡了下来。有时，谁家孩子夜里哭闹，当娘的就会吓唬孩子，说孙乐来了。这一说，果然奏效，孩子的哭声戛然而止，瞪着一双惊恐的泪眼扑进大人怀里。大人孩子出门往西一瞧，就能看见长满蒿草的坟包，便会想起孙乐。胆小的妇女，天一擦黑便插上门，胆突突地闭门不出，夜里解手也要拉个人壮胆。

日子久了，便也淡忘了。到了过年，家家门口挂上灯笼，大人们还不忘围门撒上锅底灰，小孩子好奇问父母，大人则说：怕鬼魂进家门。房门正上方挂一面拳头大的小镜子，听大人说，这是照妖镜，妖鬼晚上一来，看见镜子就跑了。孩子很小，看见镜子，听大人一讲，晚上也不敢出门了。

太阳东升西落，村民早出晚归，小山村在寂寞中打发着日子，只有那一缕缕炊烟在空中悠荡，散发着乡土岁月的幽香。

葛家请来了大仙，炸雷一样的消息，很快又打破了山村的宁静。葛家号称"七仙女"之家，住在一号长房最西头，老两口都喜欢小子，那年月传宗接代是老一辈人的头等大事，可年年岁岁，岁岁年年，葛家是一个姑娘接一个姑娘，一连生了七个姑娘，第八个终于生了个小子，可把老两口乐坏了，立马给孩子起了个名，叫立柱。那可是老两口掌中宝心头肉啊！再加上姐姐也大了，一家人照顾得也格外精心，立柱也争气，长得干干净净，白白胖胖。七个姑娘出落得亭亭玉立、眉清目秀。葛家在村里是人口最多的一家，也是最热闹的一家，大人孩子都愿意去串门，一般大的小伙子尤其爱去，没活找活干，一个个小算盘都打得噼啪响，醉翁之意不在酒啊！勤快点，留个好印象，将来从葛家领个媳妇。

当年，葛家大姑娘已有了主，找了婆家闺阁待嫁，剩下几个姑娘，有上班的，也有上学的。这几个姑娘中，最让老两口糟心的是四姑娘。四姑娘从小得了怪病，身体很健康，可就是从不见生人，自然也没上过学，整日躲在小屋里从不出屋，吃喝拉撒得有人侍候。四姑娘个子也挺高，面容也姣好，大医院去过，各种偏方也讨过，可就是没有一点起色。

请大仙看病是不许孩子看的。姐姐和老五很好，偷着去看了一眼，回来学着大仙的口吻说：天灵灵，地灵灵，大仙来了显神灵……听得我们身上直起鸡皮疙瘩，头发立直得痒痒。那天中午，葛家"七仙女"出动六个，挨户请人去吃席，邻里来了谁也不言语，桌上摆着鸡鸭鹅牛羊猪的肉，摆了三桌，清一色白水煮肉，一点调料没放，吃时蘸桌上小碟盐，吃一会儿，人就走光了。

后来，听大人们说，大仙来时，一上小屋，四姑娘便腾地站起，脸露惊恐，恶狠狠地说：你来干什么？你给我滚出去！大仙说：我来看看你。四姑娘顺炕沿拿起笤帚便抢起来，吓得大仙关上门退了出来，装作若无其事的样子，对葛家人说，四姑娘是让黄仙附体了。烧了香，大仙疯疯癫癫地念了一通咒语，之后从兜里拿出几个纸包包给了葛家，说四姑娘吃完这些药，很快就能好了。

大仙收钱走了，四姑娘吃了药，葛家也还愿了，可四姑娘依然疯癫。后来，葛家把她嫁给了要回山东的一个农民，从那以后，便再没了消息。

几年后，我从乡亲那里得知，那个农民又把四姑娘送回来了。再后来，葛家的儿女们相继成家，离开了这个村，葛家男主人也病故了。往后的岁月里，葛老太领着四姑娘，在风雨飘摇中度日。

山村的生活是单调的，日子也是清苦的。朴实的乡民们，用勤劳的双手，开垦出一片片的庄稼地，换来了丰硕的果实。农忙时节，家家男女老少齐上阵，向土地要粮食，起早贪黑一镐头一镐头刨出几垧地。望一望村子四周，大地边，山洼里，沟岭旁，那一块块田地，星罗棋布、漫山遍野。

秋收时节，大会战打响了，在外的儿女赶回来，七大姑八大姨都围了上来，忙得不亦乐乎。热火朝天的秋收，在人欢马叫声中拉开了帷幕。只几天的工夫，家家的苞米楼子里堆满了金灿灿的玉米棒；空旷的院子里，摞满了一袋袋的麦子和大豆；障子外打谷场上的麦垛、豆垛、玉米秸秆垛，堆得如小山一样高。弯弯的山道上，仍有装满庄稼的牛车，晃悠着向村里走来，主人的吆喝声，甩鞭子的炸响声，无不传递着庄户人丰收的喜悦。

花开了，花落了。一年又一年，小山村的人就这样活着。

再后来，搬家的搬家，子女结婚的结婚，村里人越来越少了，也更寂寞了。山村里便没了故事。田地还是年年绿了黄，黄了绿；炊烟还是日日飘荡荡，荡飘飘。张家二姑娘被人拐跑又回来了，大老李媳妇病死了，瞎老高头找了个老伴儿，大老魏从关里领回个寡妇，还带个半大小子……

几十年后的夏天，我回过这个小山村，村里只剩几户人家了。

正赶上农忙季节，家家锁着门，从东到西有一户门开着。整村只有葛大娘一人在家，八十多岁的人了，声音依然洪亮，身板硬朗。她是全村最年长的老人，看那满脸的皱纹，影印下了小山村的风月，悠长了山村的史记。寒暄了一会儿，我们告辞了。车走远了，一个老人还在门口挥舞着手，这情景永远定格在我的记忆里。

天还是那片天，地还是那些地。风在吹，树在摇，古老的长房，在岁月的长河里飘摇着。那游魂一样的炊烟，在经年中述说着小山村亘古不变的悠悠往事⋯⋯

作者简介

王广清，绥芬河市作家协会会员，航帆文学社成员。在《远东文学》上发表过文学作品。

怀想满洲里

刘菲

远在远方的风比远方更远，

我的琴声呜咽泪水全无，

我把这远方的远归还于草原……

——海子《九月》

尽管到达时，已是更深露重的夜，一下车，我还是被空气中特有的恬淡的草原的味道所吸引，远方的微风吹来，风中的我感到了一丝久违的惬意。

刹那间，我被这个 1680 公里之外的口岸城市深深吸引。传说中那策马扬鞭的蒙古少年、那一望无际的大草原、那碧波荡漾纤尘不染的达赉湖（又称呼伦湖）……梦里的呼伦贝尔、美丽的"霍勒津布拉格"（满洲里），我在今夜终于走向你。

华灯绽放下的满洲里像一个盛装赴宴的女子，艳惊四座、风情万种。置身在繁华的第五道街，举目皆是知名品牌，其繁华程度完全可以和许多大城市相媲美。

朋友介绍说，这个街面上的店铺的租金可谓是寸土寸金，但在这里诞生的商业神话也是屡见不鲜……有人说城市的魅力，在于每个建筑都是历史和文化的橱窗。

徜徉在街头，满洲里给人的印象是城市虽然不大，但每条街道都有自己独特的建筑风格。简洁舒适的中式建筑和新颖浪漫的欧式穿插其中，让人很难分辨身在家乡还是异乡。

城市的发展是需要历史的，没有历史的城市是苍白的，而到处充满故事的满洲里则是这个城市吸引他乡游客的灵魂。

在满洲里好玩的去处有很多：俄罗斯套娃广场、呼伦湖景区、国门、苏联红军烈士陵园、41 号界碑、火车头广场、中俄互市贸易区、铁木真大汗行营等等。在几天的逗留中，我们感到，在这座 730 平方公里上居住的 26 万人民是幸福的，身在城市中，给人的感受就是满眼绿色，街路繁华而不拥挤，人民生活恬淡而舒适。

而关于这座拥有百年历史的口岸的沧桑和呼伦湖美丽的传说更是让人想要对其不关注都做不到。

据了解，满洲里原称"霍勒津布拉格"，蒙语意为"旺盛的泉水"。是一座独领中俄蒙三国风情、中西文化交融的口岸城市，位于内蒙古呼伦贝尔大草原腹地的满洲里，东依兴安岭，南濒呼伦湖，西邻蒙古国，北接俄罗斯，是我国最大的沿边陆路口岸。

二十世纪的二三十年代，满洲里是我党与共产国际的红色通道；四十年代，苏联红军从这里打响了欧洲战场支援太平洋战场的第一枪；解放战争和抗美援朝战争时期，该口岸曾把大批苏联军援物资运往前线；建国初期，面对帝国主义的海上封锁，满洲里作为共和国的主要外贸通道，有力地支持了全国的经济建设。由此可以看出，满洲里是一个有着厚重历史的城市。

来到满洲里，如果没去呼伦湖是不可思议的事。在友人的引领下，我们来到呼伦湖边。呼伦湖是我国五大淡水湖之一，它长 93 公里，宽为 41 公里，湖水面积 2339 平方公里。"呼伦"是蒙古语"哈溜"音转而来，意为"水獭"。因历史上湖中盛产水獭而得名。俗称"达赉"，也是蒙古语，意为"海"，即海一样的湖。在这个季节湖水不是很多，但是很美。

传说很久以前，这方丰茂的草原上有一个勤劳勇敢的蒙古族部落。部落里有对情侣，姑娘叫呼伦，聪明美丽，能歌善舞；小伙子叫贝尔，果敢坚毅，善射能骑。他俩和乡亲们一样无忧无虑地生活在祥和的草原上。

一天，妖魔莽古斯带领着狼虫虎豹杀向了草原，他依仗头上戴着的两颗神力无比的碧水明珠，肆虐着草原，河水被吸干，牧草枯黄，牲畜倒毙。接着又释放出弥天的黑雾抢走了呼伦姑娘。贝尔为了草原，为了呼伦姑娘，率领乡亲们同莽古斯夜以继日地殊死拼杀。呼伦看到这番凄惨景象，便假意取悦莽古斯："你头上的明珠若给我一颗，日后便应允你的愿望。"莽古斯忘乎所以，连声说好，把其中的一颗递给了呼伦。呼伦知道一颗珠子就是一汪碧水，为了滋润草原，她毅然把珠子放入口中，匋然化作茫茫碧水。莽古斯傻了眼，身上少了一颗珠子，神力已减少了一半，贝尔追上了莽古斯，拉开张如满月之弓，一箭射中了他的心窝。贝尔缴获了另一颗明珠，带着胜利的喜悦四处寻找呼伦，这时才知道呼伦已化作滋润草原的女神。悲怆的贝尔发誓永远守护在呼伦的身边，当即吞下了另一颗珠子，登时呼伦湖之南又现一泓碧水。

当地乡亲们为了纪念他们，就把这两座湖分别取名呼伦湖和贝尔湖，有人说今天的贝尔湖水经乌尔逊河长年流向呼伦湖，其实这日夜流淌着的河水正是贝尔对呼伦的不尽思念……

虽然我们到来的时候湖水不是很多，但单就这个动人的故事已令人心满意足。

让人流连忘返的不仅仅是美丽凄婉的爱情故事和风景，"夜半酣酒江月下，美人纤手炙鱼头"，那呼伦湖边鲜美的全鱼宴，那蒙古包里令人饱腹的手抓羊肉、那深情吟唱的蒙古老哥、那湖边千古不变的明月……

"落红不是无情物，化作春泥更护花"，对于一些离开并不是放弃而是更好的怀念，在离开满洲里的这些日子我常常这样想。

作者简介

刘菲，女，曾任《今日绥芬河》报社副总编辑。

敬畏生命

张于莲

昨晚女儿和我家的猫咪站在厨房窗边，开着窗户晾刚蒸好的猫饭。

这会儿，楼下偶尔有车经过，猫咪的眼睛瞪得精光四射，直直地盯着窗外看得入神。女儿把晾好的食物送到它嘴边，它也只是象征性地舔了两口。猫咪天生就有好奇心。女儿和猫咪一起伸头朝下面看，结果只是楼下有结伴走过的行人而已。

七月天气大好，全国进入蒸煮阶段，小城这边还是凉爽中夹杂着热气。猫咪蹲在窗台边，时走时停，短短的距离走了几分钟。我好奇地凑过去看，窗外有只不知名的小虫子，在那里缓慢地爬行着。猫咪就跟在虫子的后面，全神贯注地盯着。正午的太阳晒得人感觉有些心浮气躁，我索性躲去沙发上吃水果，而猫咪还蹲在那里。

养过猫咪的人大多知道猫咪这种动物不会笑，所以从不用表情质疑自己的猫是否爱她、敬她。我们家也是如此，不用它一脸期待，也不用它泫然欲泣，只要猫咪高高地翘起尾巴，打着呼噜来蹭我腿的时候，我就接收到了它的爱意与信息。

猫咪自然是不会用人的语言和人交流的，但是它却能发出许多种声音来表达它的情绪和意图。譬如一夜没见了，它就会朝你短促地叫唤一声，算是和你打个招呼。它也会用大家都熟悉的"喵喵"叫声告诉主人它饿了。如果它是朝你哼哼唧唧地叫唤，那就是想让你陪着它玩耍了。要是它一声不发，眼睛紧紧地盯住一个方向，小嘴迅速地开合，说明前方发现了猎物。

其实，猫咪是很有灵性的动物，模仿能力也十分地强。我家的猫咪有时候会模仿婉转的鸟叫声；有时候会模仿我的声音；偶尔还会打嘴里含混地吐出"不"或"为啥"等字眼儿；有时候还会叫出我女儿的名字，很是令人惊讶。

都说鹦鹉会学舌，其实猫咪更会学舌。我看网上有人发的视频，他的猫咪吐字清晰得令人咂舌，甚至还会蹲在门口学狗狗那样"汪汪"地叫。

当猫咪发出这些惟妙惟肖的声音时，它在想什么呢？也许在它看来，声音是一种交流工具，仅此而已。猫咪可能不在乎它所发出的声音是不是独特的、优美的。它发出声音，就是为了确保主人明白它的意思，这只是单纯的信号输出与接收，简单直白，无须包装，不以词害意的道理似乎比我了解得还要透彻。

我家的猫咪还是一只时刻追求公平的猫咪。大家在厨房吃饭的时候，它就在门口等着想要进来，原本以为它是闻到味道馋了，家人都做好了它一旦跳上桌，就随时驱逐它的准备。谁知它只是跳上椅子，安静地蹲在那儿不动，摆放在桌面上的食物它看也不看。

一天晚上，我饿了，嘴里一边嚼着零食一边跟女儿聊天。猫咪围着我闻了闻，然后就焦急地跳上桌面，围着自己的零食罐转圈，它也想吃点。所以我给猫咪闻了闻我手中的月饼，然后又起身喂给它一颗羊奶冻。

我家猫咪对于外面的世界，兴致并没有那么高，倒是对我家书柜里摆放着的一些小东西十分地感兴趣。那是因为，我女儿平时喜欢收集各种小玩具，展示盒里放不下的，她就零星地摆放在书柜上。我家的书集都是分门别类地摆放在书格里的。法学类的书格里摆放超级英雄；哲学类的书格里摆放皮卡丘；篮球杂志类的书格里摆放喜欢的球星；文学小说类的书格里摆放独角兽。

虽然猫咪分不清颜色，但我想它看着一堆一列的"未知物种"，应该和看到宝藏一样兴奋吧。经过不断地尝试，它已经能一跃探索书柜的第二层。而我们人类的好奇心总是经过筛选，虽然深度无穷，但是广度有限。而猫的好奇心可以应用于万事万物。发现主人倒水时水珠没入水中，它就守在一旁看水珠什么时候再重新跃起。看见风吹宫灯，它也仰着头看。猫咪也会感受其他鸟兽鱼虫，感受风云聚散，它想知道书中有什么那么吸引人，也好奇电视里与它毫无关系的人为什么会笑、会哭。猫咪的好奇与探索，只囿于视线不带偏见。

猫咪当然也不是全然自在。它敏感多思，需要陪伴。只要关门不理它，它就会担心你是不是要抛弃它了。猫咪和小孩子一样，听见刺耳的声音，或者是严厉的斥责声，它就会十分地紧张。将猫咪丢在嘈杂和陌生的环境里，它也会感觉到恐惧和不安。

曾经在网上看过一个虐猫的视频，一个女人把细如锥子的高跟鞋生生地踩进猫咪的一只眼睛里，还要咬着牙根狠狠地踩上几脚，疼得猫咪发出一阵惨叫。还有一个网络视频，是几个小孩子在野外玩的时候虐一只流浪猫，他们将那只猫咪拎起来用力地往一块石头上摔，听到猫咪的惨叫声，那几个孩子居然发出爽朗的笑声。其中有一个孩子，在垃圾堆里捡到一把小刀，最后把那只猫咪的肚子剚开了，内脏流了一地，实在是太残忍了。

其实，不管是家猫，还是流浪猫，我们可以不爱，但请不要伤害。

作者简介

张于莲，女，笔名一恒。绥芬河市作家协会会员、萧红文学院绥芬河骨干作家班学员。

纪念王金阁

于文浩

在二十世纪八十年代和九十年代初期的绥芬河，提及王金阁，可谓是妇孺皆知，家喻户晓。

当时的我，正迷恋着摄影而不能自拔。偶然在一本杂志的封页上，发现了一帧获得一等奖的摄影作品，作品的标题叫《一生》，内容表现得也很简单，就是拍了一位白发苍苍的老者，伏案工作在镰刀斧头的党旗下。这幅摄影作品的构思和命名让我感觉颇具匠心，所以我留意了一下作者的名字，上面标注的是王金阁。

我和王金阁的初次谋面，说起来也十分的偶然。如果没记错的话，应该是在一九九〇年初春里的某一天，当时寒葱河里的冰凌还没有全部融化。我当时调到绥芬河市的北寒乡政府工作还没多久。那天，王金阁带着两位年轻的女性，正在寒葱河的大桥上准备拍摄一张河冰开化以后的捕鱼作品。

寒葱河大桥距离我们乡政府大院儿差不多有二三十米的距离，我站在院子里，望见他们拿着照相机和三脚架在桥面上比比画画的。我好奇心强，立刻跑过去想看个仔细。王金阁瞥见我是从乡政府的院子里跑出来的，便猜我很有可能是乡政府里的工作人员，他也不管和我熟不熟，就让我找一张桌子给他用，原因是三脚架的高度不够，没法找到最佳的拍摄角度。

我慷慨地应承下来，转身打乡政府办公室里搬了一张闲桌出来给他们用。

等拍摄完了，王金阁帮我把桌子搬回来的时候，我的几位同事几乎都用异样的眼光打量着我们俩。等王金阁离开之后，与我关系很近的一位同事问我是怎么和王金阁认识的。我说就是刚刚认识的，萍水相逢。

没想到，这位同事津津乐道地给我讲起王金阁的逸闻来。

据同事讲，王金阁早先是东宁县农村的一位农民。别看他是农民，却能自学成才，学会了烙铁画和在家具、玻璃上绘画的一门手艺，他经常走街串巷，出入于绥芬河市的各村各屯，给人家的家具或玻璃上画画，靠卖手艺谋生。后来接触到了照相机，他慢慢地就喜欢上了摄影。也是走街串巷地给大家拍照。所以，在绥芬河，无论是哪村哪屯，大人小孩几乎都认识他。

改革开放以后，绥芬河市成立了群众艺术馆，王金阁就被调去做了摄影和绘画辅导员了。然而，他以后的境况并不佳，他赶潮流，拍摄过一些人体艺术照。还有不少的漂亮女孩儿，一见到王金阁，就追着他求拍照。于是，便有真真假假的绯闻流出来。

也怪不得别人说三道四，我跟他初次认识的时候，他就是带着两位年轻女性一起拍照来的，可这也说明不了什么。说王金阁有绯闻，我是不大相信的。看他的穿着打扮，比我还要更加的不修边幅，他经常穿着一套不伦不类的皱巴巴的西装，给人的印象永远是会扣错扣子的邋遢男人。

王金阁留着乱蓬蓬的长发，像是三五个月都没洗过；灰呛呛的一张脸，眼睛里布满了血丝，总是跟几天几夜没睡过觉一样。这样的男人会有绯闻，听着实在有点不可思议。

后来，我和王金阁接触的次数多了，慢慢地了解了他的为人。其实王金阁是个本真率性的人，他的确是拍摄过人体艺术照，还拿到北京去搞了个人的摄影展，而且还获得过摄影类的一些奖项。

我倒是亲眼见过他追着一位陌生的漂亮女孩，他主动要求给人家拍照，而且答应可以免费送那个女孩几张照片，前提是女孩要同意他有照片的使用权，比如参加个摄影展什么的。

关于王金阁的绯闻，其实都是好事者的臆想之后并加以渲染，以讹传讹罢了。

再后来，由于绥芬河市的三乡合并，成立了郊区，我的工作地点便进了市区，可以经常出入于群众艺术馆了。因此，对王金阁又有了更进一步的了解。

原来他是一位极富事业感和同情心的人。在群众艺术馆的绘画摄影辅导部里，他担负着发现和培养新人，以及负责市里各种会议活动照片的拍摄任务，他一个人很难忙得过来。馆领导同意他雇用一名临时工，但是又拿不出工资来。王金阁只好通过业余时间，为学校毕业生和其他人群照相来解决这位临时工的工资问题。

之后他又跑市领导，跑人事和劳动等部门，终于争取到了一个临时编制。他不惜一切地发现和提携绘画和摄影方面的新人，在多所中小学建立了业余绘画和摄影活动的圈子。有多个中小学生参加过省市乃至全国范围的绘画和摄影比赛，而且拿到过奖项。当时绥芬河市一中的刘江辉同学还在他的指导和举荐之下考取了北京广播学院的摄影系。这事儿在当时的绥芬河市震动很大。

细算起来，我与王金阁的交往时间并不是很长。从我第一次接触他，到他不幸遇难仅仅有两年左右的时间吧。他请我参与过他的一些摄影活动，比如在暗室里洗印黑白照片，协助他拍摄《出嫁之时》的艺术照，他还把我在镜泊湖上游拍摄的渔船捕鱼的照片拿去加以剪辑，以期发表等等。

最能感动我的是一九九一年的春节期间，他让他夫人做了一大桌子的菜，就单独请我一个人，着实让我吃惊。当他知道我来到绥芬河市的时间很短，还赁居于他人屋檐下的时候，便提议让我在他家的院子里盖一栋房子居住。他家的院子虽然很大，但是他还有两个儿子和一个女儿，我怎么可能忍心去挤占他们的宅基地呢！我只能够婉言谢绝了。但是他那份真心和诚意委实是令我无比感动的。

"天有不测风云，人有旦夕祸福"，想不到王金阁最后一次去牡丹江洗印彩色照片的时候，竟然会把性命丢在那里！

那是一九九二年的春夏之交，他拍了一些会议照和学生们的毕业照，还给我捎带了两卷胶片一起去牡丹江洗印。我的两卷之中，有一卷还是我的朋友的，因为到牡丹江洗印的照片价钱便宜，而且质量也好。那家彩色图片洗印社，就在当时的牡丹江市解放路爱民电影院附近。

去的当天他就把照片洗印好了。因为那时交通极不方便，没有返回绥芬河的车了，王金阁只能选择在牡丹江市住一宿，然后第二天早上赶六点左右的火车回来。不幸的事情就发生在第二天的清晨。王金阁背着一大包鼓鼓囊囊的照片往火车站赶，抢劫者还以为他背的包里是一沓一沓的钞票呢，于是便把他的背包给抢走了。

王金阁是个很看重艺术作品和讲信誉的人，他便舍了命地去追那个劫匪。他一直追到铁路桥北的西海林街，天也渐渐地大亮了，那个劫匪一看摆脱不了后面的王金阁，就转回身来把他给弄死了！

至于他到底是怎么被人弄死的，细节我也不清楚，我只是推测，当时牡丹江的火车站在天桥南，王金阁怎么会死在天桥北的西海林街呢？案子当时没破，直到五六年之后，那个劫匪才被捉到，案犯具体的供词到最后也没公开过，所以，真实的案情究竟是怎么样的，谁也说不清楚。总之，王金阁死了。

王金阁的追悼会我是参加了的。时任市政府分管文教卫生工作的副市长参加并主持了追悼会，可见当时的绥芬河市委和市政府对王金阁的人格和人品，还有他的艺术才华是持肯定和欣赏态度的。

那天，刘江辉的父亲和我谈起王金阁生前的一些事来，我感觉很愧疚。王金阁生前曾托我为他写一篇关于他的事迹的报道材料，这个材料是他准备评定职称时作为参考用的，我却没有在他生前完成。为了弥补这个不可补救的缺欠，我写了这篇悼念他的短文，算是对他的一种哀思，也是对自己良心上的一种慰藉吧。

作者简介

    于文浩，男，绥芬河市作协会员。大专学历。做过农民，当过工人，教过书，在镇政府做过公务员。爱好文学、摄影，写过一点诗、词和小文章。

融进生命

董淑省

人的能力很弱小，有许多事物是难以左右的。大到你出生的时代、故乡，你生存的国度；小到你的父母、家庭、亲戚，你的仪表、禀性。你虽身置其中，却又似局外人，一旦先天的密码设定，既无法改变。不管你是乐于接受这优异的条件，还是极力摆脱这个讨厌的桎梏，都是徒劳的。

在人获得生命的一刹那，诸多由父母、祖上、种族订制好的印记已印在身体上、脑髓里，融进了你的生命。

不过不必为此苦恼，人的生命里并非都是先天设定的密码。上帝自作主张安排的仅仅是一部分，他老人家还给你留下一部分，要我们通过自己的操作，渡到理想的彼岸。

于是，有了追求目标的远近，有了个人能力的大小，有了家庭财富的多寡，有了官场职位的高低，并且分化出了兴致的高雅与低俗，意志的坚定与脆弱，人格的高尚与猥琐……

远近起伏的山峦，一座座矗立于面前的峰岭任你攀爬。你有足够的选择权，你可以自行决定爬还是不爬，爬到顶峰还是只爬一半，或是只游走到山脚的树荫下小憩一会儿。

个人的选择几乎铺就了生命的历程，同样也融进了生命的血脉里，成为生命的重要组成部分。不仅如此，融进生命的还有很多。生命的历程越是长久，生命的质量就越是深厚，融进生命的事物也就越庞杂。

有些事物究竟是先天性的选择，还是选择性的必然？实难界定，或许两者俱存吧。

青少年时期，你陡增了一些同学；进入社会后，你平添了不少同事；经常搬迁，你又多出了很多邻居，在自由选择中，你又结交了不少朋友。这些人等在人生的旅途中，前前后后与你几乎相伴一生。

就像人们常说的，在人生旅途里伴你而行的人有很多。把你领上旅途又最早伴你同行的，是父母；在路上紧密相随一段路程的，是你的子女；与你一同走上三五里路，边走边聊的，是你的同学、同事、邻人、朋友，然后他们多又与你分道扬镳；真正与你结伴走到终点的或许只有一个人——老伴儿。也许，也许还有一些曾经的同行者又与你再次不期而遇，这便成了人生的一种幸运，一种极快活的事……

人生旅途上形形色色的同行者，不论是谁，不论他与你有多少共鸣，有多大差异，事实上，在他与你或疏或密的接触中，他已融进了你的生命。没有他，没有他们，你的生命便是苍白的，便是空虚的，便成了没有魂灵的躯壳。

父母亲人与你拥有共同的血脉，同事与你共用一个饭锅，邻里与你同住一个房檐，朋友与你拥有共同的精神取向，同学与你共享着一致的文化基因，这基因虽不能遗传，却与你的肉体、灵魂同存于世。

茫茫人海，芸芸众生。在人头攒动的群体里，走进我们心田的能有几人？融进我们生命历程里的更屈指可数。融进了生命的，便是生命的一部分。珍惜生命，珍惜融进生命里的一切，这是我们来到这个美妙世界的责任，也是人生最美妙的享受。

作者简介

董淑省，男，从事报纸副刊编辑工作多年，现已退休。

麦 秋

高春祥

北方的农村，庄稼只有一季，麦子成熟相对较早，要比其他作物提前一个月左右。每年这个时候，田野里到处是一片金灿灿的景象。大人们在麦田里忙着收割，孩子们跟在后面捉蝈蝈。

捉蝈蝈首先要听声，蝈蝈的叫声不同于蟋蟀，蟋蟀叫声响亮，且持续时间长，但不好确定方向，有时一只蟋蟀发出的叫声能响彻一片地，可是你却不知它躲藏在哪儿。所以在童年的记忆中，虽然经常能听到蟋蟀的叫声，尤其是在仲夏夜里，但却始终未见其模样。蝈蝈发出的叫声短，且间隔时间长，但只有一声就足够了。因为蝈蝈趴在泛黄的麦穗儿上，所以它绿色的身影便明显了；而相对来说，黄色的蚂蚱在这一点上就有优势了，但我们很少去捉它，大概因为其外形难看，不如蝈蝈，像身披绿色铠甲的将军。

不甚响亮的一声"吱"，随后一个孩子便循着发出声音的方向行动了。只见他猫着腰，眼睛盯着前方蹑手蹑脚地走过去，屏住呼吸，慢慢地伸出手，大拇指和食指形成钳状，眼看就要得手了，不料天公不作美，突然刮来一阵风，成丛的麦穗儿便随风摇晃起来，就听"嗖"的一声，受惊的蝈蝈似一道绿箭跳向远处了。留下几丛麦穗儿在风中摇曳，摇散了刚才的那份紧张和喜悦……

麦地里的蝈蝈个头儿大，蹦得远，平常大人是不让孩子们捉的，怕毁坏庄稼。今天不但让捉，而且在我们的央求下，还会指导我们用麦秸编蝈蝈笼。编好的蝈蝈笼黄中透绿，小巧玲珑，样式有多种：宝塔形、灯笼形、箩筐形……宝塔形最实用，一般分三层，底层面积最大，向上次之；我们会依据蝈蝈的个头儿大小来给它们分配；每层里还会放一两朵黄色的倭瓜花或淡黄色的角瓜花，据说蝈蝈以此为食。另外怕花打蔫儿，还要洒上点水珠儿。

同我们追逐嬉戏相映衬的是大人们忙碌的身影。伴随着上下飞舞的镰刀，一片片麦子被齐刷刷地割下，然后打成捆；打捆的篓子就是用两小把儿稍长的麦子拧成的。成捆的麦子最后要在原地码成垛，码垛的时候麦穗儿要向里，并且要码成圆锥形，这是为了防止雨淋和小鸟儿偷吃。每个麦垛大概有一人高，垛与垛间隔有四五米。为了晒干麦穗儿的水分，这些麦垛会在地里待上十天半月。

接下来就是打麦子了，农村叫打场。那场面更是热闹。宽阔平整的场院上立着一个硕大的脱粒机，社员们拿着铁锹、簸箕等工具分散在机器两旁。伴随着隆隆的机器声，金黄色的麦粒哗哗地流出，女社员们用簸箕接住，男社员负责装袋运送。与此同时，一浪浪的麦秸从机器另一端翻滚着涌出，渐渐地排成了长龙，最后在场院上堆起了"小山"。我们便欢呼着奔向"小山"。那时广播里天天播送刘兰芳讲的评书《岳飞传》和《杨家将》，那也是我们这代人特有的记忆，我们梦想着自己也能像书中人物一样，会十八般武艺，能一个接一个地翻跟头。麦秸堆又松又软，像一个巨大的海绵垫子，给我们提供了训练场地，于是你方唱罢我登场，因为有女孩子在场，就翻得格外起劲儿。

有时我们也会扒个洞把自己埋起来，让同伴找不到。或者从一头钻进去，从另一头钻出来，结果个个弄得灰头土脸的，麦秸沾在女孩子的发辫上，像是给她们戴上了金簪。

麦秋的到来，意味着学校里就要开学了。村里人唠家常，往往都会这样说：今年麦秋谁家孩子该上学了，谁家的小谁该上几年级了。而对于我们来说，麦秋的到来，意味着暑假结束了，按理说应该有些不情愿，但相反，心里却滋生出一种莫名的喜悦和急于上学的冲动。现在想想，大概是有两个原因：一是升了一年级，变成了高年级的学生；二是与同学久别重逢，又能见到穿花格上衣的女生了。

通往学校的是一段乡村土路。背着书包，穿着妈妈新做的布鞋，走在这松软的土路上，心里很是惬意。虽然已是初秋，但地面还很炙热，放暑假以来，这条路肯定寂静了很多。路上两道颠簸的车辙，还留有雨水冲刷过的长长的痕迹，低洼处的积水还未干；连成片的车前子茂盛地生长着，我们叫它车轱辘菜。路两边恣意生长的蒿草有半人高，散发着一种特有的浓郁味道；地里的玉米已抽穗，玉米棒已灌好浆；大豆叶子也泛黄，豆荚已饱满。夏季调皮的雨似乎玩耍够了，再不来光顾；终年忙碌的风在这个时节似乎也给自己放假了。

一两声怅寥的鸣叫吸引了我们的注意，天空中由北向南飞过一群大雁，雁群保持着规则的"人"字形，发出叫声的应是头雁，它似乎是在提醒落后的同伴不要掉队。而往往确实会有一两只大雁因体力不支，渐渐地与雁群拉开距离。我们一直目送着它们消失在天际，并担心那两只雁最终会不会掉队。

这是春天飞过的那一群吗？此时，它们要按原路返回了。

同学见面，欣喜之情自不必说。老师走进教室开始点名：狗剩儿，到！二丫儿，无人应答。再叫一遍，还是无人应，于是老师便在这个名字上画个叉。被画叉的同学多半因家庭贫困而辍学了，他们的名字会从点名簿上永远消失。老师可能也习惯了，因为每逢麦秋的时候，他都会画几个这样的叉，老师对此也无能为力，亦如头雁。但对于我们来说，每画一个叉，都像是在我们心里刻上一道小小的伤痕。

金色的麦秋，就因为这几个叉，在生命里留下了深深的遗憾……

作者简介

高春祥，男，53岁，笔名劲草，绥芬河市作协会员，绥芬河航帆文学社成员。

我家住在乌苏里大街

王宪中

去年秋天我搬了一次家，新的住所在绥芬河市乌苏里大街 200 号。

绥芬河是一个极具中俄风情的城市，所有商铺都是中俄文双语标识，如以中俄混血女英雄嘎丽娅命名的"嘎丽娅路"、以地道俄式西餐闻名的"马克西姆餐厅"、专门针对俄罗斯人的"卡秋莎商场"等等。因此，有俄罗斯滨海边疆区第二大城市乌苏里斯克市命名的乌苏里大街也就不足为奇了。

早些年郭颂曾有一首《乌苏里船歌》唱遍全国，让我们知道有条中俄界江叫乌苏里江。乌苏里江是黑龙江省第二大界江，乌苏里在满语中是个姓氏，乌苏里江即"水里的江"或"东方日出之江"。这是一条自南向北流向的中俄界江，最后在抚远县附近的俄罗斯哈巴罗夫斯克（伯力）与黑龙江汇合流入俄罗斯东南部的鄂霍次克海。

绥芬河市其实没有河，真正的绥芬河在距离绥芬河市南部几十公里外的东宁市境内，绥芬河市内，只有一条公路和一条铁路与俄罗斯陆路相连。这条公路在绥芬河市区内就叫乌苏里大街。

乌苏里大街是一条双向 6 车道的路，两边人行道十分齐整，绿化得也好。算得上是绥芬河市的一条景观路。其实这条路是 G10 国道最东端的一段，从我的住所算起，向东约两三公里，就到了国门，即绥芬河公路口岸，也就是中俄陆地边境线；向西一直可达牡丹江、哈尔滨，直到满洲里，因此这条国道也称为绥满公路。

搬了新家后，感觉心情特别好。每天早晨拉开窗帘，阳光洒满了整个房间，瓦蓝的天空，蓝得令人心醉。推开窗子，从直线距离一百多公里外的太平洋吹来的湿润的空气沁人心脾。我常常在外地人面前骄傲地夸口，我们绥芬河从来就没有雾霾，因为我们呼吸的是俄罗斯的空气，不需要进口，不需要关税。

俄罗斯远东有广袤未开发的土地，植被保护得相当完好，加之绥芬河当地也十分重视环境保护，周围被绿色的山林包围。绥芬河当地对外的广告语颇能说明绥芬河的环境好到什么程度："一个被鸟虫叫醒的地方。"

的确，绥芬河是一个适合人居的地方，冬无严寒，夏无酷暑。春天有满山的红杜鹃，开得任性恣肆，烂漫无边；夏天，一些城市热得火炉一样的时候，绥芬河正沐浴着怡人的凉爽，夏季平均气温 18 摄氏度的山城绥芬河，堪称避暑胜地。进入 10 月，绥芬河进入了五花山色的季节，层林尽染，天长山、地久山、红花岭，山的名字美，山上景色更美。冬天的绥芬河更是别具一番景色，银装素裹，皑皑白雪，晶莹耀眼，下雪的时候，既如"撒盐差可拟"，又像"柳絮因风起"，令人无限陶醉。

住在乌苏里大街，还有一个好处，每天早晨或晚上，可以背着水桶去山上接水。绥芬河既是山城，也称得上泉城，周围山上有十几处泉眼，一年四季终日流淌着清澈和甘洌的山泉水。富裕起来的绥芬河人，现在都很注重养生，不管男女老幼，不管冬夏春秋，在每一个清晨或傍晚，都能看到成群结队背水的人，既锻炼了身体，又喝到了无污染的山泉水，一举两得，人们乐此不疲。

住在乌苏里大街，每天看门前的大街上车来车往。向东去的货柜车基本上都是出口到俄罗斯的水果、蔬菜、服装、建材、工程机械等；向西来的大都是刚从俄罗斯进口的木材、化肥、海产品等。更有每天来来往往的中俄旅游大巴，运送着每年 70 万人次的进出境旅客。蜿蜒着长长的车辆队伍，是这条大街上一道独特的景观。

最近，在海关的支持下，从绥芬河铁路口岸经俄罗斯东方港到达日本大阪的集装箱货物顺利到达，这被中俄铁路部门称作"滨海一号"的"中—俄—外"运输项目终于正式启动。

此前，有从绥芬河出境经俄罗斯东方港再运到中国南方的"内贸货物跨境运输"即"中—俄—中"运输模式经过几年运营后也日渐成熟。前些日子，承载144个集装箱的专列从哈尔滨出发，经绥芬河市和俄远东港口，最终到达韩国釜山，成为绥芬河市大通道建设的一个里程碑，标志着黑龙江省"出海口"的正式打通。

还有一件更值得绥芬河人自豪的事，黑龙江东部陆海丝绸之路经济带建设已上升为国家战略，作为这条"龙江丝路带"上的重要枢纽站，绥芬河市被纳入了国家一带一路规划，以俄罗斯符拉迪沃斯托克—绥芬河—哈尔滨—满洲里—赤塔国际大通道为主体，东经俄罗斯港口群可连接日、韩、北美及太平洋沿岸国家和地区，向西可达欧洲腹地。绥芬河作为连接中国与俄罗斯的门户和纽带，应该属于前沿中的前沿。

其实早在唐朝时期，即在黑龙江流域的"海东盛国"——渤海国时代，东北亚的丝绸之路就已经初露端倪。特别在明成祖永乐年间，也就是在郑和七下西洋的同时，还有过亦失哈九上北海的记载。他们将南方的丝绸、茶叶通过松花江、黑龙江，过鞑靼海峡，到达库页岛，在巡查大明王朝最东端领土的同时，也与日本的北海道进行贸易往来，开拓出了一条东北亚的丝绸之路。

如今，这条"龙江丝路带"就从我家门前经过。作为绥芬河人，我为融入"一带一路"的宏伟规划而激动；作为海关人，我将荣幸地成为"一带一路"坚定的支持者和建设者。"每一条新的交通线路，都承载人民幸福梦想。"习近平总书记在"加强互联互通伙伴关系"东道主伙伴对话会上的讲话道出了人民的心声。的确，我家旁边的乌苏里大街，不但承载着我们个人和家庭的幸福梦想，也承载着中俄两国人民睦邻友好、和谐发展的梦想，更承载着世界人民互通互联、共同迈向美好明天的梦想。

俄罗斯总统普京曾经形象地说过：要让俄罗斯"经济之帆"乘上快速发展的"中国之风"。站在乌苏里大街上，迎着猎猎风声，我感到了一个崛起的民族"大风起兮云飞扬"的气势和胸襟，更感到了一个伟大的国家"九万里风鹏正举"的磅礴与豪迈。

作者简介

王宪中，1966 年生，黑龙江省作协会员，中国音乐文学学会会员，中国海关学会大连分会理事。曾在《人民日报》《儿童文学》《词刊》《北方文学》《小小说》《思维与智慧》《新青年》等报刊发表诗歌、歌词、散文、小说、报告文学等近百万字。歌词《天助梦想》获国家第四届特殊奥林匹克运动会会歌征集佳作奖，获过全国海关系统"海关之歌"征歌活动三等奖。曾任绥芬河海关副关长，现任哈尔滨海关驻牡丹江海关纪检监察特派员兼第一巡察组组长。

人到中年

王秀丽

人生就是一次从起点到终点的长途旅行，不管你是否愿意，绝无返程的可能。

走过了稚嫩天真的童年；经过了朝气浪漫的少年；跨越了激进狂热的青年；迈入了淡然平稳的中年。

曾经的青春，仿佛夏花样绚烂，如今的中年，犹如秋叶般静美。

人到中年，有过多少聚散分离。行走红尘中，无论有多少苦难，多少不如意，只要心存一片暖阳，就可以抵挡岁月中所有的寒霜冰雪。

人到中年，善待自己，珍惜过往，淡泊明志，静静品味岁月悠然之乐。

回顾过往，经历千辛万苦，一步步拖着满身的疲惫，品尝生活的苦辣酸甜，跨越岁月的坎坎坷坷，有时真觉得很累。好想停下来歇歇脚，真的不想再往前走了。

尽管前路漫漫，充满很多不确定性，也许会拼得伤痕累累，我们也必须勇往直前，去完成我们未完的使命。

经过岁月的洗礼，我们上下求索，每前进一步都是举步维艰，同时，也赋予我们对世事至深的感悟。逆境历练了我们的心智；坎坷磨砺了我们的腰板。

人到中年，视野愈加高远，经验更加丰富，我们学会了淡定与坦然，笑看世间浮华。不以物喜，不以己悲。不会让昨天的烦恼来左右今天的生活，不会拿别人的错误来惩罚自己。

人到中年，学会潇洒与浪漫，不再患得患失，不再斤斤计较，做自己喜欢做的事，处知心的朋友，豁达心境，朗心如月，浪漫享受每一刻，充实过好每一天。

人到中年，犹如一颗果实，褪去了青涩，多了一缕芬芳。在成熟中，我们收获了诸多的感悟，在感悟中读懂了拓展生命宽度和内涵。生命的完美，不在于结果如何，而在于过程的精彩。生活的质量不意味着拥有多少物质，而在于精神的富足。

人到中年是一首歌，哆、来、米、发、索、拉、西，无论是欢乐，还是忧伤，倾吐的皆是心曲。

人到中年是一幅画，工笔、素描、水彩……描绘的都是五彩缤纷的人生。

人到中年是一首诗，风、雅、颂、赋、比、兴，饱含着我们丰富的想象和思想感情。

人到中年是一本书，扉页是梦想，目录是指引，内容是过程，后记是回望。

作者简介

王秀丽，女，绥芬河人，热爱文学。绥芬河市作家协会会员，航帆文学社成员。

岁月葱茏

初夏的窗外一片新绿，绥芬河文学阵营葱茏的景色正在蓬勃。微风吹拂，叶脉晶莹，绿色不仅枝叶间尽情施展，更铺满绥芬河的天地和角角落落。紧跟在春天后面的，是希望的生长和成熟，东风的吹拂带来了新意，更带来了暖流。

春回大地的时候，绥芬河人自己的刊物《远东文学》于 2016 年创刊。对绥芬河的文学工作从始至终非常了解的我，感喟于心，记忆中的景象不禁滚滚而来。

34 年前绥芬河文联在小小的城市里成立，记录和描绘了一个百年口岸数年来的变迁。回眸 34 年，绥芬河文坛日渐成熟，文学在绥芬河的经济起伏中承担了抒写时代的作用，时至今日，绥芬河文学已经走出了属于自己的一条路，有了自己的刊物。

《远东文学》是绥芬河市文学爱好者打造文学作品的一个崭新的平台，是他们的精神家园，是绥芬河文学之路上的一段宝贵的里程，把精彩华章积淀成册，把笔耕不辍的热爱在这块阵地中尽情抒发，它成就了写作者的文学梦想。

1982 年 1 月 12 日，是值得庆幸的日子。第一届"文代会"在原市委（原苏俄领事馆）一楼北侧小会议室隆重召开，当时圆桌旁座无虚席，贵客嘉宾高朋满座，笔友齐聚，人才荟萃，张张笑脸，气氛热烈。牡丹江地区文联主席栾文海，文联副主席、著名"农民"作家刘柏生，文联秘书长韩玉特意赶来出席。现深圳文联诗歌歌词作家、原穆棱政协副主席、文化局局长蒋开儒，现黑龙江省作家、原东宁小说《八百米深处》作者孙少山受邀前来参会。

他们给绥芬河带来了美好的祝愿。首届"文代会"上，选举产生绥芬河市文联副主席一名，文联秘书长一名。原群众艺术馆副馆长刘苓君当选秘书长，我被推选为文联副主席（当时主席空缺），虽知才疏学浅，文笔拙劣，内心纠结，但仍然勇敢担当。

我将文联下设四个组：文学创作组、音乐舞蹈组、摄影美术组和民间文学组。一年多下来成绩还不错，闯出了路子，干出了样子，一些新人脱颖而出，一大批作品问世。

1983年10月27日，我晋升为文联主席。我下决心埋下头来学习写作，为了让自己激发群体的创作热情，多出作品，出好作品，更好地与职务相称，散文、小说、诗歌……我样样都学，从书本上学，在实践中练。在此之前，电影院办过油印"影评"刊物，我投了几篇刊用了；群众艺术馆搞了几次征文比赛，我写了几篇送去采用了，还得过奖。

学东西一般都是先易后难，可我这个人有个犟脾气，非得先难后易，什么最难学什么。我常看《大众电影》《电影文学》等刊物，对电影文学很感兴趣。当时国家正在要求每个公民都要学法、知法、懂法、守法，司法机关要严明执法，作为一个宣传干部深深懂得宣传法制的重要性。当时我正翻阅"史记"，从两行半文字记载中，我读到东汉时期有个执法严明、刚直不阿的洛阳令董宣，灵感大发，激发了创作冲动，于是，就从"法"入手，开始学写电影文学剧本。

我首先查阅有关资料，翻看有关史书，研究有关论文，查看过的资料书籍摞起来能有一米多高。资料找得差不多了进入构思阶段，考虑典型场景设计、人物之间关系、君臣官宦等级、人物性格塑造、编织剧情矛盾、故事发展始末、服饰车舆兵器等等，一切与该故事有关的细节都要考虑进去。腹稿初步形成开始动笔。专业人士称接触电影如同触"电"，这话一点不假，初次写剧本更是这样。我多易其稿，全部手抄，剧本修改稿摞起来能有半米高。

那些日子，我熬宿熬夜，废寝忘食，但"有钱难买我愿意""自找苦吃我乐意"。功夫不负有心人，初稿于1979年写成，定名为《强项令》，六易其稿后于1984年发表在中国电影家协会黑龙江分会编辑、黑龙江省出版局出版的《电影文学剧本选》上，后编入《商都恋情》（李恩泰文学作品集）发表。根据这个电影文学剧本又改编成同名广播剧剧本，被牡丹江广播电台采用，于1982年5月录制成广播剧《强项令》，作为保留节目，交流到全国60余家广播电台，绥芬河广播电台用中心广场大喇叭播放一个礼拜。这是"文革"后牡丹江广播电台录制的第三个广播剧，于1986年12月获牡丹江文学艺术创作作品大赛三等奖。

后来又学写小说，记得当时与文联干事葛均义闲聊，无意间说出了一个故事梗概，由我执笔写成中篇小说《血染的猪精儿》，于1986年12月25日刊登在《牡丹江文学》上。

我相信，每位作者会感同身受，都有煎熬和辛酸的过程，痛苦和磨炼的经历，也都有刊稿的喜悦和成功的快感。

文联成立的当年，我将建设学校当教员的葛均义调来市委宣传部兼做文联干事，以加强文联工作。我们一起去牡丹江文联、《北方文学》编辑部、北京一些知名刊物的编辑部和著名作家家里拜访、求教、学习、联络感情，向他们介绍绥芬河市文联成立和文学爱好者群体的情况，希望在文学创作方面给予关照和扶植。经过多次走访，终于打动了他们，让他们感受到了绥芬河人的执着与诚意。

后来，终于得到了"三地"有名望的编辑和作家的帮助和支持。特别是《北方文学》的著名编辑鲁秀珍，对绥芬河"咿呀学语""蹒跚学步"的文学爱好者给予了热情的关怀和大力的扶持，她和她的编辑伙伴们经常往来于绥芬河与哈尔滨之间，为绥芬河付出了心血和辛苦，她对绥芬河文学的起步与发展所做的重要贡献，应在绥芬河文坛发展史上重重地刻上一笔。

为了激发各组创作热情，鼓舞士气，也为有一个明确的奋斗目标，从文学作品刊发这个角度专门下发一个有关奖励的文件，规定从绥芬河市级到国家级刊物发表作品给予逐等提升的不同奖励，并提出一个大胆而响亮的口号：第一年入牡丹江（文学），第二年去北方（文学），第三年进北京（刊物），第四年上中央（国家刊物）。经过文学爱好者的不懈努力，每一年的目标都达到了。

创作队伍中涌现出许多出类拔萃者，如十九岁的孙桂丽写出惊人的作品《心为什么不长在外边》，受到《北方文学》总编鲁秀珍的欣赏和好评。小荷刚露尖尖角，便有蜻蜓立上头。大有发展潜力的她，以至现在成为山东省威海市文联专职作家；葛均义以他特有的文学语言和文学功力写出力作《旗镇》《浮世》等，翻译成多国语言著作，以至现在成为驻地作家，还有李树臣、赵志国、韩则烈、巩福昕、石长江、杨勇、杨拓、阿西、徐宁、牟喜文、杜良田、舟自横、孙书林、李金波、肖桂贤、刘菲、刘淑维、黄彬、祁林、邹文熙、陈华、张伟东、时振明、黄丽杰、董茂生、许杰、邢淑燕、朱晓晖、巩福全……由于篇幅有限，这里就不一一列举。伴随他们的成长，笔下生花，一批批优秀作品刊登在全国各大文学刊物上，其中有许多人创作多本书籍，成为多产作家。一句话，34年历程，成绩斐然。

攀登文学这座大山，我可以大言不惭地说，个人要有天赋，但这远远不够，还必须有信心、恒心、耐心，要脑勤、手勤、腿勤，肯刻苦、用心、钻研。想要登上大山的顶峰，不是不可能，但绝非易事。只要肯登攀，拿出"三心""三勤"的劲头，一定能登顶观日出，看云海，"一览众山小"。作为一个笔者是这样，作家也是这样，作者群体是这样，作协也是这样。

今天作协创办《远东文学》这座山巅，正是因为有昨天的不断登攀。付出才有回报，但回报不是目的，实现梦想才是目的。

沐浴在如春的夏日里，百花绽放，芬芳无比，清风徐来，花香书香交融，沁人心脾。依窗捧读第一期《远东文学》，书香四溢，伴随着夏日的摇曳多姿。愿《远东文学》这棵小苗，扎根沃土，长成参天大树，枝繁叶茂。

春华之后有秋实，四季都有不同的风景，人生有波澜还会有巅峰，《远东文学》正在向五谷丰登的旅途一路进发。

作者简介

李恩泰，1945年生。原籍辽宁省辽阳市，现居绥芬河市，毕业于沈阳机电学院（现称沈阳工业大学），出版《绥芬河旅游边贸发展纪实》《商都恋情》《绥芬河边贸与旅游》《走近俄罗斯》《故乡的山，故乡的水》等著作多部。曾任中共绥芬河市市委常委、宣传部部长，外事处处长，市委秘书长，市政协副主席，市老科协会长。曾兼任近八年绥芬河市文联主席，中国电影家协会黑龙江省分会会员，牡丹江市文学协会理事。

异乡芳邻

刘苓君

刚端起碗，楼下的单元门就"砰"的一声，紧跟着说话声、搬东西声、电梯声响成一片。我大喜，是对门邻居回来了，如期地回来了。迎出去，热烈拥抱，转身回屋，把一锅刚刚煮好的燕麦粥端过去。他们是从呼和浩特驾车过来，一路上肯定又累又饿。

一进农历四月，每天都会有邻居从四面八方归来，像候鸟、像鱼汛，一拨又一拨，准时无误。先到的邻居掐指算着，如果哪天楼下人声鹊起，他们就会迅速冲向阳台，那一定是哪家芳邻回来了。于是，楼上的向楼下大声问好，刚抵达的，则仰面朝天——应对，舟车劳顿的脸上既疲劳又兴奋，拖着拉杆箱和一堆行李半天回不了自己的家。

我们这个小区很美丽，"墙内秋千墙外道"，过了道就是海滨浴场。我们这个小区的居民大多是内陆人，为了寻找海才在这新建的滨海小镇安了家。每当紫薇含苞、槐树花开的时节在这里小住几月，一如老外去别墅度假。起初邻居们并不相识也不相亲，反觉得对方衣着土气，方言逆耳，彼此间颇为漠视。但小区地广人稀，住的时间长了就会生出"以其境过清，不可久居"的凄惶。

尤其女人，寂寞空落得见了狗都想搭话。日子长了，在海滨、在集市、出门倒垃圾时难免邂逅，心中便生出相互搭讪的蠢蠢欲动。先是踌躇一下，然后或颔首或微笑曰："侬好？""哪旮旯来的？""嘛地场儿的？""啥子地方的？"这下好了，一语破僵局，以往的尴尬局促烟消云散。于是乎，脸对脸，面贴面，互诉衷肠。不消10分钟，祖孙三代、祖宗八代，竹筒倒豆子，直说得心花怒放热血沸腾。下次再见，她们就会勾肩搭背执手而行，变得傻亲傻亲的了。

夜幕降临，喜欢垂钓的男邻去海边钓鱼，他们头上卡着头灯，像孙悟空头上的紧箍咒。他们倚在岩石上，抽支烟儿，切磋渔艺或交流当天的渔情。也有喜欢早出晚归的，他们大多骑着电动车远行。夕阳西下，当他们回来时，邻居就会老远地喊：怎么样？今天怎么样？二斤高高的吗？如果收获丰厚，棕黑色的脸上就会泛出笑容，停下来请你欣赏他的成果，那银灿灿的燕巴真是喜煞人。如果成绩不佳，就会满脸无辜地说出很多理由：什么风啊、饵啊、潮啊、窝子没喂好啊等等。

此时邻居就会宽慰说：这事儿不能急，明个儿再多烙两张糖饼，等下拨儿。钓鱼的人不一定吃鱼，钓的过程是他们的全部。他们经常把钓回来的鱼随手递给哪位邻居说：拿回去吧。于是邻居就会接过鱼，说句客气话，或不说什么客气话。因为这是常有的事。当晚这家的餐桌上肯定是大白馒头煎海鱼。山东的麦子也实在是好。

海边没有灰尘，房间十天半月不擦也不埋汰，让女人省了不少力气，从而生出不少闲散之心来：撸槐花蒸着吃，揉香椿芽拌面条吃，到海滩拾蛤，把捡回的大水母用盐腌成海蜇，用小竹棍到石头缝里钓螃蟹，磨成蟹酱，再蘸着章丘大葱吃片片饼子，那叫一个长膘。这些技能都是从小区的园丁和清洁工人那儿学来的。他们原是这里的农民，现在没了土地，不稼不穑了。他们每天在园里劳动，很乐意高声大嗓地教授我们这帮傻乎乎的城里人儿。

还有两件事，是女人们前半辈子做梦也想不到的：一是到海里学游泳，二是在海滨学开车。我们这些女邻多属旱鸭子，一沾水就头晕眼花。可是常在海边住怎能不下水呀，不学会游泳岂不辜负了大海！好在海是沙底漫坡，走出好远才齐腰深。她们今天呛一口水，明天呛一口水，居然能漂起来了，居然能游出十几米啦。游泳既健身又能自救，女人学会游泳是一件很自豪的事儿。再一件就是学开车。我所说的车不是汽车，而是电动三轮车。我们小区通往城里的公交是12路，半小时一趟，出门办点事甚为不便。电动三轮便应运而生。我们称我们的三轮为"三零"，不就比奥迪少一"〇"嘛。我们从不说骑车上哪而说开车上哪。实际上我们的三轮也真比轿车灵便：上码头、赶大集、去樱桃园，摘苹果，停靠自如，多窄的道也能挤过去。海岸线兜风更是没得说，鲜凉的海风呼呼呼地直往胸腔里灌，沁人心脾，真比坐在轿车里闻汽油味强。兴之所至，几家邻居组成车友俱乐部，或老翁拉着老妪或老妪拉着老翁，一溜儿电动车，一群白头翁媪，浩浩荡荡、威风凛凛、风驰电掣地行进在观海大道上，成为海边一道风景。有些老妪在城里连自行车都不会骑，更不要说速度极快的电动车，真不知人的潜能到底有多大。当然，我们这号人是不敢进城的，那里人多车多信号多，我们又不懂交规，老眼昏花搞不好就会出大乱子。有一次，我就差点把一位交警撞翻。他向我姿势优美地扬起了白手套，我却朝他的白手套照直冲去，吓得那位交警同志连蹦几个高，忘了指挥，等他缓过神来，我早已逃之夭夭，飞奔回海了。打那儿以后，我见了交警就哆嗦，从此不敢进城。

八月十五月光明，中秋之夜，女邻们把餐桌移到院子里，一边宵夜一边赏月。大家把桌子拼在一起，上边的吃食大同小异：满盆虾爬子、顶盖肥的螃蟹、蛤、煮花生、烟台产的苹果、葡萄，再放几块当地出产的月饼，这就齐了。月光洒下来，大地一片银白，女人的心境是那般的怡和。那边厢，是一帮老爷们儿，他们傍晚才游泳回来，现在正围在一起侃大山。他们或坐小马扎或坐钓鱼凳或半仰在躺椅里，地上放着一把能装5斤水的"青花瓷"大茶壶。河南郭说：我可是贡献啦呀，这把青花瓷可是明代嘉靖皇帝……天津王大手一挥说：得，上坟烧报纸你糊弄鬼呀，真是青花瓷你舍得拿出来呀？江西老金朝楼上喊道：把我的庐山云雾拿下来，咱也品品皇帝喝茶的滋味！京油子老那即刻起身道：美茗配美器，怎能用纸杯呢？我回去把我那套瓷碗拿来给你们开开眼，咱祖上可是镶黄旗……大家"嘁"的一声，随即大笑。

笑声伴着淡淡的茶香，远远地飘到女邻那里。男人们混得厮熟了，他们操着各地的乡音在一起喝酒、打牌、游泳、钓鱼，但与女人不同的是，他们从不打探对方底细，比如单位啦、职务啦、钱啦等等，甚至连姓名的全称也不细问，这里好像有点什么潜规则，女人不太懂。我琢磨着他们当中肯定藏龙卧虎，因为他们谈话时偶尔露峥嵘。据说厅局级领导干部都快一筐了，只不过此时此地就像进了浴场，黑不溜秋统统一个样了。

……

"归去来兮，田园将芜胡不归？"进十月，立冬，冷风起，海水渐凉，女人一片乡心了。饯行的酒喝了一顿又一顿，送行的路过了一亭又一亭，邻居们走了一拨又一拨。芳邻们，明年见啦！

作者简介

刘苓君，1968 年哈尔滨师范学院中文系毕业，分配到绥芬河区中学教语文，后调到绥芬河文化馆任创作辅导员、绥芬河文联秘书长。1983 年调入省妇联，后任组织部部长。1993 年下海经商 10 年。

还有什么比记忆更好

桑庆云

我的草根时代

19 世纪末沙俄在绥芬河建东清铁路（"民国"改称中东铁路），20 世纪初的 1903 年通车。这条铁路由俄国管理，当时绥芬河是中方铁路起点，叫五站。俄方铁路工人和管理人员数千人在绥芬河车站工作。俄国人骑马养奶牛需要大量的草料。我六爷爷桑国屏在"民国"时期的 1921 年，随一批山东寿光老家的青壮劳力来绥芬河打羊草，给洋人喂马。

1926 年春，赌光家财后，我爷爷带着我奶奶挑着我两岁的父亲，领着六岁的姑姑，徒步两个多月从山东的寿光走到哈尔滨，又坐火车几经周转来到了绥芬河阜宁镇，投奔我喂洋马的六爷爷。1927 年我爷爷到宽沟火车站往西二里多路的朝阳山坡，捡撸荒地加开荒置下四垧多地，成为桑家崴子。桑家就是从这个崴子开始在绥芬河扎根散叶的。

若草的童年

1955 年我出生于黑龙江省绥芬河市建设村，我爹是铁路电厂外线电工，我娘做家务。虽然我爹是工人，但我们家一直生活在农村。我娘是没有什么文化的家庭妇女，她非常勤劳善良，种地、背柴、挑水、做饭，还要做全家人的衣服和鞋子，比我有工作的爹承担的劳动量还大。

我的爹娘一生养育了八个孩子。我上有两个姐姐一个哥哥，下有

313

三个弟弟，一个妹妹。大姐大我七岁，小弟小我十四岁。这样一个十口之家，注定我的童年像草一样朴素、率性、自由。

我小时候，绥芬河只有一个幼儿园，是给军政委员会和外事部门的干部家的子女开的。我们西毛子屯，也就是今天的建设村，没有幼儿园，更别想进东街（现在的市区）幼儿园了；再说当年哪有几户人家的孩子能进得起幼儿园啊。我只能和附近农村人家的孩子一起玩藏猫猫、打瓶盖、和泥娃娃、堵水泡子、跳绳、弹溜溜等游戏。规模大、记忆深的游戏就是打群架：一群孩子按各家住的位置，分为村东、村北、村西几伙，按约定拿土块而不是石头相互打仗，在约好的时间里，哪伙被打退了、打散了，就算是失败了。虽然"打仗"时，不管冬天夏天，我们都带着冬天的棉帽子，防止受伤，但一仗打下来，往往还是鼻青脸肿，满头大包。

童年最为刺激的游戏，是跟一些大孩子去"作"，"偷东西"。偷瓜果当零食，偷玉米、土豆烧着吃。鸡鸣狗盗，偷瓜掠枣的乐趣，"吃"在其次，关键在那份"偷"的心惊肉跳，"偷"的掩耳盗铃。源于偶遇的临时起意，白天侦察，晚上行动的预谋作案，争强好胜、胆大妄为的明抢豪夺……只是，一旦案发，爹娘知道后，轻则一顿训骂，重则挨顿揍。

记得有一次，我跟着大我两岁的刘克光在北大河洗澡，误闯进了建西大队的菜园子，他在前我在后，我俩匍匐着爬进了西红柿地。隔着一条地垄沟，我看到一双大脚，悄悄地从后面向正在偷摘西红柿的刘克光走去，我吓得大气不敢出，也忘了喊刘克光快跑，就那么目瞪口呆地看着看菜园的陶里坏（村民给起的外号，只知姓，不知名）的那双大脚，狠狠地踢在了刘克光的屁股上。

那一脚，在我的梦里出现了很多年，它比踢在我的屁股上，还让我难受。我很多年都自责自己没能及时给刘克光报信，就那么看着他挨了那一脚，总有一种出卖朋友的负罪感。光着身子，摸鱼捉蚂蚱的日子；拿着弹弓，满街打鸟的日子，因为国家搞"大跃进"和不期而遇的"三年自然灾害"，而变得稍纵即逝。

国家穷，家家都穷，穷得吃不上饭，饿死人的现象时有发生。有些乡亲因为吃树皮、吃观音土、吃带毒的野菜，吃得浮肿，吃得胀腹而死。我们家因为有我爹的那份国家供应粮垫底，靠着母亲、哥哥姐姐捡拾菜叶、树皮、野菜，勉强度日。后来，不巧的是，我们山东老家我爹的两个堂弟桑乐山和桑光远，在老家饿的无法生活，举家九口到黑龙江逃荒，投奔到我家，使我家本不宽裕的生活，雪上添霜。当时我只记得乐山叔家的大儿子桑庆德大我两岁，最淘，他不带我玩，还撵我。我光远叔的大女儿叫瑞英，比我小两岁，见面就笑，比较亲切。

光远叔的大儿子桑庆春，是1961年在绥芬河生的。1963年两个叔叔相继迁回老家寿光。

记得有一次，我娘在淘洗烂菜叶时，我抓了两把土扔进淘菜盆里，愤怒地说："我让你整天吃烂菜叶子……"我娘起身追我，要揍我，我当时六岁，哪能跑过娘，但，我娘快追上我时，没抓我也没打我，而是，含着眼泪回去继续淘洗烂菜叶……

那天，也是我娘让哥哥找到不敢回家的我，还让我吃了一个面团子——那是真粮食做的面团子啊！直到今天我仍然记得那个味道。

1961年的8月份，我快到上学年龄了，但因为差一岁，学校不收。我娘托人求情，让我跟我二姐一起上了一年级。我二姐比我大两岁，我娘让我跟她一起上学的意思就是让我二姐领着我，就当是看孩子了。

上课我跟我二姐坐在一起，也有书包、课本。因为小，听不懂老师讲啥，我就趴在课桌上睡觉，醒来，想尿就尿，想走就走。老师说："这不行啊。"没上几天课就把我撵回家了。

于是，我本该提前入学的童年，再一次野性地散开在田野上，像草一样顽强，像草一样蓬勃，像草一样自由。

红小兵与灶王爷

我曾经是一个造反派，还造过灶王爷的反。

1966年夏秋之季，毛主席说：造反有理。就这一句，就让全中国的学生都兴奋不已。"文化大革命"以其赋予学生的特殊权利和空前自由，点燃了当时中国青少年的心。随之，中央成立"文革"小组，发布了"文革十六条"，号召学生成立造反团，搞串联。毛主席八次接见红卫兵，一天二十四小时只要接到毛主席最新指示，各造反团都刻印下来，敲锣打鼓宣传到百姓。我们小学生不能参加上述活动，后来取消红领巾，换上红袖标，我们也成了可以造反的"红小兵"。

后来，学校开始停课闹革命，老师们搞"文化大革命"，我们就像没娘的孩子干啥都没人管。我们几个要好的同学就在班级架炉子烤土豆片、爆玉米花吃。我娘看我天天没事无所作为，就让我每天到小东山砍两棵柞树，拖回来烧炉子，到夏天时，我娘就领我上山种地、捋猪菜。岁数小，造反有理，串联旅游不花钱的好事，我没赶上，但是，在建设小学读五年级上学期的我，自然而然也成了革命的红小兵。

绥芬河虽然地处边境，但追随"无产阶级文化大革命"运动的动作，一点也不比别的地方差。红小兵是毛主席的兵，自然要按毛主席的指示"破四旧""立四新"。我们的班主任老师，隔段时间就点上煤油灯，请贫下中农为我们忆苦思甜。我们每人拿一个老师准备好的菜团子，边吃边听旧社会的苦大仇深，按老师的指挥喊"不忘阶级苦，牢记血泪仇"等口号。

次数多了，没有花样了，老师又领我们到建设村西山砸百姓供奉的"土地庙""山神庙"；老师还让学生举报谁家供了家谱、财神、灶王爷。说这些都是迷信、四旧，让我们回家动员爹娘革命，烧掉家谱、财神爷、灶王爷。

按老师的教导，我们这些红小兵就回家和爹娘商量，烧自己家族的宗谱，造灶王爷和财神爷的反。因为造祖宗和爹娘的反，我们这些红小兵、造反派，大部分不是挨了爹娘的一顿暴打，就是挨一顿臭骂。那时我们最听毛主席的话，不听爹娘的话。许多同学都把家里的灶王爷偷出来，开批判会、烧掉。轮到我回家造反时，我刚对娘讲造反有理，有烧掉灶王爷的意义，就被我娘骂了一顿。我娘生气地说："小孩子知道啥，那是一家之主，只能到腊月二十三，摆上供桌时才能烧掉，让灶王爷上天言好事，等再供上新灶王爷，好下界保平安。"

我娘还说："做人要记着：头上三尺有神灵，人在做，天在看，恶有恶报，善有善报，不要做坏事，要相信因果报应。人都是靠天地吃饭的，供天敬地是天理，谁敢造天地的反？"

结果，我这个造反的红小兵，没能够打倒灶王爷，反倒让灶王爷这个当权派，把我给造反了。造反不是请客吃饭，但造反的人要吃饭，毕竟造反事小，温饱事大。我娘在厨房里供灶王爷，我们都得吃我娘从厨房里做好的饭菜，得罪灶王爷就是得罪我娘，就是得罪饭和菜啊！

至今我还按我娘教导的那样，年年供灶王爷。我倒不相信迷信，更不相信不劳而获，天上掉馅饼。在家里供灶王爷，在心里就有了一份敬畏，不光告诉自己头上三尺有神灵，还提醒自己出身于百姓人家，天上神仙，人间百姓时时在看着我，监督着我。

我在公安局工作了四十年，处理案件无数，经历是是非非无数，面对退休，尚能问心无愧，是与我娘的教导，供奉灶王爷时的心理警示分不开的。现今，造反的"红小兵"已经老了，也被人遗忘了，而灶王爷依然还在家家户户的灶房里，享受着中华民俗延续千年的香火。

干妈印象

我的干妈叫王佳琪，曾经是牡丹江红旗医院的内科大夫。1961 年春，毕业于哈尔滨医科大学的她被牡丹江市政府派到绥芬河防治克山病，分配在建设医院工作。

克山病是一种地方性急性心脏病。据绥芬河史志记载，1948年和1959年绥芬河现建设村一带，流行过两次规模较大的克山病，前一次死亡100余人，后一次死亡77人。王医生应该就是冲着绥芬河第二次流行克山病来绥芬河的。

那时，外来绥芬河的干部和帮扶人员，一般都要吃"派饭"。由市里指派他们到指定的人家吃饭，再由市里与指定的人家算账。因为王医生经常到离医院五六十米远的我家吃派饭，一来二往，时间长了，我娘和王医生相处得像姐妹一样。当时我家的卫生清洁，我娘做的饭也好吃，有事没事，王医生常到我们家串门、午休。

当年二十六七岁的王医生非常喜欢孩子，每次到我家都抱抱我，亲我，还经常带一些糖果给我吃。她说我长的大眼睛，双眼皮，头发自来卷，是与附近的孩子比最好看的男孩子。

王佳琪大夫喜欢我，我也喜欢她。因为常常被她夸奖，我在她的面前特别有表现欲和价值感。王佳琪医生在绥芬河防治克山病那一年，恰是我提前入了小学，又让老师撵回家那一年。我曾经一起玩的小朋友大多都上学了，没人跟还留守在儿童时期的我一起玩。那时，只有王佳琪医生常常带我去郊外挖菜，到东边小河洗衣服、玩水、摸鱼，还总是表扬我能干、懂事。我在心理上对她特别地依赖和亲近。

1962年春天，王佳琪医生到了一年的下乡期，临走时她要认我做她的干儿子。我娘原本就对有知识有文化又是城里人的王大夫充满好感，俩人一直姐妹相称；王大夫认我做干儿子的提议，和她想与王大夫结亲的愿望，一拍即合，当时就答应了。认亲那天，王大夫领我到东街的照相馆照了两张相，一张与她合影，一张我的半身照。当天晚上我娘备了一桌酒菜，请王大夫和几个邻居到家吃饭，席间我磕头认王佳琪大夫做干妈，王大夫给了我五元钱，做改口钱。从那以后我就有了两个妈妈，一个亲妈，一个干妈。我在心理上，也为自己有两个爱自己疼自己的妈妈感到骄傲。

王大夫回牡丹江后，经常给我家来信，询问我的情况。我爹娘不会写信，就托邻居杜崇华代笔回信。

1963年春天，我得了两侧小肠疝气，就是我干妈王佳琪大夫，为我联系了红旗医院医术很高的外科大夫，给我做的手术。

1966年，在"文革"中，我的干妈断了给我家来信，后来我家给她去的几封信也都退回来了，从此断了来往。我参加工作后的1977年夏季到牡丹江市公出，曾专门到红旗医院找过院领导，打听寻找干妈王佳琪医生，但因为在"文革"时期，当年许多的医生都曾遭遇了"被打倒""被专政""被下放"等运动，沧海桑田，物是人非，已没有人记得王医生去了哪里。因为找不到我童年的干妈，我曾遗憾了许久许久。

我的干妈是第一个领我照相的女人，是第一个让我对自己自来卷的头发、大眼睛、双眼皮感到漂亮和骄傲的女人。她留给我终生难忘的干妈印象，就是我认干妈那天，她搂着我照的那张相片。记忆深处，干妈有一米七的身材，穿着紫色的带有腰带的夹克服；皮肤白皙的她，长方脸，浓眉，眼睛不大，总是带着笑意，乐观向上，和蔼可亲。

如果干妈还健在，如今也应该有八十多岁了；只是，她绝不会想到她当年领去照相的干儿子，已经六十多岁的我，仍然保留着对她的印象。

作者简介

桑庆云，男，汉族，1955年出生于黑龙江绥芬河。绥芬河市作家协会会员、绥芬河市公安局警察协会主席。出版有随笔作品集《还有什么比记忆更好》。

倾听保尔

陶一人

倾听保尔，绝对是倾听一种真实。

倾听保尔，就是对生命量与质的拆合。

倾听保尔，接近精神的精神。

保尔是水，是万涓成流、百折不回的水；是从极地出发、并能诗意地抵达极限的水。让我们看到在生命的最亮处，作为水的精神和作为精神的水——富含信念的，生命的水。

他从高加索贫寒的冰层下涌出，自谢别托夫卡小镇教堂那阴暗的诵经声里走来，拒绝了一次次享有安逸、享有虚荣的契机，找寻着一个一个不安的、勇于挣脱寂静的魂灵。山高水长，世态炎凉，没有什么能阻止保尔作为一名叛逆者的水性。他终以矢志不移、面水而歌的执着与超然，将自我青春的韵律汇于为人类解放而奋斗的事业，唱出了一个生命的完整和一个完整的生命……

保尔，在历史的涛声中，汩汩地推动保尔的保尔。以至，以水的存在，告诉历史与未来：

青春的力量是不可战胜的，寻找真理的火炬是不熄的。

保尔是火。燃烧自我、燃烧荒寂的保尔，用盗火的勇气、自焚的凄楚，向岁月昭示了生命的亮度。

走过愚顽，走过压抑，也走过冬妮娅的缠绵和丽达潮湿的情感。保尔，一路燃烧的壮士，骑乘着意志的骏马剽悍而至。点燃信念、点燃久违的乡音，在那跳跃的燃烧中，映红理想的底色。

拥抱土地、拥抱情感、拥抱人类栖居的家园，在一程一程迸发中，他泥泞的鞋子，撒下一路春的籽粒。那植入祖国兴衰荣辱的籽粒，从爱出发并且诗意地到达爱。——充满民族、祖国、人类的博爱。

　　保尔是燃烧的保尔，是火焰中上升的诗篇。当他从形式的、外在的焚烧中，告别黑暗的旧时代，他选择了再一次于燃烧中升华的歌咏，告诉青春、告诉年轻：钢铁是怎样炼成的！

　　保尔是风。匆匆不舍来踪去迹的，向水生波、向火长焰的风。他迅疾地掠过故园、击毁陈腐，又以春风化雨的轻柔，唤醒沉睡的心灵。给我们关于活着的思考。

　　裹挟着西伯利亚的雪片，飘动着十月洪流的旗帜。保尔，从西向东、从历史向未来，以古朴的俄罗斯语言，告诉我们一个追求者永恒的心愿。

　　而他依是匆匆的风，无所不在，又无所可存，让我们在岁月的背面，发出心的渴求。

　　保尔，在马的背上，在火车的枕下，你怎样用三十二岁的拐杖，将原始与现代一同带给我们，带给你不朽的英名。

　　如风的保尔，倾听你的脉搏，让我们再一次感怀东方旧词：匆匆太匆匆！

　　其实，保尔是泥土，翻动着绿色，簇拥信仰的泥土。因他的博大与厚重，让我们读到布尔什维克的精神。拥抱他，一如拥抱母亲，在那之中找到温情、感动与坚持。

　　在象征的钢铁间，保尔，生长着、理应生长着我们的信念。让站在东方缅怀"五四"号角的我们，重新认识生活的土地和生命的真意。

　　倾听保尔，听到水的执着。破碎后的凝聚，跌宕后的波涌；从滴到流的大势，从物质到精神的构筑。

　　倾听保尔，细细碎碎的生命，起伏着虚与实、真与假的拆合。看到自燃的岁月与岁月中点燃自我的人。那片火光，真实地照亮我们前行的路。

倾听保尔，就是倾听我们自己，就是倾听我们骨节于故园的泥土中拔节的声音，逐渐接近精神。

在中华人民共和国的腹地，用异乡的口音诉说保尔的我，真正所表达的，仅只是我在用心灵倾听，倾听在金钱碰撞的浮躁间，人们对精神的祈望……

自然，倾听保尔，一如倾听春天的箴言。

作者简介

陶一人，曾用笔名一人、一片云、水郢、云虹、伊人等。作品结集有：散文诗集《冰火》、诗歌集《尚源》、散文杂章集《隐衷》、小说集《九缘九怨》、新闻集《警事追踪》、摄影集《北方往事》等。有千余篇各类文字组合浪迹国内各类媒体。

母亲和米

王洪泰

清明到了，小城的春风使劲涂抹着严冬的残迹，街旁的杨柳也在摇曳中渐渐苏醒过来，紧闭一冬的窗户又可以打开了。我和妻子照例把堆放了一冬的大米搬出来晾晒。今年的大米特别多，有兴凯湖大米、三岔口大米，还有被称为御米的响水大米。望着这些洁白晶莹的大米我想起了母亲，想起了一年前她对我们关于米的最后一次教诲。

去年这个时候，母亲催促我们说："窗户可以打开通风了，该把米摊开晾晒一下了，防备夏天生虫子。"

我边晾边对母亲说："今年的新米都吃不过来，陈米就不要了吧。"

母亲看看我，叹口气说："现在生活好了，我们总是有好的就先吃，有新的就想扔掉旧的，你可知道这大米从农村搬到我们楼上多不容易呀。"

后来她把半袋陈米放到她房间的墙角，每天她做饭时都从这半袋陈米中舀出一碗兑上新米一块下锅，直到她病逝前一直坚持这样做。

母亲对于米的情感使我联想起我11岁那年春天，正是三年自然灾害最困难的时期，多数人家断了粮。上级也只能按每人每天3两粮食救济。对于这场灾害母亲虽有所准备，但储存的粮食也是杯水车薪，眼见我们一天天饿得瘦下去，母亲默默地向田野走去，她希望再从地里捡出一点粮食，可那荒芜的田野哪有粮可捡呀！

她仍不死心，最后终于发现稻田地蓬松的稗草下面落有一层薄薄的草籽。第二天，母亲领着姐姐拿起扫帚和簸箕开始扫起草籽。落地的草籽实在太少了。母亲和姐姐就像沙里淘金一样从搂起的土堆里把草籽一点点簸出来。一直到天黑，约有十来斤的小布袋装满了，带着满身的灰土，她们回到家里。

这一小袋草籽轰动了全村。第二天，全村人都学着我母亲开始扫起草籽。我清楚地记得，谁也扫不过母亲。不到一个月，我家已积攒了一大缸草籽。母亲把这一大缸草籽用水淘净、晾干。别人家晾干后就磨成粉和着菜煮着吃，可母亲却把它碾成米做出米饭给我们吃。在那个年月能吃上这样的米饭是许多人家做梦也不敢想的。

在我印象中，米是母亲生活音符中的一支主旋律，她对米的熟悉程度和处理技术是一般人达不到的。1958 年我所在的村成立了大食堂，全村几百人真正吃上了大锅饭。村里选出 8 名信得过的人编成两个组轮班做饭，其中有我的母亲。大锅饭好吃，但难做，尤其是焖大米饭，一个 24 印的大锅一次可煮上百斤的米，母亲总能把这么多米饭一次焖好，从淘米加水到烧火看气，母亲都是一丝不苟。做出的饭不软不硬，不焦不糊，而且没有沙子。每当母亲当班做饭时来吃饭的人特别多，她经常自豪地回忆那个年代乡亲们和公社下乡干部对她做的大米饭的夸奖。

我结婚后的第十个年头，买回来一个电饭锅，我对母亲说，这回有了电饭锅您焖饭的技术就不吃香了。可母亲说，不管什么锅我做的饭肯定比你做的香，后来证明母亲说得对，同样的米，同样的电饭锅，母亲做出来的饭还是比我们做得好吃。

母亲不光饭做得好，还能用各种米做大块糖、做米酒。前年她七十岁生日，仍坚持亲手做米酒给大伙喝。她先把积攒的 30 斤黏米筛好、洗净，然后用温水泡上两天，再放到闷罐里熬成粥。原来在农村都是用大锅，现在只好一罐一罐地熬，总共熬了 4 罐，把粥熬烂了变成稀糊状再撒上麦芽粉继续熬。熬过一阵后开始过滤，过滤后的米浆便放到缸里，然后她把亲手做的黄酒曲用纱布包好浸到缸里，所有这些程序都是母亲亲手操作。70岁的人了，动作还是那么干净利落。不过5天，米酒的清香已飘满全屋子。

父亲生前曾对我说过："你母亲做饭做得好，这和她做人一样，总是要比别人多拿出一份力气，从不掺假。"

父亲还说，他这一生虽然没当过什么大官，但在吃上比县太爷还强，因为每顿饭母亲都仔细料理，从没糊弄过。

母亲和米的情缘真是说也说不完。然而我和我的后代能像母亲那样珍惜并技娴地对待米吗？我们还差很远很远！

哦，母亲手中的米！

作者简介

王洪泰，男，汉族，71周岁，原籍山东烟台，大专文化。

走向光明

祁智禹

　　我叫瓦洛佳，一个来自中国黑龙江省边境小城绥芬河市的学生。很高兴去年九月来到了卡卢加国立大学学习。我的俄罗斯同学曾问过我一个问题：你喜欢哪部电影？我说"Азориздесьдихние(这里的黎明静悄悄)"。他又问我，你喜欢历史还是喜欢战争题材，我说我喜欢的是每一位在第二次世界大战中为了自由、独立奉献出自己的青春，鲜血甚至是生命的英雄。

　　我的爷爷奶奶都经历过可怕的战争。我的爷爷在 16 岁时成了一名优秀的游击队员，同时也是一名优秀的军医。他在战争中消灭过四名敌人，也曾帮助过无数的伤员。那时的游击队战斗很艰难，没有足够的粮食，甚至有时需要靠树叶来补充体力。没有足够的武器弹药，也没有足够的药品。1941 年，我的爷爷参加了中国共产党领导的八路军。参军时爷爷穿着一双布鞋，因为当时还在长个子，不久布鞋就被爷爷的脚趾头顶破了。由于部队没有补给品，爷爷只能用干草将脚趾绑上，结果把脚也磨破了。邪恶的日本法西斯在第二年进行了残酷的"五一"大扫荡。他们调集了五万人，仗着拥有的空中优势和几百辆坦克装甲车对冀中军区进行了疯狂的清扫。游击队手中的武器根本不足以对抗日军的装甲部队，在一次撤退时，日军的几十辆坦克追了上来。这时，八路军一位骑兵连长表示，让友军卸下自己的手榴弹和炸药，他们去对付敌人的坦克。爷爷卸下仅剩的两颗手榴弹交给了一个同样年轻的面孔。骑兵部队抱着必死的决心冲向了敌人的坦克。大部队安全地撤离了，可爷爷再也没见到那个年轻人。这就是那个年代年轻人的英勇写照！

与此同时，在地球的另一端，勇敢的苏联青年正在斯大林格勒与德国法西斯进行着顽强的斗争。一年后，苏军在库尔斯克取得了决定性的胜利，让世界反法西斯同盟看到了胜利的曙光。又过了一年，中国远征军在东南亚配合盟军击败了大量的日本法西斯，盟军也在诺曼底登陆，加速了法西斯灭亡的脚步。因为南方战线的吃紧，日军抽调大量的兵力进行了补充。当时，爷爷的游击队在两年的时间也积攒了不少武器，壮大了自己的力量。终于，我们中国的游击队也开始了反击。日本法西斯不甘心自己的失败，为了巩固邪恶的统治，向爷爷的军队发起了进攻。

那一天，正在整理医疗物资的爷爷突然听到了天空中的诡异声响。根据丰富的作战经验，爷爷赶紧向部队发出了"炮击"的警报。紧接着，一发迫击炮弹在爷爷身边爆炸。爆炸掀起的泥土几乎把爷爷都埋了起来。爷爷的战友立刻将他从土堆里刨了出来。令人惊奇的是，爷爷没有受伤。战士们迅速进入了战斗状态。很快，日军发起了猛烈的进攻。我们的战士们进行了顽强的抵抗。他们拿起手边所有简陋的武器，成功地阻挡了日军一次次的进攻。凭着优势的装备，侵略者以为可以重新占领我们的土地，但是他们错了，因为正义是不可战胜的！此役之后，爷爷的部队继续收复着我们的领土，直到抗战的最后胜利。

我想说的故事中还有一个人，那就是我的奶奶。奶奶的父亲也同样在东北战场上捍卫着我们的国土。在一次战斗中，他牺牲在了冲锋的路上。那时还是孩子的奶奶被迫滞留在日军占领区的哈尔滨。1945年，胜利的曙光终于出现了。苏联红军和东北抗日联军解放了哈尔滨。奶奶帮助东北抗日联军传递情报，也因此找到了他父亲曾经的战友，并在胜利之后加入了中国共产党领导的军队。

战争胜利之后，爷爷奶奶定居在了绥芬河这个美丽的城市。因为地处边境，中俄两国的文化交流让我的家庭对俄罗斯有了更深刻的了解。在反法西斯战争胜利 60 周年的时候，一些俄罗斯的老兵来到了我们的城市。当老兵遇到老兵、英雄遇到英雄时，他们聊起了说不完的故事，结下深深的友谊。

　　那一年，我还是一个抱着玩具熊的孩子。有一天，我见到了一个俄罗斯来的爷爷。他讲着一口流利的中国话，而懵懂的我并不知道这当中有什么故事。这个俄罗斯的爷爷友好地拉着我的手说，"我的中国名字叫张树列，我是中俄混血，我的姐姐嘎丽娅就是你们说的和平天使。"如今，和平天使嘎丽娅已经是我们这代年轻的绥芬河人共同的"天使奶奶"。1945 年，当苏联红军帮助我们解放绥芬河的时候，绥芬河的日军带着日本籍的妇女儿童躲进了他们修筑的要塞里。如果苏联红军强攻这些要塞，不免会伤及这些妇女儿童，于是苏联红军找到了中俄混血女孩嘎丽娅。嘎丽娅很聪颖，精通汉语、俄语、日语，红军军官便带着她一起前往要塞劝降。第一次劝降，他们被日本法西斯无情地拒绝了。第二次劝降时，日军让嘎丽娅自己进入要塞交谈，可是嘎丽娅进去没多久，邪恶的日本法西斯便向她开了枪。面对日军的凶残，苏联红军将愤怒的炮火砸向法西斯修建的堡垒内，所有的日军都葬送在了他们自己挖掘的坟墓中。乡亲们不愿意相信年仅 17 岁的嘎丽娅消失了，人们在山林中搜索她的身影，却只找到了上山时妈妈为她戴的红头巾。

　　抗战胜利 60 周年时，我的父母陪着天使嘎丽娅的弟弟张树列爷爷和他的夫人一起唱起了《红莓花儿开》。他们一边唱一边流着眼泪。那时的我不明白其中的含义，但现在我知道了，天使嘎丽娅便是那朵美丽的红莓花。绥芬河人民怀念着嘎丽娅，塑造了以她的形象为主体的"友谊和平天使"纪念碑。在嘎丽娅公园，33 位苏联红军战士栽下了嘎丽娅喜爱的白桦树，中国抗日老战士栽下了嘎丽娅喜爱的云杉。

有心人把白桦树和云杉组合成了汉字"唇"，蕴含着中俄两国人民唇齿相依之意。天使嘎丽娅象征着中俄两国之间的深厚友谊。

2007年，俄罗斯总统普京给绥芬河市民发来了这样一封信：

人类在第二次世界大战中遭受的巨大损失是无法弥补的，因此我们每个人都有义务将这次沉重考验和对那些英勇献身的英雄的哀思传递给子孙后代。为此而建立"友谊和平天使"纪念碑，来表彰这位翻译姑娘为挽救世界和平做出的贡献，以此表达后人的敬意。

我建议，纪念碑上应该刻上这样一段话："我们的友谊就是相互理解、信任、共同的价值观和利益。我们将铭记过去，展望未来。"

时间就像奥卡河的水，虽然流得不快，但却从未停下。2015年，世界反法西斯战争胜利70周年胜利日前夕，爷爷奶奶收到了前往海参崴参加阅兵式的邀请。因为爷爷需要坐着轮椅不方便，所以还在上高中的我代表爷爷前往符拉迪沃斯托克参加了阅兵式。途经乌苏里斯克时，我想看望一下张树列爷爷，但当来到乌苏里斯克时得知，张爷爷已经在2013年去世了。

阅兵式上，当我看到不朽军团举着一块块英雄的牌子时，我的眼泪不知不觉地流了下来。我看到，一对年轻的俄罗斯情侣带着他们的儿子在阅兵式中行进。小男孩骑在爸爸的肩膀上，双手举着一位英雄的牌子。年轻的妈妈右臂挽着爸爸的手臂，左手举着另一位英雄的牌子。年轻的爸爸左右手举着两位英雄的牌子。虽然今天我已记不得那个孩子的模样，但来自中国的大哥哥希望他能把英雄们的故事讲给更多的人，因为他们值得我们所有人铭记。

从海参崴回来后，我急切地想对爷爷讲述我见到的一切，但爷爷已瘫痪在床。坐在爷爷的床边，握着他的手，我的心里感慨万千，然而爷爷只能对我眨着眼睛。原计划在9月3号我会推着爷爷的轮椅去北京，参加中国胜利日的阅兵式，但最终未能实现。爷爷走了，他去找那年一起在战场上奋斗过的兄弟们去了。那个将爷爷从土堆里拉出的战士，那个骑在马上拿着爷爷的手榴弹义无反顾冲向敌人坦克的战士，他们跟爷爷会在天堂里好好地照顾彼此的。

生活在今天的年轻人是幸福的，这幸福中有着爷爷们曾经的浴血奋斗，我们将永生铭记！

现在是 2020 年，马上到卫国战争胜利 75 周年了。记得奶奶曾说，想来看看阅兵式，看看还能不能找到当年熟悉的面孔，但是现在我们全人类都面临着一场全新的战争。疫情之下，也许不能接奶奶来俄罗斯看阅兵了。因疫情，我在卡卢加国立大学也不能回家照顾奶奶了。奶奶说："第二次世界大战，我们战胜了邪恶的法西斯，现在我们只要团结一心，一定会战胜这些病毒！"我相信，我们很快就会取得胜利。嘎丽娅天使当年为了保护人民奉献出了自己的生命，今天的医护工作者们也像天使一样正在守护着我们。在这个特殊的胜利日中，我们不仅要感谢每一位参加反法西斯战争的英雄，同时也要感谢每一位医护工作者。

最后我想用中国运往俄罗斯物资上的话结尾："病毒必将被打败，胜利属于我们！"（Вирусбудетразбит. Победабудетзанами!）

作者简介

祁智禹，就职于黑龙江外国语学院俄语系。

远东文学

2023年卷（全三卷）

1

绥芬河市文联《远东文学》杂志社　编

九州出版社
JIUZHOUPRESS

图书在版编目（CIP）数据

远东文学.2023 年卷：全三卷 / 绥芬河市文联《远东文学》
杂志社编 . -- 北京：九州出版社，2024.2
ISBN 978-7-5225-2647-8

Ⅰ. ①远… Ⅱ. ①绥… Ⅲ. ①中国文学－当代文学－作品综
合集 Ⅳ. ① I217.1

中国国家版本馆 CIP 数据核字（2024）第 048664 号

远东文学 . 2023 年卷：全三卷

作　　者	绥芬河市文联《远东文学》杂志社　编
责任编辑	沧　桑
出版发行	九州出版社
地　　址	北京市西城区阜外大街甲 35 号（100037）
发行电话	（010）68992190/3/5/6
网　　址	www.jiuzhoupress.com
印　　刷	三河市宏达印刷有限公司
开　　本	880 毫米 ×1230 毫米　32 开
印　　张	25
字　　数	420 千字
版　　次	2024 年 3 月第 1 版
印　　次	2024 年 3 月第 1 次印刷
书　　号	ISBN 978-7-5225-2647-8
定　　价	199.00 元（全三卷）

目 录

白皮书 (组诗)······················阿 西（ 1 ）

西湖诗章 (组诗)····················杨 勇（ 11 ）

备忘录 (组诗)······················杨 拓（ 25 ）

呈现 (组诗)························舟自横（ 36 ）

存在 (组诗)························石长江（ 52 ）

相信 (组诗)························阿 简（ 64 ）

之间 (组诗)························李金波（ 79 ）

挽留的水滴 (组诗)··················万柏春（ 90 ）

银色的月光 (组诗)··················郑 蕾（ 96 ）

归来 (组诗)························王晓梅（106）

遇见 (组诗)························张志鹏（111）

落定 (组诗)························赵 威（118）

审视 (组诗)························董海辰（124）

人间 (组诗)························许薪婷（129）

过程 (组诗)························朱晓晖（136）

孤独与倒影 (组诗)··················李广庆（144）

白皮书（组诗）

阿西

1

我出生的地方青草如琴

黄沙铺路，太阳洒下光珠

父亲常常一边牧马一边垂钓

他吹口哨时白天鹅便漫步

当燕子衔回新泥在房梁上筑巢

寂寞的夏日在窗外发疯

我的左臂，我的右脚

便在雨水的浸泡中逐渐变大

母亲们走在祈求粮食的路上

她们在破房子里生下我

然后在五百米的半径里锄地

喂鸡和猪，喂很多弟弟和妹妹

他们没有名字，甚至没有衣服

他们高兴的时候忘了天黑

忘了邻居家正在死人

是一个中年人悬梁自尽

我从死亡的事件中学习爱

知道哭泣是因为痛苦的丢失

有时，对一只鸟的哀伤

会大于对一个老人的哀伤

人们喜欢上了贫穷，就像喜欢

原野上毫无用途的水和草

而我对蒲公英格外敏感

它们开花时，我胆子小了很多

我担心整个世界即将灭亡

我的亲人们活不过这个冬天

火车像妖怪放出滚滚浓烟

它总是从西方准时开来

我渴望着火车，听它发狂般呼啸

火车远去之后我便在马厩里

追赶成群的麻雀，累了

就躺在草堆上想一下好看的姑娘

2

有时会梦见草莓红了

我开始偷偷地写诗，冬天到了

车轱辘发出不规则的叮当声

2

人是什么？

是长着两只眼睛的老榆树

还是拥有心脏的深井？

人同牛马家畜都在黑土地上

耗时光，疲惫中看着同伴死去

或玩着最简单的游戏

早晚灾难将他们带向另一个地方

我学着对土地唱出最后的恋歌

包括土地上的庄稼和没有节奏的鸡鸣

包括原罪和所有自然想象

我发现人的心已经石化且发黑发硬

但大家仍像牲畜一样彼此相爱

构成永恒的图画，或民风

真正的人不是大写的人

镜子里有一条蛇在爬行

它怀疑自己是蛇，怀疑自己的前世

怀疑镜中的国度不是自己的国度

它想躲起来，隐匿在光的阴影之中

它没有尊严，只能尴尬地爬着

它不想彻底猥琐，一次次责备自己

它学会了人类的思考

反复地预谋，绝望地寻找路

我有时混入牲畜的行列

有时进入镜中，像蛇一样思考问题

我发现目光总是回到原点

而世界像瞳孔仍在不断扩散

是的，盲人世界里谁也不认识对方

而每个人都不知道自己是什么

将去哪里继续活下去

3

体内流淌传说中的泾水渭水

像爱你的人和你爱的人

达成了合约后各自不再独立

形式上完全相融。一条污浊的河水

形成莫名的波浪和漫天浓雾

很快大雁排成人字队形

整齐地进入云端

五花山的糜烂很诗意

有人在缤纷落英中发现自己的奇迹

有人一直病着，甚至一病呜呼

我只是不停地走动，给各种病命名

当大家相信医生的时候

我却在两个端点之间不停地往返

我的快乐常常是发现新的病例

我去过很多地方，频繁更换住址

但我需要一块真正的空地

不仅适合写诗，还要适合绘画

"闭上眼睛吧，我的诗人"

每当我听见这句话都会格外幸福

好像时光变成了可爱的礼物

变成珊瑚可以多次复活

所以，我给病人以我最后的爱

不是朝霞的爱而是黄昏低垂的爱

他们是不死鸟，是爱的岛礁

他们是贫瘠的土壤，应该开满鲜花

只有他们幸福了，人类才完美

但我不是真正的医生，我流连风景

我还不能让所有人新生

4

虚构庄园的人也虚构天鹅

但不爱黄犬的人从不会虚构夕阳

更不会虚构一封信件和路口

我开始虚构白墙或者黑墙

虚构原生态的语言和人类的诗篇

这一天来得有些晚，可能仍未来临

虚构一个剧场里已经座无虚席

而主角却不急于现身

乌鸦躲在一棵树上，把漫长

延续到另一个夏天里，把黑夜

隐藏在黑色的翅膀之下。它飞走了

人们不再讲一些夸张的假话

不再激动和高亢，而是屏住呼吸

试着辨识虚伪，尽管有些压抑和恐慌

是的，真理往往被抹黑

所谓的坚守就是等着最后一缕黑烟散去

我是一个敲碎梦的人

一些人穿着宽松的衣服走过来

陌生的眼睛紧盯着房间每个角落

似乎秘密即将被揭开

在数数的过程中，新的问题出现了

我知道答案，但不会说出

就这样，我和陌生人变得越来越胖

天空的云也越来越胖，飘不动

我们共同承担着时间巨大的压力

气管出现了问题，开始咳嗽

我们的眼睛终于读懂了这个时代

面对鲜红的颜色

它固有的预示被药水还原出来

我抚摸时钟，趋向淡泊

话总是说半句，被省略的另一半

往往构成了自否，像南辕北辙的人

对自己的信任总是一个复数

我不再祝福，免去了最后的权利

仅以一个司机的身份

对自己提出必要的忠告：

控制好速度才能控制好结局

5

渤海湾被浓雾深锁，像一本书

所有的字迹已经彻底模糊

我需要船，我需要具体的线路图

我像渔民那样，习惯性的眺望

海鸥仍把家园建在彩云之上

我试着确认方向

借助风力才可能会进入理想国

船处于原地转圈的状态

没有开始就已经结束

所谓的终点就是起点处的空白

一次次，一次又一次

时间消耗了耐心和仅有的能量

我把眩晕的墨汁全部撒在海面上

形成山峦，足够雄浑

足够茫然——我终于看见了海岸线

早上九点钟，我站在船舷上

霞光穿透浓雾撒下一层层光环

一生的幸福如此简单而遥远

不，就在眼前，伸手可及

但我并没有伸出手，只是闭上眼睛

让骨头也接受一次沐浴

我深爱的世界曾经寒冷且荒芜

如今已经辉煌。我仍然是一个孩子

一个被遗弃的孩子，海的孩子

一个走出了坟墓的孩子

作者简介

阿西（1962—　），当代诗人。出生于黑龙江省密山县。曾在学校、法院和报社工作，也曾闯荡俄罗斯和广州打工。有早期诗集《青草莓》《家园》《叶卡捷琳堡诗稿》《九十七首诗》《广州集》，有近作集《词车间》《生活指南》《诗合集：2017—2022》《垃圾山》，以及诗论集《词的寂静》《第二场域——诗的言说》和《诗余》。曾获首届屈原诗歌奖，首届华语（蒲江）诗歌奖一等奖等。现居北京。

西湖诗章（组诗）

杨勇

1

梅雨天，小轩窗。三两疏竹白墙一带慎独。

绿衫隐士们雅聚，起风时，运笔藏锋行草。

入夜写诗，平明听见吟咏，推窗看向它们。

2

寺庙如讲座，雾气里声闻，苍松坦然于山势，

所处即所是。幽境里，疏远着湿漉漉的小径，

一路拾级，听风看雨，忽儿谷底，忽而极顶。

3

说来就来，南高峰的云幻化成北高峰的雨，

在林中游，淋漓如寸草。登高处瞥见西湖，

一小枚空蒙的雨霖铃晃着。昨天登雷峰塔，

观西湖风雨如是，却沸腾的小朝廷般醒着。

4

因而，是白的。那只黑猫选择了灵隐，

玄卧于浓密古荫，假寐着宝石的双眼。

多么自在，一队老鼠梅雨里涉过了雷区！

5

今朝的龙井不是茶叶，明朝便不再采茶。

阿婆一生习练蹉跎，惟认领绿叶的净土。

一岁一芽，清明里，要晾要糅，要锅炒。

钱塘潮平，北高峰耸，乾坤运转斑白头。

6

眼前是一笔糊涂账，错觉了无边际。

山与寺临摹着绵延的画屏，雨雾里

隐约着晴天，竹林每片叶子都是鸟鸣，

晨钟疑似微风。梦里，禅寺没有门票。

7

只是你能坐下来，你能到苦茶园里走一走，

只是你能沾上两脚泥巴，你给蚊子亲一口，

只是你能闻钟音如同听风听雨听蛙噪虫鸣，

灵隐一带，韬光是可以养晦的。

8

子夜一两声蛙鼓敲打空旷如梦境里什么也没有，

窗下偶尔的虫吟像一个人练小提琴忘记了夜深。

茶园龙井树正好抖擞精神暗自清凉里养出新绿，

灯下写作轻叩键盘听见了浮生难得齐整的律动。

9

绿丛加持白墙，红色水桶扣在农舍竹篱上，

晴天，它从茶园地下汲取了一个凉水的梦。

三月龙井泛碧，叶尖上吐出一芽芽北高峰。

忙于悠闲中，春秋皆无妨，村社家家茶香。

10

夜是简洁的，茂密的群峰有着刀切的轮廓。
喜欢的黑和蓝，一个在脚下，一个在头顶。
这就很够意思了。而远远又倾述一粒灯火，
很好，分开了朦胧，一粒微尘也是幸福的。

11

青色的长衫一闪，移向树木幽深的月亮门，
我看见他的浮光掠影，刚好穿过香火缭绕。
真实不虚的念珠一颗颗数，拿捏恰到好处，
打坐诵经禅定。身前身后，一任风吹着风。

12

过度民主的鸟鸣似乎在谈论山林的寂静，
雾里泥土翻身声音，肯定来自千年小锄。
凭窗，茶园的黎明，横亘出一个新社会。
弯腰松土，金黄一轮，阿婆颠簸的草帽。

13

白天的人群都睡了，漆黑的茶园，

一黑百黑，惟敛气凝神的都亮了。

雾气灵隐于一屏屏清平乐的峰峦，

醒开窗，梦里的虫鸣晃着小铃铛。

14

一只苦蝉，因普度热情而高涨了梵歌，

古刹之夏，它是尘世上最嘹亮的香客。

写作，葱茏里，看见一阵秋风扫落叶，

诗里一丝丝凉，惟铜铸的钟声在绕梁。

15

莲子梦见泥浆，尔时混沌，不能自拔。

其实未必，水有声色，顺着意愿即可。

涟漪里，有小小伸腰，便有小小惊喜，

精进的肺腑，自在的火苗发于幽昧中。

16

夜深后走访竹林，听有节制的虚心。
满眼全是简洁的墨迹，印在山坡里。
暗暗地喜欢暗黑，想到哪里是哪里。
无碍，风来时空空响，风过后静谧。

17

平明的雾气，攀缘着北高峰的一角，
浓厚一些时，又将灵隐移进了仙境。
钟声尤旧选择逶迤，从诗稿里抬头，
古径绿荫，大写意的香客三三两两。

18

高隐的黑猫，夜深后回到了昨天的早晨。
前爪搂着胡桃核似的鼻尖，耳朵的雷达，
探向白白之坎途。晨起我悄然隔窗相看，
它蜷卧成一尊小青山，风微拂，雾出没。
眠，脊背上是白墙和青瓦，再高是叠嶂。

19

一枚落叶飘坠窗前，计算过的春秋，精细得
像刚剪修过的茶园。白天它还在西湖人群里
水波一样的流荡，现在领悟到了坚实泥土和
深暗的根须。纠结的晨钟暮鼓其实也不纠结
终归是寂寥，雨也好，晴也好，一日即浮生

20

山月，泥泞在茶园的小径上，像棋盘里，
一颗独白的棋子，等待天宇幽蓝的手谈。
树有风，草不动，迟缓间，雾气于深处翻身。
其实只是半月，梅雨时节，有着苍白的歧途。
醒着，梦着，迟迟不落，照应远远的自我。

21

委屈的溪涧分开暗绿树丛弹奏一根古琴弦，
林间黑檐白墙的村社山阳度夏，山阴落叶。

拐弯抹角后，坦途见怪不怪地流畅如白水。

哎呀，止水处甚好，青山古风，人民现代。

此时节晾衣如旌旗，树树茶叶，家家客旅。

22

千年塑一金身，层峦叠嶂的石佛仍如是。

不是的是我，再回首，云烟空茫二十载。

香客串成菩提，空对空，转动如观光小径。

礼佛如拜内心，能否，用余生涉过一条雾气

充满的山径？水止处，崎岖一派柳暗花明？

23

什么样的风把你吹来了？

转灵隐，登高峰，闻古钟。

梅雨里，沐浴青涩的梅雨，

回过神来才吃才睡才写作。

低首端详一枚安静的落叶，

因来过而加倍鲜艳和腐朽。

24

暮间散步，灵隐幽昧于晚钟余音里。
山门已掩，半壁红墙擎着西天余晖。
白日的香客们不见了，深涧流水在，
深涧的流水不见了，郁葱的古松在。
独坐于白石上，看见黄袍僧人绕山，
背影忽闪，鸟翅翕动的清凉纳空谷。

25

走，再偏一些，再曲一些，再古一些，
便掘出树荫里的岳庙。四个铁人齐跪，
支撑着一个站立的金身。凉了半壁的
江山求全，要算上湖水倒映的另一半。
风波亭里，风波不停。小心眼的历史，
二于臣子的忠心，谁是明镜与影子？

26

朝晨，鸟鸣衔接着薄雾里进香的人，
脚印通幽，石径空响如深山的楼阁。

白日，定风波的溪潭，鱼游，云飞，
青嶂低头，浅水里照见位卑的自己。
星烁，茶园鼓畅，蛙在池塘虫枕草，
挑灯写作，轩窗内外，一页又一夜。

27

原来看西湖的人，都是闹西湖的。积水
欠历史的债，晴日，也深邃成几许云烟。
城以西，湖以西，北高峰明了的远眺点。
渺小啊，你匹配着我。昨天就在水之岸，
以车为马，一朝看尽楼台水榭店家。却，
仍旧是颜，仍旧是色，仍旧是香。仍旧。

28

你不知道的树，在灵隐，星夜下会彼此走动，
甚至，去你的案头饮水；甚至，那白发老者，
就是一株古松；那群少女就是婆娑的杨柳青；
甚至，那群青袍僧人就是一阵风吹掠的竹林。
秘密的根深深扎进泥土，空气一样无所不在。

木头身体多新鲜啊，彼此相待于笔直的荫凉。

29

风生水起，三巨石怎地就平地生根？
转青山，过栈桥，穿竹林，访施主，
天竺寺里，其实大可不必拐弯抹角。
小门外牵挂的石阶，顺势递来天梯，
原来转到天涯处觅寻，你也得折回。
你就是岸，回首看到你，三生有幸。

30

朱宅四合，中间的天井是通天的。
水在池中放镜子，群鱼在里面照，
荷也在里面照。游转后五蕴不空，
恰逢新夜色，四檐清露滴滴哒哒。
喝热茶谈灵隐，纳凉后不觉睡眠，
闲翻诗书，偶低头，似乎过了头？
果不出所料，鹧鸪天烘托出弦月，
泊在清水塘，小舟似的悠寂不走。

31

窗口，终日描画一幅锦绣屏风，

忙闲都看见白雾在青嶂里浣纱。

试着修习穿越术，惟茶惟诗书，

试着让手机避谷，惟山惟鸟鸣。

夜不忍开灯，瞬间却拉黑世界，

还是任性好，开窗放进满天星。

踏莎行，青门外更不着边际了，

梦里山谷跑马，往昔的少年游。

32

葱茏里，古刹齐山腰，依次放空了五个层次，

过山门，转经阁，仅凭两条腿能出入多远呢？

如去如来，不妨随雾气深入浅出，一步一境，

满眼都是寂静的大悲咒，都是石刻的有心人。

居然，山峰也是千年前飞来。幽隐于三界内，

隔代的癫狂僧人出凡入俗，放空了山色戒规，

浮生轰鸣，群峰晚照，钟声唱盘密纹般微漾，
惟绝境处飞檐飞鸟，灵隐一日，相待两不厌。

33

进香时顾左而言右，差点说服了斑驳的自己。
菩萨不动菩萨蛮，用自己的香火求一方净土。
钱塘听潮，临安访寺，灵隐一带遍登小重山。
其实，我偏爱着嶙峋，逆境里也挑选逆径走。
原来一山硬骨头，才有定风波，才有临江仙。
原来行到水穷处，才有云起时，才有春风落。
听点拨的铜钟检点着大音的喧嚣，因而听见，
它的寂静，听见涟漪一样扩大的虚旷。甚好！

34

头顶荡开的石阶仿古婉约派，
甚至有点酸，左右都不逢源。
向左过于峭壁，向右过于林荫。
腿软的北高峰，倾向走走停停。

忽闻山林里钟声，加快了脚步，

原来此地通幽，一个悲悯古刹。

绝顶上，香火牵涉浮云似莲花。

两耳风声抓不住，空，亦不空。

上山仍下山。无路可走退路走。

35

向西的路要向东行走，离开的时刻等同到达。

西湖似雾，灵隐如雨，晴日也难测一抹浮云。

挥手，听雨，听雨敲在伞上，恍如乍现昙花。

十年是一别，二十年也是。暗绿里闻钟默立，

桃花开了，桃花落了。半生百喻惟风雨相迎。

作者简介

杨勇，男，中国作家协会会员，鲁院第八届作家高研班成员。二十世纪七十年代出生，九十年代初开始文学创作。著有诗集《变奏曲》《拟古意》《日日新》《镜中的浮士德》，散文集《纸世界》。

备忘录（组诗）

10 月 11 日报纸上读到的

在 56 版我看到法国结构主义之父德里达去世

我正在读他的《书写与差异》

书架上还有《文字语言学》

《声音与现象》早已守候在床头上

诗人老 D 对我说

他是后现代主义的代表人物之一

但德里达本人不承认

他是后现代主义

可能这就是后现代主义

我坐在地铁里发短信

告诉也许正躺在床上望房巴

早晨常常从中午开始的老 D

德里达去世

他的后现代主义是否也和他一起死去

最后我把这份 80 版的报纸扔进垃圾箱

我只记住了这条消息

西游记
——成都酒吧长谈兼赠黎阳

从东北来到了大西南，从艮地到坤地

两点之间面对面最远

黑土地的蝼蛄在红土地泛起尘烟

人过四十，我们用减法活着

多几个友朋少几个朋友，都不是事儿

微信的朋友圈，朋友说到就到

比曹操还快。尽管这是刘备的一亩三分地

武侯祠里，皇叔偌大的坟墓

我绕了一圈。刚刚拜谒了白帝城，托孤之说

扶不起来的阿斗，还用扶吗

够哥们儿的刘备之义，孔明之忠

二十四孝里的一门三孝

儒家学说在古蜀地遍地开

我看到的却是满街道的芙蓉花

失去了江山算得了什么

只要留下仁，留下孝，留下义，留下忠

而我们能留下什么，酒吧里成排的书籍

连同我这首诗，不可说不可说

九寨不去了

黄龙不去了

乐山不去了

峨眉下次再说

青城山是城还是山

我把后山听成了猴山

都江堰的鱼嘴

喷出白花花的象牙

宝瓶口依旧澎湃不止，那气韵

生动到河岸的大排档

嘘出巴蜀满口的麻辣

无　题

一只蚊子嗡嗡着

一会儿飞到我的左耳边

一会儿飞到我的右耳旁

一会儿降落在我的鼻子上

为了打死它

黑暗的迷蒙中

我狠狠地

抽了自己一记响亮的耳光

行走在讷河的大街上

我熟悉的街道正在变形

出租车的脚伸进沼泽地带

讷谟尔河的哈达

就要缠绕在小城的颈上

曾经那么远，那么远

路灯拉长小区的身影

墙角穿出野草的记忆

电线杆上断线的纸鸢

一百　二商　三合车店

四马车　五分钱的冰棍

一毛八分的大麻花

雪堆　糖纸　粮票

电影院里的大海报

毛泽东书写的新华书店

服务楼旅社……

朝南开的门朝北开的门

朝东开的门朝西开的门

有人进去就有人出来

再次走在讷河的大街上

仅仅三十年

我认识的人越来越少

我感到找不着北

那些新容颜，是数码相机里

不断被删除的底片

一些老面孔

已有三分之一

埋在黑土之下

三分之一

患上了糖尿病、脑血栓

三分之一埋头于应酬

和酒肉之间

我熟悉的街道正在变形

我感到找不着北

摩肩接踵的新楼盘

讷谟尔河水的哈达

就要缠在小城的腰上

曾经那么近，那么近

东门里　西门外

南花园　铁道北

飘飘荡荡的影子

不断地上车和下车

空椅子

椅子是人坐的

此刻，它如此之空

空空如也，空过天空

空过天空下的大地

大地上的田野

田野里的草丛

草丛里的风声

风声里的鸟鸣

空过针眼，空过童年

它如此之空，空过旷野

狼来了的旷野

在我之前，在我之后

绥芬河备忘录
——兼致诗人杨勇

1

冷风穿过广场

海豹皮帽下露出黄眼睛

回生的汉语里的俄语

俄语里的汉语

从广场淌向了街道

街道流向了广场

2

在炸毁的防御工事前，我们沉思

曾有一些尸体，手脚分离

头颅滚下了山坡

一群绿头苍蝇飞来飞去

坡底

正有一列火车钻进了山洞

轰隆隆的声音

远山沉默，风吹草动处

达子香一丛丛的

3

那一年四月，也许是

三月，下了一场大雪

又一场大雪，落在

呢子大衣上的雪花

瞬间融化，山却更美了

宋画一样的精气神

松树皴在雪山上

雄浑，高古

深一脚浅一脚地

留下了我们很多脚印

4

绥芬河——

站牌上的破折号

火车进站的汽笛声是孤独的

它只能指向自己

是出发也是到达

5

我在东宁县见到了

绥芬河

和天下所有的小河一样

它也是缓缓流过

偶尔回首打几个旋涡

6

经霜的杂树与野草

色调成红的黄的绿的

紫的初秋

有时还未来得及欣赏

雪就落了下来

7

我曾多次越过国境线

在卡玛斯车上

深秋的雨很冷

俄罗斯的草木

和中国的不太一样

8

如果沿着国境线旅行

最后我抵达的

还会是这里

9

向上的路和向下的路

是同一条路

这是赫拉克利特

说的

经常走在这样的路上

我们并未察觉到

是同一条路

10

一场雪覆盖另一场雪

街道上

让人绕来绕去的雪堆

阳光照在上面

吸收很多好时光

作者简介

杨拓，原名杨占营，亦用笔名杨公拓，出生于黑龙江讷河。中国作家协会会员，黑龙江省作家协会会员，黑龙江省书法家协会会员，黑龙江省美术家协会会员，黑龙江省美术家协会美术理论委员会委员。曾经在《人民文学》《诗刊》《上海文学》等文学期刊发表文学作品多篇（首）。有多篇书画学术论文发表在《书与画》《书画世界》《荣宝斋》《大匠之门》《书法报》《中国书画报》等报刊。现居北京，供职于荣宝斋。

呈现（组诗）

舟自横

守 岁

绿萝，比我更先感知春天

室外鞭炮声声

叶子雀跃

我坐在它们身旁，堵住耳朵

怕其孤单，特意买了六盆

正是二十年前我家的人数

如果再有炉火或两头白发

围绕我们身边

就更好了

此时，儿子远在江南的

岳父家推杯换盏

老婆在北方以北的厨房里煮饺子

我和绿萝守岁

感谢它们一年的辛勤劳动

感谢它们在我颓唐的山谷

碧波荡漾。为自己倒出一大杯啤酒

为它们准备好一碗淘米水——

来！我们干杯

山 行

腊月二十九

没有一丝风声。三个兄弟，三个松枝

彼此的沉默心照不宣

自断过他人指引的路径

无论如何，还得继续走下去

雪地静水流深，枯草束紧裤腰

白桦树可曾是心仪的女子？木质

栈道的尽头

大神陷于雾障

山坡上的钟声未遂

三个身影分开又重合

溅出墨汁，这无用与胆怯之书

远处城市的楼群越来越高

地平线大汗淋漓

挖掘地下的黄金

隐居冰雪下的冰凌花

心怀异禀。我们留到它们头上的

小火苗，响起噼啪的劈柴声

遗　失

夜行的大鸟寻找羽毛

西北风喘息着描摹霜花

这一切都是自由的。三层楼

四十五个房间

只有我一个人

楼道异常安静

白天的脚印还是留了下来

每个房间的

文字都叽叽喳喳

等待真相的纸张开会

夜已经很深了。仍没有睡意

在屋子里走来走去

孤单的小号，文字里的青铜

似乎有了响声

还是躺下吧

散淡的人，思维溃乱

屋顶与墙壁缓缓退去

灯光仿佛把我搬运到天空

脱光衣服，我的身体是寒冬里

被遗失的一穗玉米

散落下，籽粒的星辰

冰　镜

水结冰，冰如镜

一只小木船

忽然躺下来，像幡然醒悟的人

远离市区的天长山水库

多年前便已留作备用

偌大的冰面上，还有一棵曾经准备

涉水而过的蒿草

向前挣着身子

低下头，冰的尖叫

散开瓷器的碎纹

冰镜明亮又深不可测

我的影子，在阳光下呈现堡垒

两只耳朵玄鸟欲飞

双臂落到冰面，划过闪电

只有我知道。冰镜里

万物扭曲才更真实

冰镜与自身决裂

走路与揽镜自照的人啊

你们要小心翼翼

抛 弃

铁轨牙齿松动

那些等待，拥抱，怨恨，更远的风景

在我到来的刹那

锈蚀

形容铁轨，用"抛弃"更为准确

就像一座山一条河

在我们看不到的高处

被神掏空和用尽后

抛弃到人间，普罗大众

仍在寻找悬胆

曾经常往返于这条铁路

那时二十多岁。寒冬里的

绿皮火车。盛满树身里的泉水

青春的幻象，一个个地址

桃花抖落灰尘

这条铁路老了

荒草的钢钎敲击螺丝和枕木

四野空茫，不知道那么多的旅人

是否已经找到方向

之后，沿着这条铁路

最终在一座小城停留

上下班，买菜做饭，散步梦游

走在马路的边缘

像空车厢，等待某一时刻来临

流　水

夕照的红铜回声悠远

黑夜归巢，沿着水面飞

苇塘黑着脸

张望消逝的野鸟

我与妻子站在兴化的河畔

波光怀念鱼鳞

安慰东去的流水。一条水泥船

突突突驶过石拱桥

之后的水面，像一只大手

遮住某页历史书

据说通过这条河流

可以直达杭州，上海，甚至全世界

针眼里穿过海洋与鸥鸟

我相信，我的存在

流水的想象不会枯竭

流水带走了犬吠，炊烟，人声

向北五里

环绕郑板桥的陵园

遍植竹子的郑板桥凌波归来

最后留下自身的石头

站在水中央，像人间的伤痕

那　山

那些年哥几个坐在山上。

其时山是浮动的，含住飞来的草径，

星云之上的废墟。

远处的幽蓝从目光开始。

头发的狂草溅到天空。

在低处重建飞翔。

忆往昔！按年限这样排列：

这缕风姓项，这缕风姓冯，

这缕风是二杨。草们坐在上面，

身下的石头隐隐晃动。

人人皆要归去。

如今那山终于落到尘埃。远远望去，

像潜伏的雷声。

路　上

方向预设脚步规则。

苦吟诗人一生都被文字羁绊。

独行者身影稀薄，像被晾干的小火焰。

只有我知道，

身旁的山峦在酝酿着什么。

比如留住一缕炊烟，留住神。

我还想起其他小事。

柴米油盐，几粒干瘪的文字。

还偶尔关心一下，未遂的钟声。

去年路过的那朵野花，或许不再重返人间。

走路上班，我是冬天举起的虚空。

想象即将发生的——

花头巾，火苗。无论身影多么失败和喑哑，

也会有几个亲人和朋友，

从高处目睹我，像雪粒从阳光里站起身。

老　树

广场上，仅此一棵老树。

树冠栖息过无数祈祷者，

亡命的炊烟。

来往之风难以理清盘根错节。

有人揭示流水，有人在众目之下深掩星辰。

一切皆无可缅怀。

干裂的树干，已经盛放不住大河和抚摸。

无非是空旷！行吟者从不炼句。

也不挽留翅膀。

它也因此无比感激，他的皱纹已为它珍藏波光。

他天天从它身旁经过。

低着头，无风也裹紧大衣。

作为安慰者，它借用古老的钟声，

让最卑微的人缓缓上升。

敲　响

形容词太多。月光也穿上了铠甲。

揽住野花的小草僵住胳膊。

湖水掩映走失的马蹄。

年久日深，地上霜疑似寡言。

秃笔打过铁，给风留下史记。

胸腔里的心脏，

高悬于大野，知天命的石头，

举起身体里的铁锤。

月光还是那样起伏。

不管归来还是消逝，大地酣睡时刻，

露珠敲响月亮。

冬　雾

树身归于虚无的大鸟，

荒草的呼吸。

它们是隐秘的，靠呼吸彼此遇见。

最初的人闪出身，浮出水面的词语，

来到这个世界就丢失了。

我也是这样。走了多少年，

辨识雾气里的炊烟。

炊烟在植物的镜子里生锈。

疗伤的种子居无定所。更多的面孔沉入铜声。

星辰回到童年，已是白霜满鬓。

灯　火

夜半到家。灯光总是陈述这样的事实——

打呼噜。睁眼瞎话。

隔壁亮光入暖衾？

还有的搭月光天梯，擦拭沦为日杂的爱情。

我却毫无困意。想写诗，

一句词也想不起来。

对着灯光发呆。每家灯光都是毛线团。

命运的断点深藏剧痛。

想到这些，灯光就暗了下来。

像小小火苗突突跳动，

弥散煤油的味道。

多么温暖！老墙上映出的，

是我纳鞋底的母亲。

窗　外

布谷鸟探头敲窗：春天来了！

天空穿上蓝衬衫。

积雪被小草一饮而尽。

我的滞重还未结束，一切便重新开始——

春风去旧疾。石头脱老皮。

也在云朵上飞啊飞。

从高楼上再往下看，

揣了世上所有对岸的孩子，

现在正低头走过老树。

老树绽嫩芽，许是它体内不为人知的伤疤。

嘈　杂

窗子开着缝隙，一缕缕烟雾裹紧云朵。

对面超市打特价，

促销一些词语。声音敲小锣。

默想无墨香。

发呆的苹果在旧报纸里寻找胃口。

一天或几年就要过去。

屋里热，也穿上棉衣服。

天气预报喋喋不休：即将到来的大雪，

已经没有炉火。

那　天

松嫩平原接纳过落日。

逯家沟的第一缕炊烟敲响萨满鼓。

所有的神，都是后来客。

我坐在大地中央。

巫气如默念，衣衫挂满露水。

草木在寂静中弯曲。

鸟影背离肉身。秋天的籽粒衣锦还乡。

今生只接触过一次野兔。

它靠近我，仿佛靠近老树根。

冬天就要来了。

它一点也不慌张。

湖　浪

景区变得寂静。

水滴互别后不会重逢。

兴凯湖真大啊，敞开大海的厨房。

醒得最早的鱼腥。

身无马勺和菜刀——

我也只是一个过客。

我是起床最早的人。

灵魂陷于召唤的微光。

潮涌唤醒沉睡的帆影。

我承认我所看见的波浪，赤脚上岸，

喝酒，混沌，做些白日梦。

已等不到天空的回音。

读　诗

冬天为什么要到，

天长山水库边读诗？

是给冰底喘息的鱼听？是给雪地听？

还是给消逝的诗人听？

黑熊被吵醒了，翻转身说：神都知道了

阳光落到雪地上，

语句焊接钢花。忍住的泪。

敲冰的小铁锤叮当响。

这一切都是真的。

当读到"雪后的大地长出耀眼的芒"

远处晃动的老黄牛，

就黑了。

呈　现

窗子没有霜花。

阳光赤橙黄绿青蓝紫。

阳光的内核——

呈现陌生的脸。茶，韭菜馅饺子。

想象蛋黄裸露南方的湿气。

也不能总是这样枯坐。

看了一些稿子。来自于不同的语气和闪念。

通过蓝天的纸张，

我看见恍惚的天堂。

阳光很累，搭乘的火车又要去往他乡。

作者简介

　　舟自横，本名冯振友，中国作家协会会员，黑龙江省作协诗歌委员会委员，绥芬河市作家协会副主席。诗歌编辑。在《诗刊》《儿童文学》《星星诗刊》《广州文艺》等国内外 700 多家报刊发表作品。

存在 （组诗）

石长江

江南少女

江南少女

请帮我卸下行尘

卸下我远行的疲惫与无奈

我这北方的行客

孤独的行客

顶着霜雪和风沙的苦苦行客

今天，我小心翼翼叩开

你世代宁静的家园

献一声李白时代的借问与恳请

请帮我卸下行尘

肩头那不堪苦行的行尘

你那纤如芙蓉的手

在我目光渴望的边缘轻招

轻轻又轻轻地

一池青莲

随你的芳心律动

然后你敛我的寂寞在你那明眸

你那明眸盛江南湖泊之秀

如今旖旎之波轻荡

荡起一首

仍旧古韵不减的

《江南好》

就卸我的行尘在你的莲池旁

就卸我的疲惫我的无奈在你的莲池旁

莲池旁光滑的石板

是千古行客永远的驿站

你浣纱的姿态

成为多少个黄昏多少双迷茫的目光里

楚楚而不落的旗帜

用你莲池的清水

煮一壶淡茶

一壶和你一样属小家碧玉

永不见经传的

淡淡的茶

就是这一壶淡茶

慰藉了远方行人亘古的渴望

江南少女

我卸我的行尘卸我的心事在莲池旁

枕小溪流水

罩荷塘月色

暂做一只候鸟的栖息

栖息在

这芬芳沉浮

你心率勃动的节奏里

多少岁月　多少朝代

多少位文人　多少种描绘

都源于你淡然一笑

你淡然一笑

芬芳出江南永远温馨的晚风

你的荷塘青莲依依

如那轻招的手幻出千遍倩影

轻轻

轻轻而绵绵地

在我迷茫的梦中飘荡

红果树

——以此诗怀念爷爷奶奶

孤雁一声滴落后园

奶奶弯曲的脊梁

能否擎起这份凋零

丰收的梢头上夕阳红熟欲坠

种树的人是红果经霜不落的缘由

爷爷厚厚的棺木

他温暖的新家

总算从凋谢中挣扎出紫红的一角

夕阳　棺木　红果

黄昏经霜的背景中

总有一方被二两烧酒焕发过的笑容

那么再讲起最后一个秋季的故事吧

或者

用那满口光秃如这萧条的牙床

细细咀嚼树上任一颗果实

亲切的品吧　连我也是今秋一颗红果

你粗粝的手茧

为何不能把我的成熟再抚摸一次

爷爷　你一生默默劳作

却选择一个收获的季节休息

这疯长一夏的红果树

今夜会把梢头上最红熟的果实

伸到梦里你干渴的唇际

存　在

与诞生并列我面前的

是无数的死亡

冥冥中我感到有千万种事物

千万种方式　宛若送行

组成我躯体和灵魂的元素

就是这每一个死亡者

混沌与理智的晨昏圈上

我选择了恸哭

或者说诞生是死亡

或者说死亡也是诞生

在我生的另一端缘

这边是长长的送葬队伍

痛哭　泪水　诱惑的挽词

那边早有千万种迎接的仪式

拥守在墓基的四周

不能平静地生却都平静地死去

弥留的一刻是人生的彻悟

思念与忘却并生的时刻

如果你见到房檐上有一只鸟

一定会打出我的呼哨

人类啊　我曾经的好伙伴

我将悲哀地在你记忆的网上盘旋

见到灿烂灵光

远照你的背影

毫无觉知

神　鸟

蓝色的眼踞在我的额头

黑夜里唯一苏醒的光芒

所有的高楼和村落

枕在树下和历史之上

呓语　死亡之光如点点萤火

羽毛和叶子沉坠时　流星

从智者梦幻的边缘擦亮

选择这样一个漆夜　踞树之巅

将恒星作为你的背景

黑夜愈黑　而你的目光更灿烂

衔来世界最初的种子

征服土地与江河　征服

生长着十根指头的手臂

如你玉爪下作生命挣扎的树枝

田野和村落的上空

麦浪一高一低

文明的舞蹈或者朝拜的仪式

循着这样固定的节奏：

丰收　饥荒

饥荒　丰收

而你平静的目光　平静

如心脏中冰雪的河流

缓缓抚过冬眠的时节

抖翅如金石崩裂　散落风中的

是换回死亡之音

如果觉醒

会重读一千遍《圣经》

然后踩在上面　仰望

一只细小的翎毛飘来

覆盖了所有的路　眼前

豁然开朗

一个正午或子夜

世界上最后一只狼

挑起两盏温柔的绿光

将拜月的姿势和凄嚎捧上

黑暗中人类高度泛滥

你尖锐的巨喙为何久不开启

燃烧的森林

呼啸的火山

人和动物无休地争吵

恒星之上

只有风与神鸟飞翔

靠在熟睡的深夜

感悟你的目光是一种悲哀

熄灭所有的灯火

静听大海和空旷的四周

恐惧如瀑布跌落

关东之雪

1

关东之魂携远古苍凉号角

烦冗之秋在大兴安岭脊梁上摇曳

一个短暂的黄昏

满街浪漫抖起五色裙裾

然后庄严凝固

柔弱之水　开始滋生出坚顽的骨头

2

硕大的坐山雕倚崖而踞

翅翼扇动　金石崩裂

雪的旷野无际

寒号鸟茫茫寻索

昭然几点血色的爪痕

麦谷在仓廪间温暖着　沉思着

诗人躲在茅屋下冬眠

一切喧嚣静止　一切浮躁消逝

冬是千古哲人

雪花侃侃吟哦

大地被冷酷而灿烂的预言覆盖

3

野兽尥起四蹄在饥饿与寒冷间奔命

猎人的眼睛老练得长出白毛

有时　是猛虎的血口和猎人的血眼

猩红凛凛的对峙

湮没于暴风雪的森森白骨

永远以搏击的姿态

守候远方的呼唤

长白山顶千丈苍发

是千年往事厚积的化石

4

关东之雪　若巨灵大魂

膝下便有骑烈马饮烈酒的勇武民族

把硬弓强弩拉成满月的民族

关东之雪

淬出阿古打凛凛青锋

挥臂之间　将大宋江山拦腰斩断

又是一个昭昭雪日

八幅旌旗以烈火的姿态

撞击长城垛口

雄伟的万里长城

披几千年华丽的文明颤抖

终于　它遗为历史的废墟

和永远的风景

5

关东之雪是巨灵大魂

在博大丰厚的恩泽下

我感悟一种精神的存在和永恒

作者简介

　　石长江，笔名天马，男，满族，1966年生。黑龙江省作协会员、黑龙江省萧红文学院第十三期青年作家研修班学员、鲁迅文学院第十五期少数民族作家班学员。曾在《中流》《民族文学》《满族文学》《北方文学》《开发区文学》《北极光》《诗人世界》《星星》等报刊发表诗歌、小说、散文、杂文、报告文学等作品数百篇（首）。曾获得首届艾青杯文艺大奖赛优秀奖、黑龙江省少数民族文学作品三等奖等奖项。目前以长篇小说和剧本创作为主。

相信（组诗）

阿简

相　信

目光灼灼如电

如清亮泉

眨都不眨一下

斯时铺天盖地的诉说

两颊涌上潮红

微微颔首或半掩面孔

连声"好的"

轻到几乎听不清

沉静

不止于沉默

如澄明秋水映照万物

而来季候的幻变

临风听暮蝉

我相信不吐不快

胜于寻章摘句

相信错愕

胜于左右逢源

逻辑之外

情愫疏于缜密

它的雷霆万钧

不屑于盘旋

今日歌

霓虹凝冻了

马路空荡荡的袖筒

机车的光电泡影

滑过幻梦

入夜的清寂

哄睡鹅黄色新花

溯游而上

抵达广场的心脏

鬼步舞搅动

一日复一日的节奏

模糊的面孔且浮且沉

并无问东西

候车室即景

小男孩儿踮脚尖

不看脚下走路

有勤务员为风衣女撑门

训勤室如履平地

抱膝看平板的女子

如入无人之境

有人候车有人检票

向左向右

风吹的没什么不同

大妈黑眼球悬浮一动不动

形同木雕

前十分钟和后半小时

一无二致

牛仔少年大河之舞般踢踏走过

座椅的目光司空见惯

和着无数帖子随时生杀

新的车次随时发送

小广场即景

每个滑轮板的孩子身后

亦步亦趋

都跟着一个女子

衣衫鲜丽

年轻如夏的妈妈或阿姨

慈爱的皱褶时而舒张时而紧锁

几乎消失了女性特征的

姥姥或奶奶

追在滑板孩儿的身后

就是追着她们必须有所寄予的希冀

和流年不可追的慰藉

篮球架下

少年只愿和篮球

及球一样腾越的伙伴在一起

陌生的中年男子抱一怀货物经过

注目变成余光的折尺

余光中

四月残雪最后的泪痕

完全可以被忽略

他不属于广场

不被午后闲逸的鸽群所熟知

他只是匆匆路过

匆匆一瞥

无 题

既无胆量独自一人

踏平月光小径

既无众木中白桦

骨头般义无反顾的白

就接受两个人的喧嚣

三个人更多人的喧嚣

众乐乐节拍

破译丛林法则

喧嚣中的孤独

具有标本意义

流水汤汤

存储所有悍风骤雪

缴付季候旖旎与澎湃

广场和群山是大地

起伏错落棋盘

经行之人以折叠之梦

致敬白桦

兼听蝉沸伴暮鼓晨钟

一片云停在寒葱河上空

一片云停在寒葱河上空

你恰好经过的一刻

云霓是天上的流水

再明静的水面也留不住一片云

"再美的湖泊都不能打动我

唯有河流"

停留的河水就死了

就不是河了

停留的你就不是你了

你在河畔驻足沉吟

只合于逝水流年的影绘

河水连自己都留不住

又怎能留住别的

何况暗影不断叠加

只有流动可能逐散苍凉

只有流动可能找到流动

我们不着一词

从未那样欢笑过

因此可以说

从未真正欢笑过

雨点的星芒闪烁

雾气温柔

雪意阑珊

不遮蔽不湮没

广场形同虚设

溯源溪流或飞瀑

流浪，但不走散

双手如果不用来缠络

就用来捧起热流的目光

千言万语的沸点

由一个长途跋涉的吻收留

夜归，或者启程

全世界在一朵花里绽放

我们不着一词

我们不需要任何句子

1111 号房间纪实

残荷不敌铁血尖刀

无人有心回溯

一池墨莲的前世今生

秋菊做好傲霜的准备

却不能捂紧清洁的耳朵

无视尘世

掘地三尺的胁迫

被边缘的特价房间

等来它的客人

一路霓虹魅惑

和角落里的台灯

早已做好类比暗喻

同时穿过一场又一场雨

打开秋天的门

我是谁要到哪里去

究竟是两不相干的事

同一个字

有人注定提早离开

留下不忍卒视的琴键

在另一双手中弹响

目光带不走的

渴望留下却没能留下的

围坐的音符

和暗夜里灼热的文字

蒙太奇镜头

勾连起闪亮的日子

没有责难和伪善

没有饕餮索取

没有给你一个教训

只有爱的箴言

复现油画的海滩和田园

年少无知也被岁月收藏

转呈心的邮箱

那随流水逝去的信笺

其实得未曾有

唯有血脉里奔涌的

串联踉跄的脚步

遥远的距离

和绒毯一并捐赠的围巾

和雨滴赛跑的马蹄

生生不息

只因同一个字

电话故事

同一时刻打进的电话
与感情无关与天气无关
与眼睛的底色都无关

一个进入
另一个紧紧跟进
像密集的雨点一度连绵

电吹风把胶着在发梢上的雨吹干
捋顺丝路也是思路
挡去电话炸音
巧合如黑名单设定

线路更替的问题
早有结果等待
何必狂奔

神祇在上

时间要以它的方式启动

青春笔记

两小时三分五十二秒

足够许多事情发生

或结束

现实是

一场大雾澎湃而来

幻化的那年

仿佛海市蜃楼

四季花隔窗有没有看见

那为一声口哨的清亮

晃得睁不开眼睛的人

和站在忘川这头

拒绝寒暄的人

是同一位吗

诚如所言

立如刀刃

经历于人不可复制

有些事物沉落河底

再大的气力

也打捞不起

元日辞

比对，推敲

一再自我否定的选项

和搜肠刮肚的回复

同样归档为零

来自星星还是深海的

惊鸿一瞥

和无语的身边人

谁是驿站上的小橘灯

照见回家路

我不能再等门扉叩响

不能把眼神挂上枝头

穿过大风

香烛隐入天光

隐入时间嘀嗒

我有一念无从说起

渡我于凛冬寂寂花时

和我一起上路

歧义童话

总有特别的时刻

再羞涩的口袋都想变出

糖果糕点新衣

陈旧的母亲为便宜五元钱

讨价还价已半个钟头

蹲在大黄蜂前的孩子

并不知道时间也有标价

一架残破的楼梯连着过来的路

也连着离开的路

开着的门关着的门

一闪身如一闪念

一扇门关了

另一扇还能坚持多久

雪花带来童话气息

恰如新年的情义

所有灰突突的人

还在奔走的人

和住在金房子里的人一样

都曾簇新如洗

目光灼灼

作者简介

　　阿简，本名许杰，70后，热爱并坚持诗歌创作，绥芬河作家协会会员，作品发表于《黑龙江日报》《牡丹江日报》《今日绥芬河》《远东文学》《长江诗歌》《北方文学》《岁月》《古城文艺》等传统纸媒及知名公众号。

之间 (组诗)

李金波

论服饰

服饰对我有什么用？有什么用？服饰

可曾是我"文明"的标记？

为什么在梦中　在水底　在与异性相爱时

要把衣服抛弃？

生命需要率真地呈现

不需要羁勒和遮饰

恢复我的本来面目——终极的赤裸

使我自由和快意

我们本是赤裸着来

我们还将赤裸着去

在那永恒的黑夜里　服饰

我再不需要　也不会想起

为了孤独封闭和压抑

我们穿起了服饰

人与人的相互戒备

只能制造悲剧

没有偏见　服饰一天也不会生存

终于有一天　对服饰我不再珍惜

我以我的真实和纯洁与大地交流

我以我的袒露和诚挚与人相依

深深地喝下江河流出的大地的汁液

也甜甜地品尝高山上清新的气息

大地喜欢与皮肤相触摸

风儿喜欢与发丝相游戏

从紧紧偎抱的爱侣身上放射出灵光

于是天地万物在和谐中融为一体

我们本是众生的灵长

我们创造了全新的世纪

我们在无数沧桑岁月中

表现过崇高的感情

我们揭示过数之不尽的奥秘

可是为什么对人自身的要求研究不够

为什么要屈抑和遮饰我们自己？

莫非是剥夺我们高贵的权利更加有利？

莫非是上帝造人时

不该造得让我们感到羞耻？

哦　不是的　上帝死了

我们属于我们自己

这一切的难堪源自我们心里

这一切的服饰也是我们手制

我就是我　我来到人间

我坦然地接受自己的心灵和肉体

既然获得了生存的权利

就不能总对自己说——对不起……

我自尊自爱自胜自立

而不是自卑自怜自抑自闭

当有人玩弄自残残人的恶意时

我不会俯首听命　卑躬屈膝

靠心灵的力量去摒弃危及身心的虚妄

靠理性的力量去对抗黑暗时代的残余

坚信真诚善良和美丽不可抗拒

坚信人性的伟大最终一定取得胜利

我们是人　我们是同样生长着的人

组成我组成你的是同样的分子和原子

我的感受和需要就是你的感受和需要

我们相携迈过了几十万年

人类共同进化的阶梯

我们意识到自己的使命权利和尊严

尽情地生活　才能找回生命的意义

于是我们的足迹遍及大地天空和海洋

在地球和日球之间我们巍然屹立

区分我们的不是出身　权势和财富

而是我们内在的精神和外在的躯体

服饰对我有什么用？有什么用？服饰

道德说教原是为了少数人的私利

当人心深处去除了虚妄的重负

抛弃了服饰的装点和封闭

我们就会成为健美　聪明　真挚　坦诚的人

他自由舒展　无所畏惧地在地上生存

牵 手

辗转于人生旅途

你的柔弱体躯恐难支持

让我传递一掌微温

是万缕柔情集成的珍爱

作你生命的支柱

悠悠岁月　我神思缥缈

终于心有所系魂有所属

可我仍在四处漂流

重重阻隔是这样多呀

穿过亘古的山川岁月

两只手的联结

是最长的路

你曾许诺伴我孤独

所谓家原是安在

与你相握的手上

但不知还要经历几许周折

才能完成

爱　这人世间

最为艰难的成就

那一瞬

还记得那一瞬

你双眸闪出爱意的星

一叶芽苞悄然

在心中长出

你可知道

爱曾在何时播种？

我永世的相思

悠长而浩荡

却不意今天有了回鸣——

幸福顿然充塞了天地

我怀抱地球

战栗着向她深致谢意

既然知道这幸福的相逢

来之不易

为什么不能

不顾一切钟爱你？

之　间

在混沌初开与魂梦匆忙之间

在长夜未尽与曙色未现之间

有一双眼睛缓缓张开

把昨夜与明天挑起

夜　风雨凄迟

却未能泯灭我蓬勃的灵魂

只有你沉静的忧思是我的禁忌

吻你　我不惊醒你

隔着黑夜我悄然寻觅

目光的语义难以言喻

轻轻呼出一串无声的期盼

任何别的语言都无法代替

传递深情还有掌指温唇

恒夜的相思从此冰释

我不知道你是否有最新鲜最深刻的感受

才这样传递渴盼　若有所思

听到我悠长的呼唤你双眸生辉

我等待你沉重的头颅轻盈地扬起

让我的心为你激动又复归宁静

让我的爱因你升华而更加深沉

每天每天经历爱的潮汐

沉淀为眼底眉梢的惊喜和感激

思绪的澎湃原要超越大海

飞扬的文字是心灵的泪滴

我得到你的回声在轻盈和沉重之间

人生原是在现实和梦幻之间

让我们手创身依心系的家园

然后彼此倾注交融成二位一体

缘　分

不知是命运还是时间

在你最美丽的时候

让我遇见你

为了相聚不相离

我慎慎选择着

驻足之地

那是你必经的路旁

有流霞　有小溪

我俯仰一世　孤独期盼

终于等到你的来临

这神奇的缘分啊

尽管如此

我已来得太迟……

拐　杖

你走了　可你日夜萦绕在心上

那曾有过的深情厚谊

早已在心上镌刻　珍藏

你的话是相思的种子

埋在我辛勤耕种的园圃

执意地相信　春天一到

便会开出花来

爱啊　何必沉沉地压在心上

这种子终于长成大树

我把它砍斫成一枝拐杖

扶我前行　作我的依傍

每当我的双唇贴紧它

心中一支纯洁的旋律飘起

再也不会吟唱人世的悲伤

信

无论你写的什么文字

对我都像和煦的清风流漾

早春　我将那页沉甸甸的诗笺

在心上镌刻　珍藏

每天早起　原是为彼此遥相凝望

光阴流转　心花绽开

风吹之际溢出神的芬芳……

无论你写的什么文字

对我都像盘绕屈曲的绳子

左萦右带着罩向我的心灵

我甘于受缚　甘于沉溺

也曾有过驾鹏凌碧的抱负

也曾有过淡淡的忧伤

爱的羁绊已化为甜蜜

历时愈久愈不忍飞去……

作者简介

　　李金波，男，有诗和论文若干在国内期刊发表。曾任绥芬河市政府战略研究中心主任，现退休。

挽留的水滴（组诗）

万柏春

挽留的水滴

隔绝于烟火的城

旷世的灯盏点亮漆黑的河流

不屈的灵魂犹在私语

散落的书页里

沉淀着谁的美好时光

不用刻意回头

我知道　我的路上有你

你的路上有我

痴人说梦般的日子

来了犹如没来

收获的季节里，同样存在

满园疮痍

向语言致敬

时光的刀刻斧凿

只将你锻造的炉火纯青

陈列于历史的橱窗

锋芒毕现

没人关注河流的方向

饥渴的只看到水

浪花能舞动什么

最后不过随波逐流

干裂的河床上　留不住

一粒试图挽留的水滴

窗　外

青色的天空垂挂于楼宇之间

双眼的视野剪裁远山与尚未明亮的星

窗子关不住春天

孩童的脚步叩响大地的宁静

笑语细碎进出琴键音

枝条抽出新一季的绿，暗自繁荣

花瓣环抱着取暖，举在杆头示众

盛开与凋落都无法阻挡，不求怜惜

只愿一道目光与那抹亮色相和

挤进时光缝隙，在季节的轮回里

冬 夜

枝条拉长的影子

印在墙壁上一幅线条的画作

风颓然地满世界逡巡

雪扭捏着步履迟疑

绿色包裹着生机藏匿起来

只剩苍虬的枝干

在漆黑的暮色里　诉说着孤零

喧闹的菜市场　人声冷落

缩手缩脚的人忙着回家

长街的灯火，远比小窗的灯火寂寞

寒夜里　我用言语煨暖双手

抵住胸口堆积如山的残砖断瓦

在黎明前　建起一座巍峨大厦

等待朝霞染红

办公室

幽深的楼道　死气沉沉的黑

随处可以掬起一把

尽头光亮处　一扇往生的门

脚步虚浮　每一步仿佛都会坠落深渊门

闭紧了　房间就成了笼子

敞开的小窗里

挤进烂大街的聒噪歌曲

挥之不去

楼下的鹦鹉卖力歌唱

与金属音的喧嚣握手言和

方寸之地　也可大显身手

一直向往诗和远方

不知道　楼下的鹦鹉和我

哪一个更自由

中医院十一楼

悠长的走廊萎靡安静

隔着纱窗望向天空

世界分裂成无数个小块

如同我涉世已深的心

于不同的孔洞

看到不同的世界

我努力维持的表面尊严

在健康面前土崩瓦解

我的身体遍布溃疡

流着只有我能看到的血

白的药黑的药

不同路径的进行修补

中医的方西医的法

轮番上阵

穴位上的药渣瞪着大眼

翻新的马路重组的沥青

坚固又能坚持多久

三年前我走出这里

三年后我走进这里

与满面笑容呼应的

是看不到的伤

作者简介

万柏春，女，70后，黑龙江省作家协会会员，绥芬河市作家协会理事，萧红文学院第十九期作家班学员。作品散见于《北方文学》《岁月》《诗林》《北极光》《北大荒文化》等纯文学期刊。

银色的月光 (组诗)

厚重的叶片

仿若一枚从春天走过来的叶片

生活逐渐厚重起来，又如一个倔强的

旅人

纵横的脉络延展开去

掌纹一样有了触感

不去想为什么悲伤

走过了冬季的人才知道什么是

寒潮

从毛茸茸的鹅黄

走到青翠欲滴

也不过是眼睛开闭的

距离

或许某一天

还会有台风光顾

肆虐、贪婪，心湖中

浊浪滔天

可厚重的脉络，即使压弯了腰

也会和不知疲倦的旅人一样

挺起一条条岁月的根骨

风筝独舞

我不知道眼前的大海有多宽广

鹭鸟已经远远飞走，看不见踪影

海浪拍打银白色的沙滩

发出一阵阵轰鸣

突然觉得

我和这片海都是孤零零的汉字

无法组成

美妙的词语和诗句

记忆中的故乡离我越来越远

岸边散落的房舍

看起来就像火柴盒，一堆一堆

而我驾着风筝

仿若一个孤独的舞者

于苍穹扭出狂野的拉丁

从没有人可以征服自然

生命薄如蝉翼

一戳就破

泛着浪花的海面

有如一枚滚动的骰子

美好与苦涩、腥咸永远达不成统一

在心田里栽种

孤独的长夜，辗转难眠

哗哗的海潮破碎了一个个

安宁的呼吸

既然不想在花季里过平庸的日子

那就在心田里栽种吧，翻开泥土

把一颗颗种子埋下

把五十年的痛苦和失落
还有碌碌无为的命运
一同种下，寂寥的大地
用雷电浇灌

最好来一场大雪
掩埋内心所有的悲伤与苍凉

然后撒下杜鹃、丁香
它们是早春最先苏醒的点缀
充溢着童年的天真和春天的浪漫
仿似有圆润的露珠滑落，于是
鸟虫开始低鸣

无边的绿意弥漫胸中
当然
还有诗和远方

西湖彼岸

带着北方料峭的春寒和

朝圣者的虔诚

我再一次扑进了你的怀抱

雷声响起

你激动地伸出双臂接纳了我

四月的你泪流满面。那泪水

一直流进游子的心潭

化作面纱　氤氲着　西湖漫山的粉黛

人生的河流汩汩流淌　立于此岸

我苦苦寻觅希望生命之花

于不经意间灿烂成隔壁的女孩

一个浅浅的微笑

西湖的眼泪像情人的纱

一直缠绕在我心灵的痛处

挥之不尽。

不经意间

"仰天长啸，壮怀激烈"拷问着我的灵魂

背负着"精忠报国"的夙愿

八千里路云和月的颠沛流离

写进骨子里　呼出一首

《满江红》的豪迈与果敢

十里荷塘纸醉金迷　商女后庭花的颓废

遮掩不住踏破贺兰山缺的浩然正气

粉骨碎身留清白的铮铮誓言

君轻社稷为重的惊世骇俗

涤荡瓦剌的乌云

化作碧血丹心的苇航

渡过于谦鲜红滚烫的赤子之河

"大厦已不支，成仁万事毕"

瑶琴凤尾的一曲《高山流水》

涓涓细流滋润着西湖的苍翠

抗争化作张苍水的心桥

赤橙黄绿青蓝紫照耀着江浙大地

"千年的等待只为等待千年的你"

白娘子宽袖轻舞　一叶白帆

划出优美的旋律　荡气回肠的追求

自由回味在春风里

苏小小的情意绵绵

曼殊的痛苦离去

太炎的不屈气节

武松的款款侠义……

蹲伏在西湖千百年积淀的沧桑中

我突然发现岸边的古槐

萌发了一簇新绿　星星点点

瞬间　那新绿钻进了我的心底

摇亮一盏灯

银色的月光

黑夜拉长了影子　忽长忽短

你铺了下来　瀑布

我的眼睛聆听着你的忧伤

天上没有黑色、白色的遮挡

你毫不顾忌地倾泻着心事

呼呼作响

是可恶的天狗偷偷吻了你？

还是太阳灼伤了你的脸庞？

如果可以

请走进山川河流

用你的哀伤点亮他们孤寂的往事

化作情人的眼泪

滋润大地

尘封许久的渴望

踟蹰的心也曾卷起白色的迷茫

冷却了昔日的温度

没有丁香的清香没有油纸伞

一匹白练笼罩着寂寥的雨巷

擦肩而过　白练耀眼

无法分辨那是不是结着愁怨的姑娘？

一阵风合上了幕布

你的忧伤戛然而止

冬 夜

雪花用银色的粉底

涂满了夕阳涨红的脸

黄昏　一下子

漫过了树梢

大地

坠入夜的怀抱

喘不过气的日子

已被雪凝固在了昨天

夜静静的

就在那把六弦琴断弦的瞬间

心脏破碎的声音

依稀可以听见

没有你的日子习惯了孤独

即使暗夜悄悄起来

倾听

楼道里沉重的脚步

踏碎一次又一次重逢

午夜的钟声敲打着心灵

一下一下淌着血

却把日子

浇灌得更加荒芜

只想穿越回从前

和你并排风化成

岸边的一座岩礁

共同抵御大风大浪

彼此倾听对方的

心跳

作者简介

郑蕾，本名郑亚玲，女，黑龙江省绥芬河市作家协会会员，世界女牛仔联盟会员。曾在各类刊物发表诗歌作品二十余首（篇）。

归来（组诗）

王晓梅

雕　塑

长廊的人像雕塑

是断章取义者的

意念定格

是海水冲刷过的

盐巴塑身

时间不语

历史给了我一把灰尘

我用镜子把你透出真实

我们在灰尘和海水的混浆中挣扎

鸡汤做不了说客

脚步会成为灵魂的追随者

委婉和冷漠

在 PS 里的图层上随意转换

虚伪摘不下面具

雨水会渗出生者的喜怒哀乐

就像一把养料

滋润未来生长

盐巴式的塑身

掩饰不住躁动

带着残肢起舞

游　离

我们坐下来

聊聊喜欢

那一刻听到了

海面溅起的浪花

和飞奔男孩的笑声

我们沉默了

是海的张狂

还是男孩的肆意

我透过你的眼神

走进了一片森林

那里没有海没有人

只有呼吸和心跳的声音

可　能

"美莎克"湿透了城市

路过你在的地方

可能　体温

溶解了白露

"海神"浸透了家门

车窗　闪过你在的城市

可能　气息

带来了云彩

归　来

信纸褶皱了岁月

记忆的柔情像炊烟

我扔掉了

裹着思念的信笺

探路者的脚步

跨越了时空

旧事被海水淹没了

沉在水底的还有心跳

老愚公还在山里

我用前世的记忆

寻根

窗

窗户开了

是风是雨

打碎了

盛宴者的自夸

一条条护栏

屈服了

开出了自由的通道

外面的宣传海报

散发着春天的芬芳

流浪者被梦魇缠绕

张着嘴　睁着眼

看着窗棂

风雨厌倦了无休止的争论

逃出窗外

天空

蔚蓝

作者简介

　　王晓梅，女，70后，教育工作者。爱好写作，摄影。作品多次在《远东文学》上发表，小小说《君为谁狂》和诗歌《百年穿越，我们在等你》在省级征文比赛中获奖。

遇见（组诗）

张志鹏

方　式

光亮照在了大地上。山河故人依旧

一丝不挂的露珠。越发赤裸

此刻开始。我们便在一株野花中彻悟

渴望的果子熟了。属于我们不能拒绝的时间

如果可以这样。左右都是流水落花

及与信念偕老的时光。轻轻撕开一个口子

随手关掉最后一盏星星的灯。厚实又饱满地呼吸

牵扯的瓜秧。或丝丝络络的豆角秧，或紫藤萝的藤蔓

浅把素颜的曙光拉开。再重新拉上一条缝隙，停留三秒就走开

请将我们联系的方式保持在彼此喜欢的意境里。

并告诉给那只东印度的孔雀

我不常常联系她

打　磨

迁延思想，瘦了行为举止

站在门口看门外的风景

看一些人一些事

一些感觉在发酵

一些风尘开始发飙

就连东邻那大提琴的演奏都破了音

中药渣子，蝴蝶梅，芸豆

爬藤下的孩子，黄瓜花上飞起的蜜蜂

都没有办法从甸子上芨芨草的梦里经过

古越国的女人们，小心翼翼地赶赴一场雪

紧紧拉住衣襟，禁止一片雪花窜入

一些人开始打磨她们心里情人的可靠性

——随性歌唱，并包裹，也清空灵魂

错　过

我，或我们是个特征沉默的人

坐在你们后面，不声不响

看楚女纤腰一把，看汉子自我歌咏

——如果我是个孩子，我会笑

不远处的邻家里飘出大胡笳声兼二胡独奏

《大胡笳》十八拍思念了谁的故园

《二泉映月》明亮了谁的眼

薄翅的蝴蝶与猫在花丛中共舞，迷乱了新房里戴围裙的少妇

对着在院子里劈柴的男人一直看

一只黄狗在葡萄架下时不时地叫上三两声

经不起麦芒轻轻一刺的时节，正惊讶于千里之外风的讯息

试把头弯下来，最好不要挡住眼神

赴宴长江，推开波浪的潮

江雾烟幕裹着赤裸的想象，一袭烟雨不歇

感叹！我们错过打量树上夜莺的巢

随　性

随性而为的呼吸，痛了哪根神经

纸笺的某一处墨水过剩，模糊了警世格言

尽管当时边上只有一个小女孩，和一只拉布拉多犬

纸篓里面多是不如意就包办，却也以满为患

撕裂的口子，参差不齐，冒失端倪

临摹一个萝卜，填补一个坑

谙熟的世故，在雾霭中老于世故

从容不迫的时候，面对沧江斜日

缠绕的紫湄在爬蔓，或者还有一只变色的壁虎

摸摸自己额头的动作，凸显皱纹平淡无奇

此刻，仿佛肥沃的血液倒灌如流

不像有些人，他们的世界里茅舍与篱笆墙或也修剪一新

我　们

水，流无可流——归大海。

风，越来越大——开始陡峭。

此刻开始，我们都是成熟丰韵的果子，

在不能自我掌控中螺旋落下。

此刻我们需要的是不失去方向，

不把眼神斜视，不迁就厨房里的摆放，

不必听一只暗夜里灰色的猫的叫声……

已经习惯的呼吸，不再单纯，

没有什么原因能赋予，都不能。

如果我们可以把我们的存在让他们幻想，

如果我们可以把我们的存在让他们出卖，

哦！请饶恕灵魂吧！我们还没有那么超脱。

弧　度

声声息息的耳膜，在外来词碰壁的打工者中魁梧。

秋语暮烟沉重地拖曳着每天奔波的脚步。

她也是一个城市里平静生活的人

这着实让我们一类的人比黄花瘦——心更瘦。

生此一搏，时刻准备着脱胎换骨——思想瘦骨嶙峋。

在一城又一处中被盘剥套路。

境界高亢或低沉，都是愁来时节。

艳阳高照，时光影斜，

探花郎在远程监控器里窥屏——失之交臂。

摇曳的世界癫痫大发作。

我们在里面东躲西藏，防止新冠病毒传染。

诗歌写作手法变异，流毒比疫情更难防控。

左右——逢源开弓，京剧脸谱 pk 傩戏。

舞台久违了秦腔，亮相，吊嗓子，流云水袖。

过电的杆菌，在中药渣子里风湿。

腐蚀间歇性莫名，老叟老矣。

我们的骨骼弧度效应。

非 我

脚印留在海滩上，鱼喜欢人类的光芒

吸引海浪翻滚的是——人的灵魂

还有那支一直都没有钓到鱼的鱼竿

如果是我在漂泊，而我已不是我了

海面在面对着疾风的时候，就像情人狠狠地抱了一回

之后就仓皇开溜，沙滩成为掠地

大海还是大海，可以碰触到天空和白云

而我的手肘碰触不到我的耳朵

一 生

生前记得把自己不知道的事问清楚

没有遗憾地把腿伸直，过去已经永久地过去了

过不去的是离开人世的那一刻

我们都为这一天奔忙

直须白发苍苍，白白地满头

算数式，散在额前的一缕银丝随风

21 克灵魂失重，在一枚硬币的旋转中木马病毒

包括我们的情人，我们情人的情人——我们自己

以不知不觉，以渡劫，以进为退敲诈并勒索我们的一生

作者简介

　　张志鹏，男，黑龙江。笔名：哥舒离垢，哥舒夜离。绥芬河市作家协会会员。部分作品发表在纸刊，网络平台。

落定（组诗）

赵威

落　定

生命

如一粒尘埃

浮于凡尘悲寂烟火

生于偶然又在必然里辗转

长于搪塞亦在肃穆里欢喧

如秋的发髻

妆点春夏烈焰露寒

朝暮里的瑰色把一生浆染

颠簸着的旅途把豪情缱绻

时日顺长，时光缥缈

太多的揣测浮于隘口

日久下沉，沉至夜半霜花

终一日，落定

成为凡尘里的尘泥土里的砂

已不知尘世不知天涯

人　生

一点凌空，人生初始

起笔为路，撇折为程

行过眼角余光，转了锋芒

潜入巷陌鸿途。不再架构边缘

斜入侧出，撑了天地一戟

横向回锋，捺去千里川流

声声余息在痕里沸腾

之前，之后，之所以

时间支点洞穿前胸后背

早、中、晚，便是茶一盏的余温

向日月的撮合。没有偏颇

四十五度角，恰一个奢侈的流亡

一个堕落的仰望，无须企及

辗之始，转之末

立平衡之间，任凭之所向

浩浩苍茫，持平逆远，为去而驰

不做过往轮回执念

位　置

白天黑夜带着情绪，呼吸浓重

季节听得见声音，看得见脚步

当我不能走出去也无处可去时

凭窗而立，我是谁的附属

谁的主宰？窗内我是唯一

我是第几者？爬过楼角的光

把脑子烧坏，眼神是多余的情调

青春的暴躁出击一切障碍

一切心生的障碍。影高情短

妄自，脱离轨道的脑子失重

风摇孤烟无形可矩，时间无法佐证

基因，在道法自然里无懈可击

于是，顺和序只是岩浆的造物

于是，位置在错乱里流产

光在玻璃上虚伪

剪错方向，一地棱角敲击心脏

缩进墙角的位置全失光彩，摇晃

声音流亡，寂静摸着方向

沉默的真相给位置重新打桩

我，与我的位置叫嚣

从早到晚的时光，还有青春的模样

熬到岁月泛黄

我只是我窗子边上的光

不停地变换位置

从眼角到发际，与影同场

镜　像

自暗里光明，一反一正

真与实的角落里的语言

无声打量是眼和心的相互告慰

每一次面对、转身

都是今天的概率。总以为

朦胧的旮旯里铅华依旧

靠近，再靠近

顾盼，再顾盼

眼白的灰，眼角的鱼尾

涨码的腰线，穿过镜的空

浮雕岁月棱角，余光

触碰一个世界两种流亡

疏散青春的流苏

扉页上的睫毛，挽进霜花

一程，一驿，一世间

镜里镜外。吊顶的灯

偏颇了视角，撕扯轴距

像由镜生

云

勾勒万里行程

终是轮回

幻化千番姿容

定有不及

看惯世间百态

何须微词

随一阵风的气势

演尽身不由己的

随心所欲

哪一片是你的前生

哪一朵是你的后世

一双眼底的索引

雪和雨三世因果

一场遇见

一场别离

作者简介

赵威，绥芬河市作家协会会员，黑龙江文学院第二十一届中青年作家班学员，萧红文学院绥芬河骨干作家班学员。在黑龙江省主题征文中小说、诗歌获二等奖。

审视（组诗）

董海辰

冥　想

未到花开遍野之时

南风在北山打了一响呼哨

像极了你对我的微笑

憋闷了一冬的天气还是灰白色

枯干的枝丫挣脱禁锢和束缚

脱胎换骨是生命的绿颜色

偏瘫的老妪贪念圆润的龙头杖

脱落的牙齿是淘汰的旧糟粕

晾晒的秕谷是食荤者的筹码

向鸟雀敞开的是潘多拉的盒子

喋喋不休的是往生咒

冥想在行动以前早已扬鞭

留我在原地独自寒暄

未到花开遍野之时

我仍是作茧的蝴蝶

一面天真无邪

一面傻呆痴茶

审　视

昨晚，我与同类为伍

一群男人，以杯为戒，检讨自己

我们年龄相仿

身体糟糠

一杯枸杞浇灌虚弱的肾脏

我们举手表决

在痛风和剖腹产之间鉴定疼痛指数

秋水仙碱带来的负面影响

不足以震慑酒精带来的精神刺激

隐疼的背后

是八零后踟蹰的前行

我们关心房子和猪肉

为儿女的年龄差距抱憾良久

在丰厚的工资和寂寞的山丘里

重新定义自由和精神富有

我的头发，早已英年早逝

晨起的络活喜和安博维

在晌午过后演变成平静的血压

他支撑我在傍晚举杯

在午夜欢愉

在黎明认清自己

而后，在一片片药剂里

审视一个新的自己

在他乡躲雨

北方，因一场天气预报而紧张

谨慎的老人，开始囤积蔬菜和粮食

他们不再坚信西伯利亚寒流引发了风湿关节的

疾病

他们开始思索，南方的梅雨和北上的台风

裹挟着发霉的湿气，悄无声息地侵入了北人的

髓骨

疼痛了一代一代人

农人们用胫骨测量田地里积水的深浅

每深一寸，心里的苦水就上涨一分

灌浆的粮食像极了醉酒的汉子

低头不语，左右摇曳

他们嗜酒，他们贪杯

他们总是醉了一场又是一场

今夜，我在他乡躲雨

想起村庄，墓地，和老去的记忆

他们在雨中矗立，在雨中孤寂

他们在雨中新生，在雨中淹没自己

他们渴望送别每一个孩子

更希望每一个孩子最终能够回到那里

悲　伤

一个人，一座城

五公里疼痛的小腹

用灰色的电影和啤酒做药引

在午夜铃响以前

和自己对饮交杯

许仙和白娘子的断桥

是否今夜也灯火通明

异类之恋

是报恩三世

还是浩劫之始

没有悲伤的悲伤

没有欢愉的欢愉

心底渴望一场大雨

灌城而入，我们在山顶凝望相拥

就连过世的张爱玲

泣血笔耕

也写不出这样的爱恋

作者简介

　　董海辰，男，全国移民管理文联会员，黑龙江边检总站文联会员，绥芬河作家协会会员，鸡西市诗歌协会会员，鸡西启明诗社会员，转业军人，移民管理警察。其作品散见于《鸡西矿工报》《鸡西晚报》《远东文学》等报纸、刊物、网络媒体。

人间（组诗）

许薪婷

光

起初，

光照在我身上，

映着我的影，

在墙上刻着我的灵魂。

我动，

墙上的影也动。

然后，

它渐渐偏移，

隐没于山峦的缝隙，

我虽动，

墙上的影却淡得看不清，

灵魂也随光而去。

后来，

漫天的星，

可墙上却没了我的影。

我后知后觉，

那空旷的房间里，

我和光之间，

始终有一道透明的窗。

人　间

我打开了规规矩矩的窗

窗外是明净的天空

轻悄悄地

一朵云飘过

夕阳给它镀上了金边

它路过了我的眼前

天空下面

是熙熙攘攘的人间

人间是什么样呢

下班的人们挤进了小小公交车

车子上是问妻子买什么菜的男人

是散完步准备回家的老人

是读着课文的高中生

也是到站的提示音

家家楼下都有小孩子们嬉闹声

偶尔也有几声兴奋的犬吠

我是爱着他们的

可繁华的人间好像怎么也装不下

我的大潮

静　止

突然沉默

好的坏的

都停下了

忘了闭上眼

却仍记着

关上那扇心底的窗

如果世界变了

那我就还是我

如果世界静止着

那我已不是我

风

静止了

我抬起手

接住了坠落的飞鸟

梦

谁也不讲话

演着一出默剧

动作放慢了

分不清真假

触感是虚无的

身体是静止的

灵魂却仿佛虚度了一生

飞 鸟

张开双翼

长风拥有了温度

穿过云层

太阳很热

天还有点灰白

被巨大的网笼着

飞鸟却是自由的

我问了

什么时候停下

没有一只鸟愿意回答

飞鸟见过的

我未曾见过的风景

向日葵

野草弥漫

山风呼啸

相遇也许偶然

我便也在这偶然之间

静止了片刻

再次相望

你又隐匿绿色的海浪

我隐约觉得

缺了什么

于是拼命奔跑

朝着你的方向

那也正是

阳光的居所

爱

当我的双脚没入人海

千万个平静无波澜的眼神

从我身侧掠过

我停下了脚步

质问他们眼里的冷漠

无人回答我

于是我将身子隐没入角落

偷偷观察着人们的匆匆行色

看他们淡漠的眸里蓄满了泪

脸上却干净得像白玉饰品

千万个人擦肩而过

谁也无法知道

那千万双平静无波澜的眼睛

藏着多少汹涌的热潮

积着多少不为人知的爱意

作者简介

　　许薪婷，绥芬河市作家协会会员。在《诗选刊》《远东文学》《花城小作家》《今日绥芬河》发表过作品。

过程（组诗）

朱晓晖

过　程

像行云流水

漫步在时间的轨道里

任由眼睛使用各种方式翘望

你却没有停留

无论前方是高山还是险滩

你都带着那一溪清泉行走

纵使沁人心脾的花朵在不停招手

多姿的蝴蝶送来无数的妩媚

没有穷尽的山林奏响了起航号

山的那边有个沉静的灵魂

散发着袭人的香气

深邃的眼神里不悲不喜

那一刻

宽阔的地平线上

船在海中央

帆被风鼓满

张开了羽翼

那一刻

每一个岸边的标识

成了心中的牵挂

于是

用浪花不停地拍打

泪流满面

想念着你

记忆里的一切

你 说

直冲云霄的姿态

在等待着谁的蜜语

你说坡上的马儿肥

宽阔无比的胸肩

在担当着谁的责任

寂寞

如一只爬行的小虫

在枕边轻唤

童年的些许乐趣

挂在星光灿烂的窗口

细雨在无意的风中洒落

云烟似有似无地飘着

天真欢跃地随着太阳

东升西落

劳累的父母

在每个枝叶上都挂满了希望

嫩芽变绿后

又是一片期待的莲池

一枚银杏叶

——为纪念爷爷而写

枝繁叶茂的夏季

您与我路过树下

虽是匆匆

但还是留下了一枚银杏叶

当我拾起时

您的眼窝里带着微笑

浅浅如孩童般

而今，薄薄的叶子变成历史

在故国的泥土里埋葬

孕育出世界上愉快的声音

淡淡的气息飘向远方

镜　子

在一个深不可测的平面里

把凸凹不平的你显露出来

如霜的头顶

沾满了岁月的艰辛

微笑中的欢乐

毫不掩饰地直视着自己的心灵

反光在复杂的世界里

一切都不需要语言

一切都不应该躲避

山河陪我玩耍

曾记得

童年里小溪在不停地唱

而我在溪边嬉戏

也在不停地应和

曾记得

童年里百花在身边飞动

而我在花丛中穿梭

寻找着生命的意义

曾记得

童年里的飞机在天上飞过

而我跟着如云的尾气

追逐着一程又一程

曾记得

童年里的树林直插天空

而我在枝干上攀援

等待着鸟儿筑巢

雪

自出生以来

整个肉体在感受着

季节的交替

一切都在汗水中浸着

孤独和快乐

尽管是生命的伴侣

可这，只属于自己

无法与人分享

叶子变成了绿色时

秋天已经不知道跑到哪去了

所有的东西

都被白色的雪花覆盖

你在劳作时

劳作也改变了你

冰

春天的雾气

夏天的雨水

秋天的露水

相互交融在一起成了你

是谁家的顽童

顺手掰掉了屋檐上的

长长的冰溜子

成了和小伙伴们的玩具

在阳光下

晶莹剔透的你

被照耀得繁花似锦

额下的泪水成了珠帘

白天和黑夜里

一切同往常一样

慢慢地学会认识自己

小冰粒

也许是你特别喜欢

我的脸颊和眉毛

就这样不断地聚集

我站在了树下

让自己的喘息声得到休息

路过的人却回头说了句：

走了多远的路，脸上都是霜

我掀开自己的记忆

听到的是一片片清亮的声音

节奏里充满了小冰粒

消失在沉寂的冬季

作者简介

朱晓晖，曾被评为黑龙江省好人，获第五届全国孝老爱亲道德模范提名奖。感动中国 2014 年度人物。

孤独与倒影 (组诗)

李广庆

车 窗

凝视，一张扭曲的脸，

伴随着倒影扑面而过，

忽明忽暗地穿越着隧道，

流星闪烁，吞噬着魔幻的玫瑰，

蝴蝶按捺不住自己的躁动，

在寒风中起舞，

风景，还是风景，时隐时现。

孤 独

床头上

皮屑如飘零的雪花

覆盖在散乱的黄皮书上

星星点点

一双疲倦的眼睛

呆坐在角落里看着日出日落

忽然迸发一个念头

于是抱起木板凳

随着维也纳华尔兹的节奏

旋转再旋转

瞬间形成浑浊的旋涡

月光下

横卧的高脚杯

早已醉烂如泥

梦中梦

相拥着在耳鬓厮磨

顷刻间

冰冷的身躯在烈火中燃烧

惊醒时窗外

路灯下细长的身影

隐遁在夜色之中

圈　子

看到奥迪车标

就想起圈子

何为圈子

就是什么三教九流，五行八作

只要有人就有圈子

现实中

真是圈连圈，圈套圈，圈生圈

圈圈相扣，可谓八面玲珑

如没有圈子，就难以立命

于是，梦想着

自己也要建立一个圈子

于是站在原地给自己画了一个圈

心里窃喜

终于有了自己的圈子

结果却发现

把自己也圈在里边

出不去进不来

情急中

高呼

悟空，快来救我

醒来时，一头大汗！

黑白灰

白，没有纯正的白

黑，也没有绝对的黑

黑白相对而言

只是不同程度灰色的色阶而已

活着也是一样

再完美，也有它的缺憾

再不良

也有他的可取之处

凡事没有绝对

只要不超出良知的底线

又何必用显微镜

在聚光灯下去丈量。

守 望

春日，阴霾的空气

融化在黑色的污水里

不知何时，乌鸦

追随着你早无踪迹

远处荒山中怪物怒吼着

正在吞噬你的栖息之地

曾几何时

你还在这里伫立

不卑不亢，头顶繁星和流云

迎寒风沐白露，日升日落

成为山林和田园唯一的知己

我知道，在那个

没有繁杂和虚伪的世界

你早已任一切的一切

随风而去，只愿

远离红尘，在守望中守望

做一个没有忧愁没有烦恼的你。

邂　逅

爬过墓碑式的丛林

看到一双死鱼眼睛

信号灯因愤怒而涨红了脸

冷冻已久的心，

正贴在壁炉上翻来覆去地烘焙

紧抿着一张嘴巴，

歇斯底里地发出低吼

粉红色的电梯间，

狰狞地张开了血盆大口，

瞬间掉入梦里的温柔

逃离、摆脱、惊恐

空气在瞬间凝固

血液早已结冰。

被束缚的双手抓紧滑铁卢

呼啸着坠入错乱的时空

惊慌的瞳孔里

一束束白光迎面划过

早已失聪的耳朵在倾听

一个头颅高高地扬起

黑色的蘑菇头已逐渐模糊

不屑回头一瞥

踏着一双白色的拖鞋

旋风般地消失在漆黑的夜幕里

作者简介

李广庆，摄影师，偶写诗文，现居绥芬河。

远东文学

2023 年卷（全三卷）

3

绥芬河市文联《远东文学》杂志社 编

九 州 出 版 社
JIUZHOUPRESS

目　录

旗镇 ………………………………… 葛均义（ 1 ）

百年旗镇 …………………………… 嘉　男（ 56 ）

哦，边地 …………………………… 周艾民（ 71 ）

花桩轶事 …………………………… 韩则烈（ 93 ）

五哥 ………………………………… 赵志国（103）

收破烂儿 …………………………… 巩福昕（113）

旗镇枪侠 …………………………… 孙书林（115）

迷失的西伯利亚虎 ………………… 石长江（136）

水源地 ……………………………… 杨　勇（148）

我的特工爷爷 ……………………… 张伟东（174）

南山坡义事 ………………………… 邢淑燕（186）

小小说四题 ………………………… 牟喜文（217）

机器人 ……………………………… 而　上（229）

与你有关 …………………………… 樊飞飞（248）

狼牙 ………………………………… 郭永宏（267）

淡钴紫 ……………………………… 王子元（283）

旗 镇

葛均义

一

仰起脸瞅，漫天竟飘着鹅毛般的雪了。白露刚刚过去，秋分还未到哩！

镇上的旗，一律静静地垂着，任雪花纷纷乱乱地舞。空空的街巷里，不见一个行人，只雪不停地落得寂寞。常日遍街行乞的人，一个也不见，全不知早躲去了何处。

雪越下越大。漫漫落雪，无声地覆着世界，老镇不见往日的面目了。只路边一株雪中朦胧的老松，还在艰难地支撑着空空着的风景。靠这几棵枯枯的老树，到底还能够支撑多久呢？

天地溟濛，飘雪纷纷，混沌成一片了。不知不觉间，就昏昏地暗下来。雪还在一层层地厚着。烟云中的半片晚月，悬在高远雪山之上。山里烟客的日子，开始寒寒地难熬了。

深巷的烟馆里，有微红的烛影。身着长衫的男人，斜躺在木椅上，嘴里叼着长长的烟枪，对着烟灯，"吸吸溜溜"地抽着。瞇瞇着眼，一脸的如梦如幻。身着绸缎的女人，一旁侍候着。吸足了，移开烟枪，女人接过来，一旁放了。男人仍闭着眼，露出一副心满意足的样子，便放手到女人的胸上、大腿上揉搓着，嘴里哼出些荤腥的浪曲哩。

屋里暗昏着，墙根儿泛一片霜，透着丝丝冷气。炕上破棉被里，女人和一堆孩子挤一块儿，男人在外屋捶着兀拉草。火盆里的炭火已经冷透。墙上恍惚着一盏油灯，昏沉着，不知什么时候也熄了。只窗

1

户纸在夜风中，"呼嗒、呼嗒"地响。

半夜里，静死。远远几声犬吠。落净雪的天空，冰一样寒。天上明晃晃的月儿，照着墙角、屋前的羊草堆和麦秸垛，忽然就有窸窣的响动，有雪末纷纷地落下。里面睡的是乞丐。半夜里叫月光吵醒了，刺骨的寒，才知道起了北风。就紧紧地裹住身上的破棉袄，缩着身子，朝草垛里再钻钻。听远处的山林"呜呜"地吼，直冻得耐不住。

冬天才刚刚开始，离春上还远哩。一天天，熬吧！

有人起大早，草垛旁不小心绊一跤，是人的腿。人被冻硬了。

旗镇有三条远近闻名的巷子：杏花巷、神仙巷和好汉巷。

好汉巷是赌巷。一门门，都是赌馆。到巷子里来的，都是旗镇的赌客。打麻将的，推牌九的，掷骰子的……偶尔门开了，走出来的，都是一副失魂落魄的模样，晃晃荡荡地走出巷子。身后，是风乱扬着的雪粉。

神仙巷是石巷。石屋石墙，连巷子里的路，都石板铺成的，碎裂出纹络了。有月的时候，石巷很静，荫着半边墙影儿。忽然"吱"的一声，一条灯光泻到夜路上，板门里闪出一条瘦长的汉子，隐约看见里面有人在抽大烟。汉子哼着小曲，很响地踏着石巷，摇摇摆摆远远去了。深去的夜里，有打山上下来的狼，孤寂地站在巷子里，抻长脖子，发出瘆人的长嚎。

杏花巷里，有两大排杏树。冬一临，就都是秃枝了。初春里，一山山都还枯着，巷子里早吐出一片粉白的杏花。一场风一场雨，地上的落英一厚，一树树就结满了指顶肚般大的青杏。杏花巷最怕的是深秋，几场秋雨，落叶纷纷，霜一打，一巷子就都枯枝了。

天阴晦着。一大早打门里闪出条汉子，躲开行人，沿着墙根慌慌地走出巷子。不一会儿，一扇扇门都开了，走出画眉涂唇的女人，蓬着头发，打着哈欠，扭着腰靠在门框上，抽一颗洋烟，瞟着走进巷子来的嫖客。

有女人正在树底的雪堆那儿干呕。

对着火车站的，是一条步步登高的石头路，路尽头，是一座东正教堂。走进教堂里祷告的，大都是些俄国人。来做祷告的胖妈达姆（妇女）、姑娘、老头，都极虔诚，请主保佑，一千遍一万遍在胸前画着"十"字。

教堂里，常响起清越的钟声。是天堂在召唤了！所有走在路上的俄国人，都在钟声里停住，在胸前不住地画着"十"字。

一出车站，便望得见居高的教堂，高耸的塔尖指向无垠深邃的蓝天。有片白云不知将飘向何处。

教堂之南，是一片成行见方的黄房子，笼在大片的树荫里。树下有木条凳，常坐着些肥胖的妈达姆。树上杂着脆生生的鸟叫，偶尔也响起奶牛悠长的叫声。

每座房子，都有木板杖子围栏，淡蓝或浅黄色的。一有生人走近木栅门，便有大狗霍地站起来，铁链子牵着，"汪汪"地叫。

镇子里喂养着很多的狼狗。

俄国高大的狼狗，竖着两耳，凶凶的。除了俄国人，镇里的富户、门市，都喂养着这样的狗。最凶的一种，叫"豹犬"，浑身花花斑斑，生就一张豹脸，叫人望而生畏。豹犬只身可以屠狼。还有一种狗，叫袖珍狗，小得可以托在掌上，装进袖子里。雪白或是黝黑，常温柔地趴在主人胳膊弯里，叫一只白嫩的手掌软软地抚摸着。有时也被一根细绳牵着，颠颠儿随在一位寂寞的贵妇人身后，尖声地叫着，极神气。

镇子里住着很多俄国人。都是白俄、东正教信徒。星期天去教堂做礼拜。这些人都是蓝眼珠、黄头发，人高马大。十来岁的小女孩，那眼睛、鼻子，怎么瞅怎么可爱，就想蹲下来亲一下。长成了大人，

3

就肥肥胖胖起来，几百斤重。男人一见烈酒，命都不要了，常喝醉，拉着手风琴，唱冰雪覆盖着的伏尔加河，唱傍晚的绿草地。男人女人抱着跳舞，跳性感了，后来就那样了。

俄国人爱喝酸奶，吃奶油面包。镇子里有四五家俄国人开的面包房，每天一大早，就有好些白俄女人在那排着队。吃的也怪，包括香肠、牛肉，还有土豆，都要蘸着盐末，吃得很香。

房子都是红松垛的，再砌上砖或抹上泥。有很大的院，喂养着一两头黑白花奶牛。常看见有"妈达姆"，蹲在奶牛下撸奶。奶牛很壮，奶急，打在铁桶底上很响。老牛若无其事地站着，有绳拴在老树上。那些树，多是柞树或色树，秋天里一身红叶，火一般烧眼。

板障子周围多荒着野草，深着野蒿子或牛舌头草，还有细密的嫩草。老牛站在草里，眼大而圆地远望着，西天边正紫着火烧云。

二

一个后来与旗镇历史筋脉相连的旅行家，在一个晚霞如火的傍晚来到了旗镇。

没有人注意到，旗镇后来竟然成了一片背景。他站在这片背景下，留下了一个耐人咀嚼的剪影。

旗镇是一座的坡镇，向北伸展，属老爷岭。站在山顶上望，全镇十条大街九条长巷，画出一座棋盘镇。石屋石墙旁，常见到几棵百年老松。旗镇的脚下，缓缓去着一条不舍昼夜的河（冬天西北风一扫，就是冰河了。宽阔的冰面上，雪龙狂舞），迎着落日，斜斜地向西北流着。

西北是渺茫叠重的群山，到了秋天，红红黄黄绚烂成一片。漫漫云海间，是一轮欲沉未沉辉煌的落日。

旅行家漂过拉彼鲁滋海峡，穿过库页岛，沿着中东铁路，经伯利、海参崴、双城子，一路风雪，来到了旗镇。旗镇是一座雪镇了。大烟炮疯卷了三天，天气便转暖，屋檐下滴起水来。

走在熙熙攘攘的街市上，旅行家一脸风霜之色，穿一件半新的呢大氅，镇上的一切都叫他感到新奇。

旗镇穿呢大氅的，都是有钱人。有穿羊羔皮的（很短雪白的茸毛弯卷着，暖啊！再罩上一绸缎外领，很绅士），也有穿大狐狸毛领（蓝狐或银狐）的，或水獭皮、猞狮皮大衣，外面再罩上一件皮马褂儿。

旗镇有钱人家的女人，或者场面上的，都穿皮袍（紫色或黑色），脖子上再绕一条长狐狸领，抖着一片青灰色的"松针"。雪花落在上面，融成毛尖上的一片水珠，叫人看了，极精神、高雅。

忙在山里的，街面上的，都穿着白花花的老羊皮袄。有的反穿着，把羊毛露在外面。这鬼日的天气，冷死！车老板子、山上的柴客、烟客，都这样穿。

热闹的街头，一堆堆的人，穿着又肥又大的棉袄棉裤，裤裆瘪瘪地下坠着。头戴着狗皮帽子，嘴里哈着白气，连眉毛都结霜了。腰里扎着根布带或草绳子，揣着手，蜷缩着身子蹲墙根下。

哪里没有穷人呢？

街上好些要饭的，老头或老太太，身后跟一个小女孩，一双巴巴的小眼可怜着。目光很怯，脸泥花花，把乌黑的小手朝行人伸着。

街面阔些的地方，便有聚堆的，围一大圈。旅行家走过去，站在人群后面朝里看。中间的空场上，一个矮小的老头，牵着一只小猴儿，围场子蹿着。猴猛蹿上老头的肩，抱住老头的头、脖子、咬老头的耳朵、凶红着眼，"吱吱"叫着，吓周围的人一跳。老头忙去头上扑打，吓唬着，猴儿又远远地跳开。老头托着一个盘，沿圈开始收钱。有铜钱不断扔进盘子里，也有撒落到地上的。猴儿便一个个去拾。有些人忙朝外挤，走了。

也有卖药的。人圈中，汉子一身精干，手上托着一包药，正说得口若悬河。地上旺着一座火炉，汉子罢口，打炉中抽出一根烧红的铁棍，叫众人看着，狠喊一声，将一只手实实地抓住。伴一股肉皮烧焦的糊味，冒出一股淡淡的白烟。周围人一片惊叫。卖药人急扔掉铁棍，咬牙甩着手，脸都不是色了。身边的小姑娘忙打开一个纸包，将里面包着的一小堆白粉末撒到手上。那卖药人还疼得咬牙跺脚，渐渐不那么厉害了。也就是抽几口烟的工夫，竟再无疼痛的感觉。

周围人一片哗然，纷纷摸出钱争抢着去买。

继续沿着街朝前走。街两面多是石头房，偶也有砖的，连成一溜。中间墙上，常刻有"夥山"字样。石头墙上，也画着一些广告，有洋字码，也夹着汉字，"碘、镁、俘、油"之类。

就走进长长的菜市街，是拥拥挤挤的人群了。

卖菜的都乡下人的模样，披着棉袄或老羊皮袄，揣着手蜷缩着，守着眼前地摊的日子。

蓦地有一群马队驶来，迅疾地从菜市的青石街上"哗哗"驶过。挂了铁掌的马蹄疯踏着雪路，掀起一片雪烟。路中的行人和小贩，惊慌着躲向两边，有成堆的苹果、柑橘、鸭梨来不及搬，筐被碰倒，红红黄黄满地乱滚。一些被马蹄踏碎了，粘在冰石上，冻住了。

慌乱过去，又慢慢恢复了街的常景。有人惊异地望着远去的马队，小声议论："大帅的马队又出动了，八成又有啥事！"

旅行家退到街边的一棵老榆树下，一个驼背的老头正弯下腰，拾捡着被人群碰洒的冻蛤蟆、小河鱼，还都挂着冰碴哩。看得出，是打河里新砸出来的。

前边是鱼市了。卖小鱼的，卖蛤蟆的，也有几斤重一条的大鱼。有细鳞、鲤子、滩头和大马哈。大马哈是海鱼，旗镇的河连着海。河里生、海里长，还要再回到河里来，把卵产下。大马哈鱼子是高级补品，有钱人不断地吃，滋阴壮阳。

老人边拾捡着地上的小鱼，边叹着气："哎，啥时候才能够太平！"

旅行家撩起大氅，蹲下来帮老头拾捡着。一边问老头："刚才这马队是——"

"张大帅的剿胡子队，这几天镇里胡子闹得凶——"

三

集市是乡下人的。挑着土篮子，大圆筐，或挎着小筐，背着背筐，打附近山里的小屯子中赶来。自家地里种的，秋天收了，放在地窖里储藏起，到冬天里摆到集市上来卖。卖白菜、大头菜的，卖土豆的（都用棉被捂着，怕冻了，只放样品在上面做幌子）。卖黄烟的（一押押扎好，齐齐摆着），卖豆腐的（鲜豆腐在桶里，冒着热气，冻豆腐一块块冻得全是眼儿，干豆腐整齐地摞着）。卖豆子的（饭豆、黄豆、小豆、绿豆）。卖新苞米碴子的，卖大米小米高粱米的，偶尔还有卖大麦仁儿的（做粥稀软溜滑，没牙的老人最爱吃）。卖芹菜、香菜、冻菠菜的（冰天雪地中的一片绿色）。卖大葱大蒜的（也用破棉被捂住），比比皆是。

旅行家走到一个卖菠菜的老太太跟前。老太太瘪着嘴，将一只空洞洞的眼对着他问："买菠菜吗？"旅行家半蹲下来，问："有蕨菜吗？"

"蕨菜？"老太太满脸的迷惑，忽然就皱出一脸的笑，"我当是啥菜，满山都是的野菜，谁家吃那个？又不是荒年！"

渐渐到了街中心，十字大路了。一家家的门市旁，有卖糖葫芦的（一根草绳儿扎的靶子，插满红得发亮的糖葫芦串。立在墙边，也扛在肩上，沿着街一边走一边叫卖着："糖葫芦——"），也有戗刀子磨剪子的（一条板凳，一头绑块磨石，大街小巷地喊："磨剪子来——

戗菜刀！"），有卖字画的，配钥匙的，刻戳儿的，浇糖人的，卖葵花籽、松子的……

路边也常有些不惑之人，也男也女，地上铺一张白纸，压个石子或土块，上边写着"相面"。人席地而坐，或坐一小板凳，将破棉袄紧紧掖住，揣着手，侧脸躲着风扬起的雪粉。

有人走到近前，相者便抬起头问："相一面？"接着瞅瞅说："你胸前有个瘩子，脖子上有一个羊旋？"客人一惊，眼神立刻虔诚了许多。

相者眯着眼，将眼神在来人的脸上下左右睃巡一遍，说："先生的脸上有晦气隐现，眼神沉而心重，近期恐有小灾降临。"客人立刻肃了脸，一副焦急的神态。相者便从包里取出一壶占卜签儿，放到雪地上："请先生抽上一签儿——"

一卦几文大钱，糊口而已。

旗镇最有名的卜处，是神卜轩。轩主是位年老的瞎子，伴一小童。

神卜轩在镇南头的一棵老树旁，独间的石墙茅屋。门口挑出一面小旗，写一个"卜"字。门头上一块匾："神卜轩"。两侧垂有条幅，字书："算世人前生后世，测乾坤吉凶祸福。"神卜轩每卦必验。镇里人每逢大事，必重金虔诚去算。

瞎子的话，多灵。

有一烟客，旗镇种大烟三年，发了。便来神卜轩算上一卦，准备返回老家山东。烟客刚报完生日时辰，瞎子蓦地惊了脸，忙挥手让其快走，言其杀气逼人，三日内必有血光之灾。也不要卦钱。烟客回去，收拾钱财连夜起程。三日后，有人在山里发现了他的尸首，臭了，许多的苍蝇蚊子，钱财一空。

红楼里的茶客说，连张大帅每逢难决之事，也必带警卫护兵，戒严周围，亲自入轩，求其卜上一卦。卜辞内容，无人知晓。据说张大帅头次去神卜轩，布衣打扮。刚进轩门，瞎子慌忙起身作揖，说："瞎子李给大帅叩头。"大帅惊讶异常。

据说瞎子李后来随军南下入关，做了大帅的高参。

月明之夜，也有人悄悄打南山下来，偷偷潜入神卜轩。只是月光朦胧，来人常以黑布遮面，一身黑衣，看不大清楚。

四

旗镇人，多外地人，且多山东人。山东人，在青岛或烟台搭了船，波一阵，浪一阵，就到了大连。大连有火车通"崴子"，瓦罐车，去旗镇的一律免票。

车一路晃晃荡荡，向东向北。人坐在大瓦罐车里，头顶一小块天，或夜晚烁着的几颗小星。也有零星的雪花，不时地飘进车里来。

旗镇下了车，冰封雪裹，朔风呼啸。

旗镇的山里，住的都是种罂粟的烟客。日头裹进西天云层的时候，山沟沟里便飘出缕缕炊烟来。

烟客不是老客。老客是跑崴子的，冒大险，干的是大买卖。崴子叫海参崴，有一望无际的海。崴子里的海水，怪呢，便是冬天也不结冰，只洋洋的水，深得发黑。

这里的海，叫金角湾。

这地方都叫湾。阿穆尔湾是结冰的湾，厚厚的冰上，人极多。有很多的"老白俄"，在冰上凿窟窿钓鱼。俄国人的钓法同日本人不同，与中国人也不同，两只手导着两根线，一拽一拽，猛一下，便把一条小海鱼钓了上来。

这海底，多海参、鲍鱼。

远处山里，有千百年的人参灵芝。宝石（水晶、钻石），金子（紫金、白金和黄金）也有。还有很多种的毛皮。老客们一两年，就发了，再回旗镇，便已是腰缠万贯。

跑崴子的，有两种人："背背的"，货装在筐里，背在身上，熟路。过了境，一筐的东西都金贵了。也冒大险，在国境上被毛子兵抓住，就完了。投进监狱，然后押上火车，拉去西伯利亚，流放了。

还有一种，是"扒皮老客"。头一回做扒皮老客，心"扑腾扑腾"跳得厉害，手一个劲地抖。偷眼去看二毛子，正忙乎得紧，把一堆衣裳、布衫、裤子，一个劲儿往身上套。

"扒皮老客"，干的是空身一人的买卖。不提包，也不背带木权的扁背筐。不穿棉袄棉裤，也不反穿羊皮大衣，只一个劲把衣裳一件件往身上套，套十来层，满身臃肿得像个大包。冰天雪地的大烟炮里，就御寒了。

过了境，还有几百里的远路。吃甚喝甚？将身上的衣裳扒下来，寻一户人家，算是饭钱店费了。吃了住了，再走，再扒。一路易山易水，就望见波涛滚滚的大海大洋了。

自打遇上了二毛子，就注定了老客一生闯崴子的生涯。

那时候他正沦落做街头的乞丐，整日里端着一只缺瓷的大青花碗，饱一顿，饥一顿。冻夜里头，眼瞅着连鸡毛店也住不成了，回到窝棚里，常半夜里冻醒，饥寒得挺不住。

风整夜呼啸着，夹着沟底饥急狼的嗥叫。山里遍是野兽的蹄印，也常见到带着毛的白狼屎，有时还泛着热气。再往前走，蓦地发现一只人立状的黑瞎子，吓得腿都软了。

烟客认识二毛子，是在杏花巷。二毛子是那的熟客。每次打崴子回来，都宿在那里，被俏女人拥着偎着，亲哥哥哎！一阵阵脂粉香，熏得他笑没了眼。就把些银耳环、金戒指、颗粒宝石（硬度很软的），挨个地分。

二毛子的爹，就是扒皮老客，还讨了个毛子娘们，后来胖得跟猪一样。二毛子一口流利毛子话，常常叫人误会成毛子。

二毛子做钻石生意，海参崴、双城子、旗镇，来来回回一年跑几趟。有一回，他刚打崴子回来，刚一到国境边，就被毛子兵抓住了（那时边境管理还松），从头发梢搜到脚丫，把衣裳扒光了翻。末了，叫二毛子撅起腚，打屁眼里抠了一块纯色的祖母绿宝石。毛子兵欣喜若狂，托在手上，还沾着血。

那一回，二毛子亏了血本。在旗镇一直养了三个月，常一瘸一拐地拿着药方子去药铺子里抓药。

二毛子把叠好的煎饼、包袱裹了，放腰里贴着肉系紧，再把捶好的兀拉草，往鞋窠里软软地铺。捶过的兀拉草，雪地里暖啊！

还要打绑腿。一层层裹，把鞋和裤脚紧紧地裹住，裹牢，裹得结实，裹得钻不进风、透不进雪。裹腿是白的，人穿的也是白衣，趴雪地里，人和雪分不清了。

冬天说黑就黑了。天上稀落着几颗小星，哆哆嗦嗦地抖。呼啸的风怪叫着，疯狂的"大烟炮"肆虐地横扫，在山岗上卷起一阵阵雪粉。

摸着黑，老客和二毛子出了镇子。南山坡俩小人，似隐似现地滚爬下去，沿着沟趟子悄悄地向国境潜去。山野上狂风乱刮着雪，不一会儿就被裹进雪夜里了。

朔风一阵烈过一阵，仿佛连地被揭起了一层。风雪弥天，踩出一溜雪窝子，不一会儿就不见痕迹了。

老客没有想到，这一去，竟然再未能回返，最后带着终生的遗憾，客死在异国他乡。

老客老了的时候，常去海边，白髯白发地站在细沙的海滩上。望天际落日水阔渔舟，又想起旗镇。就几多感慨，想起杏花巷，想起山东老家，想爹娘早该入土了，也不能去坟上烧些纸。

就买些纸，海边烧了。老客是山东济阳人，家在黄河边。黄河连着海啊！

老客后来老在纳霍德卡湾。纳霍德卡是环抱着大海的港湾。站在西山上，打岛和半岛之间望出去，便是大海了，水茫茫不见岸在何处。

迎着大海的西山之上，有一尊石像，塑着一位抱着孩子的俄罗斯母亲，在朝着大海的方向日夜遥望。一百年前，有一船男人出海，再没归来，只剩下一群日夜盼着的女人和孩子。于是，就有了这日日夜夜遥望着流泪的石像。

老人遗言，把他的遗体埋在那尊石像旁。

旗镇是边镇。镇子向东，一重山，两重山，就有一条带子状的国境线，随山势南北地飘浮着。

常有一队荷枪的巡逻兵，牵着一两条警犬，由南向北，或由北向南，如蚁地动着。

有一群野猪，几十几百头，正由西向东朝国境线狂奔，溅起一片雪雾。

山沟里的两面青山，千年无言地相对着。阳光下有四条闪闪发亮的铁轨，顺沟势蜿蜒地延伸着。有大片的云影，在沟底慢慢移。

夏季里的铁轨两旁，开着成片的野大烟花，散着淡淡的香。乳白色的花，开得极雅，仿佛铁轨延伸到哪里，那成片的野罂粟，就摇曳到哪里。

冬天里，山山岭岭，都是皑皑的雪了。或能看到雪地里一两只奔跑的狍子。这里的山被掏透了，掏成洞子，常有载满货物的火车打洞子里驶出来，顺铁轨蜿蜒着，又驶入另一道洞子。

山沟里，常留下一团团列车喷吐的烟雾，在山林间悬浮着，又慢慢地散进山野里。

五

山缺处，有一块浓黑的云，一轮新月正从乌云里欲浮出来。

雪山里微微的清光，山峰、断崖黑黝黝地阴暗狰狞着。烟客钻出窝棚，有刀子样冷风嗖嗖刮得刺骨。都是树和榛柴棵子，深深的雪，和雪地上鬼怪般的影子。烟客踏着深雪的山道，浅一脚深一脚"咯吱"作响地朝沟趟子里走去。

走下一个崖弯，陡一脚闪下去，跌进了雪窝子里。吃力地爬起来，一个雪团了，跌爬着入了沟底。夜风在山顶，巨兽般"嗷嗷"地吼着。山间累累崖石，昏暗怪影。落不住雪的地方，有老树凸出的盘根，直扎进岩石缝隙深处。树上面枝枝丫丫，苦苦地挣扎着，伸向暗蓝色的深空。光秃的树枝上，有雪粉不时地跌落下来。

烟客在沟底的树丛里拽扯着枯枝，深雪里浅露着枝梢，被折得"叭叭"响。树丛昏暗，分不清鲜的还是干的，只凭感觉。一掰，弯了，是鲜树。空寂的山沟里，一个小黑影在忙乎着，不时发出"叭叭"的脆响。

不一会儿，烟客就抱着一大抱干枝，顺着雪坡爬了上来。忽然间，就亮了许多，抬头去看，见山缺处有大半个月亮浮上来。

山谷立刻亮堂了许多，满山的树都拖着影子。影子是刻在心里的痕。覆盖着积雪一弯一弯黑黝黝的山梁，蜿蜒绵长的沟谷，到处都战栗着侵人的寒光。

在窝棚口，点燃了一堆火，爆出一蓬烟来，树枝烧得"噼啪"响。烟客坐在火堆旁，一边拿斧子剁着树枝，一边将剁下的树枝、木头填进火堆里。火光忽明忽暗，映着烟客的脸，一会儿像人，一会儿像鬼。

火旺起来，随着风忽东忽西伸吐摇摆着。寒凝的空气被火一烘，泛出颤抖的波纹，使眼前的山和树木，一阵阵弯曲模糊。

烟客停下手中的斧子，凝眸间一阵痴迷。

冰冷的夜空，高寒深邃，星星显得遥远渺小。月升得很高，周围有窸窣的响声。也许是老鼠，雪里啃着榛苕的根。忽地蹿出只野兔，停在火堆近处，倏忽又蹿进了树丛里。

半夜里，常有狼的长嚎。在这重来复去的夜，一个人守着山里荒凉的寒冬，守着一小堆野火，唤起的是孤独，是一种冷寒彻骨的寂寞。

就停下手中的斧，抬头去望，那月竟缺少了小半块。圆圆缺缺的，是人的心！人生到底是为了啥，只残剩下这凄冷、伤感的半片？就又拿起斧头，去劈那能使生命之火燃旺的柴。

远远传来一声野兽的长嚎。一种孤独的感觉，无端地被这叫声加重，山里更添了几分寂寞和空虚。

一切复归于沉寂。山林阴暗得重了，寒气更凛。虚浮的火已经燃过，剩下一堆透红的火炭。烟客钻进窝棚里，拿了个盆出来，把火炭盛了，端进了窝棚里。

窝棚被树荫笼着，背靠一小块山崖，捂着厚雪。

山里有很多这样的窝棚。

烟客一会儿又钻出来，手里提着只铁夹子，一脚踩开，在窝棚外支好，埋上些雪，又在雪上放了个新蒸的窝头。

深去的夜里，窝棚只是个孤独的影了。

雪夜，一片清冷。

烟客在山里，住的是窝棚。是"木刻楞"。山里的树，砍了排成墙，扎上草或蒿子，再糊上黏泥。冬天里大雪一捂，暖了。人进了窝棚，堵上门，一把大斧子顶住。铺上干草，上面再铺张狍子皮，身上盖件老羊皮袄，就是过冬的日子了。

烟客住的窝棚，还有一种，叫"地窨子"。选一块靠崖背风的地方，挖一深坑，再支起木架，覆上厚厚的苫房草。这样的窝棚，冬天里暖，又避了"胡子"的眼目。

旗镇的冬天，贼冷，能把活人冻死。疯狂的西北风，常把些碎纸片、青草棍吹上半空。房顶的老草苫不住，也被风揪成一缕缕，漫天乱扬着。下半夜刹下风来，便是最冷的时候，那寒直浸进骨缝里。人冻得没知觉了，一摸耳朵，竟掉了下来。

人给冻死了。有人去草垛麦秸垛抱草，垫猪圈或去撕引火柴，一拨拉，碰到一双脚，是人脚。里面冻死了一个人。

这时候，草垛住不得了。

人毕竟不是猪。扔一堆草或麦秸，猪就能把一个冬天拱过去。人御寒的毛褪尽了。抵不住这寒气。新到的烟客，逃荒来的人，流浪街头的乞丐，穷途末路，就都去挤鸡毛店。

鸡毛店是旗镇最便宜的店了。烟客乍到旗镇的时候，经人指点，住进了鸡毛店。

烟客住的鸡毛店，是家小店。旧屋，老三间正房。开店的住一头，客房是一头。店房的门前，是一溜坯垒的鸡窝。矮着落一层雪。鸡窝的檐儿，垂一排浑黄的冰溜子。满院子冻着鸡屎，踩在脚底硌得慌。一大早，飘落了一层清雪。鸡窝一打开，踩一院清晰的鸡爪子印。

土鸡窝，一排四个对开的小门。一上黑影，老板娘便打开小门，一阵唤，鸡便一个跟着一个钻进窝，老板娘再把门挨着挡上，搬块沉些的石头挤住。一院子都空了。小门要挡得严实，半夜里常有黄鼠狼在近处转悠，弄开条缝隙钻进去，咬得爆一片"吱哟"声。一大清早，满鸡窝的血。鸡都软着身子倒着气，脖子淌着血，腿一下下蹬着。也有被拖走的，老远的草棚子里一堆毛，或只剩下脑袋及爪子。老板娘站在院里戳指跺脚，骂得唾沫星子横飞。

黄鼠狼这东西，人轻易不去打。都说这东西迷惑人。不过，偷了人家的鸡，便可以打，往死里打。老板娘整年养鸡，得罪不起这黄家，便跳骂。说来也有些怪，骂骂，居然不再咬了。

一早，打开鸡窝，鸡一个个伸着脖子拱出来，在门口伸展着身子，扑棱着翅膀，满院子飞鸡毛。老板娘便将鸡毛一片片拾了，再把鸡窝里的扫出来，一齐投进东头的客房里。

烟客初到旗镇那会儿，日头正沉落进漫漫云海，西天的残云正烧红半个天。烟客走进院子，已是一片黑影了，四面山顶开始有星星闪烁。客房的门，有个偏厦子，进院后得打东边绕进去。进到里面，风立刻就小了许多。但远处的风，仍在啸叫不绝。

门关得很严，缝隙处钉着一溜棉花布条。老板娘叫人领烟客进去，一开门，带起一股小风，便有鸡毛凌乱地飞舞起来。暗处有人喊："快关门，快关门！"借雪地的微光朝里看，一派幽暗，瞧不清，恍惚觉得屋里是空的。就迈步进去，忽觉得脚底踩了什么。一声尖叫，是条人腿。人就骂起来："往哪踩，眼瞎？"烟客忙抬脚，又踩了另一人的胳膊。人都在鸡毛里。

没有人动，没人说话。很少的鸡毛，抓到身上只稀薄的一层，还覆不过身子。喘一口大气，就有鸡毛悠悠地飞起来。

过了好久，外面响起了脚步声。门被打开，先伸进一盏灯笼，有根棍挑着。烟客才看清，屋里原来早满了人。提灯人喝道："收钱了！"

人一动，又有鸡毛飞起来。

收钱人是位凶汉。一圈收回来，见门口一个瘸子，抱着拐直哆嗦。凶汉走过去，一把提起，瘸子忙用拐撑住身子，怜着声说："明天我——"凶汉二话没说，把瘸子连人带拐扔出门去，跟着走出去。忽然传来一声惨叫，凶汉又走回来，将一把鸡毛扔进屋里，问："有出去拉屎尿尿的没有？"半天，见屋里没人吭声。便提着灯走出去，关上门，又传来一阵锁门的声音。

过许久，不知是谁叹口气说："那瘸子的腿上有脓疮，这寒冷的夜，怕过不去了！"

除了鸡毛店，还有狗栈，还有大车店。

大车店也是下等的店。大屋，相对的两排大炕，都是地火龙。粗木头烧得烫手，人躺在上面，一宿烙饼似的。住在这儿的人，多是远来的车老板子，办一天的事，或卖菜呀，肉呀，天黑了，便宿在这里。

店主和这些老板子都熟。

大车店都有很大的院子，多在路旁。来来往往的牛车、马车，都停在这里。卸了，辕杆用木棍支上，有人把牲口接了，牵去牲口棚。夜里专人照看，饮水、添草料。白花花的月亮下，有人提着马灯，挨处查看。

旗镇有很多这样的大车店。

镇子里有上等的店，上好的房，有软语莺声的女子陪着，易山易水的男人，一点温暖，也算是家了。

旗镇的第一店，是人头红楼。

六

旅行家就住在人头红楼。

人头红楼是座茶庄。古楼，洋式，红屋红墙，雕镂镌刻，望一眼，就觉得是一种贵族。

楼顶悬一颗硕大的红球，宛若太阳般流光四射。高檐下，环塑着一群裸体人雕，耸鼻深睛，外国人模样。茶客说，这墙上塑着的裸人，都是外国的艺术家像。

人头红楼一层是餐厅，吃着、喝着，谈着买卖。二层是茶院，品茶的，下棋的，闲谈的（夏日里摇着纸扇），一副儒雅的模样。都是闲客，把日子过得很清淡。

所有的北窗都结满了霜花，南窗却蓄满了一派融融的暖意。窗外是座落雪的花园，有高大的几蓬，托着大团的白雪。石墙上的爬山虎、蔓藤吊草，都已干枯在墙上。墙外是十几棵高大的榆树，遮住小园，落一地横斜的树影。树上有几处老鸦窝，枯败荒凉，老鸦已不知飞向何处。

旅行家就在一张墙角的闲桌前坐了。有窈窕的小姐走过来，轻声问："先生，喝什么茶？"不一会儿，小姐送上一壶龙井，一只茶碗。

浅斟半下，茶汤清绿，有淡淡的清香盈出。

邻桌一弈棋老人，朝这边望了一眼，接着又收回眼光，继续注视棋盘，落子有声。旅行家方才注意到，邻桌的人，喝的都是花茶。

一个人，一壶清茶，慢慢品着，渐渐就津津细汗了。心却总也无法平静，想巨大山影笼罩的故乡，想波涛颠簸中的一叶孤舟，想一路红叶白霜飘零不止，就有无限感慨漫上来。就再喝一口茶，再斟再饮，让这暖气萦绕的热流，一直汤到心底。

邻座有人悄声地议论："昨晚镇里又闹胡子了——"

七

石墙上新贴出的布告，一群人在议论纷纷。旅行家凑上前去看，原来是一张杀胡子的布告。

"咣咣咣——"一阵锣响，有人嚷起来："杀胡子了！"

一辆大车正穿过中心街，有厚厚的人群两侧围着。前面一个鸣锣开道，好些人打巷子、门市里走出来，越围越多，站成厚厚的两道人墙。

有人惊着声说："是马大长腿！"

押胡子的是辆平板大车，三匹黑马踏着石街走得很慢。车四周都坐着持枪拿刀的人，中间一个蓬头垢面的汉子，头上盘着辫子，手腕、脚上都缠挂着铁链。汉子凶凶的，一丝不惧，红着眼，一路上狂叫乱骂。

旅行家夹在拥挤的人群里，随大车跟着往前走。车上的凶汉忽然大声喊："我要喝酒、吃鸡！"

囚车便缓缓停在街边一座烧鸡店旁，前边的兵收了锣，跑进鸡店里，一会儿拎出了一只烧鸡，有人打酒店里端来一碗酒。凶汉接过来，有铁链子"稀里哗啦"响。一大碗酒一仰脖倒进去，喉咙一阵乱动，溜进脖子里，碗"啪"地摔到街心跌成碎片。凶汉的眼血红了，一把抓过鸡，一边撕扯着，大口地嚼，一边骂声不绝："他奶奶的，老子十八年后，又是一条好汉！"

车又缓缓行，铁轱辘沉重地碾着石头路，压出两道浅浅的印痕。锣声一路响去，凶汉一路骂声不绝，嗓子都沙哑了。

凶汉忽又大声地喊："我要披红！"

车停了。有兵跑进路旁的"帛布庄"，打里面捧出一块鲜艳的红布来，车上人给凶汉披上。远远看，彤红的一团了。凶汉"哈哈"地狂笑，疯喊着："我中状元啦！"

一路停停走走，就出了市镇。

刑场在北山，荒草杂榛的北山坡，一派残雪，茅草蓬生，西风凛冽。人群被阻住，只远远地看。

胡子屈着长腿，跪在雪窝子里，面朝着北。一个持着刀的刑兵，光裸着脊背，走到跟前，递过一瓶子酒。胡子接过，仰起脖，"咕嘟、咕嘟"一阵，剩下少半瓶，连瓶子都掉到地上，说："兄弟，利落点！"

背后行刑的拔出砍刀，刀背在胡子脖颈上一敲，接着闪电般一道白光，脑袋"嗖"地飞出老远，血彤红地从腔子里喷溅出来……

人群不约而同发出一声惊叫，日头血晕地一阵恍惚，有人蓦地晕倒了——

八

天上云很厚，月亮很累地在云中穿行着。

风顺着谷地拼命地刮，尖厉地叫啸着，扬起阵阵弥天的雪。

青年老客学着二毛子的样，把身子深深地插进雪里。半人深的雪，冻硬了一层壳。石头都能冻碎的夜，雪就是暖暖的棉被了。

这是一片原始的森林，洪荒般静谧着。参天古木粗扭着，挂满了枯干的藤萝。树林子被密密树丛遮蔽着，阴森森地蛮荒。树林枝丫透出的，只几颗稀落的寒星。

这是一座幽深的狭谷，树木被深雪矮去了一截，林子间黑黝黝的。到处是斜歪横倒的死木，无知无觉一任岁月腐蚀着。雪林子里，杂着乱乱的兽印，还有狍子夜里趴过的雪窝子。

老客浑身不住地哆嗦，牙齿碰得"嘚嘚"响，冬夜寒得叫人抗不住。风在大森林顶呼啸着，发出怪异刺耳的响声。老客只使劲地往雪里缩，眼巴巴等待着，煎熬着。耳朵里都是树木被冻得"嘎叭叭"响声。

不知趴了多久，忽然有些亮了。疑是要天明，却奇怪离天亮还应远着，朝上望，才知道是月亮露出了云层。满天的云海，不知何时稀疏了，露出冰蓝的天来。

分辨出前面林子边了。知道那就是隔离带、神秘恐怖的国境线了。影影绰绰地有块黑影，是国境分界的标志——倭字碑。

忽然就有"咯吱、咯吱"的声音传来。二毛子低声说："是巡逻队来了！"

老客朝前望，黑黝黝的，什么也瞧不清，连那声音也若有若无了，只头顶掠过的海潮般风声，还有被风足扫落的阵阵雪粉。

"咯吱、咯吱"的声音，突然就响起在耳边了。老客心一阵"怦怦"狂跳，头发都炸起来。头一回经历这场面，身子抖得有些止不住。

林子边，出现了一行人，雪在脚底踩得"咔嚓、咔嚓"响。朦胧月光下，能看见枪上闪亮的枪刺，有人牵着大狼狗。

老客心惊恐得快要从嘴里跳出来。他忙把麻木的手，塞进嘴里咬住，怕牙磕打出声来，紧闭上眼睛。

"咔嚓、咔嚓"的脚步声渐渐消逝，巡逻队终远去了。

老客长吐了一口气，努力地想站起来，却没能够站住，腿和脚已冻得不听使唤了。

二毛子的手里多了一根树枝子，低着声说："你爬在前边！"

突然，一阵海潮般的声音从背后响起，宛如千军万马般压过来。老客一回头，惊得几乎肝胆俱裂。

九

八月十五云遮月，正月十五雪打灯。旗镇八月十五的月亮，多是被云遮着的。有时旋着一个彩色的风圈，晕着，月亮显得很迷茫。

一临八月，满世界就漫天飘雪花了。雪后起风，西北风"嗖嗖"刮起来，沿着山坡，沿着谷地发疯般扫。迷天搅地的大烟炮一卷，旗镇便裹进无边的风雪里了。

雪白的山岭上，车老板子紧裹着反穿的老羊皮袄，在山路上颠簸地赶着牛车，摇摇晃晃走在漫天的风雪中。林子边割柴火的人，破棉袄裸露着棉花，在山风里掀动着，用草绳或布带束住腰，戴着棉布套子握不住镰，就甩了，手骨节裂着血红口子。

蹲街头墙根儿的，都捂一顶狗皮帽子，或扣一个毡帽头。上年纪的人，也有戴狐狸皮或猞头皮帽子的。山里头弄个狐狸，或地洞里掏一只猞头，那剥下的皮毛，就是穷人的宝了。

脚底下的，是雪，是冰啊！袜子也是自家缝的，棉靰拉里铺软的是兀拉草，也有用毡子或兔子皮垫的；也有穿"疙登克"的；旗镇的老板啦，绅士啦，走在街上，脚底就一律是毡窝了。

烟客是山东人，靠着老黄河口。那年，连阴雨一阵猛过一阵，云泼墨般，杂着电闪，霹雳交加，浑黄的水漫上岸来，劫掳房舍、牛羊而去。水消后，一片淤泥的村子，哭老唤子，哀声遍野。

听说关东山活人，能发大财，看着屯里归来的闯关东的老客，都腰缠万贯的，就一狠心一咬牙，闯了关东。天下闯关东山的，都是硬汉子。

闯关东人脚下的路难、路远哩！踏矮了一山山，走瘦了一水水，赶累了惨白的日头，走疲了清冷的瘦月。翻一岭一山，一山一岭；过一镇一村，一村一镇。日头打身后坠下去，又从遥遥远远的前方山坳里升起来。刚升起的日头红润着，却涂不红闯关东汉子蜡黄的脸。

暮晚苍茫里，西风倦旅。望来又望去，沉郁苍凉中，只远山野野地起伏着。就坐在雪岗子上歇歇脚，看到了一座炊烟四起的镇子。

后来，汉子就在这镇子里落了脚。

山里寒气侵人，深夜月亮冻冰片似的。夜夜一盆炭火，烘烤着这冷冷的夜。就在火盆旁，持一根棒槌，捶着一缕兀拉草。不到这寒冷的关东山，觉不出这兀拉草的金贵。好东西哎！一任风寒雪大，脚踩在上面，暖着，一个冬天就都在脚下融化了。这兀拉草里有火，是一宝啊！关东山三宗宝，人参貂皮兀拉草。后来有人把兀拉草改成了鹿茸角，说这话的，是忘本了哩。鹿茸角算啥，能暖人吗？能挨过这冷冷的冬吗？

白日里，就在山里头打柴。镇里好些人，都在山里打柴，称为柴客。一根扁担挑着，四捆或八捆，踩着雪窝子，"咯吱"作响地挑去旗镇的柴火市。柴火停立在路帝，人靠边蹲着候买主。

卖几个铜板，去米市买点米面，明天的日子里就有了。明天呢，依旧打柴、挑柴，去柴火市。

几场大雪，冬就深了。

旗镇的柴火市活跃起来。路旁一爬犁一爬犁地摆着，排老远。也有一挑一挑的。每一爬犁或挑子旁，都或蹲或站一个汉子，一顶狗皮帽子，穿一件破棉袄，风里头吹着，揣着手，缩着脖，不住地跺着脚。

街市上人多，来来往往买柴的人，都先由东往西走着看，压压柴火捆，试试紧松，瞧瞧大小。看许久，就拍拍辕杆。卖主忙走进爬犁，摘下绳儿套在肩上，把着辕杆的手裂着口子。买者在前面走，卖者拉着爬犁跟在后面。爬犁后面，是雪地压出两道深深的印痕。卖柴汉子的每一个铜钱，都是在臭汗里浸泡过的。

柴市的柴火分两种：一种是毛柴，一种是木头样子。旗镇的冬日，就靠这柴火烘烤了。毛柴大都是梢苕，也有空心柳、油桦和枯干的杨树枝。油桦是油性之物，烧得最旺，便是鲜柴也燃。

毛柴引火做饭，烧炕暖夜，还得靠木头，抗烧哩！

拉木头的，必是身强力壮的硬汉。鲜木头沉，锯截成一段段，再斧头劈。满山的柞树，冻得极脆，斧子一打，一开到底，抗烧，但火苗小，分量沉，拉得少。桦木火旺，但茬斜难劈，若论抗烧，还比不了柞树。但白桦树皮，却是油性引火之物，平日下雨了，下雪了，湿透的柴难起火，就用这桦树皮引着。干杨木也好烧，杨槐树啦，柳树啦，水冬官啦，就稍差些。

上山打柴的，都是能填饱肚子的人。

深深的雪里，打着裹腿，掖了斧子，扛着缠着草绳子的一根扁担，远远地没入山林子里了。

拉柴火主要靠爬犁。

直溜儿的细色树，胳膊粗的新柞树，砍了，弄回窝棚。烧一堆火，放里边轻烧，在树与树之间别弯，绳子绷了，山风里干硬着。解了，剥去皮，凿了眼儿，打了横撑、腿子，一拼一装，就是爬犁了。柴火装得多了，拉着轻快，雪地上飞一样。

当年冒出的嫩树条子，椴树条子，顺手镰了，条子梢儿脚底踩着，打着滚拧。拧轻了筋骨，拧出水分，把钢性拧柔拧韧，拧成随意弯曲的一根，捆出的柴，才登登的结实。

装满爬犁，勒了绳，再砍两根短木绞锥绞了。柴客看看偏西的日头，就靠在爬犁边，避着风，打腰里解下包袱，一层层掀开，是贴身子放的，里边煎饼还温软着，就卷了，大口地嚼着。旗镇人牙壮，一咬，腮边便滚起两个硬肌肉疙瘩。

陡的坡，再砍棵树，拿绳系住，拴在爬犁后面拖着。雪野里，柴客大弯着身子，辕绳在肩上拉得紧，深勒着肩骨。拉着日子里的沉重，拉着渺茫的希望。身后是苍白的日头，脚下流浪的道路，还有无边的雪野和雪野里的村镇。

除了柴火市，还有劳工市场。几十、几百的人，蹲在墙根儿或站在路边，揣手缩脖，替换着脚，眼巴巴地候着雇主。

都是找活干的。镇子里有人搬家，修屋弄房啦，死了人缺哭丧的，挖圹子的，都到这里找。

哭丧的要大嗓门，带一些表演的性质。雇主雇了去，从头到脚换上一身白，就算人家至亲至近的人啦。哀哀地到灵前，破着嗓子嚎，一把鼻涕一把泪，口水老长。哭得愈凶，工钱就给得愈多。

哭灵是手艺活，大工钱，管饭，有很暖的屋。

十

旗镇的街市有些过年的气氛了。

卖鞭炮的，卖年画的，卖大红对联的，沿着长街的两旁排去，红红黄黄一片。菜市上白菜、萝卜、冻菠菜，还有猪肉、牛羊肉的价，都涨上来了。天气有些转暖。旅行家走在街上，觉得这景象很熟悉。

一个老太太走到旅行家跟前说："先生，送您幅财神。"把一张画递到旅行家面前。

旅行家看那画，是一幅神像。自家刻板印的，极粗糙。知道这画不是白送的，又不能说不要。没人拒绝财神！就接了像，付了钱。老太太忙又打身上抽出一张，"再送你张灶王爷像，灶王爷保佑平安。"旅行家苦笑笑，接过来，再付了钱。看老太太又要往外摸什么，似不等财神爷和灶王爷保佑他发财增寿，老太太要先把他当财神发了，急忙快步走开，老太太又去拦阻另一个穿皮袍的人。

一路走过去，旅行家手里的神像，已经一打了，叫他哭笑不得。

没有人拒绝发财，没有人拒绝平安，旅行家半条街"旅行"过来，就一脸的无奈了。

远处传来一阵呜咽的喇叭声。随一阵风，似乎还杂着若有若无的哭声。

一支灵队由南向北缓缓行着。

一口紫红的灵柩，由一群人抬着，后面有一群白人哭成一片。哭灵的人群停住了，只目送着灵柩远去。

有人在灵前撒着纸钱，一把一把地朝空中撒去。黄麻麻的圆纸钱，飘飘扬扬地朝地上飘落着，落到冷冷的雪地上。

路上行人见了，都绕着纸钱走，踩了，不吉利。

灵柩缓缓过去，能望得见棺木顶上挂着红布的长钉。就一直沿着大路，缓缓朝荒芜的北山去了。

街上过年的气氛，忽然被灵队的气氛压抑了。有人叹口气，一个人几十年光景。就想，人都会走这条路的！

好些人忽然默默无语，觉得眼前的世界，变得有些茫然。

俗话说，七十三，八十四，阎王不叫自己去。七八十岁的老人，到寿限了。生老病死人之常情，谁不病，谁不死呢？都会有这一天。合上眼，躺在地上，把一身骨肉还给这五行的大地，不再为尘世之事所牵累。风风雨雨里，一日日腐烂着，久久的岁月里，化为一捧泥土。让这泥土之灵，润雨生孕，再长出青草、长出鲜花与树木来。

人一觉睡过去，不再醒来。试一试嘴，竟没了气，归西了！

左邻右舍的人，都议论，这老人，福啊！行几辈子好，行善积德，才得这样的善终。倘是吊死的，摔死的，病死的，跳井投河的，便叫人叹息不已。

镇子里常有吊死的。家人被撕了票，遭天灾人祸，过不下去的，就走了这上不够天，下不着地的路。

镇子南关，瞎子李的神卜轩旁，有一棵百年老柞树，一大根粗枝弯下来，根烂空了，生好些蚂蚁，树身有一条深深的水线，树前立一座小庙。镇子里，常有人来烧香叩拜。

有些人，便悄悄把自己挂到那弯下来的老枝上。那根老枝就越坠越弯。老人说，这树上每吊死一个人，老树便要枯死一枝。

旗镇死了人，也叫喜事，是白喜。

有死了人的，自家人哭得死去活来，门口挂一束黄麻麻的纸，西北风里摆得"哗哗"响。死者家人忙着去亲戚朋友家奔丧，为来人分发孝布，并去请吹鼓手。还要找人刨圹子。寒冬里死了人，旗镇那些强壮的后生，心里都怵怵的。冰天雪地，土和石头都冻得铁一样硬，尖镐刨在地上，只崩一个白点，"当当"震手。骨节都震裂了，迸出血来。

圹子要挖得一头大一头小，朝西南斜着。选好地场，看好风水，要依山傍水，死者要脚登山头，居高临下。刨圹子前，要先烧几张纸，这纸是烧给土地爷爷的。

入葬的时候，棺木要沉稳，不能摇晃滚动，缓缓地落。要用绳子放，众人扯着，慢慢地送入坑底，壁上还要燃一盏长命灯。落了地，要长子填头三锹土，然后大伙一起抢锹。渐渐就填起一座新坟来。还要五、七圆坟，清明添土，还要插柳，植松。

死尸停放在外屋地，院里扎灵棚，门口遮一大棚布，挡住天光日头。帮忙的人，在棚布下出出进进着。

夜里，人都昏昏欲睡。停放的尸首要人看着，防猫狗跑过，炸了尸。

看尸首的，多是老人。死者脸上遮着一张纸，人闭了眼，永不见天日了。有时起一阵风，将纸吹落，看守的人便要拾起来，给死人重新盖上。

死者一新的送老衣裳。

换寿衣是件危险的事，人死了，尸首一挺硬，就难穿了。看看还剩下一口气，便忙去找人穿衣裳。要防人死前最后的那口气，扑人的脸上便肿成馒头状，十天半月好不了，毒哇！

望着死去的人，心里就多了好些感慨。英雄一生或糊涂一世，其实也就是在一口气的呼吸之间。咽下去，几十年就这样了结了。身后还有许多叫死者难以闭上眼的大事，或儿子闺女的，或孙子孙女的……气咽了，眼睛却还睁着，合不上啊！人这辈子，心只不过就是小小一块肉，却装进那么多办也办不完的难事。

死人停在板上，有穿孝的亲人，泪着脸跪在灵前，不住地往火盆里投着烧纸。死者的头上、脚下点有七盏长明灯（萝卜做的小油灯）。

账房设在屋里，支着桌子，一位长髯老者执一毛笔记账。有人在一边收着钱，念着送来的钱数和人的名字。

都是父老兄弟，都是亲朋好友。一起干活呀，喝酒呀，走了，怎能不来送送。想从前的日子，想人人都要走这条路，心头便唤起一阵悲伤来。

死人要发盘缠。戴白孝的人，在树底土地庙前蹲成一片。昏昏的傍晚，西天边呈浑黄一片。人将扎好的纸牛纸马（男马女牛）抬去树底下。烧一堆纸火，一位白发飘飘老人（连胡子都白了），一手拿着个酒瓶子，一手把叠好的纸人纸马，不住地往火里扔着。火光映着老人千沟万壑的脸，和人之尽头雪白的岁月。

老人一边烧着纸，一边似哭似唱地说着："路上你经过疯狗坡，成群的疯狗围上来。你左手甩，右手甩，一甩甩出那小饼来，成群的疯狗上去抢，你快马奔向那阴阳界——"

老人喝一口酒，把手里的打狗饼子朝火里扔。

"路上你走过猴子山，成群的猴子围上来，左手甩，右手甩，成把的大枣你甩出来，猴子抢枣让开路，你快马奔向那阴阳界——"

老人瘪着嘴叨叨着，还要过蚂蚁岭，还要过断魂桥，还要拿钱去贿赂小鬼判官、牛头马面一般诸神鬼，很难啊！

老人不停地说了一个多时辰。到了阎王殿，就安生了，就仿佛死者真的好了。生前拼死累活，也未骑过马，也未坐过轿，拖妻带子下关东，一生过着饱一口饥一口的日子，没有一天安闲过。死了，终于安闲了，也有马了，也有轿了，金元宝成堆，生前一只都未见过。还有摇钱树，聚宝盆……阔了！人呀，总是要阔上一回的！

终究是要入土的。亲朋好友开始到灵前辞灵，装棺入殓了。

棺木是有讲究的。富人家的棺木，都是香柏、赤白松的。一般的人家，都用红松。四、五、六的（四寸底、五寸帮、六寸盖）、三、四、五的，也有一、二、三的。穷寒人家，就用薄板钉一个狗碰子，也殡了。

死者的子女亲人，几天来，泪都哭干了。一天三遍，还有好些的事，人折磨得憔悴不堪。要入殓了，往棺里抬了，永别了，子女们蓦地悲从中来，痛哭成一片，闺女直往棺材里扑，几个人都抱不住。老太太们一旁直抹眼泪，说："孝啊！"

抬棺灵的，都是结过婚的人，未成家的不能伸手。长子在前面打着灵头幡。一老人喊："起棺了，沿西南大路慢慢走着吧！"长子便把一个泥盆摔得粉碎。

灵队缓缓远去。一片哭声里，一片的雪白中。

本就是空白一片。光一身来，裸一体去，灵气归天，骨肉入土。食五谷杂粮长大，呼周天清气聪慧。人啊，原本就是这个样子啊！

灵车路过的地方，一家家都用锅底灰在门口撒半个圆，挡住冤魂进院子。

三天圆坟，还要烧七（每七天为"一七"，直到七七四十九天为"七"满。百姓人家，只烧三、五）。还有百日、周年。到了清明、七月十五和年三十，也要去上坟烧纸。子女戴着孝，三年内，不能出外拜年的。

十一

一群黑影铺天盖地朝边境冲过来，林子似乎要掀翻了般。

一个庞大的野猪族群，窜进了沟底国境边的野林子里，一林子都是"咳咳"的叫声、喘息声。雪地榛丛，乱满了大大小小的野猪，几十几百头。

这是一个庞大的野猪家族。

青年老客吓得半死，抱着头，紧闭着眼，只身子控制不住地哆嗦，满耳都是野猪的喘息声。忽然腿一阵裂骨的疼痛，小腿被踩了一蹄子，老客死死地咬住嘴唇，痛彻骨髓，不知道腿是不是被踩断了。

忽然有一股腥臊味扑鼻，脸前一阵"哗哗"的响声，有尿星子溅到他脸和头上。

老客睁开眼，见一只几百斤重的野猪，正停在他的脸前，后腿叉开，倾泻出一大股尿水。老客忙闭上眼挺着，在这样一群的野猪中间，认命了！

这里是野猪经常出没的谷地。一片野野的老林子，死木倒斜，一两百年的岁月粗壮了它们，也同样枯腐了它们。夏日里有一眼暖泉子，涌流出一股清凉的山水。山上的野兽渴了，都到这里喝水，常常能看到狍子、狐狸和黑熊，有时是一只孤独的狼。

成群的野猪奔下来，拱着长嘴巴子，林子里混乱成一片，"咳咳"地叫。饱饮了，就乱吼着，胡乱地窜到国境那边去了。

一两天，就又窜回来。

野猪群轻易不伤人。遇上了，只杂乱地逃跑，可青年老客一望见那长大的嘴巴、凸露的獠牙，就浑身抖得止不住。

旗镇的老猎人讲，最凶险的，是孤猪。一猪二熊三老虎。荒野里，游荡着一只野猪，若人遇上，必凶多吉少了。这样的孤猪，凶极。皮又老又硬，浑身涂满了松渍和沙子，子弹也穿不透。便是老猎手，也轻易不去惹它。

对付这种孤猪，有一种打法，叫甩香头。孤猪大都睡在树窟窿里，月亮地，猎人悄悄摸过去，把香一支支点燃，倒着插出去好远，直插到一二百米外的一棵大树底下，人便躲到树上去，对准猪窝"叭"地一枪。

野猪"嗖"地一下窜出来，汹汹地到处寻找着。蓦地看到香火，便一嘴巴甩过去，又一嘴巴打过来，左右开弓，一路嘴巴打到树底，已是累得精疲力竭。发现了人，就人样地立起抱着树，张着口喘。猎人把枪顺下来，这一枪，要准准地打进野猪嘴里，穿过嗓子，炸在它的肚子里。

这样的打法，一般的猎人轻易不用。玩命的哎！

十二

冬天的窝棚，都被雪覆了。

窝棚里的，都是些没赚到钱，甚至亏了血本的烟客。过半夜，胡子打山上下来，也不进窝棚。早晨烟客出来，见山上下来的一溜脚窝子，绕过窝棚，顺着山沟朝镇子里去了。

窝棚外的月亮地，泛着一片幽幽的清光，有豹子、狼和狐狸，在近处转悠。

窝棚里，是独身汉子的日子。厚草上，铺着一张狍子皮。东北三件宝，其实狍子皮也是一宝。山里的狍子，整日风里雪里，就凭着这一身的毛皮。山里的烟客，腰啊腿啊，常有些酸疼。靠一张狍子皮，潮也隔了，寒也御了。

御了寒御不了饥。满山的大雪，吃甚喝甚？窝棚外的梢苕、榛柴，一墩墩，一片片，根都白着。细瞅瞅，都是些细小的牙印。山里的老鼠、兔子都啃，还有獾子、猱头……

一山的树影，月牙挂在西天。烟客便打紧了绑腿，带着兔子套，钻出了窝棚。

雪地上烁一片寒光，脚底"咯吱"作响。无一丝的风，刺骨的寒。

山中的兔子溜儿，一条长道，横扯过山梁。老远便望见扑腾一地的毛，兔子已经被吃掉了。再往前走，有只冻硬了的，套子已深勒进了皮肉里。也有被吃剩一半的，肚子被掏空了，只剩下头和腿，被一张皮毛连着。不远处有只火狐狸，一晃不见了。

旗镇套兔子，极有学问。看着满山的兔子印儿，其实也只不过两三只。很长的兔子溜儿，蹲下看看，新印旧印，老兔子还是新兔子，老套兔子的人，一眼就辨得出来。

老兔子鬼精，不易套。小树上拴实的套子，一会儿就挣断了。套这样的兔子，还得下活套。套子下得离地面一扬指拳高，吊在一根断柞树枝上，要下到带坡的榛丛里。还要沿溜子插上两排小短棍，谓夹木杖。老兔子认识套，常绕过去。看见木杖，便多疑起来，必不敢乱撞，就钻进了套子里。没命地一挣，鲜树枝一弹，劲就卸了，拖着树枝，跑不远，便被树阻住，套便勒紧，便死命地挣。树枝一弯，一弹，便消了力道。再挣……

兔子太精，就傻了。雪地里走过一趟，以为永久平安无事，来来往往走个不止。人见了，便把套子吊在半道上。

套狍子要难得多。看溜子也不易。粗铁丝，下大套。遛晚了，就只剩下一根铁套和一架枯骨。狐狸常寻着有人味的狍子溜儿走，捡些不劳而获的便宜。狐狸付出的是智慧。

肉吃些，腌些。皮抻开，钉到墙上。晾干了，铺身子底，或做成裤子、背心，就是神仙的日子了。

烟客一大早，便背起一串兔子，下山去旗镇的集市。

集市上，有很多卖兔子的。也有卖野鸡的，公母配着对摆在地上。公野鸡长长的尾翎，漂亮得诱人眼。宁吃飞禽一两，不吃走兽一斤。野鸡肉，格外的鲜。还有漂亮的尾翎，扎成鲜艳的掸子，悬在雪白的墙上。

偶尔也有卖狼肉的，只是鲜见。有钱没钱的，都买一点，小孩子吃了清肠子。肚子疼了，屁眼爬小白虫子，都治。只是狼太奸猾，难打得很。

烟客们也食肉，也食粮，也饿肚子。饱一顿，饥一顿，漫长的冬，一日日挨。也有熬过来的，也有熬不过来的。

烟客，大都是关里的逃荒人，为活命哎！也有来做发财梦的。

那天，旅行家在烛光下，掷下笔，叹息了好久。

十三

这一条小街，窄着，一眼能望到头。小街的尽头，就是杏花巷了。常有嫖客走过小街，走入那条杏花巷里。

小街是斜街。街边都是矮房子，悬着些红彤彤的酒幌儿。夏天里，雨来了，流一街的伞。冬天，常有些闲人，走进这巷子里买醉。小酒馆打二两烧酒，干了，也不要菜，晃荡着出了馆儿，街上遛着。

旅行家是小街的常客了。

街上走走，疲了，累了，或饿了渴了，就拐到这小街上。寻一小馆儿，一壶清茶，一瓶啤瓦（啤酒）、格瓦斯。冬天里，就再来二两"烧刀子"（本镇自酿的烧酒）。三杯两盏进肚儿，心底热辣辣火烧起来，就有些情感浮动了。

一街的酒馆，艳阳里，悬高高矮矮的红幌儿。进得小馆儿，选了靠窗户的一张干净小桌前坐下，一面品酒、食面，一面瞅着窗外的景致。

来小馆的，外地人居多。赶车进城的老板子，跑小买卖的，卖菜的……办完了事，就到这小街巷里，喝二两酒，吃一碗面，再趁天明往家赶。

旅行家常来的这家酒馆，叫"南来顺"。"南来顺"的老板、跑堂的，以及老板娘，都和他极熟。

人少的时候，老板也过来陪旅行家喝两盅儿。就叹气，唉，好好的一条街，竟吃不得了。肉骨头（排骨）、豆腐、鱼呀、总之凡是炖的，带汤的，都吃不得了！

为甚？为啥哩？旅行家奇怪了。

拿大烟葫芦煮的，香啊，吃了，就还想吃，上瘾了。

来了客人，老板便去忙了。

有人进来。门一开，灌进一股冷气。戴狗皮帽子、扎草绳子的烟客走进来，拎着三只野兔，一对野鸡，瓮声瓮气地喊："要不要野鸡和兔子？"跑堂的便将烟客领进了厨房。

走的时候，烟客的手空了。

旅行家追逐着烟客的背影，忽然感到一阵发冷。这是旅行家头回见到烟客，后来，他去过烟客的窝棚。

十四

疏星，残月。冰一样的天穹，高远而神秘。

庞大的野猪终于消逝了，只剩下满谷的风声。青年老客觉得浑身都虚脱了。闭上眼，身子还是不住地抖，这条小命，总算是捡了回来。他知道，现在该是过境的时候了。

全身都要冻僵了。青年老客用手撑住一棵树，踉跄了一下，缓慢地站了起来。树上跌落下一阵雪粉。有些站不住，腿脚似乎没了知觉，木头了一样，慌忙对二毛子哭腔地说："我的脚——"

天上一大块厚云遮过，林子立刻暗下来，深深的雪里，两人一前一后，野猪般在雪里拱爬着。身后，爬出一溜的雪沟。人在深雪里，一下一下地蠕动着，像两个肥大的肉虫子。

二毛子爬在后边，手里拿着一段树枝。爬两步，就转回身来，把爬出的雪窝子弄平，拿树枝抚去上面的痕，再经风一刮，就看不清了。二毛子常打这偷越过境，去双城子，去崴子。走熟了。

再爬，再扫。渐渐靠近了国境那头。二毛子打怀里摸出一个烟袋儿，半下子黄烟末。一捏捏辣辣地投进雪窝子里。

扒皮老客最怕的，是老毛子兵手里牵着的那警犬。鼻子极灵敏，嗅出生人味，顺着就追，一二里地也追得上。饿虎扑食般跳跃起猛扑上去，便把人扑倒在地，往死里疯咬，血淋淋的半死状，再拖着叼给追来的巡逻兵。

皮鞋一顿乱踢，值钱的被一搜而光，投进大狱里，或押上火车，一日复一日地流放到冰窟般的西伯利亚。家呀，父母兄弟，老婆孩子，这辈子再难见了。扒皮老客，一望见牵狼狗的毛子兵就抖。

二毛子的烟末子，是专门对付这种狼狗的。嗅着了，扒开雪窝子，被烟辣辣地一熏，任你什么犬的鼻子，也呛得"唔唔"乱叫。

起风了，刮得雪粉飞扬。一会儿的工夫，就什么痕迹也不见了。

月亮打云彩里钻出来，挂着个彩色的晕圈，这几天，看样子是风止不了。

雪地很亮，空空地一条国境线。

十五

旗镇最繁华的买卖街，在站前那条石头街上。石头街是坡街，陡着。坡顶是东正教堂，常有火车的叫声传到这条街上来。

夕阳落上远山的时候，教堂便响起悠扬的钟声，顺着买卖街荡下去，满街都是上帝召唤的声音了。买卖里有许多罪恶，在上帝的慈悲中寻求宽恕着。

街两边都是店铺，都是商号、钱庄、金店……名字里透着吉利，

"泰昌""宏丰""兴发""恒盛"之类。牌匾上的字，一笔一画，很见些功夫。旗镇书法有名气的，总共有三人，都高着身份，轻易不与人写。

这些商号，也有外国人开的。美国、俄国、朝鲜、英国、澳大利亚，还有日本的，几十家。

买卖街有很多的皮毛店。悬挂着的，柜台上的，都极高贵。貂皮、狐狸皮（火狐、银狐、蓝狐和草狐）、水獭皮，还有海狮、海豹皮。棉帽子也各种样的，猞头皮、狐狸皮的很贵，狗皮、兔子皮的就便宜些。海狮的也有，只是样好，顶不住寒。做成坎肩却好，滑软的毛，套在里面暖和。有高档的狐狸皮大衣领儿，一抓软手。雪白的毛在手上，松散着，挺着一片碧蓝的松针。镇里的阔太太、小姐，大氅上都是配着这种毛领儿。

买卖街最有名的药铺。掌柜的姓刘，是个驼子。戴一副老花镜，看人时需要把眼镜搭到鼻梁上，翻着眼朝外看。

金店里净得一尘不染。首饰、项链都只能隔着玻璃看，不能摸。钻石、祖母绿、水晶球类。来了客人，老板忙走过去，挨着介绍，黄金的，白金的，紫金的。还有产地，金子的重量，成色……一脸的和气。有一副金披肩，算得上镇店之宝。用几百片绿的金树叶拼成，那工艺，绝了，精致之极。后来被大帅的第四十九姨太太买了去。

也有的男女同来，依偎着，那神态，就别有些内容。女的浓妆艳抹，还有些孩子的模样，男的无论如何也算不上年轻了，一脸皱褶，却偏要装出少年的样子。老板笑了，知道是发财的时候来了。

帛布庄有四家，老板都是江南人。布种齐全、料好。上等的丝绸、帛绢，都运了来。买布的大都是女人，捏捏，瞧瞧，挑拣着，说着笑着。来这儿最多的，是大帅的姨太太们。

旗镇的婚姻，颇讲究。和俄国的不同，与日本比起来，也复杂得多。

当地人长到十八九岁，结结实实的一个后生，或羞羞答答垂着两条黑辫子的大姑娘，到了成家立业的年纪了。

有钱的人家，四五十岁，得一子，自是欢天喜地。孩子长到十二三岁，便给娶一房媳妇。十七八岁的大围女，对着一个小男人，哄孩子状。小男人一长大，就嫌女人老了，便要再娶一房，模样啦，胖瘦啦，甚至门户，都要挑选的。老了，家中颇有些田产家资，就再娶一房小妾，一盏烟灯和两杆烟枪相对，过着悠闲的生活。

倘若遭了胡子，就是另一番光景了。

若是看中了哪家的围女，就去请媒婆说和。俗话说，跑细的腿，磨薄的嘴，媒婆的嘴唇必须是薄的。这和日本也有些相似。

盘着腿，坐在人家炕头，说起那后生这好那好，脸上的麻子夸成一朵花，就把人心说动了。媒婆取了生辰八字，送去男方家。

婚姻的事草率不得。要请"先生"推算一番，看看有无冲犯（谓之合婚）。有好些事，像养钱呀、嫁妆呀、衣裳首饰呀，女方开大份礼单。要猪和酒。一猪一酒（一口猪，三十斤烧酒），或者二猪二酒（好些就要黄了，叫围女、小子泪水涟涟）。过了小礼，就算定亲了。几个大红包袱，还有养钱（也有后来黄了退回去的）。

娶亲很热闹，用轿或马车，都挂着红花。拉车的马要选纯色黑马、红马或白马。四五只喇叭朝天，吹出一派洋洋的喜气。

接亲的得要九人或十三人（包括新郎、谓之去单回双）。多是自家的兄弟姐妹、嫂子。提着大红包袱。前边有一小子贴着"喜"字，木杖子、石墙、粗树上，都要拍上一个。

迎亲的在门口还要憋一阵子（谓之憋性）。喇叭越发鼓着劲吹，吹吹打打，凡三四遍，门才打开，硬是要憋出男人的脾气来，还得能忍！没脾气的男人顶不起家，扛不起沉重的日子。男人顶天立地，天还时常云滚雷怒哩！

姑娘和娘，在屋里抱着哭得泪人般。婆家提一块肋骨肉（四根，中间刀切过，连一小块），丈母娘泪着脸剁开，留下一半，余下两根叫来人带回。姑娘的哥哥把新娘背上了轿（或车），添好些陪嫁，一众送亲的（这些娘家客难打发，弄不好，往往要去闹事的）。喇叭声一起，连老丈人的眼也红了。丈母娘哭着端出一盆清水，泼到大门口（嫁出去的闺女泼出去的水，收不回了）。

一路喜庆的喇叭声。路过小桥，水从绿藻上缓缓流过去（青苔长胡须一样地漂着）。新郎、新娘便停下，抓些铜钱撒下去（是对修桥补路的行善人一种尊重）。

"噼噼啪啪"的鞭炮一炸，小轿就落到了门口。有红毡铺地（新娘未迈进婆家门口脚不能沾地），在门口放一个马鞍子。

拜完天地，一群孩子一哄而上，掀翻了桌子砸了碟，将糖果、瓜子乱抢一空。几十桌大席，长者领着一对新人挨桌敬酒。

找儿女双全的人铺好新房，被窝里撒了枣和栗子。俗话说，早立子啊！

一切都忙过去，天就黑了。成群的小孩子哄闹一阵，也散了。只剩一对同眠的新人。外面的天和地一个颜色，天地合一了。

窗底下有听房的，小辈的孩子，小叔子。也有婆婆。

十六

天渐渐地暖了。

人站在山坡上，风吹在身上脸上，虽然还有些冷飕飕，已不再寒冷刺骨了。天上日头有些红晕，照在人的脸上、背上，觉出一丝热烘烘的暖意了。脚底下的雪，变得湿润发黑，有融化的意思了。向阳的雪堆，竟流出一泓细细的雪水来。鸭鹅在院子里叫着乱跑，公鸡站在柴火垛上，伸长脖子嘹亮地打着鸣。

过了龙抬头，过了清明，就到了开山节。开山节是三月十六日。

园子里向阳坡上，不少人都忙在地里啦。雪融了，顺着坡，顺着山崖朝下流。只山的陡阴处，还残存着一疙瘩一块的雪。

烟客下了山，去镇里。山路泥泞，有山水急急地淌着，人沿着小路走下去，愈走愈小，一直小下去。

街上买了纸香，油盐等物，不知不觉进了斜街。一抬头，竟到了杏花巷。忙止住步，不止一次，自己长的这双脚，不知不觉就把他搬到这条巷子里来了。

雪雪的一巷杏花，还杂着些粉红星星苞儿，含了无限希望。门门都有女人，都有被女人拥着的男人，地上掉落了好些杏花，被泥脚踏黏了。

女人的眼里只有钱，巷子里的男人都是用钱做的。

烟客隐在一棵树后，叫满树的杏花遮着，只把眼光定定地瞅住一个女人。那模样，那眉眼，那含着的一丝丝幽怨……朦胧恍惚中，是秀秀了！

三月十六，是旗镇人的一个大节，挖参的，采山货的老板，山里的烟客……凡靠山吃山的，都盼着这节。凑了钱，在山神庙前搭一座戏台，请来戏班子，唱一天的大戏。求山神爷保佑一年的平安。

屯里乡下，这一天都歇工，春插正忙着，但这天是必歇的。山前焚纸祭奠，遍山烟雾缭绕。

一大早，山前就好些的人了。

就在窝棚旁，寻一块薄板石头，把馒头、几碟小菜摆了。米碗里插了三炷香，有细烟袅袅。把一些烧纸，用小棍挑着，山风里吹着烧。

烟客跪下，默默地祷告着。

山前大群的人，数不清的纸火，烟岚腾腾。天上浮着一大片烟云。都叩头，跪一大片。靠着这山，吃这山，全镇的人都活在这山里。一年里山上山下，全靠着山神爷的保佑哩！

回了窝棚，烟客心里一阵阵激动。地里有野菜了，挖了，泉水里洗净，锅里煮了，放进个干瘪的大烟葫芦。渐渐地，就有很浓的香气、鲜鲜的苦艾味打锅里溢出来。

走出窝棚，日头已坠入西天的云层里。日暮悲风，山顶、林子梢，还残留着些许的夕阳。天空烧出一片混浊的暗红色了。

山谷里骤然暗了许多，已经是暗蓝的天空了。看看东山新浮起的晚月，已经圆了！

过了开山节，就是四月十八的娘娘庙会。娘娘庙会在北山，庙不大，有些古旧，旁边散竖着十来根花花绿绿的"旗杆"，许愿还愿的，有求子的，也有为病孩求健康的。

赶庙的人，好些七八十岁的老人，打几十里外挎筐走了来，里面是香和烧纸。也有羞羞答答的小媳妇、大闺女，求子求福，求找个好男人。老人添寿，也为儿孙福。

说到底，还有多少年活头？图个热闹。

端午节。天不亮就已经满山的人，草丛、树林子里走，湿了半截子。都是采艾蒿的（也用白秆的蒿子代替），采回去家家插房檐上（有人若生疖子生疮，就用这艾蒿烤）。

日头还未冒出来。也有采百步草的，一步一把草，采百步，不说话。也有采五样树头的……

山上捧露水、溪水洗了眼，洗了脸，心明眼亮哩！煮一大锅粽子、鸡蛋，染得红红绿绿。家家都悬满屋的纸葫芦（满街都是卖纸葫芦的）。小姑娘都戴荷包，香草瓢的，扑鼻的香。小孩的手腕、肢腕，还有脖颈上，都扎着七彩的花线，一年里虫蛇就避过了。下雨了，便把花线取下来，放急水溜儿里，冲走了。那眼神，恋恋的，冲远了，就变成小蛇了。

六月六日，是虫王节。

满山的树丛都挂着灰网，有虫子啃着叶儿。树上都是一堆堆虫子吐的黏水，白日里，太阳一晒，便一滴滴掉落着。树灰黄，一片片的。这时候，一家家买了彩纸，做小旗，插到地头上、山坡上，花花绿绿，一片片。都写着"风调雨顺""国泰民安"等黄字。乞求虫王保佑，不起虫灾。

过了七月七，便是七月十五的中元节。中元节是鬼节，屈死的、冤死的，都在这一夜要超生。一入夜，那河里便有一溜溜的河灯，朝远处流去。这一天，教堂的钟声显得格外慈祥、悠远。无依无靠的野鬼，在这河灯、钟声里，被超度着。

鬼节是上坟的日子。还有清明，还有大年三十，都是祭日。一山祭坟的人，烧些纸，压新坟头纸，顺便把坟周围的野草拿镰割倒。叫人看了，知道这坟主的后人旺兴。

八月节、重阳节，再喝腊八粥，眨眼工夫，就到小年了。蒸豆包、菜包，还有馒头、枣山。扫完房子，该辞灶了。是灶王爷、灶王娘娘上天见玉皇大帝的日子。上天言好事，下界保平安。一家家供上黍米糖。粘住嘴，说的话都甜呢！

一夜连双岁，五更分二年。贴年画、贴对联、祭天地、祭祖先，祭财神。屋里屋外地烧纸：炕妈妈的，门上的胡爷爷，灶王爷的……迎老天爷下界过年。饺子下到滚水里，外面鞭炮阵阵，就是元旦。

元旦三朝：是岁之朝、月之朝、日之朝。

一镇的人都忙着拜年。大年初一，是鸡日。然后是狗日、猪日、羊日、牛日、马日、就是初七了。初七是生人的日子。天地有了许多的动物以后，人就降生了。有了人，就吃元宵、扭秧歌，耍龙类。人很讲究享受的。

过了龙抬头，离开山节就不远了。歇了一冬的人，又活动了，忙山忙地了。

人啊，总是在忙碌中活着。

十七

老客咬着牙，一下一下朝前爬着，一步，再一步。活像一只雪老鼠。

西北风刮得正紧，"嗷嗷"啸叫着，雪粉一阵阵扬起，迷了天地。到处是黑夜，到处是恐怖的森林、野兽，到处是疯卷着的大烟炮，茫茫不见尽头的雪原哎！

老客和二毛子，连滚带爬地跌进一个崖坑里。四周是大树，树上风涛滚滚。闭着眼躺在雪里，不住地喘息着，两个雪人了。

喘息一阵，便冻得抗不住。挣扎起来，四周寻些枯枝毛草，跌撞着弄到崖下雪坑里。雪地清冷静寂，头顶是深蓝的天，星也寒寒的。

哆哆嗦嗦划了火柴，就在偌大暗夜里，点起一堆火来，恍恍惚惚，雪窝里鬼样的影子。

无尽的旷野中，森林雪崖下，一堆小小的火光。山里也常有猎人烤火、烧食，出不了啥事。

老客浑身哆嗦着，牙碰打得"咯咯"响。脚早冻得没知觉了，麻麻木木不听使唤。

把坑里的雪扒到外面堆起来，挡住火光。一边朝火里添着柴，一边迫不及待地解着紧缠着的裹腿。冰硬着，冻一块了，一圈一圈，冰冻得布板一样。好不容易把脚从鞋窠里抽出来，急忙往火里伸。

"不要脚了！"二毛子一声吼，青年老客忙把脚抽出来，望着二毛子发怒的脸，满眼惊诧。

二毛子把脚伸到雪里，凑着火光，低下头，把地上雪不住地往脚上搓。青年老客也学着二毛子的样，抓着雪去搓自己的脚。

火光映着两个人，在暗夜的影里，鬼怪样。

也停下来，往火里添几块木头，溅着火星。火又旺起来，再搓，乌黑的泥水，顺着搓动的手缝滴答下来，落到雪地上，溅一片泥点子。

山林里有野兽钻动的声音，一些绿光的眼睛，幽幽地在不远处游动。老客不住地搓，捻着冻木的脚趾头。才二十出头啊，千里万里背井离乡，做这人不人鬼不鬼的扒皮老客，在这天地都冻透了的荒山野岭、异国他乡，爹哎娘哎，泪就下来了。

渐渐就觉出疼了，仍在不住地搓。忽然一阵猫咬的感觉。青年老客强忍着，知道这脚总算是拾回来了，只抓着雪反反复复搓。

暖了脚，再烘烤着前胸后背，不时地扭转着身子。熊熊的火，渐渐有了一丝暖洋洋的感觉，一阵困意袭上心头，迷迷糊糊地合上眼，猛然就警惕，狠狠地咬一下舌头。这严寒的夜，睡着了就等于死哎！

十八

站在旗镇的高处望，一山一山都是盛开的大烟花了。一片片白，一片片红。有大片的云影，在山顶慢慢移。风一起，到处都是淡淡的幽香。

山林盈满清新微苦的气息，有啄木鸟"啁啁"敲树的声音。地上散发着一缕缕蒸气，沟底稀薄的雾气，升腾着涌上来。地气一动，各种小虫都活泛了，飞来飞去。

烟地铲过，也耥过了。落日在山顶透出最后一道红光的时候，山顶飘荡着的那几朵云也烧紫了。落日已经是烧了几千几万年！

烟客坐在暮影窝棚前，望着瞅着，就有些醉醉痴痴，眼里不觉涌出两行滚烫的泪水。

躺进窝棚里，听着外面的风声，心早已飞得远远。爹哎、娘哎，梦里也想不到。黑黝黝的地壮哩！抓一把能攥出油，攥出醉醉的梦，攥出闯关东人的好光景哩！

入了夜，烟客坐在窝棚外的苔石上，听沟底淙淙流水声，看幽幽的山林子，林子边有一闪一闪的萤火虫。夏夜里，山高谷深，明月当空，一片清辉。

看这渐渐升起的大月，梦就要圆了！这山里，不知有多少异乡人在望着月亮。娘说过，实在想家了，就望望天上的月，月亮是面镜子，照得见家。烟客望着，就觉得那里头影影绰绰有个点儿。

山里的烟客，最怕天上斜斜的那一弯银钩，能勾动独身汉子的心事。

夜微寒着，天上烁着小星。也是西天的月牙，斜斜勾住乌黑的一片云，心被勾得酸酸的。娘挪着小脚，送一程又一程，说："挣不着钱也要早回哩！"那棵老枣树支住了她瘦弱的身。枣树拖着个细瘦的影儿，魂一样印在烟客的脑海里。

有风，扬乱着娘的发，吹动着屯口这一幕。烟客跪下，有月光弱弱照着。娘用手抚摸着他的脸，有些抖，泪顺着腮淌下来。

"娘，儿走了，你多保重！"

就硬起心，背着行李上了路。月儿照着行人的影，直下了土岗子，没有回头。树还在原处，人远了。

多少回，悔青了肠子。咋就不回头望一眼！老是能看到娘，站在屯口那棵老枣树下，老枣树微苦的气息笼罩着她，慈慈的眼望穿秋水。多少回梦里醒来，只一阵阵林涛轰鸣的声音。

"娘哎，老枣树的叶子黄了就回，挣了钱就回，叫秀秀等着我！"

毒日头地里，汗水不住地滴落进地里，就变成一片片摇曳的白花红花，凝成沉实的大烟葫芦，结出叮当脆响的银元哩！

镇子传来火车的长鸣，响一山山。

烟客们常去那镇子，吃的用的，都要去那里买哩。镇子里有好些黄头发蓝眼睛的洋人。洋人们跑来这镇子做啥？也为穷？为生活？天下的事，叫人猜不透。

一夜细雨，湿一地白白红红的落英，满山清香。遍地都摇晃着大烟葫芦了。

大烟是俗称，又叫鸦片，阿片，阿芙蓉。是从尚为成熟的罂粟果里，取出来的乳汁状液体，干燥后变成淡黄色或棕色固体。味苦，适用为药，常用成瘾，是一种毒品。在日本也有些吸毒的，中国就更加普遍。不过，旗镇种大烟的，却无一人吸抽。

一进七月，大烟地里走走，烟客们就觉得烟葫芦硬得碰疼腿了。人在西风里望，远处的麦地里泛着淡淡一层黄了。

就预备好刀片，大烟碇子，到割大烟的季节了。烟客们都忙在地里。细瞅瞅，每人左手的手指上，都挂着一个酒壶大小的烟碇子，翘着一个小嘴儿。手指间夹着锋利的刀片，由三个指头捏住烟葫芦，轻轻一转，便有乳白色浆汁儿，细柔地淌出来。顺手抹一下，粘满手指肚，抹进大烟碇子嘴里。地头有盛着烟浆的脸盆和铁桶。

大烟割七八茬。"小白花"割完了，"大青筋"熟了，"八大叉"也熟了。烟浆要放日头地晒，放铁锅里炒。忙死，脸上也笑哩！

制成的大烟有两种，一种是生大烟，一种是熟大烟。生大烟要把烟浆放太阳地晒黑，晒出一种苦味，再从苦味中晒出香气来。拿手一捏，软中带硬，硬里有软，再装进瓶子里，蜡封上，便是大烟了。熟大烟是要锅里炒黑，炒煳，炒得浓苦，有一股子苦香味。

收大烟的烟馆，最头疼的，是大烟料子。大烟料子，就是假大烟。面做的，要青岛产的好面。水和了，发力地揉，由里到外，揉软，再揉硬，揉透了，揉出一种弹力，再揉出骨头样的面核儿。把松在外面的皮剥了去，只剩下石头般硬的面筋，放到锅里去炒，爆炒，往糊里炒，炒成烟土状。烟馆里即是玩大烟几十年的老手，把眼光看到面里去，也难辨得出来。

街上常有犯大烟瘾的，流着鼻涕，打哈欠，破衣垢面的。买不起烟土，就要点大烟料子，瘾也能抗过去。烟割完了，满山的空烟葫芦。有小孩子去拾，葫芦里还有籽儿，扒开，把籽倒锅里炒，香死人！

十九

旗镇很多的事，日日都在发生着。

红楼上有不少喝闲茶的，镇里的商户、绅士、名士都常来。喝茶、聊天，聚满镇子的事儿。

旅行家常来这里下棋。阴雨的天，喝着热茶，同三两位上年纪的老人下围棋。旅行家已经有不少的茶友、棋友了，下着棋，听人谈近日镇子里发生的事。

"昨夜刘家铺子的独生子，叫胡子撕了票。胡子狠死，要刘家拿六百块大洋去赎。把铺子卖了，还差，就报了官，胡子夜里头，把小孩的尸首扔进了院子里，肚子被刀挑开，肠子淌一地……"

旁边一个老头插嘴说："这些日子，镇里老丢孩子，来拍花的，专挖小孩的心肝儿做蒙汗药，天良丧尽啦——"

"听说今天早晨，有人打镇东头的草垛里扒出九个孩子，嘴里都塞着布，憋半死了……"

二十

除了雨天，旅行家傍晚都顺着石头街散步。忽然就发现路旁有一家门上挂了条红布，在风里"叭叭"地摆动着。就向行人打听，才知道是这家人添了喜。旗镇的人家生儿子，都是要挂红的，倘若挂的是蓝布，生的就是闺女。

在旗镇，家里有老人的，添喜了，要一大早挨家挨户地攒花线。攒半个镇子，要七七四十九家，谓百家线。百家的线搓成一根绳儿，用小被儿把孩子裹了，捆起来，就算是在阳世里拴住了。

百家线，百家帮着担哩。

生个小子，女人便有了脸。小米粥、红糖、鸡蛋，兴许还能杀只母鸡，炖汤补补身子。女人躺炕上瞅着孩子，醉了般。

其实孩子出生时，女人疼得死去活来，就恨死男人，想这辈子再不生了，可三月五月，忘了。一年后，又添了一个。

女人啊，没享不了的福，也没有遭不了的罪。只想把孩子生下来，留下根，好传宗接代，全不想这孩子将来有病有灾，还要娶媳妇，成家立业，花好些的钱。要是不孝顺，或是不走正路，当了胡子，或是进了大牢，遭官司，这无数的惨痛不堪之事，该怎生了得?

二十一

二毛子打怀里摸出一瓶酒，拔出塞子，"咕嘟、咕嘟"灌了几口，把酒瓶子递给昏沉欲睡的老客。老客接过来，几口酒吞下去，连眼泪都辣出来了。打腰里头解下包袱，就着坑边干净的雪，疯吃着。一摞煎饼都下了肚，就觉得饱壮了许多，身上也添了几分豪气。

拿脚踹灭了火，雪埋了。二毛子跺了跺脚，把手一摆说："过了这座山，就到了柳芭的家了。"

柳芭救过二毛子的命，二毛子讲过不止一回。有一次，二毛子过境遇了难，连饿带冻，又累又困，就在路边晕死过去。

醒过来的时候，却躺在一个毛子女人怀里。那女人一丝不挂，两手把他紧箍着，才知道是这个毛子女人救了他。山里冻死的男人，绝不能用火暖，暖死。要人的肉体，用女人肥肥软软的身子，唤起男人的阳刚之火。

那一回，二毛子活过来，给那毛子女人跪下了。

后来，二毛子每次路过，都宿在这里。有时候，一连住上好些日子。衣裳穿戴，金银首饰，都给柳芭留些。

柳芭有个小男孩儿，齐腰高，活脱的一个二毛子。常骑着二毛子满屋爬。柳芭笑弯了腰。抱着二毛子又吻又啃。

二毛子带着烟客，悄悄敲响了柳芭的门。

二十二

烟客是被猝然惊醒的。

蓦然醒来，觉出有件东西硬硬地顶在胸口上。烟客的心一下沉到了底，浑身不由自主地哆嗦起来。

窝棚里一片黑。一个人将烟客逼住，又有两个人影走进来，把一些干柴扔在地上。烟客知道那是昨天才堆到窝棚旁的。

一个人把干枝点着，柴火就慢慢烧起来，一窝棚烟，就把屋里的铁勺子、铲子、铁棍、铁锯、斧头全插进了火里。

把烟客打被窝里拖出来，光溜溜地绑到了窝棚中间的树柱子上，一道道绳儿狠着勒进肉里。那柱子是棵活树，窝棚上头粗枝茂叶。

烟客知道是遭胡子了。

火一旺，窝棚里亮起来。就看清了眼前的人，一脸麻子和一只罩着黑布的眼，把烟客骇得险些晕过去。是范大麻子！山里的烟客，提起来就咬碎了牙，范大麻子狠死！

范大麻子狞笑着，打火堆里抽出一把烧红的铁勺子，烁着火星移到了烟客的胸前。烟客惊悸万分，满眼的恐惧，觉得那铁勺子已灼热地烤烧到肉皮了。

范大麻子盯着烟客，凶狠锋利的眼光直穿透他的五脏六腑。

"这根马当子（土匪称铁勺子的切口）你认得吧？"那红铁勺子举到烟客的脸前晃了两晃。烟客脸一阵煞白，几乎晕过去。

"在什么地方？"范大麻子一声低吼，把那一只独眼逼住烟客。

范大麻子最大的特征，是那一脸的麻子和一只瞎眼。

那眼是叫黑瞎子舔枯了的。那时他还没当胡子，常爱沿着山沟，采找人参、"猴头"之类的山货，顺便敲些枯空的老树，寻些野蜂蜜解馋。在一棵空腐的老椴树里，敲出一只黑瞎子。范大麻子猝不及防，被那家伙一舌头舔去了一只眼，留下一个空洞的窟窿。范大麻子一声惨叫，捂着眼眶滚到了地上，打着滚哭号。黑瞎子扑过去，一屁股坐上，坐得他"嗷"的一声尖叫，差点背过气去。几百斤的屁股，就一下一下地蹾，疼得他一声声凄叫，昏晕过去。一群采蘑菇的人遇上了，才救了他一条残命。

后来范大麻子当了胡子，满山打黑瞎子，方圆百里，险些叫他打了个绝净。他还有一样更残忍的嗜好，剜人眼。旗镇有好些一只眼的商人。其中，有一个开面包房的俄国人，和一位金店的老板。

范大麻子是这方圆百里最凶横的胡子头，傍着边境两边窜，这边一打，就窜到了国境那边；那边再一打，就又窜回来，多少回都抓不住。

烟客望着范大麻子的独眼，脊梁沟都"嗖嗖"直冒冷气。他知道要的是什么，可这是他一年辛苦的血汗，命根子一样的哎！望穿秋水的老娘，还有秀秀，凝聚着所有的东西啊！

范大麻子把通红的铁勺子，拧着劲狠杵到烟客的胸上。"吱啦"一声，一股肉皮烧焦的气味浓烈地扑出来。烟客一声惨叫，晕死过去。

胡子缸里舀了水，一瓢瓢泼到烟客的脸上，顺着身子往下淌。

烟客醒了过来，范大麻子手里又换了一把烧得火辣辣的锯。烟客满眼的惊恐，随即变得死灰般。

胡子扒走了四瓶烟土。

一天一夜，烟客都躺在空旷荒凉的窝棚里，睁着眼，呆呆的半死状。

二十三

旅行家坐在河边，身边放着一根鱼竿，鱼漂扯着弦，静静地竖在水上。

对岸是一片茂深的芦苇，开着一片雪白的芦花。有风吹芦苇

"沙沙"作响，忽地惊飞一只水鸭子，"扑棱棱"蹿起，落进不远的苇丛里。

落日是一柄如火的古镜，世上的日子，甚至无人的洪荒，都照在这镜子里。旅行家和钓竿映在夕阳里，还有一条流淌着的河。

身后是一片草甸子，一墩墩都是塔头草，汪汪的水，漂一层油。还有些成熟了的蒲棒，紫红地立在草甸子里。

河水无始无终地流着，河边有座窝棚，一位老人驼着背正打小园里走出来，回窝棚去。旅行家认得，老人常在集市上卖鱼。

水缓缓流，旅行家坐在岸上，坐在赤红的晚照里。身旁蹦着一些蚂蚱，有的就跳进了水里。水平稳着，因为深。朝水里望，只有更深邃更湛蓝的天。就疑这水是不动的，偶尔有一两片草叶顺水漂下，才知道水原来是一直流着的。水虽然缓缓慢慢平平稳稳淡淡清清，却不知把多少岁月流成了无尽的白骨，抛洒在两岸的沙石里。顺手拾起块陶器，才知道，这河已流淌了几千年。几千年以前呢？看看河水，河里浸满了暗红的晚霞，似一河人血的味道。

河流去很远很远，还有屯子，还有镇子。

水面只静静地鱼漂，融尽斜阳。

驼老人开始在河里下挂网。

冬季一临，旗镇的河就同日本的河流一样，结冰了。"大烟炮"顺着河面一阵阵卷，扫得冰河铮亮，一进"九"天，河面便纵横裂开些拳头宽的大纹，能别断狍子的腿。西北风把河给冻裂了，人能在冰上抓狍子。

这河套一带，狍子多。

狍子常跑到河边，横过冰河。河面很宽，人覆着一张白布，趴在雪地里，狍子傻傻地走到河边，东顾西盼。人猛地朝前一扑，狍子蓦地受惊蹿到了冰上，摔一溜跟头。俗话说，棒打狍子瓢舀鱼，对付这冰上的狍子，只一根棒子就行了。

这曲曲如字的河，流也流不尽的水，远山如血的夕阳啊……

冬天里，驼老人常提着桶、尖镐、抄笭子等家什，到冰河上砸鱼。

早喂下的鱼窝子。驼老人在冰上抡开尖镐，冰碴乱飞。一尺多厚的冰，忽地就刨透了，晃晃地涌水，有鱼在蹦。忙把抄笭子伸进去，一阵搅，就觉得沉了。"大烟炮"狂扫，一个人在冰河上忙乎着。

砸完冰的老人，驼着背远去了。

刨开的冰窟窿，不一会儿，便结一层薄薄的亮冰了。

冬天带冰碴的冻鱼，卖好价钱。

驼老人也去山里的暖泉子砸蛤蟆。

够吃够用，便不再砸了。一个人吃用多少？日子不是一天过完的，还有明天，还有春，还有夏。

教堂的钟声响了。

二十四

一春、一夏，金黄黄的秋又来了。烟客吃得下苦，豁得上两膀子力气，晒满十瓶子烟土，换得一腰的银元，鼓鼓地就壮了几分精神。

三年啊！

交了税，换一身崭新的衣褂儿，朝山下走去。又站住了，回过头看那陪伴了自己三年的窝棚，眼就有些发热。

路傍着镇子，响着火车的叫声，在镇子边，烟客犹豫了一下，就走进了那被花花绿绿旗子染着的旗镇。

多少回，悔青了肠子。二十岁汉子血太热，抵不住那撩拨，受不了那眼神。俊俏妹子的手软软一拉，香香软软一靠，一偎，就膨胀了血脉，晕旋了头，响着腰中的口袋，身不由己地走进了那杏花巷里……

再从那小屋里走出来的时候，已经是满地枯黄的落叶了。风很凉，扫得地上的树叶子"唰唰"响。烟客神思恍惚地走出了巷子，腰已经瘦陷地瘪下去。就虚虚地低着头，贴着墙根儿，头也不敢回，没有勇气再回过头去。

走在街上，一阵阵秋风寒了。片片枯叶打着旋悠悠飘落着，落到人身上。路旁都一树树空了，只秃秃的树枝，伸向阴晦的天空。有低垂的云，看样子，要下雪了。

货摊前，饭馆里，门市边，常有些乞讨的人，穿得破烂。都认得，一条沟里的烟客们。伙计见了，格外的亲。问问，都一言难尽，叫胡子抢了的，进赌馆的，遭劫的——

伙计为烟客找了个缺瓷的破碗。夜里就宿在路边草垛里。钻进去，暖和着。挨在一块，听伙计讲，都流泪。伙计说，山里的胡子，狠死！烧红的烙铁拧着花往身上烙，一个铜子也不给留。

半夜里醒来，死静，偶尔几声狗咬。就探出头望，又是西天一钩斜月儿了。地上一层的白霜。快八月节了，烟客想，月亮该一日比一日圆了！

八月（阴历），离春上还远着哩，熬吧！

旅行家放下笔。对着正在流泪的红蜡烛，沉沉地叹息了好久。

二十五

二毛子带着烟客，打四站一直向东，白天行走，晚上找个村子，捡一户人家住下，脱下件褂子，连吃带住就都有了。走时，还带一个大列巴（面包）。这条路二毛子早走熟了，一年几趟。到了双城子，中国人就多了。沿着滔滔的大河走。河边有村落，夜宿昼行，有时夜里也行。很晴的天，有明晃晃的大月。

一个暮夜，扒得仅剩最后一套单衣的烟客和二毛子。看到了茫茫大海，听到了轰鸣澎湃的涛声。烟客不顾一切地疯跑向海边，在沙滩上长跪不起，泪流满面。

二毛子带着烟客，走进了坐落在阿穆尔湾的卢家大院。卢家大院是旗镇人开的，围墙圈起一座买卖城，很大的一片，闯崴子的都在这儿落脚。

烟客没想到再未能返回故乡，直至客死异国。

二十六

二毛子弄到一棵上百年老参，一块拇指肚大的蓝宝石。就想，半辈子了，回去讨个女人，过下半生的日子吧！四十多岁的人啦，腿脚沉了，也该名正言顺地留个后。人啊，总还是要传下去的。

二毛子昼伏夜行，月黑天打松树山夜猿样潜回去。翻过了大架子山，刚一进二道沟岔，就被胡子绑了。胡子是打国境那边跟过来的，死死地盯住。二毛子被绑进老石头沟的胡子窝。那窝子，其实也就是一个残破的山洞，一架窝棚。

二毛子先是苦苦哀求，情愿将人参献上，留一条小命。范大麻子一阵冷笑，眼睛里都是威胁。就将二毛子绑到一棵白桦树上。前胸的衣裳被撕开，露一胸的毛。早烧旺的一堆火，一把旧锄头烧得火红，就把它平贴到二毛子的胸上。"吱吱啦啦"一阵歌儿似的声响，二毛子全身一阵战栗，身子就软了下来。

二毛子醒过来，胡子正将身上的麻绳解下来。范大麻子吼着："扒光他的衣裳一点点搜！"二毛子的脸顿时煞白，一扭身，将一个东西填进嘴里。范大麻子抢过一柄匕首，一下劂开了二毛子的肚子，滚烫的血溅了范大麻子一身。

范大麻子后来被剿胡子的队伍乱枪打死。头被砍下来，戳在神卜轩旁那棵枯柞树上。有成群的人围着看，指骂、吐唾沫。那头先臭了，生一群大个的绿头苍蝇，"嗡嗡"飞，有很多老鸦啄着，后来只剩一个枯瘪骷髅。再后来在一场雨里，一声霹雳震落到地上，一些小孩当球一样踢着玩。

山里的胡子，好些都是旗镇附近屯村的百姓，父母妻儿多都活着。被砍了头，也无一人去领尸首。只女人在家里寻空地挖一座空坟。说被山牲口吃了。每到鬼节，也烧纸祭奠，尽人伦之孝。

范大麻子，是东宁河南边的人。

二十七

旅行家离开旗镇的时候，萧萧不尽的秋风刮得正紧。人站在街上，多了几分苍老的味道。

街上行人已多是长衫、旗袍了。只一些老毛子女人依旧穿着布拉吉。

教堂响起了清越的钟声，顺着紫透的天空悠悠荡下去。一声追着一声，震荡着人的心，叫人感到一种黄昏旷古悠远的味道。

西望是重山间歌谣般暮日了。黄昏的山野旷达着，有不尽的风在吹。暮影渐重，远山野烧须臾燃起，只一瞬间，连天边的云海都烧起来了。

晚景虽然辉煌，却叫人感觉不到多少热量了，只是给人一种苍老。而眼前的树，已生出一片阴沉的暗影来。

脚下的石板路已蚀裂，拖着疲惫的影子走在路上，是很累的感觉。

路边有几个人，正在挖一棵老树的根，上边的枯干已经截掉，露出的树心洁白。细瞅，竟一圈圈盘了密密的年轮。那每一圈的年轮，都经过了秋风春雨的浸润。

已挖了好大的一个坑。那树因年月已久，根扎得特别的深。旅行家停望了好一会儿，胸中无端就生了深深感慨：这老树的根，挖绝难啊！

旅行家走过教堂，穿过买卖街，走进车站的时候，月亮已经浮到天上。只是色彩太惨淡，失了精血啦！

二十八

1933年1月5日，天蒙蒙亮，日本关东军开进了旗镇。旗镇驻军第二十一旅旅长关庆禄率部下三千余人，在车站西广场内集体缴械。各山头土匪联合成立了山林支队，抵抗一昼夜，血流成河。所剩残余被迫向东撤入苏联。支队长原土匪头子黑三，被日本鬼子打死，将其头割下，悬在旗镇枯死的古松上。

挂着东洋刀的关东军广濑大佐，站在旗镇的东山坡上，俯瞰着全城。夕阳是一个被子弹穿透的血洞了。

广濑看了许久，点点头，对身边的翻译官说："旗镇确是个好地方，只是满山的罂粟花没有了。旗镇曾经有条杏花巷，满巷的花姑娘，还有一座红楼茶庄，茶道和围棋是很厉害的！"

翻译官异常惊讶地说："太君以前到过这里？"

"啊不不——"广濑摇摇头，"我是从大日本旅行家川岛一郎先生所著的一本书：《国境商业都市——旗镇》上看到的！"

日军司令部就设在百年红楼。

依旧旗镇脚下缓缓的去水，愈发流得岑寂荒凉。一镇子悄悄地含在水里，看看水中的浮图倒影，才知道，旗镇的日日夜夜原来都是在这水里流着的啊！

作者简介

葛均义，男，做过知青、中学教师、文联主席、特约研究员、大学教授，文化学者。中国作家协会会员，国家一级作家，全国首届中青年作家高研班成员，黑龙江省作家协会主席团委员，黑龙江省作家协会合同制作家，绥芬河市作家协会名誉主席。发表文学作品300余万字，主要作品有长篇小说《浮世》《流放》，中短篇小说集《旗镇》

《最后的狩猎》，中国作家经典文库《葛均义卷》《葛均义作品选》等。曾获"中国作家大红鹰文学奖""黑龙江省文艺奖""黑龙江省文艺精品工程奖"等多种文学奖项，作品被译成英、俄、法等多种文字。

百年旗镇

嘉男

一

再没有人缅怀采人参和拾鹿角的生活了，这儿没有一百多岁的老人。罂粟花也许还盛开在七八十岁一代人的脑海里，而当你问起他们的时候，却是做困难状，对你吃力地翻着记忆的箱底儿。

本来，那是一件不该发生的事。但终于发生，并改变了这里的历史进程。

两根陌生的铁轨从异国的山洞里爬出，蓄谋已久地弯了过来。于是，贫苦的民工们就住到了路边的板房里，去铺那两根他们并非理解的东西，并且，一直向内地延伸去。然后，朝鲜人来了，日本人来了，法国的，美国的，还有澳大利亚的。各国的机关、货栈、商铺，均悬挂本国的国旗，五颜六色，渲染了人的视线。

这便是旗镇的来历。

夏夜里，除去偶尔的一声火车的长鸣贯彻长空，其余的便是四周的蛙声，其实，只有西北有一条斜斜的河，而且流水极浅。

临睡的时候，有人也许要到外面方便一下，倘若愿意抬头，看见的必是满天闪闪的秘语。太阳离去的夜空尤其深，由此也才能生长神秘。阳光下是藏不住秘密的。但秘语是无论如何也破不了的，剩下的时间是用来睡觉的。沉重的眼皮感到这太遥远，它无能为力。

躺在咯吱作响的床上，死人般过一上夜，再看见的，便是一个阴雨的早晨，令人直嘀咕。

王家父子便每人戴上一顶草帽，在绵绵细雨的编织下，继续盖那很多天以来一直没有盖完的房子。老王不大管家里的事，要管的必定是大事。奇怪得让人直挠头，老王亲自主持劳动时，天必定下雨或下雪。他老伴儿永远为他记得，那年他上山拉烧柴，大雪片出奇地大，一张张飘落着，结果，他只拉回几棵毛枝子。

儿子也老实得过分，天天只闷着头干活儿，难得说句话。当然，这房子是为他盖的，他当然得流汗，抬起头的时候居然也想着把掉到额前的厚发往右甩一甩，希望能甩出点风度来。而弯着腰干活儿，是无论如何表现不出风度的，他这种努力便成了徒劳。说到风度，人们自然就想起整天在垃圾堆里转悠的傻嫚子。肥大的破烂衣裤，黄浊的眼睛，落满灰尘的头发，以及笨拙的行态，都让人想到风度的背面。

傻嫚子究竟怎么傻的，说法很多。一说是小时候被后妈打傻的，还有一说，明显地带了点儿荒诞色彩：有人告诉她死孩子放在屋顶上能被太阳晒活，她便真的找来一个死孩子放在屋顶上。她丈夫为这把她从二层楼上推了下来。倒是这两种说法结合起来有些可能，那么，她便是在被丈夫推下楼之前就已经是个傻子了。

傻嫚子逛垃圾堆是很有耐心的。她深信，这是一堆放错了位置的财富。有时候，她也会走进一个陌生家庭，向人讨饭。男主人会很和气地说："没有剩饭呀。"她便一语道破："那不嘛！在碗柜里。"男主人就为自己的记忆力苦恼，怎么就记得没剩呢？剩饭全给了她，又在衣袋里搜出几斤粮票，也给了她。她便堆着脸上的皱纹走了。

第二天，还会发现她又到了日杂商店。日杂商店原是一个资本家的，公私合营的时候，人们便简称"合营"。售货员们正忙着搬苹果。几个淘小子挑唆她："这么多苹果，你怎么不搬一筐？"她说："要那么多吃不了，我拿两个就行。"果真，她就拿了两个，塞进了袖筒，嘴里说些别的，腿就迈出了门，售货员尖尖的声音追出来。"站住！

谁让你偷苹果的？""我哪偷？我哪偷？"她一边分辩，一边走，突然脚下一绊，两个苹果掉出来，滚到排水沟去了。人们爆发出一阵哄堂大笑，售货员也带着一丝快感回屋去了。傻嫚子则走上通天路，去寻找垃圾箱里的财富。

通天路是极清洁的，一头通南，一头向北，南高北低。高，高到什么程度？那儿的房屋像是触到了天，悠长的路便像是直通天了。路两边全是笔直的阔叶杨，蓬松而不忘收敛，隔一定的距离，树下便安放着一个涂着蓝油漆的铁箱，上有白色字迹，曰：卫生箱。卫生箱旁边还会生有几株玫瑰。

有一阵子，为了搞城镇文明建设，机关的干部们被发动起来，上山刨了野玫瑰，栽在这路边。结果，几棵活下来的依旧是玫瑰，不幸死了的，就变成"干枝玫"。

沿着这条具有现代意味儿的柏油路——我们不必注意傻嫚子到了第几个垃圾箱——一直往上走，走到尽头，再走一条小路，便上了天长山。除了民间传说，再无史料考证为何叫天长山，但这山的洞子里，却藏着一个悲壮的故事。想听？那么有人非常愿意讲。先说一九四五年，苏联进兵旗镇时，日本少数士兵和家眷便躲进了这山洞。再说，镇上有个异常漂亮年仅十八岁的混血姑娘，会说三国话：汉语、日语和俄语，便被派去用日语劝降。第一次去没有成功，第二次去了，再也没能回来。十八岁的生命，就这样美丽地一闪，填补了一段历史。这故事也许听起来嫌简单，可非常有想头，渐渐地，你会品出悲壮的意味儿来，而且也许要问问她父亲是谁？父亲原是个开饭馆的汉人，新中国成立后，饭馆归了公，"文革"中，这对老夫妻吃尽了苦头，最终，丈夫去世，妻子双目失明，回到苏联。那姑娘要是活着，现在还不满六十岁哩。

细想想，天长山叫得有道理。镇的另一头，和它相对的那座山，叫地久山。

再沿着那条路下来，你心里产生爱国激情了吗？镇中学那位女教师，总爱天真地领着学生上山寻找"古迹"，她是第七个分到镇上来的大学生。

因为经受过野蛮，所以想唤起点文明。去问问参加过职工文化补习考试的人，就明白怎么回事了。一个考场，偏偏有她这个监考员。天生一副京戏脸谱，认真地夺下打小抄者的书，眼睛便更竖起来。从窗口递条子的，她走过去嚓的一声拉上窗帘儿。外面的人蹦起高儿，在半截窗帘儿的上面往里看。被没收了书的人粗野地喊："看什么看？屋里有生孩子的！"末了，她挨了一顿揍。她明白了，先她前面来的六位大学生，为什么又陆陆续续地走了。

除了山上的山洞、炮台，镇上的几座东欧风味的建筑也算得"古迹"了。但女教师是搞不清什么的，很多人都搞不清。有时一想，对后来人来说，旗镇竟是个谜了，有那么多说不清的事情。比如，这人头楼。现在是部队占据着它。从里面出来的兵，一走上街，眼睛全安装了钩针，见了姑娘，斜斜地钩半天。不出来的，就坐在窗台上，抱着吉他弹《迟到》："你到我身边，带着微笑，带来了我的烦恼……"不去看他那一副无聊的样子，越过二楼、三楼的窗子，在四楼的窗顶上，你会看到"1914 年"的字样，楼顶有一个圆球体，球上竖着一根细细的东西。据说上面原是一个人头，"文革"时被红卫兵砸了。但这楼为什么要修上一个人头？这楼俄国人修起来的时候做什么用过？无可奉告。

楼的周围是一圈儿比较古的榆树，春末夏初，便潇洒地丢落榆树钱儿。

二

在外地人的眼里，旗镇太小（赶不上一个小县城大），以至于对它前几年被幸运地划为城市建制不服气，嘴差点撇到胳肢窝里去。但旗镇依旧戴着城市的高帽儿，小，小得有特点。

除去楼房，平房的布局很像"玫瑰影剧场"里的排椅，一层层高上去。中间的几条过道就是柏油马路，排椅与排椅间的距离就是一条条小胡同。

胡同和胡同一个样，胡同和胡同又不一样。

叫青云的胡同是非常瘦的，汽车任凭有多大的本事，永远也开不进来，"小蚂蚱"勉强进得来，却需高手驾驭，小心翼翼，徐徐而入。你在为胡同如此窄小而困惑的时候，一对父子出现了。

父亲戴一顶草帽儿和一个墨镜，右手挂着一根光滑的木棍儿。儿子衣衫褴褛地低头前面走，后脖领被父亲的左手抓着。你当然看得出来，那儿子的精神是异常的，呆呆的眼神和父亲的黑洞洞的墨镜一样，有着令人猜不透的谜。谁知道是什么样的灾难制造了这样两个生活在一起的人呢？儿子若想跑两步，父亲一声呵斥，儿子复又呆板起来。不曾听见过他说话，哑巴。

一个白白的男孩儿，手插在背心儿的带子上，仰着头喊："爷爷！爷爷！"

父亲依旧仰脸走路，儿子低着头，好像没有看见小男孩。

"爷爷，你上街吗？"

父子什么也没感觉到，木然地走路。

小男孩走到一个大孩子面前，指着老人的背影说："他是老头儿爷爷。"

父子俩果然是上街了。回来的时候，儿子的肩上扛了半袋粮食，衣领仍被父亲的手抓着，慢吞吞地走。走进胡同的深处。

儿子也有独自跑出来的时候。一条窄窄的胡同，他退着走到这头，又正着跑回那头。不然，就原地挪动双脚，看看对没对齐，前后左右转。两只眼睛谁也不看，只看自己的脚。让人又想，他的秘密全在脚上了。

他有三十岁了。

你马上会想，三十而立，然而三十岁的人并非全立着。多么不同的人生啊！

然而，对另一位人物，你又会做何感想呢？

他住在新开胡同里。家有两间小屋子。经常的仪表便是一身油亮的衣服，红着脸盘儿，胡荏子一直连到耳鬓，一嘴小小的牙儿，像是小孩子因吃糖过多而坏了的。不知为什么，人们都叫他小李三儿。

小李三儿的生活不在胡同里，还记得傻嫚子偷苹果的"合营"吗？他就经常地站在那儿的酒柜旁，捏着盅子，一边买了，一边就喝了。不知是真醉还是假醉，躺在路上耍酒疯时，没人敢靠前，而每喝一次酒，必得要一次酒疯。

从前他当过兵，是个汽车司机。有一阵子，大伙兴奋地传说，他在战场上开车救过大官儿的命。大官儿要报恩了，想提他进京，却是十天半月得不到验证，反而，他又一次结婚了。

妻子是个胖熊一样的女人，颇具雄风。小李三儿不在街上耍酒疯了，喷着酒气回家，两个人便打得天昏地暗。他居然能把妻子的腿打骨折。妻子老老实实地在炕上躺了些日子，竟奇迹般地好了，和他离了婚，远走他乡。

他还是去喝酒，只喝"合营"商店的散酒。还把嘴像瓢一样地咧着，说着脏话，把女人们吓得靠道边边走。

越是这样的人，灵魂深处的东西越是让人无法了解。他们没有真正的朋友，没有温柔的安慰和体贴，没有知心话，没有理解。有同情，但未必能改变他们的命运，也未必就有了解。所以，写他们，也只能写到如此程度。

相比之下，那位安详的老局长就算得是有福之人了。

旗镇是公社的时候，他任社长，旗镇升为镇的时候，他又荣升为镇长，旗镇转成为市的时候，他当了一个什么局的局长。一生做官儿，一生耿直。

到了改革之年，他已经被称作老头儿了，虽然身体依然硬朗，面皮绷得依然紧而发亮，但岁数够了。

一股潮流，使他的土气骤然衰落。到了岁数的老干部一个个被动员退居二线，或退休回家。他愤然，说自己才五十九岁，还可以接着干。有案可查，他隐瞒了年龄。终于被退休回家。他一下子消瘦了不少。情绪低落。

沉闷中，便用局里给的房号和钱盖房子，盖了一栋适时而讲究的房子。当然，也因无权了，门庭甚是冷落，起码不如从前热闹。他也便寂寞了一年。

忽一日，机关里的人一上班，便互相通告，老局长死了。听的人惊讶，张开的嘴半天闭不上，眼珠也瞪得大大的定了格。怎么可能呢？昨天下午还看见他在玫瑰影剧场看《温莎行动计划》，并无异常，一夜间便天翻地覆，世上的事情真真是变幻莫测了。

雨，细细而流连地下着。一些人相约拿了幛子，踏着雨水来了他家。原来，他家临街。

屋里挤得满满的，到处是人，瓷砖地湿漉漉地印满泥水脚印。才知道他有这么多亲属、部下、老同事、老朋友。好多面熟的人都在这里，一问，必是上面所说的关系的一种，而平时你在街上碰见他们的时候，无论如何也不可能想到，他们是老局长的亲戚、同事或朋友。傻嫂子居然也在。黄而无光泽的头发湿成一缕一缕的，抄手站在厨房里。分明知道死人了，但眼睛里还是存了一丝困惑。她的眼睛永远属于困惑。

人死了，往往会唤起好些人的怀念。昨天还因为他不掌权而疏远他的人，今天可能会买上最贵重的料子，撑着黑黑的雨伞前来哀悼。或许，这其中还有许多别的什么奥秘，就不去管它了。

他老伴儿坐在一个小屋子的炕上，精神完全崩溃，哭得精疲力竭。几个女人围着，做些无用的劝慰。就是，早知他今早就去了，昨晚好好陪陪他多好。可他一点迹象也没有，吃完饭，看了一会儿电视，便说头有点疼，上床睡了。早晨，老伴儿叫他吃饭，一声不应。早就没气儿了。

毫无准备，必得忙忙乱乱，缝衣服的缝衣服，做鞋的做鞋，钉棺材的钉棺材。送葬之日，人数上百，车辆成队。"东风""北京"一路开过去，上了山。规模的宏大，也算得旗镇之最了。盖房子的老王眼见着烟尘远下去，伤感地垂下头，继续干他的活，心里想着，盖完房子就死了的人已经好几个了。

墓碑一竖，不知情的人愕然，老局长的终年是六十五岁。

送葬回来，该干啥的还干啥。谈天说地的还是谈天说地，只是谈老局长的时候多了些，谈他的死，谈他的年龄，谈他的秉性，直到新的"新闻"诞生，方告一段落。

有时也不免怀疑，老局长算是幸福的吗？

三

得提醒一下，可别小看了我们这个小小的旗镇。既然被叫作城市，它也就努力涂一些城市的色彩，完全不是一般县城的尘土飞扬。外国人的脚步踏在一条条架着绿荫的柏油路上，为街上的人增加了怡然自得，也增加了一分好奇。

女同志尤为苏联妇女的抗寒能力惊叹，春天刚有消息时，她们就穿着裙子上街了，俄罗斯民族赋予她们相当的坦然，而使她们步履从容，一点儿也没冻得发抖，而旗镇的妇女办不到。她们当中最能争分夺秒的，也不过是六月里有反常的热天的时候，才惴惴地穿上裙装，眼神飘来飘去，看众人的反应。

遇到值得庆祝的节日，苏联车站的代表会受邀而至，共同联欢，气氛异常而热烈。比如建国三十五周年那天，苏方一个胖胖的妇女稳稳地走到台中央，唱了一首大家听不懂的歌，大家还是高兴地为她使劲儿鼓了掌。然后，苏方的大个子翻译上台。他不到台中央，只站在台角处，报了歌名：台湾校园歌曲《蜗牛与黄鹂鸟》。台下马上响起了掌声。他一开口唱，下面很想笑，原来翻译也拿不准我们的语意，"蜗牛背着重重（zhòng）的壳呀"，被他唱成"蜗牛背着重重（chóng）的壳呀，一步一步地往上爬"。大家热烈地鼓掌，由衷地喜欢这种风味儿，喜欢歌声的坦诚。

德国人来则又是一种样子了，正赶上旗镇的跳舞热，可惜没有舞厅。舞迷们往往在玫瑰影剧场的大舞台上跳，剧场卖三毛钱一张票。外国人来了，不能到这种地方，就把他们领到文化馆的排练厅，算是到了一个比较像样的舞场。

人挤得很可观。站起来跳完舞，再回来，座位就被别人占去了。只好站着擦汗。

又一支快四步舞曲奏响，那是一首世界名曲《喀秋莎》。外事处的处长，走到一个坐在别人腿上的女孩子面前，伸手拉起了她。

"来，和德国记者跳一把。"

女孩子挣扎："我不行，让别人去吧。"

没有用。她被牵到了德国记者面前，心里如装着一个深潭，见不到底，惴惴不安。

德国记者摇了摇手，但经不住东道主的再一次邀请，上场了。众目睽睽。

女孩子的担心是有根据的，完全不知德国记者要怎么跳。她被搂得紧紧的，不合中国人跳舞的习惯，想低头看看舞步，办不到，只有凭感觉随机应变，转了几圈，摸着规律了，也跳得自如了。两人很随和地说话，各说各的。谁也不懂对方的意思，却都装作懂了，笑着点点头，只有曲子终结的时候，两个人说的最后一句话都懂了，那就是汉语"谢谢"。

第二天，那德国记者出现在街头，扛着录像机，在允许的范围内录像。又碰上了那个跳舞的女孩子，他向她点点头，宽阔的前额闪着

64

光。她也笑着点头。他们已经认识了。

突然似的，街上冒出个飘着胡须的老头儿，胸前戴着毛主席像章，一步一步认真地走路。镜头马上移了过去。托毛主席的福，老头儿要进入异国的电视了。人们淡忘了老局长，八十年代戴六十年代像章的老头儿，又成了热门儿的口头新闻。

四

"玫瑰影剧场"不远处的一棵老榆树下，围坐着几个退了休的老头，安安稳稳，专心致志地下棋，身外的事似乎毫无察觉。兵车、战马、将帅、楚河，慢慢地杀腾一阵，就该聊天儿了。

张"老玫瑰"看着不远处的路边新近落成的一座雕像，总觉得不舒服，那是一个裸体男孩儿。

"什么叫精神文明？这算文明吗？你们看这叫文明吗？"

同伴们也都扭头去看。

也有豁达的："咳！这算个啥？一个小孩子。外国的那些东西，你们还没见过呢！"好像他见过似的。

张"玫瑰"感叹："现在这个社会，真变了，谁知道？也许咱真的撵不上新形势了？怎么什么都看不惯呢？"

全市动员起来栽玫瑰的时候，他没说什么。后来电影院改为玫瑰影剧场，烟酒商店也改成了玫瑰烟酒商店，他的嘴闭不住了："栽玫瑰就栽玫瑰呗，怎么什么都得叫玫瑰？人也叫玫瑰得了，明天起我叫张玫瑰，我家孩子叫大玫瑰、二玫瑰、三玫瑰，你叫李玫瑰，他叫赵玫瑰……活活的玫瑰都栽死了。还叫什么玫瑰！"从此，人们见了他就叫张老玫瑰。

张老玫瑰忽然抛开雕像不谈，来神地说："我说，现在养蚯蚓是个来钱的道，咱们都回家养蚯蚓吧！"

立刻有人反对。"什么事传到我们旗镇，那早都是过去的事了。

在北京都卖不出去，我就不信，在旗镇这个小地方能卖出去？卖不出去埋掉可有的是地方，比北京的地方大！"

张老玫瑰不泄气："我要在冷眼儿、白眼儿中起家，让你们将来都得红眼儿病！"

小李三儿又喝了酒，没耍酒疯，红着眼睛靠近他们，酒气照张老玫瑰喷去。

"我家园子里有的是，我允许你去刨，保证一天好几斤。"他的舌头有些生硬。

刚才反对的人说："你那园子里的蚯蚓不值钱，人家这是外国进口的蚓种，是日本国籍的。"

"啊，那就算了。"

小李三儿听不出人家和他开玩笑，沙哑着嗓子走了。

另一个人拍着张老玫瑰的光头。"发财的人，都是默不作声的，张张罗罗是发不了财的。"

"咬人的狗不露齿，对吗？"

张老玫瑰反问了一句。这帮老头儿就散了。不知道他们又聚在哪里。那棵老榆树很快被放倒了，说是要在那儿修中心广场。

老玫瑰并没有再去想那个"男孩"，却好像有人和他一个心思，不希望男孩肆无忌惮。所以，不知什么时候，那"男孩"腰间围了一块黑黑的塑料布，生出一副不幸的可怜样儿。若不是他昂着头在放飞一只鸽子，很能让人想到讨饭的鬼。从此，他就这样潦倒下去。

中心广场可是终于开工了。

烈日当空，把人晒得皮肤发痛。每个人发了一瓶汽水，一瓶橘子汁，喝了也不当啥。附近的"合营"商店，趁机拿出大量的草帽出售，发了一笔小财。凡是参加劳动的人，几乎都带着"合营"商店的草帽，有好多男人显得像电视上的便衣特务。

一个瘦高的人，白衬衣的袖子挽起来，挂着铁锹在瞭望工地，像是刚到的样子。他有一双深陷的大眼睛，高而尖的鼻子，颇像欧洲人。熟识他的人走到他面前："哎呀，外国人也来帮助干活，真是促进友谊。"他笑，他也笑。周围的人都笑。

一夏天，中心广场只修了一半儿。

倒是路边的那个"男孩"又悄悄地发生了变化。腰间的遮羞布被扯掉，用青灰色的水泥抹上去一个厚厚的短裤。"男孩"则不管发生什么变故，永远举着那只"鸽子"。

五

远处的一个什么地方，响着"江苏大雁"们整齐的号子："嗨嗬嗬，嗨嗬嗬——"春天的时候，他们穿着单衣，从遥远的南方来了，住进用旧席搭起的棚子里。去年盖起的还没有完工的楼房，百废待兴似的立在那里。他们就开始拆脚手架，木板一块块地掉下来，呱哒呱哒地响，和号子传得一样远。吃饭的时候，偏偏又下起麻乱纷繁的大雪花，使他们躲到了墙根去，每人捧着一个盛满大米饭的碗，说着外国语一样莫名其妙的话。等秋天一过，不能施工，他们又该像大雁一样，南飞了。乌云慢慢地从西向东盖过来。

起风了。

江苏人的建筑工地上，一面高高的红旗，衬着深灰的云，急急地抖着。树上开始飒飒地响。整齐的号子被雨打灭。

一阵粗暴的轰响。然后弱下来，然后消失。街上纵横着流水，泥沙被冲得一缕一缕的，破布条子，黑木棍儿，横尸遍地，老绿的叶子，无力地贴在柏油路上。

劳动号子又和太阳一起明亮起来。

他们抬着沉重的水泥石板，抬着自己离乡背井的生活，为劳动喊号子，也为生活喊号子。

让人想，世界上没有平静的生活。

旗镇算是一个平静的地方了。有一家全家出门一个月，忘记锁门，回来一看，东西依旧，一样不少。为此，一家全国性的报纸兴奋地做了报道，令旗镇人十分自豪！

　　也许，头天晚上你还在自豪，第二天早上，你却大吃一惊了。某某家的儿子被人杀了！这可是爆炸性新闻。马上跑去看。

　　浓重的雾气中，某某家的门前站满了人，警察在保护现场。被害人屋里什么声音也没有。老太太四点多钟就起来了，上了一趟厕所，回来就碰到歹徒手持匕首，从儿子的房间出来。她想抓住这个人，却被这人在胳膊上扎了三刀，于是凄惨地喊救命。邻居们被惊醒，一个个地来了，可是没有用，杀人犯已经逃之夭夭。

　　这回没吹的了，几十年没有的事，一下子就有了，于旗镇、于旗镇的现代人，毫无光彩可言。

　　那儿子二十有三了，已经和漂亮的女友登了记，只差半月就是新郎了。凶手来杀他的哥哥，误闯进他的房间，他成了替死鬼。

　　人心惶惶了几天，生活并不会停止。杀人犯在逃，裸体"男孩"穿上短裤，半个广场上的石桌被砸去一个角，这并不妨碍谁的生活。傻嫚子依旧去垃圾堆找财富，那对父子依旧穿过胡同上街买粮，小李三儿依旧喝酒，并没有大官儿来接他。只是盖房子的老王生了些闲气。

　　那房子是给四儿子盖的，老四和媳妇将里面收拾得让人不敢进屋，屋里还安了厕所。自从这房子收拾好，王老太太一次也没进去过，来了找老四的人，她领着送到门口，转身就走，媳妇从来没让她进屋坐坐。老王头不管那套，每天早晨来到儿子家的厕所蹲上一会儿，里面铺着亮堂堂的瓷砖，蹲起来也舒服。儿媳妇不满，又不好自己去说，便让老四去说个清楚。老头一听，大骂儿子一通。辛辛苦苦地为你们盖上房子，上个厕所就不行了？儿子低头回来。老头第二天还上老四的厕所，儿媳不满，对墙说去。

　　太阳把无数光芒折叠起来，变成红色，放在圆圆的盘子里，旗镇的黄昏就来了。远没有乡村的黄昏味浓。路上寥寥的车，寥寥的人。黄昏和黄昏不同，有时则是另一副样子了。

风摇着树，路上的浮土飘起。天灰蒙蒙的。

消防车尖利的叫声沿街起伏着。里面有人拿话筒喊："今晚有八级大风……"后面的话就听不清了，无非是让大家防火。

过了一会儿，天阴得发黑，可怕。雨不能顺利落下来，被风吹得到处飘，落到屋顶上，依然重重的。

风雨之夜，像魔鬼的世界。恐怖激发起不尽的想象。

一百二十多年前，旗镇还是一片没有人烟的原始森林，那里的黄昏会是怎样的？十八岁的混血姑娘喜欢黄昏吗？季节烟农一定在黄昏里，对着美丽的罂粟花，思念过家乡的土地、妻子和儿女。

现代人不知道这些。那都是很遥远的事了，要讲故事，也得说"很久很久以前"了，可是，冷静地一算，才一百来年。时间奇怪地很长，又奇怪地很短。这一点困惑，就留给傻嫚子的眼睛吧。我们可以自由地去走那条布满林荫的通天路。一头是天长山，一头是地久山。生活天长地久，旗镇还有二百年，三百年……

当我们看到天空变成水灵灵的蓝色，当白云孔雀开屏一样地排开，当浪漫的霞光涂进我们的眼睛，当清凉的微风拂过我们的肌肤，我们不是懒惰了，而是感到了对生活的留恋，并奇怪地觉得，这是历史的重托。

我们完全可以相信自己的感觉。

作于 1986 年 5 月

作者简介

嘉男，本名孙桂丽，1963 年出生，威海市作家，自由撰稿人。中国作家协会会员。省作协第八届高研班学员。在《中国作家》《当代》等文学期刊发表作品200余万字,多篇作品被《小说选刊》《中篇小说选刊》等选载,出版中篇小说集《水做的树》、长篇小说《风定落花深》。曾获《山东文学》优秀小说奖等多种文学奖项。

哦，边地

周艾民

一

眼前闪动着黄色的诱惑——

"嗵！——"

沉重而暴躁的火枪声，震撼着连亘起伏的浅山，没有嗡嗡的回音，便传得格外高远；入林将栖的山雀惊慌地抖翅旋向昏黄的天际；进洞待息的花鼠惊悸地炸毛蹿上朦胧的树梢，仅此一枪，却给黄昏中长久静谧的山野带来一阵骚动，犹如块石投进一湾死水似的原始森林。

随着"嗷"的一声惨叫，那只老黄色的狍子被击中倒下。

想象中，一对亲兄弟在粗粗碴碴地咀嚼着野味的鲜美……

大黄——乌克兰流线猎犬腾起早已按捺不住的四爪，飞身蹿越而去。

"阿哈，我的傻狍子！"打下手的老七顿足欢叫，跑了过去。

不料，倒地的狍子一阵悸动，猛然挺立起来，依仗着特异的力气扬蹄奔逃。

"咬住！咬住！"老七焦急地喝令大黄。

没啥蹦跶头。老六暗暗嘀咕。他不同于老七，眯了眯眼，显示出一丝自信的笑意，提着滚烫的枪筒，大步走去。他没有疾步追赶，自然是深信自己弹无虚发的神功。傻狍子，不出百步准会窝死，单凭大黄也甭想逃命。

果真应验，狍子栽倒了。然而，却倒毙在边境线的那边。

老七愤愤地骂了一声"操蛋"。

老六也愣了。

傻狍子、傻狍子！真会找个死地场，偏偏死在边境防火线那边。

猎人兄弟茫然了。

大黄却不顾一切地径直冲过二十米宽的防火线，撕扯起狍子。可是任凭它施展出全身解数也拖不动竟卡在柞树棵子里的狍子。只好回过头，露出祈求的目光，向主人呼叫了。

老七沮丧地一屁股坐在地上，恶恶地骂了一句："日他奶奶的，今儿个算倒了八辈子血霉了！"

老六一脚踏上防火线，但又胆怯地缩回了脚，迟疑了，眼巴巴望着对面费了几乎大半天打死的猎物，手在痒痒的，指关节也攥得咔咔地响。

暮色从低且昏远的天边幽幽袭来；混混浊浊的，那一抹夕阳的余晖，被远处朦胧的山口吸去了，周围的树枝也淹没在细密的阴影里；光秃秃的防火线像一条灰涂涂的带子，自南而北横断了柔弱的山野。它在边民眼里，如同一道无形的裂谷，不可逾越。多少年了，它远远超过防火的作用，早已被视为双方边境的实际控制线。

谁若雷池一步，即为越境！

边地的人都知道，老六更清楚，可他眼前浮现出的是老八——俄罗斯兄弟和他的妻子、儿子，那一双双潮湿的眼睛在企盼。

老六一咬牙根，狠心踏上了防火线。

"六哥……"老七急红了眼。

"怕个屁，这是咱们的地盘，咱们的防火道！"

愤愤不平的老六固执地过去了，拉起狍子又过来了。连脚步也没停一下，就对老七说："快走！老八一家准等急了。明天他们一家就……"

"汪、汪……"大黄报警了。

"站住！""不准动！"不等老六和老七反应过来。几支枪口对准了，首先押走了老六。

老七吓傻了。

大黄见主人被抓，立刻无畏地冲了上去，但是，未及扑上去撕咬，便随着一声尖厉的钢枪声倒了下去……

……

二

唉！难忘哩，那个鬼节的黄昏。

老六拖着酸楚麻木的双腿，蹒跚着走过最后一道浅山。他努力克制自己不再去想那饥饿年代的往事，却怎样也平息不了隐隐作痛的心。他强咽了一口又黏又苦的唾沫，颤颤地吸了一口湿爽的山风，心，便觉稳了许多。

不远处就是大山口——入山进村的门户。老六望去，便觉一阵喜悦，一阵隐痛。

快二十年啦！

登火车、上汽车、搭马车，下步量，紧赶慢赶终于赶在鬼节黄昏到达苦苦思念的边地。

时值清明，但长年遭受西伯利亚寒流袭击的东北边地，多彩的春天总是姗姗来迟，山里山外只有在朝阳处的柳枝冒出一串淡绿色的"毛毛狗儿"，算是传给边民们一点春的信息。然而走进黄昏的山野，则看不到一点春天的彩色，山风依然带着煞骨的寒气。似睡非睡的大山，露出一副冰冷无情的面孔，仿佛走近身边的老人并不是当年自己哺育的子孙。老六并不责怪。他理解，就是老婆、孩子见了也不一定就认得出一个离别近二十年的人，更何况是一个蒙受越境犯罪名而坐牢，而后又遣送回山东老家监督劳改的人呢？是啊，沉痛、劳累、孤独……如是一把把钝刀，已刮得他面目全非。一个铁铮铮的山东大汉

73

过早地衰老了。古铜色的脸和手粗糙而松弛，早已失去当年的丰厚和富态，俨然一截风蚀干枯了的黑桦。厌恶的给他这张大饼子脸，留下了一层再也抹不掉、填不平的残破网络，皱皱巴巴地凸现着他和灾难苦斗的印痕。他那特有的粗犷、健实的一身肌肤也消失了，只剩下一副高大的骨架。昔日那件合体的黑夹袄穿在如今的身上，显得又空空落落，任风涤荡……

这哪是一位五十八岁的山里汉子啊！

大山不认识他，而他却认识大山，就是把大山粉碎，他也能拼凑完好，且在北安的那座高墙铁网的大狱的漫漫岁月里也不曾淡忘一丝模样。虽然山里有他骄傲，但也有他的耻辱（一个带着罪名而不是衣锦还乡的人，有什么资格和理由夸耀呢？），而在他的眼前、梦中则常常闪现出清晰可亲的面容，宠大高傲的身躯。几乎每次想来都要产生一种幻觉，仿佛自己玄妙般置身它那高高隆起的胸腹之上，同八个磕头兄弟一起，在老爹的指挥下施展一套套古老而壮观的围猎阵法，扑杀黑熊、野猪……

如今，他已解除了管制，终于千里迢迢再次真正出现在大山面前，不知不觉那一幕幕浮起颠落的往事，又使他悸悸然了。

三

多少年前，莽莽老林里，积雪层层。纵横交错、奇形怪状的兽迹使人眼花缭乱。老爹仔细地辨认着，大黄不时地触嗅，八个结义兄弟以老爹为轴，一字排开，沿山坡或沟谷横行寻迹。

寻找野兽踪迹，行话叫拿溜子，老爹专门干这一行，不管谁发现了新溜子，都得经老爹辨认，一经验证，大黄便甩头摇尾通报每一个主人。随即按阵法各就各位。这一切都是约定俗成后的无声行动。

一行野猪蹄迹出现了。

大黄通报之后，老大老二堵后，老三老四围上路，老五老七围下路，老八跟着老爹打中路，独有老六一人守口。

老八不服气，跟老六跑去守口，说："六哥，让我守一次！"

"打你的中路去！"

"六哥，我不愿当哄鸡手。"

"你是小老疙瘩。"

"小看我俄罗斯人。"

"废话。守口危险懂吗！"

老八连连耸着肩膀走了。

大黄已咬住一头挂满松油、粘满泥沙的公猪，在上下两路的挟持下，公猪被逼进沟底。

"好家伙，是一头打蜡的猪。"守口的老六深知野猪油沙固身的老辣，铅弹很难打进去。他果断背上火枪，挥起扎枪迎着对面冲来的野猪逼上去。

"快用火枪，用火枪！你是个骚巴克（猪）！"老八急惶惶大喊大骂起来，被老爹喊住。

眼看着野猪一跃蹿向老六，猛然间，老六仰面倒下，就在这一刹那，扎枪刺进了野猪的胸腔。然后，老六一滚，躲到一棵大树后面。

野猪带着扎枪蹿起一丈多高，随着一声嚎叫，重重地摔在地上，蹬腿死了。

"好小子！"老爹赞叹着走上前，说："这招使得好，你真的出徒了！"

山谷沸腾了。一时，七个结义兄弟拥抱着老六，抄着三国话欢呼起来！

"贼拉的棒！太棒了！"

"乔斯米达！乔斯米达！"

"哈拉少！欧钦哈拉少！"

……

期待的礼拜天到了。

夜晚,老六钻进了香子的被窝,用他那粗大的手搂住了香子。没有语言,没有响动,只有耗子嗑木箱的声音。其实西屋很热闹,老七和老八正在油灯旁走五道,老七偷吃了老八一个子,两个争得不可开交。最后还是老八拿骨牌玩上了,一场争吵才算了结。这也是老七的心计,否则老八是不肯拿出骨牌的。那是父亲留在他身边唯一的东西。这一切,老六和香子似乎没有听见。

一夜,值得珍重的一夜又一夜,一个礼拜才轮到一夜。这是香子为两个丈夫规定的。虽然不能独占,他和老七都满足了。

可惜,他们的幸福和睦老爹看不见了。

……

老八和"玛达姆"从乌苏里斯克走亲家回来了。乐哈哈闯进老六和老七的家,拿出两瓶"伏特加",几串风干香肠,还有两盒果酱,不用香子忙乎,放上小炕桌,哥三就津津有味地喝起酒来。

"老毛子酒没劲,腻了吧唧的,拿咱们的老酒来!"老六吩咐,老七端上一坛子烧酒。三人用大碗吱吱啦啦喝起来没头。

香子拉着老八的玛达姆的手,扯着女人家的闲话。尽管皮肤不同、国籍有别,可他们是好哥们、好姐妹,炕上炕下亲亲热热。

不一会儿,老四来了,一见喝酒,乐得直吧嗒嘴,坐下没喝几口,就端着酒碗,一声高伦大(跳舞)就跳起高丽舞来,喝两口,喊一声"早它"!

"高丽阿杰次(哥哥),来,干了,咱们一块跳!"老八跳下炕,同三个哥哥一一碰杯,干出了碗底。

一时间,东北大秧歌舞,高丽舞,俄罗斯舞混成一团。老八和玛达姆跳得最凶。香子在一旁看着玛达姆那两只大奶子像两只兔子跳个不停,乐得鼻涕一把泪一把。

只听"嗷"的一声,原来老六把猫踩了一脚,香子心痛地抱在怀里。

……

啊！这已是三十年前的情景了。

现在香子怎么样了？七弟还打猎吗？老八回苏联干什么呢？

老四的病好没好？记得送老八一家回国时，老四连炕都爬不起来了。两个孩子长成什么样子了？

四

一座突兀的坟出现了。

老六一阵抖动，双腿一弯跪下了。双手扑向青石碑，紧紧搂住。他哭了，像孩提时受到欺辱后见到老爹一样，尽情地哭诉他的痛苦、委屈。

多少年没这样流泪了。

"爹、爹——俺回来了，赶在鬼节晚上回来了。爹，你痛骂俺这个不孝的儿子吧！快二十年了，没来给您老人家送一回酒、一分钱，连把土也没填过呀……"

他的声音颤抖了。

他从包袱里掏出一瓶酒，两包点心，厚厚的一叠黄表纸。在坟前画了一个圈，一张一张烧起来。

鬼节的夜色以它浓重的油彩覆盖了山野。天和地混浊地搅合为一体。只有山口的坟前一点火光闪现着老六跪拜的剪影。

……

伴随着屯里一阵狗叫，老六走进了熟悉的地坯屋，痴呆地站立在屋门口。

老七、香子和他们的一儿一女都在家。

长久的对视过后，香子和老七终于认出了老六。老七叫了一声"六哥"，香子喊了一声"孩他爹"。

一对儿女惊呆了。

香子拉过儿女，催促说："他就是你们的大爹呀！快，快叫爹！"

儿子低下了头，闺女侧过了脸。

老七看了看老六，难为情地对香子说："俺看还是让孩子叫大爷吧！"

"这……"香子哭了。

老六一阵抽动，扶住门框，闭上了眼睛，暗暗滚下几颗泪珠。

……

睡觉前，香子端来了洗脚水，放好了被褥。老六没有洗脚也没有钻进被窝，头朝炕里和衣躺下。身边躺着儿子，一动不动，似乎是怕老六说起两个爹的事。

老六没有吱声，望着房扒条，像是在数，模糊数不清，直发愣。他不想提问儿子归谁，他更不想告诉他想儿子。不知为什么，他猛然想了老八，于是他问："知道你八叔的事吗？"

"知道，现在苏联。"

"这些年有啥消息？"

"他回来过。"

"真的？"老六腾地坐了起来，追问："啥时候？咋过来的？"

"好些年前了，八叔偷着回来上过坟。"

"谁看见了？"

"那年鬼节，俺和娘给爷爷上坟，发现爷爷的坟头上有盒洋点心。娘说是苏联的蛋糕，盒子上有老毛子字儿。"

"净瞎扯，你八叔不在远东。"

"是俺娘猜的。"

"没报官吧？"

"没有。"

"好小子。"

老六话匣子打开了，讲了半宿和老八结义打围的事，还讲了那几个大爷的乐子。儿子听入了迷。

五

黎明驱散了黑暗，向老六坦露出三合屯古朴而又特别的面孔。环形的山谷里，沿东、南、西三面由一栋栋依山而立的房屋组成了一座月牙形山村。而摄入老六记忆里的第二故乡，则是三星状的，由中国人，俄罗斯人，朝鲜人三个聚落组成，加在一起不过三十户人家，却自称腰汉屯、东高丽屯、西毛子屯。这在山外人看来只不过是个小小的三合屯而已，虽然它们之间有明显的距离。如今东西两屯已名存实亡了。俄罗斯人早已动迁回国，朝鲜人也因不能靠山吃山而相继出山走了，剩下几个混血人屈指可数。只有腰汉屯的一代代山东、河北等地的"盲流"支撑着三合屯的历史骨架，尽管屡经磨难，但"盲流"源源不断汇集，以其特有的顽强生命力终使三星顶立的三合屯融为一体，成为北疆最典型的盲流村。

老六回来了。老人们没有忘记他，还都认识他，年轻人也听说过他。一清早就把老六堵在院子里，问东问西。他一一都打发走了。

三合屯固有的话题，从此接续上了。老老少少议论不休，把老六神化了。这也难怪，他和老爹还有七个结义兄弟曾给三合屯填补了一段历史，留下了许许多多带有传奇色彩的传说。

老六感受到了，他不想远走了。他在屯里走着，看着，寻思着。

腰汉屯那座座干打垒的，土坯垛的两窗一门的草房多么亲切熟悉啊！紧靠山根那两栋连脊的草坯房是大哥和二哥的，大哥虎口丧命，二哥断腿自杀。守贞洁的大嫂二嫂如今怎么样了？昨晚咋没听说过。还有三哥和四哥，这两个高丽哥哥可大不一样，鬼头的老三当了小日本讨伐队的狗腿子，被老爹用猎枪打死了。还没娶妻的老四真是不幸，怎么竟得个中风不语病，想必现在早死了。转眼凝望西毛子屯，一栋栋俄罗斯人特有的刻饰着花纹的板壁、尖顶的木屋，给三合屯增添了一点西洋味。那座乌克兰式农舍独具一格，这是老八建造的房子。小老八，我的好弟兄，六哥当年没有亲自送你们一家出山回国，连一只狍子都不能让你们吃一口。我被押走了，你们迁回国了，恐怕今生今世再也见不到面啦！

唉！想这些干啥，还是去找个安身的窝，好打发今后的日子，安安稳稳地活着，撒欢的年月过去了。咋办？造座房？不值得，租间屋？太麻烦……他一时没有主见，失神地眺望着空阔的大山口。

倏忽，他看见，确切地说是印象中，离山口不远处有个小山崴子，那地场朝阳背风，有间地窖子。当年是老爹带领八兄弟造的。二十年前有人养蜂住过，现在还能住人吗？不管咋样，先去看看。

他迈开猎人特有的缓缓急急的步子走去了。

"嗷——！嗷——！"

"嗷、嗷、嗷——！"

说不清是狼崽还是狗崽的嗥叫声，一阵阵敲击着老六的耳鼓，时时拨动他那根久已麻木的神经，油然勾起猎人猎取野味的欲望。旋即，察看地窖子的意念冲销了。他神经质地伸手向小腿拍去，巴掌打在腿上，方知猎刀那年打狍子被没收了，腿上已有快二十年没打腿带了。他苦笑着，蹑脚走近山口。

一看，父亲的墓碑上拴着一条金灿灿、毛茸茸的狗崽，正嚎叫着四处挣扎。他纳闷了，谁家这么没路数，把狗崽子拴在墓碑上。他气愤地走上前，伸手就要解绳索，却又迟疑了。

大黄？多么像大黄小时候哇！

他抱起狗崽，看着、摸着，一时竟糊涂眩晕了。他简直不敢相信自己的眼睛，可搂在怀里的地地道道是一条同大黄一模一样的乌克兰流线狗啊！

这是在梦里吗？

六

"六哥，你看，乌克兰流线猎狗，有名的。"老八说着塞进老六怀里。

"哪来的？"

"一张紫貂皮换来的。"

"在哪儿？"

"阿尔季奥姆。"

"你去苏联了。"

"趁日本巡逻队没注意，偷越国境的。"

"小老八，真有你的。"

大黄是这样来的。眼下这是咋回事呢？莫非是屯子里有人引来了乌克兰狗种？不可能，哪有解放前那么容易。难道是老八他又……咳！管它是哪来的，拣条狗当伴儿吧。

老六上前欲解绳子，忽然发现碑下有个写着俄文字码的空酒瓶，还有几块刀切的蛋糕，上面奶油已沾上一层土。

啊，老八。你昨晚上回来上坟了。你胆子可真不小啊！

送条狗干什么？老七早就洗手不打猎了，我回来你还不知道啊！

转念又一想，老六笑了，净瞎猜，老八一家，早回苏联西部了。他怎么会来到这。他解开绳子抱着小狗，朝地窖子方向奔去。

朝阳、背风的山崴子里，那座地窖子依旧存在，只是门板没了，顶盖漏，炕面石板让人抠走了。这不碍事，叫老七和乡亲帮忙修修准行。他决定了，就安居这里，与狗为伍。原来的家不能回去再像二十年前一样吃住。香子就算老七的，当兄长的怎能同弟弟争一个老婆，再者这年月不是旧社会了。儿子闺女也都长大了，得让孩子们体面点，反正都是本家子孙，当个大爷也不错嘛！

当年，远东一场罕见的"大烟炮"使越境逃难的毛子孩（后来的老八）陷入一群饿狼之中。是打猎归来的老六之父拼掉肩头一块皮肉救出了毛子孩。他父母被白匪杀害，身上只有一副祖传的骨牌。

猎人，长年同生死打交道的猎人，心中充满不易流露的深情厚谊，他们最懂得热爱人的生命，爱得深切、真诚。作为猎人的儿子，对同胞兄弟还有什么不可奉献的呢？

老六修好了地窖子，和黄狗一起住进去了，过上原始而孤独的单身汉生活，不管老七、香子和乡亲们怎么劝说，他也不肯搬进家，就是住在西屋，也不会安生。这样下去，他自觉得心里踏实。

七

几天过去了。

在一个月亮宛如玉盘一样圆的晚上，香子闯进了他那不曾有过女人气息的地窖子里，而且提着一杆单筒猎枪。

蹲在被窝里抽烟的老六愣了，一时不知怎么才好。竟掉了烟头，烧痛了大腿。

"瞧把你吓的，像抽筋似的。怕啥，俺又不是女妖精。"香子说着坐在老六的褥子角上，把猎枪递过去，说："俺是来给你送枪的。"

"枪？猎枪。这不是老七那杆枪吗？！"

"是俺给藏起来的。那年你被押走，老七要把枪砸了。俺给抢下来，糊弄他说给卖了。留给你的，你稀罕这玩意儿。"

"我……我老了！"老六摸着猎枪，手抖动着。他望着香子，眼睛潮湿了。

"六哥！"香子轻轻地叫了一声，紧接着搂住了老六的脖子。

地窖子低矮、暗淡，唯一能进去月光的扁窗也被牛皮纸糊住，只有门上那一块方孔投进一束月光，却又照在黄狗身上。

老六和香子凭着山里人那种特有的识别黑暗里一切事物的视觉、触觉和嗅觉，默默地搂着、抱着、体味着……

啊哩啷、啊哩啷，

啊哩哩、啊哩哩，

青线呀，红线呀，

在这喜事的日子里……

高丽老四敲着铜盆，同东高丽的同胞们边唱边舞。老八一看这热闹劲，就脚心痒痒，端起桌上一碗酒，咕咚一口，然后举起碗，向西毛子屯的同族们喊道："拉起巴扬，弹起曼驼林，跳哇！"

顿时，一伙俄罗斯族的男男女女，老老少少涌到院子里跳起狂热的土蕾舞，把高丽们挤到一边。调皮、风趣的老八，拉着香子，举着酒碗，喊着"苦啊、苦啊……"

"六哥，苦了你啦——！"香子哭了。

老六木然呆坐，心在流血。

许久，老六推开香子，说："你走吧！"

香子惊愣了。心里在怨恨老六，待她寻思过味来，擦了把眼泪，扭身下炕。

"等等，围猎图带来没有。"老六问。

"啊，带来了，瞧俺，差点没忘了。"香子说着从大衣襟里掏出一块皮子交给了老六，随后又说："俺回去了，赶明个再来看你。"

"俺送送你。"

"不用。这山沟里好些年没有狼了。你躺下睡觉吧！"

香子走了。老六不放心，穿上衣裳跨出地窖子，远远地跟在香子后面，一直护送到屯里，看着她进了家门，才转回来。

第二天上午，老六听说香子昨夜挨了老七一顿打骂，他不知为什么，他猜测和昨晚上的事有关。他憋气、窝火，拉开架势去找老七说道理，可还没走进屯子就打消了这个念头。觉得自己现在是香子的大伯哥，干涉弟弟和弟妹的事有点那个。忍了吧！还是驯驯小黄狗，等它长成了就去打个野鸡、飞龙什么的。打大猎是不行了，老喽——

老六驯狗是很有一套把戏，他背着猎枪，牵着"黄儿"，带上两个窝头来到浅山里，先没有撒开"黄儿"而是放长绳索，在蒿草棵子里驱赶"黄儿"一会儿跑，一会儿走，快中有慢，慢中有快，时而提一下绳索，暗示"黄儿"蹿起跳过障碍物，时而拉一下绳索，传意给"黄儿"伸长压低腰姿钻过密集的榛柴丛。"黄儿"初次接受这样的训练感到新奇、有趣，极力领会主人的意图，任凭摆布。练得差不多了，老六就教它在主人前面十米宽的范围内来回走"之"字，然后再引导它随着枪声去叼回猎物。老六事先把准备好的麻雀，应着枪声抛出去，再喝令它去寻找，叼回来，但不准它吃掉，慰劳品仅是一小块窝头，每吃到一块，它都向主人摇摇尾巴，深感主人的满意，享受着应有的欢喜。

　　"黄儿"嘴嚼着窝头，老六吞咽着香甜。

八

　　边地的春天十分短暂，不等老人们换下棉袄便悄然进入了夏天，直到小暑时，冬的寒气，春的凉意才渐渐消退。老六虽然没有寻找和物色到一个热心诚意的接枪人，却训练成一个理想的哑巴帮手——"黄儿"出徒了。

　　这天清晨，老六扎上弹带，背上猎枪，锁好门，带着"黄儿"进了飞龙沟，开始了小打小闹。

　　"黄儿"同主人保持着十几米的距离，习惯地拉开缓缓急急的步子，沿着"之"字线路搜寻前进，老六双手端着猎枪，瞧着"黄儿"的举动，紧紧跟在后面。

　　一阵"隆隆"的飞机声，从山后传来，老六抬头望去，不一会儿从山脚处露出一架直升机，远看只有老鹞子那么大点。

　　啊，老毛子的巡逻机。老六回到三合屯还是第一次看哩。以往只听见飞机响，不见模样。渐渐地，飞机由远及近，由小变大，由灰变绿,飞到飞龙沟上空。老六只觉得头皮发紧,难道飞龙沟也被霸占去了?他转眼向沟底望去,宽宽的边境防火线依旧。他心里踏实了。国境线还远着呢,少说也有一里地。可飞机咋越境了?穿山沟飞行,隐约能看清飞机上的毛子兵,正端着望远镜朝下看呢。八成看见我了。老六骂了一句:"瞎看啥,老汉不会再沾你们的边!"

飞机远去了。

正在这时,"黄儿""呜"的一声蹿去,一帮飞龙"喳喳"地叫着从木丛里飞出,老六一愣,回手一枪,只见几只飞龙应声掉下,空中飘落一片片、一丝丝羽毛。

老六兴奋而自豪地吹了吹冒烟的枪口,瞥了一眼快消失了的飞机,自言道:"算你们有眼福,开了一次眼界。"

少顷,"黄儿"叼着一只飞龙蹿到主人面前,放下后又去叼,一共叼来三只,再去找就没有了,老六拎着三只飞龙满足了,顺手将飞龙的五脏掏出来,慰劳了一顿"黄儿"。

见好就收枪,老六兴冲冲朝地窨子走去。

途中,老六盘算,三只飞龙给香子他们一对尝个鲜,自己留一只做顿飞龙汤解馋,快二十年没吃到野味了。他走到香子家门口,刚想推开院门又迟疑了。还是不进去为好。便把两只飞龙挂在院门上。

尽管老六没有当面送,可香子不用猜就知道是他送来的。也正是两只飞龙告诉了香子,老六开始打猎了。从此,她心里多了一件事。当年,哥几个进山打围,每天早晨都是香子把煎饼洒上温开水,一张一张地卷上炒鸡蛋,每人包好一份缠在后腰上。晌午在山里吃的时候又软又温乎,这一口是猎人最爱吃的。现在,老六不会摊煎饼,又是单身打猎,吃什么呢?窝头、馒头一凉了就发渣,大碴子、小米饭又稀又散没法带,够老六受的。香子想好了,每天早晨给他送一包煎饼卷鸡蛋,估计这事老七不会计较。

老六哪里是打猎?天天到山里转,却不进老林,就是山边上转悠过过枪瘾，打发日子。

不知不觉，山野黄了，田地也黄了，打野鸡的季节到了。

昨晚上，老六在灶前化铅水，漏了半宿的枪沙，足够一秋天用的。第二天早晨，不见有人来送煎饼包，一出门，看见门口的小树上挂着那个熟悉的饭包。他纳闷了，以往都是香子亲自把饭送进屋，今个儿这是咋地啦？他没有多想，就把饭包缠在了腰上打野鸡去了。

他高兴而去，扫兴而归。虽然不到下午三点钟就打了二十多只野鸡，可在回来的路上，使他挺窝火。

自从打飞龙开始，他就离边境线远远的，生怕惹是生非，吃不了兜着走。这次到浅山那边一块大豆地四周打野鸡，得绕一道大沟，必须经过国境线边上一条小道才能转过去。偏偏在回来的时候，遇上了苏联边防军巡逻队。

一条军犬在巡逻兵前面走一走、闻一闻，当发现"黄儿"时，猛地蹿过边境线，凑近"黄儿"。排头的那个戈比旦（军官）哇啦哇啦一阵叫唤，军犬也不理睬，和"黄儿"那个亲热劲就甭说了。

原来，那条军犬是母性，正是发情期，见了同族雄性迈不动步了。"黄儿"经不起异性的勾引，一时昏了头脑，主人的命令成了耳旁风。一个劲地往军犬身上扑。

这还了得！老六拼命追赶，终于抓住了"黄儿"，扯着护脖套就往回走。那二十多只野鸡早扔了，也顾不得捡了。

过了一道浅山梁，老六停了下来，把"黄儿"拴在树上，痛打起来。

"打死你这个没出息的！"

"打死你这个骚货！"

一根手指粗细的色树条子，硬是打裂、打断了。老六打累了，也骂够了，坐在地上大口小口喘个不停。

"黄儿"瘫倒在地上，"嗷嗷"地呻吟着，浑身不停地抽动。

浅山那边也传来军犬的惨叫声，想必是那个戈比旦也在教训不争气、不守规矩的军犬。

"这——这能怨狗嘛！"老六醒过劲来，看着自己的心爱的"黄儿"，心痛了。

九

老六懊恼地抱着瘸狗回到地窨子，一推门才恍然大悟。啊，门上锁了。他"哧"的一声笑了。这一笑便冲销心中的闷气。

令人奇怪，他干啥要锁上一个没有存放一点值钱东西的地窨子呢。边地的山里人可没有这习惯，大不了家人出山时把门钩搭上或在门鼻子里别上个小木棍儿。百年来均是如此。他们认为锁上门是对人的不义不诚，是自己欺骗自己。他们常说"锁头这玩意儿只挡君子不挡小人"。过去老六也这么认为、这样遵守，而现在他要自己欺骗一下自己，锁上门心里才踏实。这许是一种精神安慰。

说穿了，老六锁门只有一个目的，保护围猎图。

他放下"黄儿"，打开锁，跨进门第一件事欣赏挂在墙上的围猎图。每次回来必看一次，有时晚上也时常端着油灯看了又看，好像上面有什么变幻多端的光景，一时不看心里就像要失掉点什么。

一块鹿皮上，没写一个字，扎满了密密麻麻的针眼，不是打围的老行家，绝对看不出名堂，而老六却能熟悉地识别出各种围猎阵法。什么三环阵、梅花阵、两路阵；什么猴头阵、三角阵、弓树阵。前三种阵法属于六人以上的大阵法，后三种属于五人以下的小阵法。这些阵法全是老爹的老爹记下的，其中也有老爹设计的。围猎图吸收了满族、蒙古族、白俄罗斯、乌克兰、朝鲜等民族的传统围猎阵法的精华，在漫长的围猎生涯中形成了，留下了。原始围猎是不用火枪的，靠棍棒、扎枪、二齿叉，还有陷阱、弓树、套索等。老六跟父亲和结义兄弟们全都使用过。虽然已有多少年没用了，但老六闭上眼睛也能再现出一幅幅壮观的围猎阵势。图是没有标明那位置是谁，可在老六心中，要害的部位从前是属于老大老二的，而后来属于老五和他的。老爹素来不让两个高丽哥哥和一个俄罗斯弟弟占据，并非不信赖他们，而是出于义父的庇护之情、侠义之举。

多少年了，这张图不仅是父与子、兄与弟的血肉集成，也是情与血、火与剑、善与恶搏击的结晶，还是不同种族、不同国籍、不同猎技交融凝聚的成果。老六没有充分认识这些，但他早已凭着围猎的经历模糊地感受到它的分量和价值。他在看，他在想，难道这些围猎技法再也不能施展了吗？就这样默默地随着一把老骨头到阴间去会老爹吗？他渴望有一个、二个，更多个有心计的徒弟，继续发展下去。

每当此时，他都感到有一种说不清的滋味。他怀念老爹的威力、肚量和胆识，怀念七个结义兄弟，更渴望那种群体的火热生活。他常想、常失眠。

草青草黄，转眼深秋到了，似乎一觉醒来，下了一场大雪，冬天也来了。

冬天大雪封山，是打大猫的季节，可他无能为力了。常常依靠在门板上，眯眼眺望远山、老林，耳畔时常梦幻般传来集众围猎的喊声、枪声。烦乱之中贯通着恼火、愤怒，也浸润着不可名状的怜悯、懊丧。这种心境、情绪毕竟不会持久的堆积，短暂之间便可隐去，而使他最不能麻木、平静和忍受的是香子的中指长了一个致命的疔。不幸的消息接踵传来。

"你跑什么？"

"啊，大爷，进城给俺娘抓药！"

"你娘怎么样了？"

"中指肿得像个棒槌。今儿早上手腕子都起红线了！"

"黑瞎子胆用过了吗？"

"屯子里都找遍了也没有。"

老六急红了眼，不顾忌了，跑去看香子。他也是香子的半个丈夫啊！

十指连心。香子捂着手腕，痛得满炕直滚，沙哑的痛叫使老六目不忍睹，转身跨出里屋，愤恨地瞪了一眼蹲在门口束手无策的老七，大骂道："猎人的浑球儿！疗毒攻心就完犊子了！你快撒泡尿浸死得了！"

老七叹了口气，干瞪两眼望着老六发疯似的跑走了。

担忧、寒心、愤懑的老六一进地窖子就开始点火化铅弹。他准备进山里打黑熊，取熊胆，救香子一命。

鲜熊胆是治手疗再灵验不过的好药了。

进山，一定进山，到松树山去，豁出老命也要弄到鲜熊胆！

十

大山老了。

老六只有这么一种感觉。他无心去巡览昔日山林的迹象，也无意去欣赏今日山林的景观，一味搜寻、审听黑熊的踪迹、声响。

打大猎，"黄儿"的本领就不灵了，尽管经过近一年的驯化。眼下只能做个伴儿了，当个不顶用的帮手了。

山林特有的肃穆、宁静，并不使人感到安逸、舒适。早已领教过无数次生死考验的老六，如今依然视其为虚伪的假象，而往往虚伪的假象背后潜藏着凶恶，随时都会发生一场残酷的搏击和拼杀。

"咔叽、咔叽……"

老六凭着那根复活了的敏锐听觉认定，这种响声是黑熊在吞吃松子或橡子，他一阵兴奋后。无数条神经如同一根根拉到极限的皮条，使他猫着腰，放轻脚步，暗示身边的"黄儿"不要乱动，跟他一起向前搜寻。

一只黑熊出现了。

好家伙，足有半吨重。

不知为什么，老六有点心慌。这是怎么了，这还得了，这哪是一个猎人此时应有的心境。他暗暗骂了自己一声"混蛋"，便闪到一棵树后，探出了枪筒。

黑熊坐立着，两只前掌正抱住一个松塔，贪婪地啃吃着。胸腹朝前，打不到胸口，只好瞄准头部。

枪响了，黑熊"呜——嗷"一声腾起。老六急忙按住跃跃欲蹿的"黄儿"，趴在树根后观察着，只见蹿起落地的黑熊，四面巡视，没有发现中伤它的人。它原地打转，一会儿立起张牙舞爪，一会儿扑向树干，抓挠拍打，疯狂地发泄着仇恨。松塔、枝叶纷纷落下。黑熊一阵折腾之后，挺着受伤的脑袋向山下跑去。

耻辱，猎人的奇耻大辱！老六万万没有想到，在他五十八岁的时候，竟从头号猎手的峰顶上跌进了无名鼠辈的山涧里。一霎间，由沮丧、恼火，化作冲天的烈焰，燃烧着那颗耻辱的心。

追！追回一个真正猎人的尊严。

追！追回应该属于香子的熊胆。

"黄儿"似乎看透了主人的意向，凭着它灵敏的嗅觉，沿着黑熊断断续续、星星点点的血迹边嗅边追，不时回头暗示一下主人。

老六紧张、猛撵。蓦地，前面炸响一枪。怎么？谁打的枪？老六眼前闪回当年同结义兄弟们使用三环阵法捕杀猎物的情景。一旦头一环无法击中猎物，第二环或第三环就可补上一枪，不出三环准猎获，再难对付的野兽也休想逃脱。可眼下这一枪谁补上的。老七吗？不，他已经发誓终生不再打猎了。那么是谁？或许屯子里又出现了猎手了？

"六哥！"老七来了。

"你——是你补的枪？！"

"不是，俺是拿这把板斧来帮你一把。"

上阵要靠父子兵，打猎还是亲兄弟。这是香子对老七说的。当有人看见老六进老林里，担心他当年老吃不住劲，便通报了老七。香子知道老六是为她取熊胆，见老七左右为难，迟迟不动，就苦苦相求，让老七看在香子面上，帮六哥一把。

"别说了。快追！"

老哥俩朝枪响的方向追去。

糟了，边境防火线挡住了哥俩的去路。眼看着受伤的黑熊倒在边境那边一处蒿草里。正有一条和"黄儿"一样的猎狗蹿出林子，随后一个扣着鸭舌帽的老毛子提枪跑近黑熊。

"她妈了个巴子的，咱们打的黑瞎子让老毛子得着了。"老七跳骂起来。

老六把枪往地上一蹾，狠狠地骂了一句："该死的边境！"

突然，倒地的黑熊在那条猎狗的撕扯下，冷丁蹿起，拖着一尺多长的肠子朝老毛子扑去，猝不及防的老毛子被扑倒了。

"黄儿"见黑熊腾起，勇敢地蹿过边境，同那条狗一起掏黑熊的后裆。

老毛子双手卡住黑熊的脖子，支撑着，呼救着。

"完了，那老毛子完了！"老七无可奈何地感叹。

"快救人！"老六说着踏上了防火线，还未拉开步子就被老七拽住。说："六哥，你别没记性！"

"难道人还不如条狗嘛！"老六打开老七的手，跨过防火线、越出了国界，挥起枪把子照黑熊头上击去。垂死前的黑熊彻底倒毙了。他扶起肩头受伤的老毛子，一打眼，感到面熟，很像老八那副脸。

还没等老毛子说出一句话。苏联边防军巡逻队围了上来，打头的戈比旦揪住了老六。

"黄儿"见主人被扭住，冲上前咬住了戈比旦的大腿，结果被一名士兵一枪击毙了。

"黄儿"惨叫着腾空而起,在空中划了一个弧线重重地掉落在老七身边,死了。那一声震颤人心的惨叫,连同凄婉、悲哀、怨恨的啸音在深山老林里久久弥留、回荡。

老六在喊:"老七,快救香子"!

老七在喊:"六哥,你回来呀!"

老毛子在喊:"乌拉!中国人!"

重叠的声浪飞过国界这边和那边,旋向边地的天空。

云霭抖动了。

高空有一群山鸽驾着寒风。

作者简介

周艾民,原名周爱民,1956年3月生于山东牟平县,哈师大中文本科毕业,进修于北京鲁迅文学院,现住黑龙江省绥芬河市。出版过《艾民小说集》、散文《界河的梦》、长篇小说《百年旗镇》、大型纪实文学《日落胜哄山——日本关东军满洲国境筑垒揭示》。现为黑龙江省作家协会会员、中国报告文学学会会员、中国民间文艺协会会员。

花桩轶事

韩则烈

四根钢轨，并排向国境线方向蜿蜒前伸。人们管它叫"骑马道"。苏联车走宽轨：152.4（公分），中国车走直准轨：143.5。

国境线上，铁道旁立一根木制的圆形柱子，高 180 公分，黑白相间的油彩自下而上，呈螺旋状一直涂到顶端，这就是铁路上的国境标记。

俗称为"花桩"。

中苏双方的巡道工免不了要在这儿碰头。坐在花桩下各自的一边，吸根烟，唠几句嗑。

孙奎记不得是哪一年认识的巴依信克，反正都很年轻。长年生活在中苏边境地区的中国人大多会几句俄语，苏联人也懂几句汉语。他们交替用俄语汉语聊着。实在不行就用手比画。尽管绊绊磕磕，倒也能达到交流的目的。时间一久，障碍便基本消除。

他叫他"老巴"，他叫他"喂，孙"。

"喂，孙。你多大岁数？"

"二十五。属狗。"

"什么？什么叫属狗？"

孙奎便将中国属相知识讲给他听。

"哦，"巴依信克似懂非懂，"那，我比你大七岁，应该属什么？"

孙奎便眯起双眼，掐着手指口中念念有词："子鼠丑牛寅虎卯兔辰龙巳蛇……"

"嗯，老巴，你应该属黑瞎子！"孙奎取笑着。巴依信克身高一米八多，长着黑乎乎的护胸毛。

"什么叫黑瞎子？"

"就是狗熊。"

"狗熊？"巴依信克哈哈一笑，拍拍孙奎的肩头，"那你就应该属小鸡喽！"

"我应该属小鸡？"孙奎也哈哈大笑。

孙奎长得瘦小，伙伴们曾取笑他，裤腰沿子绑俩二踢脚，一点火能崩上天。

聊罢，笑罢，孙奎用钥匙打开钢轨下的一个小铁盒，换了牌，背起那褐色的猪皮工具袋。巡道工每人都有他自己的固定区段。巡到尽头之后与另一区段巡道员交换牌，以证明自己确实完成了这一段的任务而不是中途折返。巡出国这一段线路的因不可能与苏方换牌，所以在铁轨下设一个小盒装牌。巡道工到此交换的牌直径四公分，金属制成，呈圆形。苏方是否也这样，他不知道。

两人拍拍屁股，各自转身。就以花桩为端点，向相反的方向划出两条无形的射线。

天阴得像块刚刚洗过的布。巴依信克的脸阴得像天。拼命吸烟，烟丝在烟斗里发出吱吱的响声。孙奎也吸，吸得只剩下唾沫浸湿的纸。

"怎么了，老巴？"孙奎将烟头在地上蹭灭。

巴依信克半天没说话。烟丝仍在烟斗里发着吱吱的响声。突然，他大吼一声，像是在骂。随即将烟斗在花桩的根部狠狠敲了两下："她……我的……"连耸肩带比画地咕噜了半天，孙奎好容易才明白：老婆跟人家跑了。

孙奎想起，过去也有个俄国姑娘与自己相好过，不料后来却跟个红军大尉回国了。

"你们俄国的玛达姆（妇女）这个的。"他伸出了小拇指头。

"对，这个的！"巴依信克也伸出个小拇指头，"你们中国的玛达姆，这个的！"他竖起了大拇指。

"唉，别寻思这些事了。女人好比身上的衣，脱了旧的换新的。"这是一个朋友劝他的话。

"对，换新的！"巴依信克说着从工具袋里掏出一瓶贴着俄文商标的伏特加，用牙啃开盖，"来，喝点！"

孙奎慌忙摆手："不不，这可不行，顶班时间。"

"管它呢！"巴依信克一仰脖，咕咚咕咚下去半瓶，"给！"不容分说递了过去。

孙奎呷了口，不由皱了眉头。闹得哄的，不是味。巴依信克马上掰了截香肠给他。"嗯，这玩意儿味道还不错，"他边嚼边说，"等下次，下次我给你带点中国的小烧，你尝尝那味！"

"真的？"巴依信克蓝眼睛里闪着孩子般的天真，脸上涌现出喜悦的红晕。后来，孙奎真给他带来半瓶二锅头。老巴悭吝地只呷了一小口，一巴掌拍在孙奎肩上："哈拉少（好）。够朋友！"说完赶忙盖上，带回去了。

巴依信克把那半瓶伏特加又喝进去。一甩手，伴着连串的闷响，空瓶子顺路基滚落下去。

云块愈来愈低，空气像攥一把都要出水。

"要下雨了，走吧！"

"巴脚穆（走）！"

"再见！"

"道斯维达尼亚（再见）！"

孙奎走了十几米远，站住，回首凝视。

巴依信克那魁伟的身躯剧烈地摇晃着，渐渐变小，最后消失在灰纱般的雨帘之中。

吸烟也是个营生，有时边聊边吸，有时不聊光吸。巴依信克使用烟斗，上边盖着胡子，样子很像斯大林。孙奎用报纸卷成喇叭筒，一吸两腮就凹进去。巴依信克琢磨不出他像谁。只觉得他很瘦。

"喂，孙，抽抽这个，木什斗克。"他管烟斗叫"木什斗克"。

孙奎吸了一口便咳嗽起来："不好，一股烟袋油子味。来尝尝喇叭筒！"

"不好，一股铅油味！"巴依信克也吸了一口。那报纸上有铅字。

只好自己吸自己的。

夜间，便有两个红红的小亮点在黑暗中明明灭灭。两点挨得很近，任何人也无法猜到那中间还有条叫"国境线"的东西隔着。

巴依信克常给孙奎带苏联的"大白杆"。孙奎便拿回来分给伙计们尝鲜。并不好抽，可毕竟是外国烟。那时人们还没听说"希尔顿""三五"什么什么的。

"来，老巴，尝尝这个。"孙奎捏了一小捏烟末放入巴依信克的木什斗克。

巴依信克用拇指按了按，正要掏火柴，一阵风吹来，干树叶子哗哗直响。孙奎似乎意识到了什么，忙摆手制止。老巴会意地笑了，揣起火柴。

防火期，野外不准吸烟。

忍着，瘾着，干坐着。

"喂，孙，"巴依信克眼一亮，"办法有了！"

他用信号旗木柄在花桩下的地上掘了几下就出个小坑。再用手扒，扒大，抠深。于是各自趴在自己的领土上，头顶着头，嘴伸在小坑里贪婪地吸着。还得用另一只手在旁边捂着。

太阳懒洋洋悬在空中。任凭山风在背上呼呼地吹，任凭枯干的草木在耳边哗哗地响。这大概是世界上独一无二的吸烟方式。不知道还以为是趴在那儿数蚂蚁呢!

过罢瘾,再用土将坑内的烟斗烟灰埋上。

多年来,他俩不知在这花桩下挖了多少这样的坑。

"哈拉少!"巴依信克竖起大拇指。

"哈拉少!"孙奎也竖起大拇指。

"你的烟,哈拉少!"

"你想的办法哈拉少!"

孙奎告诉巴依信克,这是关东烟中有名的护脖香烟叶。一棵黄烟只在烟梗脖子上长两三个。劲不大不小,非常柔和,味也正。

巴依信克告诉他,这种吸烟方法是跟哥哥学的。他哥哥卫国战争时是侦察兵,有时夜间执行潜伏任务实在瘾得不行,怕暴露目标,就这么过过瘾。战后掉了只胳膊,现在在一个什么厂子当书记。孙奎也想到自己的哥哥,当过八路军,胳膊腿完好,现在在山东老家种地。

时光无声地流淌着。大地黄了又绿,树叶绿了又黄。巴依信克见孙奎的头发由黑变灰,孙奎见巴依信克的胡子由黄变花。

不知从哪一日起,两人的话越来越少。见了面只是打打招呼,说说天气,转身便往回走。有时也吸会儿烟。巴依信克仍用他的"木什斗克"。孙奎仍是报纸卷喇叭筒。背对背,靠着花桩坐着,默默凝视那儿朵属于各自祖国天空的云。

那是初冬的一天,飘着小青雪。雪花慢慢悠悠洒落下来,粘着铁道便化了。枕木和石渣都湿漉漉的。两人走到花桩前,孙奎说了句"这雪",转身就要走,巴依信克一把拽住了他:

"喂,孙!"

孙奎停住,惊诧地望着巴依信克。只见他从工具袋里拿出个大塑料口袋,里面装着个锅盖似的大面包。这东西当时在中国只有哈尔滨秋林公司卖，排着长队才能买到。

"拿着，你孩子多，长身体要紧。"

"不，我不要。我们吃得很好！"

说这话时孙奎觉得有些底气不足。

"不要骗我。你的孩子一定都饿得面黄肌瘦。你们五个人穿一条裤子。"

"扯蛋！"孙奎第一次发这么大的火，"你们撕毁合同，撤走专家……"

"你们不按规矩办事……"

巴依信克嘴唇哆嗦着，花黄的胡子一抖一抖。雪花落到人身上不像落钢轨上化得那么快，两人的肩头都已白花花一层。

突然，巴依信克像头雄狮样扑上来，紧紧薅住孙奎的前襟，剧烈地摇撼："喂，孙。你不够朋友，你不说实话，你不相信我……"旋即又猛地放开，颓然蹲在地上，抱着头哭了。

"老巴，我们是有些困难，可没五个人穿一条裤子，那是污蔑，难道你也信……"

孙奎说不下去了，任凭雪花的撩拨与挑逗，似乎也有着难言之隐。

许久，巴依信克将面包送到孙奎怀里，说："有些事情咱们都说不清楚。不说这些，好吗？那都是戈必旦们（当官的）的事，我们都是老伯呆（工人、苦力），管不了那么多。我们还是朋友，对吗？"

孙奎没再说什么。他听巴依信克的声音在颤抖，见他两行热泪已从红肿的泪囊越过几道不规则的皱纹渗到胡子里。

"孩子们……得吃饱哇！"巴依信克的声音轻得几乎听不见。说完，转身走了。

没喝酒。可那步履却蹒跚得厉害。

小青雪仍旧慢慢悠悠，无声无息地下着。孙奎两眼模糊了，木木地抱着塑料袋子，他觉得那东西很沉。

空气紧张到了快凝固的状态。

他向上级提出了不再巡出国线路的要求。

"孙奎同志，你家三代是红五类，组织信任你，相信你会坚强地战斗在反修第一线。不然这条线路能让你遛三十来年吗？再说，你哥哥还是老八路。"领导说。

尽管如此，每每遥望到那直挺挺的花桩，他仍不由得心跳加快。

巴依信克似乎看出他的心事，很知趣，从不多说什么。只是有一日，他忽然悄声问："喂，孙，告诉我，红卫兵真的打人吗？"

孙奎一愣，没反应过来。待他又问了一遍，声调提高了些。孙奎沉默了会儿，淡漠地说："讲不清楚。"

巴依信克觉得很索然。

时间有些板滞，孙奎觉得喘不过气来，觉着越来越活得没滋没味的。

隆冬，一个没有色彩的黄昏。

风在山野里没有固定方向地刮着，旋着。忽而抓起一把雪粉奋力向空中扬洒，忽而牵引着那一缕缕白色精灵不规则地向前，冲刷着那四条并列的铁轨。天地混沌之间，花桩时隐时现。两个小黑点从相对方向在风雪中挣扎着朝花桩缓缓移动，终于重合成了一体。

孙奎觉着要发生点什么事。他没立即转身，望着巴依信克胡子上的冰碴，等待着。然而，什么也没发生，躁动的大自然里呈现出被疏忽了的片刻平静。

"喂，孙。我要走了！"良久，巴依信克怆然地说。

"怎么回事？老巴。"孙奎心头一震。

"我退休了。"

"不是，还差两年吗？"

"上边说，调我到内地，干点别的。这不是跟退休一样嘛！"

"会不会是，有人捅咕你什么了？"

"不清楚。也许。反正，哪个国家，也都不太平静。"

相对无语。也没吸烟。

"下次，也就是我最后一次来，你给我带点大葱籽，行吗？"

"嗯，这好说。"

苏联不种大葱。远东地区吃的圆葱据说还得从遥远的欧洲，通过西伯利亚大铁路运来，很贵。那次孙奎带的煎饼卷大葱，吃得老巴额头直冒汗，胡子上粘满煎饼渣子，连声叫"欧钦哈拉少（很好）"。

一个旋风卷起圆柱形的雪雾，将他俩连同花桩紧紧裹在一起，呛得喘不过气来……

巴依信克终于没有来。

孙奎一手扶着花桩，一手紧紧捏着那一大牛皮纸信封精细选出的葱籽。直直地望着那迷蒙的远山，那异国的云。

我来晚了吗？不能啊，多少年了，有数的。老巴呀，你知道我今天有多少话要对你说。我要告诉你怎么移苗，怎么剪须，怎么打垄，长好葱白。对了，我还给你带来一饭盒牛肉馅饺子呢，这是中国最好吃的东西。送行的饺子接风的面……

仍不见踪影。他的眼睛湿润了。

往回遛时，心里像挂了铅坠。走几步一回头，企盼着奇迹出现。然而，扑入视野的只是那四条规规矩矩的钢轨：宽的152.4，窄的143.5。

那根一米八高的花桩呆呆耸立，像要为把这些零零碎碎平淡无奇的故事重新整理串联一起而在沉思默想。

第一次这样空手走在"骑马道"上，一晃自己也退休多年了。这是孙奎即将离开这边境小城搬内地儿子家居住的前一天。

没有工具袋，没有道钉锤；没有责任，没有负担。但并不感到轻松。两脚踏着沉重的岁月年轮，一种从未有过的陌生感和失落感不时袭涌着他的心头。

四点七公里的线路上有三个隧道。过了第三个隧道从边上第一根枕木数起，不多不少走一百零七步就是花桩。走在隧道里凉丝丝的，心情还好。可一出隧道便傻眼了，除了那熟悉得不能再熟悉的四根钢轨，哪有什么花桩啊！一百零七步之后，连痕迹都不见，只有几根嫩绿的小草在随风摇曳。

伴着"汪汪汪"的狗叫声突然从小路边上蹿过来条肥头大耳的军犬。牵着它的是名年轻的边防战士，背着枪，胸前挂着望远镜。

"喂，干什么的？你越境了！"

"我没越境。花桩没了，可我脚下有数！"

"花桩？什么花桩？"

那小兵丈二和尚摸不着头脑。孙奎简单地说明之后，小兵笑了，态度随之也缓和。

"你再走一百零七步也没花桩了。听老兵讲，前边有三百米争议地区，所以花桩不能称国界，后来就撤了。"

"噢，是这样。早先可不。"孙奎又讲了一些过去有关花桩和巴依信克的事。小兵觉得那像茫茫沙海一样浩渺。

"哎，老师傅。那时你们双方就真没有一次越过花桩？"小兵问。

孙奎想了想说："只有过一次，是夜间。那雨下得实在抗不住，穿着雨衣也砸得慌。我拉了老巴就往洞子里跑。可是没避半分钟，就听轰隆一声响，我们又赶紧跑出来，见花桩那边一块半人高的大石头正正当当滚落在线路中央。我们俩使出吃奶的劲才搬开。那次可真玄，跟着就有趟军列通过。那是抗美援朝时期，出了事得枪毙呀！"

孙奎狡黠地笑了笑，又说："就这样，我们都越过了花桩，可别人谁也不知道。"

"你跟他换没换过卢布什么的？"小兵也笑了笑，又问。

"换那玩意儿干什么？也不好花，"孙奎说，"再说那时候谁也没寻思过这些。"

小兵没再说什么，似乎有些不解。

仲夏的中午，火辣辣的太阳照得周围一片花白，连漫山遍野的绿都那么耀眼。

"让我用用你望远镜行吗？"

小兵递了过去。

听说第一批出口劳务的是菜农，也不知种葱不。孙奎又想到这事，觉得欠人点什么。如今对面已不叫苏联，叫什么"独联体"，怪别嘴的。

"看到了什么？"小兵问。

"太远了。"他递回望远镜。

记得巴依信克曾指着远方一处山坳说过，那儿有一片紫褐色的木刻楞，最南边的一幢就是他家。现在，只能看到些模模糊糊的影子。

"回去吧，老师傅。看看，也不过就那么回事。"

"嗯，就走！"不管怎样，孙奎觉得毕竟了却一份心愿，不满足也得满足。顺口又溜出一句："拔脚穆！"

"对，拔脚穆！"小兵重复了一句，又笑了。这小兵胖乎乎，笑声很亲切，但又很遥远，像从天际传来。

发表于 1994 年第九期《海燕》

作者简介

韩则烈，黑龙江省作家协会会员，著有小说集《俄罗斯少女之谜》。

五 哥

赵志国

　　五哥在家里排行老大。称他五哥，是在他待的那个小乐队里。按年龄，在乐队里他排行老五，所以大家都称他五哥。五哥还有两个别称。因为是山东人，加之性格倔强，大伙又叫他老山东子，化简了，便称"老山"。五哥最诙谐的一个称呼是"骚哥"。因为在音乐里，五的唱名为"索"，与骚音近，便谐称其为"骚哥"。这个别称只是在开玩笑时才用用。对这样的玩笑，五哥毫不在意，有时兴之所至，还顺口诌上一两个荤段子以博一悦。

　　顺便再说说五嫂。五嫂是什么地方人没听五哥说过。他们是后到一起的，搭伙。因为五哥的关系，五嫂待五哥的老哥们儿们都挺亲近。五嫂长得不算美，但也不丑，唯一的特点是皮肤黑。老哥们儿们偷偷送给她个外号，老黑。五嫂知道了，非但不生气，还常常自嘲，说自己属于掉在地上便找不着那伙的。五嫂人虽黑但对五哥赤胆忠心。五哥在外面有了不顺心的事，回到家里，五嫂便顺着五哥数落那个叫他不顺心的人或事。五嫂这样一说，往往五哥的气儿就消停了些。五哥喜欢顺毛摩挲，戗着茬不行。五嫂在饭店打过工，厨艺上学了两手。平时五哥好喝点小酒，每天五嫂就给他掂上两个。五哥喝滋润了，有时会来上几段京剧。孩子时，他曾在一个京剧团当学员，后来不知为什么没录用。五哥说可能是变音时嗓子变得不如原来好了，还可能是剧团没有编制。有这样一段经历，五哥就会唱好多京剧段子。传统的如《龙凤呈祥》《四郎探母》《挑滑车》《草船借箭》等，现代的有革命样板戏。这些他都能大段大段地唱下来，有的还能配上身段，很地道。五哥人虽倔，但好客，加上五嫂又有点厨房的手艺，家里便常有几个老哥们儿围着喝点。喝高兴了，五哥便把墙上挂着的二胡摘下来边拉边唱上几句。有时来了兴致，竟忘了还有喝酒之事，忘情地一段接一段唱了下去。老友们知道他的脾气，便用筷子打着点极耐心地配合他。一个长腔过去，大家七嘴八舌地喊个"好"字，气氛有点像早年的戏迷在戏园子里听戏一样。不知什么时候，五嫂在旁边插一句"喝酒吧"，五哥便如梦初醒："光听我啊咧了，喝酒！喝酒！"于是大家又频频举杯。

因为性格倔强，五哥做起事来也很执着。在小乐队里，五哥的二胡出类拔萃。他容不得自己落在别人后头，所以尽管年纪不小了，每天仍苦苦地练习。别人会拉的曲子，自己一定要比别人拉得好，别人不会拉的曲子，自己一定要能拉下来。他最受不了的就是听到有人说他的某某技术不如某某的好，或者夸某某人的某某曲子拉得水平高。夸别人，那不就是在贬低他吗？五哥在这上面很敏感，所以听到这样的话，即便心里认可，嘴上也不会服气，而回到家里一定是一番猛练。他要用这种方式让别人把嘴闭上。摸透了他的脾气，便没有人再当着面挑他的毛病。若想给他挑毛病，只有在他家里喝酒的时候，而且一定要喝到开心。这个时候如果有人说，五哥，你的快弓还有点问题呀。这时五哥不会生气，他会惊讶地问，是吗？哪段？老友说，某某曲中有一段就拉得不清楚。这时五哥不会立即反驳，他会摘下墙上的二胡把那段拉一下。如果拉错了，便点点头，嗯，这段还得练。如果拉对了，他会反问，有问题吗？言外之意：说我拉得有问题，这不是胡说八道吗！这个时候，老友们就都闭嘴了。

五嫂虽然大事上顺着五哥，但有时也因家中的一些小事跟五哥发生一点龃龉。遇到五哥心情不顺的时候，小小的龃龉也会演变成激烈的争吵。一般情况下，总是五嫂先撤出战斗。五嫂撤出后，没有了对手，五哥也就慢慢地平和下来。如继续斗下去，五哥的火会越烧越猛，后果也会很严重。有一次，因为一件小事，他们发生了一场很凶的争吵。五嫂觉得心里冤枉多说了几句，惹起了五哥火暴的倔脾气。吵到最后，随着五哥一声咆哮的"滚"字，一只精美的紫砂壶瞬间粉身碎骨。五嫂无奈，背起包袱去了女儿家。

家里缺了女主人，五哥嘴上虽硬，心里的感觉并不舒服。首先，每天的下酒菜便没了着落；另外，遇到烦心的事也不知往哪儿吐，更没人顺着毛去摩挲他。五哥有些失落，又放不下架子，每天就在热锅里面熬着。

一天熬过去了，两天熬过去了，三天四天也熬过去了。到了第五天，实在无聊，便给几个老友挂起了电话。

几个老哥们儿们来了，揶揄道："老山，怎么样，没老黑玩不转了吧？"

五哥有点心虚，嘴还硬着："爱哪哪去，一个人更自在。"

"酒都快断顿了，还嘴硬。"

"……"

老哥们儿们拿出小烧和熟食："别熬啦。来，喝几盅，然后去接老黑。"

五哥一句话也不说，跟老哥们儿们推杯换盏起来。

到了晚上，五哥把老黑接回来了。

五嫂回来后，五哥好多天都没犯倔。老哥们儿们再来喝酒，又能尝到五嫂的厨艺了。

他们的生活就是这么磕磕绊绊的。后到一起的五哥五嫂虽然"磨合"了两年多，但五哥这种沾火就着的脾气还是让五嫂很难适应。有时五嫂背地里也跟五哥的老哥们儿们放放肚子里的怨气："人倒不是坏人，这倔脾气搁谁身上也受不了哇。唉！命里该有的躲不开，命里不该有的争不来。咱就是这个命。"

在五哥家聊天，话题虽然海阔天空，但多是跟音乐有关的。从歌曲到戏曲再到乐曲，从中国的民乐到西洋的管弦乐，从二胡高胡板胡京胡到三弦琵琶扬琴古筝再到笙管笛箫，讨论起来兴奋异常。大家都是以乐会友，在音乐这个话题上总是有唠不完的嗑。别看都是业余爱好，好多题目谈起来还真有点独到的见解。如果此时有专家在场，或许真的就有些启发呢。有时，他们的话题也会转移，由音乐转移到他们的小乐队，于是又扯出许多乐队里的奇闻轶事。什么"有诗为证"的故事，什么"老九不能走"的故事，什么"编织袋里卧鸳鸯"的故事等。这些老哥们儿的奇闻轶事不知翻腾了多少遍，但每次翻出来都是津津乐道。说到开心处，甚至都有些得意忘形。

跟五哥聊天，要尽量避开他不喜欢的话题，更不能触碰他敏感的话题，否则，要么弄个脸红脖子粗，要么就冲动犯倔，不欢而散。

比如谈股市，他会说："什么熊市狗市的，跟咱有毛关系。咱现在就是个敲边鼓、拉胡琴、弹三弦的。挣那么两吊子，去了吃喝还剩个屁！别扯那些不着边的事。"

比如晒退休工资，他会说："不提还好，一提就来气。咱工人是后娘养的，每月就给塞牙缝那么一丁点的银子。闭嘴吧！再提这个咱就散局！"

于是大家就又闭嘴了。

五哥有点小才气，除了拉拉二胡外，好写点小诗什么的。有时老年大学、社区文化站排节目，还邀请他给写点报幕词、相声、小品、竹板书之类的东西。说起写诗，五哥还有个小小的浪漫故事。在遇到老黑之前，有人曾给他介绍个退休的单身女教师。两人见面互相感觉还不错，就建立了联系。五哥认为老师都是文化人，交流时应该浪漫一点儿，于是他每天都写一首诗发给她。谁知时间久了，两人的关系非但没有进展，反倒把那个女老师吓跑了。后来得知，那个女老师认为五哥精神上一定有问题，不然这么大的年纪怎么还这么肉麻，这么小儿科呢？这就是前头说的"有诗为证"的故事。有时，老哥们儿们把"有诗为证"的故事添油加醋地当着五哥和五嫂的面抖搂出来，五嫂便笑着嗔道："装。他就会装。"这时的五哥早都笑成大虾了。

　　五哥认了一个干姑娘，让老哥们儿们都挺吃惊。干姑娘叫小芸，在一家饭店打工。这家饭店就是五嫂待过的那家。因有五嫂，五哥也常去那里，便认识了小芸。小芸刚刚十九岁，几年前爹妈都没了，便一个人从农村来到城里打工。五哥性子虽倔，但心眼儿不错，小芸遇到什么难事，都想方设法帮助她。五哥五嫂到一起后，因为都是熟人，小芸便常到他们家去。时间久了，小芸觉得五哥夫妇可以依靠，就跟五哥说："叔，跟你商量个事。这两年，你和婶儿待我都挺好的，你们身边也没有什么人。如果不嫌弃，小芸做你们的干姑娘吧？"五哥听了，没打奔儿，当下就收了这个干姑娘。五嫂没有吱声，去厨房忙活去了。

　　五嫂没有表态，因为她觉得像这样的事应该慎重些的，起码背后要跟她商量一下。现在五哥拍板了，就没有商量的余地了。五嫂在饭店打工那几年，三教九流的人都见过。她觉得，看人要把时间放长些，特别是要把人的"底板"搞清楚。再说，收干姑娘这种事在社会上还是容易起些闲话的。五哥人挺仗义，但这件事终是有些欠考虑。

　　认了干爹，小芸来五哥家更勤了。有时开了支，就把钱放在五哥这儿。用的时候，再到五哥这里取。小芸放在家里的东西，五哥都很精心地替她保管着。五哥待小芸就跟自家闺女一样。时间久了，五哥对小芸说："饭店那方便，就搬家里住吧。都是一家人，何必分两下呢，家里也宽绰。"小芸没说什么，当天就把行李搬了过来。

　　有了小芸，五哥家里热闹了许多。老哥们儿们再来喝酒时，又增加了许多话题。小芸在饭店当服务员，照顾人还是挺周到的。老哥们儿们喝酒时免不了要夸夸小芸，捎带着也要称赞一下五哥的福气和造化。此时的五哥准会给你摆出一脸的幸福美满，并且不无自豪地说："咱是谁呀！"接着五哥便让小芸给老哥们儿们敬酒。小芸大大方方地给这些叔叔大爷们敬酒，嘴上成套的"福如东海，寿比南山"之类的祝福嗑儿。老哥们儿们伸出拇指，齐声叫好，不吝词句地一顿夸奖。

自从小芸来到家里，五哥的脾气温柔了许多，和五嫂拌嘴的情况也减少了。小芸就像个消防队员，只要发现"火警"，灭火器一开，立马搞定。有小芸在，家里一片祥和景象。

然而这种祥和的景象没过多久，便发生了一件意想不到的事，结果把家里闹得天翻地覆。事情的起因是小芸让五哥保管的五千块钱不见了。小芸有事需要这笔钱，找五哥取，五哥才发现放钱的地方没有了这笔钱。当时五哥翻遍房间的各个角落，也不见钱的踪影，脑袋立马大了几倍。家里发生被盗的事，五哥还是头一次遇到。但仔细一想，不对呀？自从小芸把钱放到家里，这段时间家里总是有人的。门窗也都好好的，贼是从哪儿进来的呢？再说，五哥放钱的地方很隐蔽的，贼怎么能找得到呢？除非那个贼事先就知道藏钱的地方。想到这儿，五哥把两个画着问号的眼睛移向了五嫂。他盯五嫂的眼神很奇怪，会让人感到浑身的不舒服。五嫂看懂了那眼神的含义，冷着脸说："在看贼吗？"五哥的眼神没有收回："你说呢？咱们家除了你我还有谁？"五嫂："这么说，你认定这钱是我动的了？"五哥："这个你心里应该最清楚吧？要用钱就吱声，别干这种下贱的事！"五哥知道，五嫂在饭店打工的时候，开支的大部分都是用来帮助她那个生活并不富裕的女儿的。如今不上班了，资助女儿的事便停了，但她能看着女儿的困难不管吗？五哥就这样一根针地盯上了五嫂。

"老山东子！"五嫂突然从嗓子眼里挤出四个大字，重重地摔在五哥的身上，"跟你混了几年，原来我在你的心里就是这么一个下三烂的人。"五嫂的这段话是和着一串泪珠流出来的。

"那你自己说说，你这样做算是个什么德行的人？"五哥的脸已经开始扭曲。

五嫂没有继续解释，她知道那样的后果会是什么，可是五哥的脸并没有停止扭曲。他觉得这种事出在他的家里，太败坏家风，太丢他的面子。想到这里，五哥终于燃着了他那倒海翻江般的火暴脾气，拳头都攥得咯咯作响了。五嫂受不了五哥这样凶神恶煞的眼神和架势，只好再次知趣地离开了这个让她伤心的家。

这一次的火警，小芸的消防队也无可奈何，只能眼巴巴地看着那火在吞噬着将倾的大厦。

小芸当时是跟着五嫂一起走出房门的。她本想趁机安抚一下五嫂，劝她压压心火，但五嫂的背影和那串异样的脚步让小芸看到了她的决心。无奈地返回房间，小芸看到了一个让她震惊的画面：五哥坐在椅子上，一股殷红的血水顺着眉间缓缓地向下流着，脚下是一个碎了的玻璃杯子。小芸惊呼着跑过去，一边为五哥处理伤口，一边哽咽着说："爸，怎么会是这样呢？那钱小芸不要了。钱没了小芸还能挣，家破了可怎么补啊！"五哥叹了口气："小芸，别上火，这钱，老爸给你补上。"

五嫂这次离家，决心下得比往次都大。这次让她失望的不仅仅是五哥的脾气，五哥的脾气这两年她领教得多了，更重要的是她看到了她在五哥眼里的形象。那还叫形象吗？连人的一撇一捺都够不上了！她发现，世间的一切都是靠不住的，没有钱的女人在家里都不如一只喝水的杯子。她决心要为自己找到个能够安身立命的事情做。原来那个饭店已经不能去了，除了人手不缺以外，看到小芸也会勾起这件让她伤心的事。她不信找不到事情做，即使是拾荒也要自由自在地活下去，天无绝人之路！

小芸也很难过。虽然自己损失了一些钱，但完好的家比钱更重要。她不知道怎样能让这个家再和好如初，如果能恢复到从前的样子，即使再损失些钱也心甘情愿。干爸的裹性她知道，事情过去后他应该能反省的。但是干妈能不能回过劲儿来就很难说了，因为毕竟这次她受的伤最重。

五哥又陷入了那种尴尬的境地。老黑走了，看样子这次动的是真气。小芸因为干妈不在家，也临时住到了饭店里。热热闹闹的一个家，一下子变得冷冷清清。五哥想了一整天也没想明白，五千块钱怎么能把家搞成这个样子？这钱到底是神还是鬼？看老黑那决绝的样子，倒不像是拿了这些钱，但家里就这么两个人，不是她又会是谁呢？难道钱自己飞走了不成？如果老黑真的做错了，这几天她应该会自我反省的。只要认了错，他一定会原谅她。到那时，天还会是蓝的，太阳还会是暖的，碎镜子还会圆起来，一家三口还会开开心心地过日子。想到这里，五哥的心平静了许多。风浪过后，沙石自现，只要水足够的清。五哥开始琢磨自己。冲动发脾气固然不对，但遇到这样的事情，哪个有血性的男人会淡定呢？退后一想，唉，毕竟因为自己犯倔才把事情搞成这样，不能不说自己没有毛病。俗话说，两好才能搭成一好。两个人搭伙过日子，总还是互相谦让一点好。自己的臭脾气怎么就改不了呢？

憋忍不住，五哥又给几个老哥们儿挂起了电话。晚上，几个老哥们儿提着酒肉过来了。

"早就知道你老山的臭脾气还会闹出这一天。你说怎么办？这破镜子该怎么个圆法？"

"这几天也想开了，这个家还是不能散。"

"什么叫还是，这个家本来就不该散。不觉得你这个老山东子有问题吗？"

"咱是男人，总该有点血性吧？"

"那也叫血性？血性可不是用来对付家人的。"

"好，就算是五哥我的错。事到如今，也不知老黑这次还能不能转过弯来？"

"你老山东子转过弯来就好办。老黑那头咱们慢慢做工作。"

"那就谢谢各位啦！"

五哥的心里终于透了点亮儿。晚上的酒喝得挺痛快，与老哥们儿们聊得也开心。好几天没动胡琴了，五哥的手有点儿技痒。趁着酒兴，他想拉上一曲散散心。他从墙上取下二胡，发现琴皮有些受潮塌陷，拉了两下，声音不佳，叹了口气又挂到墙上。几个老哥们儿说，好嘛，连二胡都气哑嗓了。这么潮湿的雨季，怎么还往墙上挂？你想把胡琴毁了吗？五哥说，是啊，原来每天都拉拉，图方便，就挂在墙上了。五哥自嘲道，人家好战士都爱惜武器，我这算个什么好乐手呢？他从床下取出琴盒，打算将二胡装到盒子里。打开琴盒，五哥顿时愣在那里。琴盒里，一束红艳艳的光飞速地钻进他的眼中。这不就是小芸让他保管的那五千块钱吗?！此时的五哥真是五味杂陈，他甚至没有感到一丁点的喜悦，反而觉得那红艳艳的光束此时已经不是钱了，倒像是一把锋利的尖刀，在一点一点地剜刻着自己。

就在五哥发愣的时候，门口传来了小芸脆脆的嗓音："爸！你看这是什么？"

小芸手里举着一沓红艳艳的钞票，开心地说："找到了！那钱我找到了！"

五哥感觉又一把锋利的尖刀向他刺来。此时，他已经招架不了这两把尖刀的袭击，他的神志开始有些恍惚。突然，他两手握拳，狠命地捶向自己的脑袋，仰天长啸："老天爷，你为什么这么折磨我？为什么不把我杀了呢？你杀了我吧！杀了我吧！哦——啊——啊啊啊啊！"

盛夏夜，小区附近的花园里弥漫着一股浪漫的气息。五哥坐在花园的角落里，深情地拉着一首哀伤的乐曲。他已经固执地拉了几个小时，把天幕都拉得黑乎乎的了。那个哀伤的乐曲在这块大黑幕里孤独地游走着。五哥的身边坐着几个人。与五哥一样，他们也坐了几个小时，静静地听五哥拉这首哀伤的乐曲。这几个人是五哥的老哥们儿，已经陪五哥好多天了。

一直没有五嫂的音讯，连她的女儿都不知道她去了哪里。

作者简介

赵志国，黑龙江省作家协会会员，曾有若干小说在《北方文学》等杂志发表，著有长篇小说《海参崴夏日》。

收破烂儿

巩福昕

收购废品的执照发下来了，刘伟却犯了愁：可怎么张嘴喊呢？他摆弄着小铜锣，设想着如何吆喝，脑袋不由得又慢慢低下去。

想着想着，他又笑了：瘫子也能自食其力了，这不丢人，靠人养活才丢人呢。勇气在胸中冉冉升起，他到屋里拿来笔墨，在车箱板上大大地写上——收购废品。

小毛驴颠着腚跑上大街，两只耳朵并拢着抿向脖后，"吭"声大作。他坐在车上低着头，不敢四下张望。

刘伟望着手中的长鞭，他慢慢举起来，突然，他发现这是个"人"字，是一个大大的"人"字。人啊，人，往后咱也是自食其力的"人"了。

刘伟患有多种疾病，干不了重活，过去只能在每年秋天扒苞米的时候，挣个二三百分，生活依靠队里救济。

每次发放救济款时，队长孙长富从来不叫他的名字。总是不耐烦地喊："瘫子——"一面点着钱一面白楞着眼瞅着他说："供销社里收破烂的怎么不把你收去呢。哼！"刘伟只能低着头，默默地忍受着。

这些，已经成为过去了。刘伟为了自谋生路走上收破烂这条路。然而一想到收破烂要走街串巷地喊叫，脸皮子又有点微微发红。

不知是谁发现了他，亲热地跑上来说："瘫子，你干这个好呀，将就身子，不孬，村里早就缺这么个人。家里的破烂都把人愁住了。"

呼啦围上来不少人。一个妇女问："破鞋底子要不要？破棉花呢？

啊呀，我还没收拾呢，你可等着我啊！"她千叮咛、万嘱咐地兜着一脸笑，小跑着回家了。

刘伟脸上泛着喜色，忙活着掌秤、收购。

这时，并队后落选队长孙长富摇摇晃晃地走过来了。他长得像个纺线槌，中间粗两头细，白胖的脸上，有几道褐色的纹，像扫帚糜子在眼角扭了那么两下。

他瞅着刘伟的买卖正兴隆，心里生着闷气，脚步零乱了，一头撞到驴身上："妈的，落配的凤凰不如鸡，连这头小毛驴也挡我的道儿！嫌我游逛？我乐意！"

他对毛驴发完怒气，眼光移向车上的招牌，冷笑着，乜斜着眼睛冲刘伟："哈哈，你也找着财门了。嘿，这回真上破烂堆里了。"

刘伟抬头见孙长富这副样子，心里直想笑。自从他下了台，村里再无人恭敬他，听说央求给供销社看大门，人家都不要。他还在奚落自己，不由得一股怒火从心底燃起，一口唾沫带着声响吐到孙长富脚前。他望望车上的旧瓶子、破罐子，又望望孙长富那白胖胖的脸。突然一声大喊："收——破——烂——儿！"声音拖得很长，音响很亮，含着自傲。他终于喊出来了，眼中闪着光彩，响亮的声音灌满了街筒子。

他突然遗憾地想到："头一天就忘记带铜锣了。"

作者简介

巩福昕，1944 年生于黑龙江省绥芬河市，在绥芬河市档案局任编辑，1984 年在《小说林》发表短篇小说《收破烂》《后妈的巴掌》，在《牡丹江文学》发表短篇小说《花和尚鲁成》（与李英群合作）《新点子》《春光里》，诗歌《梦》《蜜蜂》。在牡丹江日报发表纪实文学《山花两三朵》《精灵的闪光》《春夜说书声》。

旗镇枪侠

孙书林

引 子

1903 年（光绪二十九年），清政府在今绥芬河市设铁路交涉分局，行文至中东铁路各站。自此，今绥芬河市正式使用"绥芬河"地名。

中东铁路通车后，绥芬河市经济畸形发展，至 1923 年，人口发展到 6—7 万人，被称为"国境商业都市"。当时，有 18 个国家和地区的人来此经商并设立办事机构，各国商人均挂本国国旗，史称"旗镇"。

二三十年代，绥芬河这个边陲重镇空前繁荣，也空前混乱，出现了一系列传奇人物，演绎出一个个传奇故事。其中"旗镇枪侠"赵长龙就是一个传奇人物，他的故事至今还在绥芬河流传。

据《绥芬河市志》记载：1917 年 11 月，借干涉俄十月革命之机，日本西伯利亚后方联络队步兵第七十三联队 400 余人，由俄境沿铁路非法进驻绥芬河，这支部队最高指挥官就是井染正雄。

1918 年 10 月，又有 100 多名日军官兵由苏联赤塔撤回，非法驻留绥芬河，并在绥芬河设守备司令部，井染大佐任守备司令。

1920 年 11 月，井染大佐袒护谢米诺夫将俄白匪军 1200 多人运送到绥芬河，编到自己的部队里，为此，吉黑两省督军电请北洋政府与日本使馆交涉，抗议这种无视国际法的无耻行为。

1921 年 4 月 9 日，日本大使声称本月 5 日中国军队在中东铁路绥芬河车站，击毙了日本士兵一名，就此事提出交涉。4 月 15 日，日本关东护路军以此为借口，全副武装的日本官兵250人由松崎少佐率领，乘8辆军用列车由长春而来，抵达绥芬河驻防。

1921年9月10日，非法进驻绥芬河站的日军官兵已达750人。

1922年10月，这支日本军队因受国际各方面压力撤出绥芬河。

本故事就发生在1921至1922年间。

第一章：旗镇血案

夏，夜，一幢小洋楼，赵长龙家。

一座小洋楼孤零零立在黑夜之中。几条黑影，同时破门破窗而入。屋内竟没有一丝儿的声音。好像房子里根本就没有住人一样。

片刻后，几条黑影从门里蹿出。

守在外面的人轻声问道："拿到了吗？"

"拿到了。"

一个黑衣人把一个木盒交给守在大门外的黑衣人。

那人打开木盒子看了一眼，借着昏暗的月光可以看到，木盒里有一张地图和一本书。

黑衣人拿起那本书翻了翻，又打开了那张地图，点了点头，问道："飞镖插好了吗？"

"已经插好了。"另个黑衣人回答道。

"好，撤！"几条黑影立刻闪进了黑暗中。

刚才，这幢房子里发生了一桩血案。

屋内一共死了五个人，全都是一刀毙命。

这家是什么人？他们跟谁结下了仇恨？为什么会被暗杀？是谁制造了这起血案？

夏，日，绥芬河火车站。

一座小山城，群山环绕，风景如画。

一声长笛，一列火车驶进了火车站。这是一列从苏联远东海参崴开来的一趟国际列车。

　　站台上，一位穿着红色连衣裙的日本姑娘站在那里焦急地往里面看着。

　　她叫山田樱子，日侨，是日本人居留民会会长山田俊夫的女儿，时年十九岁。

　　二十多岁的小伙子赵长龙，西装革履，戴着一顶礼帽，手里拎着一只皮箱，缓缓地下了火车。

　　"长龙哥，长龙哥。"穿着连衣裙的日本姑娘焦急地向刚下火车的赵长龙喊道。

　　赵长龙看到了山田樱子，他笑着向山田樱子快步迎去。

　　"樱子你好，等了很久了吧？"

　　山田樱子一下子扑进赵长龙的怀里，竟放声大哭起来。

　　赵长龙拥抱着山田樱子，安慰道："樱子，是不是太想哥哥了？好了，别哭了，我这不是回来了吗？"

　　樱子一把推开了赵长龙，满脸流着眼泪，哽咽着说："长龙哥，你家出事了。"

　　赵长龙愣住了："什么？我家出事了？我家到底出什么事了？"

　　山田樱子拉起赵长龙就跑，边跑边上气不接下气地给他讲述着，她说："今天早晨，我爸去你家看你爸爸，他看到你家的门虚掩着，喊了两声没有人回应，就推门进去。他发现，你爸你妈还有你弟弟和你妹妹昨天晚上被人杀死了……"

　　赵长龙心里一阵绞痛，丢下山田樱子，拼命地往家里跑。

　　夏，日，小洋楼，赵长龙的家。

　　赵长龙一口气跑到家里。

　　赵长龙的家门，有警察在维护秩序。

房间里有山田俊夫，还有四个警察。

警察正在验尸。

家里一共死了五个人。赵长龙的父亲、母亲、弟弟、妹妹和一个保姆。

赵长龙冲进屋子，箱子扔在了一边，冲到躺在地上的父母身边，满脸是泪，泣不成声。山田樱子小姐站在赵长龙的身后，轻声哭泣。

赵长龙一边流着泪，一边查看着尸体。

身边的验尸警察说："伤口在脖子上，全都是一刀毙命。好像他们是在睡梦里被人杀死的。"

"怎么会是这样……"赵长龙不敢相信眼前的事实，"为什么会这样？父亲武功高强，怎么没有一点反抗就被杀死了？"

他站了起来，慢慢走进厨房，在剩饭和剩菜上闻了闻，里面还残存着 MI 药的味道。

"是 MI 药？"赵长龙突然大声喊道，"是谁下的 MI 药？"

身边验尸的警察也对剩菜剩饭闻了一下，喃喃道："原来在他们死之前是先被 MI 药迷倒了。保姆也一起死了，这 MI 药到底是谁下的呢？"

赵长龙站起身，问山田俊夫："山田叔叔，最近我们家里来过外人吗？"

山田俊夫道："几天前，我听你父亲说，他救过一个人，这个人说他被山里的土匪抢劫了，不但劫了他的财，还把他打伤了。于是，你父亲把他接到家里，他就住在你家里养伤，问问这个人也许会知道一些什么……"

赵长龙问："这个人在哪里？你见过这个人吗？"

"只打过一个照面，"山田俊夫道，"你家出事以后，这个人就失踪了。"

赵长龙问："人能去哪里？"

山田俊夫道："我早晨过来找你父亲，就一直没见到这个人的影子。"

一位警察拿出来一把飞镖，说："这只飞镖是插在门上的，你们看看这是谁的飞镖，也许能从这里找到一点儿线索？"

赵长龙一把夺过飞镖，只见飞镖上刻着三朵梅花。

"金占山？"很显然，这是横荡山金家寨的老大金大胡子的独门暗器。

赵长龙喃喃道："金大胡子的飞镖怎么会出现在我家的门上？"他走到门边，把那支飞镖插在扎着飞镖的刀口上，沉思着。

"金大胡子每次作案，都把自己的独家飞镖留下，难道是金家寨金大胡子杀了你全家？"山田俊夫随口说道，"唉，这些土匪，太狠了。金大胡子跟你父亲难道有仇吗？他为什么要杀你们全家？"

赵长龙眼睛里充满了仇恨，冷冷地说："我一定要找金大胡子，向他讨回血债。"

山田俊夫此时也义愤填膺："金大胡子，你太惨无人道了。"

第二章：追查凶手

夏，日，地久山，山边墓地。

赵长龙身穿孝服，跪在父母的墓碑前，他一脸痛苦的表情，眼睛里充满了仇恨。

"爸爸，妈妈，弟弟，妹妹，你们安息吧！我一定为你们报仇雪恨，一定杀了金大胡子，杀了害死你们的人，为你们讨回公道……"

"长龙哥，长龙哥。"一位十七八岁的少女从山下跑了上来，这位少女是金家寨寨主金大胡子的独生女儿金红梅。

赵长龙猛地站起身来，一双像钉子一样的眼睛，死死地盯着跑过来的金红梅。

金红梅在赵长龙四五步的距离站住了，她看着赵长龙的眼睛，忽然打了个冷噤："长龙哥，我是梅子啊，你不认识我了？"

赵长龙声音嘶哑，比冰还冷："我问你，你爹为什么要杀我全家？"

金红梅愣住了，"我爹？杀你全家？什么时候的事儿？我怎么不知道？"

赵长龙从身上拿出了那支飞镖："你敢说，这飞镖不是你爹的？"

金红梅接过飞镖，喃喃道："没错，这飞镖的确是我爹的，但这飞镖怎么就能证明是我爹杀了你爹？"

赵长龙声音依然很冷："他杀人后，把飞镖插在我家的门上，这就是你爹金大胡子的杀人风格。"

金红梅突然大声道："赵长龙，你是个大混蛋！你昏头了是吧？这飞镖虽然是我爹的，但别人手里也会有我爹的飞镖，为什么就认定是我爹杀了你爹？"

赵长龙说："如果你爹没杀我全家，那你爹的飞镖怎么会跑到我们家的门上？你敢不承认？"

金红梅说："我爹半个月前就遭到暗算，他一直在山上养伤，现在还躺在床上，怎么会去城里杀你全家？"

赵长龙说："你爹躺在床上，难道就不会派别人出来？"

金红梅眼睛里充满怨恨，冷冷地说："赵长龙，看起来你是认定了我爹杀了你全家。好，你连我的话都不信，你现在就先杀了我吧？"

赵长龙愣了一下："冤有头，债有主，我为什么要杀你？"

金红梅流下了眼泪，她哽咽着说："金家寨前些天突然遭到不明身份的人偷袭，死了一百多弟兄。我爹也差一点儿被人杀了，我还不知道找谁报仇呐。"

"金家寨死了那么多人，到底是怎么回事儿？"

"那天我下山没在寨子里，回来以后才听说的。寨子里的弟兄吃完晚饭后，大家睡得都跟死猪一样，就被人摸进来了，两个棚里的弟兄，死了100多人，这些兄弟没有一点儿反抗，就被杀死在床上。"

"难道他们也中了MI药？"

金红梅突然抬起头，问道："你怎么知道是 MI 药？"

赵长龙低下了头，冷冷地说："看起来这件事没这么简单。"

金红梅问道："难道伯父伯母也是先中了 MI 药？"

"如果没中 MI 药，谁能轻易靠近我爸爸？"

赵长龙道："这 MI 药到底是谁下的？"

"伯父武功高强，直接交手，谁能是他的对手？"金红梅道，"看起来这里肯定有大阴谋，我回去一定彻底追查清楚，这 MI 药到底是什么人下的，这幕后究竟谁是主使？"

夏，日，日本守备司令部井染正雄大佐办公室。

井染大佐对松崎少佐说："事情都安排好了吗？"

松崎道："大佐请放心，一切都安排妥当，没留下一丝痕迹。"

井染大佐大笑道："好，咱们就用他们中国人来治中国人，让他们为我所用。松崎，好好干，这里早晚是咱们帝国的天下，如果不把这些异己清理干净，等到帝国管理的时候，就会费很多的力气。"

松崎少佐一哈腰："一切听从大佐安排。"

井染大佐道："山田俊夫还是不肯加入我们吗？"

松崎少佐说："是的，这个人特别固执。"

井染大佐道："别着急，他是个商人。为了帝国的利益，为了他个人的利益，他总有一天会加入我们的。"

松崎少佐说："他会不会坏我们的计划？我最怕他从中作梗，影响我们的行动。"

井染大佐说："他是日本人，是天皇的子民，他还不敢跟大日本帝国作对。先不要为难他，我相信，总有一天，他会为帝国效劳的。"

松崎哈腰："哈依。"

井染大佐全名井染正雄，四年前他就来到了绥芬河。

松崎一郎是日本松崎家族传人，松崎家族曾是日本幕府时期的重臣。刀法堪称日本一流。松崎除了从小习练祖传刀法，在帝国陆军学校学习期间，学习成绩优秀，以第一名的成绩毕业。毕业后他被调到中国东北，在关东护路军任少佐军衔。

井染大佐很欣赏松崎一郎的才干，松崎来绥芬河不到一个月，井染大佐便在部队中成立了特别行动队，简称"别动队"。主要任务就是搜集苏联和绥芬河周边地区的政治、军事、经济情报，暗杀阻碍他们行动的一切人士。

别动队的成员大部分是日本武士家族出身，每个人都有一身好功夫，松崎被井染大佐委任为别动队队长。

很显然，赵长龙的父母和弟弟妹妹都是被日本人井染大佐杀害的，而执行任务的就是松崎少佐。

但井染大佐为什么要这么杀赵长龙全家？赵长龙的父亲究竟在什么地方威胁到了日本人的利益了呢？

夏，日，地久山，山路上。

金红梅挡在赵长龙身前："你到底相不相信我说的话？杀你父母的绝对不是我们金家寨，你一定要相信我。"

赵长龙一把拉开了金红梅，说："冤有头，债有主，我一定能查出来到底是谁杀了我全家的。不管他是谁，哼，都绝对不能活在这个世界上。"

金红梅说："这么说，你还是怀疑我爹？"

赵长龙说："是他干的，他跑不了，不是他干的，我也不会冤枉他。梅子，从现在开始，你不要再来找我了。"

金红梅说："怎么……你想跟我断绝关系？没门儿！"

赵长龙冷冷地说："你最好回山寨问问你爹，他的飞镖怎么会出现在我家的大门上？"

金红梅甩了一下手："你……你真的以为是我们山寨干的？"

赵长龙头也不回，匆匆下山了。

金红梅望着赵长龙远去的背影，狠狠地跺了跺脚，喊道："赵长龙，你听着，我一定帮你查出真相，我来帮你报仇。"

第三章：元凶是谁

夏，日，山田俊夫家，客厅。

山田樱子端来了茶盘，把两杯茶分别放在山田俊夫和赵长龙面前的茶几上。她轻声对赵长龙说："长龙君，您请喝茶。"

赵长龙点头致谢，山田樱子小步离开了客厅。

山田俊夫说："长龙侄儿，请你节哀。你父亲不能白死，我一定帮你查出真凶。"

赵长龙问道："难道你真的认为这是金家寨金大胡子干的吗？"

山田俊夫反问："金大胡子的飞镖插在你家的大门上，难道有人想把杀人的事嫁祸给金大胡子？"

赵长龙说："我去日本两年，这段时间我爹和金大胡子有过节吗？"

山田俊夫说："金大胡子带着梅子来过你家几次，但好像没发生过什么不愉快。"山田俊夫忽然想起了什么，"对了，你爹跟金大胡子以前就认识吗？"

赵长龙说："好像不认识吧？"

山田俊夫说："这就奇怪了。"

赵长龙问："哪里奇怪？"

山田俊夫说："如果他们不熟悉，怎么会有说有笑，好像是多年的老朋友一样。"

赵长龙说："噢，这件事情我知道。情况是这样的，在我去日本的前一年，有一天在旗镇东街，有一个日本樱花道馆的浪人正在欺负一位中国姑娘，我打了那个日本浪人，救了那姑娘。那个姑娘就是金家寨寨主金大胡子的独生女儿金红梅。那天是她自己一个人来城里，差一点丢了性命。"

山田俊夫问："后来呢？"

赵长龙说："金大胡子知道此事后，带了一百多名弟兄下山，找到了'樱花道馆'，砸了那家道馆，听说樱花道馆里的十几个日本浪人，全都让金大胡子给杀了。"赵长龙想了想又说道，"后来听说，樱花道馆被一位朝鲜人买了去，改做了妓院。"

山田俊夫略有所思："你是说，那家道馆是被金大胡子砸的？那些浪人是金大胡子杀的？"

赵长龙说："是啊。这件事你不知道吗？"

山田俊夫道："那天，我带着女儿樱子刚到绥芬河，正赶上樱花道馆被砸，一群黑衣人正在追杀日本浪人。如果不是你爹相救，我们父女俩很可能就被当成日本浪人成为他们的枪下鬼了。"

赵长龙问："你来绥芬河是投亲戚吗？"

山田俊夫道："我是来做生意的，听我弟弟说，绥芬河是'国境商业都市'，生意特别好做，我就带着女儿樱子来了。"

赵长龙问："你弟弟在绥芬河是做生意的吗？"

山田俊夫道："是的，不过，我到了绥芬河，找了他好几年，一直没有他的消息。"

赵长龙沉默了一下，暗暗想道："会不会那个调戏梅子的日本浪人就是山田俊夫的弟弟？"

山田俊夫叹了口气："我弟弟是个不知深浅的人，常常惹是生非，好勇斗狠，我父亲把他赶出了家门，后来才知道，他来到了东北，又辗转来到了绥芬河。他在信中说，他在绥芬河的生意做得很好，让我带着全家都过来。"

赵长龙问："这几年，你一直没找到他吗？"

山田俊夫长叹了一口气："如果我猜得不错，他三年前就被人杀死了。唉，人生有命，多行不义必自毙。我之所以从日本过来，就是想让他安分下来，好好做生意过日子。没承想，连他的面都没见到。"

山田俊夫感慨了一会儿，"好了，咱们言归正传吧。下一步，你打算怎么办？"

赵长龙的眼睛里又露出痛苦之色："杀父之仇不共戴天，如果查不出真凶，讨不回血债，我难为人子。"

山田俊夫问："你想怎么查？"

赵长龙道："先从那支飞镖查起。"

山田俊夫问："这支飞镖有嫁祸嫌疑，你还是要追查？"

赵长龙道："即使是嫁祸，金家寨也难逃嫌疑。"

第四章：痛杀鬼子

夏，夜，东街，一家小酒馆。

灯光暗淡，小酒馆里的人全都走光了，酒馆里只剩下一位穿着红色衣服的大姑娘在喝着酒。

门口蹲着一个乞丐，这个乞丐头戴一顶黑色的瓜皮帽，身上穿着一件黑色的破衣衫，左手拎着一根打狗棍子，右手拿着一只破碗，在那里打瞌睡。

这时，两个日本兵走进了小酒馆，他俩看到喝酒的大姑娘后，眼睛突然发亮了："哇，花姑娘……"

那穿着红衣服的大姑娘抬起了头，这姑娘竟然是金红梅。

她两只眼睛盯着日本兵，冷冷地说："滚！"

两个日本兵不但没滚，却猛地扑了过来。

金红梅一侧身，飞起一脚，踢在前面那个日本兵的裆部，那个日本兵捂着下身，疼得咬牙切齿，蹲在了地上。

另一名当兵的大骂着扑了过来，金红梅一转身，狠狠地给了他一记耳光。

"巴嘎！"日本兵再次冲了上来。

金红梅回头一刀，扎在日本兵的胸口上。那个日本兵倒了下去。

蹲在地上的日本兵拉开了枪栓，向金红梅开了一枪。金红梅就地一滚，随手甩出一支飞镖，扎在了那个开枪的日本兵的咽喉上。

听到枪声，街上的警察和官兵迅速向酒馆方向冲来。

蹲在门口的乞丐突然站了起来，喊道："大小姐，风紧，快跟我来！"随手把两个圆球分别扔向了街两头，只听到两声巨响，接着是滚滚黑烟。

那乞丐拉着金红梅的手从一处小巷子窜出，迅速离开了那条街。

跑出了城，金红梅挣脱了乞丐的手："二柱子，你什么时候来的？"

乞丐二柱子说："我一直在你的身后，你也不回头看我一眼。"

金红梅愣了："我一下山你就跟在我身后？"

二柱子点了点头。

金红梅大声喊道："是我爹让你来监视我的？"

二柱子憨笑了一下："不是监视你的，是老寨主让我来保护你。"

金红梅指着自己的鼻子："让你来保护我？"

二柱子继续憨笑："嘿嘿嘿嘿，其实老寨主是想让我保护你一辈子。"

金红梅冷笑道："二柱子，你想什么哪？如果你再敢在我面前胡说八道，我就杀了你。"

二柱子故意装作害怕的样子："不敢了，我不敢了。"

金红梅问："你那又响又冒烟的东西是什么？我以前怎么没看到过？"

二柱子神秘地向她眨了眨眼睛，说："这是我师父教我做的，叫霹雳弹？"

金红梅不解："你师父？你哪个师父？山上没有人懂这个的，你的师父是谁啊？"

二柱子自知语失："我师父不让我说,他老人家说这是不传之秘。"

"狗屁啊,什么不传之秘啊!故弄玄虚,"金红梅一转身,不理他,"不说拉倒,到时候我告诉我爹,看看你还敢不说?"

二柱子追上前去："大小姐,这事千万不能告诉你爹。如果我告诉了别人,师父再也不会教我做别的了。听我师父说,他还会做威力比这大十倍的霹雳弹,如果我学会了,对咱们山寨也有好处啊。"

金红梅眼睛转了转,语气软了下来："如果你教我这霹雳弹怎么做,怎么用,我就不告诉我爹。"

二柱子想了想,说："好吧。反正以后咱俩就是一家人了,教就教吧。"

金红梅大叫道："你说什么?"

二柱子边跑边说："你以后必须嫁给我。"

金红梅一边追一边骂："你个死球子,看我抓住你不把你撕碎了!"

第五章：枪侠出击

夏,夜,赵长龙家,密室。

赵长龙手里举着一盏油灯,打开书柜,按一下书柜边上一个按钮,密室的门就被打开了。

赵长龙走进了密室。

密室内陈设着各种长枪、短枪,还有一件黑色长袍。

战袍上放着一封信,赵长龙打开信,对着油灯看。

长龙吾儿：

这些天我一直感觉不妙,总好像有什么大事要发生。当你打开密室的时候,也许我已不在人世。有几件事,你必须注意：

第一,不要相信任何人。就算亲眼所见,也要三思,千万不能意气用事。

第二,日本人有大阴谋,不要中了他们的离间之计。

第三，武功重要，枪法更重要。一定要练好枪法。把我写的"枪道"一本传给你，轻易不要出手，出手必中。

去火车站找一位左手戴手套的人，他叫老马，他会给你帮助。

切记，切记。

父：赵霆锋绝笔

赵长龙看着父亲的信，手颤抖着，泪流满面。

他在心里呐喊着，既然父亲已经知道危险逼近，为什么不去防范？为什么会无声无息地就被人杀死在家中？一向料事如神的父亲为什么会犯这样低级的错误？

他知道自己不能大声哭喊，他一定要压制住自己，一定要冷静。自己的敌人很强大，连强大的父亲都不敢轻易去正面迎敌。

可是这究竟会是什么样的阴谋？父亲只是一个商人，听说刚刚被选为旗镇绥芬河市长，可是他上任没有几天就遭遇毒手，他们为什么会对父亲下毒手呢？父亲的对手究竟是什么人呢？

赵长龙百思不得其解。

他想起了父亲的绝笔信，当前要做的几件事，其中最重要的是练好枪法。

他打开了父亲亲笔写下的"枪道"，仔细地阅读着。一边阅读，一边拿起墙上挂的长枪、短枪，比画着。

夏，日，山田俊夫家，院子。

院落很宽敞，门前有一棵老榆树。

山田俊夫正在练刀，一招一式，沉稳老道。

赵长龙走进了院子："山田大叔在练功啊？"

山田俊夫收起了长刀，走了过来。

樱子小姐跑出屋，见赵长龙来了，她兴高采烈："长龙君，你来了？快屋里请。"

赵长龙笑了笑："外面阳光好，空气好，在外面也挺好的。"

山田俊夫一伸手，做了一个请的手势，赵长龙坐在了院子里的八仙桌旁。

山田俊夫也坐了下来，山田樱子小姐已经把茶端了上来。"长龙君，您请。"

赵长龙笑着接过茶杯："樱子小姐，您总是这么客气，谢谢你了。"

山田樱子说："你父亲救了我跟父亲，我们自然要感恩，感恩是我们日本大和民族的美德。"

山田俊夫问道："长龙今天来是有事吧？"

樱子小姐说："父亲看您说的，长龙君没事也可以常来玩儿啊！"

山田俊夫愣了一下，忽然笑了，说："你父亲虽然走了，但我跟你父亲的约定是不会改变的。"

赵长龙不解地问："我父亲跟你有约定？什么约定？"

山田俊夫说："你父亲生前，与我约定，要樱子做你的媳妇儿。"

赵长龙有些疑惑："这件事情我怎么不知道？"

山田俊夫说："那时你还在日本，你父亲说你们俩很合适，想等你回来，给你一个惊喜。"

赵长龙还在发愣。

山田俊夫问："你看看什么时候给你们完婚合适？"

赵长龙苦笑了一下："谢谢山田叔叔的美意，长龙大仇未报，怎能谈儿女私情？"

山田俊夫说："长龙，你父亲虽然不在了，我可以为你们做主。"

赵长龙脸上露出痛苦之色，他说："我现在一门心思要查明我父亲的死因，不想婚姻的事。"

山田樱子的笑容不见了，脸上露出了凄苦色，她悄悄地回到了屋里。

山田俊夫打圆场道:"好,咱们暂时先不谈这件事。长龙,我想知道你想从哪里查起?"

赵长龙遥望着横荡山的方向,说:"我要去金家寨。"

山田俊夫问道:"你要去找金大胡子?"

赵长龙道:"不错。"

山田俊夫说:"金大胡子心狠手辣,手下有四五百个胡子,他们个个都心狠手辣,你不怕他们对你不利?"

赵长龙道:"就是龙潭虎穴,我也要闯一下。如果是他干的,我一定会让他偿命!"

山田俊夫问:"你在日本陆军学校学过两年,带兵打仗你肯定比别人高出一筹,但如果你一个人去,就是功夫再好,也怕这乱枪啊!"

赵长龙挺起了胸膛:"就算是五百条枪又能奈我何?"

山田俊夫说:"不知道你现在的枪法如何?"

赵长龙说:"你怀疑日本陆军学校练不出神枪手吗?"

山田俊夫说:"我不明白,你父亲明明是枪神,为什么他当年还要送你去日本陆军学校学习?"

赵长龙道:"我父亲是枪神?我怎么不知道?"

"唉,想不到,一代枪神就这么没了,"山田俊夫长长叹了一口气,"我也是听别人说的。不过,我认识你父亲三年了,从没看到过他拿枪,也许这只是传言。"

赵长龙沉默了一会儿,说:"山田叔叔你放心。我在日本陆军学校毕业是成绩第一,枪法也是第一,对付几个山贼还是富富有余。"

山田俊夫说:"那就好,那就好……对了,你去金家寨这次带什么枪去?"

赵长龙说:"虽然你说我父亲曾经是枪神,可是家里一支枪也没有。我来找您,就是想从你这里借一支步枪。"

山田俊夫说:"你要长枪还是短枪,走,进来,你自己挑选。"

赵长龙跟着山田俊夫走进了屋子。

第六章：枪侠神威

夏，日，横荡山，金家寨，寨门外山坡上。

突然，传来一声枪响。

金家寨的寨墙上站满了人，枪口对着寨外。

接着，又是一声枪响。只听到枪响，却看不到开枪的人在哪里。

山坡上，有十几个黑衣人四散开。

赵长龙一闪身，蹿进了一条沟里，沿着沟沿快速潜行。他到达一处高地后，悄悄地抬起了头，向下仔细地观察着。

他发现四五个黑衣人正趴在地上，四下遥望。

赵长龙举起步枪，瞄准一个黑衣人的头，"砰"的一声，那黑衣人的头被打爆，滚倒在一边不动了。

其他几个黑衣人向赵长龙的方向还击。"砰！砰！砰！"

赵长龙又一枪，又射杀一个人。

其他几个方向的黑衣人围拢过来。同时向赵长龙射击。

赵长龙迅速离开，沿山坡向另一个方向迂回。每到一个隐蔽点，都会停下来射击一次。他一枪一个，转眼射杀了十几个黑衣人。

赵长龙并没往山寨方向跑，而是迂回到来的地方，等着黑衣人。

果然，有四五个黑衣人往回逃窜，一边逃窜一边用日本语说道："怎么回事？怎么回事？"

赵长龙脸上露出一丝冷笑，瞄准了前面一位，"砰！"前面的那个黑衣人应声倒下，剩下的四个黑衣人全都趴在了地上，举枪乱射。

赵长龙的射击非常精准，没有一枪打空。他一枪一个，每一枪都是打中脑袋，最后，把这批黑衣人全部击毙了。

赵长龙观察了一会儿，见没有能站起来的黑衣人了，便轻轻走了过去，把他们身上的枪和子弹搜缴出来，装进了自己的口袋。

这时，赵长龙发现远处有一个黑衣人在拼命地逃跑。

赵长龙爬上一个小山坡，用枪瞄着那个黑衣人，"砰！"最后一个黑衣人应声倒下。

赵长龙也不急，慢慢地向那个黑衣人走过去。

那黑衣人虽然中了枪，因为距离太远，子弹打到他身上，力道已经减弱了很多，虽然打在心脏的位置上，子弹并没打进他的心脏，他现在还没死。

最后这个黑衣人慢慢地爬了起来，赵长龙距离他只有五六十米的距离了，他举起了枪。

"砰"的一声，黑衣人的枪丢在了地上。人也跪了下来。

赵长龙走到他的面前，用日语厉声问道："是谁让你们来杀我的？"

那黑衣人没有理他。赵长龙又用日语喝道："到底是谁让你们来杀我的？"

那黑衣人眼睛里露出了恐惧之色，眼睛死死地瞪着赵长龙，慢慢地倒了下去。

赵长龙走过去，只见他嘴角流出了鲜血。

"毒藏在牙齿里，"赵长龙百思不得其解，"究竟是什么组织，能让他们宁死也不敢说出他们组织的秘密？"

赵长龙望着不远处的金家寨，摇着头道："这些日本人跟着我到底想干什么呢？"他不知道，此刻，他到底应不应去金家寨？

他突然想起了父亲留下的遗言，"第一，不要相信任何人。就算亲眼所见，也要三思，千万不能意气用事。第二，日本人有大阴谋，不要中了别人的离间之计。"

他决定返回绥芬河，暂时不去金家寨了。

夏，日，金家寨大厅。

金家寨的大寨主金大胡子坐在老虎椅子上，头上还包着纱布。他虽然有些狼狈，但不失凛凛威风。

金大胡子声音如洪钟，他大声喊道："到底是什么人在寨外开枪？"

二柱子跑了过来，说："大当家的，死了十四个黑衣人，全都是一枪毙命，这人的枪法简直神了。"

"弄没弄清楚是什么人开的枪？"金大胡子问道。

"那个人身上穿着一件大黑袍子，黑袍上还戴着一个大斗篷，好像还戴着一个面具，看不清楚那人长什么样，"二柱子说，"我追出了四五里地，那人身法太快，转眼间就没影儿了。"

"奇怪，"金大胡子问道，"这个人到我横荡山来干什么？难道是来杀我金大胡子不成？"

这时，金红梅走了出来，说："如果我猜得不错，这个人肯定是赵长龙。"

"长龙？"金大胡子道，"这小子什么时候回来的？"

金红梅说："他前几天回来的，他父母和弟弟妹妹全都被人杀了。有人说杀他全家的人就是咱们金家寨。"

金大胡子说："凭什么说是金家寨杀了他全家？"

金红梅说："因为你的飞镖插在他家的大门上。"

金大胡子说："这么说，赵长龙是来杀我的？难道他真相信是我杀了他全家不成？"

梅子说："我看了那支飞镖，的确是你的独门飞镖。"

金大胡子大怒道："老子的飞镖不知道有多少支扎在敌人的脖子上，难道别人用这飞镖做文章，也要把账算在老子的头上吗？"

"如果长龙哥真相信了，他还不得杀了我？"梅子又说，"他放了我，肯定是不相信这事件是咱们家干的。"

金大胡子道："我看这小子还不至蠢到这种程度，既然想要查清楚，为什么不来跟我对质？为什么半道又走了？"

梅子说："我这就下山找他来。"

金大胡子摇了摇手："算了，如果他想来，他自己就来了，如果他不想来，拉也拉不来。静观其变吧。可是这些黑衣人究竟是什么人？"

一个胡子上来报道："大当家的，现在已经查明，这些黑衣人，全都是日本人。"

金大胡子冷冷地说："我又没得罪日本人，日本人跑我这里干什么？再说，你怎么才能确定这些人就是日本人？有没有活口？"

胡子回答："没有，全死了。全是一枪打中脑袋，当场毙命的。"

金大胡子说："这小子军校没白念，枪法果然不赖。"

胡子说："枪法太神了，百发百中，真是神枪手啊！"

金大胡子说："我再问你们一遍，怎么知道死的人全是日本人呢？"

胡子说："我把他们的裤子全扒开看了，他们不穿裤衩，他们穿的全是白色兜裆布。"胡子们都哈哈大笑。

金大胡子道："你知道的还他妈不少。官府都不敢来找我麻烦，日本人就那么几个兵，他们找我麻烦不是找死吗？"

又一个胡子说："我听说，日本人是想找到宝藏，说咱们山寨里藏着当年义和团的宝藏。"

金大胡子哈哈大笑："真他妈胡说八道，如果我的山寨里有义和团的宝藏，我还用下山去抢吗？弟兄们早就过上天堂般的日子了。"金大胡子又笑了一会儿，问道："你小子是从哪里打听到这些不着边的消息的？"

那胡子道："前天我去旗镇打探消息，好几个小酒馆都在议论这件事。听说赵霆锋赵老爷子也就是赵长龙的父亲就是因为这件事死的。还说，杀死赵老爷子的人就是你。"

金人胡子又笑了："如果宝藏就在我山寨里，我杀他干什么？"

那胡子说："那些人说，你虽然在这山寨里住着，却不知道宝藏藏在什么地方。据说，那宝藏藏得很隐秘，如果不按藏宝图去找，就算在你的脚底下，你也不会发现的。"

金大胡子冷冷道："胡说八道！老子在这里落草十多年了，如果山寨里真藏着宝藏，老子还会不知道？"他越说越气，怒声道："都给我滚出去。"

厅里的胡子一哄而散。

作者简介

孙书林，黑龙江省作家协会会员。从事文学创作三十多年，在百余家报纸、杂志发表各类文体文章，出版、报刊连载长篇小说 5 部，共发表、出版文字 600 多万字。2013 年年底入编中国小说家大辞典，并荣获"中国当代小说奖"。2008 年开始写歌词，发表歌词 8000 多首，有 1000 多首歌词被作曲家谱曲。

迷失的西伯利亚虎

石长江

一

正是滩头鱼从海里洄游的季节，成百上千的滩头鱼从日本海涌来，像草原上的野马群，你追我赶，逆水而上，拼着命向河的上游冲上来。它们一边洄游一边长大，身上的颜色也由黄变白，再由白变黑，然后到河的上游生儿育女。此时，它们嬉戏着，追逐着，泛起一片片洁白的浪花，让北方晚来的春天富有了生机和活力。

维克多就伏在河东岸的柳毛下。此刻，它感到肚子饿了。

它向周围审视了一圈，又竖起耳朵静静地听了一会儿，确认周围没有危险，就起身向河边缓缓走去。它用一只前爪在水边试了一下，春天的河水还很凉。它缩回了爪子，犹豫了一下，又环顾一周。还是决定下水。

河水清澈可鉴，河面浪花点点，在寂静的黎明笼罩下，有一种说不出的诱惑力。

维克多兴奋地跳入水中，施展它高超的水上技能，开始捉鱼充饥。它时而张开大爪子捉，时而用嘴叼，不时地潜入水中。

绥芬河中的滩头鱼和兴凯湖的大白鱼、乌苏里江的大马哈鱼都是名贵的品种，并称"边寒三珍"。可这只是人类的认识，而对于维克多来说，美味莫过于野猪、马鹿和狍子，更重要的，虎类跟人类对食物的要求有不同的标准。人类讲究美味佳肴，几乎把一切动物都列入了食用范畴，所谓"山珍海味"，所谓"八珍"，所谓"龙肝凤胆"，所谓"天上龙肉，地下驴肉"，所谓"宁吃飞禽四两，不吃走兽半斤"——人类贪婪，而且饕餮。而对一只虎来说，填饱肚子是最重要的。可世界从来就不公平，人类在无休止的贪婪着、饕餮着、挥霍着，而虎类却在为温饱奔波着。

滩头鱼的体积不大，七八条鱼落肚，维克多感到还不到半饱。但这一拨鱼过去了，河面上暂时平静了。这时维克多已经靠近了对岸，它想再去寻找点儿什么充饥……

突然，它听到河的上游有"突突突"的响声。凭着虎类特有的敏捷和谨慎，它从河边纵身跃出，一直跑出好远好远。回过头，从树木的空隙中窥视着刚才发出声响的地方。原来，是中国的一艘边防巡逻艇开过来。它清楚看到，一艘绿色的小艇，上面乘坐6个人，其中一个人把着舵盘，一个人挎着望远镜……其实它对于舵盘和望远镜还缺乏理解，但它看到另外4个人时，它大惊！因为它看到4个人都背着"枪"……

维克多感到这条河很危险，它决定远离。就调转身躯，向田野走去。它却不知，它越过绥芬河以后，已经是到了异国他乡，它的方向和它的家乡越来越远。

它从田野钻进丛林，一直走到山顶，没有发现一点猎物的痕迹，这让它失望。它在一块岩石上停了下来。回头向那条界河望去，又向更遥远处自己的领地望了望，然后它开始转回头俯瞰眼前。山下是一大片平畴，是早春还没有耕种的田野，草色青青，再远处则是人类的村落，隐约可见红色的砖瓦房子和来往行人。它兴奋地看到在村落里有黄色的牛，白色的羊，栗色的马，还有一些毛色杂七杂八的狼！……它激动得俯身向前爬行，一直匍匐到一墩茂密的榛柴棵子下面藏好身，然后开始仔细观察和研究这座神奇的人类村落。

在虎类的眼里，人类是介于神仙与魔鬼之间的一种灵物，这是它们与生俱来的认识。它们敬畏人类，从人类的眼神和举动中它们感悟出人类与其他动物的不同和高超，崇拜人类的智慧；它们也畏惧人类，纵然虎类在丛林中从无敌手，所向披靡，但它们明智地认识到，人类的智慧若用于对付虎类，将是它们最大的天敌，人类的法器"枪"是一种最可怕的东西，枪声和硝烟是死神索命的征兆。所以在虎类千百年来形成的遗传基因里，与人类关系的准则是：尊敬这种神仙，别招惹这种魔鬼。

想着，它克制着眼前人类村落的巨大诱惑，还是决定回家。它开始沿着原路往山下走。走到半山腰时，它往那条界河一带望去，却偏巧又一只边境巡逻艇开过。这回是俄罗斯边检的，同样身着绿色服装，同样背着那可恶的枪。见着这些人和他们身上背的枪，它很怵，不敢过去。真是有家难回呀！

这回维克多可是真的着急了。本来，它在自己的锡霍特山领地里过着富足的生活，三天两头可以猎取一只野猪或狍子，幸运时遇上一只马鹿，也偶尔用野鸡、兔子、青鼬、狐狸等动物充饥。隆冬时节，它可以把躲在树洞里冬眠的大黑熊生拖出来，这蠢笨的家伙还没醒来就被维克多咬断喉咙。黑熊的肉有厚厚的油脂，那才是真正的美味佳肴呢。不仅温饱问题解决了，安全也不成问题，那里不受人类干扰，没有拿着枪的人类出没，而其他动物根本对它构不成威胁。有时它与群狼争食，可锡霍特山狼群最多也不过六七只，根本不是它的对手，那些可怜虫稍有不慎，倒变成了维克多口中美餐。豹子虽然凶猛，但体格不够强壮，维克多会绝对严厉地把进入领地的金钱豹撵得狼奔豕突，狗急跳墙，落荒而逃。维克多最佩服的强敌只有棕熊，那家伙体态庞大，又结实健壮，可不好惹，真的较量起来，只有智取，不可蛮斗，只有这家伙才算维克多在锡霍特山的对手。

维克多是一只成年的西伯利亚虎。几天前离开领地，向一只漂亮的雌虎求爱。任凭它做溜须、讨好、亲近、不满，种种表示，还是被婉言谢绝，因为那只雌虎已经身怀六甲。它好失望，维克多仰头呜呜地发出几声不满，便恋恋不舍地离开那只心爱的雌虎。它无心捕猎，只顾一路寻来，越过峰峦重叠、起伏连绵的维尔希纳桑杜加山，顺着蜿蜒曲折、逶迤奔腾的瑚布图河，不觉从自己的领地锡霍特山走到了绥芬河边。

想起平日的生活，维克多很后悔。如果不是吃饱了撑的去煽情求爱，寻花问柳，它也不会放着好日子不过，一路奔波，远离他乡，现在落得配偶找不成，又食不果腹，饥饿难忍。回想这些，它站在山顶，面对家乡低吼几声，悔恨、自责、无奈。

目前野生动物面临的两大问题它同时遇到了——饥饿与安全。这里既缺乏猎物，又离人类太近，不是久留之地。

可是还得先解决饥饿问题。维克多想到自己领地的野猪、狍子、马鹿，想到维尔稀纳桑杜加山的野鸡和瑚布图河的河蟹，想到绥芬河的滩头鱼……

二

其实说"虎以食为天"才更为准确。维克多拖着饥饿的身躯又回到那座小山上，它站在那块大岩石上向村落瞭望。夜晚，村落里闪烁着点点灯火，还有人在往来行走。它想到这充满诱惑的村落里有黄色的牛，白色的羊，栗色的马……

它知道这个时候不是最佳的捕猎时机。维克多决定在岩石上睡一觉。

这是一个月黑的夜。寅时，维克多虎虎生生地走进那人类的村落，那些杂七杂八的狼一个个远远地躲着它或者钻进了窝里，它大摇大摆从村落中心的街道一路走过去，看到那黄色的牛，白色的羊，栗色的马……那些可怜虫竟然没有丝毫反应，它们有的低头吃草，有的仰头咀嚼，有的闭目养神，它们准是不认识咱维克多，不然连那些凶猛的黑熊、狡猾的灰狼、暴烈的孤猪都要回避，你们这些有蹄类动物，天生就是我们肉食动物的晚餐，我们虽然不认识，但我们的祖先肯定认识，你们真的不怕我？——难道这是人类设下的圈套？维克多又审视了这漆黑夜晚的一切，一切寂静，毫无声息。维克多感到饥饿难忍，食欲大振。它走到栗色的马跟前，照准马肥肥的脖子"吭哧"一口，那马一点防范都没有，维克多撕下一大块马肉。它感到这马肉又酸又涩，它从没吃过这么难吃的食物，看来这奇蹄类动物的肉不如偶蹄类好吃，它想着就一松口扔掉马肉，奔那头正咀嚼枯草的黄牛走去。它同样也没吃过牛肉，碍于牛粗壮的犄角，维克多决定从牛屁股下口。维克多张开虎口同样向牛屁股上"吭"……没有发出"哧"的声音，这牛皮太坚韧了，竟把它虎牙硌了一下，而那黄牛竟然依旧悠然地咀嚼几枚枯草。维克多有点儿懵。它想不跟这些牛马犯别扭，还是先解决小型动物吧，填饱肚子要紧。它盯准了身边的羊圈，一纵身……一串优美的枪声响起，它感到腹部绞痛，它大吼，可是声音嘶哑，它挣扎，使劲儿地挣扎——它醒了。刚才，它做了一场饕餮大梦。它看到一只松鼠在树枝间跳跃着，惊飞的鸟儿已经蹿向田野上空。

维克多毅然向村落走去。在夜里它的双眼发出像火一样的光芒，又如两颗游动的夜明珠。他从小山上俯冲下来，穿过田野，逼近村落。维克多伏在村子与田野间的堤坝上观察。眼前的情景和刚才梦里可大不一样，那些牲畜都被主人关进了院子，并不像白天那样散在外边，就连那几只狼也躲在了窝里不出声。它只好沿着村边的小路绕到村落的另一端，可仍然没有发现一只散放的牲畜。正是黎明之前，四周漆黑一片，万籁俱静，它的喘息声是唯一的声音，它的目光是唯一的光亮。它趴伏在小路边仔细观察，同时也在心里合计着。它确认村里的人们和他们的牲畜都已经熟睡了，这是危险性最小的而把握性最大的狩猎时机。它决定冒险到村头的那家低矮的院子里去试一试，它隐约看到那里好像有几只白色的羊。维克多弓起腰，屏住呼吸，四肢缓缓向前推动着。为了不让四蹄与地面摩擦有声，它将利爪缩回爪鞘，用绵绵的宽厚的脚掌贴地滑行，背部发达的肌肉在波浪起伏着。这一切都做得十分完美，它成功地来到院墙边，周围依旧静悄悄。院墙不到一人高，维克多一纵身，轻松跃进院里。几只羊还在熟睡，维克多照准最近的一只"咔嚓"咬断它的颈骨和喉咙，然后叼起纵身蹿出院墙。羊群的骚动和两只牧羊犬的狂叫都是之后发生的。那两只黑背在发现维克多的一瞬间已经吓傻了，它们偎在窝里颤抖着，并没有叫出声音，好半天，它们才发出异常的充满恐惧的乱叫，而维克多已经远在千米之外了。

西伯利亚虎维克多几天来终于大餐一顿。如果不是发生眼前的事，它原计划明天再继续一次这样的大餐。它在远离那座村落三十里开外的山坡上睡着了。睡梦中它听到了"人狼"的叫声。它闻声跃起，循声往山下看：只见在两只黑背的引领下，一群人向山上摸过来。那些人有的端着枪，有的在黑背的后边指指点点……它明白了。这种跟踪的方法是它们肉食动物的惯用的招法，不仅它们虎类，就连豹子、野狼都会。它记得小时候妈妈为了它们兄弟的安全，在离开前先将它们藏好，然后一边走一边用尾巴扫去脚印。

看来它用来跟踪野猪的方法人类也会。也许……它感到是那两条黑背搞的鬼，该死的家伙！你等着。两条黑背一路颠颠小跑，不时地回头看看人，它们突然停住，是嗅到了危险，它们回头看看人，用力地大叫几声。那几个人停住，似乎在交流着什么，然后几个端枪的弓起腰，拉动枪栓声都听得见。

维克多全明白了，这些人就是冲它来的。看着那黑洞洞的枪口它感到太可怕了。它磨身向山峰窜去。也许黑背是可以跟上它的，但两只黑背反倒退到人群后边了。

它整整跑到天黑。不知跑了多远，到了一座很高的山上，这座山森林茂密，山势险峻，比起它的锡霍特山倒像一点。这回真的安全了，它想着就在一棵腰粗的大松树下停下来。它感到很疲劳，睡一会儿吧。

它回想起那黑洞洞的枪口，还觉着后怕。它猎取动物，几乎就没遭过真正的报复，而这正是人类的可怕之处。

三

这里是人类的一个自然保护区。

维克多一觉醒来，正是黎明时分。是几只野鸡的叫声打扰了它的好梦。不过，在自己的锡霍特山上，它也经常在这时出来寻食。它伸个懒腰，打个哈欠，就向野鸡叫的地方走去。野鸡并不是它的正餐，在锡霍特山它从不在意它们，而今可不行。这几天它一下子知道了很多事情，什么叫真正的危险，什么叫真正的饥饿，什么叫背井离乡……就在维克多接近野鸡叫声的地方，突然前边蹿起一只梅花鹿。维克多惊喜得犹豫一下，便纵身追去。像鹿这样大型食草动物，它们生存的重要本事就是奔跑，而捕猎者只有进行精心巧妙地围追堵截，才有可能获取它们，维克多平时更多时是悄悄接近猎物，或等猎物悄悄接近，突然出击，一招毙命，尤其是对待像鹿、狍子这些善跑的大型食草动物。所以它追了一会儿，就放慢了脚步，不管怎么说，能在这里碰上梅花鹿，给了它一个巨大的惊喜和安慰，它开始想：这能像锡霍特山那样成为它的第二故乡吗？

一个新的发现进一步巩固了它的想法。它在一棵大树下嗅到了一只虎的气味儿。它围着这棵快赶上棕熊腰粗的大树嗅了好几圈，一边嗅一边辨着，它确定，这是一只雌虎的领地。它立刻狂喜起来，一会儿用两只前爪抓树，一会儿用两只后爪刨地，口中还不停"嗷嗷"地唱着情歌。过了一会儿，它冷静下来，静静地注目四周……它想到在它领地附近的那只雌虎，它想到被拒绝的滋味儿，它还知道一只虎的领地是不可以随便闯入的，这不仅是礼貌的问题，而且是涉及一只虎的权利和尊严的事，轻视不得，它在锡霍特山的领地，就是不准它虎涉足一步的地方。

可它还是决定冒险留下。它开始四肢平稳地站立，昂头引颈大声唱着"嗷嗷"的情歌，起初一声接一声，渐渐地稀稀拉拉下来。最后，它索性趴在地上唱。直到烈日当头了，它干脆放下斯文，全没了骑士风度，它歇斯底里地大啸起来。

终于，它听到另一只虎的啸声。这声音从远处渐渐传来，高亢而急切，维克多感到那啸声充满着愤怒，像是在严厉地警告。

维克多知道对方误解了。它不再大啸，而再次"嗷嗷"地唱起情歌。它还在那棵大树根上撒泡尿，这要是用于两只雄虎之间，则是挑衅，而面对雌虎，这是求爱，是让对方尽快辨别和确认它维克多是只雄虎，绝不敢冒犯，而是前来求爱的！维克多还向后退了几步，一者是表示恭敬和歉意——到您的领地上来，未经允许，不好意思，有话好说；二者是让对方快点有机会通过树根上那泡尿辨认自己的性别。

当那雌虎气势汹汹、虎视眈眈地出现在维克多面前时，维克多出于虎类的敏感和谨慎，它很紧张，它一边唱着情歌一边再往后慢慢退几步……比起维克多先前所遇的雌虎，这是一只瘦小的西伯利亚虎，但这一点儿都不影响它的威权，因为这是它的领地，它的家园，和维克多的锡霍特山一样不可侵犯！

维克多心跳得厉害，它继续一边"嗷嗷"唱着情歌，一边再往后慢慢退几步……这只雌虎突然意识到了什么，它在那棵大树根儿停住了。雌虎一边放低了声音，一边围着树转圈儿，还不停地嗅着，嗅着……它终于停止了有敌意的啸声，在树根儿底下撒泡尿，然后也低声"嗷嗷"地叫起来。

维克多是聪明的，它知道这只雌虎不仅没有了敌意，而且好像在接受它的求爱。它继续而且大声唱着"嗷嗷"的情歌，缓步走上前来。

那雌虎趴在地上低吟，撒娇，它向维克多投来温柔的目光。

其实，对于这两只虎来说，它们这次爱情的获得意外而侥幸。纵然锡霍特山有世界上最大的西伯利亚虎类种群，可维克多是错过了求爱期，怀孕的雌虎是不会接受求爱的。而对于这只雌虎，则更是万分意外，它自出生以后，除了自己的母亲和兄长，还从没见过另外任何一只虎。几年来过着孤独的生活，它也曾寻找爱情，可它们这个种族在这片土地上已经濒于绝迹了，方圆千里也不见另外一只虎影。此时，它们俩心中别提多么的惊喜、兴奋、惬意……

它们开始用虎类的语言交流着。

——你叫什么名字？

——维克多。你呢？

——娇娇。

——娇娇？什么意思？

——我自小娇生惯养，又长得娇小玲珑，所以妈妈和哥哥就叫我"娇娇"。说说你吧。

——我们兄弟二人，因为我最强壮、最勇敢，每次玩打斗我都是胜利者，每次狩猎我都冲在最前边，都有所擒获，母亲喜欢叫我"维克多"——胜利者！

——维克多，不错的名字。那么你的弟弟好吗？

——弟弟夭折了。那是我们一家经历的最惊心动魄的战斗。在我们刚刚一岁时，一天，一只巨大的棕熊闯入我们的领地，为了捍卫我们家族的尊严，母亲带领我们兄弟与这只比母亲体重还大三四倍的凶猛的大家伙展开决斗。你不可想象大棕熊有多么强壮、多么凶恶、多么顽强！我们家族在锡霍特山从没有遇见过如此强大的对手。这场战斗从正午一直打到黄昏，是母亲采取的游斗战术把那家伙拖垮了。发出最后一搏的号令一刹那，母亲舍命一扑咬中那家伙粗壮的喉咙，我们兄弟俩也迅速去咬它的要害，我把那家伙的肠子掏了出来，而弟弟却被它坐在了庞大的屁股底下……结果我们虽赢得了最后的胜利，弟弟却受了重伤，不久就死了。——现在提起这件事我还心有余悸！

四

维克多和娇娇快乐地度了两天蜜月，它俩感到饿了。

维克多想起了那只梅花鹿。娇娇说：不仅有梅花鹿，还有狍子，野猪……

野猪？好长时间没尝着野猪肉了。维克多提议去打野猪。

跟踪猎取野猪可是虎类的拿手好戏，它俩很快就找到了野猪的脚踪。这对儿邂逅的情侣一边玩耍着、嬉戏着，一边嗅着野猪的脚踪，它们从针叶林进入阔叶林，又从阔叶林钻进灌木丛，从黎明折腾到日出时分，还没有见到野猪的踪影。

维克多有点儿不耐烦了：这要是在我的锡霍特山，野猪早成为盘中餐了。

"可这是在我的长白山。"打嘴仗雌性从来不向雄性示弱。

不知是因为娇娇还是因为野猪，维克多显示了从没有过的耐心。它们终于在一堆野猪的粪便上找到了谜底。这是人类和许多哺乳动物共同具有的智慧。维克多兴奋地纵身跃过眼前的小溪。

"停！"娇娇看着这静静而流的溪水说，"妈妈警告过，这条小河是不能越过的。"

"为什么？"

"太危险，哥哥就是过了这条河再也没回来。"

维克多环视周围，又竖起耳朵静静听一会儿："没有危险。"它坐在对岸的沙滩上，很惬意，而丝毫没有放弃的意思。

娇娇环视一周，它仔细地审视眼前的一切，不遗漏每一个细节，它在试图论证和推翻母亲所说的危险，也企图发现哥哥失踪的原因。而这眼前的一切平静而无息。娇娇的目光和维克多的目光交错的一刻，它感受到维克多眼神中的渴望，而它也被自己心底的渴望牵动着。

娇娇缓缓蹚过溪水，把脸贴在维克多身上轻轻蹭了一下。也许野猪就在附近。眼前是灌木、柳毛、杂草混生交杂的荒山脚，地形复杂，便于隐藏。它们决定分头寻找。

维克多从来都是捕猎能手，它很快就嗅到野猪的气息，断定了具体方位，刚要发出信号告知娇娇。

却突然听到娇娇的惊叫声从白桦林中传来，接下来是一阵愤怒而恐惧的呼啸声。维克多掉头奔去。

一条钢筋套子勒住了娇娇脖子。娇娇惶恐挣扎着，可越是挣扎套子勒得越紧。维克多赶来时，娇娇已经呼吸局促，快要窒息了。维克多扑上去猛咬那钢筋，可毫无效果。

突然，它们听到了人类村落里那种狼的叫声。

维克多循声望去，见两只黑背和一个持枪的人跑来。它似乎明白了什么。

它本能的反应——跑！可它看着奄奄一息的娇娇，它退到一簇枯草中藏起身来。

三个家伙渐渐逼近，而他们的脚步也慢下来。两个黑背的家伙甚至停下来原地狂叫。

维克多从来没有如此紧张过。它依旧一动没有动。

那持枪的家伙挥手示意两只黑背上前，黑背反倒一边狂叫一边向后退。那家伙骂道："熊货，完犊子！"便举枪对准了娇娇。

从祖训和遗传基因里维克多明白人类举枪瞄准的动作意味着什么。那是魔鬼施展法术残害生灵了。

"娇娇！"维克多在毫无准备下纵出草丛。猎人的枪口正好在五十米开外，它知道这是个危险的距离。

那两只黑背的家伙哑巴了，它们瘫痪在地上。那是个老练的猎手。刚才他只顾套子上的虎，却忽视了另外一只虎的存在。他一怔，又马上将枪口对准了最危险的地方。

维克多是丛林之王，但它还是没有跑过子弹的速度。它在距离枪口"一扑之遥"时中弹了。它在地上打了个滚儿，就像一颗陨落的恒星成为滚动在大地上的耀眼的火焰。

"维克多！"是娇娇运出最后余力发出了嘶哑的啸声。

"娇娇！"还有黑背、枪、人……维克多胸口流着血，思维模糊着。

老练的猎人再次举起枪。

过了半分钟，猎人蔑视一眼维克多和娇娇，转过头对着那两个黑背的家伙痛骂："熊货，完犊子！"

然而，他的头永远没有再次转过来。一团火焰将他扑倒，他喉咙里喷出的血，和火焰一起在这静静的大地上燃烧。

作者简介

石长江，笔名天马，男，满族，1966 年生。黑龙江省作协会员、黑龙江省萧红文学院第十三期青年作家研修班学员、鲁迅文学院第十五期少数民族作家班学员。曾在《中流》《民族文学》《满族文学》《北方文学》《开发区文学》《北极光》《诗人世界》《星星》等报刊发表诗歌、小说、散文、杂文、报告文学等作品数百篇（首）。曾获得首届艾青杯文艺大奖赛优秀奖、黑龙江省少数民族文学作品三等奖等奖项。目前以长篇小说和剧本创作为主。

水源地

杨勇

> 今据闻见，于是载述。
> ——玄奘·《大唐西域记》

一

我不后悔。

我寻找过一生，我究竟自己了。但我还是不知道自己。

我打坐在插向云天的岩崖上。那是世界的尽头，像恒河沙粒一样广众的大千世界尽头。岩崖在蓝色的空气中飘荡，我再也无路可去。从云海里我又看到大唐，看到慈恩寺盈盈的水井。我没有气力再回大唐，我为水源地耗尽了心力。

可能，我只是做了一个梦。也可能，我是在玄奘师祖的梦里。师祖梦见我，师祖醒不来，我就走不出去。但我还是记着那个梦，玄奘师祖指点那口水井，一闪就不见了。师祖与我相隔几生几世，他笼罩了我一生。我一生奔波在路上。或者，是另一个我在路上，在找寻。

我找到了我的尽头。时间也老了。一路上，我望见花儿开过五百回，树木绿过五百次，叶子黄过五百载，白雪飘过五百轮。而我，已是满面尘土，仿佛从尘土中来。我还要去哪里呢？我不知道是不是时间已忘掉我？

我闭着眼，又看见了我。在广大的天地间，脚踏大荒，一路向西踽踽独行。太阳和月亮在我的头顶映照和织梭。置身这日复一日忽明忽暗的光束中，我像行在黑白丛林里。

二

我是慈恩宗弟子。很多年前，在大慈恩寺，我二十六岁时，悄然选择了向西的旅程。那是个暮秋时节的黄昏。我悄然推开慈恩寺后院小门，打马向西。一路落叶纷飞，秋风啸转。快落日时，我在一个高岗停下来。我没有洒泪，只是久久地凝视着，凝视着。远远地，长安城在夕光笼罩下一派沉寂，慈恩寺的晚钟一波波荡来。我有预感，我不能再沐浴钟声了。从那时刻起，它只能敲打在我心里。

我本一心向佛。在大慈恩寺内，我持奉玄奘师祖的教诲，苦读佛经。二十六岁时，我突然对慈恩宗变得疑虑重重。那时儒家、道家大行其道，我便四处阅取他们的经书，一时沉溺。因我的心神不净，身边突然有两人如影相随。这二人夜深时常常不约而至，床榻前与我辩经说法。他们长相与我相似，却是一儒一道。对于三家，我们争执得激烈，互不通融。在争执中，我外表镇定，可世事真相却在内心变得渺渺如烟。不二法门，法门不二。我不能再安心定神。

我不知道是幻是真？是真是幻？我身体里突然显现出奇异神通，我再也饮不到清水。那日，诵经后在寺庙井台边汲水，水在我盂钵里消失了。我没有在意，起初以为是幻象，我本来就不曾汲水。于是再次汲水，但水在我的盂钵里清亮一阵后，立刻又了无痕迹。我惶惑不安，反复地汲水，但结局一次比一次让我不安。我甚至尝试使用双手，水明明盛在掌中，但掌中却空空如也。我招来师兄，让他们用钵汲水。盂钵中清水盈盈，但端到我面前就消失了。他们看得到水，我却饮不到。我不甘心，悄然访遍城中所有水源，水仍然一次次无踪无影。是什么因缘让我如此？我忧虑，我可能是陷入了外道。

我日复一日在井边打坐沉思。有时，会突然忘记自己是谁。直至青苔遍覆全身的一刻，井口突然大现金光。一位身披大红袈裟的胖大高僧降于眼前。我没有发觉他从何处而来，他来得悄无声息。他看定我，沉寂片刻，对我摇头，而后又对我微微颔首。我听到黄钟大吕般的言语："善哉，汝至初祖以来，畅饮此地水源百年有余。因汝今世浑浑噩噩，心地不净，水源吾收回矣！即日起，汝当思量向西自寻水源，妥善心志自度余生。"高僧言必隐去，水井随即枯竭，只剩一孔黑洞洞的盲眼，逼视白云苍狗。

是夜，我对着明灭的烛火沉默不语，陷入冥思中。那身披大红袈裟的高僧，乃是画像中慈恩宗派玄奘师祖，他现身来指点迷津。我向空中打拱，跪伏，长久地诵经。子时，烛光熄灭，月光清幽。我起身振衣，簌簌的清光如水般抖动。我决计西行，即刻身体轻盈起来，一儒一道亦不再如影相随。

翌日，我只擎一钵，单骑白龙马上路了。长安城秋风劲吹，向东吹着。世尊西来意，我就迎着风的意思走。我相信，迎着风的意思走，就是朝向水源走，朝向自己走。一路向西，我耳畔风声连绵不绝，向后吹彻。而我身前，是无尽的苍穹，无尽得仿佛就剩下我一个。

师祖的《大唐西域记》我早成熟于胸。玄奘师祖二十六岁时西行，奇异的是我也如此。正心精进，我不断地打马向西。西行不久，我青光头上的发丝开始疯长，如野草遮住我的脸面。而袈裟，被一路风尘吹拂，被一路荆棘撕扯，早已千丝万缕。经过无际的阴山地带，我放归了焦渴羸弱的白龙马。我把它置于一片水草丰美的开阔地带。白龙马嘶鸣着追随我。它一路亦不曾饮水。我掩面远去，任凭白马在身后啸啸嘶鸣。

在青海湖畔，我蹲下来，仍旧饮不到水。我照见了水中人。他的面庞被丈许的须发掩盖，消瘦，黧黑。胡须和发丝彼此纠结，宛如巨大的雀巢（我困时睡在那里，躲避野兽亦在那里）。他的眼神却是坚定，闪亮。我说："我是路途上的求道者。"然后我听见了自己的孤单回音，从空湖上一波波荡来。"是的，我是路途上的求道者"，很多时刻，我这样究竟着自己。

三

　　一路向西，群星愈来愈低。这些巨大的白石头，咣当咣当敲打我脑壳，我不断地从瞌睡中醒来。一路向西，风沙愈来愈烈。这些漫天的尘埃，一团团裹住我身体，我寸步难行。我忍着，我企盼群星和风沙洁净的一刻，就是我寻到水源地之时。

　　尘沙在大地上安静下来时，是一个热烘烘的正午。

　　我停下来，在风里我嗅到断断续续的牛羊膻味儿。我捕捉着那游丝一样的气味，在旷野里继续行进。因风，那气味不时地变换着方位，我像追踪一只透明的蝴蝶。众多时日后，我终于嗅到牛羊们浓烈的气息，那气息中还有一丝丝凉爽和腥臊。我在接近着有人居住的地带。

　　一路无水喝，也无素餐吃。漫长的行走中，风是我的依赖。我吞咽风。风吹来远处果实和草木的气息，吹来雷电霜雪的气息，吹来野兽和亡魂的气息。它们取之不尽，用之不竭。我用鼻子选择着那些新鲜的素食气味，一路西行。

　　在尘沙安静的大地上，我静静地穿过草地上的牛群。我走向一片无际的菩提树，它们勾连着，撒下云海一般的荫凉。我离西天近了。

　　果真，当我起身站到高地上俯瞰时，一座城池浮现在白垩的土层上。黄黄白白的房屋，规则方正地围出细线一样的巷道。巷道中有隐约的人众在晃动。那城池也颇宏伟，每隔一处，便有带尖塔的高大楼阁凌云耸出，且发出隐隐的金光。城池外，相随着一条黄丝带般的大河，河面有人影儿烁动。

　　当我接近大河，膻味和腥气更浓地扑来。嗅着空气中的水分，掬水的意愿使我浑身哆嗦。努力镇定下来后，忍住神圣一刻的兴奋，我开始静观。那是条开阔的大河，黄浊浊的河水在平原上悠悠地向远方流荡。我不知它有多长？强烈的阳光就揉碎在水面上，亮得我几乎睁不开眼睛。

河水里，硕壮的牛群在饮水。光脊背的男子也在大河里，像举行某种仪式一般沐浴着。一些蒙着鲜艳面纱的妇人，从菩提树林中迤逦而出。众女菩萨在大河里汲满水，将瓦罐顶在头上，然后向远处的城池平稳地行走，轻巧得像一朵白云。那些壮汉般的牛，人众中气定神闲地走走停停，没人驱逐它们。一头牛甚至挑衅地冲进人众，扬起牛角，人群散开，一个小童子吓得哇哇大哭。人们没有奈何它，那牛不温不火遗下一泡屎，优哉地踱方步而去。

我坐在岸上，没有下河。我打点着胡须和头发。让它们不再纠结，让它们水流一般地倾泻。黄昏时，更多微黄的光芒照射在我身上。它们轻轻穿过条理清晰的须发，带来了久违的暖意。沉醉时刻，空中一丝丝干净的音乐飘来，美妙至极。

打坐中，我被物体不断坠地的响动所惊醒。是些坠落的面饼，一些钱币。我向善人们微笑，点头。后来我摆手，仍旧有物什轻轻飞来。我看到一枚宝石戒指，它也闪烁在那些施舍之物中。此处真是个人人向善的通灵宝地。

念过《心经》，神圣的时刻临近了。我走向岸边，捧起河水。那汪水在手掌中活泼泼滚动着，是琥珀色的，仿佛一些散开的念珠。它们没有消失，任凭我小心地收拢。我以为找到了久违的水源，面对西方默默诵经。当我将圣水送入嘴边，水又失去了。

良久呆坐时，一个面容黑瘦的男子微笑而来。他看见了刚才那一幕。他善意地用自己的瓦罐盛水，缓缓地向我口内倾泻。飞溅的水流经过我唇边，一滴也没落进我口中。那善男子耸耸肩，两手无奈地摊开。我听不懂他说什么？他一脸茫然。

我重坐在岸上打坐。那水，那悠悠的大水，那沙粒一样多的大水，仍旧不是我的水源。长久没有饮水了，那一派涌动的大水，点燃了我心内的火，越烧越旺。我感觉到骨头也在烧，我变成一座火海。

我走进大城寻找水源。

那大城如长安城一般热闹。街路上除却行众，牛群任意游转。行众远远地看着它们，恭敬地给那些生灵让路。一些猴子在巷道的屋顶和窗子间攀来攀去，来去自如。巷道两旁店铺绵密，微微鼓起的花纹窗子开启。有头缠布匹的人从那里探头，向我售卖刀具、纱布和珠宝。我一路摇头，有点儿眩晕。在一处开阔地带，我用手势说话，双手合十，双眼微闭，就地打坐。我想寻找一座寺庙。行众们围上来，我脚下又出现众多的食物和钱币。行乞者也围上我，盯着那些物什。我双手合十，眼中没有那些物什。他们取走我脚下的东西，一个个窃笑着离开。我知道，他们不是僧人，他们真正需要这些东西。

许多天后，一个斜披黄色丝绸的光头男子站到我眼前。他闪动起清亮的牛眼睛，双手合十。他向我勾动手掌，仿佛示意我跳到他掌上。我起身跟随他走。他身形轻快，像在飘。他赤着脚，几乎也是赤身，如果没有那块布的存在。我快步跟随着他，却远远地落在后面。他走向菩提树林，他不时地停下来等我。他就停在每一株菩提树下，且结跏趺坐。

我们继续前行，几个黑白交替的时日后，进入巨型的群山中。起初我还能看见大河在远处大地上起伏，后来满眼山峰隐去了它。走入群峰的谷底时，一些白色的雪峰，高高地耸向天际。

他停在一个岩洞前。他钻进一个山洞，取出一盂钵和几枚土豆，放在一块石头上。他把它们指点给我。然后指指远处，那儿也是一个山洞。他在示意我入洞里修行。我摇头，合十。他开始不悦，看定我，对我吹气。他的口中喷出一柱火，像云霞一样壮观。我还是摇头。他开始用刀子刺穿自己的手臂，深深地刺穿，刀尖裸露。皮肉里并未有什么东西流出来。他拔出刀子，皮肉瞬间恢复无损。我对此摇头，以为外道。他指给我路边的一棵树，然后他消失了。那树在摇晃，树干像腰一样弯下来，又挺直。他在树里，树枝像胳膊一样摆动。我打坐，指指自己的心。他不再卖弄和坚持，现身在我眼前，领我转出了很远。

一处宽阔的废墟。我们站在那里。残墙在黄沙地上纵横绵延，若隐若现。废墟中多有门楣，立柱和石墩。我断定此处曾经是雄阔的大殿群。"纳兰陀，纳兰陀。"他发出这样的声音。我不愿相信耳朵。这就是大雷音寺，世尊讲经的地方。"纳兰陀？"我指着这一切诧异地问。"纳兰陀。"风里他大着声音回答。

我走入残垣中，辨识着一扇矮墙壁。墙壁上满是精美的雕刻，菩萨、金刚和各式僧人等。雕刻中一处高坛，端坐着一位神态安详，结跏趺坐讲经的造像，旁边是一干倾听的菩萨、金刚、罗汉和揭谛，那是佛祖释迦牟尼弘法的景象。如此，此地真是我取经的终结处了。我呆立着，周围数座破败的佛塔成众星捧月状散布着，一派荒寂。

"发生了什么？"我突然强烈地感觉到那一切似曾相识。我甚至看见另一个我，从尘土中清晰地浮现。他身披大红袈裟，寂静地穿过金碧辉煌的大殿高墙阴影，与众僧人在大殿堂诵经。大河在远方奔涌，诵经声嗡嗡如群蜂的奏鸣。一会儿，他又站到法坛上，他与千万碧眼僧人讲经辩法。又一会儿，他驮着一肩的经书，出了宏阔的寺门，风尘中走在东归路上。他早已替我完成了使命中的一切。"可那是玄奘师祖啊，我又是谁呢？"

我揉揉眼睛，一切逝去了。微尘里太阳发出白得耀眼的光芒，火一般热辣。我计算着阳光布下的暑影，依稀断定水井的方位。我想我要寻找到这残寺的水井，此处就是我的水源。

残寺太大了。我在找。直到半轮红日沉到瑟瑟河水中，废墟里升起一些细碎的阴影。后来，河水吞没了红日，废墟中的阴影胀大起来，变成笼罩黑暗的帐幔。我没有找到水源。那位斜披黄色丝绸的光头男人不见了。我在废墟中又停留多日。我如醉如痴搜遍每块石头每块土地，却找不到残井，找不到经文。一场大雨后，我终于决计离开那里。

我在城中又转寻几日。一位黄袍僧人拦住我，他说："婆罗多，婆罗多。"指引我去一座辉煌的寺庙。"世尊，世尊。"我说。我没有进去。我诵着《心经》离开了。我再次又来到废墟处。立在那里，我心事重重。纳兰陀幽无一声，渺无一人，仿佛千古就这样空旷。三千大千世界，成住坏灭，因果相循。我向着那残垣和废墟，向昔日的繁华低头，双手合十，然后我向更西的西方拜了三拜。

我没有伤悲，但我也再无法平静。水源如同空无一样可得而又不可得。我饮不到水。水源在哪里？世尊又去了哪里？世尊是否弃我而去？抑或我弃了世尊？

四

长安之外还有长安，佛土之外还有佛土。四大部洲的辽阔让我茫然无措，四大部洲之外是否还有四大部洲？

我又到达一座泛着灰白光芒的城池。其实我已不知身处何方世界，一粒飘摇的蒲公英种子，只是被风吹送而已。我疲惫不堪，体内不断有物什死去，我能听见它们轻轻地萎落和叹息。"水，水源。"修远的旅途中，我听见燃烧的身体说。

城里多有白土墙围成的小巷。空气干燥，浮满灼人的尘土。师祖玄奘的《大唐西域记》，没有记述这地域。我行啊行，我怀疑置身于八卦阵里，许久转不出去。城中尘土太厚了，我踩踏于大地上，尘土却在脚下直逼苍天。它们源源不断直直地扬起，又直直地下落。我不断地咳嗽。当我振落衣袍上的尘埃，就像隐身在一团云雾里。我想，此城是一个泥土幻化的城市，到处是泥土，天上地下人间。还有我，满眼灰白，几乎就是干硬的泥人。

我穿梭在身着白衣头戴白帽的人众中。我对每一个人比画着水井的形状，人众皆摇头无语。我没有进入那些挂着新月的大殿堂，我选择了一座精致的堂楼，它是大城的最高点。堂楼门前立有些许木桩，拴下一头头青毛白唇的叫驴。空地更高的杆子上，展着一面暗蓝的旗幡，风中猎猎作响。

我缘旋转的窄楼梯上行。小阁子里满是痴痴笑的食客，微红着脸说话、饮酒，如醉如痴。我心绪不宁，因为喝水欲望的强烈。我停在半空平台上，穿梭在木梯上的人，如尘土一样的众多，我一次次被下行的人流冲下来。

我得已行进在楼梯上，迎头碰见一个壮汉。我们撞在一起。他戴着小白帽，一袭白衣，身形威武，脸面上胡子黑重。他挑起眉毛一眼又一眼看我，他堵住我的去路。他大声说起我听不懂的话，胡子一撅又一撅。我双手合十，向他微微躬身，他面上怒气冲冲。我立在那儿，等待他给我让路。他不动，我很坚定，闭眼念动《心经》，脚生了根。他开始粗暴地推我，我一动不动地立在那儿。他很惊诧，对我叫喊着。我不还嘴，沉默着，内心如火。他终于返身上楼，指着我扬长而去。"世尊啊世尊，与世人计较，我怎么变成这等顽劣俗物？"

在小楼最高处凭栏，视线极。我看见泥土的巷道，有三三两两的长襟农夫在走，还有一个小童子在拉尿，对着墙，水流极清亮。我滑动喉结，吞咽了一下。风是干燥的，没有一点儿味道。再远处，是挂着白色新月的塔尖。堂楼院落里，嘴衔牛耳尖刀的人在杀羊。他左手擒住一只羊角，将它的头扭过来，然后右手从嘴上取刀，快速地刺向羊喉。

我扭过头，我闭上眼睛。我嗅到了浓烈血腥味儿。我打个寒战，身体开始发冷，一阵阵恶心。睁开眼看时，我已经扑倒在小楼搁板上。我肯定是晕过去了，我记得，在高处我没有寻见城里的水井。

店小二立在眼前，手中端着一个大陶碗。他蹲下来，将水放在地上，就放在我唇边。碗中的清水映澈着白光，一阵阵晃眼。我无力起身。他没有表情，在我的衣裳间搜索着，最后他找到一枚小玉佛。那是我唯一的物件。他旋转着玉佛，对着阳光看，不露声色地笑。我抬头，又看见院落中那血迹斑斑的羊。它被剥了皮，内脏开敞，倒挂在树枝上，滴着落雨一样的血。我头痛起来，鼻子突然嗅不到那血腥气味了，身体只是一阵阵战栗。

店小二扶起我，让我落座。他从木板上端起那碗水，放在案几上。我捧起它，沉甸甸的分量。我的手在抖。陶碗里水没有消失，微微漾动着波纹。因它一点也没有少，我更加焦虑。那致命一刻的来临，我不敢相信。我端着它反复凝视，我试着嗅它发出的气息，没有任何味道。只是清澈地微漾着。"它从何而来？店家？"我虚弱地问。

店小二摊开双手，摇头。我想，喝下这碗水，所有的漫漫旅程都将会结束，今后我就留居此地了。我有些忧伤，我不敢想象自己如何在这度过余生。"今后，我将是谁？是否还是奉持修行的僧人？是否还是大唐的臣民？"痛苦的眩晕中，我理不清乱麻般的疑问，我最终还是饮下去了，只是向喉咙中豪情一倒，便倾尽所有。

没有如期的清凉。可能是经年没有饮水的缘故。我示意再来一碗，又饮下去，我变得更加焦渴。我念动《心经》，试图镇定下来。店小二又端上来第三碗水。我指着水，摇手。不再饮用。"世尊，世尊，如何我饮了水还是渴，腹内水深火热？"

店小二对我发笑，手中拈动着那枚小玉佛。我头歪在木案上，一会儿，感觉下颌被一只大手捧起来，满是清水的大碗触到我唇边，水倒进我喉咙里。接着又是那双大手，强行着又倒进去一碗。被迫饮第五碗水时，碗在我嘴边碎裂开来。我身体爆发出一股力量。我听见咚的一声闷响。白衣人重重摔在木梯旁。

他站起来，惶惑地看我，很快镇定下来。是那个壮汉。他说："朋友，我看见你饮下四碗酒了，你有酒量，又很有力气，佩服。"我说："不要诳语，我饮的是水。"他得意地笑笑："朋友，你明明饮的是酒嘛？你嗅嗅。"他端起一只空碗，递向我的鼻子。我果真嗅到辛辣的气息味，来自空碗中余下的一滴。俯瞰院落的死羊，鼻子恢复了嗅觉。我清楚了刚才的一切，身体开始冷战。我恶心着自己，双手合十，眼前一阵黑暗。

他在大笑："啊哈，我知道你从哪里来？你要做什么？啊哈，你也没寻到水源，现在连僧人也要做不得了。"他大笑着，笑声里露出一口森森白牙，尖如狼齿。他接着说："这个城你找不到水。相信我吧，朋友。我们喜欢饮酒，从葡萄和粮食里酿出来的酒。"他抓起第五碗酒。他说："你挡了我的路，朋友你知道吗？"他仰颈喝干酒，继续愤愤地看我。他嘴角有一滴晶亮的液珠悬着。"我们这不许有异教人，你遭到惩罚了！"他在吼叫。

我念动经文，一股股火焰在我体内升腾。一个人从我体内跳将出来，他披着大红袈裟，仿佛满身的火焰。他护住我，像个武夫。他对大胡子说："来吧，你亵渎我佛，该遭报应。"大胡子后退几步，猛然向他扑去。他们厮打在一起。我头痛愈加强烈。

我鼻子里流出腥稠的液体，我知道是暴力的血。他也如我，脸像个五彩缤纷的南瓜。星夜降临，我们都已没有力气再向对方出手。那时刻，我周围漫天尘土飞扬。尘土里浮动着解开面纱的大眼睛，隔着高天的蓝色，星星一般闪亮而寒冷。

是我在厮打，是我在与他厮打。事情了结后，我靠在一堵倾圮的土墙上，不断地呕吐。我吐掉那些辛辣的汁液，也吐光胆汁和鲜血。我把五脏六腑都吐掉了，心里还是泰山压顶一般沉重。蒙面纱的妇人和孩子远远地看我，看我大口喘气，看我吐血和吐胆汁。后来，戴白帽的男子们对我失去观望的兴趣，交臂躲在阴影里闲谈。一位放下面纱的女子抛来一块手帕。我没有拾起它。我开始闭眼打坐。三天后，我终于能站起来行走。

我想，从我走进堂楼起，就可能成为他瞩目或者感兴趣的人了。现在，我是他的敌人。他知道我来寻水源。我并没有敌意，我只是想明确自己的水源地，想饱饮一场自己的水。我仰脸面向西方，静默如石。"罪过，罪过。"没有风，风听不见。世尊也没听见。

我拾到一枚新月形铜镜，小小的，薄而锋利。置于眼前，里面有一双带血丝的眼睛。我挪挪铜镜的位置，看见一张脸，满是血痂。我清理着它们。"在这尘世，我需要有一张脸，自己的脸，让它露出来，像月亮一样孤独地露出来。"我在冥想。那些鲜红的血痂坚硬如铁，花瓣般萎落在尘土中。它们的重量，砸得尘土飞扬。

清理后，我认不出自己了。新月铜镜中，填充着一个黝黑的面部。它抽缩的肌肉干成一缕缕，紧贴骨骼。一双大眼睛深陷，如同黑洞般。"他是谁啊？"我放下镜子。垂下的手臂又上扬，抡起一个大圆圈，铜镜呼啸着飞翔在茫茫空中了。许久，我听见"噗"的一声，它坠入厚厚的尘土中。

五

我很愿意相信，我走到了最西临界点。登上一座高山，头顶有隐隐的雷鸣。我看见远处的地平线闪动着蓝色光芒，那光芒动荡不安，宏大得无边无际。那是第几重天呢？风吹到这里，风停了。风不再往前吹。风好像吹到了世界的尽头，它再没有路可走。

我奔向那山脚下的大城，渴望找到自己的水源，哪怕在那一瞬灭度。

大城开阔，寂静无声。我走入巷子深处，四下仍旧静极。耳边是尘土簌簌的声音。人都去了哪里？我推开人家的木栅门，里面空空荡荡，再推开一扇木栅，里面仍旧空空荡荡。我走进屋子里。屋子里徒有土墙，土炕，陶盆、陶碗。没有水。我听见了歌声，在风中缈缈而来。我顺着歌声走。脚下尘土高扬。

我被歌声引导，来到一座高阔的殿堂前。那是城中最高的殿堂，它用彩色的穹顶刺向天空。大门开敞，歌声就从那里飘散而来。

当我立在大门前踟蹰时，一股强烈的力量把我吸了进去。大殿里气氛肃寂。满是发酸面粉的味道中，挤满黑压压的人众。城中没有人，全城的人都在这里。大殿堂望不到对面的墙，一些粗壮的圆柱擎着无边的穹顶，错落地排列开去。我不知道它究竟有多大？人众彼此轻轻地说话，微笑。没有人注意到我。他们在等待着什么事情来临。

　　我对身边卷发的人比画着水井的形状，人众摇头，没人理会水源问题。我忍住焦渴，心里默诵佛号。现在，全城的人都在这儿了。要隐忍自己，这是命中的赌注。我不能被肉身之内的火焰毁掉。

　　一位高大清瘦的人，出现在阳光刺眼的大门口，看上去如同他身体在发光。他着一件紫袍子，在散开的人众中反剪着双手走，像分开波浪行在水的缝隙中。他的长发有着绵羊毛一样的花卷，是暗褐色的，披散在两肩上。他从那扇阔大的门一进来，人众起立向他躬身唱喏。他只向我点头，点下头就走过去，以至于我理会不了他是否向我点过头。紫袍人身后跟随着一个阴郁男子，从头到脚披着严实的黑色大袍，像他的影子。我看不清他的面容，但能嗅到可怕的黑暗气息。他从容地走在紫袍人身后，也反剪着双手，寸步不离。

　　殿堂的中心，站着一双手牵手的男女。人众围绕他们形成一个个大圆圈，像一些漾开的莲花瓣。那双男女几近全身赤裸，头戴苹果花冠，腰胯缠有几缕常青藤和橄榄叶。他们模样俊美，天仙一样。他们互相搂抱，在人众中交换着缠绵的亲嘴。我无力多看，觉得羞耻。身体发肤，受之父母，如何公示于人？"罪过，罪过。"我渴盼着早些寻到水源，早些离开。

　　紫袍人的来临，让人众宁静下来。有人暗暗对我指点那对新人。我摇头，我说只是来此寻找水源，他惊异地看我。奇哉，我发觉，当有人跟我说话，我突然能听懂他的语言。我用自己的语言回答他，我认为他也能听懂我的语言。

　　我确定自己是在那双奇异新人的婚礼上。婚礼开始后，场面像是过堂审讯和提刑。那个紫袍人主持，大德高僧一般，口中念念有词。由黑袍人牵出那对新人，像牵出一对牲口。人众围上去愤愤地述说，那对新人却在微笑，身体发出七色的光来。人众向他们身上撒百合花和玫瑰花瓣，双手合十为新人祈福。音乐响起后，人众高声唱和。

在婚礼上，别人肯定注意到那一张孤独的脸，一张异域人的脸。我没有倾听音乐，但音乐听进去了我。慈爱音律一遍遍涮洗着我耳中无尽的风声，我变得安静松弛。那是佛家诵经一般的音乐。我眼睛酸涩，有泪弹下来了。用手擦拭眼睛，并无泪水，体内的水分早已经耗干。音乐停止奏鸣后，新郎给新妇人戴上一只草编的戒指，又相拥亲嘴。我转过头去，听见人众发出"哈利路亚"的欢呼声。"唉，这么多有情众生，我愿祈求能寻到水源，愿世尊慈悲。"

人众开始在大殿里进餐。一方大毯上置有四盘菜。是一些奇异的水果，还有大盘面饼和一只大羊腿，羊腿插着一把明晃晃的刀子。人众席地而坐，分而食之。我没有吃，我只是看着那奇异的果实。人众让请我，有人还将水果递到我的手上。我不吃，盯着那碗里的淡紫色汁液。它们不是水。我嗓子在燃烧，我忍着那场宴席。

紫袍人盯着我很久了，我能感觉到。他也什么都不吃，立在人众中，面庞棱角分明，表情慈善刚毅。黑袍人也盯住我，我看不清他的脸，脸隐在黑暗里。黑袍人后来转过脸去，他俯瞰那些人众，一动不动，巨大的黑影覆盖着那些人众。紫袍人向我走来，有一股强烈的力量撞击我。我坚定着身体，向他稳稳双手合十。他微笑着："他说，外来人，此地域的水你不可饮食，因你的不信。这水源不是你的水源，你所来之地的水，我却很愿意为你汲取。但一切均有安排，你的神明有意旨，我不能毁坏，你继续找罢。"紫袍人说完，大厅里到处有苹果花儿飞撒，新人和人众突然不见了。紫袍人和黑袍人一闪，发出黑白两道光，也没了踪迹。

我醒来。大殿堂上空空荡荡。我只是一个人在空荡荡的大堂上。

大堂可以望见四壁，它变小了。我四处里走，一派清洁寂静，好似不曾有过喧嚷的婚礼。在空气中，我嗅到了滞留的酒气。我没有找到水源。

六

我渡过了那片浩渺的水域。发出蓝色光芒的地带是大湖。原来我以为它是天界，却仍为人界。大湖无边无际。我乘一艘大羽毛船，沿途被一群长翼白鸟追逐，在大渊面漂泊。众多时日后，我来到一片沙漠地界。

我仍是在向着太阳落去的方向行进。西天变得无休无止，我几乎是在追日而行，绕着巨大圆圈的边缘。西天在哪？这瞬息的闪念，几乎让我崩溃。但也是瞬息，我收回这样的闪念，我还是个虔诚的苦行僧人。

我走进一座沙城。风一吹拂，沙子就从天而降。城远处，傍着一条若闪若无的蓝色大河。它清澈，插着白色羽毛的大船终日在那里飘。河畔，高耸着一座座金黄色巨石堆。蒙面商人牵着长长的骆驼在下面走过。

烈日在万丈沙尘中旋转着火球，沙城处热浪滚滚。我怀疑来到了穷尽水源的地界。大地被烤焦了，变成粉尘。人也被烤焦了，变成黑炭一样的人。那众生有的裹着白布，有的几近裸体。烈日灼烧，却不感觉到痛苦和羞愧。

起初，刚踏上沙城地界，我卷进过一场战争中。被烤得像黑炭一样的人，在沙漠中列队，为一只死象，用长矛相互投掷。燃烧的烈日下，喊杀震天。不幸被长矛击穿的黑炭人，流干了血液。征战的队伍散去，没有人管那些静静躺在沙尘上的人。强光把亡者晒得干硬。月夜，我驱逐着黑色大鸟，把一点点变成白骨的亡者，埋入更深的沙土里。在杀伐中，我阻在两队杀戮人中间，忍受着枪刺，劝阻双方放下屠刀，立地成佛。没人看见我，仿佛我不存在。制止不了那血腥的场面，我只能为死者诵经，为那些不幸的黑炭人祈福。"世尊啊世尊，我是不是来到了地狱？"走出沙漠，我轻声呼唤。天地一派沉寂。

在街巷上搜寻，我身体变得越来越轻，像空气一样轻盈和透明。我不再躲避一切击打。当有物体击穿我，伤口会瞬间地合拢。没有疼痛感，只是一次比一次虚弱。我不知晓如何变得这样？我还在坚定地找寻水源，我的肉身犹存，心魂犹在。这很好，我很满意自己的现状。我不再向人乞求水源，因为所遇所求皆是酒。

我穿过矮短残墙的巷子，来到一个集市上。集市上干热得冷清，少有人众。两旁各式小作坊寂静在强烈的阳光下，我走过，没有人抬头看我。在一处较开阔的街面，我只得停下来，枯树下两个跪着的黑炭小大姐挡住我去路。两位没有胳臂的黑炭小大姐在低泣。一个胡须剪得齐整的男子，挥鞭抽打二人身体。黑炭小大姐哭泣着，向两只雕满奇异符号的白色大箱子里爬。我进前劝阻男子。双手合十，口诵佛号。后来我干脆握住男子挥动的手臂。男子暴怒起来，对我拳脚相加。我不还手。他的拳头一下比一下重，疼痛进入我骨头，转瞬逝去。两个黑炭小大姐向我扔来瓦块，表情愤愤。我不知道我过错在哪里？行人多起来，他们终于停下手。

我倒伏在地，身体不能动弹。男子朝我啐口唾沫，继续用鞭子抽打两位黑炭小大姐。哭泣更加响亮起来。行人给他们扔钱币。叮叮当当的投掷中，男人继续挥动他的鞭子。地上钱币如落雨，两个哭泣的黑炭小大姐在地上拾钱。那男人挥着鞭子，两个黑炭小大姐钻进箱子。男子收起钱币挑着箱子走了。一切又归于平静。我长出一口气，晃晃荡荡地勉强站起来，几乎要倒向风的方向。

在沙城我没找到水井，也没看到一个人在饮水。黑炭人或在烈日下击鼓跳舞，或扭打于一处，有时一些艺人还带来跳舞的毒蛇。在一处门店前，几个用大陶碗饮水的黑炭人，自满自足，神情幸福。见我来，他们扬扬手中的大陶碗，又飞快地递到自己嘴边。他们在嘲弄我。我耸耸鼻子，嗅到的是腥气。那不是水，不是我要的水源。"水源在哪儿呢？"我打坐陷入冥想状态。我嗅出这地界有三种气味，一种是咸的，一种是腥的，一种是膻的，却没有大唐那种微微清甜的水。

我走出沙城。在城门前的大路上，我给一辆飞驰的马车让路，眼前忽有一个黑炭人在白色尘土中一闪，钻进轮下。我听见一声尖叫，从残墙角落跑出两个黑炭人，激动地拽住车夫争吵。倒地的是一个童子，全身抽动，并没有流血受伤。车夫摊手摇头。两个黑炭人回头看到我，拽起我如同拎一只羔羊。黑炭人指给我被撞的童子，是要我做证。我没有说话，糊涂了半天。童子是自己扑上去的。两位愤愤不平的黑炭人，皮肤光滑，闪动着釉一般的亮光。原来其中一个是妇人。和男子一样，她全身赤裸。她丰满的胸像挂着两个陶罐，私处异常隆起，宛若埋了一座小坟茔。"罪过，罪过。"我对黑炭人说。我收回目光。黑炭妇人期待着我做证。她走近我，眼神热烈，跳着舞蹈向我贴近。我退却着，摇头。

强烈的阳光下，到处是黑影和沙土。我努力睁大眼睛。我指指车轮，又指着童子说："是童子扑上去的。"于是，围观的人众散开，马车飞快地驰走了。被轧的童子站起来，动作灵活地拍打身上的尘土。三个黑炭人一起盯视我。马车没有踪迹了，黑影在眼前一阵乱晃。我身体被重物击打得咚咚作响，只剩下了呼吸。醒来时，我躺在沙土上，衰败成一堆破棉絮。眼中天空昏黄一片，广漠无边。我全身乏力，挣扎半晌，才爬起来。

我艰难地离开了那座城池。在一阵阵呼啸的风沙中，我被继续向西吹着。有时，我真的愿意就这样，一直被风吹拂，一直不落下尘埃。水源，水源，水源可能真的不在这微尘一样的世界里。

七

我不知晓他是谁?

经年后的一个正午,在旷野中他突然出现在我面前。他穿着宽大的黑袍,背着双手。他对我说了一句话,转身便走。他说:"请跟我来吧,我知道你需要水源。"他有着非凡的自信,认为我能跟他走。我感觉到了。他带领我穿过一座大火中的城池,又穿过一座大水中的城池。我忍受着一阵的热,一阵的冷。他走得轻快,若无其事。他的大袍在风中飘浮不定,看上去像一只飞翔的大蝙蝠。他吸引着我,我身体变得轻盈,融入透明的空气里。

他终于停下来。那时,大地转暗,尘土蔽日。

我们置身于一个晦暗崖顶,崖岸空寂,黑云飘荡在我身边。黑袍人说:"你且等待片刻。"然后他走开了,消失在一个幽深的洞穴中。我看着那洞口,冷气袭袭,腥气逼人。我等待一会儿,洞口飘出一具白色人形。我揉揉眼睛,看清楚是一个骷髅头。它从黑暗中探出头来,牙齿突出,眼神空茫。然后是整个骨架,斜着从里面挤出来。骷髅架下黑影闪动,是黑袍人在搬动它。完整的骷髅架出来后,黑袍人四下看看地势,置放在我面前的一块石板上。站稳的骷髅架发出一声幽远的叹息,我微微哆嗦了一下。骷髅架的头部高扬,它在远眺。"骷髅架和我有什么关联?"我微微低首。

"您请看,我这件作品。"他说话声音很温柔,我听来以至于有些谦卑。黑袍人和那骨架一般高大,他们并排站着。黑袍人自信地向那骨架敲打,像弹动一件乐器。"哦,很好,很好。"他自言自语。"唉!"骷髅又一声幽远的叹息,落花逐水似的浮在无边黑暗中。

"您听见了什么?"黑袍人关切地问我。不等待我回答,他又对我说话:"没什么,您看,这只是我的一个朋友,他从远方来,他一生都在一座城市凿石刻,后来就留在我这里,我把它做成了骨架。"他指着脚下，乌黑的浮云散开一条缝隙，缝隙下露出一座城池。城池很远，一缕斜晖抹在那里，拉长的红光里浮满长烟。"您想，城市里有那么多他的石刻，连皇宫里都有。他不明白，它才是他一生最好的作品。瞧，它多美妙呀！但他没有自己完成，他也不能自己完成，而是要由我来完成。他活着时，凿刻了那么多的石头，凿刻出了那么多女人和天神，可那是虚空而又虚空的。他没有灵魂上的倾注，他失败了。或许是他太倾注，他忘记了生命本身。"

黑云合上了它的缝隙。黑袍人还在说："生而后死，死而后生，他只做到了前者，现在我帮他完成了死而后生。这才是他的石刻，他的杰作，他自己。"黑袍人停顿了一会儿又说："我还要对您说，他也是来找水源的，从遥远的国度，和您一样来找水源，然后就留在这儿，再也没能回去，因他允诺了我，他永远留下来了。"

骷髅架发出了隐隐的雷鸣声。"他总是这样，当我对别人谈论他。"黑袍人说。"您喜欢它吗？"他又换种轻得不能再轻的声音问我，"您看，它没有那身臭皮囊，不用为衣食担忧，不用畏冷畏热，不用苦行求道，没有欲望，没有病痛，没有争端。有的只是宁静，自在。您不喜欢它吗？这个它就是他的水源啊！"

我看定那骷髅架，仿佛和他是多年的朋友。那骷髅大张着下颌骨，显然是呼啸所致。他经历了什么？生命的最后一瞬，他以挣扎和呼啸凝固了一切。那该是怎样的一种呼号？

黑袍人向后捋了自己的长发，露出一双栗色眼睛，那眼睛永远射散出阴冷的光芒。他说："我知道您想问什么？我来告诉您，他没有找到自己的水源，我给了他水源，所以他也得到了水源。"黑袍人在说话间隙，用衣袖爱惜地拂着骷髅架上的尘土，那骨架越发洁白起来。

"就是这样的因果吗？"我说，"原本，我应该在世尊那里，我又不应该在世尊那里。原本，我应该在自己当初的水源那里，我又不应该在水源那里。原本，我应该在你这里，我又不应该在你这里。"黑袍人好像在微笑："很好，您接着说。"骷髅架被黑云弥漫着，几乎有一副要消失的模样。"他是否悔过取了你的水源？他一生有水可饮，可他果真找到自己的水源了吗？你不是雕刻人的水源，他饮用着你的水源，却是干渴而逝的。他生命里有另种干涸和黑暗。"身体又虚弱起来，我坚持着站稳。良久，我又听见自己轻如蚊蝇的声音："现在，现在，我也许好像只能在你这里。"

"那么，您留下来吧，把您交给我，我给您要的水源，让您像他一样身前身后都没有苦痛。"他自信地说。崖顶的乌云里突然划出了闪电，接着是轰轰烈烈的巨雷。他周围的白色尘土一时变成金黄色，他就在金黄色尘土构成的一个圆形光环里隐现。后来，闪电消失，他黯淡下来。崖顶更暗黑了。

脚下的城池消失了踪迹，几颗星辰坠在黑袍人脚下。我看定他眼睛，对他说："我一旦找到真正的水源，水源自会安排我去处。我坚信，自己的水源像恒久的血液，找到自己的水源，就将永远有神明来引导。"

"你太自信了？"他把"您"字换成了"你"字。他沉默好久，又继续说："你是大僧人，想另找水源。其实，你是想找自己。你自己万年犹在，却飘浮不定，你不会找到，也没有多少人找得到。现在，我就是你的水源。他人给予你的，你不必怀疑。"他停下话语，向骷髅架的眼窝处吹去几缕风，那眼窝里即刻有尘土飘散出来。"你看，它眼睛中藏着尘土，它其实什么也看不到。起初，你不犹疑佛陀便不会西行。况且，因西行你已经辗转到此，你在走一条相反的路，寻找中，分明离水源地更远了。你不知道，有时出发地便是终结地。"

"你如何认定出发地便是我的水源地？"我竭力忍住颤抖，平静下来。"因我也是万能者之王！"黑袍人说，"在教堂，紫袍人对你所说，此处有水源，但不能给你，你饮下去会以为是你自己的水源。其实不然，那是高高的永生大海。你没有水源，你从来就没有。你的佛陀没给你水源，你从那条圣河一路来此，处处没有你的水源。现在，除非我给你永恒的安静之源。"

我默诵《心经》，良久，我说："我清楚你是谁，但我不说。我一错再错，但我相信我有自己的水源。到我了悟出发地是我水源地之时，即使离它最远也是最近。如我返不回去，有找寻的过程亦足矣。"

他开心地笑了："我也知悉你是谁，我也不说。"沉默一阵后，我们都笑了。在融洽的氛围中，我说："你要我像他人一样，有你的水源，最后变成他，变成你的作品，是否如此？""如此，"他得意地笑了，他说，"就是这样，凡人的生命只是这样，这是最好的作品，当然是我的作品。你看它，多么完美，生命的种种缺憾都没有。你是东方的智者，你知晓，他在我这找到了永恒的水源，他的一切荣耀皆归我。"

"差矣！"我突然澄澈起来。我说："我肉身里皆因有我在，所以你不会知晓我最后将何往。我找到水源，黑暗中也知晓我在何处。我找不到水源，肉身给你，你也不是我的归宿。因我向来没把那个我交给你，我不会真在你这里。"

黑袍人突然烦躁起来，他冷冷地说："你去吧，你最终会来找我，你会像它一样，就像尘土终将归于尘土。你的佛陀不会拯救你，紫袍人也不会。你去吧。"他倚靠着骨架，扶面低首，再无声息。

我离开崖顶，从浓密的乌云里寻找着下山的道路。莽莽苍苍的翻滚云海，我无路可走。犹豫间我突然踩空，落进一条冷冰冰的黑暗隧道中。我像被某种引力吸引，快速地坠落着，唰唰的风在耳畔呼啸。

幽暗中我听到黑袍人的话语："要像他（它）就好了。"我不知道他说给谁听，"要像他（它）就好了"，他（它）是我，还是骷髅架，还是他自己？那声音亦轻如尘埃，与我一同飘坠，却久久不散。

八

天色还是正午。当我睁开眼睛时还是正午。我的周身不再是旷野，我飘坠到一个动荡的蓝色大渊面边。我记不得怎样来到此地，我全身被咸的气息围裹，疼痛而火热。我想是晕倒后又做梦了，那个黑袍人原本就不存在。

蓝色大渊面里，众多的大船在白浪中颠簸。风很热辣，阳光亮足。从大渊面涌来花朵似的浪潮一波又一波。它们把沙土推向岸，推成婉转的曲线。沙丘上有成排的树木，宽大的叶子低坠。众多白色男女穿梭其中，彼此嬉戏，无有挂碍。白色男女穿着少而又少，除了遮掩私处，几近精赤。

围着蓝色的大渊面，我行走在针刺一般毒辣的阳光下，越发轻如空气。风吹来煞是浓厚的咸味，那可疑的大水不是水源，没有人会饮用他们。我寻过几座热闹的城，那里没有水，到处是金色和黑色的酒浆。那些男女人众啸集一起，散漫地饮用那种酒浆。更多时，人众在市井围着大白石台或站或坐看戏。台上演着戏，优伶戴着盔甲，或哭或笑。而那些看客，并不留意台上的戏幕。他们在台下因醉酒而吵架，追逐，甚至提着长枪打斗在一处。

戏台前，一位披紫衣的长者拽住我。他递给我装有红色酒水的铜樽。我摇头。他说："这世界你该寻找火，火是这个世界的唯一。你还活着，因你身体里的热，因那就是火。没有火，就没有白天，没有火就没有食物，没有火就没有生命。你一旦去了，身体就会冰冷如黑暗。万物因太阳之火而生生不息。万物因有火而流转。这酒里也有火，你饮下去，你的生命就会因热而年轻。饮下去，这火才是属于你的。远方的智者，你生命要像火一样热烈和欢乐。"我还是摇头。围观的人众爆发出阵阵笑声，在我的周围又形成一个小小的戏台。

另一个穿金袍子的长者也走来，他对那位披紫衣的人摆手："差矣，这个世界是数，皆是数。数和数变成点，从点变出线，从线变出面，从面变出物体，变出水、火、土、风。地火水风相互转化，于是创造出众生灵。东方的智者，这世界没有神明，数就是神明。"围观的人众又爆发出阵阵笑声。散漫的人众中间好像没有皇帝，彼此没有尊卑。"我来寻找水源。"我说，并合掌躬身离开。"远方的智者，你知道，这是世界的尽头，祝你好运。"风从背后送来紫衣长者的话语。

我鼓畅起最后的精气，追随着散漫的日光和咸咸的风流继续飘荡。当我寻到一处遮天蔽日的万丈绝壁时，我真的走到了我的尽头。

那是高耸入云的绝壁之处，云气蒸腾。攀上崖顶，我看见了遥远的大唐，看见了慈恩寺，它们浮动在白色云海里。只是一瞬，就消失了。我尝试着向前攀登，但那里还是万丈绝壁。绝壁横亘开来，绵延不绝，草木不生，除却磊磊石头还是磊磊石头。

在崖壁上，我遇见一个巨人。他似一座山一般巨大，我高还不及他的脚面。他下身挂着巨大绿树编织成的围裙，身上粗壮的毛发宛若藤条。我远远躲藏，看着他躬身，在高耸的群峰间搬石头。他吃力地搬起一座长满树木的山峰，将它移向更巨大的山巅。那山峰刚被垒上去，又轰然坠落，发出雷鸣般的巨响。他又躬身，重新搬起那山峰，再垒上去。如此反复。不曾停下来，也不曾叹息，只是无止无休地搬动。另有发光的巨人从他的高处飞掠，像飞转的大星子，他们给他撒下火，撒下雷电。他只是搬动那山峰，没有痛苦，也不仰望那些巨人。我悄悄地离开他。

在另一个高崖处打坐后，我隐约看见一口水井从深处的石壁里发光。我深深地吸气，嗅到了水源隐约的清甜气息。一个神圣的早晨，天空高蓝的时刻，我重新来到那里。我记着它。它是一座插向云天形似僧人的高崖。我别无选择，除却一搏。

我微合双眼念经，然后侧下身来，让自己的耳朵紧贴山石。我听见山体一派沉寂，像死亡和大荒一样的沉寂。我没有让自己停下来，我不知道这样做了多久。我耳朵磨光了，我的头发掉光了。我的耳朵又长出来了，我的头发又长长了。我没有听到我需要的水声。我没有停下来，像搬石头的壮士一般不能停下来。

在硕大的星子，划出白光坠落的时刻，我终于透过山体听见土地深处的微微叹息。叹息起初是微弱的，一丝丝的。我坚持顺着叹息听下去。叹息通过山崖深谷后渐渐像轻抚的琴弦，寻着轻弱拨动弦音再向前听，越过低矮的山坡，脉脉的声响终于连绵起来，像是一首无名的曲子。我用耳朵在追逐它们，弦音又分了几个岔路弹去，最后汇聚在最亮一颗星子照耀的城池外。那是一块平地，耸着白石柱的废墟。我继续听过几个时日。我得知，它们越是通向东方也越是微弱，它的根须遍布在日落的大地上。废墟处，正是弦音激烈的汇集处。那里应该是一口水源充沛的井。

废墟处石柱纵横，野草长势汹涌。我用双手虔敬地清理残破的石柱，拔光那些野草，直到用光平生气力。后来，石柱下露出一块土丘，状如一座巨大的坟墓，白龙一样的凉气在升腾。我拼命地用手扒着尘土。尘土太厚了，它磨光了我手上的筋肉。身边的小草开花后，我扒出一枚破陶罐；身边的小草密麻麻覆没我，我扒出几根白骨；小草枯萎了，我扒出几块马掌；小草又发出芽，我扒出黑纸灰一样的经卷（它们堆成了山，散发出腐败的气息）。

另个日落时分，地下终于露出锈迹斑斑的金井盖。有水流激湍的声响。我猜想，这城里的先人把这口井藏埋起来，将水源改成了水酒，不为外人道也。或许有另种可能，他的后人亲手埋葬掉这口井。我闭着眼睛，享受着最后一搏的一刻。我双腿挺直，腰身下弯，双手垂直，抓住那井盖。我咬牙掀动它，手中物件沉重起来，我用尽最后一丝气力向上提。井盖动起来，它几乎是自己升到空中，又稳稳地坠到地上。

井是幽深的，探头时，一股股森森凉气冲撞到脸上。我努力睁大眼睛，水在幽暗的深处亮起一团白光，印有一个模糊的头影。我伏在井边，耸着鼻子，嗅着凉爽的气息。那水，现在还没有消失。

我准备饮水时，突然发现一个致命的问题，那儿没有汲水的绳子和吊桶。我还是饮不到水源。我呆坐到翌日天明，决定守在井边上，哪也不去。我要等来一个人，他带来桶和绳子，我要试试能否饮一口水。我要坚持到那一刻。

近处的城池突然消失了。远处仍是无边的高峰。废墟上只有我一条影子。四下里是一株株死树，裸露着白骨一样的树干。在远处，仍是一株株死树，孤单地铺向天际。我举目四顾，空空荡荡，前无古人，后无来者，唯有天地悠悠。

我离开水井，重新回到高崖处。

九

我闭着眼，又看见了我。在广大的天地间，脚踏大荒，一路向西踽踽独行。太阳和月亮在我的头顶映照和织梭。置身这日复一日忽明忽暗的光束中，我像行在黑白丛林里。

我找到了我的尽头。时间也老了。一路上，我望见花儿开过五百回，树木绿过五百次，叶子黄过五百载，白雪飘过五百轮。而我，已是满面尘土，仿佛从尘土中来。我还要去哪里呢？我不知道是不是时间已忘掉我？

可能，我只是做了一个梦。也可能，我是在玄奘师祖的梦里。师祖梦见我，师祖醒不来，我就走不出去。但我还是记着那个梦，玄奘师祖指点那口水井，一闪就不见了。师祖与我相隔几生几世，他笼罩了我一生。我一生奔波在路上。或者，是另一个我在路上，在找寻。

我打坐在插向云天的岩崖上。那是世界的尽头，像恒河沙粒一样广众的大千世界尽头。岩崖在蓝色的空气中飘荡，我再也无路可去。从云海里我又看到大唐，看到慈恩寺盈盈的水井。我没有气力再回大唐，我为水源地耗尽了心力。

我寻找过一生，我究竟自己了。但我还是不知道自己。

我不后悔。

作者简介

杨勇，男，中国作家协会会员，鲁院第八届作家高研班成员。二十世纪七十年代出生，九十年代初开始文学创作。著有诗集《变奏曲》《拟古意》《日日新》《镜中的浮士德》，散文集《纸世界》。

我的特工爷爷

张伟东

1

听我奶奶讲，我爷爷年轻时就胆量过人，在旗镇上那也是出了名的，人称"赵大胆"。爷爷一生中做过最大胆的一件事儿，就是跑到天长山要塞里面去给小鬼子修电机。那会儿是伪满洲国时期，旗镇还是日本人的天下。爷爷当年在边城的铁路电务段上班，是一名电工。他们的段长叫大林，是个地地道道的小日本儿。

一日，大林坐在办公室里正喝茶水儿的工夫，桌子上的电话突然就响了。那个电话是天长山要塞指挥部司令官打过来的。司令官在电话里说，要塞里面有几台电机烧坏了，眼下正处在抢工期的节骨眼儿上，为了不耽误工程进度，请求段长抽调两名电工过去帮忙抢修一下电机。

司令官发话了，大林自然是不敢怠慢。他撂下电话，匆匆忙忙地开会，把段里所有的电工都召集到一块儿，问他们有谁愿意去要塞里面走一趟，谁能把要塞里面的电机修好了，当月段里给他开双份的工资。大林以为重赏之下，必有勇夫，没料到所有人都是一个表情，你瞧瞧我，我瞅瞅你，互相望着，谁都不说话。

2

坊间传闻，在距离天长山主峰三百米左右的地方，栽有一棵东洋榆，是小日本儿费劲巴力从他们国家那边，漂洋过海移植到这边来的。小鬼子在这棵东洋榆树下设有警戒哨。从警戒哨再往上走，就是绝对禁区了。不管是什么人，未经日本军方允许，擅自越过东洋榆树一步，都将格杀勿论。旗镇上的老百姓管那个地方叫榆树门。后来，边城里流传着这样一句骇人听闻的话："越过榆树门，遍地劳工坟。"

有人说，要塞里面的劳工，每天在日本人的监视之下，干着重体力活儿，但是每顿饭只给喝苞米面粥，那粥稀得像清水一样，能照得见人影儿。由于长期不见天日，又吃不饱饭，他们一个个都变得面色苍白，骨瘦如柴。那要塞里面又阴暗又潮湿，导致很多劳工四肢生了疥疮，浑身流脓淌水，小鬼子只眼睁睁地瞅着，却不会找医生过来给他们医治。日本人管中国人叫"支那猪"。他们嘲笑中国人像猪一样，能生能养，繁殖能力超强。在他们眼里，中国人是这个世界上最廉价的劳动力，可以取之不尽，用之不竭。死掉一批，再强征一批补充进来就是了。所以，要塞里面开始不断有劳工被饿死、病死或者是被监工活活地打死。有些劳工还没咽气儿呢，只是因为病重以后失去了劳动能力，也会顺带拖出去活埋了。

这些劳工的尸体，日本人很少往山下埋，多是拖过榆树门处理掉，主要是出于两种考虑：一是为了掩人耳目，不想让外界人知道劳工在要塞里受奴役摧残致死的惨状；二是为了防止有劳工带着活气儿逃出去，对外泄露任何关于要塞里面的机密。

绥芬河的气候特点是春脖子短、山风大。冬天刚过，夏天接着就来了。那些劳工的尸体，在复苏的土壤里开始慢慢地腐烂和分解。山风一浪接一浪地拂过，天长山上的每一棵树、每一株草、每一朵花，都隐隐地散发着一股子血腥味儿。

在要塞里，最瘦的是劳工，最肥的是日本人养的那些狼狗。到后来，劳工越死越多，日本人都懒得把他们拖过榆树门处理了，有的直接就挥起战刀，把劳工的尸体大卸八块，然后丢进狼狗圈里喂了狼狗。长期吃人肉的狼狗，大白天的，眼睛里都闪着莹莹的绿光……

还有人说，那些负责洗沙子的劳工，就像淘米一样，需要把沙子洗得干干净净的，不能掺进去一点泥渣。日本人过来检查的时候，会将一条崭新的白羊肚手巾摁进沙堆里面，先用力地揉搓几下，然后再把手巾拿在灯光下细瞅，如果发现手巾变了颜色，洗沙工就会被监工拿着皮鞭子狠狠地抽打。劳工们吃饭和睡觉都有时间限制。上工的时候，日本人会吹哨，一听到哨子响，不管你吃没吃饱，也不管你睡没睡好，没吃饱也得麻溜放下手里的碗，没睡好也得扑棱一下翻身坐起来。晚一会儿，横鼻子瞪眼的监工就会跑过来，把手里攥着的一条皮带抡圆了，也不管脑袋还是屁股，"啪啪"地就往你身上招呼。

　　小鬼子每天就给他们两顿伙食，吃的还是用发了霉的玉米面做成的窝窝头，连一碗清汤都捞不着喝。窝窝头的外形是上小下大，中间有个窝儿，窝儿里放两根能齁死人的咸菜条子。渴了，他们就跑到隧道里，趴在渗水坑的边上，拿双手捧起坑里面发黄发黑、又腥又臭的脏水往嘴里送。坑里的水面上，经常会漂浮着三两只脱了毛的死耗子，也有滚儿呱乱蹦的活蛤蟆。小鬼子平时也往渗水坑里边撒尿。有人因为喝了太多脏水而得了痢疾，整天拉肚子，耽误了干活，监工的非说他们这是装病想偷懒，于是剥去他们的衣裳，一个个吊起来，打到半死放下来，然后就丢进病号间里去了。

　　有的劳工因为长期营养不良，大便都拉不下来了，蹲厕所的时候憋得"嗷嗷"直叫唤，排泄不出，只得找小棍儿或者是直接用手指头抠，老半天也抠不出来。堵在肛门里的大便，就像要塞里那些凿打不开的岩层一般硬，都恨不得往自己的屁眼儿里也塞上一点火药，把大便炸出来。有劳工因为蹲得时间太长，拉脱肛了，造成大流血，怎么都止不住，流血流死了。负责爆破的小组里面，隔三岔五就有被火药炸死炸残的事情发生。也有被头顶滚落的石头砸死砸伤的。缺只胳膊或者少条腿的，耳朵失聪或者瞎了眼的，也都是常有的事儿。因为伤残和得病之后彻底丧失劳动能力的，就统统地被关进病号间里去了。

这些人，因为不能干活了，每天只供一顿伙食，吃的是用苞米糠蒸的饽饽，连一口水都不给喝。晚上，病号间里不断传出来痛苦的喊叫声和难挨的呻吟声。等到天将要亮的时辰，病号间里的呻吟声才渐渐地矮下去。有的可能是睡过去了，有的是把最后一口气咽了。

负责看管劳工的日本兵，每天早上起来的头一件事儿不是上厕所，而是先到病号间里遛一圈，拿脚把地上横躺竖卧的人挨个踢一遍，怎么踢都没什么反应的，就像拖死狗一样拖出去了。在要塞里面，每天死掉一两个劳工，就如瘟死一两只小鸡一样稀松平常。在日本人眼里，这根本就不算个事儿……

3

种种传言，当年在旗镇上流传甚广，闻者无不心生恐惧，后脊背发凉，以至于大林征求意见的时候，大伙儿都大眼瞪小眼，缩着脖子不敢吭声儿。一个个都心如明镜似的，那要塞里边怕是阎王殿，谁都担心自己会是肉包子打狗——有去无回。

一屋子的电工，居然没有一个主动请缨的，大林就有些不高兴了。他沉着脸，瞪着眼，愤怒地看着大伙儿。

大林吼着问：你们都哑巴啦？就没有一个敢去的吗？

这时候，我爷爷站出来，自告奋勇地说：段长，我去。

大林过去拍了拍我爷爷的肩膀，板着的脸上见了笑模样，还冲我爷爷竖起大拇哥：吆西！赵桑，你是好样的。

可是，光我爷爷一人儿去哪成呢，大林已经在电话里答应了司令官，说他会指派两名电工一块过去的。所以，大林也懒得再问下去了，他决定点到谁，谁就跟我爷爷一块儿去。大林拿目光又开始撒么，大伙儿再次把头低下去，几乎快要把脑袋插进裤裆里去了。大林威严的目光在大伙儿的脸上扫来扫去，最后落在了一个叫吕德新的电工脸上，然后就不动了。

大林拿眼睛盯住吕德新，用命令式的口吻说：吕桑，就你了，你跟赵桑一块儿过去。

被段长当场点到名了，吓得吕德新登时身子一哆嗦，头上的冷汗顺着两个鬓角立时就淌下来了。吕德新是发自内心的害怕，可是又不敢违抗大林的命令，便只好蔫头耷脑地回到工区宿舍里，去拾掇他的工具兜子，准备跟着我爷爷，去鬼门关上走一遭。

大林安排完工作之后，前脚刚走出会场，就有人凑近我爷爷的耳朵边，小声地嘀咕：赵大胆呀赵大胆，你胆子也忒大了吧！我可是听说了，那些被抓进要塞里面的劳工，没有一个能活着走出来的，你真的就不怕死呀？

我爷爷不以为然地笑了笑：不怕，我是电工，又不是劳工。

4

那日，傍晌儿，一辆墨绿色的敞篷卡车呜呜地叫着，开进了铁路电务段的大院儿。大伙儿围过来一瞧，是要塞工程兵部指挥所派专车过来接人了。我爷爷将工具兜子收拾好了，往肩上一甩，豪气地上了车。吕德新有点胆儿突的，磨磨蹭蹭地不肯上车。他将一只手伸进怀里摸索半天，掏出来一沓子钱，拿一块手绢裹包好了，塞进一个工友的手里。

吕德新握紧那个工友的手，面色悲戚地说：兄弟，俺这一去，万一有个三长两短，就麻烦你把这点钱捎给俺家里女人，拜托了。

那个工友十分同情地看着吕德新，嘴里信誓旦旦地说：放心吧，你托付的事儿，我一定办好。

吕德新就像交代后事一样，跟那个工友又磨叽了好半天，听到汽车喇叭响了，这才转回身犹犹豫豫地上了车。鬼子司机已经等得不耐烦了，一脚油门儿，车呜地一下蹿了出去，然后一路向北，沿着一条裙带似的黄土路，奔着天长山的方向就开去了。

半路上，吕德新还趴在我爷爷的耳朵边，小声地问：你说咱俩这一去，还能不能活着回来了？

我爷爷拍了拍吕德新的肩膀，安慰他说：能，咋不能呢？放心吧，俺指定把你带回来。

有我爷爷在身边壮胆，吕德新好像也没有那么害怕了。小鬼子的卡车沿着一条蛇形的毛道，开进了天长山腹地，最后在一道封锁线前停了下来。封锁线上设有检查哨，戒备森严。

我爷爷和吕德新刚一跳下车，就有两个执勤的日本兵上来搜他俩的身。搜完身之后，又勒令他们把工具兜子打开接受检查。执勤的日本兵把电工兜子里装的工具扒拉个遍，无非就是测电笔、螺丝刀、电烙铁、活扳手、电工刀、剥线钳之类的一些电工常用工具，没发现有什么问题，就把兜子还给了他们。执勤的日本兵接着又掏出两块黑色的蒙眼布，给我爷爷和吕德新都戴上，同时警告，从现在开始，未经允许，不准擅自解开蒙眼布，否则就别想再活着出去了。我爷爷和吕德新同时点了点头，表示听明白了。这时又过来两个卫兵，把我爷爷和吕德新的胳膊反扭过去，拿一条细长的绳子捆绑好了，连在一块儿，就像牵羊上山那样，牵着他们两个朝前走去。

5

接近要塞入口的时候，突然间就感觉到一股凛冽的寒气扑面而来。因为戴着蒙眼布，两眼一抹黑，什么都看不到，我爷爷只感觉到特别地阴冷，浑身上下起了一层的鸡皮疙瘩，就仿佛掉进了深水潭里一样。要塞里面有回音，滴水的声音不断地敲打着我爷爷的耳膜儿。脚底下凸凹不平，有时候踩进水洼里，险些滑倒了；有时候鞋尖踢到石碴子上，差点绊倒了。吕德新跟着我爷爷，就像玩摸瞎子游戏一样，深一脚浅一脚地在要塞里头绕扯好半天，最后才被两个鬼子兵引领进一间电机房里。

进了屋，两个卫兵把拴在我爷爷和吕德新手腕子上的绳子解开，然后将他们脸上的蒙眼布摘了下来。我爷爷一睁眼，就看到两个中国电工站在他面前。我爷爷没说话，那两个中国电工也没说话。那两个卫兵，每人手里端着一支三八式步枪，守在机房的门口，就跟个木头人儿似的站着，寸步不离。

机房共有三间，每间之间有个小门通着。机房里摆放着大大小小的机器，大的比人都高，上面有好多奇奇怪怪的按钮，有红黄绿三种颜色的指示灯在不停地闪烁着。那边，一个中国电工把吕德新领进另一间机房里面，立即开始着手干活儿了。这边，我爷爷看了另一个中国电工一眼，询问他哪台机器出现故障了。那个电工扬了一下手，指了指最里边靠墙根的一台大机器。我爷爷走过去，把工具兜子扔到了墙角，然后蹲下身子，先摸出一把大号的梅花螺丝刀，把那台机器外壳上的几颗螺丝拧下来。机器的外壳很重，那个电工过来搭把手，把机器的外壳拆了下来。我爷爷趴下去，把上半身钻到机器下面的一个空间里，在里面鼓捣了一会儿，卸下来一个小电机，拿在手里扫了几眼，然后跟那个电工说，应该是线圈儿烧了，得需要重新缠一个线圈儿。那个电工装模作样地给我爷爷打起了下手，配合他修电机。

那个中国电工，事先把一张要塞内部结构布防图，神不知鬼不觉地从电闸箱里面取出来，带在自己的身上。他去墙角取工具的时候，顺带就把揣在怀里的图纸掏出来，迅速地塞进了我爷爷的工具兜子里。可是，他把事情想得太过简单了，他以为这样，我爷爷就能把图纸轻轻松松地带出去呢。

趁门口的卫兵不注意，我爷爷朝他摇了摇头，拿手指了指放在墙角的工具兜子，然后又指了指自己的鞋底。那个电工一下子就明白了，我爷爷的意思是得想法子把图纸放进他的鞋窠里。可是，头顶上的吊灯，照得机房里通明瓦亮，我爷爷根本就没有机会把图纸往自己的鞋窠里边放。我爷爷一边绕着手里的铜线包，一边抬头瞅了瞅棚顶的那盏吊灯，然后故意咳嗽了两声。那个电工对我爷爷的暗示心领神会，转身跑去门口，面朝卫兵焦急地喊道：报告，5527（劳工代号）拉肚子，想去趟厕所。

那个卫兵瞪着眼睛说：快去快回，司令官有话，让你和5528（另一名电工的代号）配合段里派过来的这两位师傅，在天黑之前，务必把所有机器修好。

那个电工朝卫兵点了点头，然后双手捂着肚子，急不可耐地就跑出去了。要塞里面也有鬼子巡逻兵在来来回回地走。为了不引起他们的注意，那个电工先闪身躲进了厕所，在里面假装蹲了一会儿，然后从厕所里溜出来，跑到配电室里，把管照明的电闸给拉了。刹那间，机房里面变得一片漆黑，伸手不见五指。我爷爷抓住这个空当儿，迅速行动，把图纸从工具兜子里摸出来，叠吧叠吧就塞进自己的鞋窠里面去了。等照明灯重新亮起来的时候，我爷爷已经回到了那台机器旁，把缠好的电机安装回原位。没一会儿，那个电工一脸轻松地跑了回来。

他瞟一眼我爷爷，一语双关地问：赵师傅，电机修得怎么样了？

我爷爷微微一笑：已经修好了。

另一间机房里，吕德新也修好了一台电机。检修到中午的时候，指挥所的司令官特意跑到机房里来瞅了瞅。发现有两台机器可以正常运转了，司令官的脸上露出了笑容，朝我爷爷竖起了大拇指，嘴里不停地说"吆西"。

赶在下午酉时之前，我爷爷和吕德新，就把机房里面损坏的机器全部修理妥当了。隧道排水沟里被切断的电缆线也接上了。司令官对他们干的活儿非常满意。司令官命令身边的两个卫兵，给我爷爷和吕德新又重新戴好蒙眼布，并告诫他们，只有出了要塞口，才可以把蒙眼布摘下来。两个卫兵还是拿一根绳子牵着他俩往外走。要塞里面有很多四通八达的岔路口，洞中有洞，洞洞相连，就像迷宫一般。如果没有熟悉路线的人在前面领道儿，头回进来的人，还真容易走蒙圈了。

走出要塞口，我爷爷和吕德新就站下了。两个卫兵解开拴在他俩身上的牵引绳，摘去了蒙眼布，然后警告他俩不要回头，顺着眼前这条毛道，朝山下一直走，沿途不要逗留。两个卫兵没有跟下来，而是守在要塞口，手里端着步枪，居高临下地瞄着他俩的脊梁骨。

6

吕德新随我爷爷从山上下来的时候，太阳已经偏西了。傍晚的霞光，把西天的白云染上了一抹血色。莽莽苍苍的天长山，也渐渐沉入了黛青色的轮廓里。

望着落日余晖，吕德新深深地吸了一口外面的空气。他庆幸自己还能活着走出来。我爷爷弯下腰，掸了掸沾在裤脚上的泥土，然后把两只鞋脱了，假装磕打钻进鞋窠里面的土，其实是想看看东西还在不在。

我爷爷整理好鞋子，把东西掖在了鞋垫下面。前方一百米处就是封锁线的岗哨，有全副武装的鬼子兵守在那里执勤，对过往的车辆和行人例行检查。来的时候，他身上没有藏着猫腻儿，所以一点都不用担心。可是现在不成了，他的脚板底下踩着东西呢，必须要多留个心眼儿，以防万一。

我爷爷慢吞吞地迈着步子。走着走着，他就溜边儿了。吕德新不经意间回了一下头，发现我爷爷越落越远了，就招呼他快些走。我爷爷扬了扬手，示意他先走。吕德新最大的优点就是听话。我爷爷让他先走，他也就没停脚，径自朝封锁线的岗哨走过去了。我爷爷让吕德新先走，就是为了试探一下岗哨的检查严不严。

路边长有一片葱葱郁郁的榛柴棵子，我爷爷朝里边蹚了两步，腰部以下都被榛柴棵子挡住了。他不紧不慢地解开了裤带，一边往榛柴棵子上撒尿，一边扭过头去，瞄着检查哨那边的动向。

吕德新刚一接近封锁线，立即就被两个执勤的鬼子兵拦下了。程序和进来时一样，先搜一遍身，然后把工具兜子里面装的东西扒拉一遍，没发现什么问题。吕德新以为就没什么事儿了呢，抬脚就想走，另一个鬼子兵走过来，勒令他把脚上穿的那双鞋也脱下来。吕德新的鞋窠里没藏东西，自然是没什么好害怕的。他痛快地把两只鞋脱下来，伸手递过去。那个日本兵绷着脸，把两只鞋窠里都仔细地摸了摸，结果还真摸出东西来了，是一颗很小很小的石头子。

令吕德新没有想到的是，鬼子兵居然把那颗小石头子给没收了，并用生硬的汉语郑重地告诫他，要塞里面的石头子，不可以带出去。吕德新弯下身子，笑眯眯地朝那个日本兵点点头，然后穿好鞋子，站在路边上等我爷爷过来。

瞄见卡口这一幕，我爷爷当时心里就咯噔了一下子。他的大脑在飞快地转动着，试图寻个安全的地儿，把图纸先藏起来，这样放鞋窠里，过检查哨时肯定得露馅儿。偏巧这会儿，一支十几人的鬼子巡逻小分队，已经从我爷爷的身后上来了。前方是封锁线的卡口，后头有鬼子巡逻兵。我爷爷不敢轻举妄动，因为即便只是一个细小的动作，都可能引起日本人的怀疑。

我爷爷杀紧了腰带，从那片榛柴棵子里面跨步出来，也没回头瞅，镇定自若地继续朝前走。鬼子的巡逻小分队，十几人全都背着枪，还牵着几只大狼狗，颠颠儿地跑过去了，没搭理我爷爷。

离卡口越来越近了，我爷爷一边东张西望，一边在琢磨着怎么能蒙混过关。这时候，他发现前方不远处有狼狗拉的一泡屎。看着眼前还冒着热气的臭狗屎，他眉头一皱，计上心来。于是便疾步走过去，故意在狗屎堆上碾了两脚，然后拧着步子，十分沉着地来到岗哨前。

两个执勤的鬼子兵上来拦住他，一个搜他的身，另一个检查他的工具兜子。两个鬼子兵都隐隐地闻到了一股臭味儿，还以为是我爷爷身上散发出来的呢。负责搜身的那个鬼子兵，从我爷爷的衣服领子开始，一直捆打到裤脚，最后勒令他脱鞋。我爷爷丝毫没有犹豫，利落地把两只鞋脱下来，拿一只手捏着，举到了鬼子兵的眼皮子底下。忽地，一股恶臭扑鼻而来，差一点把那个鬼子兵给熏吐了。鬼子兵麻溜捂紧自己的鼻子和嘴巴，把头歪向一边，朝我爷爷厌恶地摆了摆手，说：你的，开路，开路的！

我爷爷把鞋子收回来，放到地上，将两只脚伸进去，稳稳当当地穿好了，然后就去追吕德新。

吕德新打趣地说：你这算是走了狗屎运吗？

我爷爷意味深长地说：今儿咱俩能从要塞里头活着走出来，可不就是走了狗屎运嘛。

7

许多年以后，奶奶对我们说，我跟你爷爷朝夕相处，过了那么多年日子，一直被蒙在鼓里，只晓得他是个电工，不承想他是个特工，藏得也太深了，难怪连小鬼子都识不破。

每当提起这个话茬儿，奶奶就禁不住感叹：你爷爷呀，他真是一点都不像特工，就是一俗人，却干了天底下不俗的事儿。

爷爷后来也跟奶奶讲：要不怎么说老娘们儿家家的四六不懂呢。你以为干特工的，个个都是风度翩翩，潇洒英俊的型男啊。只有那些其貌不扬，扔到人堆里认不出来的人，才适合做特工呢。

想想也是，长相太扎眼了，必然会惹人注意，那样就容易暴露自己，对于从事秘密工作肯定不利。平日里，街面上那些引车卖浆、贩夫走卒之流，没准是潜伏最深的特工呢。

其实，我爷爷当年隐瞒自己的特殊身份，主要是怕牵累家人，让奶奶担心。他敢大着胆子去要塞里面给日本人修电机，目的是为了跟潜伏在里面的同志里应外合，把小鬼子的绝密情报带出来，再想办法传递给上级组织。

作者简介

张伟东，男，1973年6月20日生于黑龙江依兰，现居边城绥芬河。20世纪90年代中期开始文学创作，迄今已在国内外公开发行的纯文学期刊上发表小说、散文、文艺评论等累计近百万字，出版长篇小说《风眼》。曾荣获中国小说学会"中国当代小说奖"、首届"星火杯"影视纪实类特等奖、首届"大风·金果源诗歌奖"等奖项。

南山坡义事

邢淑燕

一

南山包上友谊村的几家茅草房里冒出了一缕缕炊烟，灰白的炊烟袅袅婷婷伸向天空，在五月的山坡上点缀着茂盛的绿色山野。往日卢山家的烟囱里的烟看起来很粗壮，今天卢山家的烟囱没啥反应。卢山和他的婆姨昨天出去找孩子找了半宿，一夜没睡好，一大早根本没心思生火，睁开眼睛又开始寻思，他们的儿子卢帅能去哪呢？

卢山媳妇说："咱儿子平时看起来挺老实的，这阵儿好像有点不听话了。"

卢山说："我可不想咱儿子老实，老实就是傻。你没看现在来了这么多的俄国人，说好像要修路。先不说路修不修，先圈了那么一大片地，要建什么铁路附属地。本来是咱们可以自个种的好田地，不知怎么的，就成了他们的。还不让咱们中国人靠近，也不知咱这地界还是不是大清国的了。"

卢山媳妇说："海参崴都不是大清国的了，你说咱这地方是不是也悬。"

卢山说："闭上你那乌鸦嘴，我可不想当俄国人。没听跑崴子的王六说吗？海参崴的汉族人可不好过了，男的给人担水、干体力活。女的给人缝缝补补当女佣。"

卢山媳妇说："现在这世道不太平，哪里的人都不好过。"

卢山说："不行的话，就让我儿子占山为王，拉起一干子人，不愁没饭吃。"

卢山媳妇说："当家的，那可不行，咱可不能那样，那也不是人过的日子呀！整天在山里钻来钻去的。"

卢山说："我就是说说，谁不想过点安生日子呀！"

两个人因为孩子的事儿着急，一丝丝不安和怒气与时局对上了号。越说越觉得火苗子噌噌地上蹿。卢山家里没有什么摆设，只是在炕梢有一个木柜，有一个吃饭的炕桌，地上有两个木板凳。这家里寡淡的样子估计比山上拉起来的队伍，多的也就是安稳。可眼前的日子过得还让人烦躁和不安。两个人没心思做饭，各自吃了一块凉饼子，准备还出去找。两个人刚走到院子里就看见一个男孩抱着一个纸包跑回来了，像是一匹奔跑的小马驹。"小马驹"越来越近，卢山媳妇一看像是自己的儿子，眼睛禁不住有点湿润："他爹，是咱儿子回来了。"

不一会儿，男孩跑进了院子。卢山气咻咻地说："小兔崽子，上哪去了？"

卢山媳妇说："孩子回来就好，你别再把他弄跑了。"边说边迎了上去。

卢帅将怀里的东西交给妈妈。原来是几个俄国大列巴。

卢山说："你弄这些干什么？在哪弄的，赶紧还回去。"

卢帅说："是我挣的，别人给我的。家里有饭吗？我想吃点饭睡一觉，太困了。"

卢山说："你个臭小子，先说明白。"

卢山媳妇马上拦住说："你急什么，先消停消停，让儿子歇一会儿。"

卢帅一头钻进炕上的被子里，用被子将头盖住。卢山媳妇点火做饭，卢山看看儿子没啥事，赶着去干活了。

晚上，卢山继续追问儿子，卢帅告诉他筑路来了许多工人，一些俄国人管着那些工人。有个懂汉语的俄国人在那管理，因为自己很机灵，混在他们之间做点小买卖，然后他们给了自己一些吃的。卢山不怎么相信，一个小孩子能做什么小买卖，纯粹是瞎胡闹。卢山媳妇说别管那么多，你不还说让他上山拉一队人马吗？怎么现在孩子安全地回来了反倒这也不信那也不信。卢山无奈只是嘱咐儿子一定要小心点，千万不要惹麻烦。卢山寻思寻思就不吱声了。

按理来说，卢帅太小，不懂门道，做不了什么买卖，可是他有一个师傅。这师傅上蹿下跳，是涤荡江湖的一把好手。说白了就是神偷。以前，这地界平民百姓多，达官显贵少，神偷对百姓不忍下手，不常在此地盘桓。现在不一样了，来了各色人等，卢帅的师傅就有了大显身手的机会，卢布美元常常装满了他的口袋。

虽然中东铁路正在兴建，还没通车，但是乌苏里到五站的火车已经开通，火车站已经成了比较繁华的地方，卢帅常在那儿玩。

傍晚时分，火车到站，一个穿着貂皮的俄国人丢了东西，他气愤地站在那里叽里呱啦大声叫嚷着。找来了火车站的人员。车站立即戒严，将一些人围在里面严加盘问，卢帅站在警戒线外看热闹，他忽然感觉自己被撞了一下，一个东西硬邦邦地进了自己的怀里。警戒人员将目光都盯在那些肩宽膀圆的大人身上，没人注意他这个小孩。卢帅很机灵，赶紧走到了火车站上面的小树林，在那里坐了下来。他相信一会儿一定有人来找他。果然，那个神偷出现了，神偷三四十岁，干净利落，戴着礼帽，压得低低的。他向卢帅伸出了手，卢帅将小手伸进怀里，把那个硬邦邦的东西掏了出来，原来是一个非常特别的钱夹。神偷将钱夹打开，看了看里面的东西，将卢布拿了出来，递给了卢帅一张，卢帅不接。那神偷说："就当跑腿费，里面还有证件，你去将这个东西扔在火车站附近比较显眼估计站里人能看到的地方，注意不要让人看见。去吧，我在这等你。"

卢帅有点胆怯，如果别人把他当作小偷怎么办？"别怕，真有人问你，你就说捡的。东西是在车站里丢的，你又没进去过。"

看了看神偷镇定的眼神，趁着天色黑下来，卢帅从小树林里出来走向火车站。乘客都已经散去，火车站附近还真没多少人。卢帅让钱包随手从袖子里滑出去。卢帅的心怦怦跳着，心想反正自己身上也没有钱，谁说那个钱包是自己掉的，他也不承认。卢帅刚开始还装作若无其事，但心里慌越走越快，走到小树林里已经气喘吁吁了。那个神偷果然也在等他，把刚才要给他的卢布塞给他。卢帅说自己不要，拿回家里钱，爸妈会骂他的。尤其是爸爸，虽然平时嘻嘻哈哈的，如果犯错了，揍他揍得可狠了。卢帅说得有板有眼的，好像真像那么回事。

神偷笑嘻嘻地定睛看着他："挺机灵的。"

卢帅笑嘻嘻地说："要么我没事跟您跑跑腿。"

神偷说："跑腿的事是应付乱世的，可这世道不会总乱。小小年纪，好好念书。"

卢帅说："我家没钱让我念书。再说我也不懂念书的事，整天坐在那里咿咿呀呀的，没啥意思。"

神偷说："我给你拿钱，把书念好了。我就收你做徒弟。"

卢帅没作声，点了点头。可他心里一直犯嘀咕，要是真给了我钱，怎么花就是我的事了，再说眼前也没什么事干，他说什么就先答应下来吧。

神偷说："像你这样到处闲逛的孩子有多少？"

卢帅说："我们那块儿也就四五个吧！"

神偷说："好吧！最好找个私塾先生，你们一起都念书。不过，我来这儿的时间短，还要再活动几次。把请私塾先生的钱都折腾出来。"

卢帅眨巴着眼睛看着眼前这个刚被自己叫作师傅的人，原来有的事他也不那么神，自己是不是不该崇拜他，认他做师傅，反正师傅这事又不那么要紧，转屁股就可以不认识他。

神偷："小眼睛卡巴卡巴的，像我。咱们以观后效吧！"

二

第二天早晨，卢帅睁开眼睛，在炕上不起来，琢磨着昨天晚上的事，是不是做了一个梦，怎么想都那么不真实。早知道把那张卢布拿着好了，可以证明那不是一个梦。卢帅吃点饭就还想到街上溜达，这次他准备喊上离家不远的刘喜娃。喜娃比他小一岁，看见什么都怯生生的，平时很少出门，整天跟在妈妈的后面。这一两年妈妈每天到地里干活，白天只他一个人在家里。

卢帅到了刘喜娃家的门口，听听家里没动静，他本来想喊他，又一想，这个喜娃如果听不出来自己的声音，怎么喊他，他应该都不会答应的，只会站在屋子里向外张望。卢帅悄悄地进了院子里，走墙根窗台下面，向屋里看看，没有人。卢帅又走到了后面的窗台下，再向屋里看。原来，喜娃在房门的旁边打瞌睡。胆怯的喜娃应该是扒着门缝向外看，看着看着就要犯迷糊了。

卢帅说："喜娃，咱们出去玩儿去。"

喜娃说："不行，我妈不让。"

卢帅说："你妈不知道，咱们一会儿就回来。"

喜娃说："我妈说，太阳大热的时候，让我把这筐猪草倒到猪圈里。"

卢帅说："现在已经不早了，太阳已经很热了，咱们现在就倒，让猪先吃着，然后咱们一会儿就回来。你是不是很长时间都没出去玩儿了？"

喜娃说："我是很长时间都没出去玩儿了。可是我可以出去吗？"

卢帅到院子里找到那筐猪草，倒到猪圈里，拉着喜娃出来，把大门闩上。两个人跑了一会儿，就来到了大街上，再过两趟街就来到了火车站。

火车站门前的那趟街上，平时行人并不多，偶尔有几个人走来走去，他们是临时的小商贩，卖水的，卖零食的。每一次火车到站的时候，才是喧闹时刻。几个小商贩迎着挤了上去，面对着人群叫卖着。待到火车到站，这里立即变得平静下来，仿佛一锅沸腾的水被抽干了下面的柴火，热量消失，水变得平淡下去，原来就是浅浅的那么一点点。喧闹仿佛是平静中生出的一点焦渴，沸腾出一点热气就不见了。

喜娃刚开始来还有一点新鲜感，一会儿就着急了。他和卢帅说了几次要回家。卢帅心里想的是能不能碰见那个所谓的师傅，想一想没什么收获，就和喜娃一起向家走了。自己上次竟然没问那个人怎么找他！看那人神出鬼没的样子，料他也是没有什么固定安身的地方，不好找。

卢帅和喜娃刚要向家走的时候，看到一列俄国兵，长枪在阳光下亮闪闪的，好威武的样子，他们列队从火车站前走过。行人们都躲闪到一旁。喜娃拽着卢帅的衣襟躲在旁边，拿眼谨慎地观看着。卢帅也张大了嘴巴。

待到那队士兵走过去，有人议论道："这些兵是干什么的？"

"俄国兵。"

"我知道是俄国人。他们在这地界威风凛凛的，准备干啥。"

"准备干啥？还能干啥。维持治安，管老百姓呗！"

"咱们的事，啥时候要他们管了。"

"你说了算咋地。上面说让他们管，他们就管了。"

"那你说说是不是要变天。"

"不知道。先管好你的小命再说。咱这边境，总归是多事之地，又赶上这多事之秋。"

卢帅和喜娃站在旁边听着大家说话，半明白半不明白地瞪着小眼睛。

"两个小家伙，没什么事早点回家。这地方的热闹不是那么好看的。"

卢帅本来想再看一会儿，可喜娃很着急，两个人一起回家。一向家走，喜娃的脸上就轻松了。说今天开了眼，看到了那么多俄国兵，不过有点不放心，以后在家里好好猫着。卢帅心想这世道，就是天天在家里猫着，也不一定保证啥事都遇不上。俄国人想占你便宜的时候，他可以到你家里去。这话不是卢帅自己想出来的，是自己的师父说的。

喜娃到家的时候，妈妈还没回来，喜娃放下心来。

卢帅坐在一个私塾前面的土坡上晒太阳，听着私塾里先生教学生的声音。卢帅心想那里面的学生真笨，先生都教了那么多遍，有的学生还不会。正听着的时候，神偷仿佛从天而降出现在卢帅面前。

神偷问："你不是说自己对念书这样的事不懂吗？怎么来这里呢？"

卢帅说："我也没有太多的地方去，才想到这个地方。"

神偷又问："感觉怎么样？"

卢帅说："如果你能帮我找一个先生，最好不要那么老，像你这样的就可以，也许我能学得好一些。"

神偷说："按照常规来说太年轻的人缺少人生智慧，所以如果选择私塾老师还是年龄大的比较适合。还有，如果我出钱，那么就要听我的，你只管好好学本事。"

卢帅问："可是，如果我不按你说的办呢？"

神偷说："你是个聪明的小孩儿，不会不按我说的做。在我的培养下，你会成为很多小朋友佩服的人，你想不想成为那样的人。"

这话让卢帅太心动了。一点零钱和一些好吃的不能让卢帅心动，让人敬佩和羡慕是卢帅最想做的事。

神偷笑眯眯地挤了一下眼睛。卢帅不由自主就点了点头："这还差不多。"

神偷说："你要有点准备，咱们过些天就开始了。"

卢帅还在心里琢磨，自己应该做些什么准备呢。

"慢慢想。我们会很快见面的。"待到卢帅抬起头来看他的时候，他已经不见了。这身手，太神了。就凭这，自己也应该好好跟他学。

在一段时间的等待中，卢帅迎来了貌似闲来无事的神偷。不知道什么时候他才会再出现在他的旁边。太羡慕神偷的身手，卢帅缠着他练起了各种技能。蹲马步、练跑步，练习手指的灵活力。每次练习完毕，神偷都点着头，看起来还不错，卢帅是一个让人欣慰的学生，学习刻苦，而且每次都能很好地领会老师的意思。卢帅有时会央求着神偷带他一起出去见见世面。刚开始神偷说他碍手碍脚，帮不上自己也许还会添麻烦。卢帅说自己不干什么，只是远远地看着，出现特殊状况，神偷自己走就是，自己一个小孩子就说无意间路过现场，不会引起怀疑。想了想，神偷就带上了他。神偷专门偷那些祸害本地人的外国人，卢帅偶尔会帮神偷望望风，有用没用的东西，神偷就顺手给了卢帅。这样就出现了前面的情况，卢帅会偶尔消失一个晚上，然后拿回一点点东西。

卢帅常常站在山包上等待着神偷，神偷不来的时候，他就一丝不苟地练习。神偷来到的时候，卢帅又感觉他过于大惊小怪。即使山林中的风吹过，他也总要侧着耳朵仔细地听一听。一次，听到草丛里有声音，神偷立即拉着卢帅隐蔽起来，原来是一只可爱的松鼠。卢帅说师父太小心了。神偷说他这样的人睡觉也要睁着半只眼，支棱起耳朵，贴着地面要能听出远处传来的脚步声。

一天早上，卢山家里来了一名客人。来人干净利落，身形轻盈，一看腿脚上就有些功夫。这人就是神偷。神偷装作和卢帅并不认识。来人开门见山从怀里掏出一沓银票："请您出面建造一个学堂，请一位私塾先生，教孩子们认字。"

卢山又惊又喜："感谢英雄的义举，给了苦孩子认字的机会。只是……"

神偷："什么都不用问，吾辈当自强，孩子们是我们的未来，孩子们能识字、有本事，我们的未来才有希望。"

卢山频频点头，横下一条心来，不问眼前的人和钱的来路，自己种的地能吃饱肚子就不错了。只怪自己没本事，挣不来钱，如果真能让孩子们学点什么，这是造福后代的大好事。

卢山千恩万谢，他召集来住在山包上有孩子的人家，说自己得到了一笔义捐。准备请私塾先生，让孩子们来读书。大家商量了一下，用神偷给的钱买了盖房子用的东西，盖房子的时候大家能出力的出力，在卢山家附近的空地上盖一座学堂。学堂不大，有先生住的地方，有上课的地方，还有大伙议事的地方。山坡的高岗上响起了琅琅读书声，成了附近最热闹的地方。

三

神偷私下里会和卢帅见面，问一下他学习的情况，也问问最近这地界发生的事。

神偷说那些天南海北来的筑路工人真是太苦了，应该帮帮他们。神偷有时会给卢帅一些钱，让他买一些吃的用的悄悄放在工人住的帐篷外面。卢帅担心师父偷的次数太多被人发现，神偷说他偷的是那些做恶事的人的钱，他们丢了点钱，一般不太敢声张。自己拿他们一点东西还算偷吗？如果说到"偷"，他们才是偷，而且他们不仅是偷，还是抢，比偷更可恨。自己只不过是把应该大家享用的东西，替大伙拿回来。卢帅点点头，他觉得自己这位神仙一样的师父说什么都对。大批不同的人进到这小城，筑路工人干的活多，吃的苦多，拿的钱却最少。

从天南海北赶来的筑路工人的目的就是挣钱，可是当他们从各自不同的家乡来到这里之后，依然是用劳动换取微薄的收入，依然是在生死线上做着挣扎，只不过是驱赶和压迫者的面孔有一些变化，那些管理和压榨他们的人，不是梳着大辫子的官员，而是变成了高个子、大鼻子的洋人，他们挥舞着皮鞭，大声地喊着俄语，有的时候也夹杂着生硬的汉语。他们高大健硕的样子有些威武，但是在一些筑路工人的眼里，他们就是些异类。在他们同样是人类的肢体里有更多北方寒冷所赋予的凛冽健硕，华人一般都矮小些。

大块头的张明宇，站在俄国人面前却没有那种矮小和温顺的感觉。张明宇刚来到这里没多久，在周围的人群中，就得到了大家的普遍拥戴。他对华人很仗义，如果有谁干活的时候，力气吃不住劲了，他就会过去帮一下。如果谁家里面来消息，紧急需要捎回一点钱，他将自己手头有的钱都拿出来，还号召大家都帮一帮。一来二去，大家有事都找他商量，无形中他就成了大家的主心骨。

筑路工人仍然用非常原始的方式干着繁重的体力活，每天扎营在山中，吃的用的都非常简单，仅仅维持活下去。难免有体力不支的时候，俄国监工为了赶进度，常常很粗暴。张明宇看在眼里，和工人们私下里合计着，要想办法对付这些俄国人。如果你们这些俄国人对我们工人友好些，不克扣工钱，咱们就相安无事，如果不想让我们安生，你也别想好过。

这一阵看管他们的人叫什么西格罗夫斯基，总之大概就是这样一个名字，筑路工人们管他叫斯基，前面的字就省了。这个斯基平时还不像别的工段那样，总是打骂筑路工人，这一阵儿却整天提溜一个酒瓶子，随时就喝几口，特别暴躁，看谁干活慢一些就大声地咒骂。筑路工人中有能说点俄语的人问他，知道他是失去了亲爱的"借乌斯嘎"（姑娘）。闹半天这小子是失恋了。失恋了也不能把火气都撒到别人身上。可是他醉得越来越厉害，对待工人们就越来越粗暴。

张明宇让小卢帅帮助弄来了两瓶好酒、一套女人的衣裙和胭脂。卢帅有点不解，一群大老爷们住的地方为什么要弄一套女人的装扮。大块头的张明宇黝黑的脸上"嘿嘿"笑着。大老爷们们没事了，看看女人的装束也是解解馋。卢帅眨巴着眼睛，还是没太明白。旁边一个工友说："别把小孩子教坏了。"

张明宇说："这孩子是个好苗子，怎么看都长不歪。不像我，天生就是个坏种。我老张，坏可以坏点，但是我今生不会吃里爬外坏咱们华人，除非他挡了我的道。"

那个"斯基"又拎着酒瓶子晃晃悠悠地来了。一个工友点头哈腰拿着一瓶好酒，凑了上去。"斯基"将酒抓在手里趔趔趄趄地喝起来，边喝边大声地说着"哈拉少"。柔和的中国酒下肚，斯基的脸上出现了后反劲，斯基踉踉跄跄根本就站不稳脚跟，眼前晃晃悠悠出现了一个女子，脸蛋红红的，还真不错。斯基嘴里说着"克拉西洼（漂亮）"，伸手想要抓住那个女子，那个女子像一块多彩的布料慢慢后退着，向铁道旁的山后面走去。

斯基在后面追着，眼看着就要追到了。不小心脚下一滑，掉进一个坑里。张明宇脸上涂上了胭脂，辫子盘起来。斯基只看见眼前一张莫名其妙的脸，眼睛就有点睁不开了。张明宇将斯基反绑上，把他身上的衣服扒了个精光，嘴里嘟囔着："看在你没害我们性命的份儿上，今天我也不要你的命，是死是活，就看你的造化了。"张明宇拽着绳子爬到坑外，掂量着扒下来的这身衣服，料子还不错，以后没准儿能派上用场，找了一个地方埋了起来。

斯基一连两天没回去报告，很快就有一队俄国人前来调查。

工友们说："自从这地界的山里有人之后，就常常有土匪出没，只是工人身上没有什么可抢的，土匪都不愿搭理我们。那些土匪特别会看人，瞅你几眼就知道你身上值不值得下手。俄国长官肯定比工人们有油水，说不定被人下手了。"

工友列举各种例子，哪个大户人家被盯上一晚上就被全窝端了。有个有钱人家的小孩和自己的帮工一起走在路上，帮工解手的工夫，有钱人家的小孩就被绑了票。

为首的俄国人问工友们，土匪在哪里，如果绑票了会怎么联系。

"我们哪知道土匪在哪里，我们躲着还来不及呢，和他们打交道就是找死。"

"绑票绑的是有钱人，告诉家里人送钱。"

"你们是俄国长官，有大部队，谁敢管你们要赎金呀！就是偶然绑了，也是身上有啥算啥，根本就不可能要赎金。如果被绑的人倒霉，只能是当场做了，以免暴露行踪。"

俄国长官："你们的意思，他差不多死了。"

"我们哪知道呀？我们就是帮您想一想可能遇到的事。"

俄国人开始搜山，几天后终于在山上的坑里找到了那个斯基，前前后后已经过去了五天半，他已经奄奄一息。他醒来后，将手上的绳子弄断了，可是爬不出坑。一身白肉的斯基，变成了一个络腮胡子，灰头土脸的怪物，在坑里面偶尔发出断断续续的呻吟，他连求救的声音都发不出来了。

斯基被抬上了担架。他从此再没有来过工地。

四

工地新来了一个洛夫。这个洛夫没有斯基那么高大健硕，并不打骂工人，偶尔还和工人们唠唠家常。而且这个人的汉语特别好。工友们对这个人不太抵触，有什么话都愿意说说。张明宇告诉大伙，越是这样的人就越要警惕，"咬人的狗不露齿"，也许这个人能把工地的事一窝端了，不能什么都和他说，干活的人和监工是对立的，他想少给你工钱多干活，你想少干活多开点工钱，哪有那么多的嗑唠，说不定什么时候自己的话就把自己卖了。有的工人把这话听进去了，有的工人不以为然。

张明宇感觉这个洛夫不好对付后，开始刻意地隐藏自己的能力，默默地干活，只要洛夫在场，就绝不多说。可是他身材高大，眼睛透露出来的冷静和坚定，还是能让人感觉出他与其他工友的不同。这个洛夫很快就发现了张明宇，对他就显得格外客气和尊重。张明宇心想，反正我在你的面前没做什么，你也抓不到我的把柄。

洛夫有意无意地常到张明宇的身边站站，张明宇恭敬地打着招呼，说声"得拉斯未阶（你好）"之后，就对他视而不见了。洛夫也不说什么。张明宇感觉到他的存在明显瓦解了工友们对监工的抵触，这个洛夫是个有本事的人。

过了一段时间，工人们的工资由12卢布，变成了10卢布。工人们这才知道这个洛夫是个笑面虎，看起来对待谁都很友好，做起事来却毫不含糊，一刀下去就砍到根上。张明宇没吱声，一来他想让工友通过事实认识到这个人的嘴脸，二来他想暗暗观察看看这个洛夫到底想干什么。

对于工钱的减少，洛夫的回答是：铁路当局就这么安排的，从关内来讨生活的人很多，如果你们不干还有更多的人等着。对于工友们来说，最后一句话切中了他们的软肋，活下来成了眼前唯一需要做的事，虽然钱很少，毕竟还有一点点。

张明宇知道事情不会这么简单，他装作很随便的样子到各个帐篷人比较聚堆的地方站一站，听到了各个版本的对话。最后他总算弄明白了，原来每个小工段现在都被承包了。大包是俄国人，俄国人下面会有俄国人，也会有中国人的各个小包工头。这样的话，每个小包工头眼睛都紧盯着自己手下的人。形成的是一个个零散的小团体，即使在这个十三区的工段，也很难抱团成一个大的整体，而且每个小工段给的工钱也有了差别。解释说工种不同，干活的强度不同，实际也就是包工头的良心黑一点还是红一点。张明宇知道这样的做法只有那心思比较细的洛夫才能想得出。

张明宇与其他工人开着同样的工资，也就是与其他工人一样受着压迫和盘剥，张明宇心里特别愤恨，但是他知道一个人浑身是铁也捻不了几根钉。凡事都是需要大家团结起来，可是眼看着大伙的意思，如果不是迫不得已，只要有一息尚存，他们就还想忍受着，谁也不想抛弃最后的那点可怜的酬劳。张明宇没事了就在大伙中间走动。他自己就是一个苦出身，因为在家里实在活不下去了，可是到了这地方，虽然有了勉强能活下去的工钱，可是这样的活法也太憋屈了。

正在张明宇不知道怎么能找到一个让大家奋起摆脱困境的突破口的时候，这里的许多工友都得了病，一个接一个地死去。他们住的地方是一些简陋的人字形的帐篷，晚上睡觉的时候工人们在通铺上一个挨着一个。如果帐篷里有一人得了病，其他的人就有可能连带着被传染上，死亡的恐惧传给了每一个工友，大家都变得惊慌失措。工友之间相互抱怨，这时又有人想到了仗义的张明宇，大家都想让他给拿个主意。张明宇和大家说，应该去找包工头，给工人改善居住环境，并且定期用艾草或者药材熏一下。大家都觉得如果要求太多对方不可能答应。

张明宇说："啥事都要自己去争取，还没争取就害怕了，那还是爷们吗？难道想等死吗？"如果生死都不能给人以震动，都不能让人去争取，那还有啥事能让人豁出命去，一个人可不能是一个臭虫，别人想一脚碾死，就踏上一只脚吧！

众人听了这话群情激奋，是啊！生死这等大事面前，人还有啥不敢的，大不了就是一条命呗。大家决定罢工，去找工头讨说法。大家决定晚上商量好怎么走，决定明天不等洛夫出现，就去到火车站附近的管理处。

第二天早晨，刚开始出发时大概有几百人，再向前走不知不觉仍有工友加入进来，走出工地的时候，有一千多人了，这对常住人口一万的这个小城镇来讲，真是声势浩大的队伍。这些人来到管理处门前，里面只有值班的人员，并没有能决定事的人。工人们站在外面黑压压的，这阵仗让周围的百姓开了眼。筑路工人们衣衫褴褛，脸色大多是灰黑色的，也有健康一点的人显出黑红色。大多数工人给人的感觉是一些枯树上裹着凌乱的旧布，满身满脸都是灰突突的褶皱，一看就是长期营养不良才有的菜色，甚至其中连一点蔬菜的青翠都没有，只是灰尘般的枯槁。这些人在活着的压力面前，发出了麻木后的呼喊，可是这呼喊声并没有回应。虽然暂时没有回应，但是大批的工人不干活，一定会耽误了进度。

与此同时，张明宇认识了同样来自山东的杨肃，杨肃中等身材，不胖不瘦，穿着粗布衣服站在工人中间。一眼看上去就和那些工人们不一样，张明宇不知道该怎样说自己心里的想法，但就是觉得他比读书人更像读书人。杨肃在工人们之中给大家讲着道理："大家不要坐以待毙，我们的命运要掌握在自己的手里，不能由别人说了算。我们付出劳动换取价值，如果劳动价值与付出不对等，我们就要争取，否则我们就不为他们卖命。现在我们的生命和健康都受到了威胁，我们更要团结起来捍卫我们的权利。"

张明宇听得入了神，他基本上弄懂了他说的意思，但是他对杨肃说，他的话可以说得更直白一些。大家每天又累又病，每天迷迷糊糊的，说太多文绉绉的话，他们可能不太懂。杨肃点点头，张明宇说："我也没啥文化，大字不识几个，但是我特别佩服有文化的人。以后咱俩就一文一武，有什么事可以互相有个照应。"

管理处迟迟没人出来说道说道这事，有的工人有点吃不住劲了，张明宇、杨肃还有其他几个积极分子让大家不要着急，反正回到帐篷里也没什么好果子，莫不如在这等，没有结果就不回头。

五

一个农民出现在米行，买走了几袋面和几袋米，外面有一辆马车，将米和面运到了南山包。这个农民又出现在另一个米行，又买走了一些面和米。这个农民是卢山，他已经买了几马车的粮食。神偷给了他很多银钱，让他多买些粮食，但是不要在一家米行买，以免引起注意。卢山将粮食拉回来，就让自己的婆姨分给附近的一些邻居，让她们帮助蒸一些干粮。这些干粮蒸好后放在大大的竹筐里。

工人们在管理处门前站了一上午，又累又饿，不知道什么时候，他们身后出现了一些竹筐，里面有还热乎的馒头。几个小孩嘴上围着一块布，穿梭在工人中间，给大家发馒头。张明宇看到其中的一个小孩儿就是卢帅，他问卢帅从哪弄来的这么些馒头，卢帅说不知道，他就看这里出现了这些馒头，看工人需要馒头就给他们发一发。张明宇知道眼前的小家伙既然这么说了就不会交实底。又问他脸上为什么围着布，卢帅回答，是工人们有传染病，他们最好烧热水用草药好好洗一洗。张明宇知道这小孩儿的后面一定有人指使，是怜悯众生的好人。如果管理处要有一些怜悯和同情就好了。

　　下午管理处的人终于出现了，他们说商量以后给出结果，希望工人们赶紧回到工地干活。工人们说不给他们改善住的环境他们就不开工，他们不能回去等死。小包工头开始劝那些给自己干活的人赶紧回去，一定会给一个说法。大家都没动。

　　晚上仍然没有什么结果，有一些工人有点动摇，有些工人在火车站附近走动，他们看到了海参崴到这里的轰鸣的火车，有几个人说踏上火车到别的地方看看说不定有活路，有的工人说如果再到一个地方还这样怎么办？有人说上哪也比等死强。回到工地后，有的帐篷的工友就发现少了人。有的工人宁可半个月的工钱不要了，也不想回到这个有瘟疫，又给不了多少工钱的地方。

　　工地里出现了几捆草药，张明宇想到了白天卢帅说的话，他将草药分到一些帐篷里。

　　第二天，一些有病的工人站都站不稳，其中有人不太愿意到火车站了，但是听说有馒头，大部分人还是决定去。张明宇同杨肃合计着眼前的事，杨肃说大家的这种状况就是由大的时局决定的。国家不强大，人命就卑贱，劳动力就更不值钱，什么时候大家都觉醒起来，掀起轰轰烈烈的变革，一切才能改变，这需要很多年很多人参与才行。张明宇觉得他说得好像挺对，可是谁能管那么远，先把眼前的事顾好。杨肃说罢工一定要坚持。

　　大家刚要出发到火车站，那个洛夫带着几个俄国人出现了，他们答应改善工人们住的条件。施工方开始给工人们盖工棚，虽然只是木头的人字形工棚，在工人们眼里比布帐篷已经好很多了。随着条件的改善，工人不间断地用从天而降的草药清洗，传染病不知不觉中控制住了。可是工人的数量也减少了一些，有病死的，有不知去向的，还有一部分临走时说了去往海参崴的。

在给大家改善环境的同时，洛夫私下里调查煽动罢工的人。有的工人沉默不语，当时有的工人听说举报有奖，就不自觉地心里盘算着自己的小心思。也有的工人义愤填膺，为大伙着想的人就是英雄，如果乱说话，就是对不起天地良心。最后，还是有一个叫作张谦的人将张明宇和杨肃出卖了。张谦拿了一百卢布的赏钱，第二天就失踪了。有人把这事告诉了张明宇，让张明宇早做打算。

张明宇找到杨肃商量对策。张明宇说："妈了个巴子，也姓张，居然是个叛徒。现在咱们应该怎么办？"

杨肃说："那个人应该也是有自己的难处，不过不能觉悟的劣根性也正在于此。这个工段吃不饱饿不死，不是久待之地。离开这，说不定能找到更好的出路。"

张明宇说："估计那个洛夫应该去找他的主子请赏去了。"

杨肃说："那也未必，俄国佬做事方法和咱们不一样。他不一定会给自己找不自在。"

想了一会儿杨肃又说："你看咱大清内外交困的，这些年不停地闹腾，没少出这事那事的。他们俄国老百姓也不咋好过，说不定每个人心里也都揣着好几个心眼呢。"

张明宇说："你说咱们用不用也赶紧跑路，不在这地界混了。"

杨肃说："我联系一下我一个老乡，要么咱这几天就走。"

张明宇说："事不宜迟，我想明天就动身。"

杨肃说："现在车票这么难买，要么咱们先离开工段再说。"

两个人基本没有什么像样的东西，收拾收拾也不过一个布包。趁着黑夜两个人走出了工段。走出来之后，两个人商量着找一个店铺住下来。张明宇说自己没有多少钱，杨肃平时还比较节俭，手里有点铜钱，还有一点卢布，但是也不够两个人维持几天的。杨肃说在店铺里住比较惹眼，容易被盘查。

张明宇说："老子不怕被盘查，咱们又没做啥伤天害理的事，这世道做坏事的人反倒每天都笙歌燕舞的。"

杨肃说："咱是没做啥坏事，就是为了争取咱自己的权利，现在反倒好像做了贼一般。"

张明宇说："我知道这地界有一个义偷。你知道吧，就是那天给咱们馒头的小孩的师傅。他就偷了银钱帮助受难的人，那你说这偷不是更了不得。"

杨肃说："盗亦有道，替天行道。在这乱世是做了一件好事。"

黑色的夜色沉沉地向他们压了过来，他们就像游荡在街道里两个无家可归的孤影，杨肃的身材小一些，张明宇的身影却显得异常地突兀，仿佛放在哪里都不合适的架势。正当两个人犹疑不决的时候，只见前面有两个扛着洋枪的人正在追赶一个人。被追赶的人看打扮很像俄国人。待到近一些，两个人看见追赶的人也是高大的俄国人，俄国人还能追赶俄国人吗？

张明宇说："明摆着就是欺负人，两个人追一个，被追的还没枪。"

杨肃说："兄弟，咱们千万不要管闲事，还是外国人的闲事。"

张明宇说："没事，我试试，反正也是闲着没事。"

杨肃说："咱不能没事和扛枪的人找事。"

张明宇说："没事，天黑，掺和两下就跑。"

张明宇抓起两块石头冲着后面两个人就扔了过去。没想到一块石头一个脑门，两个拿枪的人立即都捂住了脸。"哇哇"乱叫，应该是血流了下来。杨肃惊叹一声真是绝了。一个眨眼间，被追的人已经跑到了眼前，杨肃立即拉着被追的人跑到了另一个小巷。张明宇拿起两块石头又扔了过去。这次扔过去张明宇已经不管是否打中，拼命奔逃，他的两条大长腿加上少年时好歹也练过，张明宇很快就将那两个人甩在了后面。待到他停下来才发现，杨肃和那个被追的人已不知去向。张明宇心想这下剩自己老哥一个了，和杨肃在一起，他身上有点钱，还可以住店。现在自己身上也没几个铜板，连个住的地方都没有。张明宇环顾一下，好像已经跑到了城镇的边上。停下来，喘了一阵儿，张明宇信步向亮着灯光的地方走去，看看哪个庄户人家好说话，说不定可以借宿一下。

六

　　一般人家为了省油，到了晚上都早早熄灯，张明宇面对的都是黑洞洞的房屋。他想自己现在敲门，大概的情形，是没有人给自己开门的。转了几转，张明宇发现自己已经跑到了一个山包上，他看见不远处有几间高大的房屋，里边亮着微弱的灯光，灯光映在窗纸上，有一个人正在灯下写着什么。

　　张明宇敲门，里面的人问道："是谁，干什么的？"

　　张明宇尽量装出可怜的语气："我是到这个地方投亲戚的，亲戚家搬了。现在我身上没钱，又累又饿，没有地方住，看您能不能发发善心，借宿一晚。"听听没有声音。

　　张明宇心想屋里的人不会是害怕了吧，现在这世道，哪有几个像自己那么愿意管闲事的。一位老者拿着油灯打开了房门，老者精神头很足，披着衣服，把张明宇让到了屋里。张明宇看一眼屋里摆放的书和简单的陈设，明白了这位老者应该是一位先生。

　　老者什么都不问，到灶台那里生了火，给张明宇端来了热乎的饼子和饭菜。张明宇也不说什么，狼吞虎咽地吃了之后，老人将张明宇引到了里间屋的火炕上，将布帘子放下，告诉张明宇："壮士，今天歇息一下，明天可以趁早上路。"

　　张明宇说："我想上海参崴，可是没钱买票。"

老者说："明天就有一趟去海参崴的火车，但是现在不一定有票了。"老者沉吟了一下。

老者说："明天有人也去海参崴，你可以和他一起，到了车站让他帮你搞一张票，然后一起出去。"

张明宇说："今日收留，容当后报。"

老者笑了笑，指了指炕上的被褥让张明宇早点歇息。自从来到东北这地界，张明宇不知道自己有多久没睡过这样暖和的火炕了，躺上去，浑身上下都透着熨帖。屋里显得非常宁静，加上跑得太累了，张明宇很快就进入了梦乡。睡得踏实而安稳。

第二天，张明宇刚刚醒来，就闻到了葱花和菜油的香味。老者掀了门帘进来，让张明宇赶紧吃饭。说火车站那里有一个穿着黑色长衫的人等他，可以帮他买票，送他上海参崴。张明宇心下狐疑，心想，都不认识我，怎么送我上海参崴，再说我兜里没多少钱，到了海参崴能怎么样。

老者说："我昨晚告诉了他你的样貌，他会认出你的。如果他给你盘缠你就拿着，以后他有事了你再帮他。"

张明宇吃着饭的嘴停了下来，这个看起来只是个教书先生的老头，几乎能看透他的所思所想，难道自己就是这样一个暴露无遗的傻蛋吗。如果这么明显以后到外面怎么混，看来自己这点应该向杨肃多学习，他早就说过自己应该深沉点，别有点啥事就嚷嚷，可是自己这脾气和本性，一下子也改不了呀！张明宇吃完饭，歇息了一下，拿起了自己的布包。

老者说："如果志趣相投，殊途可以同归。说不定咱们还会再见的。老朽不能干啥，壮士来时，弄点吃食，烧个热炕，还是能做到的。"老者告诉他从哪条路走可以尽快到火车站，并拿出了一个帽子给他戴上，伸手将帽檐压得低了一些。

张明宇是个什么都不怕的人，十岁的时候亲爹死了，娘改嫁后随着娘到后爹家住了一阵儿，待到娘和后爹有了孩子，自己就越发不受待见，就像流浪的野狗在村里游荡。到娘那里，有时她会给点吃的，有时也会偷偷塞点零钱。他知道自己不能在娘那里待得时间长。这老头却给人一种非常舒服的感觉，话不多，每句话都能说到人的心里。他禁不住有一种酸酸的感觉，舍不得离开这个地方，有那种家的感觉。

张明宇迈开大长腿急速地向火车站赶去，按理说自己不应该怕什么，昨天打了的两个人应该看不到他的面目。自己好像没必要这么急冲冲的，可是那个老头让他尽快，他觉得应该快一点才行。他脑海里时时浮现老人说话时的样子。炊烟已经在一户户房屋上升起，它们飘来荡去的很自在，完全不像自己少年时期起就在到处流窜，一时一刻都安顿不下来。

张明宇有一搭没一搭地想着就到了火车站。一些零零星星候车的人远远看去基本就是一堆黑灰蓝，只不过有穿长衫的，有短衣襟的，还有一些洋人穿着皮衣或貂皮，还有一个洋人穿的应该是皮毛一体。如果人把动物的皮毛穿在了外面，不说话，将脸盖上，蹲在哪个墙角，活脱脱就是一个动物，根本不像人。张明宇到处看，寻找那个穿黑衣服的人，心里想这老头看着挺好的，不是想让我赶紧离开，胡乱说了一个什么黑衣人来对付我吧！

张明宇正在东张西望，一个人拍了一下他的肩膀，出现在他的后面，递给他一张票。他刚想回头，瞥见了一身黑。对方说："不用回头，你这大块头，太引人注意。我可不想让别人注意我。"

张明宇将车票攥在手里。

张明宇说："你怎么认出我的。"

对方又说："你的帽子，是老先生的。咱们离得不远，下车后我会给你一些盘缠，你可以在海参崴找家店住下来。如果有必要，就再联系。"

张明宇说："可是，我怎么联系你？"

黑衣人说："你不用联系我，我自会找到你。"

两个人上了车，座位离得不远。那人坐到车上将帽子扣在脸上就是一副昏睡的样子。张明宇想这小子挺会隐藏，自己都看不见他的正脸。车辆慢悠悠的，火车冒着长长的烟气。随着火车的晃悠，张明宇不知不觉睡着了。他迷迷糊糊睁开眼睛偶尔看一眼，好像那个人没在座位上，说不定去上厕所了。

张明宇觉得有人撞了一下，原来火车到站，大家都在下车。张明宇忽然觉得自己胸前的衣襟里好像多了什么，摸上去硬硬的，张明宇再看那个人的座位空空的。这应该就是那个人给自己的盘缠。张明宇下了车，面对的虽然是另一个国家，可是这里的中国人仍然不少。张明宇想那个杨肃也不知跑哪去了，是不是也到了海参崴，也不知自己能不能遇到他。

七

请来的先生给卢帅所在的学堂起名叫新麓学堂，鹿就鹿呗，偏要在上面加一个林字头。先生说加上这个林字头意义就大不相同。

灿烂的阳光每天都会来临，可是只有来到学堂卢帅才会觉得阳光里透着甜味。自从请来了先生，卢帅觉得每天都很有意思。刚开始来的是本地的一个先生，有时候在学堂里歇歇。后来来了一个外地的先生，外地的这个先生是师父请来的，好像以前是师父的先生，这个先生可比本地的这个先生有意思多了。本地的先生要求背书，不会背就打手板，外地的先生也要求背书，但是他看学生们累了，就会给学生们讲很多有意思的事，讲一讲学生们就都精神起来，好像背书也背得特别快了。很多时候，先生们要求背的书大家记得不那么深，可是他讲的那些事大家却记得特别清楚。比如说离这座小城的不远处有个什么样的城市，那个城市里的孩子们都什么样，那个城市里的人都坐着什么样的车，有的孩子会问，那里的车比四匹马拉的马车还要好吗？

先生就会说："有没有比四匹马拉的车好，长大了你可以自己去看看。"

"自己去看看"这样的说法，以前孩子们可从来没听说过，现在孩子们心里像藏着一个小兔子，突然有了一种惴惴不安的喜悦，心里边有了目标，有了一个长大后需要第一时间去做的事。大家特别愿意围在这个先生的身边，有的孩子会说长大需要去做的事太远，就说一个现在需要做的事。如果是那位本地先生听到类似的话就会说这个学生不听话，而这位外地的先生就会说："现在需要立即做的事是……"外地的先生还教学生练早功，耍耍大刀，蹲蹲马步，先生说强身健体和背书一样重要。

外地的先生姓荣，本地的先生姓刘。大家都说他俩的姓搭配在一起就很好"容留"。

荣先生讲东西特别容易懂，卢帅回到家里就会先生长先生短地说个不停，妈妈有时就会说把卢帅送给先生算了。卢帅说那当然好了，可是想天天在先生身边的小孩儿太多，自己不能把机会都占了，也要留一点给其他人，再说了先生那么累，每天都要好好休息，第二天才能给大家好好讲事。

总是听卢帅说先生这样先生那样，听来听去，卢山就有点听烦了，自己就是一个非常能说的人，以前儿子都用崇拜的眼神看着他，现在先生把自己的光亮都抹杀了。想一想，天下的先生不都一样吗？摇头晃脑，之乎者也，还能把书教成故事不成，希望孩子能跟着先生认字，现在先生要转成了儿子心目中的神，以后先生说啥就是啥，自己这个当爹的，一点威严感都没有了。难不成这先生会成了半个爹，想和自己分儿子，想想就觉得应该和先生比比吸引力。比学问比不了，比比吸引力总行吧！讲几件有趣的事或者笑话，也给卢帅长长脸。

卢山家离新盖的学堂最近，那天卢山特意早回来，装好了一袋烟，坐在了学堂的后窗下，听起了荣先生讲书。他发现自己听着也挺好，你说这难认的字，到了他嘴里，一解释就挺有意思的。以前听不懂的一段一段，到他嘴里也挺有意思的，而且他能掐好讲的火候，听着不累，让人下次还想听。有一次，先生给学生露了一下自己的身手，孩子们惊诧的小嘴能装下一窝鸟蛋。

卢山一连听了几天。后来他就直接去找先生了，红着脸对先生说，他也想学点啥，可是白天没工夫，不知道晚上能不能来学。学多了也记不住，一天就学一小会儿，尤其想学的是先生的身手。这样以后就是有点啥事也能保证自己不受欺负。荣先生说可以，还可以问问有没有其他村民想要学的。反正给一个人讲也是讲，给几个人讲也是讲。

几个村民晚上都过来待会儿，学堂是人们最爱来的地方。大伙儿没事了，也说道说道身边的事。

大家说得最多的就是最近中东铁路全线通车，交通的便捷使这个小城镇成了一个非常热闹的地方。来来往往的人员太多，小城的人口一下子比以前增加了好几倍，紧接着鸡毛店多了，有了妓院，也有了不挂牌的烟馆。曾经洁净的小城的上空仿佛忽然炸开了烟花，有的人躲闪不及会被烟花砸中，虽然暂时看起来没有性命之忧，但是吓得不轻。也有的人虽然离得远些，以为看的是个热闹，但是空气充满了火药味，从前的清新已经荡然无存，而且说不定什么时候，下一个烟花就会在自己的头上爆炸。

荣先生说这里是边境，进出国必经之路，未来的十几到二十年，这地界会成为一个比较热闹的地方，老百姓之前那种安闲的日子将会消失。大家要在这乱世里生存将会更难，提前要有点准备。大家都不知道该准备些什么。荣先生说："团结起来，学点本事，保全家人。"

有的人觉得老先生说得有点玄乎，有的人觉得做些准备不是坏事。

一天，大伙正听得热乎，一个人跌跌撞撞地跑进来，拽着坐在那儿的李泉就浑身上下地摸。来人哆哆嗦嗦，嘴上留着哈喇子，李泉边向外走边说："没钱，就是没钱，怎么还撵这儿来了。"大伙一看，来人正是李泉的弟弟。李泉的弟弟并不在意李泉说什么，只是一个劲儿地说："快点给我，再不给我，我就要死了。"

李泉说："你每次都要死，怎么现在还没死。家里的东西都让你败光了。你自己想死，也不让别人活了吗？"

李泉的弟弟将李泉的布腰带扯断，从裤腰里掏出了一点钱，撒丫子就跑。李泉追了几步，李泉的弟弟居然从兜里掏出来一把刀："别跟着我。等我抽完这几口再说别的。"

李泉蹲坐在地上顿足捶胸。大伙不知道该说什么好。只要沾上大烟，这个人基本就玩儿完，什么时候抽死拉倒，这样的事劝也没有用，对于李泉来说，如果对弟弟绝情一点，早点不让他拿到钱，他能少祸害家里，他也能少抽一阵儿，说不定也就早点寿终正寝。可是这话谁能说得出口。

荣先生长叹了一声："国家不强大，想办法削弱国民性的东西就会无节制地进入，百姓就会毫无还手之力，任人鱼肉。归根结底是需要彻底改变眼前的一切。"

卢山说："可是有时候，我们连自己小家的事都管不好，更别提改变国家的事了。"

荣先生说："小家要保护好，国家也要改善，能改多少算多少。我们改不过来，下一辈的人接着改，就是不能让我们的兄弟姐妹人不人鬼不鬼的。"

卢山说："太难了。李泉兄弟这事就挺难。"

李泉说："我家那个魔鬼已经把房子卖了抽没了，现在就是到几个兄弟家祸害。真想把烟馆炸了。"

卢山说："也不是不可以，可是你炸了一个烟馆还有另一个烟馆。主要你得先把自己家的人管好。"

李泉说："现在他走火入魔，已经不是人了。我能管好一个魔鬼吗！"

荣先生说："这样的事要从长计议，咱们能做点什么就做点什么。"

大家都知道这从长计议很无奈，既无法做到不让人家开烟馆，也无法管住自己家里的人，抽了大烟的人连同家人每天过得都很煎熬，就是在火上烤，说不定一不小心掉进火里，就会被烧死。

八

李泉的弟弟基本上不干什么活，没有了房子之后，自己搭了个马架子。没事了就东游西逛，和附属地的俄国老毛子混在一起。有时也看谁家不注意偷只鸡鸭啥的。李泉还有一个妹妹，爹妈不在了，李泉不能让妹妹无家可归，让妹妹来到了自己家里。妹妹很懂事，每天做饭洗衣，李泉和媳妇出去干活，回来热水烧好，饭菜做好，妹妹和嫂子相处得也非常融洽。只要那个烟鬼弟弟不来，家里边就其乐融融的，只要那个烟鬼弟弟一来，家里就鸡飞狗跳的。李泉对自己家的烟鬼充满了愤恨，虽然表面上不好明说，但是在心里暗暗诅咒最好一下子在烟馆放倒，都不用给他收尸了，让烟馆的人一赔到底，一家人都能得到解脱，自己也就算长痛不如短痛。

没想到的是，他没有等来烟鬼的离去，等来的却是自己妹妹的丧命。那天烟鬼犯了烟瘾，恰巧妹妹在家，他不知怎么就拿到了妹妹的那点私房钱。妹妹去追，没有屈服烟鬼动刀子的威吓，一直追赶，两个人厮打起来，妹妹一下子撞在了刀上，当场就倒在血泊中。那烟鬼看见妹妹这样，反倒说："这可不是我想怎么样，是你非往上撞，吓唬吓唬你，还没完了。"接着鼻涕眼泪流了下来，接着站在当街喊邻居："她不小心撞在刀上了，你们快帮她找个大夫看看。"说着自己一溜烟地又跑到烟馆里去了。等到邻居赶到时发现李泉的妹妹已经气绝身亡了。

李泉报了官。弟弟被抓走，李泉心里琢磨着持刀伤人，到里边就应该定个杀人罪，哪天挨刀哪天算，自己就再不过问了。把妹妹的丧事操办完之后，李泉想起妹妹就落泪，妹妹来到这世上十七八年，没过什么好日子，就为了那点钱丧了命，还是自己家里人杀的。李泉感觉弟弟存在的那些日子像噩梦一样，他心里对大烟痛恨至极，后来想想不仅是大烟，是对这世道痛恨至极，怎么就没人管管这抽大烟的事呢。

李泉家的事，周围的人都知道了。想想跟闹了一个乌龙一样，一条人命就这样没了。荣先生说上次他拿刀乱比画，就应该注意，没想到有了后患。大伙说不知道这大烟抽上了之后，有没有戒掉的。荣先生将大家召集在一起，说："眼看着世道就要变，以后民不聊生、兵荒马乱的事，随时可能发生，所以大家要强身健体，还要团结起来，一家有事，其他家要相互帮衬着。"

大家都异口同声地同意荣先生的说法。其中一个人问："如果有人再遇到李泉家弟弟的事怎么办？"

荣先生说："办法可以有，只是需要家里人同意才能执行。"

"如果有办法，当然要同意了。总比丧命了再后悔强吧！"

荣先生说他知道有一个人，每次犯烟瘾的时候，几个人合力将他大头朝下吊在房梁上，要人看着他，任他怎么嚎叫都不放下来。估计过几袋烟的工夫，他的毒瘾过去了，再将他放下来，而且平时基本上不能让他一个人到处活动，以免他找到任何方法接触到大烟，时间长了差不多就能将他的瘾戒掉。大多数情况把人放在大山里更好一些，因为他不容易再找到大烟。

有几个人家里太太平平的，没遇到什么事。荣先生让大家练习或者嘱咐一些什么，他们都有一搭无一搭的。

李泉家过了一段安生日子。

有几家以为自己没什么事的人家，忽然间来了几个俄国人。村里有些人跟在后面，看看到底是咋回事。俄国人嘴里叽里呱啦说什么，村里人有点听不懂。他们从后面拖出来一个人，就是李泉的弟弟李谭。村里人的眼睛都瞪圆了。这小子居然还活着。有俄国人掺和了，杀人好像都不用偿命了。有一个看热闹的在嘴里嘟囔，听说外国人不执行死刑，说那是剥夺别人生命的权利。还有人说那是胡说八道，谁信呢。他们国家不打仗吗，打起仗来都是剥夺别人的生命。

大家想知道俄国人来干吗？经过李谭那小子一说，原来这些俄国人是来买地的。买地，这话从何说起，村里人从来就没说过要卖地，怎么忽然间就要买地呢。卖了地大伙吃什么呀！地就是庄户人活命的根。去了几家，村里人都说不卖。大伙和俄国人说不明白，就让李谭那小子告诉俄国人。李谭告诉大伙，俄国人的意思卖也得卖，不卖也得卖。

"我们的土地凭什么他说想买就买。"

李谭说："你跟我说不着，你们不卖，就等着以后瞧好。"

"你帮我们把这个理和他们说说。"

李谭说："我凭什么帮你们说呀，你们给我什么好处了。"

"你不是中国人。"

李谭说："我先要活命，才是人，然后才是中国人。"

"别跟他废话，亲妹妹都杀的货，还能指望他是个人。他早就是禽兽了。"

李谭说："你们这帮二货，啥都没见识过，活着都不如死了。"

"这小子就是欠揍。"

"揍他？你不嫌累！说不定哪天他就自己蹬腿了。"

风一吹看起来都要倒的李谭，这次跟在俄国人的后面，走得挺快，像随时能裹在俄国人身上的破布。

李泉听村里人说了弟弟的事，心里不是个滋味，他也不知道他听到弟弟活着好呢，还是死了好。只要不来烦他，愿意死愿意活和自己都没关系。只是可怜了自己那妹妹。

九

大伙去找荣先生商量。荣先生问大伙的意思，大伙说当然不想失去自己的土地。荣先生说他已经听说了俄国人在别的村里买地的事，大多数庄户人都不卖，可是有的人家就遭到了意外，有的人家着火了，有的人家被抢了。大家议论纷纷。

"这还没王法了。"

"啥是王法。现在谁能打过谁，谁就是王法。"

"谁也打不过的老百姓岂不是要受罪了。"

"要是全体老百姓都拧成一股绳，那力量就强大了。"

荣先生说："大家要早做准备。如果不想卖，就要联合起来，一家有事其他人家必须相帮。如果俄国人觉得你不好对付，就不会来欺负你了。现在俄国人还立个名目，说是买地，说明他们还不是明抢。也就不会出动大规模的武力。"

"会不会有啥流血伤人的事。"

荣先生说："肯定会有。贼人进到你家想捞些东西，没弄到手肯定会恼羞成怒。现在要想好了，要么心甘情愿给他，要么奋起反抗。"

"没有土地，横竖都是没法活。不能给他们。兵来将挡水来土掩。"

村里人观察着邻村的动静。一天，几个俄国人进了邻村一家人的院子。农户说自己的土地不卖，晚上这户人家就着起了大火。大家伙一顿救火，虽然房子没烧落架，但是屋顶肯定要重铺。

友谊村的人一下子就明白了，只要俄国人来就没好事，就得格外提防。果然，隔了几天，之前来过的那伙俄国人又进了友谊村。这几个俄国人一进村，只要友谊村家里有人的就都出来跟在后面。俄国人一看这么多人跟在后面，叽里呱啦说了一顿，这次还是那个李谭跟在后面，李谭看起来比以前更黑更瘦了。李谭不知道跟那几个俄国人说些什么。有人就说本来要死的李谭，会说了几句洋话，居然还能活着。有人说可能这世道还要变，有本事的，没本事的，要脸的，不要脸的，可能以后就分不清了，可以一勺烩了。

俄国人到了几家仍然是买地的事，无疑都遭到了拒绝。俄国人离去后，大家都觉得不太踏实。

"心里不踏实又能怎么样？总不至于先去烧俄国人的房子吧！"

卢山说："我觉得也不是不可以。"

嘿！听到这话大家都一愣一愣的。俄国人看起来还没把友谊村的人怎么着，先去动他们能不能引火烧身。

卢山说："听说俄国人在邻村烧了房子，还在田地里打伤了人。大伙以为不动他们，他们就不动咱们了吗！再说了，本来就是群外国人，到咱们国家想干啥就干啥。胆也太肥了。还听说铁路通车后，有很多筑完路之后的俄国人也没走，想在咱们这地界当优势人种。你说能有咱们好日子过吗？"

"听说那时候修路的那些人可没少死。"

卢山说："外国人到咱们自己家强买，不就跟到咱们家抢东西一样。大家是不是以为他们踩踩点之后就消失了。"

有的人同意卢山的说法，有的人不同意。有的人说等几天再说也不迟。

晚上，有两家不同意卖地的人家遭到了袭击，进到屋里几个蒙面人，把家里一顿砸。没等家里的几口人反应过来，蒙面人已经扬长而去。两家都是家里的壮劳力被使劲打了一顿，而且都是两家的男主人被打折了肋骨。不卖地，想到地里干活都得先养两个月。

这下人们都信了卢山的话，这话还热乎着，没过宿呢，就应验了。

李泉说他们山东的家乡村里有自发的村队，人多的村队都几百号人，大家都轮流看管村里的事，维护村里的安全，而且如果哪个村里有几个特别彪悍和武艺高强的人，这个村一般都不容易受到侵害。

"几百人也抵不过大部队。"

"现在还没升级到大部队，遇到有大部队来，就再说大部队的情势。俄国人表面上也是买，估计也没想动用大部队来侵犯庄户人。"

"对，现在只是一小部分俄国人暗地里憋着坏水，说不定大部分俄国人也不想这么做。"

"别管咋说，先把咱们村都团结起来。要是来了大部队，咱就找大部队。要是全天下的农民都团结起来就是大部队。"

大家商量着组织起来，荣先生给大家说了一下规矩，大家都知道了每天具体应该怎么办。每天要操练武艺，要有人轮流看护村里。在大家的推举下，卢山和李泉成了领头的人。

这边大人们积极忙活儿着。那边卢帅和一些小伙伴们也没闲着。最近村里发生的事，一群小家伙看在眼里，心里早就憋着一股劲。伙伴一起在学堂读书，又一起练习武艺，早就已经是一个小团体。十四五岁，在大人的眼里是孩子，可是站出来已经是大小伙子了，而且有的家里已经在念叨着，过一两年要张罗着给娶媳妇了。

卢帅和小伙伴们这里看看，那里逛逛，他们有很多时间可以小城上下跑个遍，可以看里里外外到底发生了什么。烟馆、妓院、鸡毛店、料理店里各国人等出出进进，有时会看到烟馆门口被踢打的中国人，有的时候看到在野鸡店外被拽进去的中国人。总的来说，中国人在自己的国土上最受气，但是有的中国人也真是太不要志气了，就是不给自己长脸。卢帅心里憋着一股劲，他想要好好收拾收拾那些祸害中国人的人，也好好修理一下那些没志气的中国人。

作者简介

邢淑燕，女，汉族，71年生，黑龙江省作家协会会员。作品散见于《诗歌报》《北方文学》《羊城晚报》《星星诗刊》《散文诗》《散文诗世界》等。有小说、散文、散文诗获国内各种主题征文奖项。

小小说四题

牟喜文

画 鲤

旗镇多奇人，穆三爷无疑就是其中之一。

穆三爷擅丹青，尤擅国画。泼墨挥毫，或高山、或小河、或渔舟、或落日，无不大气恢宏，身临其境。画日，喷薄欲出；画霞，娇艳欲滴。画毕，双手提笔，左右开弓，梅花篆字、一气呵成。与山水融为一体，叹为观止。

小镇人无不以拥有三爷一幅丹青为荣，更有达官显贵、商贾名人，趋之若鹜。

晚年，穆三爷开始画鱼，尤以鲤鱼为嗜。家中养一池鲤鱼，硕大透明的缸中，红黑相戏，上下翻腾。穆三爷每每伫立缸旁，凝神观察。泼墨挥毫中，鲤鱼跃然纸上，那姿态、那神情无不与真鱼形似。鳞片微张、尾鳍轻划、根须颤动、双目含情。仔细谛听，耳畔时时有潺潺水声；空中处处有淡淡花香。

画界有规，以老为尊。三爷一画，千金难求。

小镇有一外出为官者，车马轻裘，呼天号地。几次登门，重金相求，终不遂愿。后被双规，锒铛入狱。

外人问之，穆三爷捻髯一笑，高雅之物，岂容污人亵玩焉。

小镇人无不竖起大指，以三爷为奇。

一日，镇东寒门农家李家双子双双考取北京高等学府。众宾客纷纷前来道贺。李家在镇上小吃部安排就餐，几包瓜子、几包花生、几

217

碟小菜，几坛老酒。虽简陋，但也其乐融融。

忽人群大惊，见穆三爷立于门前，腋下夹着两个樟木筒。众宾客纷纷让座，三爷也不客气，大马金刀，居中而坐。李家双亲诚惶诚恐，忙吩咐上好酒好菜，穆三爷摆手制止。命人撤掉狼藉的杯盘，铺好台面，三爷轻挥双臂，缓缓打开其中一个木筒，众宾客凝神屏气、伸长脖颈。但见，硕大的龙门从水里升起，两只摇头摆尾的鲤鱼从右至左、高高跃起。带起的水花历历在目，水面泛起阵阵涟漪。鲤鱼双目圆睁，憨态可掬。

双鲤跃龙门！

穆三爷手捻须髯，微微颔首。

众人啧啧称赞之余，带钩的目光齐刷刷地抛向另一个木筒。

只见另一个木筒上一把铜锁光彩照目。

穆三爷将画收好，两只木筒一齐交给了如在云里雾里木讷的李氏双亲，叮嘱道，另一个木筒，待双子学业有成之时再打开。

不待众人反应，拿起一杯老酒，一饮而尽，留下一个红包，飘然而去。

李母颤抖着双手打开红包，两万元钱，泛着油墨的香气。

李父李母拉着两个儿子紧跑几步，跪在门前，门外哪还有穆三爷的影子。

几天后，传来穆三爷辞世的消息。

小镇人唏嘘不已。李家的那两幅画无疑成了穆三爷最后的作品，价值可想而知。一时求购者络绎不绝。然李家父母念及老穆，坚决不售，还将画存在了县里银行的保险柜里，断了那些盗贼的念头。

李家仍以种地为生，勒紧裤带，两个儿子勤工俭学顺利完成了学业。

完成学业的两个儿子在城里四处投简历，然而竞争激烈，虽名校毕业，所挣钱粮只够勉强糊口。

他们自然就想起了穆三爷赠送的第二幅画。

哥俩连夜赶回老家，从保险柜中取出上了锁的木筒，请锁匠小心开启。

只见画中还是巨大的龙门，还是两条鲤鱼。与第一幅画不同的是，两条鲤鱼从左至右，游回了龙门。

鲤鱼归龙门！

揣摩了许久，哥俩冲着穆三爷家的方向，仆然跪倒，痛哭流涕。

针神穆五爷

潍州最繁华的芬水街共有三家中医药堂，穆五爷最有名。

穆五爷六十多岁，人长得富态，往那儿一坐，笑眯眯的，弥勒佛似的，白发、白胡子、白大褂，一派仙风道骨。望闻问切自不必说，穆五爷最擅长的是针疗，专治疗腰椎间盘突出、颈椎病，痛风痹症和其他一些疑难杂症。再重的病人，穆五爷一针下去，痛苦就减轻了八九分，再开副中药，喝了，包好。

还有一样，穆五爷热心慈善，除了吃用外，所赚银两悉数拿去帮助穷人。因此，人送尊称"针神"。

其实，穆五爷也能治跌打损伤，也会接骨以及治疗头疼脑热、感冒发烧等一些小病。那年，五奶冬天上街不小心摔断了腿，穆五爷三下五除二就给接上了，再贴上自制膏药，不到两个月，五奶就活蹦乱跳，恢复如初。都说伤筋动骨一百天，徒弟大春看五奶这么快就好了，对五爷说，师傅，要不然咱也开个骨伤专科？那能多挣不少银子呢！穆五爷手捻须髯笑着摇了摇头，说，病人都让咱接了，你让那两家喝西北风去呀。大春点了点头又摇了摇头，似乎懂了，又似乎不明白。

但有一样，虽然一条街上有三家药堂，可三家店的主人就像约好了似的，自己看自己的专科，从不越雷池半步，有时接了不属于自己的病人，都打发伙计把病人给别人家送去。所以，芬水街中药堂虽多，倒也相处和谐。针神穆五爷和骨科的"刘一手"、内科的王大夫还时不时地聚在一起下棋饮酒，生活倒也逍遥自在。

可好景不长，一个人的出现彻底打破了芬水街原有的宁静。

这天，街东头一间铺子门口敲锣打鼓、鞭炮齐鸣，胡氏中医诊所揭牌开业了！按理，同行开业，都应该互相知应一声，这也是千百年来形成的行规，可胡氏诊所开业既没给三家发帖子，也没请三家人到场祝贺，显然没把三家放在眼里。更让人气愤的是，胡氏诊所门前悬挂了一副对联，"高手圣手大国手都是猪手；小病大病疑难病针到病除"。横批是：气死华佗。口气狂得没了边。

一石激起千层浪，刘一手、王大夫胡子乱颤，手脚颤抖地找到穆五爷，说，太不像话了！太狂妄了！这简直是欺师灭祖啊！穆五爷的心里也很不爽，他沉吟了一下说，我们静观其变吧，或许那个胡大夫真有两把刷子呢。

一天，两天，三天过去了，胡氏诊所门可罗雀，而三家诊所依然人满为患，刘一手、王大夫又凑到穆五爷处，幸灾乐祸地说，快了，不出半年，那个胡氏非关门不可。穆五爷一脸凝重，既没点头，也没摇头。可奇怪，胡氏诊所像啥事也没发生一样，三个小伙计眉开眼笑地在门口打闹。

到了第四天，濰州的首富罗老爷踏进了胡氏诊所。濰州人都认识罗老爷，他开了十间粮店，逢灾年常搭粥棚施舍或是开仓放粮，人称"罗大善人"。

罗老爷长得气宇轩昂，除非见到知府白一水有笑模样，平时总绷着脸。可自打从胡氏诊所出来，罗老爷像换了个人似的，对着诊所毕恭毕敬地笑着鞠了三个躬，还有人看到胡氏诊所的胡大夫大摇大摆地走进了罗府，更让人大跌眼镜的是，三天之后，罗府竟然改成了胡府，罗老爷的产业都过到了胡大夫名下！要知道，那可是罗老爷一辈子的心血啊。而无家可归的罗老爷竟然像捡了宝贝似的，整天乐呵呵的！气得家人打也不是，骂也不是。

接着是绸缎庄的李掌柜、芬河饭庄的王掌柜、华记裁缝铺的华裁缝……就连刘一手去了一趟胡氏诊所，也白白地把自己的诊所送给了胡大夫，只闹个给人打下手的差事，还整天笑嘻嘻的。

这个胡氏诊所透着古怪哩！穆五爷的眉头不禁拧在了一块儿，心被把攥得难受。他决定亲自到胡氏诊所走一遭。

初冬的风猎猎地吹着，旋得芬水街上的落叶唰啦啦响。穆五爷突然感觉有点风萧萧兮易水寒的滋味，不由得慢下了脚步。可转念一想，又加快了步伐。

胡氏诊所并不大，里面也没有摆盛中药的柜子。一张八仙桌后面，一个穿着华贵的中年人大马金刀地坐在铺了虎皮的太师椅上，手里正把玩着一对金球。中年人长得很普通，或者说有点丑陋。小眼睛、大嘴巴，稀疏的几根黄胡子，可仔细一瞧，吓了五爷一跳，中年人长了一对儿黄眼珠，眨巴眨巴的，很邪性。

坐吧。中年人对五爷指了指八仙桌前的长条凳子说。

您就是胡大夫？

胡大夫连眼皮都没撩，用命令的口吻说，露出肚皮。

穆五爷着了魔法似的，顺从地露出了肚皮，胡大夫拿出一根半寸长的针，在五爷的肚皮上扎了一下，又拧了两拧，说，回去吧，晚上我到你家去。

从胡氏诊所出来，穆五爷拍着肚皮，脸上堆满了奇怪的笑容。

太阳还剩半杆子高时，胡大夫迈着八字脚，走到了五爷的诊所，推门进来，四下打量了一下，撇撇嘴，说，把房契拿出来吧，一个月能挣几两银子？说着，伸出了手。

哎哟一声，胡大夫伸出的手又缩了回去，放在嘴边不停地嘶哈，再看手上，扎了一根寸把长的银针。

快把解药拿出来？五爷严肃地看着胡大夫。

你……没有……胡大夫吃惊得眼珠子都快砸到脚面子了。

哼！五爷从肚子部位的袍子下掏出一块猪肉，被胡大夫针扎过的地方，焦黄一片，黏黄的液体滴答滴答往下淌着！

五爷义正词严地说，我给你扎的可是绝命针，不出半个时辰，你就会经脉逆行而死！

老匹夫，算你狠！胡大夫极不情愿地从怀里掏出了一个瓷瓶。

给我锁了！帘子一挑，知府白一水从帘子后踱了出来。紧跟出来的捕快哗棱一声给胡大夫戴上了械具。

胡大夫翻着黄眼珠，恨恨地瞅着五爷，豆大的汗珠从额头上滚落下来。

衙役抄了家，揭开了胡大夫的真面目。胡大夫本名胡奎，原是一个泼皮，机缘巧合从一个西域术士那儿得到了控制人思想的药，如获至宝，这才导演了一出骗局。

芬江街又恢复了往日的平静。只是罗老爷等人，懵懵懂懂地，像做了一场噩梦一样。不过，从那往后，他们对行善更加积极了。

剃头姚

剃头姚的剃头担子放在濉州最繁华的芬江街时，就像一粒火星掉到了干柴上，整条街都被点燃了。

芬江街上一共有三家剃头铺，师记、王计、李记。粥少僧多，三家老板个个头上都像顶了个火药桶，随时都可能爆发。

所以，看到剃头姚的凳子上人流不断，三个老板的火药桶终于爆发了。

没人知道剃头姚是从哪来的，正如没人怀疑他的手艺一样。剃头姚四十五六岁，个不高，干瘦干瘦的，见他第一眼，你就会想起一种动物——猴子。是的，剃头姚长得尖嘴猴腮，颧骨高耸，腮帮子上没有一点肉，下巴往前努努着，黄眼珠、大巴掌，活脱脱一个猕猴刮掉了毛。

可他的手艺却没得说。剃刀在他手上，凭空添了灵性，上下翻飞，任你再难剃的头，他只唰唰几下，就得了。男人那个满足劲儿，不亚于刚刚从桂香楼头牌桂花的香闺里刚出来，啧啧，回味无穷啊。剃头姚的万儿就算立下了，真名谁也不知道。

看着一个个回头客都被剃头姚抢走了，三家老板的肺管子都被戳破了。

率先发难的是师记剃头铺的老板师琅。师琅三十几岁，长得膀大腰圆，脾气暴，虽说没练过武，可一身蛮力足以扳倒任何一头健壮的公牛。他三步并作两步走到正在剃头的剃头姚跟前，伸手就薅他的脖领子，嘴里不干不净地骂着。看架势，一个背摔非把剃头姚摔散架了不可。看热闹的不怕事大，呼啦一声把两人围在了中间。

只见剃头姚不慌不忙，伸出一个手指，轻轻扒拉了一下师琅的手，说："要剃头，排队！"师琅就像中了邪似的，伸出的手竟自己改变了方向，摸着后脑勺，一边挠一边说："嗯，好说，好说。"再没了下文。乖乖等着剃头姚剃头，状态和一个小学生一般无二。待剃过了头，师琅哼哼唧唧地竟唱起了潍州小调。更令人奇怪的是，过了好几天，师琅说话还是慢声细语，其状态就像一只温顺的大猫。

"真他妈邪门了！"紧挨着师记剃头铺的王小孬"呸"地吐了口浓痰，撸胳膊挽袖子就想自己出头，可他眼珠一转，忍住了。他找来了李记的李成，两人关门密谋了一上午。

王小孬曾在江湖混过，练过几手三脚猫功夫，和几个黑道人士过从甚密。

第一个自告奋勇的是草上飞，草上飞是飞贼，高来高去、陆地飞腾，自从被官府收押判了六年，出来后收敛了不少，但也时常有无头案怀疑是他干的，苦于没有证据，官府也奈何不了他。草上飞瞪着大眼珠子，围着剃头姚转了三圈，摆出一副决战的姿势，剃头姚眼皮都没撩，在他带着呼呼风声的拳头上点了一指，说："要剃头，排队！"

草上飞立马像霜打的茄子——蔫了。规规矩矩地坐下，待剃完了头，竟扑通一声给剃头姚跪下，"唥唥唥"连磕了三个响头，扔回王小孬给的银子，几个闪身，不见了踪影。翌日，草上飞早早地来到官府，递上赃物，安心坐牢去了。

"乖乖，真是怪事年年有，今年特别多啊！"王小孬把玩着草上飞还回来的银子，简直不敢相信自己的眼睛。

更有甚者，过江龙在剃头姚处剃过头后，竟变成了大善人，把巧取豪夺的银子如数还给了百姓；赛张飞不再劫道，安心当上了农夫；采花贼蔡亮皈依了佛门，青灯古卷，一心向佛；桃花寨大寨主孟飞解散了山寨……

濰州城一时阳光明媚，太平祥和。

正当濰州人享受太平盛世时，却传来剃头姚被官府抓进大牢、秋后问斩的消息，罪名是蛊惑人心，意图谋反。

为抓剃头姚，知府胡奎可谓煞费苦心。他命人打了个一丈见方的铁笼子，根根铁条粗逾儿童手臂，几头牛都拉不弯。还有几个术士精心研制的特效迷药，二十米外就可把人迷倒。饶是剃头姚再精明，也着了道。

胡奎第一时间命人把剃头姚手筋、脚筋挑断，关在了铁笼子里。

几天后，胡奎差人把剃头姚押到密室。"剃头姚，你可知罪？"胡奎一拍惊堂木，对着笼子里戴着手铐脚镣的剃头姚说。

"大人，小人奉公守法，何罪之有？"剃头姚脸色发白，哪还有往日风采。

"本官告诉你吧！"胡奎挥手屏退左右，只留下三个心腹捕快，"你还不明白，正所谓不乱不治，恶人都被你感化了，你让本老爷我喝西北风去呀？"

"原来……原来恶人都是你纵容的？"

"呵呵呵，话不要说得那么直嘛，有本老爷在，哪里又显出你这个外乡人呢！"

"你这个小肚鸡肠的狗官！你这个万恶的源头！"剃头姚的额头青筋暴起。

"记住，在本老爷地面上，是龙，你得盘着；是虎，你得卧着！"胡奎黑着脸，立起了眼睛。

"哈哈哈，师傅，我早该听您的啊，一个人为恶，只是祸害一地，当官的为恶，祸害天下啊！"剃头姚仰天长啸，眼里的戾气越积越厚。"你……你要干什么？"

"剃头！"

"给谁？"

"你！"

剃头姚一张嘴，他咬下的半个舌头凭空化作了一把锋利的剃刀，"唰唰"两下，胡奎的头就成了一个秃瓢。再看剃头姚，双目微合，已然气绝。

翌日，府衙传出知府胡奎卷铺盖卷告老还乡的消息……

芬江街还像以前那么热闹，两点不同的，一是当知府的从坐上位子都开始关心百姓疾苦了；二是三家剃头铺老板的手艺精进了不少，剃出的头，都和剃头姚剃得一样耐看。

女皇与铜匠

杀，该杀！

武则天额头青筋暴起，双手抽搐着，在偌大的宫殿里走来走去，啪嚓一声，一尊唐三彩顷刻间化成了一堆碎片；飞起一脚，一座青铜香炉连同底座一起骨碌碌滚出老远，香灰泛起阵阵白雾。她愤怒地撕扯着自己的衣服，一个硬硬的东西很硌手，她摘下来，看也不看，狠狠地摔在地上，那个物件顿时碎成两半，武则天眼睛扫过，蓦地一震，紧走几步，跪下，双手捧起，眼里倏地蒙上了一层泪花。

李郎啊——我的爱人，武则天把碎成两半儿的心形玉佩捧在手里，贴在心口，再也控制不住自己，胸脯起伏，泪花变成了涓流，浅啜化作了哀号……

门外，一溜宫女低头跪在那里，连大气都不敢出。

郎君啊，你咋那么狠心，走得那么早啊……声嘶力竭的哭诉穿透豪华的宫殿，在皇宫上空回荡。

自公元690年武则天改"唐"为"周"自称天子以来遇到了最大危机。——刚刚平定了琅琊王李冲叛乱，越王李贞又揭竿而起；为平民愤杀掉了酷吏周兴，可是边关烽烟再起，突厥默啜可汗挥兵犯境……朝内也不安宁，一些李氏宗亲结党叛乱，倒武浪潮一浪高过一浪。无奈，武则天只好施展铁腕，抓了两千多人，押入天牢，择机问斩，洛阳城一时人心惶惶。

再看满朝文武，老弱病残，可用之人又有几个呢？从他们飘忽不定的眼神来看，谁知道他们又在想啥坏道道呢？

武则天心力交瘁。

天啊，你真要我一个女流之辈做一个十恶不赦的暴君吗？

武则天一筹莫展。银牙紧咬，暗下决心：暴君就暴君，宁可错杀，绝不手软。

想到此，武则天的怒气稍微平缓下来。

低头就看见手里碎成了两半的玉佩，武则天的心又痛了起来。

那是一块洁白无瑕的玉佩，雕成了心形。而今，玉佩从中间断开，心已不再完整。

武则天把玉佩捧在眼前，高宗李治的影子在玉佩上若隐若现，把武则天带回了从前。

二十三岁的武媚娘花儿一样漂亮。那时，媚娘在太宗李世民病榻前端茶倒水，穿衣送药，尽力服侍。十九岁的太子李治前来探望，四目相对，一种与生俱来的亲近感油然爬上了两人心头，都说相爱的人前世就注定了姻缘，李治就是自己苦苦寻找的另一半呀。两人在一起，时间仿佛凝固一般，天极蓝，花儿格外香，连两个人偷偷亲吻都特别爽甜……后来两人私定终身，这块玉佩就是李治给媚娘的定情信物，四十几年的风霜雨雪过去了，媚娘宝贝似的一直带在身上。李治驾鹤西游很久了，玉佩是李治留给媚娘唯一的念想啊，可现在……

武则天吩咐宫女把宫里最好的锔匠宣过来。

武则天称帝后提倡节俭，并身体力行，在宫里养了几个锔匠，一些瓷器、玉器、陶器坏了，就找锔匠补起来再用，锔匠的手艺都很高。

不一会儿，宫女领着一个四十几岁瘦小的太监来到殿里。太监弓腰，跪拜，武则天让宫女把玉佩交给太监。

锔匠接过玉佩，跪拜。

武则天说，就在这儿补吧，朕想看着。

遵命，皇上。

锔匠取来工具，吱嘎吱嘎地补了起来。

锔匠用一根二尺多长的细细的竹竿，两端拴紧一根细线做成锔弓，把一粒小小的金刚石镶嵌到一个几寸长的细铁杆上做成金刚钻，锔补瓷器时把锔弓上的线缠绕在钻杆上，左右拉动锔弓使钻杆旋转，利用钻石的硬度在瓷器玉器的裂缝两侧钻出一排排小孔，然后把一个个金属锔钉用小锤轻轻打进孔里，就算修复完成了。当然，为皇上锔补玉器用的是特制的黄金。

一炷香的工夫，那块心形玉佩就完好如初了。

奇怪，锔匠补好了玉佩，却跪在那里不起来。

看着补好的玉佩，武则天心情愉悦起来。诧异地对锔匠说，你还有什么事吗？

铜匠磕了个头，说小人自进宫以来，第一次见到皇上，有一句话想说给您听。

武则天坐回龙椅上，说你说吧，要什么奖赏？

铜匠又磕了一个头，说小人不要奖赏。

那你要说什么？

小人只想对您说，瓷器、玉器坏了可以铜起来，如果人心散了，想再铜起来，就难上加难了！

是啊，人心散了，想再铜起来，可就难上加难了。武则天反复咀嚼着这句话，良久，眼睛里精光一现。

武则天觉得胸中的阴霾一扫而光。

……后来，武则天在洛阳立了一座碑，名字叫作铜心碑，来瞻仰的百姓不计其数。

作者简介

牟喜文，黑龙江省作家协会会员，东北小小说沙龙副秘书长，中国微篇小说学会副秘书长，已在《小说选刊》《微型小说选刊》《光明日报》《北京日报》《羊城晚报》《小小说选刊》《检察日报》《新晚报》等报刊发表小小说600余篇，获全国三等奖以上奖项20余次，9篇小说入选《高考题库》，现任《小小说大世界》《中国微篇小说》编辑。

机器人

1

我知道，我在观念上是个好人，但在本能上绝对不是。这是我的原罪，但不是我的过失。我不知道是什么把我变得如此，或许这在童年就开始了。那时的我敏感易哭，我的哭泣总是换来同伴的嘲笑和长辈的斥责。以至于后来的时日里，每次我濒临哭泣的边缘，都会再度听到那些令我屈辱的声音。也许我的麻木是遏制哭泣的代价，也许不止于此——我怀疑我的神经疼痛和几次数以年计的失败暗恋都充当了帮凶。是坚强麻木了我，还是麻木坚强了我？无论如何，两者已经没有什么区别。

当我停止沉思，才发觉自己坐在行驶的公交车，并且交完了钱。当我听到打招呼的声音时，我发觉车上有我的同事。我们有相同的目的地，所以出现在同一辆车并不反常。我用微笑回应了他们，因为我应该这么做，我必须做应该做的事情。我怕他们没有观察我的表情，所以又刻意稍大幅度地点了几下头，作为补充。是的，我应该这么做。也许这是我被他们认为绅士的原因。人怎能不保持礼节呢？

他们谈论着各种各样的话题，发起话题的是张组长。别人都叫他张哥，可我不喜欢任何昵称。张组长谈到自己的女儿语文不好。语文是我擅长的话题。我从脑海里把掌握的文学储备提炼出来，总结出学好语文的方法，准备说出来作为提供给他女儿的建议。当我整理完自己的思路，他们却已经开始下一话题了。我回归到沉默之中，然后象征性地因他们谈话的内容和语气而做出忧虑或喜悦的表情。他们认为我的沉默只是因为不喜欢说话，他们想得对，但不全面。我一直无法理解，为什么他们竟能如此滔滔不绝而不需要任何构思。我更加无法理解他们谈话的混乱，对我来说，非逻辑是无法领会的，因为对于它们没有解释，也不需要解释。

公司的站点到了，我因为车轮的停止而略感失落。公司很大，我走在去向我的大楼的路上。我点燃了一根香烟，因为我觉得吸烟是走路的一种陪衬，二者的结合是融洽的。我喜欢香烟，因为它们能轻易让我快乐，那是许许多多的事情都无法做到的。我总是吸不同牌子的香烟，那能让我感到罕有的新鲜感。虽然上班几个月，我仍然需要手机里的地图才能找到自己的大楼，也许是因为我从未留意过脚下的路。当然，除了楼梯，因为它们很有次序感，就像理性。

我来到了办公室。同室的穿着花里胡哨的年轻人们，一如既往地进行着杂乱无章、病句百出的谈话。我之所以叫他们年轻人，是因为我不愿承认自己和他们处在相仿的年龄，甚至比他们中的一些更小。一个正对着我的女士讲了一个笑话，我的脸庞和她相接。当她展示自己的得意笑料时，任何冷漠都会引发她的失落，而我的表情完全在她的视线之下。我有力地拨起脸上的肌肉，熟练地发出可信而明显的"哈哈"声。如此一来，她就得到了应得的回应。我应该这么做，我必须做应该做的事情。

"绅士，你今天喜笑颜开嘛。"我笑得很成功，引发了王主管的注意。我没有提醒他那个词其实是"喜笑颜开"。我说："各位也都很高兴。"

王主管说："不过，你确实是最该笑的那个。"我看到有人在窃笑，发觉自己突然成为众人之中的焦点，不由得紧张起来。他补充说："今天你有美事了。"显然，事实上他不知道"美事"于我的概念。另一位员工说："有人要送你东西。"

整个公司，我没有任何仇敌，也没有任何密友——除了海狸。是她要求我这样称呼她，因为存在主义哲学家萨特称呼他的伴侣波伏娃为"海狸"。她称我为"蛇"，因为在尼采的典籍中蛇象征智慧，但它在生物学层面是冷血动物。她是我见过的最理智的女人，如果没有她以及她这样的人，我甚至可能像尼采或者古老的男权社会的作家一样批判女性。她钦敬我的理智和准则，和我一样探寻哲学。可是，她学习哲学几乎只是出于感性的兴趣，在谈话中还会为了讨好我而歪曲自己原本的观点，这些都令我不快。瑕不掩瑜，绝大多数情况下，我都珍视和她共处的时刻，她给我前所未有的舒适和欣慰。我们互相为彼此规划人生；经常聊到深夜；互相赠送过礼物——最重要的是，她和我一样孤独。我渐渐相信，她可以让我多年以来被麻木的热情升温苏醒。我有太多应该做的事情，可我并不喜欢它们，这是我难以做到的原因。我是那困于茫茫海域的船舶，我的引擎受了坚冰的围困，我的内部徒然安置着精心构筑的地图，却没有航行的动力。我想，她就是我的燃料。

不出我所料，海狸从办公室的单间走了出来。其他人早就知道她要送我礼物，却在她出现时露出惊喜的神情，并发出令我不安的微妙的起哄声。

海狸今天涂了淡蓝色的眼妆，身上是天蓝色的连衣裙，但她留在我内心里的意象始终是海蓝色的，我和她有关的记忆，场景里也都泛着海蓝的色调。她的五官很值得赞美，它们的线条和形状均匀有致，又结合得十分协调，像是为了刻意迎合潮流审美观而雕刻出来的艺术品。我这样说也是因为我很少看到她的表情，也许是我没有注意到。

海狸把手背到身后，我知道她的手里藏着东西，她现在不让我看到，为的是在合适的时刻给我惊喜。人在送礼物的时候都是这样的，这太常见了。

我说："海狸，你一直很美，但你今天美得最特别。"男人总是要在和异性的谈话中首先发言的，我应该这么做，我必须做应该做的事情。她笑着说："因为今天值得美丽。"她和我一样擅长营造恰当的对白，但远比我自然。

她说："蛇先生，你知道我们认识了多久吗？"我稍加思索，说："三百三十一天。"我是在公司认识她的，而我昨天刚刚领了第十一份工资，这太容易计算了。她因为我做对了简单的计算而面露欣慰。

她说："你知道我们约过多少次会吗？"我说："四十六次。"除了认识的第一周，我们每周都会约会，这也很容易计算。我总是要在谈话中把自己的说话字数和对方持平，作为对对方的"合理回馈"。我觉得我应该这么做。于是，我补充着："我们在马克西姆谈论过托尔斯泰，因为那里是俄式风格的；在必胜客谈论过流行文化，因为那里挂着给孩子看的蜘蛛侠壁画；在狗不理包子谈论过老舍，因为他们都属于北京。"我说完以后才发现自己处于众目睽睽之下，我觉得他们的目光侵犯着我，我好像已经看见他们在私下里带着戏谑的语气议论我的回忆的情景。

她说："你知不知道我们有多少次聊到深夜？"我说："三十次。每一次你都要我看着星空，说照着我的星光也照着你。"每次和海狸聊到深夜，我的神经疼痛都会因为睡眠不足而发作得尤为猛烈。我因此在医生那里开过三十次药。

她说："那你知不知道，你使我开怀大笑过多少次？"我说："你经常微笑，但只大笑过五次。"我当然记得这个数字，因为我只会五个笑话，所以只给她讲过五次，每次都使她大笑。她称赞我幽默，但我觉得用这样的词语形容我的人才幽默。

她拿出一个礼盒，盒子的包装十分精细，材质细腻，使我的兴趣完全无法集中到内部的礼物上。——尽管我还不知道它是什么。他们总是认为女人送男人礼物是一件尴尬而自轻的事情，但我不明白这和男人送女人礼物有何区别。她说："我们认识了三百三十一天，约过四十六次会，在三十个深夜里交换彼此的意念，开怀大笑五次，那你愿不愿意爱我一生呢？"

我沉思了良久才发觉她说的字眼是"爱"。爱？那是我素未谋面的邻人。她爱我吗？当然了。不然的话，是什么推动她赠礼的双手、嘴角的挑动和眼眸的光辉？我感觉到她的眸子里似乎映着我们一起眺望的星空。不，我不愿多提爱这种字眼，我更愿意将之称为对于某个个体的虔诚的信念。——那么我对她有这样的感觉吗？每一天，我都在她身上得到和谐、安详、舒适和认同。但其中是否有幸福呢？我们是世上曲调最祥和的两道精神之弦，因为我们相处最融洽、接触最频繁、相似之处最多、最关怀彼此。但一切对我来说是爱吗？——我能从这些体验中提炼出那种人人都会有的情感吗？

多少次，她在我的心潮中推波助澜，在我的精神之丘悄然独立。我的海域因她而多了波澜，但那波澜无论汹涌或柔和，其温度都是冷的。我感受过来自她的幸福吗？对我而言，幸福是一个化学公式。它的配方已经齐备，但我为何没有觉察到应有的反应？我何时为了一个人狂热过呢？我是一个把狂热当作羞耻的人。

我渴望有所爱，我渴望爱给我动力，想到这里我才明白，我对她并不是爱，而是渴望。——我渴望能够爱上她。是的，我们是这样的天作之合，我们认识了三百三十一天，约过四十六次会，在三十个深夜里交换彼此的意念，开怀大笑五次，我们一样的理智，一样的孤独，我还有什么理由不爱她呢？这是必要的、恰当的、仅有的选择，我们的行为已经让一切都水到渠成，我对她的爱已有无比充足的理由，我坚信她能让我的热情重燃——当我说出那声"愿意"，当我们在以后的日子里做着幸福的行为，谁说我的热情不会因此生发呢？是的，我应该去爱她！我必须做应该做的事情。

"我愿意爱你一生。"

每个人都觉得这句话和"我爱你一生"没有区别。

2

我翻开一本书，然后长久地端详着第一页。这本书是海狸在那个特别的求爱之日送给我的，名字叫《理智与情感》，作者是简·奥斯汀。书名引起了我的兴味，但内容并没有。我翻开它的唯一动机是海狸把自己的照片夹在了最前，照片是心形的。她的礼盒里除了这本书，还有一个心形的相框，似乎那照片唯一的存在价值就是镶嵌在那相框，那相框唯一的存在价值就是被那照片镶嵌。不知为何，我竟把那相框想象成了坟墓。我没有把照片镶嵌在相框，可能是因为我的理性没有如此细致入微地规范我。毕竟，是否镶嵌一个照片是和理智毫无关联的事情，它没有意义。

我端详海狸的照片，欣赏她被定格下的最完美时刻。她在做出最优美的姿态、最优美的表情之时以最优美的角度被拍摄。让瞬间永恒是一件伟大的事情。

我留存了关于她的许多事物，她的演讲、她的歌声、她的演奏，还有她看过的几乎一切书和影视；我又把她的一切高贵人格和高贵举动记录下来，每天反复观赏和品味这些。我这样不是因为爱她，而是因为渴望爱她。

一阵脚步声从走廊传来，带着高跟鞋独有的尖锐感。接着，我的门被清脆地敲响，我能感受到敲它的拳头小巧而柔软。

我知道是谁在敲门。

当我的门开到一半时，海狸苗条的身躯已经从狭小的缝隙挤了进来。我竟有些失落，因为我不能再端详照片里她完美的一面，却要在现实里面对她复杂矛盾的整体。

"蛇先生，见到你真好。"海狸用拥抱作为见面礼。我的小臂久久托着她的背脊，因为在拥抱的时候我会比平时多一丝热情。直到我感觉她稍有挣脱的意图，才放开双手。

"我爱你，海狸。"在我知道她拜访之前，就在脑海里几十次地演练了这句话的音调和响度。我应该这么做，我必须做应该做的事情。

海狸笑着说："就像昨天一样爱吗？"我们确立恋人关系已经三个月了。我说："比昨天更爱一些，就像现在的我比上一秒更爱你一样。"情话对我来说是最艰深的语言。但我应该去说它们，我必须做应该做的事情。

她说："说出这句话的嘴唇值得奖赏。"她像自然界海狸一样迅捷地用自己的嘴唇拍抚了我的嘴唇，我像是猎物一样本能地退避，随即便懊悔于竟如此粗鲁地回绝她的热情。

"怎么了？"她把头凑近，盯着我的眼睛，语气温柔。我把谎言作为我的庇护，说："抱歉，我的口腔不舒服。"

"是干涩还是疼痛，持续多久了？"她像侦探一样地调查着，"你应该早些说的，蛇。我这里有一些药。"我说："我就快好了，很感谢你的好意。"

"你总是这样客气。"我发现她在苦笑，于是出于愧疚主动去亲吻她的嘴唇，却撞在了她正在讲话的时刻。我的嘴唇在向前，她的嘴唇正巧在上下分合。——又一次失败的接吻。

"听说你把稿子给了领导，我觉得那篇写得不错。"我开始采取语言的方式报偿她的关怀，我知道她的稿子没有过审，但直接提及显然是不恰当的。

海狸有些失落地说："他觉得我的文章不够通俗，用词太过专业。"我拍了拍她的肩膀，说："这是他和读者的问题，而不是你的问题。"

"我明白的，可是只有你会这样说。"我的话让她的嘴角勾起欣慰的曲线。

但我却愧疚着。——我为了宽慰她，竟然揭开了她的失落，这岂非卑鄙的行径？这不是应该做的事情。可我没有因为她的沮丧而沮丧，我唯一感到的只是愧疚——没有关怀的愧疚。为何愧疚是我的常伴，关怀于我却远在天边呢？

"好了，蛇先生，我们还要去参加同事的婚礼。"她打破了我的
沉思。

这些时日里，我清晰地觉察到，海狸对我的爱与日俱增。她在我
之前，却要追逐我，同时又对自己的追逐浑然不知。这究竟是怎样的
恋爱？

3

"你在众人间，比从前在我身边时，更加孤零零，你这独个儿一
人！"我对尼采的这句话印象深刻，不是因为我记住了它，而是因为
它提醒了我。

我参加了同事的婚礼，同事是女的，新郎是男的。婚礼的地点被
选在幽暗封闭的大厅，隔绝了正午的烈日，却有色彩极不协调又刺眼
的过分的灯光光线被人为制造出来。这些灯光剧烈迅速地摇曳，使清
醒者昏昏欲睡，困倦者无心休息。司仪西装革履，五彩的灯光使我极
艰难地辨认出他的西装是白色的。他摆出不知摆出过多少次的神情，
说着不知说过多少次的话。掌声雷动，掩盖了背景音乐的节奏。背景
音乐是门德尔松的《婚礼进行曲》，没有人知道。除了背景音乐，没
有什么声音是悦耳的。

当自诩正常的人成群结队时，就会轻易表现出违背他们所定义的
"正常"的举动。我这个机器般的人，此刻却觉得只有自己才不是机
器人。

双方的近亲和远亲、密友和同事，不相干的因子凑成了形式上和
谐的整体，他们表演着融洽。室内有十几个圆形餐桌，餐盘的形状也
一样。里面盛装的食物种类繁多，但每一种食材都很廉价，被粗劣的
做法加工而成。它们的味道优劣不一，所以有的餐盘几乎被清空，有
的却无人问津，看起来很不协调。不过，这是后来的事情了，在司仪

和双方及家属发言的时候，人们很自觉地没有用餐，并且极力克制摆出用餐的任何意图，哪怕是把玩一下筷子。海狸坐在我的旁边。我对她说："今天很隆重。"我得确保自己有事可做，和她谈话是个妥当的办法。她说："他们办得很用心。"

我说："你喜欢这场婚礼吗？"她说："当然了。婚礼是人类最美的发明之一。你觉得呢？"我说："在没有人权意识的历史时期就已经形成婚姻，那时的人更像是一种工具，而这种契约的目的是互相宣告对方为自己的私有财产。"如果一定要我对婚姻说些什么的话，这些是我唯一能说出的话。她的神色告诉我不该这么说，可我也不该对问题保持沉默，那我究竟该如何呢？我发现同桌的人像我投来异样的目光，只好用低头吃饭来躲避它们的来袭，一个女工作人员却小声提醒我说："先生，很抱歉现在还不是用餐的时候，请在主持结束后用餐。"我只好点起一根烟，身边的人很快咳嗽起来。这是个封闭的空间，燃烧的香烟是有害而不恰当的。我这个一直做着应该做的事情的人，当我处在其他彬彬有礼、掌声雷动的机器人中间时，却总是做出不该做的事情。

婚宴已经到了"认亲"环节，我想用学名称呼它，但不知道它的学名是什么。新娘的父母上台宣讲自己培养女儿的经历，母亲讲的故事很平常，而且往往在重点部分一笔带过，却在无关紧要的细节上大费笔墨，父亲则只是一边点头，一边说些附和的虚词，这样平实得庸俗的演讲却涌动出一些泪光。背景音乐换成了苦涩的二胡，全曲缺乏结构和层次，只是在不遗余力地煽情。这时，我的手背感到一阵柔软的触感，是海狸。

她说："别太出神了，蛇。我们今天只是观众。"我微笑着说："我的海狸，你误会了。"她说："我知道你在沉思。别想太多。"她竟以为我的沉思是感动引发的肃然凝重的心绪，我顿时泛起了受诽谤般的羞恼感。

新郎一脸热诚地鞠躬，然后称对方的父母为"爸爸""妈妈"。他如此轻易而亲切地称两个刚刚认识不久、与自己毫无血缘关系、从未对自己付出过父母之爱的两个老人为"爸爸""妈妈"，然后因为后者欣慰的回应而欣喜若狂。他为何不为此感到丧失尊严的羞耻呢？这不是他应有的感受吗？也许他从未这样热情地称呼自己真正的父母。我听到的除了音乐和谈话之外，还有腹腔里咕咕的鸣声。

接下来也许应该称为求婚环节，尽管事实上到了如此地步，成婚已经是无须追求的事情了。场中的音乐被换成今年流行的情歌，我从未主动听过，却因为朋友圈而对之了如指掌。它的曲调和歌词像极了演唱歌手唱过的其他歌曲，歌词中不乏"深情""白首""余生""年华""温柔"的字样，像极了一个青春期少女的午后春梦，声音响彻并回荡在我空旷的胃部。舒散的曲调下，灯光却被以摇滚乐的节奏摇曳。许多宾客拿出手机拍照和录像。

台上的新郎不断重复着"你……我……我们"的句式，新娘的回答是"我也是"。场上一片尖叫和掌声。起哄者说出的话各不相同，我喊着和声音最大的人一样的话，作为对自己的掩护，同时伸直五指，把手心的部分互相有力地对撞。我终于做了一件应该做的事情，我必须做应该做的事情。"就等着现在呢！""啊，好美好美！""真幸福！""浪漫死了！"他们这样说。我的脸部肌肉以不可抗力摆出了冷笑的表情，海狸注意到我的表情，却误解了它，她回敬给我一个友善的微笑。她的嘴唇之间裂开一道缝隙，正如我和她的精神世界裂开了缝隙。

但有一点让我庆幸——终于可以用餐了。

4

我享受任何主动或被动的行路，当我朝着某个方向做物理的行进时，我会有鲜明的目的感。正因如此，终点对我来说总是空虚失落，无论它们光明或黑暗。

婚礼结束了。婚礼的位置离我们的住所很远，但海狸仍然坚持和我步行。我是冷的，就像夜幕；她是暖的，就像灯光。

她说："今晚的月亮就像新娘的婚纱。"我说："也许月光是爱情的原料。"我把浪漫作为组织语言的灵感。

她说："那么夜晚就是情感的酿具。"我说："我多希望白昼也是。"我心想："这样我就不必'制造'情感了。"

海狸说："黑夜不是无处不在的，所以它珍贵。"我心想："我的情感比其他人的更'珍贵'吗？"我说："黑夜和白昼一起转动，它追随白昼，或者是白昼追随它。它并非无处不在，但却是永恒的。"

她轻叹着说："多美妙的永恒啊！"她的叹是赞叹。我说："永恒是最高贵的价值。"她说："对我们来说，能贯穿一生的事物就是永恒的。"

我说："我的海狸，你渴望这样的永恒吗？"她说："我的蛇先生，我想，我的永恒，不对，是我们的永恒，它是已经成熟而未被摘取的果实。婚姻是那个盛装它的篮子。"

我说："你想像今天的两个人一样？"她说："我们不必像任何人。我们做的一切都是独一无二的，包括婚姻。这不是我今天才有的想法，只是今天的意境激发了我的热情。"我轻叹着说："激发你的热情？我太理解你的话了，海狸。"

她说："那你是否有共鸣呢，蛇先生？"月亮像是向我流淌期许的幽幽的眸子，我分不清是她让月光更皎洁，还是月光让她更优美。

我的精神世界里升起一道热度，像是落日浸泡在冰冷的海面上。我感受到了语言所无法形容的事物，但它却远比语言更深切真实。

我的心仿佛在融化，又仿佛在生发，瞬息万变的静止使我比任何时候都自我，又比任何时候都无私。但狂热唤醒了我的理智，我的理智告诉我："这是唯一的夜晚，它不是无处不在的，也不是永恒的。"

我望了望渺远的月光，说："也许现在不是说这个的时候。"

她凝固着优雅的眉毛，说："为什么？"我说："单纯的夜使我多情，清冽的月使我热切，我的爱河从未这样汹涌，过去和未来都不会有这样的时刻。今夜将会永恒，今夜将无处不在。"我在最后一句说谎了。

她陶醉地微笑着："你的话像风一样美丽，像阳光一样柔软，像波纹一样悦耳。我这个愚人啊，为什么不和你一起沉醉在今夜本身呢？现在，我们不需要理性，更不需要规划。"

我说："你知道我为什么爱你吗？"她沉默一会儿，说："我在等你自己的回答。"我说："因为月光和黑夜。月光下的黑暗更幽深，黑夜里的月光更光洁。"我现在爱着她，是因为月光、黑夜以及她在月夜里展现的优美雅韵的一面，但当这一切褪去以后呢？这是令人恐惧的陶醉。

她说："当现实的月光和黑夜褪去以后呢（我惊异于她竟恰好说出来我脑海里的字眼）？我们的月光和黑夜还会绵延。精神是虚无的，所以它自由并永恒。"她提出了我不愿回答的问题，然后替我做出了回答。她的答案是错的。

5

我们在几个月的时间里吵了两次架，两次都是她发起，两次都是因为她指控我对事情"不够参与"，两次都只有她语气愤怒，两次都是蓄势已久的爆发。我知道，和我吵架是一件极其艰难的事情，因为我没有相应的愤怒去配合。现在，第三次争吵似乎要开始了。

"说实话，我真不知道还有什么事情是你在乎的。我甚至期待你能认真和我吵一架。"海狸已经在我做出回应之前发出了长达数分钟的独白，并且包含了五六个不同的问题。我不知道该回答哪个。

我说："我想你不理解'在乎'对我来说是什么，你并不了解我在乎的方式。"

"是吗？"她有些激动，"就像你对我准备了一下午的菜只说了'还可以'吗？就像你缺席了我重要的演出只是为了写一篇稿子？就像你在自己的论文里面把我的家人当作批判的模型？"

"海狸，听着，"我说话的语调深沉，我确信这种深沉是自然而然的，"我对每一件事都做着完备的考量，我想的远比我做的更……"她打断了我的话："我再也不想听你的分析了，为什么你的一举一动都如此生硬不近人情？你的内心好像只是一堆机械般的程序，永远缺着温度。是这样吗？"

她还不愿相信自己的推导，希望我给出否定的答案。

我一会儿扭动自己的指关节，一会儿摆弄手边的茶杯，一会儿轻轻敲打茶几，但是，在这样的情景里，这些行为都不是适宜的。她的双眼是热的，却让我不寒而栗，坐立不安。

"我必须这么做。"我的话从我的精神涌出了双唇，它似乎是我脑海里仅有的辞藻了，但它的涌出仍然让我自己震惊。

海狸说："我不懂你在说什么。"我说："我必须做应该做的事情，我的海狸。"她沮丧地说："我真希望你的意思不是表演。"

我怔怔地说："我也希望不是表演。这是我最重要最沉重的秘密，我无法将它告诉任何人，除了你，海狸。但这不是出于恳切，只是，我再也无法忍受因为对你掩饰而心存罪意的每分每秒。"

我没有看她的反应，或者说我不敢看。我继续说："我不喜欢喧闹，不喜欢嬉戏，不喜欢大笑，不喜欢起哄，不喜欢太多太多的事情。每当我想感受些什么的时候，感受到的都只是自己的冷漠。我对他人的问候，我和他人的交谈，我做的每一件事，几乎都没有引发我的兴趣。当我做这些的时候，我甚至感到被胁迫的屈辱——而胁迫方也是我自己。我多想有热情作为动力，多想心甘情愿地做一切该做的事情——我多想成为正常人。可我的每一次尝试都失败了。"

她一字一顿地说："所以你对我的爱也是表演吗？"我一字一顿地说："我对你的爱是间歇的。在一些特定的场景里，在黑夜的月光下，在你展现出优雅深邃的一面时，我才能感受到它。"

她的身体摇晃了几下，说："你说的那些都不是生活，我想和你一起生活。"她的嗓音也摇晃着。我知道我应该心疼并关怀她，我因为没有产生这种情绪而愧疚。

她刻意地调匀了呼吸，继续追问："当你面对生活中的我时，你究竟感受到了什么？"

"空虚。"

这场对话是如此的畅通无阻、不需雕琢，每一句都以伤害她为结果。

我如释重负地瘫坐在沙发上，轻叹着说："你不知道我的人生有多艰难，不知道我为了原则做出了怎样的牺牲。我艰难而坚定地做着那些对别人来说轻松愉快的事情，难道我的本性恰好不喜欢他们就是一种罪过吗？没有人知道我的牺牲——就算知道，也不会在意它。人们唯一在意的是：我没有做好那些该做的事，我做着它们，却永远无法做好它们，因为我的本能在禁锢我。我啊，我这世人的奴仆，我这自我的奴仆！"我越说越激动，甚至忘记了这段话是以轻叹为开头的。我竟然为自己还能愤怒而暗自欣慰。

海狸噙着模糊的泪光，说："你，你是个彻头彻尾的怪人！你太自私了！"我恼羞成怒地叫着："我一直在竭尽所能地无私！你知道自己在说什么吗，海狸？"对于我的种种牺牲，她竟用"自私"来形容，这是何其颠倒黑白的荒谬呢？她怎会有这样的思维？不，不，她已经处于悲痛之中，我的首要责任是关怀她。我应该这么做，我必须做应该做的事情。可我……可我——可我真的做到过吗？

她叫了我的全名，然后说："你所做的一切只是为了满足你自己的原则，你保护的是自己的理性，而不是除你之外的任何人。你从未替其他人考虑过，从未真正关心过别人。你不该有这样的内心！这世界对你来说究竟是什么呢？"抽泣让她再也说不出话，她细小的泪珠带着令人炽痛的火焰般的热度，让顾长的茶几、宽广的相框和庞大的房间对我来说形同虚设。

可我仍然没有安慰她，因为她的话把我从现实中抽离，转而沉浸于孤独深沉的凝思之中。我"不该有这样的内心"？我一直做着应该做的事情，可发出指令的这颗心本就是不应该存在的。——这是我的原罪，却不是我的过失。"这世界对我来说究竟是什么呢？"我眼前的世界早已重重分裂，成为一系列错综复杂任意交织的范式。对我来说，客观的世界是一堆或大或小或快或慢的齿轮，因为太过协调而以整体的形式显现。是的，我的确自私，因为无论如何，人都只能活在自己的主观世界，而不是活在世界自体。其他人为何日复一日地做着我不喜欢的事情？——因为他们愿意如此！因为这些让他们满足和快乐！我们都为了个人的理智或本能！我们做的一切，都是因为"我要"这么做！一切都是我们自己的意愿！这世上没有无私，只有高尚的自私和卑劣的自私！天啊，这扭曲的真理！越用理智接近真理就越痛苦，那么智慧是不恰当的吗？愚昧才是应该保有的吗？经验是害人的毒药吗？这可悲的世界，这可恼的现实，这可耻的人性！

我在地上迅捷地踱步良久，才发觉自己离开了沙发。海狸掩面哭泣着，像是个本色出演的演员。我仍然没有安慰她。因为现实在我眼前已经成为一部电影，而我则是一个被选中成为观众的人。我的生活和电影唯一的区别是前者的时间更长。

海狸可能说了什么，也可能什么也没说，这时的我无暇感知她。我陷入理性和本能的双重惶恐——按照我先前的论证推导下去，这世上一切的一切有什么区别呢？还有什么事情是不能做的呢？还有什么事物是必需或必要的呢？我还有什么理由用行为苦苦捍卫和奉行自己的理智呢？我要向这个世界展示那个冰冷麻木的自己吗？

一阵生理的感觉打破了我的思索，我的神经疼痛发作了。我的神经像是一堆错乱的琴弦，被粗暴地挑拨着，那是语言和逻辑所无法表达的感觉，我的理智和情感被清扫一空，剩下的唯一念头是希望痛苦停止。

疼痛在我的不同部位跳跃，时而一气呵成，时而短促频繁，每一次都引发我的相应部位的抽搐。我像泥鳅一样搅动在地面，生命的每分每秒都成为欲罢不能的负担。我因疼痛而无法行动，所以这是我最渴望死亡又最没有能力终结自己的时刻。

我眼前的世界没有轴心地转动着，在这样的转动中海狸径直而迅速地向我奔来，事后我才察觉她的眼泪溅落在地板和我的衣服上。

在那一瞬，我比那个月夜更爱她。一瞬而已。

6

通常来说，"醒"是相对于睡眠的概念，但这一次，我却是从痛苦中醒来。当我醒来以后，焕然一新的感官察觉到自己身在病房。当然，这是我现在唯一应该去的地方。

我的身边围了很多人，他们并不能让我的病情好转，只是在展现自己的热情。我环顾四周，没有看见海狸，然后发现背脊和肩头有一道柔软的触感——她一直在后面轻托着我。

她想要起身给我倒水，但我轻轻把住了她的小臂，勉强提起沉重的呼吸，沙哑地说："我很抱歉让你痛苦，海狸。"我经常说"抱歉"，但从未说过"对不起"。

她苍白的脸上流出一丝轻笑，说："别想这些了。"然后抚了抚我的胸口。

随着我的睁眼和行动，病房里顿时喧闹起来。

"这是怎么啦？""好点了没有？""你这个毛病不轻啊，怎么不早看看？""昨天怎么不及时给我打电话？""是不是工作太累了？""你俩是不是吵架了？"

我和同事们并不熟悉，他们关心我只是因为海狸。他们争先恐后地问着我雷同的问题，不是为了得到答案，而是为了证明对我的关心。

海狸稍稍放大声音，说："小声一些，他需要休息。"他们照做了。张组长托着我的手臂说："没事的，我们都在这儿，什么时候你好了，什么时候我们走。"他的话令我厌烦，我知道这样的情绪是不应该的。

"你折腾了一夜又睡了一天，快吃点我打包的回锅肉吧。""他现在吃油腻多不好？吃点我带来的素面吧。""你看他现在哪有力气使筷子和咀嚼？还是吃点我买的豆腐脑吧。""我从家里沏了点茶，你渴了就喝哈。"……

他们给我准备了不同的食物和饮品，其中的一些并不利于疾病的恢复。我不想辜负任何人的心意，也不想偏袒任何人，于是每一种食物都吃了四口，每一种饮品都喝了两大口。海狸好像透视了我的思想，对着我悄悄地苦笑。

对我的关怀是暂时的，他们很快把这次探访转变成聚会。病房里传来令人不快的笑话和逆耳的笑声。笑得最欢快的是王主管。

我想先发起一些话题，然后委婉地劝他们平静下来，可是我的声音总是被淹没，我故意假装发病和咳嗽，竟然也没引起丝毫的关注。终于，当海狸从我身边走过时，我拍了她一下，想让她领会我想谈话的意图，但她只是微笑着看了我一眼就匆匆走远。

当喧闹的气氛稍微缓和的时候，海狸突然朝着我说："蛇先生，你想对所有人说点什么吗？"不知为何，众人向我投来的目光里带着期许。

我终于有机会表露自己潜藏几个小时的意图了，但我不是一个擅长向他人提要求的人。我紧张地酝酿了一会儿，舒了几口气，终于把我的诉求挤出了声带："请大家离开，我希望独处。"

我的语言凝固了空气。我在他们的神情里看到了意外而生的诧异、被辜负的沮丧和受辱般的羞恼。我似乎说了不恰当的话，但我无论如何也想不出有何不恰当之处。——我说了"请"字，还用了"大家"这样较亲切的词汇。

海狸说："所有人包括我都走吗?"我沉吟着："嗯……"海狸把迟疑的"嗯"理解为肯定的"嗯"，然后带头走出了病房。王主管很快凑到了离她最近的位置。

"他这个人就是太单纯，你也别跟他计较……"王主管的声音在走廊响起。

7

我打算写一封遗书，当我拿起笔时，猛然发觉自己在一年前还没有自杀念头的时候就写完了它。因为死亡是迟早的事情，我害怕自己在濒死之际无法清醒地表达自己的遗愿，我应该有所准备，我必须做应该做的事情。为什么别人没有如此呢?

我翻开了自己的遗书，卷面整洁，字迹工整。我稍微修改了一些不恰当的用词和错别字，然后摆到了房间最显眼的位置。

我站在阳台上，身体的三分之一探出窗外，视角从竖直的一百八十度变成了二百七十度。我微微低头，沉甸甸的地面好像要向我压来。苍茫的大地好像是冥冥之中的通道，我不愿意称它为指引。

死亡并不是痛苦的，它是对一切痛苦和快乐的埋葬，而人生则是苦多乐少。似乎死亡才是应该做的事情。我也希望这观点是错的，但如何驳倒它呢?

只要我跨出窗户，就可以通往那纯粹的虚无。我选择死亡，而不是被死亡选择。——不然，当它自然来临的时候，我该有多么痛苦、怯懦、恐惧和不舍呢?我从未选择生命本身，从未选择这世上的一切。生命?不过是物质运动中荒谬的意外。对生命的珍视?不过是生命自身的一家之言。我坚信我有足够的理由去死。

可那大地仍然高高悬在我的头顶，窗台仍然托着我的躯体，墙壁仍然勾着我的脚尖。我僵持在生存与死亡之间，没有任何指引和召唤。

是的，我希望跳下去。我为什么不跳呢？我感受不到任何精神和现实中的阻遏——可是，也没有任何催动我跳下的动力。我在没有阻力和没有动力的状态下僵持，唯一能影响我的似乎只是流逝的时间本身。

我空虚迷茫地站在这里，生机勃勃地等待死亡。是了，我只能等待，却没有争取的热诚。我探寻死亡的价值，但如果我不再生存，又该如何探求呢？我希望这世上一切锋利的、沉重的、有毒的、坚硬的物质在一瞬间飞向我，带我走向那最终的目的。

这几个月以来，我想过一百三十八次自杀。现在是第一百三十九次。我早已料到我又会半途而废，因为我对死亡就像对生活一样冷漠。

手机铃声响了起来，是海狸。

"我们分手吧。"只有这句话吸引了我的注意。

"好的。"我挂断了电话。

我的心中一片释然，我终于摆脱了一项艰难的表演。我也许会晚一些死，也许不会死，这两者都不算什么。

作者简介

焦润甲，男，90后，笔名而上。绥芬河市作家协会会员、萧红文学院第十九届中青年作家班学员。现就读于应用心理专业。在《北方文学》和《远东文学》上发表过小说。长篇小说《惩恶成恶》在起点中文网连载。

与你有关

樊飞飞

1

可能是最近的天气阴得厉害，浓重的云朵压在心里，像是要滴下雨来。

赵婉一只手把着别墅后门的盘旋楼梯的扶手，一只手提着裙子走下来，白色的裙摆虽然只到脚踝，但弓着腰行走间却总是拂过白嫩的脚跟，细细的高跟鞋走得轻而谨慎，黑色镶金边的小包挎在胳膊上，时不时地还要往胳膊上拉一拉，远远看去像是一只蹑手蹑脚的小猫正在和谁玩捉迷藏。而此时别墅正门已经有一辆车停了进来，且有喧闹笑声传进赵婉耳朵——是一位三十多岁女人的声音，其中还夹杂着别墅男主人李署的声音。

赵婉两脚终于落地，抬头看了看隐藏在蔷薇花丛里的后院门，又左右看了看，确定没有人后，一溜小跑过去，轻轻拉开一点缝隙，娇小轻盈的身躯就钻出去了。她赶紧躲到院内看不见的地方，蹲下身子深深地呼了一口气，水嫩的脸颊被她的气撑得鼓鼓的，大眼睛快速地眨巴两下，长长的头发搭在肩上，暂时掩盖了她的紧张和害怕。

这是一个别墅区，在城市的东南边，平时来这儿的人并不多，只偶尔经过一些车辆。赵婉将黑色外套脱下来搭在胳膊上，一路欣赏着山里的风景向山下走去。杨柳依依，鸟鸣婉转，这里的建筑也多是复古，没有市井喧嚣，没有争吵打闹，更没有鱼肉腥臭，没有肮脏泥泞，赵婉是很喜欢这里，不过这里怎么会有她的一席之地呢？想到这里，她便摇了摇头，继续向前走了。忽然，一辆黑色轿车呼啸而过，一阵风掀起了她的长头发。赵婉下意识地眯起眼睛，正待回头看看是谁时，车子停了，下来一男子，笑着朝她招手，喊她的名字。听到熟悉的声音，赵婉愣怔在原地，恍如隔世的面孔，印在心里的声音，梦回百转想念的他，就这样向她走来。每一步都踏在赵婉的心里，一步重过一步，曾经他们之间的一言一语，一幕一幕在赵婉的眼睛里闪过，有高兴，有悲伤，有期待，有哀伤。她多希望他走得慢一点，哪怕永远也走不到她身边，她就这么看着也好，看他还是那么喜爱自己的神情，或许此刻在他心里，她还是曾经的她，不曾改变过，他告诉过她让她坚持本心的。可是……不行，时过境迁，赵婉眼里盈了水气，绝不能让他看到如此丑陋的自己，赵婉转过身，快速挪动脚步，可是他已经来到身边了。

"婉婉，你怎么不理我啊？我是品崝啊，你不认识我了？"品崝拉住赵婉的胳膊，虽然是夏季，可是赵婉的胳膊却冰冰凉。

"哎呀！"赵婉吃痛发出声音，差点没站稳。品崝意识到自己由于着急力气大了，赶紧双手扶住赵婉，就像曾经很多次在她身边一样，待她很好。

"对不住啊，太着急了。"品崝尴尬地笑了。品崝低头的瞬间看到赵婉脚上的高跟鞋，微微皱了皱眉，不过他没有提及，陪着赵婉站在原地。

"啊，没事，刚才没看出来是你，我以为……"赵婉说话的声音清脆好听。品崝有一瞬间的失神，面前的赵婉不像原来那样唯唯诺诺了。不过赵婉藏在衣服里的双手悄悄地掰了掰手指头，是品崝看不见的。

"以为是坏人对吗？"品崝朝赵婉的鼻子上刮了一下，"走吧，一起出去坐坐吧，在这里遇到你，多巧啊！"

"我，我还要去……"赵婉想找个什么理由拒绝，可是还不等想到借口，纸片般轻的她已经被品崝搂着肩膀带上车了。高高大大的品崝还是像以前一样爱护着她，在他身边总能一瞬间感到安心。

"咱们去'午后咖啡'吧，跟我说说这些年你怎么样，哈哈哈！"品崝不等赵婉拒绝，已驾驶车子朝"午后咖啡"飞驰而去了。赵婉坐在后排看着品崝的背影，她总是这样藏在品崝看不见的地方偷偷地看他，原来是，现在也是，如果可以，她多想一直藏在他的影子里，哪怕不被他知道，只要随时都可以看见他就够了。

不多时，车子进入枫香路，转了个弯，就到了"午后咖啡"，品崝轻车熟路地把车停到了地下停车场，两人就一起来到了室内。此时正是午后，室内的音乐慵懒又随意，丝丝缕缕地钻进客人的耳朵，暖黄色和浅咖色搭配的装修令人感到温暖。赵婉很少来这样的地方，她经常活动的地方一个是别墅区附近，还有一个是离别墅区不远处的思塘，她的工作地点和生活在那里，虽然富丽堂皇，却沉闷得有一种荒凉之感，不像这里热闹又充满生气。

"美丽与哀愁吧，这个名字适合她。"正出着神，品崝已经点好了两人的咖啡。

"你怎么还是和以前一样，总是出神发呆呢？"品崝坐椅子里笑看着赵婉。其实他不知道，赵婉即便发呆的时候，脑袋里的画面都是他。

"啊，我，没什么，呵呵。"赵婉应承了一句。不过她不会说谎，一说谎脸就会红。

"这是我工作的附近，我也没有太多时间去别的地方。"品崝顿了顿，又说，"对了，这些年你怎么样？在哪里工作？"赵婉睁着大眼睛期待地看着品崝，她在等品崝后面那句"开不开心？"就像原来品崝经常询问那样，可是等了半天就只有品崝探寻的目光。

赵婉弯了弯红润的嘴角，撇过头看看外面行色匆匆的路人，调整好语气，大方地回答说："还好，在一家网文机构写网文。混口饭吃！"

"不错啊，成了大作家了。实现你的梦想啦！"品崝是真的为赵婉高兴，曾经的赵婉很脆弱也很敏感，笑起来很明媚，哭起来却也很彻底，两只大眼睛里总是水汪汪的，虽然有他常常宽慰保护，却也希望赵婉能自己坚强起来，他也不能确定自己能不能一直陪伴在赵婉身边，他总是担心小绵羊似的赵婉长大后能不能好好生活。

"嗨，小时候啊，那时候多好啊！"赵婉回忆起曾经跟着小伙伴们一起去山上玩，大家都累了，一个个地回家了，只有品崝还在原地等她，直到赵婉玩够了，天都快黑了，品崝才陪着赵婉一路并肩回家去。如果那时候的夕阳不那么唯美，是不是赵婉就不会时常想起他？

"那时候别人都走了，只有你在等我！"赵婉看似很不在意地，呵呵说着小时候的事儿。

"不等你怎么办？那是在山上，你又不熟悉那里，又不认路，又笨……"品崝一边摇头一边数落赵婉。"不过看起来你现在很好了，不用我操心啦！"赵婉听着品崝的话，默默地低头看了看面前的美丽与哀愁。是吗？是不用他操心了，可是自从没有他以后，她把自己照顾得一塌糊涂，没有他以后，赵婉不知道为什么，就好像丢掉了什么，也在努力工作，也在尝试安放自己的心，可是好像她总是走错做错。可是又倔强地不想让他知道。

"不说小时候了，说说你吧？怎么样？开心吗？"

"我啊，好着呢，成年人的世界，什么开心不开心的，好好工作好好生活就是了，就是工作有些忙，总是国内国外跑，累啊！"品崝永远都是那么努力，是真的努力，也永远那么积极阳光，永远散发着光芒。

"嗯，很好啊！大家都会累，实在太累就中途休息一下。"赵婉忽然发现，她似乎和品崝之间已经隔了一条鸿沟，她都没有勇气问一问他的工作具体是什么，她怕他说了，自己也只能回答一句，哦，挺好的。赵婉小指上的玉色戒指碰在咖啡杯上发出清脆的声音，就像小时候水晶八音盒干净的声音。

"对了，你这个时间不在电脑前码字，去别墅区那边干什么呢？"品崝疑惑地问。

"我去那边，嗯，了解一个人的故事，好回去借鉴，哈哈。"赵婉假装无所谓地解释，但是她的脸红了。她喝了一小口咖啡，希望咖啡杯子能遮挡一下她的窘迫，顺便遮挡一下快要浸湿的心。

"不错啊，以后有空给我写个传记。记录我这咸鱼般平凡的一生。"品崝笑着说。

"你看看你，这么多年了，还是这么瘦，你得多吃点饭。你看看我，都多肥了。"说着品崝揪了揪自己有点粗糙的脸颊。虽然品崝这样说，但在赵婉的眼里，他还是一样的高，一样的阳光，一样的爱看着自己。只是赵婉现在不能像以前那样坦然地看着他的眼睛了。几年，不算长不算短，可两人已是云泥之别了。

"不胖不胖，这正好哈哈！"赵婉似乎见到品崝就会变得比较傻乎乎，什么都顾不得想，眼里心里就只有他。

"还像个小孩儿似的，二十五了，怎么样，有男朋友了吗？"品崝故作神秘地试探着问。

"男朋友？早着呢，不着急，你呢？有女朋友了吗？"说这话时赵婉的两只大眼睛紧紧地盯着品崝，倒让品崝一阵紧张，面对自己喜欢的人就会不自觉地紧张起来。赵婉希望他答没有，但是即便是没有，又能怎么样呢？但是他若答有，那她的心该往哪里放呢？

"您好，李先生，这边走！"赵婉顺着声音看过去，如针刺一般惊醒过来，就看到李署正朝这边走来。李署，烟草生意人，三十五岁，也如品崝一般一八零的个子，英俊脸庞，只是一双浓眉下的眼睛里藏着品崝和赵婉这个年纪不具备的深邃和阴暗。他冷着一双眼睛朝赵婉走过来。赵婉半张着嘴唇，颤颤巍巍地站起身，不见了脸上的笑容。品崝见状，也忙起身回头，就这样看到李署，不过此时的李署已经换上一副绅士和蔼的样子。

"品靖，这是李署，就是我跟你说的去见的人，是一名成功的生意人，今天就是去听他的讲述的。"赵婉战战兢兢地向品靖介绍道。见李署的眼睛里装着祈求，且还是一如既往地笑着看她，赵婉这才又接着说："李总，这是我的同学品靖。"

"啊，你同学啊，很好，在哪里工作呢？"李署俨然一副长辈对晚辈的样子。品靖都一一作答了，三人又尬聊了几句，品靖说也该去工作了，三人就一起出门了。

"好，那我就带大作家一起回去了，还有好些事情没有跟她交代呢。有空常来找赵婉，她常说在公司里没有伙伴呢！"李署说完拿眼睛瞥了瞥赵婉，赵婉对着品靖很不舍地笑了笑，那一瞬间，品靖觉得赵婉和刚才与自己一起喝咖啡聊天的姑娘不一样了，好像一下子成熟了许多，自己有点不认识了。迟疑了一会儿，想了想可能是因为见到工作对象的原因吧！就礼貌地和二人告别了。赵婉目送品靖的车在自己面前离开了，她多想和那辆车一起飞驰而去，去哪里不重要，只要是有品靖的地方就好。

"怎么着，还舍不得？"李署转过身，拉住赵婉的手，凑近嘴边亲吻了一下，"我陪你演得不错吧！你，是不是也得报答我一下？"暧昧的神态下有着男人最希望得到的欲望。赵婉看着李署高挺的鼻梁和看进她心里的眼神，拒绝了他。

"我要回'时光记忆'。"赵婉冷冷地说。

"好，回'时光记忆'，呵呵……"两人上了车，李署发动了车子，车子渐渐地离开枫香路，拥挤的车辆渐渐退却，房屋的建筑也逐渐发生了变化，赵婉忍不住回头看着刚才和品靖走过的路，品靖就像是她的梦境一般，忽而近忽而远，就在刚刚，他就又这样不可阻止无法挽回地消失了，赵婉小声地落下泪来。

"我给你打电话都不接，原来就在这儿见旧情人呢？"李署一手开车，一手拉过赵婉擦眼泪的手。"别哭了，看着心疼。"李署不说还好，一说，赵婉呜呜呜苦得更加伤心，脸上的妆容都花了，看着就像是一尊融化掉的泥塑。这期间李署一直没有松开赵婉的手。

2

"赵婉，你回来啦！"酒吧女老板迎了出来。却见赵婉哭啼啼的自顾自地进去了，就把李署晾在了门外。

"这是怎么了？你们……"女老板是赵婉来到北京后遇到的第二个老板，四十六岁，没有结婚，自己经营着一家酒吧。

"没什么，女孩子，容易多愁善感，帮我多照顾她，我先回去了。"李署交代完，便开着车离开了。

赵婉回到后院自己的宿舍里，没有开灯，径直走到窗边坐下，眼望着枫香路的方向，那里的品崝应该在做什么呢？他与自己匆匆一见，是否还会记得自己？眼睛轻轻一动，一大颗泪珠就挂在脸上，再一动就掉落在小臂上。不一会儿，眼睛红了，泪水果真如断线一般打在手背上，湿了衣角，原本红润的嘴巴干瘪了，就像是被抽走了灵魂，手指扭动地缠绕着衣角。本来以为自己已经心如止水，可是微风经过，涟漪依旧。今天的相遇让赵婉明白，她不是已经忘记了品崝，只是她习惯把他放在心底好好藏着，一经遇见，她没有办法无视。只是，现在的她有什么资格再去得到品崝的哪怕一点点关怀呢？

一阵单调的铃声响起，是赵婉的母亲。赵婉抽过一张纸巾使劲而快速地擦了擦脸上横流的泪水，又狠狠地擤了擤鼻子，缓了几口气，才纠结地摁了接听键。

"喂，妈啊！"

"婉婉，你感冒啦？"

"有点热伤风，没事，吃吃药就好了！"赵婉面无表情地说着。

"在外面那么辛苦，不行就回家来吧！"赵婉的母亲一边劝说着一边唉声叹气起来。赵婉心里抽动了一下，家？怕是要比这宿舍还要冷吧？那也是她深深压在心底不想提及的地方，不愿想起，不想碰触。

"不辛苦，只是最近有点熬夜，休息几天就好了。"赵婉不喜欢看到母亲愁眉苦脸，更不喜欢听到母亲唉声叹气，她虽然知道母亲不易，可自己实在没有什么办法，母亲似乎与生俱来喜欢自怨自艾，怨天尤人。她想过把母亲带在身边，哪怕苦一点也可以，可是她能受得了苦日子，却受不了母亲的抱怨。那些话就像是一座大山，好像在时刻提醒着赵婉，母亲如今这样都是因为你，因为生了你，因为你不是男孩，因为照顾你，母亲累了一身病，因为等你长大，母亲没有放弃，好像只要没有了你，母亲便可以脱离苦海了。

赵婉曾仔细想过这个问题，结果好像真的是这样，所以她愧疚，更怯懦。她无法时时刻刻生活在愧疚里，所以她选择把母亲放在家中，至少家里还有弟弟和父亲，再不好他们三个人在一起也是一个家，自己则离开那里，打算多赚点钱，用这些来弥补内心的愧疚。

"嗯，唉，你爸头几天又……"说着母亲哽咽起来，"不说了，说说你弟弟吧，他要上高中了，补课又得花很多钱。"

"我给家里打点吧！"赵婉说，她知道虽然母亲会推辞，但是钱还是会打回去的。同时她也希望家里需要她的钱，这样，她内心的愧疚似乎就会减少一点儿，也让自己好过一点儿。又寒暄了几句，便挂了电话。一阵风吹进来，赵婉觉得眼睛干涩干涩的。天色已经暗淡下来了，赵婉撇了撇嘴，使劲儿地搓了搓自己的脸，就再没有眼泪掉下来。她嘲笑了自己一番，连眼泪都不陪她了。洗漱一番后，她穿上一件半袖睡裙，踩着拖鞋，带着烟出门了，七拐八拐地进了另一间较大的宿舍。那是她每天晚上和小姐妹们在一起玩笑说话的地方。刚推门进来，就听见玲玲在唱歌了，玲玲是"午后阳光酒吧"的歌手，弹得一手好吉他，歌声中带着慵懒的伤感，迷惑了很多人。她脾气不是很好，喜欢刁难人，但是和同为歌手的赵婉关系还不错。赵婉身体一软就坐在玲玲的旁边。旁边一位眼生的小姑娘顺便递过来一瓶啤酒给赵婉，赵婉有点差异，但礼貌地点了点头接过酒。

"婉婉，这是杨欣，刚来咱们这儿，听说你和玲玲唱歌好听，这不就过来了。"服务员飘飘解释道。看着杨欣的样子也就十九二十岁的样子，虽然她在努力融入这间屋子的氛围，可还是掩盖不住身上的一丝丝紧张，赵婉看到了自己刚刚来到北京时候的样子。

很快歌声停止了，"婉婉，今天来的晚啊，出去会情郎啦？"玲玲放下吉他笑着询问赵婉。赵婉牵动嘴角笑了笑，没有承认也没有否认。"怎么只有你一个人拿着酒啊，知道你酒量好，这不欣欣来了么，让她陪你喝点儿！"玲玲说着就走过去拿了一瓶酒递到杨欣面前，杨欣有点不知所措。正当她想硬着头皮接过来的时候，赵婉伸手把酒抢了过来。

"玲玲，哪天也没听你说让谁陪我喝点儿，怎么今天就让她陪我喝啊，你那么有心，要不你来陪我喝？"说着赵婉搂着玲玲的腰，把她拥着按在麻将桌边的椅子上。赵婉点燃了一支细细的香烟，杨欣看不懂那盒子上复杂的文字，但是看到一根一根彩色的香烟煞是精致好看。赵婉回头问杨欣会不会打麻将，杨欣摇摇头说不会，赵婉就对杨欣说，今天她们要打麻将不唱歌了，要听歌明天工作时候在听，就让她先回自己宿舍了。

服务员飘飘也坐了下来。她们几个都是外地来的姑娘，除了玲玲和赵婉，剩下几个都是这家酒吧的服务员。休息的时候，几个人就会一起喝喝酒打打麻将，聊聊那些可笑又可怜的故事。

"玲玲你这是干什么啊？杨欣还那么小，你让她喝什么酒？"赵婉夹着香烟一边码着麻将一边剜了玲玲一眼。

"这不是为她好吗？没准也能碰上一个李老板呢？"玲玲调侃说。赵婉闻言挑了挑眉毛，斜着眼睛不经意地看了玲玲一眼，淡淡地说："怎么？你羡慕啊，你羡慕要不要我帮你找一个？或者把李署给你也行！"

"别别别，跟你说着玩儿呢，那么认真干什么，来来来打麻将！"玲玲意识到自己说的话有点过分，赶紧收了口。这家酒吧自从李署来这里之后，生意比以前要好很多，这其中的缘由，大家不是不知道的。赵婉笑了笑没作声，继续码着手里的麻将牌。

她忘不了当初她和李署相遇的情景。那天她喝完酒不知怎么就鬼使神差地又跑去宿舍前面的酒吧唱歌，刚好李署也在，恰巧听她唱了一首《红豆》。那天李署因为生意上的事情也有点低落，听完歌正好看见赵婉摇摇晃晃地走过来坐在对面，不一会儿就睡着了，女孩在李署沉寂的心里投下了一颗石子，不重却很轻快。李署的沉闷一扫而光。

就这样，他经常来时光记忆，一来二去和这里的人就都熟悉了。李署自身有一种特有的成熟，长相帅气俊朗，看起来也就三十左右的样子。但凡赵婉有什么不悦或者难处，无论是工作还是金钱，无论是身体健康还是少女的心事，李署都能轻而易举地帮赵婉解决掉所有的问题，这对于一个当时只有二十二岁的女孩来说，很难抗拒。一来二去的，两个人就在一起了。李署说看见赵婉就像看见年轻时候的自己，这话大抵是不错的。不知不觉和李署在一起也有两年了。李署带赵婉一起去海边踩水，一起去游乐园坐过山车摩天轮，陪赵婉在黑夜里相依着看流星，一起在夕阳将落的时候驱车追太阳。可以说赵婉心底里并不讨厌李署，也或许有那么一些爱的，只是她知道他们是没有结果的，虽然李署给赵婉买了房子，布置成女孩子喜欢的模样，也说不用赵婉工作，可是赵婉都拒绝了。

麻将一圈一圈地打，酒一杯一杯地喝，不过只有赵婉一个人喝。已经半夜了，就连前面的酒吧里也已经声音渐弱了。赵婉有点晕了，这就是她要的感觉，每天只有这样才能安然入睡，因为她怕黑，从小就怕，特别怕。上学住宿那几年好过一些，可是毕业之后又越发地严重起来，每到黑夜就如同掉落地狱，各种不好的念头都会冒出来，就算是开着灯也是枉然，扰得赵婉心焦难挨，只有喝得醉醺醺的才能入睡。

"我说婉婉啊，你看看你这是何必，那李署既然那么喜欢你，你也不讨厌他，就搬过去吧，大城市里这样的事情多了，那些有钱的人哪个不是两个三个的，又何必在这里一天天辛苦着。"飘飘劝说着，"我就没那么好命，我要是那么好命，我马上就搬过去。"

"哎呦呦，这么迫不及待把自己嫁出去啊，真是不害臊啊！""哈哈哈"，几个女孩儿笑嘻嘻地在一块儿打打闹闹，说说笑笑。

"好了，你们打吧，我要去睡觉了，趁着困劲儿。"赵婉说完踢踏着鞋，还打了一个嗝儿，叼着烟走回自己的房间去了。

3

刷了刷牙，一歪躺在床上望着天花板，她今天喝得最多，也成功地醉了，可今晚却还是睡不着，因为脑海里有挥之不去的品崤。赵婉披散着头发，一骨碌爬起来。打开自己小书桌的抽屉，从里面拿出一封封信，那是那些年她和品崤之间的通信，多少有点稚嫩，可是赵婉确视若珍宝。辗转许久，她都不舍得扔，一直将其中的三封带在身上，跟着她漂泊于各个地方，很多时候，这些信就是她的支撑。赵婉特别好满足，她的要求一点都不多，只要关心她理解她就行，而品崤就是她生命里第一个对她嘘寒问暖、关怀备至的人。

三封信，一封牛皮纸的棕色的，两封是白色的，它们都已经陈旧，可每次拿起它们，赵婉都会像刚收到信那样欣喜，不过今天有一点复杂。赵婉打开一封信，倒出来一张信，还有信封撕开的边条，她把那边条又重新放回信封，打开信细细地读起来。

信里品崤说这是他写得用时最长的一封信，说他趴在宿舍床上写完作业开始写的，写到一半睡着了，第二天一睁眼睛又接着写的，赵

258

婉笑了。还写去买信封，然后偷偷寄信，怕被学校老师看见。还写让赵婉坚持本心，不要学坏了，尤其不要喝酒。还说赵婉每次给他的信都很短，他都不知道她生活得好不好。赵婉撇了撇嘴，像个委屈的孩子，如今她不仅仅喝酒，还喝多了，还抽起烟了。品崝不知道的是赵婉之所以写不多，是因为她每次写信都是写了改，改了写，好多话就这样七改八改地删掉了。赵婉不敢多言，更不敢任意而言，她怕自己哪句话不对会失去品崝。品崝更不知道的是，那几年没有他的信，赵婉是如何地难熬。两个人那时候仅仅止于友情，赵婉胆小，她贪恋品崝的关心，她怕自己提出，会失去品崝，而品崝呢？赵婉不知道，或许他可能真的只是把自己当作朋友吧。

赵婉接着读了第二封第三封，当她从回忆中醒来时已经凌晨两点多了，她也有些醒酒了。看着桌上的三封信，她忽然觉得自己很可笑，如今已经二十五岁了，距离初识品崝已经十二年了，如果可以的话早就可以了，昨天匆匆一见，不也是半个电话短信都没有吗，还不能说明问题吗？赵婉扯了扯嘴角嘲笑了自己，还留着这些信做什么呢？此刻的赵婉觉得自己长大了，可以扔下过往了，拿着三封信来到窗边，又朝枫香路的方向看了看，或许在他的世界自己只是过客而已。赵婉打开窗户，她把那封牛皮纸颜色的信封捏在手里伸向窗外，闭上眼睛毫不犹豫地松开了手，可是松手的一瞬间她又后悔了，睁大眼睛看着信轻轻地向下飘落，就好像生命在流逝，伸手已经来不及了，急得她哇的一声大叫起来。

她住在九楼，顾不及穿鞋，怎么那么糊涂，那信是她的命，是陪她度过低谷，给予她力量，熬过恐惧的支撑，怎么能扔掉呢？她就像一只蝴蝶，翩然地飞过花丛，飞过树梢，飞过流逝的时光，不能丢不能丢，一定不要丢，赵婉大口大口地喘着粗气，那是我和你唯一的一点联系了，不能丢，赵婉一路哭着，发梢在背上跳动出弧线。她像是又变成了原来那个紧紧地跟在品崝身后不舍得离开的小女孩儿。她跑出楼门的时候，一阵清冷的气息钻进她的睡裙里，看到那封信就躺在草丛里，她跌坐在地上。她笑了，笑得天真可爱，顾不得那么多，起身就跑过去捡，可下一秒，李署大步走了过去，皱着眉头捡起那封信。

"还给我！"赵婉上前去抢，可李署把手扬起来，任赵婉如何够也够不着，李署见赵婉一副着急的模样，气得要发疯，但依然没有对赵婉大吼，压着声音道："这是谁写的信？"

"啊！你管不着，还给我！"赵婉大叫起来，李署一转身将信背在身后看着面前着急流泪的赵婉。现在的赵婉形容枯槁，没有妆容，甚至连血色都快没了，瘦得像一片羽毛。李署看着有点心疼。他转过身，快速地浏览了一下手里的信，又想到昨天在午后咖啡看见的那个人，李署明白了。不过只是一个年轻大男孩儿而已，应该还不至于令他这样生气，他回过头把赵婉拥在怀里，用自己的外套裹住赵婉，抚摸着她的头发："好了，还给你，别这么小孩子气，出来也不穿上鞋。"说着，李署抱着赵婉回到他的车里。

赵婉手里捏着信，沙哑着嗓子问："你，怎么会在这里？"李署无所谓地说："昨晚我就在你们酒吧里，本来想去找你，可是听说你已经喝得大醉了，以为你睡了就没去打扰，谁知道大清早你就这样大叫，我以为你出了什么事。"

"李署，我们……"赵婉哽咽着想说出分手的话。这时已经到了李署的另一个住所，相当于是赵婉的住处，但是赵婉自己的时候是不来的。

"先去洗漱一下，有什么话一会儿再说，我去给你热一点牛奶喝。"李署说完就把赵婉推进了卫生间。赵婉也觉得眼睛睁不开，这会儿也冷静下来了，就安安心心地去洗漱了。这是一处不大的房子，李署却把它布置得十分温馨，处处都是小女孩儿喜欢的细节，格子餐桌，编织的挂毯，赵婉最喜欢的是阳台的小空地，那里放着一个不大的小书架，常年放着赵婉爱看的书，他们两个偶尔过来的时候，赵婉就会在阳台上一边晒太阳一边读读书。

赵婉走出来的时候，李署已经站在餐桌边上倒牛奶了，赵婉又恢复了嫩白的脸庞，红润的嘴唇，李署的目光在赵婉身上转了一圈儿，摆手道："过来吃一点儿吧！"

赵婉挪动着双脚，正想坐在凳子上，李署却一把将她拽进自己怀里，赵婉努力想要站起来，李署按住她，慢悠悠地说："刚才你母亲打电话来说找不到你，很担心你，我告诉你母亲你没事，可能是和同事姐妹们在一块儿没听见，一会儿回去给你母亲回个电话吧！"

"谢谢，我们……"赵婉想抢过话来。

"对了，我看这也到月末了，就打了一些钱到那张卡里，我对你母亲说这是你的工资，我这个老板当得还不错吧？"说着，李署轻轻地亲了亲赵婉的额头，哄小孩儿似的。赵婉睁着大眼睛看李署，却被李署紧紧抱着，根本起不了身，李署笑了笑："你忘了咱们在一起的好日子了吗？怎么，一个许久把你抛在脑后的旧情人，仅仅见一面，就能把你的心撩动成这样吗？"李署将赵婉的头按在自己的胸口问："是我不及他对你好吗？那封信里所写的内容，我都能做到，能比他做得更好。"

"这不一样……"赵婉从牙缝里挤出几个字，她想逃离李署，逃离思塘，逃离时光记忆酒吧，逃离这冷冰冰沉闷的日子；她想像品崝一样在阳光下生活，如果来得及的话，还可以跟得上品崝的。可是李署已经抱着她走进卧室去了，就像很多个夜晚那样，李署再没有给她说话的机会。两人再出门的时候，天已经亮了，阳光透过云朵在树梢上晃动，李署搂着赵婉走出大门，赵婉还和昨天一样，那封信还紧紧地握在手中。李署送赵婉来到酒吧门口，刚打算开车离去，就从后视镜看见一个高个子男孩儿下了车。李署也下了车。

"赵婉！"熟悉的声音再次传入耳中，赵婉慌张地回头，品崝不解地朝赵婉走过来。李署则是倚在车边上不作声，他就是想看看赵婉会怎么解释，怎么出丑，怎么被厌弃。他笃定那男孩知道了赵婉和自己的关系后一定会离开的。他想让赵婉死心，这样赵婉就会彻彻底底是他一个人的了。

"你怎么会出现在酒吧？你不是在写网文吗？为什么一大早，你会从那个人的门里和他一起出来。"品崝已经猜到了一切，可是他还是不相信，他心中花朵一样美好的回忆，如何变成这样？

"我，我……"赵婉急得不知道该说什么，低着头不敢看品崝。她觉得自己就像是泥塘里的鱼，怎么逃也逃不出这个怪圈。压得她呼吸困难，无论是母亲还是品崝还是李署都让她紧张极了，她慌慌张张地后退："我，我，我……"她觉得自己现在一定是丑陋极了，品崝是在鄙夷她，是的，是在鄙夷她，她需要躲起来，可是空阔的场地，她能躲到哪里去呢？

"你在信里不是挺关心她的吗？如今就这样逼迫她吗？"李署从身后走过来，扶住赵婉，赵婉像失了神的木偶一样，抬头间看到品崝，瞬间回过神来，就要去拉品崝。李署也气急了，伸手就拽住了赵婉的头发。品崝见状一惊，不待李署反应，打掉了他的手，将赵婉拽过来，护在自己身后，对李署吼道："离她远一点！"而后拉着赵婉准备离开。

"婉婉，你以为你这情郎还会喜欢你吗？呵呵，好好想想吧！"李署在后面喊道，"我还在这里等你。"说完李署也不追，径自开车离去了。品崝拉着赵婉上了车。赵婉掩面哭起来，将头埋在膝盖上，肩膀抖动地哭泣。

"别哭了，都过去了！"品崝随口安慰道。

"我是不是特别没用？"赵婉觉得自己恶心极了，她是那么渺小，那么没用，那么肮脏。她甚至连看品崝的勇气都没有了。品崝没有说话，继续开着车。

"我是不是特别，特别的低贱？"赵婉沙哑得几乎说不出话，品崝依旧没有说话。

"是我的错，是我胆小懦弱，是我不知廉耻，是我……"赵婉把一个一个标签往自己的身上贴。

"好了，别说了！"品崝打断了赵婉的话，"婉婉，不是你的错，是我的错。"

赵婉握了握手里的信，眼泪不可控制地流了满脸。

"婉婉，大城市不适合你，回家吧！"品崝劝道。

"回家？"

赵婉听清楚了，品崝只是劝她回家，赵婉也同意了。李署去过时光记忆酒吧好多次，可是都没有见到赵婉的影子，他也打过电话给她，赵婉都没有接，甚至直接挂断了。李署不敢再打了，他怕赵婉会换电话号码。

4

一年后，赵婉打电话给品崝，告诉他自己要结婚了，品崝沉默了一会儿，说自己正在忙，没有时间回来参加她的婚礼，然后就匆匆挂了电话。赵婉找了当地的一个丈夫，丈夫没什么大本事，经营着一家小超市，生活倒也过得去。两人举案齐眉相敬如宾，不过丈夫觉得赵婉不爱笑。赵婉的母亲仍旧是经常哀怨，这回离得近了，不用打电话诉苦了，经常来到赵婉家和赵婉抱怨，回到小镇里，连收入也都没有了，她又能怎么办呢？内心的愧疚一天多过一天。赵婉只是听着，什么都没说。

三年后的一个冬天，外面飘着大片的雪花，赵婉的手机忽然来了一条短信，是品崝发来的。

"婉婉，家里下雪了吗？"

"下雪了，很大呢！"

"嗯，好好生活，别老是不开心，有什么难处就告诉我。"

"嗯……"赵婉的眼睛里出现了和冰晶一样清透的神色。

"多看看别的东西，生活不仅仅只有感情，还有很多别的。"

赵婉轻轻地笑了，坐在远处的丈夫看到了，还以为赵婉看到什么有趣的新闻了呢。

"你笑起来挺好看的。"男人说完就继续看他的电视剧了。

"嗯，我知道，除了感情还有物质，我好好生活就是了。你也照顾好自己。"赵婉把手里正翻看的一本书随手放在了面前的啤酒箱子上。

"嘿嘿，你还是这么关心我，对了，明天你出来一下好吗？这几天我也回来了。"品崝又继续发短信："你马上就有嫂子啦，她看到之前你给我写的那些信很不开心，我想也是该还给你的时候了。"赵婉眼前花了一下，快速地按下了手机按键，回道："呵呵，这么久还在啊？不用还给我了，扔了就行了。你给我写的，我早就扔了，都是小时候的事情了，还留着它干什么呢？"说完品崝没有再回话了。

"一包纸巾。"一个高个子的西装革履的男人出现在小超市柜台前，赵婉心里一惊，透过模糊的玻璃悄悄抬头看了看，只看到一个男人围着深灰色的围巾正焦急地等待着。赵婉低头没说话，拿出一包纸巾放在柜台上。男子放下一元钱就匆匆走了。

半个月后，品崝结婚了，那天刮了风，天气不是很好，品崝去接新娘子的时候，一个什么东西飞过来，刚好落在品崝脚边的雪地里，品崝看了看，像是一张烧了一半的牛皮纸，品崝没多想，抬脚走了。

次日，小镇里就传开了，说超市老板娘失足从镇子外的山上掉到结冰的河面上了，血淋淋的，连一个字也没来得及留下。品崝听妻子说的时候，心里咯噔一下。他穿上鞋开始往赵婉家跑，越近前越真切，曾经那么爱笑的姑娘，那么坚强的姑娘……

赵婉的家是靠在镇边的一户独院，赵婉还没有入棺，被放在正对房门的灵板上，冷冰冰的。赵婉的家人们都在，有的在外屋哭，有的在里屋一边啜泣一边整理赵婉的遗物，赵婉的丈夫守在赵婉身边默默地不说话。品崝说自己是赵婉的同学，来送她最后一程，进到里屋，很多人，有的在准备一些丧葬用的东西，有的在整理赵婉的遗物。赵婉的遗物没有什么，衣服一年四季一共也没多少，其他的首饰化妆品更是少得可怜，唯一还算多的就是她的书，还有一些就是她的日记和一些写的文字。他知道赵婉的喜好，她的书本都很精致好看，品崝拿起那本没人理会的日记本，离开人群，看到最后一篇，正是昨天写的：爱玲说，爱一个人到尘埃里，然后开出花来。我爱你的花开在心里，只要想到就很甜蜜，这不关你的事，是我的事。我不想安慰自己，或许你不是最好的。也不想欺骗自己，得不到的就是最好的。我愿意就这样在心里留下一个阳光的地带捧着你，可是那天我忽然醒悟，其实于我而言，你的好与不好，坏与不坏，都将和我，没有半点儿关系……

　　品崝没忍住，他躲在角落里看着冷冰冰的赵婉，悄悄地哭了起来。他在心里嗔怪赵婉，嗔怪她不懂得他的心。如果那天赵婉能出来的话，他一定好好告诉赵婉，他是如何宝贝那些信的，他是如何想念她的，他是如何在外努力的，或许一切都说得明白，或许都来得及。但是他也怪自己，明知道赵婉不善表达又敏感，为什么自己不在电话里就说清楚呢？他责怪赵婉胆小，可自己何尝不是？

　　赵婉的事惊动了小镇上的居民，各种猜测铺天盖地，也惹得赵婉家的门口人群不断，小镇上就是这样，即便一件不大的事，也会传得像天要塌了一样。一个西装革履的男人也跟着人群来到赵婉面前。看着苍白的赵婉，男人的心剧烈地抽搐着，他很想过去抱抱赵婉，暖暖她的心，就像那几年他经常抱着赵婉一样。可最终都只剩下一抹沉重的哀伤。

5

　　一年后的同一天，品崝背着背包，里面放着一瓶酒和一本日记本还有一沓信，来到赵婉的墓前，却发现有一束白色的百合花摆在那儿。品崝想，或许是赵婉的亲人们来过吧。

品崝半蹲下来，把酒打开，一半洒在墓前，自己也喝了一口："婉婉，我知道你不爱喝咖啡也不爱喝茶，你觉得它们太苦，你爱喝酒，微醺的酒，可是你却没有这样放松惬意的机会。你瞧，今天我带来了桃花醉，度数不高，还有些甜，你会喜欢的。"

品崝在旁边坐下来，"我知道你胆小，我知道你多愁善感，我也知道你敏感又多疑，所以我不敢莽撞，可是你懂过我吗？后来你⋯⋯"品崝扭头看着墓碑上的名字，吸了吸鼻子，"直到你不再出来见我的时候，我才放下你，因为我以为你已经彻底不需要我了。"品崝喝了一口酒，"我也以为我可以放下你，但是，我做不到。"品崝擦了擦眼睛，"我知道你想去很多地方，今后我带你去。"

品崝起身，打开一个小瓶子，是那年赵婉送给他的一个装着小星星的透明瓶子，品崝将墓碑边上的一些土装进瓶子里。品崝站在墓碑前，温柔地摸了摸墓碑上的名字，将上面的积雪用手轻轻拂去。

品崝迈开步子向山下走去。他边走边说："我们先去大熊猫的故乡吧，我记得你说过想去的，别了，还是先回北京一趟吧，我还有一些⋯⋯"

"婉婉，今后我的一切，都和你有关。"

作者简介

樊飞飞，女，笔名挽风，90后。绥芬河市作家协会会员、萧红文学院第十九届中青年作家班学员。发表过短篇小说《最近处是远方》。另有小说《你丢了谁》在17K小说网连载。

狼　牙

郭永宏

1

一辆海参崴通往乌苏里的大巴车上，法伊娜抱着小五的一只胳膊，紧紧地坐在一起，窗外的景物似电影画面一闪而过。法伊娜要带着小五去见她的父母，原来他们两人那次在中国一别后，法伊娜就回到了俄罗斯，他往返于格城和乌苏里之间，倒卖一些中国的衣物。她也曾想着再次去中国找小五，可是她有一种直觉，小五会来找自己的，就这样，她一直期盼着。不过就在小五出国来找她的时候，她又去了一次中国绥芬河，因为他们搬家了，她怕小五找到俄罗斯，找不到自己。她在绥芬河的那两天，走遍了绥芬河的每一个商场，每一条街道，打听了好多人，都不知道小五去哪儿了，她以为这辈子再也见不到小五了。后来她回到俄罗斯，一次偶然的机会她碰见了王二，发现王二在海参崴做生意，于是她又赶到了海参崴想治治这个坏蛋，没想到碰到了小五。而小五在与王二这个亡命徒斗争的过程中所表现出的机智、勇敢，在善恶面前的正直、善良，让她更加喜欢这个中国小伙子了，她有一种宁可失去生命也不能失去他的感觉。

"那你为什么要给我留北沟这个地名呢？很多人都不知道啊！"法伊娜笑了，原来她出生在那个地方，她从小听老人讲，原来这个地方中国名字叫"北沟"，她以为每一个中国人都知道这个地名，所以才给小五留下了北沟这个地名，现在那个地方的名字叫 лнинское（列宁斯科耶）。小五刮了一下法伊娜高高的鼻子说："你这个小坏蛋，写这个名字，让我找得好辛苦啊！"

"你们中国人把乌苏里叫双城子，我以为你们把列宁斯科耶也叫作北沟呢！"法伊娜笑着说。

"你知不知道我找你找得也很辛苦？"法伊娜也向小五讲述了自己找他的经过。

汽车很快到了乌苏里，法伊娜的父亲调动工作后，家也从北沟搬到了市里，要见未来的这个俄罗斯岳父，用法伊娜的话说，一个非常"固执"的俄罗斯老头。小五做了一些准备，他先在法伊娜的指导下，买了一些礼物，老头喜欢喝酒，这可不好弄，因为俄罗斯对卖酒有管控，不过小五想起来了，老董有酒，从中国带过来的上好的散装白酒，老董曾经给他说起过。

"哎呀，还真让你找到了，功夫不负有心人啊！"

老董吃惊地看着小五，我看看，"哎呀！如此貌美如花的小妹妹，难怪小五痴迷呢。"老董看着法伊娜调侃着说。

"这就是我跟你说的董大哥，我的生意伙伴，我的好朋友。"

"Оченьрадвасвидеть（见到你很高兴）。"法伊娜客气地说。

"好好好。"老董笑着说道。

当小五说想弄些酒送给未来的岳父时，老董二话不说，趴在地上，从床下拽出来一大塑料桶白酒。

"拿着，这是我从国内分好几次带来的，我平时都不舍得喝，都给你，这应该是一份好礼物。"

他指着那桶酒对法伊娜说："中国的 водко，送给你父亲的。"说着他又从衣服兜里掏出一些卢布，"拿着这些钱，你一定也需要这个东西吧？"老董乐呵呵地说。

"不用，董大哥，我怎么能要你的钱呢？"

"拿着吧，这也是你应该得的，最后咱俩上的货卖的钱，你应得的，看看够不够？不够我再给你拿一些。"

"够了，够了，谢谢你啊，董大哥。"

"谢什么，我请你俩吃个饭呗！"

"谢谢董大哥，我今天晚上去法伊娜家，改天抽空我们请你啊！"

老董送小五出了门后又奔市场去了。

"你拿了他的 водко，他还给你钱，你们中国人做的这是什么买卖？"法伊娜一脸的疑惑，看着小五。小五笑了笑，给法伊娜讲述了这件事情的前因后果。

2

这是一个城中的俄式民居小院，院子里的东西摆放得井井有条，地面铺着的方砖干干净净的，东面墙上挂着的几张兽皮，引起了小五的注意，小五猜想着，这会是一些什么动物的皮子？

法伊娜大喊几声："мама，мама（妈妈）！"没有人回答，她又跑进屋里看了看，没有人在家。"我父亲是林场的工人，但是他有狩猎证，他是一位勇敢的猎人。"法伊娜一边站在院中给小五介绍，一边帮小五将买来的东西拿进屋里。这是一间客厅，墙壁上有些发黄，但小五分辨不出，墙是故意弄黄的，还是老旧的。三部沙发围着一个玻璃小茶几，这个茶几小五有些眼熟，一看就是中国制造的，南面的墙上挂着一副鹿角，老式的摆钟，轻轻地摇摆着，小五坐在了沙发上。

"妈妈，你们去了哪里？我回来了……我一猜你们就上列宁斯科耶了……哦！你们不马上回来，那我们上你们那儿去吧，我和我的男朋友，中国的男朋友……没事儿，我想见到我父亲会有转机的，因为他也是一个勇敢的中国男人……那好吧，见了面再说……Досвидания！……再见……再见。"

从法伊娜的电话声中，小五听出了一些信息，他这个中国小子可能不怎么受俄国老头的待见。法伊娜从冰箱和厨房里拿出一些东西，简单地做了饭，两人随便吃了一些后，法伊娜叫了一辆出租车，然后拿着他们买的东西开始出发了。

这条路小五曾经走过，如果上次是急切的，那么这次小五则是忐忑不安的，他不知道会有怎样的结局，这家俄罗斯人会不会接纳自己？甚至他和法伊娜的幸福是否能继续？他心里打了好些问号。想到这里，它将法伊娜搂得更紧了，他不想再失去法伊娜了，法伊娜感觉到了小五动作的微妙变化，她抬头看着小五，会心一笑，"放心吧，不要紧张，我会帮助你的……"

暮色中，出租车驶入了一个村镇，小五感觉自己来过这里，只是天黑，他分不清哪里是哪里。下了车，他跟着法伊娜走进了一家小院，几间房屋灯火通明，当听到门响后，从屋子里跳出来两个小伙子，借着灯光，看到他俩白白净净，黄发碧眼，小五还以为他俩是双胞胎呢。

"欢迎！欢迎！"

"你好！"两人迎过来，一边伸出手与小五握手，一边从头到脚地打量着这个中国的年轻人。

"你们俩别看着，快拿东西吧！"法伊娜命令道。两个小伙子急忙把法伊娜和小五手中的东西接过去，拿进了屋里。

"妈妈，我姐姐回来了！"两个小伙子说。

小五进了客厅，看到一位五十岁左右的中年女人从客厅的小门走进来。她笑容可掬，目光紧紧地盯着小五，仔细地上下扫描了一遍。

"快坐，快坐！"她乐呵呵地让小五坐在沙发上，"快点把泡好的茶端上来。"她又冲着儿子们喊道。小五客气着坐在沙发上，眼前的这个岳母，就是大一号的法伊娜，他不像很多俄罗斯妇女那样有着臃肿肥胖的身体，她有着很好的身材，一块俄罗斯头巾系在她黄色的头发上，她脸上的微笑，给人一种很慈祥的感觉。两个毛头小子则嬉笑着坐在沙发的对面，察看着小五，时而窃窃私语，这让小五感觉到有些尴尬。

"你俩怎么不上学呢？你们叫什么名字？"

"他会说俄语。"一个小子惊叫道。

"放假，放暑假，你懂吗？我叫伊戈尔，他叫基里尔。"

"哦，伊格尔，基利尔，放暑假我知道的。"

"我们来这里打猎，你知道吗？这是勇敢者的游戏，砰的一声，你会打死一只野兔。"伊戈尔一边说一边用手比画着打枪的姿势，眉飞色舞地说。

"昨天我们上山了，我还打死了一头野猪呢。哦，对了，一会儿你会吃到野猪肉的，那可是我打的。"基利尔说道。

"你们中国人打猎吗？听说你们没有枪，是真的吗？没有枪，自然是不能打猎了。"伊戈尔有点轻蔑地说。

"在我们中国，野生动物是受保护的，我们不能随便地打。"小五一边用手比画，一边给他俩解释着。

"哦，那中国男人不是真正的男人。"基利尔说完，他俩相视一笑。

"我父亲才是真正的英雄，他打死过无数的猎物。他年轻时，就像我们这么大的时候，还打死过黑熊呢！"伊戈尔站起来自豪地说。

"你们别说了，来吃饭吧！"法伊娜喊道。

她拉着小五的手来到院子里，这时小五看见了一个高大威猛的俄罗斯男人，他正在水龙头边洗脸，这应该就是法伊娜的父亲了，小五猜想着。老头没有吱声，小五和法伊娜也没有敢说话。洗完手后，老头瞟了一眼小五，默默地走进了餐厅。小五随后也来到了水龙头旁，他边洗手边小声地对法伊娜说："你父亲好严肃啊，下一步该怎么办呢？"

"你不用管他，他是一个非常传统的俄罗斯男人，他没有吓着你吧？"

"那倒没有。"

进了餐厅，法伊娜的父亲又瞟了一眼小五说："欢迎你，我尊贵的中国客人，请到我这里来坐吧！"小五借着灯光，这才看清了这个法伊娜口中的老头，其实岁数并不大，五十多岁的一个中年男人而已，他不像许多俄罗斯男人一样蓄有胡子，一张白净的脸，高高的鼻子，目光冷峻，一脸的严肃。

当小五来到了他跟前时，他伸出了右手要和小五握手，小五连忙哈着腰伸过右手，当两只手握在一起的时候，小五感觉到了，这是一只肥厚如熊掌一般的大手，自己的手好像只有人家手的二分之一。他握住小五的时候，并没有马上松开，一双深邃的蓝色目光，从浓厚的眉宇间射出。小五没有敢和他对视，但是小五感觉到了一阵小痛，径直地传到他的心里，紧接着他又捏了一下，还是没有松开。小五意识到了一种暗暗的挑战，他看着法伊娜满脸的尴尬。当老头再次发力，要捏小五时，小五也暗暗使了一下劲，小五没有要捏老头的意思，他只是出于一种自卫，不让对方再捏疼自己。这是对自己的一种自我保护，老头儿也感觉到了，小五在使劲儿，但这个劲儿也不小啊，以至于自己捏不疼对方了。

"别吓着孩子！"法伊娜的母亲说道，随后老头儿松开了小五的手。

"你好，请坐！"法伊娜的父亲用生硬的汉语说道。

"你好，你好！"小五连忙说了两句，随后坐了下来。

法伊娜将一杯白酒送到了父亲的面前，然后坐在了小五的身边，老头闻到了酒的香味，他端起了酒杯，轻轻地嘬了一口。

"沃特嘎，"他说着，自我陶醉地又喝了一口。"沃特嘎，哪里的？好酒！"

"这是他给你带来的中国白酒，中国的沃特嘎！"

听到这里，老头将酒杯往前一推。

"哦，不落哈。"听到这里，小五一脸的失望。

小五这时才注意到，岳母做了一大桌丰盛的菜肴，都分装在每个人的餐盘中，只有一大盘猪肉放在桌子的中间，小五拘谨地坐在那里，老头拿起了刀叉，自顾自地吃了起来。

"吃吧！快点吃吧！"法伊娜小声地对小五说。

小五吃了几口，觉得味道还可以，比西餐厅里的饭菜好吃多了。法伊娜拿起刀叉给小五切了一大块猪肉，小五觉得这个猪肉非常好吃，虽然没有中国的味道，但是比其他饭菜要合乎胃口。

"多吃点，小五，一定要吃饱啊！"岳母说着，又切下一大块肉来，让法伊娜放在小五的盘子里。法伊娜又将一大盘面条放在小五面前，老头儿瞪了一眼法伊娜，又大口地吃了起来。

"谢谢、谢谢！"小五不习惯地用刀和叉切着肉吃了起来。可以说，这是他在俄罗斯吃得最好的一次，虽然这些野猪肉吃起来没啥滋味，但是比那些俄式西餐的怪味儿要强得多了。法伊娜的母亲并不自己吃，她不停地用刀从大块的肉上往下切肉，笑眯眯地看着孩子们吃。当小五吃完的时候，她又示意法伊娜给小五叉过去。

吃完饭后，小五来到了客厅，老头儿正坐在沙发上擦枪，这是一把有两尺多长的双管猎枪，他看到小五来了，让小五和法伊娜坐在对面。

"这两天你们别出去，因为村子里来了两匹狼，不知道它们是从哪里来的，都咬着人了，邻居们打电话，我们才来到这里的。不过前两天我们打死一只，还有一只经常出没，这个畜生要来报仇，你们一定不要出去。"他顿了顿又说，"要是客人来了，我们有好酒好肉招待，可是他要是动了歪心思，坏主意，我的猎枪绝不会轻饶他的！"老头儿将枪装好后端起来，闭上一只眼睛对着窗外瞄了一下。

小五听出了他这句话是冲自己说的。

"中国人，我不喜欢……你们两个人，不同的国度，不同的文化，不同的饮食习惯……"老头儿并没有看着小五，他说了几句停下来，又摆弄一下自己的枪。"人生的道路相当漫长，不要不考虑后果，要多想想以后，往久远想一些，不要光看着春天的美好，也要想到秋天的残酷。"他又停下来，往枪膛里压了两颗子弹，他站起来拎着大枪往外走，他回头冲着法伊娜说："丫头，你要学乖点，最好不要惹我生气。"

他拎着枪走了，法伊娜靠在沙发上，一动不动，眼珠子转动着，看着父亲离开，直到脚步声远了，她才站起来，冲着小五，学着父亲的样子说："小子！你最好给我学乖点儿，最好不要惹我生气。"说完后，法伊娜咯咯地笑了起来。"别介意这个固执的老头，我们一定会有办法的。"

3

晚上小五睡在了伊戈尔的床上，伊戈尔和弟弟只能挤在一张床上。兄弟俩充满了对中国的好奇，问了许多关于中国的问题，比如，北京有多大？中国有楼吗？等等。

当小五再次睁开眼时，天已经亮了，窗外传来鸟儿的鸣叫声，小五静静地躺着，他怕自己吵醒人家，而打扰了人家。对面床上的两个兄弟传来均匀的鼻息声。许久，小五听到了大门外的响动声，他悄悄地坐起来，老头拎着枪疲惫地走进了自己的卧室。又过了一会儿，法伊娜的母亲开始忙活起来了，她出出进进多次，显然是在做早饭。

许久，法伊娜推开门，看到小五已经醒了，便冲着那两个弟弟大喊："懒虫们，快起床啦！"伊戈尔和基利尔这才磨磨蹭蹭地起来。"你昨天晚上还没有给我讲完，你们长城到底是怎么回事，就睡着了，现在接着给我们讲吧。"

"好的，你俩快起来吧，一会儿我再跟你俩讲。"

吃完饭后，法伊娜带小五去村子里看看，她带小五去了她小时候上学的学校，又上他们小时候玩过的河边走了走。那里清澈的河水哗哗地流淌着，鱼儿们在水中成群结队地游着，河边各种颜色的花儿开得正艳，红的、黄的、紫的，漂亮的蝴蝶舞来舞去，唯有那些蜜蜂们忙忙碌碌地从这朵花飞到了那一朵花，小河的对岸就是高大的树山，郁郁葱葱的，全都是树，简直是树的海洋。

小五挑拣着摘了一些野花儿，用柳枝编了一个柳环，随后他又把许多的花儿插在了这个柳环上，他也不告诉法伊娜他在做什么。法伊娜开始也不知道小五在做什么，只是静静地看着。快要做成的时候，法伊娜才明白过来，她静静地坐在小五身旁，看着小五像蜜蜂一样忙碌着。做好了，小五轻轻地端着这顶小帽，戴在了法伊娜的脑袋上，瀑布般的金色的头发，清如泉水般的双眸，殷红的小嘴再加上法伊娜穿的粉红色的连衣裙，真是天使一般。小五看着法伊娜，似乎是在欣赏一件精美的艺术品。

法伊娜看着小五那呆傻的目光，娇羞地说道："看什么……我都不好意思了……"

"我能做些什么呢？我们该怎么办？"小五惆怅地说。

"我爸爸不是没有赶你走吗？只要不赶你走就有希望……"法伊娜说。

回到家，兄弟俩又缠着小五，让小五讲中国的故事。兄弟俩问什么，小五总是尽自己所知。小五心想，反正有些地方我也没去过，你们也没去过，我讲什么你们就听什么吧！

时间一分一秒过得特别慢……

中午，小五和法伊娜一起做午饭，法伊娜的母亲则在一旁看着这个中国小伙子忙碌着，小五要给他们露一手，他要做几道中国菜：红烧排骨，红烧野猪肉，还炒了几样蔬菜。遗憾的是，缺少中国的佐料，如果调料齐全的话，小五的菜做得还是可以的。现在，他只能将就着大致做出了中国菜的样子，味道自然差远了。

餐桌上，法伊娜的父亲一眼就看出了菜的不同之处，他看了一眼小五。

"你做的，哈拉少！"他拿起刀叉尝了一口红烧肉，慢慢地嚼着、品尝着。

"вкусный。"他又尝了一口排骨，点着头说，"中国菜，好吃，好吃！"他也示意着其他人都快点尝尝。大家品尝完都说："好吃！好吃！"看到大家都这么喜欢。法伊娜脸上露出了灿烂的笑容，小五的心里更是比吃了蜜还甜。其实法伊娜的父亲这两天晚上出去打狼的时候和村里的其他人在一起。许多人都聊起了法伊娜的男朋友。中国的小伙子，很帅气而且很有礼貌。同时大家还夸赞着中国这几年的高速发展。有去过中国的人向法伊娜的父亲讲述着中国这几年的发展。多多少少让这个老头儿对小五有了一些新的认识。

下午小五和伊戈尔又聊了许多关于中国的事情。晚饭后伊戈尔和父亲一起出去打狼去了，基利尔在家陪着小五。

"我父亲是一位非常出色的猎人，第一匹狼就是我父亲打死的。当狼来村里袭击了人之后，就有人给我们打电话了。父亲听说有狼，请了假就过来了。那天晚上我也去了，我们正在村西头巡逻，听到了狗叫声，我们便往村东边跑，两匹狼被我们堵在了一个胡同里，父亲拿着猎枪勇敢地冲在前面，砰的一声，一匹狼就倒下了。当父亲拿起猎枪打另一匹时，那匹狼突然向我冲了过来，父亲没有开枪，怕伤着我，狼就从我的胯下逃走了，我还踹了它一脚呢。"基利尔讲到这儿的时候，自豪地又重新演示了一遍。"不过也挺可惜的，要是我当时不在，或者不站在那里，我父亲一定会开枪的，那么它也一定会被打死的。"基利尔遗憾地说道："下次我要碰到它，我一定会杀了它，让你看看。""对了，你们中国有狼吗？"基利尔反问道。

"我们中国有狼，但我是在动物园里见到狼的，我觉得狼就像狗一样，没有什么可怕的。"

"可怕，你没见过狼，它咬人，太凶残了，这两匹狼把村里一户人家的小孩，都十五六岁了，差点咬死，现在还在医院里呢，没有回来。"

"是嘛，那太可怕了！"小五说道。

鸟儿的鸣叫声再次叫醒了小五，伊戈尔也回来了，他说："又白等了一宿，狼的影子都没有看见，看来它是害怕了，跑到别处去了，或许它知道我在这儿，一个真正的好猎手，它不敢来了。"说完后，他便倒在床上，呼呼地睡着了。

4

小五再也睡不着了，他轻轻地坐起来，他不敢大声呼吸，怕吵醒他俩。他慢慢地穿上衣服，打开了房门，走了出去。东方的天际上白亮了一大片，远处的大山，原始森林，显示着它的朦胧之美。空气是那么的清新，街道上没有一个人，静悄悄的。小五心想着：猎人们可能都回家睡觉去了吧？天亮了，狼也该回森林里去了吧？

他漫无目的地散步在村中的小路上，两边俄罗斯民居偶尔有一家烟囱里冒出了青烟。小五打算一直走到东头，然后再走到西头，天就应该大亮了。五六百米的路，很快就走到了尽头。再往前走，就又看到那条小河了，小五不想到小河边去，因为河边的草上全是露水。当他回头往村里走的时候，突然间眼前出现了一条"狼狗"，小五心想：这狗咬不咬人？他转念一想，心头一紧，这会不会是一匹狼？！

小五站住了，一股凉气从他后背往上蹿。狼拖着长长的尾巴，站在那里一动不动地看着小五。小五双目紧盯着狼的眼睛。这是一匹恶狼，它不像自己以前在动物园中看到的失去野性的狼。动物园里的狼，眼睛中流露出来的是对人的恐惧，而这匹狼面目狰狞，目露凶光，它咧着嘴，龇着牙，炸着毛，一副要吃人的凶相。小五知道狼和狗是一样的，你若跑它便撒腿就追，你若不跑，他也不敢贸然进攻你，因此，他镇定地站在那里，与狼四目相对。就在小五收了目光，想缓一缓神儿的工夫，这匹狼突然向小五扑了过来，同时发出一声低吼。小五看着狼扑向了自己，本能地将自己的左胳膊伸了过去。当小五看到狼张开血盆大口时，他又迅速地将胳膊往回一收。说时迟，那时快，狼咬住了小五胳膊上的皮。小五猛地往后一拽，瞬间就感觉到钻心的疼痛。他一闪身，恶狼扑空了。小五一伸手就抓住了狼的尾巴。传说狼是直的，若是抓住了它的尾巴，它是咬不了你的，看来这是扯淡。这匹恶狼很灵活，扭头又张着大嘴向小五咬来。小五赶紧松开了狼尾巴，向后退了好几步。狼一转身，紧接着又向小五扑来。小五趁机伸出右手，一下子抓住了狼的右腮脸皮，他又不顾疼痛，伸出左手，同时抓住了狼的左腮脸皮，就在自己被狼快要扑倒的一刹那，他使劲往后一转身，把狼摁在了地上。小五居然骑在了狼的身上，狼就这样趴在地上。小五使出浑身的力量，摁住狼的脑袋，狼想抬起头来，心说：哥们儿，你这样摁着，我可不舒服了！小五心想：你要是舒服了，那我可就不爽了。

小五玩命地把狼往地上摁，一下，两下……他的两只手掐着狼的脑袋，狼稍一抬头，他就使劲地往下摁，就像搓衣服一样，在地上蹭着恶狼的嘴，恶狼的犬牙划破了它的下嘴皮，狼血洒在地上一大片。小五不敢撒手，狼左侧的犬牙，被小五磕掉了一只。狼疼急眼了，它抬起了后腿，向后一缩，从小五的胯下钻了过去。小五一翻身，还没有站起来，恶狼又向小五扑来，这一扑竟然直立起来，直接袭击小五的脖子，小五看着狼要扑过来咬自己的脖子，双手一伸，正好面对面地抓住了狼的左右腮部。小五清楚地意识到，必须控制住狼的嘴巴，只有控制住了它的嘴，才能不咬到自己。狼一歪脑袋，正好又咬住了小五右侧的胳膊，它一摆头，小五右胳膊的皮又被它撕开了，鲜血直流。

小五双手紧紧地控制住狼的脑袋，两腿一夹一转身，恶狼就仰面八叉地躺在了地上。小五一翻身就骑在了狼的肚子上，他使劲儿往地上磕狼的脑袋，一下，两下……只听见狼发出了低沉吼叫的声音。小五自己也不知道自己磕了多少下，他渐渐地觉着狼失去了反抗的能力，才松开了手，疲软地躺在狼的旁边。突然，狼又动了两下，吓了小五一跳，他赶忙爬起来。这时，他看见旁边有一块大石头，便迅速地搬起那块石头，趴在狼的身上，用尽全身的力气猛砸了几下狼的脑袋，直砸到这畜生七窍流血，小五才松了一口气。他躺在狼的身边，大口地喘气。他想站起来，可是一点力气也没有了，他只好闭上了眼睛。

"什么东西？哎呀，狼啊！"一位早起的俄罗斯大妈路过此地，看到躺在血泊中的狼和小五，转身就往回跑。

"狼啊！中国人！中国人死了，中国人死了，狼死了。"她知道这个中国人是法伊娜的朋友，所以她向法伊娜家跑去。睡梦中的法伊娜被惊叫声吓醒了，她一骨碌从床上爬起来。她听到有人喊中国人，中国人死了，狼死了！她就忙不迭跑到了两个弟弟的房中，一脚蹬开房门："小五，小五！人呢？"她问两个睡眼蒙胧的弟弟，然后转身撒腿就往外跑。街上这时已经出来好几个人了。法伊娜疯了一样向大妈所指的东边跑去。几个人看到法伊娜来了，都让开了。当她看到满身是血的小五时，便扑通一下跪在了小五的跟前。

"小五，小五！"法伊娜哭着大喊着，小五听到了法伊娜的声音，睁开了眼睛说："我……没……事……儿……"

小五想动，却一点力气也没有了。他太累了，人已经虚脱了。他又一次闭上了双眼。

"小五！小五！你睁开眼睛吧！"法伊娜用双手捧起小五的头。小五能听得见法伊娜焦急的声音，可是他想睁开眼睛，却感觉到万般的困难。法伊娜哗哗地流着眼泪，她看到小五的胳膊还在往外流血，她又用颤抖的双手捂住了小五流血的伤口。

"救命啊，快救人啊！"法伊娜看一眼旁边死去的狼，开始向人群呼救。

"怎么了？法伊娜？"法伊娜的母亲来到了人群中。当她看到旁边的狼时，明白了一切。

"妈妈，快救救他！快救救他！"法伊娜朝母亲喊。

法伊娜的母亲摸了摸小五的脉搏，然后说："哦，上帝呀！我可怜的孩子，到底发生了什么事？"

"快回去拿纱布！"她对法伊娜两个惊慌失措的弟弟说。

"不用了，我拿来纱布了。"人群中有人说道。法伊娜的母亲跪在地上，使劲儿地把纱布往小五的胳膊上缠绕着，嘴里不停地安慰法伊娜："别害怕，孩子，他没事，他会没事的，这个勇敢的人，竟然把狼打死了。哦！我的上帝。"

"这个中国人太厉害了，他竟然把狼打死了。"

"他赤手空拳打死的，太厉害了，你们看看啊，这只狼的个头有多大，比前两天打死的那只还要大，这个中国人真是个英雄啊！"人们纷纷议论着。

5

这时，法伊娜的父亲开车来了，这个俄罗斯汉子急切地大喊着："快让开，快让开……来帮忙……帮我抬一下……"几个人将小五抬上了车。小五躺在法伊娜的腿上，车快速地向乌苏里驶去。渐渐的，小五睁开了双眼，他问道："法伊娜，这是要去哪里啊？"

"上医院啊，你可算醒了。"

小五看着满脸泪痕的法伊娜，有些心疼，他说："你哭了，害怕了，我没事的，谢谢你啊，法伊娜。"

"我对不起你，要不是我父亲的固执，你是不会去冒险的，你也太要强了。"

"不是，我正好碰见狼的，它死了吗？"

"死了，被你活活打死了！"法伊娜笑着说。

"真的，那太好了，它再也伤不了人了。"

到了医院，小五已经恢复了体力，都能自己下车走进医院了。

大夫解开纱布，给小五清洗伤口，消毒打麻药，小五咬着牙，额头上豆大的汗珠滚落下来。法伊娜看着小五的伤口，热泪充满了双眸。她一边心疼地看着小五,一边给小五擦着汗。小五左胳膊被狼撕开了一个口子，缝了十八针，右胳膊被狼的犬牙也撕咬破了，缝了五针，还好都只伤了皮，没有伤到筋骨。法伊娜整天陪着小五在医院里。

中国人徒手打死恶狼的消息，在乌苏里不胫而走。乌苏里的许多中国人都在询问，寻找这个人是谁，老董就猜到了一定是小五。当他带着十多个人出现在病房时，小五激动得哭了。

五天后，法伊娜的全家又过来看小五了，两个兄弟手里捧着鲜花，法伊娜的母亲给小五带来了小五最爱吃的野猪肉。

"固执的老头，你带什么礼物了？"法伊娜看着自己的父亲说。

"我……我……"

"你这个固执的老头儿，什么礼物也没带吧？不过小五是不会埋怨你的，只要你人来就行了。"

"谁说我没有带礼物呢？你看这是什么？"说着，他从口袋里掏出了一个银制的项链。

"唉，怎么送这个？"法伊娜伸手从父亲的手里抢过了项链。可是拽过来的一刹那，法伊娜发现了这个项链的吊坠，竟然是只狼牙！这只狼牙经过打磨，抛光，洁白如玉，一端尖尖的，另一端用银制镂空包裹着，看着相当精美！

"啊，好美啊，小五你喜欢吗？"

"喜欢！我非常喜欢！"小五感激地说："谢谢叔叔送我的珍贵礼物！"

"这只狼牙只配你拥有，它就是你硬磕下来的那只狼牙，有邻居那天在你打死狼的现场捡到的，后来我找人加工的。小五留作纪念吧！这是英雄的象征，是荣誉的象征，是敢于战斗的象征！"

"谢谢你，谢谢你，叔叔！"

法伊娜把这只狼牙轻轻地戴在了小五的胸前。

这时，法伊娜的父亲又拿出了一只狼牙，笑着说："这还有一只，这只是我拔下来的，那匹狼的另外一颗牙，我要把它送给我亲爱的女儿，女儿你长大了，父亲我尊重你的选择，你可以嫁给这个勇敢的中国人！他是个英雄，我要把这只狼牙送给你，希望你无论走到哪里，不管是俄罗斯还是中国，不管遇到什么困难，都要勇敢坚强，同时我也希望你们俩白头偕老，直到永远！"

法伊娜的父亲说到这里，眼中流露出对女儿的不舍。

"谢谢你了，爸爸，谢谢你珍贵的礼物！"

小五接过礼物，伸出两只僵直的胳膊，把狼牙轻轻地戴在了法伊娜的脖子上。病房里响起一片祝福的掌声！

作者简介

郭永宏，绥芬河市作家协会会员、萧红文学院绥芬河骨干作家班学员。小说《让蚕儿吐起丝来》荣获黑龙江省"打赢脱贫攻坚战，全面建成小康社会"主题征文活动二等奖。

淡钴紫

  从墓地回城有一段很长的高速公路，灰白的天沉着水汽，车飞快地掠过，摇下的车窗灌满了蒸人的热风。陈阳在一言不发地开车，陈夕坐在副驾驶上，发丝被吹得粘在了汗津津的额头上，她用手理了理然后转过头，看着一层层绿树的虚影在眼前浮动着，红肿的眼眶再一次湿润了。

  陈夕两岁的时候，父母就离婚了，她一直和父亲一起生活，直到她高二那年父亲车祸去世，她被接到了叔叔家照顾。陈阳是陈夕叔叔家的孩子，比她大六岁，叔叔和婶婶工作都很忙，陈夕高三那一年基本都是陈阳在照顾她。陈阳开了个画室教学生画画，那时候他早上去画室之前会把早饭做好摆在桌上，夏天的时候每天晚上都帮她洗一遍校服，陈夕艺考要练琴，陈阳就坐在旁边画画陪着她。陈夕今年大学毕业回到家乡的小学做了音乐老师，她离开家的这四年，都是哥哥一个人为了父亲的事忙前忙后。今天是五周年纪念日，这是她第一次和哥哥一起去给父亲扫墓。

  车停在了陈阳家楼下，陈夕随着他走上了楼。钥匙插进锁孔，伴随着咔嗦咔嗦的旋转声，门打开了，陈夕把自己塞进门里，把提包一扔，两只手扶住门框，缓缓蹲下的时候眼泪也开始往下流。陈阳看着她，赶忙走进屋里，一手关上门，一手搭在陈夕的肩上。"知道你难过。"陈阳也慢慢蹲下，看着在地上蜷缩成一团抽泣的陈夕，一时不知道说什么好。隔了几秒，他鼻子一酸，把她搂进怀里，哑声对她说，"哭吧。"她环住他的胳膊，埋进他的肩膀里，忍不住开始放声大哭。陈阳仰起头深吸了一口气，眼眶里的泪水没有流出来。父亲最开始走的那两年，几乎在家里的每一处，这样的场景都已经出现过不知多少次。从纱帘里透出来的日光洒进屋子里，顺着染满彩色颜料的画板流淌到盖着蓝紫色琴布的钢琴上，大大小小的相框错落有致地摆着，每一张都有陈夕和父亲，在儿童公园旋转木马的前面，在陈夕第一次拿奖的舞台上，在满树海棠前的全家福……过了不知多久，陈夕抽噎渐渐停止了。"你快去画室吧，"她抬起脸对陈阳说，"别让学生等。"陈阳点点头，对她说，"你也早点回学校。"然后他用手撑着地想要站起来，结果却没能成功，"腿麻了。"他调皮地冲妹妹做了个鬼脸，又试了一次。妹妹看着哥哥憨憨的样子，忍不住笑了。

陈阳家有好多个房间，不仅大而且十分整洁，浅木色的地板几乎看不见一丝异物，衣架上各色各样的衣服都熨烫得一丝不苟。陈夕走进自己的房间，坐在狭窄的小床上，从柜子最底下翻出一个很厚的本子，上面带着锁，边角有点发皱，封面贴着一轮亮黄色的太阳。她趴在床上，把本子摊开，翻到新的一页，拿起笔却许久未动。她开始往前翻，一些熟悉的日期，熟悉的高中时的字迹，还有熟悉的事。日期停在她离开家去上大学的那一天。

"淡钴紫是蓝紫色的，阳喜欢淡钴紫，所以我也喜欢。"

"也许这是不应该的，所以我离开。"

她的手放在这一页纸上呆坐了许久，脑海里不断涌现出哥哥的样子，和刚刚跟他在一起经历的事。她目光有一点涣散地合上本子，慢慢站起身来，把日记依旧藏在最底下，然后走出了陈阳家。

陈夕沿着小路漫无目的地往前走。阳光炙烤着道路，夏天的树荫下，有一点闷闷的，周围有稀疏往来的人，狭窄的两排车道的小街，旁边商户的牌匾陈旧而破烂，自行车杂乱地停在人行道上。陈夕把两只手放在面前，两手的指甲都是光秃秃的，她想起小学的时候，哥哥给自己剪过一次指甲。哥哥剪指甲很温柔，比她自己还要温柔，她每次都要剪到一点白色都不留，手指甲变得又短又小，这时她才心满意足地坐上琴凳练琴。有天在她家，陈阳看见她在沙发上剪指甲，就坐过来对着她说，"哥哥帮你剪吧。"然后拿起银色的印着小花的指甲刀，低下头帮她剪。陈夕边看喜羊羊与灰太狼，边用另一只手抓桌子上的樱桃往嘴里塞，她爸爸就走过来笑着看他俩，跟陈阳说，"你让小夕自己剪就行。"陈阳也不吭声，只是认认真真地剪，两只手都剪完了之后，从桌子上拿起一支圆珠笔，对她说，"你想要哥哥给你在指甲上画画吗？"陈夕一脸好奇地看着哥哥，点点头，陈阳看着她水葡萄一样的大眼睛，笑了笑说，"别动。"然后拿起她的手，过了一会儿，每个指甲上都出现了一个红彤彤的小樱桃。她记得那些樱桃像小红心一样好看，她就边嘎嘎大笑边在沙发上跳来跳去，两只羊角辫像是跳跃的小精灵一般。

想到这里，她下意识摸了摸自己的头发，两个羊角辫已经不见，取而代之的是一头柔顺的黑长直。她苦笑了一下，往学校的方向走去。

日子还是一天天地过，陈夕平时下了班就会去哥哥的画室吃饭，有时候他也会接她回家。这一天是周五，陈夕上完最后一节课准备收拾东西离开时，才看到陈阳给自己打了两个未接电话，她嘴角微微上扬露出了一抹笑意，然后给他回了一个电话。"小夕下课了？"陈阳问。"嗯，我现在去画室找你吧。""嗯……你记得荣哥吗？"陈夕收拾东西的手顿了一下，"记得呀，你高中同学，以前最好的那个朋友吧？""对，他听说你回来了，一直想见面聚一聚呢。"陈夕沉吟一会儿，说，"可以呀，不过我俩都四年没见了……"陈阳立马接道，"那我不让他过来也行。"陈夕走出了办公室，她抿抿嘴说，"见见吧，还有点期待。""那你来的时候注意安全。"陈夕应答着，挂了电话后坐上了车。

发动机不断轰鸣，陈夕开始进入沉思。印象里的荣哥是那个经常绑着个发带，穿着球衣的男孩，见到她就调侃地叫她"小孩儿"，和总穿宽松古着衬衫的哥哥站在一起会显得哥哥更有艺术气息。想到这里，她克制地抿起想要翘的嘴角，脸有一点泛红，为了掩饰什么一般咳嗽了两声。

走进平日寂静的画室，就听见天台传来一阵爽朗的笑声，陈夕猜那一定是荣哥的声音。她隐约听见"买基金""炒股""挣钱"这样的字眼，她心里暗暗笑了笑，边想着这肯定是荣哥了，边加快脚步上了天台。映入眼帘的是爬山虎沿着天台的墙层层翠绿地爬上来，隐隐约约能看得见墙上色彩斑斓的涂鸦，墙边摆着瓶瓶罐罐的颜料，地上堆着一沓废弃的画。在正中间有一个小木头桌子，那个长头发，蓝紫色宽松衬衫的熟悉身影旁边还站了一个黑色T恤黑色运动裤的，瘦瘦高高的人。陈夕走近他们的时候，他也转过头来，荣荣头发变短了，看上去要更精神些，白皙的脸上刻着两弯黑眉，眼睛一眨一眨，扇动着又长又浓密的睫毛，他的眼神很明朗，以前陈阳就总开玩笑，说他高挺的鼻梁好像明显地把"大众审美的帅哥"这几个字写在脸上了。

荣荣看着陈夕，没等陈阳说话，就立马带着惊喜的微笑惊叹道，"四年没见，小孩儿长这么大啦！"陈夕也笑了，看着他黑曜石一般的眼睛，半开玩笑半认真地说，"荣哥还跟以前一样帅。"荣荣笑得更灿烂了，说，"倒是我们小孩儿变好看了。"说完还看了一眼陈阳，陈阳感觉到了，于是自己注视妹妹的目光像是虚焦了一般，收回来再打在荣荣身上。

陈阳在小桌子上摆了五颜六色的零食和水果，陈夕看见草莓味的奥利奥和那一大盆樱桃，心满意足地笑了，敲了敲哥哥的肩膀，对他挤挤眼睛，"一看就知道是给我准备的。"陈阳看着黄昏映照得妹妹的脸毛茸茸的，睫毛扑闪扑闪的样子，像一只欢快的小兔子，他点点头，眼睛里的温柔淌到她身上，让她觉得心头一紧。荣荣正在围着桌子给他们两个倒果酒，看见他俩对视畅快地笑起来，"你俩快坐下喝，我倒好了。"

他们围着小桌子，吹着夏日傍晚的微风，一边吃喝一边聊天。荣荣看着陈夕，开始摇头感慨，“咱们也年轻过，年轻真好。”陈阳笑他，“你不是最不喜欢没事瞎感慨了吗？”荣荣对他翻了个白眼，拿起酒杯开始喝酒。嘴里絮絮叨叨地怀念他们的高中和大学时光，喝到尽兴，荣荣还在旁边的笔筒里随便抽了一支铅笔，跟陈阳说，“我也要画画。”陈阳已经习惯了这个有点神经质的老友，笑而不语，倒是陈夕在旁边捂着嘴笑，“让音乐老师来教荣哥画画吧。”哥哥哈哈大笑，他很少这样欢畅，荣荣就噘起嘴说，“你们又取笑我。”哥哥连忙摆摆手，“没取笑，让小夕教你，我去上个厕所。”荣荣看看陈夕，调皮地眨了眨眼睛。陈夕也学着他的样子对他眨了眨眼，她觉得这个人比印象里还要可爱许多。正想着，看见荣荣指着一堆瓶瓶罐罐的颜料，问道，“你哥瓶瓶罐罐真多，这里面你喜欢哪个颜色？”陈夕的眼睛一扫这些颜料瓶，拿起来其中一个淡淡地说，“淡钴紫。”“淡钴紫？”荣荣诧异地看着陈夕，像是在说这个颜色有什么好看的。陈夕没说什么，只是点了点头。这时陈阳从屋里面走了出来，荣荣拿着那瓶颜料晃来晃去，还拧开盖子闻闻味道，陈夕看他像发现了什么好玩的东西一样，像一只刚刚得到坚果就抱着看来看去的小松鼠。不过她还是把那颜料从他手里抢了过来，笑着跟他说，“你别这么玩它，它很重要的。”荣荣好奇地问，“为什么总用它呀？”陈阳走近他们，随意地理了理头发，“我喜欢调什么颜色都往里面加一点这个，这样色调会变好看一点。”荣荣点点头，又看了看陈夕，“你们哥俩审美倒一模一样。”她低下头，轻声说，“谁跟他一样。”月亮刚升上来，初白而小巧，粉紫色的云在远处层叠翻卷，缓慢地把月亮遮住，陈夕的面庞也被映照得绯红。

陈夕的学校放暑假了，这个夏天是她第一个如此舒心的夏天。大学的时候，她的暑假都是在陌生的城市不断地奔波在不同的学生家里教人弹琴，然后往来在不同线路的公交车和地铁上，或者在商场门店对每一位顾客说欢迎光临。那些日子只是为了不开口向叔叔婶婶要钱，也是为了不让陈阳那么辛苦地挣钱。这个暑假，她可以待在陈阳家，白天就坐在客厅里安静地练琴，有时候翻一翻旁边的画板上夹住的线稿，帮哥哥收拾好散落的瓶瓶罐罐的颜料。晚上去附近的小超市买菜，有时候会买一束鲜花，然后回家边查食谱边学着做饭，等哥哥回家坐在餐桌旁，对着新鲜的花和她做的饭菜，放着两个人都喜欢的乐曲。

今天是陈阳的休息日，画室关门。早上十点的时候陈夕从房间里出来，走近哥哥房门，就听见了一阵鼾声。她笑了笑，蹑手蹑脚地洗漱，然后准备早饭，她把吐司放进面包机的时候，听见哥哥走了出来。"我来吧。"陈阳走过来，有点沙哑地说。她摇摇头冲他一笑，说，"马上好了。"陈阳点点头，他瞥了一眼餐桌上的桌布，浅浅的蓝紫色和白色相间的格子，绒绒的手感，在暖色的小灯下显得格外温柔。"小夕选的桌布就是好看。"他称赞道。陈夕撇撇嘴，白了他一眼，可是眼睛里明明充满了笑和爱。"帮我端过去。"陈夕拿起盘子，很自然地递给陈阳，陈阳赶忙接过放在桌上。

饭后，陈阳系上围裙，走到厨房洗碗，陈夕就坐在琴凳上开始弹琴。她弹了几首准备下学期教学生的儿歌，用轻快的嗓音哼了出来。陈阳边在厨房洗碗，边时不时扭头看向她，透过印满花纹的玻璃也能看见她的笑意盈盈。他在围裙上抹了抹双手，然后摘下围裙，坐在了她旁边的画板前。午后的阳光打在画板上，一层层光影浮上画布，他的心一瞬间像是被软软的海浪浸湿了，嘴里残留着刚刚吃过的撒在煎鸡蛋上的海盐味。妹妹停了下来，"我想画海。"哥哥埋起头翻找着书上的某一页，"翻到了，你看看。"哥哥翻到莫奈的海浪那页，转过头对妹妹说。妹妹看了看，说，"我觉得这是明亮又咸湿的感觉。"他点点头，把书放在小桌子上，拧开地上摆着的瓶瓶罐罐，拿起笔，然后去接了一盆水。回来时他看见妹妹正在一页页捋着乐谱，他凑上去想看看，可妹妹却闪身一躲，然后瞪了他一眼，"你一直答应画我，怎么从来没见你画过我？”他眯起眼睛笑了，弯腰把涮笔水放在了地上，然后摸了摸妹妹的头，“会画你，哥哥答应你的事，肯定会做呀。”见妹妹噘起嘴，他觉得好笑，于是说，“没想到小夕都这么大了还跟我因为这个置气呢。”然后又戳了戳她的肩膀，陈夕觉得确实有点害臊，于是索性开始弹她的曲子，不再理会哥哥。熟悉的旋律从她的手上倾泻下来，哥哥听出是德彪西，心里就知道是为了配他要画的画，于是抿了抿嘴，心里的某个地方更柔软了一点。

他们很久没有这样坐在一起了，像是又回到了她高中时代父亲刚去世的那段日子。晚上哥哥离开家去找荣荣，陈夕又抽出了那本带锁的日记，坐在了床沿。她摸了摸自己的头，耳畔萦绕着哥哥那句“会画你”，笔尖和纸开始沙沙摩擦，她用文字勾勒起今天下午的景象。

“我在某一刻，就觉得我们两个像是夫妻，可只是那一刻乍现的想法，我又不敢继续想下去。我不知道如何面对他，不知道他要是知道我有这些想法会不会觉得我可恶，我不敢想下去。我想要谁来救救我，我一边爱他，一边不想再爱他……”

她写着写着，捧着日记的手落了下来，她开始幻想自己和哥哥如果能够在一起的场景……迷迷糊糊中感觉她和哥哥站在一片丰盈潮湿的草丛里，她搂住哥哥的脖子，然后吻上他的唇，他们紧紧相拥，她感觉到有点窒息闷热，于是想要挣脱开哥哥的怀抱和绵长的吻。突然她转头就看见旁边有一张巨大的父亲遗像，比她还要高大，而且越来越大，看不见尽头。她感到一丝慌张和害怕，感觉嗓子开始冒烟。哥哥慢慢向后退，她想要抓住他却抓不住。接着她看见远处的一群人，好像是整个小城的人都围在这里，围成一圈看着她，对着她指指点点。哥哥退到了那群人里面，她觉得自己像陷入了一团沼泽，慢慢地陷下去，陷下去，一点点窒息。于是她醒了，感觉到自己的双臂是麻木的，像是真的陷入到沼泽里无法爬出一样。她突然开始痛哭，从躺着哭到坐起来，她边捶墙边号啕大哭。哭了不知道多久，又一阵睡意袭来，蒙胧之中陈夕再一次进入睡梦。

　　第一场秋雨带来了开学第一天，陈夕的新学期来到了。陈阳听说今天有大雨，早上和她商量好了要去接她。晚上下班的时候，她撑着伞走出校门，结果一眼就看见荣荣站在校门口，他穿着紫色的球衣和白色的短裤，打着深蓝色一看就很商务的大伞。正当陈夕愣神，在想为什么他会来的时候，他看见了她，立刻跑过来，并且向她挥手。"小夕，你哥有事来不了了，让我来接你。"荣荣的声音混在雨里，让陈夕觉得有点不真切，陈阳答应她的事是都会做到的，这是他自己说的，一直以来也确实是这样的。荣荣看陈夕不说话，知道她不相信，就跟她说，"你先上车。"然后打开车门，撑着伞把她扶上副驾驶，然后自己收了伞，坐上了驾驶位。陈夕打开手机，看见哥哥的四个未接来电，和他的一条消息，"对不起小夕，今天晚上学生家长临时找我吃饭，哥哥接不了你了，我让荣哥去了，晚上给你带好吃的回来。"陈夕心里像是什么东西坠了一下，沉沉的有点难受，她冲荣哥笑了笑，说，"麻烦荣哥了。"荣哥一撇嘴，用尽量温柔的语气说，"这算啥事儿。"然后转过头说，"安全带，小孩儿。"陈夕没动，带着一点不满地看着他说，"叫什么？"荣荣眼睛笑得弯弯的不吱声，就是笑盈盈地看着陈夕。陈夕觉得这个荣哥挺有意思，就假装赌气地别过脸去，看见窗外的雨噼里啪啦地打在车窗上，顺着玻璃往下流，挂到车窗和车身的缝隙上，透明的雨珠一颗一颗清澈圆润。慢慢地，一只白皙又骨节分明的手伸了过来，越过她的脖子握住了安全带，然后轻轻一拉，没等陈夕反应过来，安全带已经扣上了。陈夕转过头，见到荣荣一脸揶揄的笑，自己也觉得好笑，打量了他一番，开玩笑地说，"荣哥现在这么会照顾人呢？"荣哥摆了摆手说，"照顾小孩是应该的。"然后就点起火，随着发动机的响声，车上的音响里也传来一阵熟悉的舒缓音乐混杂在雨里。她看着暖色的路灯扫过荣哥的脸，他的眼睛像是两片平静又柔情的湖，挺阔的鼻梁就是横在湖中的一道青山，陈夕第一次觉得一个男人的面庞像一幅画，或许是这样的环境所致的吧。荣荣在倒车镜里偷偷瞥了瞥她，看见陈夕在看自己，有点慌神。他也不知道为什么，只是刚刚心蹿了一下，像是滑过夜空的闪电一样。他想起自己特意找的曲子和要送给她的小东西。这时候，陈夕问了他一句，"你也喜欢这首？"一瞬间他口干舌燥，紧张得不知所云起来，他也不知道为什么会这样，于是只是点了点头，大脑一片空白地说，"你哥说你喜欢。"说完他就后悔，开始抿起嘴，像是这样自己说漏的话就能咽回到肚子里似的。陈夕笑了，说，"我还想我们金融学家突然有闲情逸致了呢！"荣荣索性破罐子破摔一般，接着说道，"后面有一个小纸袋子，那天去客户的店里看见的，当时看见第一眼我就觉得你会喜欢，就买了，你拿回去吧。"陈夕觉得他很可爱，也不说客套话，只是趁红灯时，回头伸手把袋子拿了过来，然后拍拍荣哥的肩说，"谢谢你还想着我。"

　　陈夕回到家，扔下包就开始拆开荣荣的小纸袋。一条蓝紫色的手绳，系着一颗银色的珠子，陈夕捏着那颗珠子玩着，想起那天在天台闲聊时，那瓶被荣荣晃来晃去的淡钴紫。她刚要戴上的时候，哥哥发来消息问她到没到家。她打了三个生硬的字：到家了。她想了一会儿，赌气地问他：你是不是就是不想接我，嫌我麻烦？隔了一小会儿，哥哥发来了语音，"我不是嫌你麻烦呀，但是我今天真的过不去，小夕理解一下哥哥呀。"她没说话，紧接着他又发，"今天怎么了，有什么心事吗？"她还是没说话。隔了五分钟，陈阳打来了电话，她犹豫了一下，挂掉了电话，然后把手机调成了静音。

　　"阳是不是知道我对他有超出亲情的感觉？或者他一直知道，所以今天他故意让荣来接我……不过我爱上荣也可以，他就是我的一根救命稻草，是不是我抓紧他，爱上他就可以解脱。是不是这样，我就可以不再爱阳。"

　　她放下手机，戴上那条手绳，开始写日记，她想着夜光打在哥哥侧脸上毛茸茸的样子。第一次，陈夕没有等哥哥回家，直接睡了。陈阳回来时，看见已经熄灭的灯，望向妹妹紧闭的房门，叹了口气。

自那以后，荣荣总是打电话给陈夕，一天问候她好几遍早安晚安，吃没吃饭，有时候陈阳会带回来很多零食，说是荣荣买给她的。陈夕发现每次说到荣荣的时候，哥哥都带着一丝调侃的笑意，有意无意地说荣荣的公司绩效如何好，他读书的时候成绩如何优秀，还总夸他聪明。陈夕明白哥哥的意思，但她越是明白就越是难受，每次听见哥哥提起荣荣，心里就像是被什么捶了一下，一钝一钝地疼。那天吃饭的时候，哥哥用非常和缓的语气跟她说，"十一要到了，我想我们三个人要不要一起出去玩呢？"陈夕拿着筷子夹菜的手顿了顿，两根筷子中间那块油浸浸的肉悄无声息地掉到了桌子边缘裸露在外的桌布上。她赶忙捡起来，可是浅蓝紫色的桌布还是立刻沾上了一块棕色的污渍，在昏黄的灯光下泛着格格不入的油光。陈阳看着陈夕手忙脚乱，他也就手抽出了一张纸帮她擦了擦，可怎么也擦不下去。正当陈阳想着怎么才能让妹妹答应自己的请求时，听见妹妹说，"好哇。"他愣了一下，看着妹妹的眼睛，有点黯然的深色瞳仁，不觉得浑身一紧，他也不知道他紧什么，只是默不作声地点了点头。

落叶从树上不停地飘落，一层金色铺在路上，也有人不停地扫去，桥上挂着的爬山虎一半变成了暗红色，剩下一半还是绿色，让人不禁觉得有点苟延残喘。荣荣一大早就来到了陈阳家楼下，坐在他鲜亮的车里等着陈阳和陈夕下楼。他今天戴了一块新表，客户刚送的，他看着表，想着陈夕一会儿下来会怎么夸他的表，想着想着嘴角浮现出一丝笑意，紧接着看见不远处两个熟悉的人影一前一后地走来。他急忙捋了捋头发，打开车门走下车，冲着两人挥挥手。陈夕走在前面，发丝柔顺地随风飘摆，随意地散在肩上，深蓝色的风衣裹在她身上，路过荣荣面前时带着一阵轻缓的木质香。荣荣看她对自己笑了笑，也对她笑了笑，陈阳在一旁打开了后车门，默默地坐了进去。陈

夕扭过头看看陈阳，又回头看看荣荣，荣荣便明白了，说道，"副驾
驶太窄了，你坐后面吧。"说着打开了后门。陈夕简单道谢就上了车。

　　他们一路说笑着，从荣荣的公司谈到陈夕的学生们，陈阳大部分
时间是安静地听，或者笑着附和。车开到了市郊的高速公路，荣荣打
开窗，让带着一丝冷气的风从他们的话语里流过，他时不时从倒车镜
里看陈夕的神情，看她笑得开心，他就也跟着笑，看她不太说话，他
也沉默不语。他暗自懊悔自己不应该让陈夕坐在后面，这样她根本看
不见他的新表。陈夕看出来荣荣总是在倒车镜里看自己，可她佯装不
知，在荣荣看着倒车镜和她说话的时候，她就扭头看陈阳。路过一个
"陈家村"的蓝色路牌时，她想起小时候爸爸带着自己和哥哥，三个
人一起开车到郊区来玩，每次路过的时候她和哥哥总是争着说自己是
村长。想到这里她咧嘴笑了，指着那个越来越近的路牌看看哥哥说，
"记得它吗？"陈阳也笑了，点了点头对着妹妹说，"你是村长。"陈夕
像孩子一样心满意足地笑了，很自然地把双手搭在了哥哥的手臂上，
陈阳很难察觉地愣了一下，一阵风吹过，陈阳便抽出那只手，胡乱整
理了一下头发。陈夕有点尴尬地悄悄收回了双手，说了一句，"风真
大。"荣荣听见了，便立刻关上了窗户。

　　他们开到了一片湿地，陈阳和荣荣一起把车上野餐的工具搬下
来，陈夕兴奋地在草地上跑来跑去，在这里转一个圈，在那里跳两
下。荣荣边搬东西，边看着她大笑着说，"还是小孩啊！"陈夕伸出手
接过陈阳递给她的野餐布时，荣荣看见她露出来的一截白皙的手腕上
绕着他送给她的手绳，露出了沾沾自喜的笑容。陈夕看见了他的笑，
却不知道他在笑什么，于是也回了他一个笑容。他们就这样从清晨忙
活儿到晚上，荣荣从始至终都谈笑风生，谈他的基金股票又挣了多少
钱。陈阳好像没什么兴致的样子，也不说话也不怎么吃东西，陈夕是
一直笑着的，只是有时候会不知不觉地发呆。晚上回到了家，陈夕和
陈阳谁也没说什么，陈夕关上房门，拿出了日记。

"想要爱他却爱不起来，不想爱他却逃不出他。"

这时手机一响，是荣荣发来的，约她明天去他公司楼下的餐厅吃饭。陈夕想了想，回了一个简单的"好"字。然后她对着自己的手腕发了一会儿呆，摘下了那条手绳。

站在荣荣挑的餐厅楼下，陈夕环顾周围，没有花丛的秃顶绿化带，电钻声和摇摇晃晃的脚手架，震耳欲聋的节奏感土味摇滚，来来往往光着膀子的东北话大叔，教堂尖尖插进蓝灰色的天，水汽扑在身上凝滞。她一瞬间想要逃离这个地方，正当她往回走时，荣荣从后面叫了她一声"小夕"。她回头一看，有点呆住了，站在原地。荣荣穿了一件紫色的花衬衫，一条休闲小西裤和一双油亮亮的黑皮鞋。陈夕不知道说什么好，这身衣服要是穿在哥哥身上肯定会很帅气，但是换成欢蹦乱跳的荣荣，陈夕打心里觉得滑稽。于是她脱口而出，"你怎么穿成这样？"荣荣还沉浸在自信的笑容里，"昨天我买的股票涨了好多，我让你哥给我挑的新衣服。"陈夕不假思索又带着一点温柔地说，"他穿肯定好看。"荣荣皱了皱眉，"我呢？"陈夕从上到下打量了他一遍，摇摇头。荣荣感觉心里一阵排山倒海，脑中突然浮现出陈夕对陈阳那些关切的表情，亲昵的动作，仿佛什么东西在心里炸开，他猛然抬起头看着陈夕，小声说了一句"你是不是喜欢他"，陈夕浑身抖了一下，脸红得像一团火，烧到耳朵和脖子，荣荣后退了两步，用难以置信的语气说道，"你俩都不正常。"声音不大，可却像是一阵蜂鸣刺进了陈夕的耳朵，火烧到了眼睛。她瞪着荣荣，眼泪不知不觉地流了下来，她咽了一口唾液，昂起头对着荣荣说，"你也配说他？"然后转过身，飞快地跑走了。

傍晚时分，亮粉色的云层闷着几丝微风，酝酿下来的几点雨好像都是亮闪闪的。陈夕红肿着眼睛，快步走到画室，推开虚掩着的门。她第一次闻到了一阵若有若无的烟味，当她走进画室里，看见哥哥低着头蹲在窗边，吐着烟圈，地上杂乱地摆了好几个空酒瓶。她静静走近时，陈阳回过头，看见她一句话没说，只是把烟头怼在堆满了烟灰的烟灰缸里，然后在空气里挥舞了几下，烟味好像也听话似的被他赶走。她看着他，沉静地问，"他都说了？"陈阳点点头，他看着她冻红的鼻子，哭红的眼睛。他不敢说话，怕自己颤抖的声音和鼻音出卖他的心情，他就这样看着她，她也毫不回避地看着他，良久，一阵沉默。

窗外的麻雀叽叽喳喳地叫了两声，打破了这份寂静。陈夕先垂下了眼睛，她看见小桌子上斑斓的调色板，和敞开口的淡钴紫，画笔上还沾着闪闪的油。她的眼睛顺着每一个画板看，画布上都是空空的，直到她看见他们中间隔着的背对着她的画板，她抬脚迈过滚动的酒瓶子，她看见哥哥像是要躲什么一样，可是她已经绕了过来。整个背景都是浅蓝紫色的，像是层层翻涌的海浪，在中间她看见了自己模糊的侧脸，直发垂在肩上，双手放在钢琴上，琴上画着一个和自己日记上一模一样的小太阳。窗户开着，深秋的寒风就这样吹在陈夕身上，她看着画上的自己，喉咙间一涩，鼻子开始发酸，眼泪不停地往外流，像是海浪的背景一样汹涌，她用手捂住头，抓住自己的头发，蹲在地上，她终于开始放声大哭。陈阳关上窗户，脱下了自己的大衣轻轻盖在她身上，蹲在她身边，眼眶开始发红，他仰起头看着天花板上的灯被风吹得摇摇欲坠，他吞咽了一口仿佛是把眼泪吞了回去。然后他咧开嘴，干涩地笑了笑，握住陈夕的手，放在自己面前看了又看。

"我给你剪指甲吧。"陈阳盯着陈夕，直到她抬起头和他对视，他的声音像一块软软的海绵，陈夕就是被吸进去的水。她什么也没说，挂着泪痕的脸上露出了一丝勉强的笑意。他说，"今天还画小樱桃。"

夕阳打破玻璃窗照到那瓶淡钴紫上，像是映照着海浪。

作者简介

王子元，某高校大学生，著有小说若干并发表。